Het Bourne Bedrog

Van deze auteur zijn verschenen:

De Scarlatti erfenis*
Het Osterman weekend*
Het Matlock document*
Het Rhinemann spel*
De Fontini strijders*
Het Parsifal mozaïek*
Het Trevayne verraad*
Het Hoover archief*
Het Holcroft pact*
Het Matarese mysterie*
Het Bourne Bedrog*
Het Shepherd commando
De Aquitaine samenzwering*
Het Jason dubbelspel*
Het Medusa ultimatum*
Het Omaha conflict*
De Scorpio obsessie*
De Icarus intrige*
De Daedalus dreiging*
Het Halidon komplot*
De Matarese finale*
Het Prometheus project

De Hades factor (met *Gayle Lynds*)
De Armageddon Machine (met *Gayle Lynds*)

*(Ook) in POEMA-POCKET verschenen

Robert Ludlum
Het Bourne Bedrog

Uitgeverij Luitingh ~ Sijthoff

Voor meer informatie: kijk op **www.boekenwereld.com**

Vijfentwintigste druk

Oorspronkelijke titel: *The Bourne Identity*
Vertaling: Frans Bruning
Redactionele bewerking: Harry Haakman
Omslagontwerp: Rob van Middendorp

ISBN 90 245 4241 3
NUR 332

Voor Glynis,

een bijzondere,
glinsterende ster,
met wie we allemaal dwepen.

Met liefde en diep respect.

The New York Times, vrijdag 11 juli 1975, voorpagina

MOGELIJKE RELATIE TUSSEN DIPLOMATEN EN VOORTVLUCHTIG TERRORIST BEKEND ALS CARLOS

Parijs, 10 juli – Frankrijk heeft vandaag drie hooggeplaatste Cubaanse diplomaten het land uitgewezen, in verband met de nasporingen die over de gehele wereld plaatsvinden naar een man die Carlos wordt genoemd. Men neemt aan dat hij een belangrijke schakel vormt in een internationaal netwerk van terroristen.

De verdachte, wiens ware naam naar men aanneemt luidt: Ilich Ramirez Sanchez, wordt gezocht naar aanleiding van de moord op twee agenten van de Franse contraspionage en een Libanese informant, in een appartement in het Quartier Latin, op 27 juni.

De drie moorden hebben de politie hier en in Groot-Brittannië op het spoor gebracht van wat volgens zegslieden een belangrijk net is van internationale terroristische agenten. Bij de jacht op Carlos hebben Franse en Britse politieagenten grote, geheime wapenvoorraden ontdekt die Carlos in verband brengen met belangrijke terroristische activiteiten in West-Duitsland en die bij hen het vermoeden hebben gewekt dat vele daden van terroristen in geheel Europa met elkaar in relatie staan.

MELDINGEN OVER VERBLIJF IN LONDEN

Sedertdien zijn meldingen binnengekomen dat Carlos is gezien in Londen en in Beiroet. Libanon.

Associated Press, maandag 7 juli 1975

DRIJFJACHT OP EEN MOORDENAAR

Londen (AP) – Revolvers en meisjes, handgranaten en dure pakken, een dikke portefeuille, vliegtickets naar romantische plaatsen en luxe-appartementen in zes wereldsteden. Dit portret begint zich te vormen van een mondaine moordenaar naar wie een internationale mensenjacht op touw is gezet.

De jacht begon in Parijs toen de man zijn voordeur opende en twee agenten van de Franse inlichtingendienst en een Libanese informant doodschoot. In twee hoofdsteden zijn vier vrouwen in verzekerde bewaring genomen die ervan worden beschuldigd misdaden te hebben begaan die met hem in verband staan. De moordenaar zelf is verdwenen – naar de Franse politie aanneemt misschien in Libanon.

In de afgelopen paar dagen hebben diegenen die hem in Londen kennen hem tegenover verslaggevers beschreven als knap, beleefd, van goede huize, rijk en naar de laatste mode gekleed.

Maar zijn handlangers bestaan uit mannen en vrouwen die men tot de gevaarlijkste in de hele wereld rekent. Men zegt dat er verband bestaat tussen hem en het Japanse Rode Leger, de Organisatie voor Ge-

wapende Arabische Strijd, de West-Duitse Baader-Meinhofgroep, het Bevrijdingsfront van Quebec, het Turkse Volksbevrijdingsfront en de Provisional IRA.
Wanneer de moordenaar op reis ging – naar Parijs, naar Den Haag, naar West-Berlijn- dan ontploften er bommen, klonken er revolverschoten en werden er mensen ontvoerd.

Men kwam plotseling op zijn spoor in Parijs toen een Libanese terrorist tijdens ondervragingen ging doorslaan en twee mannen van de inlichtingendienst op 27 juni in Parijs naar zijn huis leidde. Hij schoot hen alle drie dood en ontsnapte. De politie vond zijn wapens en zijn aantekeningen, waarin 'dodenlijsten' voorkwamen van vooraanstaande personen.

Volgens de *London Observer* was de politie gisteren op zoek naar de zoon van een Venezolaans, communistisch advocaat die men wilde ondervragen in verband met de drievoudige moord. Scotland Yard zei: 'Wij spreken het bericht niet tegen,' maar voegde eraan toe dat er geen aanklacht tegen hem bestond en dat hij enkel werd gezocht voor ondervraging.
De *Observer* identificeerde de gezochte man als Ilich Ramirez Sanchez, uit Caracas. Volgens het blad kwam zijn naam voor op een van de vier paspoorten die door de Franse politie werden aangetroffen toen ze het appartement in Parijs doorzochten waar de moorden plaatsvonden.

Volgens het blad werd Ilich genoemd naar Vladimir Ilych Lenin, stichter van de sovjet-staat, werd hij opgevoed in Moskou en spreekt hij vloeiend Russisch.

In Caracas vermeldde een zegsman voor de Venezolaanse Communistische Partij dat Ilich de zoon is van een zeventig jaar oude Marxistische advocaat die ongeveer zevenhonderd kilometer ten westen van Caracas woont, maar 'noch de vader, noch de zoon zijn lid van onze partij'.

Hij vertelde verslaggevers dat hij niet wist waar Ilich zich thans bevond.

Deel Een

I

De treiler stortte zich in de woedende golven van de donkere, razende zee als een log beest dat wanhopig probeerde zich los te werken uit een ondoordringbaar moeras. De golven rezen tot duizelingwekkende hoogte en beukten tegen de romp met de kracht van vele tonnen water. Het witte schuim dat afstak tegen de nachtelijke hemel plensde omlaag het dek over, gedreven door de nachtwind. Overal weerklonken de geluiden van gefolterd materiaal, hout dat tegen hout geperst werd, touwen die gewrongen en gerekt werden tot ze bijna braken. Het beest was stervende.

Twee abrupte explosies klonken uit boven de geluiden van de zee en de wind en de folteringen van het vaartuig. Ze kwamen uit de vaag verlichte hut die daalde en steeg met de romp waarvan hij deel uitmaakte. Een man wankelde uit de deur naar buiten, greep de reling vast met zijn ene hand en hield de andere voor zijn maag.

Een tweede man liep hem na, behoedzaam in zijn achtervolging maar met gewelddadige bedoelingen. Hij bleef staan en zocht houvast in de opening van de hut; hij hief een revolver op en vuurde nog eens. En nog eens.

De man aan de reling greep met beide handen naar zijn hoofd en hij boog naar achteren onder de inslag van de vierde kogel. De voorsteven van de treiler dook plotseling het dal in tussen twee enorme golven en de beweging tilde de man omhoog. Hij wrong zich naar links, niet in staat zijn handen los te maken van zijn hoofd. Het schip werd omhoog gestuwd, voorsteven en middenschip meer uit het water dan erin, en slingerde de figuur in de deuropening terug in de hut, terwijl hij een vijfde schot in het wild afvuurde. De gewonde man schreeuwde, terwijl zijn handen nu razend in het rond tastten naar wat ze maar konden grijpen en zijn ogen verblind werden door het bloed en het overal rondvliegende schuim van de zee. Er was niets waaraan hij houvast kon krijgen en daarom greep hij in het luchtledige; hij zakte door zijn knieën terwijl zijn lichaam voorover sloeg. Het schip slingerde heftig naar de lijzijde en de man wiens schedel was opengereten sloeg overboord in de razende duisternis beneden.

Hij voelde zich omgeven door het koude water, het slokte hem op en zoog hem omlaag en slingerde hem in het rond, stuwde hem toen weer naar het oppervlak – slechts voldoende voor een enkele, hijgende ademtocht. Een snakkende hap adem en hij was weer onder water.

Hitte was er ook, een vreemde, vochtige hitte aan zijn slaap die door het ijskoude water heen brandde, dat hem bleef opslokken, een vuur waar geen vuur kon branden. Er was ook ijs; een ijzig kloppen in zijn maag en zijn benen en zijn borst, dat vreemd werd verwarmd door de koude zee die hem omringde. Hij voelde die dingen en was zich bewust van zijn eigen paniek tijdens dat voelen. Hij kon zijn eigen lichaam zien draaien en kronkelen, zijn armen en benen razend zien vechten tegen de zuiging van de draaikolk. Hij kon voelen, denken, zien, was zich bewust van paniek en worstelde – en toch heerste er een vreemde rust. Het was de kalmte van de toeschouwer, de niet-betrokken toeschouwer die buiten de gebeurtenissen stond, die wist dat ze zich afspeelden maar er niet echt mee te maken had.

Toen maakte een ander soort paniek zich van hem meester, flitsend door de hitte en het ijs en de erkenning van het niet betrokken zijn. Hij kon zich niet overgeven aan de rust. Nog niet! Het kon nu elk moment gebeuren. Hij wist niet zeker wat het was maar het zóú gebeuren. Hij moet erbíj zijn!

Hij trapte verbeten, klauwde zich langs drukkende watermuren omhoog met barstende longen. Hij kwam aan het oppervlak, spartelde om boven op de donkere golven te blijven. Omhoog! Omhóóg!

Een monsterachtig grote golf die aan kwam rollen hielp hem; hij lag op de kruin, omgeven door schuimplekken en duisternis. Níéts. Keer je om! Omkeren!

Het gebeurde. De explosie was alles omvattend; hij kon hem horen door het spatten van het water en door de wind heen. Het zien en het horen maakten op een of andere manier de rust voor hem toegankelijk. De hemel werd verlicht als een vurig diadeem en binnen die kroon van vuur werden grote en kleine voorwerpen van allerlei vorm naar de duisternis aan de rand geblazen.

Hij had gewonnen. Wat het dan ook was, hij had gewonnen.

Plotseling tuimelde hij weer omlaag in een afgrond. Hij kon voelen hoe het aanstormende water over zijn schouders sloeg, het withete vuur aan zijn slapen koelde, de ijskoude inkervingen in zijn maag en benen verwarmde en...

Zijn bórst. Zijn borst deed hem helse pijn! Er was iets tegen hem aan geslagen – een verpletterende klap, even plotseling als ondraaglijk. Daar gebeurde het weer! Laat me met rust. Laat me in vrede.

En nog eens!

En hij klauwde opnieuw en trapte opnieuw... tot hij het voelde. Een dik, olie-achtig ding dat zich enkel bewoog met het golven van de zee. Hij kon niet uitmaken wat het was, maar het was er en hij kon het voelen, vasthouden.

Klem je vast! Het zal je naar de rust brengen. Naar de stilte van de duisternis... en de rust.

De stralen van de juist opgekomen zon doorbraken de nevel aan de oostelijke hemel en deden het kalme water van de Middellandse Zee glinsteren. De schipper van de kleine vissersboot zat op de verschansing van de achtersteven een Gauloise te roken, met bloeddoorlopen ogen en rode striemen in zijn handen waar het touw doorheen geschroeid was, dankbaar bij het zien van de kalme zee. Hij keek naar het open stuurhuis; zijn jongste broer gaf langzaam wat meer gas om beter op te schieten en het enige andere bemanningslid keek een meter of zo van hem af een net na. Ze lachten ergens over en dat was goed; afgelopen nacht was er niets te lachen geweest. Waar was die storm vandaan gekomen? De weerberichten uit Marseille hadden er niets over gezegd; als dat zo was zou hij in de beschutting van de kustlijn zijn gebleven. Hij wilde bij het aanbreken van de dag de visgronden bereiken op tachtig kilometer ten zuiden van Le Seyne-sur-mer, maar niet ten koste van dure reparaties en wat voor reparaties waren nu tegenwoordig niet duur?

Of ten koste van zijn leven en daaraan had de afgelopen nacht hem duidelijk herinnerd.

'Tu es fatigué, mon frère!' riep zijn broer grijnzend tegen hem. *'Vas te coucher! Je suis très capable!'*

'Ja, dat ben je,' antwoordde hij. Hij gooide zijn sigaret overboord en liet zich op een stapel netten op het dek glijden. 'Een beetje slaap kan geen kwaad.'

Het was goed om een broer aan het roer te hebben. De stuurman op een familieboot moest altijd een familielid zijn, die keek beter uit. Zelfs een broer die sprak met de gladde tong van een belezen man in vergelijking met zijn ruwe taal. Krankzinnig! Eén jaar op de universiteit en daar wilde zijn broer een *compagnie* beginnen. Met een enkele boot die al vele jaren geleden betere dagen had gekend. Krankzinnig. Wat had hij afgelopen nacht aan zijn boeken gehad? Toen zijn *compagnie* op het punt stond te kapseizen?

Hij sloot zijn ogen en bette zijn handen in het heen en weer klotsende water op het dek. Het zout van de zee zou goed zijn voor de striemen van het touwwerk. Striemen die hij had opgelopen bij het vastzetten van uitrustingsstukken die in de storm niet op hun plaats wilden blijven.

'Kijk! Daarginds!'

Het was zijn broer; er kwam kennelijk niet veel van slapen door die scherpe ogen in de familie.

'Wat is het?' schreeuwde hij.

'Aan bakboord vooruit! Er ligt een man in het water! Hij houdt zich aan iets vast! Een stuk drijfhout, een plank of zoiets.'

De schipper nam het roer over en manoeuvreerde de boot naar de rechterkant van de gestalte in het water, terwijl hij gas terugnam om minder kielzog te maken. De man zag eruit alsof de minste beweging hem van het stuk hout zou doen glijden waaraan hij zich vastklampte: zijn handen waren wit en klauwden zich om de rand heen maar de rest van zijn lichaam hing slap, zo slap als van een man die helemaal verdronken is, die deze wereld heeft verlaten.

'Leg een strop in de lijnen!' schreeuwde de schipper tegen zijn broer en het bemanningslid. 'Laat ze onder water om zijn benen glijden. Kalm aan! Schuif ze omhoog tot aan zijn middel. Zachtjes trekken.'

'Zijn vingers laten de plank niet los!'

'Buk je maar! Trek ze los! Het kan best lijkstijfheid zijn.'

'Nee. Hij leeft nog... nog maar net, geloof ik. Zijn lippen bewegen, maar ik hoor niks. Zijn ogen ook maar ik betwijfel of hij ons ziet.'

'De vingers zijn los!'

'Trek hem omhoog. Grijp zijn schouders vast en haal hem binnen. Kalm aan!'

'Moeder Maria, moet je zijn hoofd zien!' schreeuwde het bemanningslid. 'Het ligt helemaal open.'

'Hij moet er in de storm mee tegen de plank zijn gebeukt,' zei de broer.

'Nee,' sprak de schipper hem tegen terwijl hij naar de wond staarde. 'Het is een gladde snee, net als van een scheermes. Komt van een kogel; hij is neergeschoten.'

'Hoe kun je dat nou weten?'

'Op meer dan één plek,' voegde de schipper eraan toe terwijl hij zijn ogen liet dwalen over het lichaam. We gaan naar Ile de Port Noir, dat is het dichtstbijzijnde eiland. Er is daar een dokter aan de waterkant.'

'Die Engelsman?'

'Hij houdt praktijk.'

'Als hij kan,' zei de broer van de schipper. 'Als de wijn het toelaat. Hij heeft meer succes met de dieren van zijn patiënten dan met zijn patiënten zelf.'

'Dat doet er niet toe. Deze hier is een lijk tegen de tijd dat we aankomen. Mocht hij nog leven dan stuur ik hem een rekening voor de extra benzine en alles wat we mislopen aan vangst. Pak de verbandtrommel. We zullen zijn hoofd zo goed en zo kwaad als 't gaat verbinden.'

'Moet je zien!' riep het bemanningslid. 'Moet je zijn ogen zien.'

'Wat is daarmee?' vroeg de broer.

'Net waren ze grijs – zo grijs als staalkabel. Nu zijn ze blauw!'

'De zon is helderder,' zei de schipper schouder ophalend. 'Of je kunt er zelf niet goed door kijken. Het doet er niet toe, in het graf bestaan toch geen kleuren meer.'

Het bij tijd en wijlen opklinkende getoeter van de vissersboten vermengde zich met het onophoudelijk gekrijs van de zeemeeuwen; samen vormden ze de overheersende geluiden van de waterkant. Het was laat in de middag, de zon hing als een vuurbal in het westen, de atmosfeer was kalm en te vochtig, te warm. Boven de pieren en tegenover de haven lag een keienstraatje en verschillende groezelige huizen, waartussen te lang gras opschoot uit uitgedroogde aarde en zand. Slordig ingegraven stutten ondersteunden de restanten van de veranda's, wat opgelapt, open latwerk en afbrokkelend stucwerk. Enkele tientallen jaren geleden hadden de huizen betere dagen gekend toen de bewoners ten onrechte meenden dat Ile de Port Noir ook een van de toeristenoorden zou worden langs de Middellandse Zee. Daar kwam niets van.

Vanaf alle huizen liepen er paadjes naar de straat maar het laatste huis in het rijtje had een pad dat duidelijk meer was platgetrapt dan de andere. Het behoorde aan een Engelsman die acht jaar eerder naar Port Noir was gekomen, onder omstandigheden die niemand kon of wilde begrijpen: hij was dokter en de waterkant had een dokter nodig. Haken, naalden en messen waren zowel middelen van bestaan als instrumenten om iemand buiten spel te zetten. Als je *le docteur* op een goede dag trof waren de hechtingen niet zo slecht. Van de andere kant, als de stank van wijn of whisky te uitgesproken was, dan liep je risico.

Tant pis! Hij was beter dan helemaal niemand.

Maar vandaag niet. Niemand maakte vandaag gebruik van zijn paadje. Het was zondag en iedereen wist dat de dokter elke zaterdagavond straalbezopen was in het dorp en zijn avond afsloot met de eerste de beste hoer die hij tegenkwam. Al was het natuurlijk wel zo dat de dokter de afgelopen paar zaterdagen zijn gewoonte had gewijzigd; men zag hem niet meer in het dorp. Maar zo drastisch veranderde iets nu ook weer niet, er werden regelmatig flessen Schotse whisky bij de dokter thuisbezorgd. Hij bleef gewoon thuis; dat had hij gedaan sinds de vissersboot uit La Ciotat was binnengelopen met de onbekende man, die meer lijk was geweest dan man.

Dr. Geoffrey Washburn werd met een schok wakker. Zijn kin rustte op zijn sleutelbeen, zodat zijn adem doordrong in zijn neusgaten; geen aangename geur. Hij knipperde met zijn ogen, oriënteerde zich en keek naar de openstaande slaapkamerdeur. Was zijn dutje onderbroken door een nieuwe, onsamenhangende monoloog van zijn patiënt? Nee, er was niets te horen. Zelfs de meeuwen buiten waren gelukkig rustig. Het was heiligendag voor Ile de Port Noir en er liepen geen boten binnen om de vogels te lokken met hun vangsten.

Washburn keek naar het lege glas en de half lege fles whisky op de tafel naast zijn stoel. Hij ging erop vooruit. Op een normale zondag zouden beide nu leeg zijn geweest en zou de Scotch de pijn van de vorige avond hebben weggewenteld. Hij glimlachte bij zichzelf en zegende weer eens een oudere zuster in Coventry die de Scotch mogelijk maakte door haar maandelijkse toelage. Het was een goeie meid, die Bess, en de hemel wist dat ze hem heel wat meer kon sturen dan ze deed, maar hij was haar dankbaar dat ze dit tenminste stuurde. En op een goede dag zou ze ermee stoppen, het geld zou ophouden te komen en dan moest de vergetelheid worden gezocht met de goedkoopste wijn tot er helemaal geen pijn meer was. Nooit meer.

Hij was vertrouwd geworden met die mogelijkheid in de toekomst... tot drie weken en vijf dagen geleden toen de half dode vreemdeling uit zee was opgehaald en bij zijn deur was afgeleverd door visserslui die liever anoniem wilden blijven. Ze bewezen een daad van barmhartigheid, ze wilden niet betrokken raken. God zou het wel begrijpen; de man was neergeschoten.

Wat de vissers niet wisten was dat er heel wat meer was binnengedrongen in het lichaam van de man dan kogels. Ook in zijn geest.

De dokter duwde zijn uitgemergelde lijf uit de stoel omhoog en liep met onzekere passen naar het raam dat uitzag over de haven. Hij liet de jaloezie zakken, sloot zijn ogen tegen de zon en gluurde toen tussen de latten door om te kijken wat er op straat beneden gebeurde, speciaal wat er zo kletterde. Het was een paard en kar, een vissersfamilie die een zondagsritje maakte. Zoiets zag je toch, verdomme, alleen maar hier. En toen dacht hij terug aan de rijtuigen en de piekfijn opgetuigde ruinen die vol toeristen tijdens de zomermaanden hun weg zochten door het Regents Park in Londen; hij lachte hardop om de vergelijking. Maar dat lachen duurde slechts kort en werd drie weken geleden vervangen door iets ondenkbaars. Hij had alle hoop opgegeven Engeland nog ooit terug te zien. Nu was er kans dat dat anders zou gaan. De vreemdeling kon er iets aan veranderen.

Tenzij zijn prognose fout was kon het elke dag gebeuren, elk uur of elke minuut. De wonden in de benen, maag en borst waren diep en ernstig, hadden heel goed dodelijk kunnen zijn als de kogels niet waren blijven zitten waar ze terecht waren gekomen, ontsmet en voortdurend gereinigd door de zee. Het was lang niet zo gevaarlijk als het had kunnen zijn om ze eruit te halen want het weefsel was geprepareerd, zacht geworden, gesteriliseerd en klaar voor een directe ingreep. De schedelwond vormde een echt probleem; de penetratie was niet alleen onderhuids maar kennelijk waren de bindweefsels in de buurt van de thalamus en de hippocampus erdoor gekneusd. Als de kogel maar millimeters naar links of rechts zou zijn binnengedrongen dan zouden die vitale delen zijn opgehouden te functioneren; ze waren niet beschadigd en Washburn had een besluit genomen. Hij bleef zesendertig uur van de fles af, terwijl hij zoveel zetmeel at en water dronk als menselijkerwijs maar mogelijk was. Toen had hij het delicaatste karwei verricht sinds zijn ontslag uit het MacCleans Hospital in Londen. Millimeter bij doodsbenauwde millimeter had hij de weefselgebieden met een kwastje schoongemaakt, toen de huid over de schedelwond heengetrokken en gehecht, in de wetenschap dat het kleinste foutje met kwastje, naald of klamp de dood van de patiënt zou veroorzaken.

Er waren vele redenen waarom hij niet wilde dat die onbekende patiënt zou sterven. Maar één speciale reden was er.

Toen het voorbij was en de levenstekenen constant waren gebleven keerde dokter Geoffrey Washburn terug naar zijn chemisch en psychologisch aanhangsel. Zijn fles. Hij had zich bedronken en hij was dronken gebleven maar hij was niet te ver gegaan. Hij wist al die tijd precies waar hij was en wat hij deed. Hij was er beslist op vooruit gegaan.

Het kon nu elke dag, elk uur misschien gebeuren. De blik van de vreemdeling zou zich bewust op iets richten en zijn lippen zouden verstaanbare woorden spreken.

Het zou zelfs elk moment kunnen gebeuren.

De woorden kwamen het eerst. Ze dreven door de kamer toen het eerste ochtendbriesje vanuit zee de lucht verkoelde.

'Wie is daar? Wie is er in deze kamer?'

Washburn ging rechtop zitten in zijn krib, zwaaide zachtjes zijn benen over de rand en ging langzaam staan. Het was belangrijk om geen wangeluid te maken, geen onverwacht gerucht of fysieke beweging die de patiënt kon doen schrikken zodat hij een psychologische regressie kreeg. De volgende paar minuten zouden even delicaat zijn als de chirurgische ingreep die hij had gedaan; de dokter in hem was op dit moment voorbereid.

'Een vriend,' zei hij zacht.

'Vriend?'

'U spreekt Engels. Dat dacht ik al. Amerikaan of Canadees vermoedde ik. Het werk aan uw gebit kwam niet uit Engeland of uit Parijs. Hoe voelt u zich?'

'Ik weet het niet zeker.'

'Het zal wel even duren. Voelt u behoefte u te ontlasten?'

'Wat?'

'Moet je schijten, kerel? Daar is die pan voor naast u. De witte aan uw linkerkant. Als we natuurlijk op tijd zijn.'

'Het spijt me.'

'Hoeft niet. Een volkomen normale functie. Ik ben dokter, uw dokter. Mijn naam is Geoffrey Washburn. Hoe heet u?'

'Wat?'

'Ik vroeg hoe u heette.'

De vreemdeling bewoog zijn hoofd en staarde naar de witte muur waar strepen van het ochtendlicht overheen liepen. Toen keerde hij zich weer om met zijn blauwe ogen op de dokter gericht.

'Ik weet het niet.'

'O, mijn god.'

'Ik heb het u steeds maar weer opnieuw gezegd. Er is tíjd voor nodig. Hoe meer u ertegen worstelt, hoe meer u zichzelf kwelt, des te erger zal het worden.'

'U bent dronken.'

'Meestal wel. Het doet er niet toe. Maar ik kan u aanwijzingen geven als u maar wilt lúísteren.'

'Ik heb geluisterd.'

'Nee, dat hebt u níét; u keert zich af. U ligt daar in uw cocon en u trekt de dekens over uw geest. Luister weer eens naar me.'

'Ik luister.'

'In uw coma – uw langdúrige coma – hebt u drie verschillende talen gesproken. Engels, Frans en een of ander verrekt nasaal taaltje waarvan ik aanneem dat het oosters is. Dat betekent dat u verschillende talen spreekt; u bent thuis in uiteenlopende delen van de wereld. Denkt u eens geografisch. Wat ligt u het beste?'

'Duidelijk Engels.'

'Daar waren we het over eens. Wat ligt u dan het mínste?'

'Ik weet het niet.'

'Uw ogen zijn rond, niet scheef. Volgens mij duidelijk het oosters.'

'Duidelijk.'

'Waarom spréékt u het dan? Laten we nu eens met associaties gaan denken. Ik heb woorden opgeschreven; luister er eens naar. Ik zal ze fonetisch uitspreken. *Ma – kwa. Tam – Kwan. Kee – sah.* Vertel me maar het eerste wat u te binnen schiet.'

'Niets.'

'Goed zo.'

'Wat wilt u, verdomme?'

'Iets. Wát dan ook.'

'U bent dronken.'

'Daar waren we het al over eens. Voortdurend. Ik heb ook dat verrekte leven van jou gered. Dronken of niet, ik bén dokter. Vroeger was ik een hele goede.'

'Wat is er gebeurd?'

'Ondervraagt de patiënt nu de dokter?'

'Waarom niet?'

Washburn zweeg terwijl hij uit het raam naar de waterkant keek. 'Ik was dronken,' zei hij. 'Ze zeiden dat ik de dood van twee patiënten op de operatietafel op mijn geweten heb omdat ik dronken was. Met een had ik het nog wel gered. Geen twee. Ze zien dat dan heel gauw een gewoonte worden, de hemel zij dank. Een man als ik moet je nooit een mes geven en dan omhangen met de mantel van de achtenswaardigheid.'

'Was het nodig?'

'Was wat nodig?'

'De fles.'

'Ja, verdomme,' zei Washburn zacht terwijl hij zich van het raam afkeerde. 'Het was en het is. En het is de patiënt niet toegestaan oordelen te vellen waar het zijn arts aangaat.'

'Het spijt me.'

'U hebt ook een vervelende gewoonte om u te verontschuldigen. Het is een overtrokken betuiging en helemaal niet natuurlijk. Ik geloof er niks van dat u iemand bent die zich voortdurend verontschuldigt.'

'Dan weet u iets dat ik niet weet.'

'Over u, ja. Een heleboel. En er is maar weinig dat klopt.'

De man ging op het randje van zijn stoel zitten. Zijn openstaand hemd viel uiteen en liet zijn pezige gestalte zien met het verband op zijn borst en zijn maag. Hij hield zijn gevouwen handen op zijn schoot en de aderen op zijn slanke, gespierde armen waren gezwollen. 'Meer dan de dingen waarover we gesproken hebben?'

'Ja.'

'Dingen die ik in mijn coma heb gezegd?'

'Nee, niet zozeer. De meeste van die nonsens hebben we besproken. De talen, uw geografische kennis – steden waarvan ik nooit of nauwelijks heb gehoord – uw geobsedeerd zijn met het vermijden van het gebruik van namen, namen die u wilt uitspreken maar niet uitspreekt; uw neiging naar confrontatie – aanvallen, terugtrekken, verstoppen, vluchten – allemaal nogal gewelddadig mag ik wel zeggen. Ik heb vaak uw armen vast moeten binden om de wonden te beschermen. Maar dat hebben we allemaal al gehad. Er zijn andere zaken.'

'Wat bedoelt u? Wat voor zaken? Waarom hebt u me dat niet gezegd?'

'Omdat ze fysiek zijn. De buitenste korst, als het ware. Ik was er niet zeker van of u ze wel wilde horen. Ik weet het nu ook nog niet zeker.'

De man ging weer gemakkelijk in zijn stoel zitten en zijn donkere wenkbrauwen onder het donkerbruine haar trokken geïrriteerd samen. 'Nu wordt er niet gevraagd naar het oordeel van de arts. Ik ben klaar. Waar hebt u het over?'

'Zullen we beginnen met dat tamelijk acceptabel uitziende hoofd van u? Met name het gezicht.'

'Wat is daarmee?'

'Het is niet het gezicht waarmee u geboren bent.'

'Wat wilt u daarmee zeggen?'

'Onder een goed vergrootglas vind je altijd sporen van een operatie. Ze hebben uw gezicht veranderd, kerel.'

'Veranderd?'

'U hebt een uitstekende kin; volgens mij zat er een kloof in. Die is weggehaald. Uw bovenste linkerjukbeen – u hebt ook uitstekende jukbeenderen, generaties terug waarschijnlijk Slavisch – vertoont hele kleine spoortjes van een operatie-litteken. Ik durf te wedden dat er een moedervlekje is weggehaald. Uw neus is een Engelse neus, vroeger ooit ietsje prominenter dan nu. Hij is een heel klein beetje smaller gemaakt. De behoorlijk scherpe trekken die u had zijn afgezwakt, het typische is weggewerkt. Begrijpt u wat ik zeg?'

'Nee.'

'U bent een redelijk aantrekkelijke man maar uw gezicht valt meer op door de categorie waarin het thuishoort dan door het gezicht zelf.'

'Categorie?'

'Ja. U bent het prototype van de blanke Angelsaksische man die men elke dag ziet op de betere cricketvelden of op de tennisbaan. Of in de bar van het Mirabelle. Die gezichten kun je haast niet meer van elkaar onderscheiden, vindt u niet? De gelaatstrekken precies zoals ze horen, de tanden recht, de oren vlak tegen het hoofd – niets uit balans, alles op zijn plaats en net een tikkeltje week.'

'Week?'

'Nou ja, "verwend" is misschien een beter woord. In elk geval zelfverzekerd, zelfs arrogant, gewend om in alles uw zin te krijgen.'

'Ik weet nog steeds niet precies wat u probeert me duidelijk te maken.'

'Probeer het dan zo eens. Als je de kleur van je haar verandert, dan verander je het gezicht. Ja, er zijn sporen van verkleuring, brosheid, haarverf. Draag een bril en een snor en u bent een andere man. Ik zou zeggen dat u midden dertig of achter in de dertig bent maar u zou tien jaar ouder kunnen zijn of vijf jaar jonger.' Washburn zweeg en lette op de reacties van de man, alsof hij zich afvroeg of hij verder moest gaan of niet. 'En nu we het over een bril hebben, herinnert u zich die oefeningen, die proeven die we een week geleden hebben genomen?'

'Natuurlijk.'

'Uw gezicht is volkomen normaal. U hebt geen bril nodig.'

'Dat had ik ook niet gedacht.'

'Waarom zijn er dan sporen van een langdurig gebruik van contactlenzen rond uw netvlies en oogleden?'

'Ik weet het niet. Het klopt niet.'

'Mag ik een mogelijke verklaring suggereren?'

'Die zou ik graag horen.'

'Misschien niet.' De dokter keerde zich naar het raam en tuurde afwezig naar buiten. 'Bepaalde types contactlenzen zijn zo gemaakt dat ze de kleur van de ogen veranderen. En bepaalde types ogen lenen zich daar beter toe dan andere. Gewoonlijk ogen met een grijze of blauwachtige tint; de uwe zijn er tussenin. Onder een bepaald soort licht grijsbruin, onder een ander blauw. In dit opzicht bent u gezegend door de natuur; verandering was niet mogelijk en evenmin vereist.'

'Vereist waarvoor?'

'Voor het veranderen van uw uiterlijk. Erg professioneel moet ik zeggen. Visa, paspoorten, rijbewijzen – willekeurig om te wisselen. Haar: bruin, blond, roodbruin. Ogen – met ogen kun je niet knoeien – groen, grijs, blauw? Er zijn nogal wat mogelijkheden, vindt u ook niet? Allemaal binnen die herkenbare categorie waarin gezichten verdoezeld worden door de herhaling.'

De man kwam met moeite omhoog uit zijn stoel, duwde zich met zijn armen op en hield zijn adem in bij het opstaan. 'Het kan ook zijn dat u het veel te ver zoekt. U kunt er helemaal naast zitten.'

'De sporen zijn er, de tekenen. Dat is bewijsmateriaal.'

'Door u geïnterpreteerd, met een stevige portie cynisme erbij gevoegd. Stel eens dat ik een ongeluk heb gehad en weer opgelapt ben? Dat zou een verklaring zijn voor de operatieve ingrepen.'

'Niet zoals u ze gehad hebt. Geverfd haar en het weghalen van kloven en moedervlekken horen niet bij een herstellingsproces.'

'Dat wéét u niet!' zei de onbekende man kwaad. 'Er zijn verschillende soorten ongelukken. U was er niet bij; u kunt er niet zeker van zijn.'

'Goed! Word maar kwaad op me. Dat moest u veel meer doen. En denk ná terwijl u kwaad bent. Wat was u? Wat bént u?'

'Een vertegenwoordiger... iemand die voor een internationale firma werkt die gespecialiseerd is in het Verre Oosten. Dat zou het kunnen zijn. Of een leraar... leraar talen. Ergens op een universiteit. Dat is ook mogelijk.'

'Goed zo. Kies er maar een. Nu!'

'Ik... ik kán het niet.' De ogen van de man keken bijna hulpeloos.

'Omdat u in geen van beide mogelijkheden gelooft.'

De man schudde zijn hoofd. 'Nee. U wel?'

'Nee,' zei Washburn. 'Om een specifieke reden. Die beroepen zijn betrekkelijk honkvast en u bezit het lichaam van een man die onderhevig is geweest aan fysieke inspanning. O, ik bedoel niet een getraind atleet of zoiets – u bent geen loopmachine zoals ze dat noemen. De tonus van uw spieren is stevig, uw armen en handen zijn gewend aan inspanning en behoorlijk sterk. Onder andere omstandigheden zou ik kunnen denken dat u een werkman bent, gewend om zware lasten te dragen, of een visser die eraan gewend is de hele dag netten binnen te halen. Maar de veelzijdigheid van uw kennis, laat ik het maar uw intellect noemen, sluit zoiets uit.'

'Waarom krijg ik het idee dat u ergens naartoe wilt? Naar iets anders.'

'Omdat we samengewerkt hebben, nauw samengewerkt en onder druk, nu al verschillende weken. Dan ga je een patroon ontdekken.'

'Het is dus goed met me?'

'Ja. Ik moest zien hoe u dat wat ik u zojuist heb verteld zou accepteren. De chirurgische ingrepen, het haar, de contactlenzen.'

'Ben ik geslaagd?'

'Irritant evenwichtig. Het is nu de tijd; het heeft geen zin het nog langer uit te stellen. Eerlijk gezegd heb ik er het geduld niet voor. Kom maar mee.' Washburn liep voor de man uit door de woonkamer naar de deur in de achtermuur die naar de apotheek leidde. Daar liep hij naar de hoek en pakte een ouderwetse projector op, met een dikke, ronde lens waarvan de coating vol vlekjes en barstjes zat. 'Ik heb dit met de voorraden uit Marseille laten komen,' zei hij, terwijl hij het apparaat op het bureautje plaatste en de stekker in een stopcontact stak. 'Er bestaan wel betere apparaten maar ik kan het ermee doen. Wilt u de rolluiken even laten zakken?'

De man zonder naam en zonder geheugen liep naar het raam en liet de luiken neer; de kamer was donker. Washburn klikte het licht van de projector aan; een helder vierkant verscheen op de witte muur. Toen schoof hij een klein stukje celluloid achter de lens.

Het vierkant werd plotseling gevuld met vergrote letters.

DIE BANK GEMEINSCHAFT
BAHNHOFSTRASSE 11 ZÜRICH.
NUL – ZEVEN – ZEVENTIEN – TWAALF – NUL –
VEERTIEN – ZESENTWINTIG – NUL.

'Wat is dat?' vroeg de naamloze man.

'Bekijk het eens. Bestudeer het. Denk na.'

'Het is een of andere bankrekening.'

'Precies. Het gedrukte briefhoofd en het adres is de bank; de met de hand geschreven cijfers komen in de plaats van een naam. Maar voor zover als ze wérkelijk geschreven zijn vormen ze de handtekening van de rekeninghouder. Normale gang van zaken.'

'Hoe komt u hieraan?'

'Van u. Dit is een heel klein negatief, volgens mij de helft van een 35-millimeterfilm. Het zat ingeplant – operatief ingeplant – onder de huid boven uw rechterheup. De cijfers zijn in uw handschrift geschreven; het is uw handtekening. Daarmee kunt u in Zürich een kluis openen.'

2

Ze kozen de naam Jean-Pierre. Hij viel niemand op en niemand werd erdoor gekrenkt, een hele gewone naam voor Port Noir.

En er kwamen boeken uit Marseille, een stuk of zes in uiteenlopende afmetingen en dikten, vier in het Engels, twee in het Frans. Het waren medische boeken, handboeken over verwondingen aan het hoofd en aan de geest. Er stonden doorsneden in van de hersenen, honderden onbekende woorden die men moest opnemen en trachten te begrijpen. *Lobus occipitalis* en *lobus temporalis*, de *cortex* en de verbindingsvezels van de *corpus callosum*; het *limbisch systeem* – in het bijzonder de *hippocampus*, die samen met de *fornix*, onontbeerlijk was voor geheugen en herinnering. Als ze beschadigd waren betekende dat amnesie.

Er waren psychologische verhandelingen bij over emotionele spanningen die condities schiepen die geheel of gedeeltelijk verlies van het geheugen tot gevolg konden hebben. Amnesie.

Geheugenverlies.

'Er bestaan geen regels voor,' zei de donkerharige man, terwijl hij in zijn ogen wreef bij het ontoereikende licht van de staande lamp. 'Het is een meetkundige puzzel; het kan op allerlei manieren gebeuren. Fysisch of psychologisch – of een beetje van elk. Het kan permanent zijn of tijdelijk, geheel of gedeeltelijk. Geen regels!'

'Klopt,' zei Washburn terwijl hij in een stoel tegenover hem van zijn whisky zat te drinken. 'Maar volgens mij komen we dichter bij wat er gebeurd is. Wat ik dénk dat er gebeurd is.'

'Wat dan wél?' vroeg de man bevreesd.

'Je hebt het net gezegd: "een beetje van elk". Of schoon het woord "beetje" veranderd zou moeten worden in "massief". Massieve schokken.'

'Massieve schokken van wat?'

'Het fysieke én het psychologische. Ze stonden met elkaar in verband, waren met elkaar verweven – twee ervaringsstrengen, of prikkelingen, die in elkaar verward raakten.'

'Hoeveel heb jij gedronken?'

'Minder dan jij denkt. Dat heeft er niks mee te maken.' De dokter pakte een klembord op vol losse vellen. 'Dit is jouw geschiedenis – jouw nieuwe geschiedenis – die begonnen is met de manier waarop je hier bent afgeleverd. Ik zal het eens samenvatten. De wonden aan je lichaam vertellen ons dat de situatie waarin je terechtkwam stijf stond van de psychologische spanningen, waarbij de hysterie die erop volgde veroorzaakt werd door minstens negen uur in het water en dat hielp om de psychologische schade beperkt te houden. De duisternis, de heftige beweging, de longen die nauwelijks lucht kregen; die hebben de hysterie veroorzaakt. Alles wat eraan voorafging – aan de hysterie – moest worden uitgewist zodat je jezelf kon redden, kon overleven. Volg je me?'

'Ik geloof van wel. Het hoofd beschermde zichzelf.'

'Niet het hoofd, je brein. Dat onderscheid moet je maken; het is belangrijk. Laten we het maar weer over het hoofd hebben, maar we geven het een etiket. Het brein.'

'Goed. Geest, niet hoofd... die vormt in feite het brein.'

'Goed.' Washburn sloeg met zijn duim de vellen om op het klembord. 'Deze staan vol met een paar honderd observaties. Het zijn de normale medische notities – dosering, tijd, reactie, dat soort zaken – maar ze hebben in hoofdzaak betrekking op jóú, de man als zodanig. De woorden die je gebruikt, de woorden waarop je reageert; de zinnen die je uitspreekt – wanneer ik ze kan opschrijven – zowel wanneer je bij kennis bent als wanneer je praat in je slaap als toen je in coma lag. Zelfs de manier waarop je loopt, de manier waarop je praat of je lichaam spant wanneer je schrikt of iets ziet wat je interesseert. Je lijkt te bestaan uit een massa tegenstellingen. Vlak onder het oppervlak ligt een gewelddadigheid die je bijna altijd onder controle hebt, maar hij is er wel degelijk. Je hebt ook iets droefgeestigs dat je pijn lijkt te doen, maar je spuit maar zelden de woede die door die pijn moet worden opgeroepen.'

'Je bent hem nu aan het oproepen,' onderbrak de man hem. 'We hebben het ontelbare malen gehad over de woorden en de zinnen...'

'En we zullen het er over blijven hebben,' kwam Washburn er tussen, 'zolang als er vooruitgang is.'

'Ik was me er niet van bewust dat er vooruitgang gemaakt was.'

'Niet in de zin van een identiteit of een beroep. Maar we komen er wel degelijk achter bij wat voor zaken je je thuis voelt, wat je het best aankunt. Het is een beetje beangstigend.'

'Op wat voor manier?'

'Ik zal je eens een voorbeeld geven.' De dokter legde het klembord neer en kwam uit zijn stoel. Hij liep naar een eenvoudige kast tegen de muur, trok een la open en haalde er een groot, automatisch pistool uit. De man zonder geheugen ging gespannen zitten in zijn stoel. Washburn merkte de reactie. 'Ik heb dit nooit gebruikt, weet niet eens hoe ik het zou moeten gebruiken, maar ik woon wel aan de waterkant.' Hij glimlachte en wierp het wapen toen plotseling, zonder te waarschuwen, naar de man toe. Het werd uit de lucht geplukt, met een handige, snelle, overtuigde greep. 'Demonteer het – ik geloof dat dat zo heet.'

'Wat?'

'Haal het uit elkaar. Nú.'

De man keek naar de revolver en toen begonnen, terwijl hij bleef zwijgen, zijn vingers deskundig over het wapen te dwalen. In minder dan dertig seconden was het volledig uit elkaar gehaald. Hij keek op naar de dokter.

'Zie je wat ik bedoel?' vroeg Washburn. 'Bij je vaardigheden behoort een uitzonderlijke kennis van vuurwapens.'

'Léger...?' vroeg de man met gespannen stem en opnieuw angstig.

'Zeer onwaarschijnlijk,' antwoordde de dokter. 'Toen je voor het eerst uit je coma ontwaakte had ik het over het werk aan je gebit. Ik verzeker je dat dat niet in dienst is gebeurd. En de operatieve ingrepen zouden natuurlijk, volgens mij, elke associatie met militaire dienst uitsluiten.'

'Wat dan?'

'Laten we daar nu niet bij blijven stilstaan maar teruggaan naar wat er is gebeurd. We hadden het over de geest, weet je nog? De psychologische spanningen, hysterie. Niet het fysieke brein maar de mentale druk. Kun je me volgen?'

'Ga door.'

'Naargelang de schok afzwakt neemt ook de druk af, totdat er geen werkelijke noodzaak meer is om de psyche te beschermen. Naarmate dit proces zich afspeelt zullen je vaardigheden en talenten terugkeren. Je zult je bepaalde gedragspatronen gaan herinneren. Je zult ze waarschijnlijk op een heel natuurlijke manier beleven, met instinctieve, uiterlijke reacties. Maar er is een hiaat en alles in mijn aantekeningen zegt me dat dat onherroepelijk is.' Washburn zweeg en ging terug naar zijn stoel en zijn glas. Hij ging zitten en dronk terwijl hij vermoeid zijn ogen sloot.

'Ga door,' fluisterde de man.

De dokter opende zijn ogen en richtte ze op zijn patiënt. 'Laten we terugkeren naar het hoofd dat we het brein hebben genoemd. Het fysíeke brein met zijn vele miljoenen cellen en op elkaar inwerkende componenten. De geringste wijziging kan dramatische veranderingen veroorzaken. Dat is er met jou gebeurd. De schade was fysiek. Het is net of er blokken in een andere volgorde zijn gestapeld, de fysieke structuur is niet meer zoals hij was.' Weer zweeg Washburn.

'En,' drong de man aan.

'De afgenomen psychologische druk zal je vaardigheden en talenten weer bij je laten bovenkomen – dat doet hij al. Maar ik geloof niet dat je ooit in staat zult zijn de relatie ervan terug te vinden met iets in je verleden.'

'Waaróm? Waarom níét?'

'Omdat de fysieke kanalen die die herinneringen geleiden en overbrengen, gewijzigd zijn. Fysiek gesproken in andere volgorde gebracht tot op een punt waarop ze niet meer functioneren zoals ze vroeger deden. Je kunt gerust zeggen dat ze vernietigd zijn.'

De man zat doodstil. 'Het antwoord ligt in Zürich,' zei hij.

'Nog niet. Je bent nog niet klaar. Je bent nog niet sterk genoeg.'

'Dat komt wel.'

'Ja, dat komt wel.'

De weken gingen voorbij. De oefeningen met woorden werden voortgezet naarmate het aantal vellen toenam en de kracht van de man terugkeerde. Het was de ochtend van de negentiende week, het was een heldere dag, de Middellandse Zee was kalm en glinsterend. Zoals de man gewoon was te doen had hij het afgelopen uur hardgelopen, langs de waterkant en tegen de heuvels op omhoog; hij had de afstand verlengd tot iets meer dan achttien kilometer per dag. Het tempo nam dagelijks toe, de rustpauzes werden minder frequent. Hij zat zwaar ademhalend in de stoel bij het slaapkamerraam in een met zweet doordrenkt onderhemd. Hij was door de achterdeur binnengekomen en was de slaapkamer ingegaan vanuit de donkere gang die langs de woonkamer liep. Het was gewoon gemakkelijker; de woonkamer deed dienst als wachtkamer voor Washburn en er waren nog enkele patiënten met sneden en schrammen die behandeld moesten worden. Ze zagen er wat angstig uit, zoals ze daar in hun stoelen zaten en zich afvroegen in wat voor conditie *le docteur* deze morgen zou verkeren. Het was in feite niet zo erg. Geoffrey Washburn dronk nog steeds als een maleier maar hij hield tegenwoordig zijn positieven bijeen. Het was alsof hij een reservevoorraadje hoop had gevonden in de afgelegen hoeken van zijn eigen destructieve fatalisme. En de man zonder geheugen begreep het; die hoop hield verband met een bank in de Bahnhofstrasse in Zürich. Waarom kwam hij zo gemakkelijk op die naam?

De deur van de slaapkamer vloog open en de dokter schoot naar binnen, grijnzend en in een witte jas die vol vlekken zat van het bloed van zijn patiënten.

'Het is me gelukt!' zei hij en er lag meer triomf in zijn woorden dan uitleg. 'Ik moest eigenlijk mijn eigen arbeidsbureau openen en van commissies leven. Da's veel vaster.'

'Waar heb je het over?'

'Je hebt dat nodig, dat hadden we afgesproken. Je móét kunnen functioneren in de buitenwereld en monsieur Jean-Pierre Zondernaam heeft net twee minuten geleden een betaalde baan gekregen! Minstens een week.'

'Hoe heb je dat klaargespeeld? Ik dacht dat er geen vacatures waren.'

'Ik heb de vacature gevonden in het geïnfecteerde been van Claude Lamouche. Ik heb uitgelegd dat mijn voorraad locale verdovingsmiddelen erg, héél erg beperkt was. We hebben onderhandeld. Jij vormde het onderwerp van het ruilhandeltje.'

'Een week?'

'Als je goed genoeg bent houdt hij je misschien wel langer.' Washburn zweeg. 'Maar dat is niet zo verschrikkelijk belangrijk, is 't wel?'

'Ik weet niet zo zeker of het wel zo belangrijk is. Een maand geleden misschien, maar nu niet. Ik zei je toch. Ik ben klaar om te vertrekken. Ik dacht dat jij dat wel zou willen. Ik heb een afspraak in Zürich.'

'En ik zou graag willen dat je helemaal jezelf bent bij die afspraak. Mijn interesse is uiterst egoïstisch, terugval is niet toegestaan.'

'Ik ben klaar.'

'Oppervlakkig, ja. Maar geloof mij nu maar, het is uiterst belangrijk dat je een tijd op het water zit en een gedeelte van die tijd liefst in het donker. Niet onder normale condities, niet als passagier, maar onder redelijk ruwe condities – hoe ruwer hoe beter, in feite.'

'Weer een proef?'

'Elke proef die ik maar zou kunnen bedenken in dit primitieve laboratorium van Port Noir. Als ik een storm en een klein schipbreukje voor je te voorschijn zou kunnen toveren, zou ik het doen. Van de andere kant is Lamouche zelf zoiets als een storm; hij is een lastige man. De zwelling op zijn been zal weer afnemen en dan zal hij de pest aan je hebben. Anderen ook; je gaat iemands plaats innemen.'

'Je wordt bedankt!'

'Niks te danken. We krijgen een combinatie van twee soorten spanningen. Minstens een of twee nachten op het water, als Lamouche zich aan zijn plannen houdt – dat is de vijandige omgeving die mede je hysterie veroorzaakte – en het blootstellen aan wrok en achterdocht van de mannen om je heen – symbolisch voor de beginsituatie van de stress.'

'U bent te goed. Stel dat ze besluiten me overboord te gooien? Dat zou dan jouw slottest zijn, neem ik aan, maar ik weet niet of je er veel aan hebt als ik zou verdrinken.'

'Och, zoiets zal er niet gebeuren,' zei Washburn spottend.

'Ik vind het fijn dat je zoveel vertrouwen hebt. Ik wou dat ik dat ook had.'

'Wees maar gerust. Jij geniet de bescherming van mijn aanwezigheid. Ik ben dan misschien geen Barnard of een DeBakey, maar ik ben alles wat deze mensen bezitten. Ze hebben me nodig. Ze kunnen het risico niet lopen jou kwijt te raken.'

'Maar jij wilt weg. Ik ben jouw paspoort om te kunnen vertrekken.'

'Op een ondoorgrondelijke manier, m'n beste patiënt. Kom mee. Lamouche wil dat je naar de haven komt en je vertrouwd maakt met zijn uitrusting. Je vertrekt morgenvroeg om vier uur. Denk er eens aan hoe gezond een weekje op zee zal zijn. Denk maar dat het een cruise is.'

Zo'n cruise had hij nog nooit meegemaakt. De schipper van de smerige, met olie doordrenkte vissersboot was een vuilbek van een vent, een onbeduidende imitatie van kapitein Bligh, de bemanning een kwartet mislukkelingen die ongetwijfeld de enige kerels vormden in Port Noir die het met Claude Lamouche konden uithouden. Het vaste vijfde lid was een broer van de eerste netinhaler, een feit dat de man die zich Jean-

Pierre noemde onder de neus werd gewreven binnen enkele minuten nadat ze om vier uur in de ochtend waren uitgelopen.

'Je steelt het eten van mijn broers tafel!' fluisterde de man woedend tussen snelle halen door aan een onbeweeglijke sigaret. 'Uit de mond van zijn kinderen!'

'Het is maar voor een week,' bracht Jean-Pierre ertegenin. Het zou gemakkelijker zijn geweest – veel gemakkelijker – als ze hadden aangeboden de werkeloze broer te betalen uit de maandelijkse toelage van Washburn maar de dokter en zijn patiënt waren het erover eens geweest om een dergelijk compromis uit de weg te gaan.

'Ik hoop dat je goed bent met de netten!'

Dat was hij niet.

Gedurende de tweeënzeventig uur die volgden waren er momenten waarop de man die zich Jean-Pierre noemde dacht dat ze beter de zaak financieel hadden kunnen sussen. Het gepest hield nooit op, zelfs 's nachts niet – vooral 's nachts. Wanneer hij op het van vlooien vergeven dekmatras lag was het alsof er ogen op hem waren gericht, die wachtten tot hij de rand van de slaap had bereikt.

'Jij daar! Neem de wacht over. De stuurman is ziek. Jij valt in.'

'Opstaan! Philip is druk met schrijven! Hij mag niet gestoord worden.'

'Naar boven jij! Je hebt vanmiddag een net gescheurd. We gaan niet betalen voor jouw stommiteiten. Daar zijn we het allemaal over eens. Je gaat het nu maken!'

De netten.

Als er twee man nodig waren voor de ene kant dan moesten zijn twee armen het werk doen van vier. Als hij naast een bepaalde man werkte dan werd er abrupt getrokken of gevierd zodat hij het volle gewicht te dragen kreeg, of hij kreeg onverwacht een por van een schouder naast de zijne zodat hij tegen de verschansing aan vloog en bijna overboord ging.

En Lamouche, een hinkende maniak die elke kilometer water afmat aan de hand van de vis die hij had gemist. Zijn stem was een schorre, door storing geplaagde megafoon. Als hij iemand aansprak liet hij zijn naam altijd voorafgaan door een schunnig woord, een gewoonte die de patiënt steeds irritanter begon te vinden. Maar Lamouche raakte Washburns patiënt niet aan. Hij stuurde de dokter enkel een boodschap: *Doe mij dit nooit meer aan. Niet als het om mijn boot en mijn vis gaat.*

Volgens het vaarschema van Lamouche zou de boot met zonsondergang op de derde dag naar Port Noir terugkeren, de vis zou worden uitgeladen en de bemanning kreeg tijd tot vier uur in de volgende ochtend om te slapen, naar de hoeren te gaan, zich te bezuipen of, als ze geluk hadden, alledrie. Toen ze land in zicht kregen gebeurde het.

De inhaler was te midscheeps bezig met zijn hulpje de netten te spoelen en te vouwen. Het onwelkome bemanningslid dat ze uitvloekten als 'Jean-Pierre-Sangsue' ('de Bloedzuiger') liep het dek te schrobben met een bezem met een lange steel. De twee resterende bemanningsleden stortten emmers zeewater voor de bezem leeg, waarbij ze 'de Bloedzuiger' vaak natter maakten dan het dek.

Er werd een emmer vol te hoog gegooid zodat de patiënt van Washburn tijdelijk verblind werd en zijn evenwicht verloor. De zware bezem met zijn metaalachtige haren vloog uit zijn handen, met de kop naar boven zodat de scherpe stekels de dij van de knielende inhaler raakten.

'*Merde alors!*'

'*Désolé*,' zei de boosdoener nonchalant terwijl hij het water uit zijn ogen schudde.

'Da's je geraden!' schreeuwde de andere man.

'Ik zei toch dat het me speet,' antwoordde de man die zich Jean-Pierre noemde. 'Zeg tegen je maats dat ze het dek natmaken, niet mij.'

'Mijn maats halen geen stomme dingen met mij uit!'

'Mijn stommiteit van daarnet was hun schuld.'

De inhaler greep de bezemsteel, kwam overeind en stak de bezem naar voren als een bajonet. 'Wil je soms spelen, Bloedzuiger?'

'Schiet op, geef hem nou aan mij.'

'Met genoegen, Bloedzuiger. Hier!' De man stak de bezem naar voren en omlaag zodat de stekels over de borst en de maag van de patiënt schraapten, door de stof van zijn hemd heen.

Of het nu kwam door de aanraking met de littekens van zijn vroegere verwondingen, of door de frustratie en de woede veroorzaakt door drie dagen gepest te zijn, zou de man nooit weten. Hij wist alleen dat hij iets terug moest doen. En zijn reactie was voor hem zo alarmerend als hij zich maar kon voorstellen.

Hij pakte de steel vast met zijn rechterhand en stootte die terug in de maag van de voorman, waarbij hij hem op het moment dat hij hem raakte weer naar voren trok. Tegelijkertijd schopte hij zijn linkervoet hoog omhoog vanaf het dek en ramde hem in de keel van de voorman.

'*Tao!*' Het schorre gefluister ontsnapte onwillekeurig aan zijn lippen; hij wist niet wat het betekende.

Voordat hij kon beseffen wat hij deed was hij om zijn as gedraaid, stootte hij zijn rechtervoet naar voren en beukte die als een stormram in de linkernier van de inhaler.

'*Che-sah!*' fluisterde hij.

De man deinsde achteruit en viel toen, verblind door pijn en woede, met zijn handen als klauwen uitgestrekt naar hem uit. 'Zwijn!'

De patiënt hurkte ineen, zijn rechterhand schoot omhoog, greep de linkeronderarm van zijn tegenstander en rukte die naar beneden, en terwijl hij opstond duwde hij de arm van zijn slachtoffer omhoog, wrong hem, op zijn hoogste punt, tegen de klok in om, rukte opnieuw en liet hem ten slotte los waarbij hij met zijn hak tegen de onderzijde van de rug van de man trapte. De Fransman vloog over de netten heen naar voren en zijn hoofd kwam met een klap tegen de verschansing terecht.

'*Mee-sah!*' Opnieuw wist hij niet wat die zwijgende kreet betekende.

Een lid van de bemanning greep hem van achteren bij zijn nek. De patiënt stompte zijn linkervuist met geweld in de bekkenstreek achter hem, boog zich toen naar voren, greep de elleboog vast aan de rechterkant van zijn keel. Hij maakte een plotselinge beweging naar links. Zijn aanvaller werd van de grond getild en zijn benen draaiden in de lucht terwijl hij over het dek heen werd geslingerd en met zijn hoofd en nek tussen de raderen van een spil terechtkwam.

De twee overgebleven mannen zaten hem op zijn nek en beukten op hem in met vuisten en knieën, terwijl de kapitein van de vissersboot herhaaldelijk waarschuwend schreeuwde.

'*Le docteur! Rappelons le docteur! Va doucement!*' 'De dokter! Denk aan de dokter! Kalm aan!'

De woorden waren al even misplaatst als de beoordeling door de kapitein van dat wat hij waarnam. De patiënt greep de pols van de ene man, boog hem omlaag, wrong hem tegen de klok in in een heftige beweging; de man brulde van de pijn. De pols was gebroken.

Washburns patiënt klemde de vingers van zijn handen ineen, zwaaide zijn armen omhoog als een voorhamer en raakte de matroos met de gebroken pols in het midden van zijn keel. De man sloeg achterover en zakte op het dek in elkaar.

'*Kwa-sah!*' Het gefluister klonk als een echo in de oren van de patiënt.

De vierde man deinsde achteruit en staarde naar de maniak die alleen maar naar hem keek.

Het was voorbij. Drie van de bemanningsleden van Lamouche waren bewusteloos, zwaar gestraft voor wat ze hadden gedaan. Het viel te betwijfelen of er nog een van hen 's morgens om vier uur naar de haven kon komen.

De woorden van Lamouche klonken even verbijsterd als verachtelijk. 'Waar jij vandaan komt weet ik niet maar je zorgt dat je van mijn schip afkomt.'

De man zonder geheugen begreep de niet bedoelde ironie van de woorden van de kapitein. *Ik weet ook niet waar ik vandaan kom.*

'Je kunt hier nu niet blijven,' zei Geoffrey Washburn terwijl hij de verduisterde slaapkamer binnenkwam. 'Ik ben ervan overtuigd dat ik een serieuze aanval op jou had kunnen voorkomen. Maar ik kan je niet beschermen nu jij de schade hebt toegebracht.'

'Het werd uitgelokt.'

'Moest die uitdaging zo zwaar worden gestraft? Een gebroken pols en rijtwonden die gehecht moesten worden aan de keel en het gezicht van een man en bij een ander aan zijn schedel. Een zware hersenschudding en een nog niet vast te stellen verwonding aan een nier? Om nog maar niet te spreken over een klap op een lies waardoor de testikels zijn opgezwollen? Dat lijkt me een beetje overdreven.'

'Ik had zonder overdrijving gemakkelijk dood kunnen zijn wanneer het andersom was gebeurd.' De patiënt zweeg maar begon weer te praten voordat de dokter er tussen kon komen. 'Ik geloof dat we moeten praten. Er zijn verschillende dingen gebeurd; ik herinnerde me nog meer woorden. We moeten praten.'

'Dat moeten we, maar we kunnen het niet. Er is geen tijd voor. Je moet nu weg. Ik heb voorbereidingen getroffen.'

'Nu meteen?'

'Ja. Ik heb tegen hen gezegd dat je het dorp bent ingegaan, waarschijnlijk om je te bedrinken. De families zullen naar je op zoek gaan. Iedere broer, neef en zwager die kan knokken. Ze zullen messen bij zich hebben, haken, misschien wel een paar vuurwapens. Wanneer ze je niet kunnen vinden zullen ze hier terugkomen. Ze zullen niet ophouden totdat ze je werkelijk gevonden hebben.'

'Vanwege een knokpartij waar zij mee zijn begonnen?'

'Omdat je drie mannen hebt verwond die met zijn drieën minstens een maandloon erbij in zullen schieten. En nog iets anders dat oneindig veel belangrijker is.'

'Wat dan?'

'De belediging. Iemand van buiten het eiland heeft laten zien dat hij niet een maar drie gerespecteerde visserslui van Port Noir gemakkelijk aankan.'

'Gerespectéérd?'

'In fysieke zin. De bemanning van Lamouche wordt als het ruigste stel beschouwd van de hele waterkant.'

'Dat is belachelijk.'

'Voor hen niet. Het gaat om hun eer... Nou moet je opschieten. Pak je spullen. Er ligt een boot uit Marseille; ik heb de kapitein overgehaald om je aan boord te verstoppen en je op een halve mijl van de kust ten noorden van La Ciotat overboord te zetten.'

De man zonder geheugen hield zijn adem in. 'Het is dus zover,' zei hij kalm.

'Het is zover,' antwoordde Washburn. 'Ik geloof dat ik weet wat er door je geest gaat. Een gevoel van hulpeloosheid, van stuurloos te zwalken zonder koers. Ik ben jouw roer geweest en ik zal niet bij je zijn; daar kan ik niets aan doen. Maar je kunt me geloven wanneer ik je zeg dat je níét hulpeloos bent. Je zúlt eruit komen.'

'Naar Zürich,' voegde de patiënt eraan toe.

'Naar Zürich,' bevestigde de dokter. 'Hier. Ik heb een paar dingen voor je bij elkaar gebonden in dit stuk wasdoek. Bind het om je middel.'

'Wat is het?'

'Al het geld dat ik heb, zo'n tweeduizend franc. Het is niet veel maar het zal je op weg helpen. En mijn paspoort, wat je daaraan dan ook kunt hebben. We zijn zowat dezelfde leeftijd en het is acht jaar oud; mensen veranderen. Laat niemand het uitgebreid bekijken. Het is enkel een officieel stuk.'

'Wat ga jij nu doen?'

'Als ik niets meer van jou hoor zal ik het nooit meer nodig hebben.'

'Jij bent een nette vent.'

'Ik geloof dat jij dat ook bent... Voor zover ik je heb gekend. Maar ik heb je vroeger niet gekend. Voor die man kan ik dus niet instaan. Ik wilde dat ik het wel kon maar dat is nu eenmaal onmogelijk.'

De man leunde tegen de reling en keek toe hoe de lichten van Ile de Port Noir in de verte verdwenen. De vissersboot zette koers naar de duisternis, zoals hij bijna vijf maanden geleden zich in de duisternis had gestort.

Zoals hij zich nu opnieuw in de duisternis ging storten.

3

Op de kust van Frankrijk waren geen lichten zichtbaar; alleen het bleke schijnsel van de ondergaande maan dat de omtrekken van de rotsachtige kust deed uitkomen. Ze lagen tweehonderd meter uit de wal en de vissersboot dobberde kalm op de tegenstromen van de inham. De kapitein wees over de reling.

'Tussen die twee groepen rotsblokken daar ligt een klein stukje strand. Het is niet veel maar u komt er wanneer u naar rechts zwemt. We kunnen nog zo'n meter of tien verder drijven, niet meer. Nog maar een minuut of zo.'

'U doet meer dan ik had verwacht. Daar dank ik u voor.'

'Is niet nodig. Ik betaal mijn schulden.'

'En ben ik er een van?'

'Heel zeker. De dokter in Port Noir heeft drie van mijn bemanningsleden dichtgenaaid na die waanzin van vijf maanden geleden. U was niet de enige die aan land werd gebracht moet u weten.'

'De storm? U kent mij?'

'U lag krijtwit op de tafel maar ik ken u niet en ik wil u niet kennen. Ik had toen geen geld, niets gevangen. De dokter zei dat ik kon betalen wanneer ik er beter voor stond. U bent mijn betaling.'

'Ik heb papieren nodig,' zei de man die aanvoelde dat hij hier hulp kon krijgen. 'Ik moet een paspoort veranderd hebben.'

'Waarom vraagt u mij dat?' vroeg de kapitein. 'Ik zei dat ik ten noorden van La Ciotat een pakje overboord zou zetten. Meer zei ik niet.'

'Dat zou u niet hebben gezegd als u ook niet andere dingen kon doen.'

'Ik breng u níét naar Marseille. Ik ga géén patrouilleboten riskeren. De Surêté heeft mensen in de hele haven; die narcoticaploegen zijn maniakken. Je betaalt hún of je betaalt twintig jaar in een cel!'

'Dat betekent dat ik papieren kan krijgen in Marseille. En dat u me kunt helpen.'

'Dat zei ik niet.'

'Jawel, dat zei u wel. Ik vraag om een dienst en die hulp is te vinden in een plaats waar u me niet naartoe wilt brengen – maar de hulp is daar te krijgen. Dat zei u.'

'Wat zei ik?'

'Dat u met me zult praten in Marseille – als ik daar zonder u kan komen. Zeg me alleen maar waar.'

De schipper van de vissersboot bestudeerde het gelaat van de patiënt; het besluit werd niet gemakkelijk genomen maar lag vast. 'Er is een café aan de Rue Sarrasin, ten zuiden van de Oude Haven. Le Bouc de Mer. Daar zal ik vanavond zijn, tussen negen en elf. U zult geld nodig hebben, ook wat vooruit.'

'Hoeveel?'

'Dat moet u uitmaken met de man met wie u spreekt.'

'Ik moet enig idee hebben.'

'Het is goedkoper wanneer u een document hebt waarmee kan worden gewerkt; anders moet er een gestolen worden.'

'Dat zei ik u toch. Ik heb er een.'

De kapitein haalde zijn schouders op. 'Vijftienhonderd, tweeduizend franc. Verspillen we geen tijd?'

De patiënt dacht aan het pakje in waspapier rond zijn middel. In Marseille lag een bankroet op hem te wachten, maar ook een veranderd paspoort, een paspoort naar Zürich. 'Ik speel het wel klaar,' zei hij zonder te weten waar zijn zelfvertrouwen vandaan kwam. 'Vanavond dus.'

De kapitein tuurde naar de vaag verlichte kustlijn. 'Verder dan hier kunnen we niet drijven. Nu bent u op uzelf aangewezen. Denk er om, als we elkaar niet treffen in Marseille hebt u mij nooit gezien en ik heb u nooit gezien. Geen van mijn bemanningsleden heeft u gezien.'

'Ik zal er zijn. Le Bouc de Mer, Rue Sarrasin, ten zuiden van de Oude Haven.'

'In Gods handen,' zei de schipper terwijl hij de zeeman aan het roer een teken gaf. Onder in de boot ronkten de motoren. 'Tussen haakjes, de klanten in Le Bouc zijn niet gewend aan een Parijse tongval. Als ik u was zou ik wat rauwer spreken.'

'Bedankt voor de tip,' zei de patiënt terwijl hij zijn benen over de verschansing zwaaide en zich in het water liet zakken. Hij hield zijn rugzak boven water en trapte met zijn benen om te blijven drijven. 'Tot vanavond,' voegde hij er luider aan toe terwijl hij omhoog keek naar de donkere romp van de vissersboot.

Er was daar niemand; de kapitein was van de reling verdwenen. De enige geluiden kwamen van het klotsen van de golven tegen het hout en de gedempte acceleratie van de motoren.

Nu ben je op jezelf aangewezen.

Hij huiverde en draaide zich om in het koude water waarbij hij zijn lichaam in de richting van de kust keerde. Hij dacht eraan om naar rechts te blijven uithalen en zo aan te houden op een groep rotsen aan zijn rechterkant. Als de kapitein wist waarover hij sprak dan zou de stroom hem naar het onzichtbare strand voeren.

Het klopte; hij kon voelen hoe de onderstroom zijn blote voeten in het zand trok zodat de laatste dertig meter nog het moeilijkst waren af te leggen. Maar de rugzak van zeildoek was betrekkelijk droog en hij hield hem nog steeds boven de brekende golven uit.

Een paar minuten later zat hij op een kopje van helmgras. De lange stengels bogen zich op de landbries en de eerste ochtendstralen begonnen door te dringen in de nachtelijke hemel. Over een uur zou de zon op zijn – die zou hij achterna moeten trekken.

Hij opende de rugzak en haalde er een paar stevige, hoge schoenen uit, dikke sokken, een broek met opgerolde pijpen en een ruw, dik katoenen hemd. Op een punt in zijn verleden had hij heel economisch leren pakken; er zat in de rugzak veel meer dan op het eerste oog te zien was. Waar had hij dat geleerd? Waarom? De vragen hielden niet op.

Hij stond op en trok het korte sportbroekje uit dat hij van Washburn had geaccepteerd. Hij trok het glad en legde het op de grashalmen te drogen; hij kon niets weggooien. Hij trok zijn onderhemd uit en deed daarmee hetzelfde.

Naakt stond hij daar op het duin en hij voelde zich vreemd uitgelaten terwijl in het midden van zijn maag een holle pijn krampte. De pijn was angst, dat wist hij. Hij begreep de uitgelatenheid eveneens.

Hij was geslaagd voor zijn eerste test. Hij had vertrouwd op een instinct – misschien een dwangimpuls – en had geweten wat hij moest zeggen en hoe hij moest reageren. Een uur geleden had hij geen directe bestemming, wist hij alleen dat Zürich zijn doel was, maar hij wist ook dat er grenzen overschreden en ambtenaren tevreden gesteld moesten worden. Het acht jaar oude paspoort was zo duidelijk niet van hemzelf, dat zelfs de stomste douanebeambte het door zou hebben. En ook al slaagde hij erin Zwitserland in te komen, hij zou er ook weer uit moeten. Elke actie zou het risico dat hij werd aangehouden vergroten. Dat mocht niet gebeuren – niet nu. Eerst moest hij meer te weten komen. De antwoorden lagen in Zürich, hij moest als vrij man kunnen reizen en hij had zijn hoop gevestigd op een kapitein van een vissersboot om dat te bereiken.

Je bent niet hulpeloos. Je zult je eruit redden.

Voordat de dag voorbij was zou hij een contact leggen om het paspoort van Washburn veranderd te krijgen door een beroepsvervalser, te laten veranderen in een betrouwbaar reisdocument. Het was de eerste concrete stap maar voordat die gezet werd moest hij aan geld denken. De tweeduizend franc die de dokter hem had gegeven was niet genoeg; het was misschien niet eens genoeg voor de pas zelf. Wat had hij aan een reisdocument zonder middelen om te reizen? Geld. Hij moest geld zien te krijgen. Daarover moest hij nadenken.

Hij sloeg de kleren uit die hij uit de rugzak had gehaald, trok ze aan en stak zijn voeten in de schoenen. Toen ging hij op het zand liggen staren naar de hemel die langzaamaan helderder werd. De dag werd geboren, net als hijzelf.

Hij liep door de nauwe, stenen straatjes van La Ciotat en ging de winkels binnen, meer om er een praatje aan te knopen met het personeel dan om een andere reden. Het was een vreemd gevoel om weer tussen de mensen te verkeren, niet meer dat idee te hebben een onbekende zwerver te zijn die uit zee was opgevist. Hij dacht aan de raad van de kapitein en sprak zijn Frans meer met keelklanken zodat men hem kon accepteren als een onopvallende vreemdeling die toevallig in het stadje was.

Geld.

Er was een wijk van La Ciotat waar men kennelijk was gericht op rijke klanten. In de belangrijkste winkelstraten waren de winkels schoner en was de koopwaar duurder, de vis verser en het vlees malser. Zelfs de groenten glansden; veel ervan kwam uit exotische landen, geïmporteerd uit Noord-Afrika en het Midden-Oosten. De wijk had iets van Parijs of Nice, overgeplant naar de rand van een kustkolonie uit de middenklasse. Een pad van flagstones voerde naar de ingang van een klein café, gescheiden van de aangrenzende winkels door een kortgeschoren gazon.

Geld.

Hij liep een slagerswinkel binnen en hij merkte dat de onderzoekende blik van de eigenaar niet erg positief en vriendelijk uitviel. De man bediende een echtpaar van middelbare leeftijd die naar hun spraak en kleding te oordelen bedienden waren op een landgoed in de buurt. Ze waren overdreven precies, kortaf en veeleisend.

'Het kalfsvlees van vorige week kon er maar net mee door,' zei de vrouw. 'Geef me dit keer beter, anders ben ik gedwongen het uit Marseille te laten komen.'

'En gisteravond,' voegde de man eraan toe, 'had de markies het er tegen mij over dat de lamskoteletten veel te dun waren. Ik herhaal, precies drie centimeter dik.'

De eigenaar zuchtte en haalde zijn schouders op. Hij mompelde onderdanig verontschuldigende en geruststellende woorden. De vrouw keerde zich naar haar begeleider en haar stem klonk even commanderend als tegen de slager.

'Wacht op de pakjes en leg ze in de auto. Ik ga naar de kruidenier; kom me daar halen.'

'Natuurlijk, schat.'

De vrouw verdween als een duif die op zoek gaat naar verder zaad voor tweedracht. Zo gauw ze de deur uit was keerde haar man zich naar de eigenaar en zijn optreden was volkomen anders. De verwaandheid was verdwenen; hij grijnsde.

'Een normaal dagje voor jou, hè Marcel?' zei hij terwijl hij een pakje sigaretten uit zijn zak haalde.

'Min of meer. Waren de koteletten echt te dun?'

'Och, welnee. Híj merkt zoiets allang niet meer! Maar zij voelt zich beter wanneer ik te klagen heb, dat weet je.'

'Waar is de markies van de Mesthoop nou?'

'Zat, in het café hiernaast. Hij wacht op die hoer uit Toulon. Ik kom hem later op de middag halen om hem langs de markiezin de stal in te smokkelen. Tegen die tijd kan hij niet meer rijden. Hij gebruikt de kamer van Jean-Pierre boven de keuken, dat weet je.'

'Ik heb het gehoord.'

Toen de naam Jean-Pierre werd genoemd keerde de patiënt van Washburn zich om van een vitrine met gevogelte. Het was een automatische reflex maar de beweging was enkel bedoeld om de slager eraan te herinneren dat hij er nog was.

'Wat is er? Wat wilt u?'

Het was tijd om de keelklanken uit zijn Frans te halen. 'Vrienden uit Nice hebben u aanbevolen,' zei de patiënt met een accent dat beter paste bij de Quai d'Orsay dan bij het Le Bouc du Mer.

'O ja?' De eigenaar van de winkel herzag onmiddellijk zijn oordeel. Onder zijn klanten, vooral onder de jongeren, waren er die er de voorkeur aan gaven zich te kleden in tegenstelling tot hun status. Het gewone, Baskische hemd was tegenwoordig zelfs mode geworden. 'U bent hier nieuw, meneer?'

'Mijn boot moet gerepareerd worden. We komen vanmiddag niet meer in Marseille.'

'Kan ik u van dienst zijn?'

De patiënt lachte. 'Mijn chef-kok misschien, ik durf me niet met zijn zaken te bemoeien. Hij komt straks wel langs en ik heb wel wat invloed.'

De slager en zijn vriend lachten. 'Dat neem ik wel aan, meneer,' zei de eigenaar van de winkel.

'Ik heb twaalf jonge eenden nodig en, laten we zeggen, zo'n achttien chateaubriands.'

'Natuurlijk.'

'Goed. Ik stuur onze baas van het kombuis rechtstreeks naar u toe.' De patiënt keerde zich tot de man van middelbare leeftijd. 'Tussen haakjes, ik moest wel horen wat u daarnet zei... nee, alstublieft, u hoeft zich geen zorgen te maken. De markies, dat is toch niet die ezel van een d'Ambois, is het wel? Ik geloof dat iemand me vertelde dat hij hier in de buurt woonde.'

'O nee, meneer,' antwoordde de bediende. 'Ik ken de markies d'Ambois niet. Ik had het over de markies de Chambord. Een echte gentleman, meneer, maar hij heeft het moeilijk. Een moeilijk huwelijk, meneer. Erg moeilijk – dat is geen geheim.'

'Chambord? Ja. ik geloof dat ik hem weleens heb ontmoet. Vrij kleine man, is het niet?'

'Nee meneer. Vrij lang zelfs. Ongeveer uw lengte zou ik zeggen.'

'Echt?'

De patiënt ontdekte snel de verschillende ingangen en de binnentrappen van het twee verdiepingen hoge café – een bezorger van levensmiddelen uit Roquevair die zijn nieuwe route nog niet goed kende. Er waren twee trappen die naar de tweede verdieping leidden, een vanuit de keuken, de andere net achter de voordeur in de kleine hal. Dit was de trap die bezoekers gebruikten om naar de wc's boven te gaan. Er was ook een raam waardoor iemand die erin geïnteresseerd was van buitenaf iedereen kon zien die die bepaalde trap gebruikte, en de patiënt was er zeker van dat hij twee mensen dat zou zien doen als hij maar lang genoeg wachtte. Ze zouden ongetwijfeld apart naar boven gaan en geen van tweeën zouden ze naar een wc lopen maar in plaats daarvan naar een slaapkamer boven de keuken. De patiënt vroeg zich af welke van de dure auto's die aan de rustige straat geparkeerd stonden, aan de markies behoorde. Welke het dan ook was, de butler op middelbare leeftijd in de slagerswinkel hoefde zich geen zorgen te maken; zijn broodheer zou er niet in rijden.

Geld.

De vrouw arriveerde even voor enen. Ze had loshangend, blond haar en grote borsten die spanden in de blauwe zij van haar blouse. Haar lange benen waren door de zon gebruind en stapten gracieus op hoge hakken, waarbij haar dijen en soepele heupen duidelijk uitkwamen onder de nauw sluitende witte rok. Chambord mocht dan problemen hebben, goede smaak had hij ook.

Twintig minuten later kon hij de witte rok door het raam zien; het meisje was op weg naar boven. Minder dan een minuut later was een andere gestalte zichtbaar door het venster; een donkere broek en een blazer onder een bleek gezicht stommelden behoedzaam de trap op. De patiënt telde de minuten. Hij hoopte dat de markies een horloge bezat.

De patiënt droeg zijn zeildoeken rugzak zo onopvallend mogelijk aan de riemen en liep het pad met flagstones af naar de ingang van het restaurant. Binnen sloeg hij in de hal linksaf, verontschuldigde zich en liep langs een oudere heer de trap op, kwam op de tweede verdieping en sloeg opnieuw linksaf door een lange gang die naar de achterkant van het huis voerde, boven de keuken. Hij liep de wc's voorbij en kwam aan een gesloten deur aan het eind van de nauwe gang waar hij doodstil bleef staan met zijn rug tegen de muur gedrukt. Hij draaide zijn hoofd om en wachtte tot de oudere heer de deur van de wc had bereikt en die openduwde terwijl hij de rits van zijn broek omlaag trok.

De patiënt hield – instinctief, zonder er eigenlijk bij te denken – de zachte rugzak omhoog en duwde die tegen het midden van het deurpaneel. Hij hield hem stevig op zijn plaats met uitgestrekte armen, zette een stap achteruit en smakte met een snelle beweging zijn linkerschouder in het canvas, liet zijn rechterhand zakken toen de deur opensprong en greep de rand van de deur voordat die tegen een muur kon slaan. Niemand beneden in het restaurant kon gehoord hebben dat de deur geforceerd werd.

'Nom de Dieu!' gilde ze. *'Qui est-ce...!'*

'Silence!'

De markies de Chambord wentelde zich van het naakte lichaam van de blonde vrouw af en viel over de rand van het bed languit op de vloer. Hij was een figuur uit een komische opera, met het gesteven hemd dat hij nog droeg, de das nog in een knoop op zijn plaats en aan zijn voeten zwarte zijden sokken die tot zijn knieën reikten; maar meer had hij niet aan. De vrouw graaide naar de dekens en deed haar best het indecente van de situatie te versluieren.

De patiënt gaf snel zijn bevelen. 'Roep niet. Als u precies doet wat ik zeg komt u er heelhuids af.'

'Mijn vrouw heeft jou gehuurd!' riep de Chambord met onvaste stem, terwijl hij moeite deed zijn lodderige ogen te fixeren. 'Ik zal je meer betalen!'

'Dat is vast een begin,' antwoordde de patiënt van dokter Washburn. 'Trek uw hemd uit en doe uw das af. Ook de sokken.' Hij zag de glimmende gouden band rond de pols van de markies. 'En het horloge ook.'

Enkele minuten later was de transformatie compleet. De kleren van de markies pasten wel niet precies maar niemand kon iets aan te merken hebben op de kwaliteit van de stof of op het oorspronkelijke maatwerk. Verder was het horloge een Gerard-Perregaux en de portefeuille van de Chambord bevatte meer dan dertienduizend franc. Ook de autosleutels zagen er imposant uit: ze waren gevat in echt zilver en er stonden monogrammen op.

'Geef me in 's hemelsnaam je kleren!' zei de markies toen de onaannemelijkheid van de situatie door zijn waas van alcohol begon door te dringen.

'Het spijt me, maar dat kan ik niet doen,' antwoordde de indringer, terwijl hij zowel zijn eigen kleren als die van de vrouw bijeenpakte.

'Je kunt de mijne niet meenemen!' gilde ze.

'Ik zei dat u zachtjes moest praten.'

'Goed, goed dan,' ging ze verder, 'maar je kunt niet...'

'Ja, dat kan ik wel.' De patiënt keek rond in de kamer. Op een bureau naast een raam stond een telefoon. Hij liep erop af en rukte het snoer uit de stekkerdoos. 'Nu zal niemand u storen,' voegde hij eraan toe terwijl hij zijn rugzak pakte.

'Zo kom je er niet vanaf!' snauwde de Chambord. 'Dat zal je zuur opbreken! De politie zal je wel vinden!'

'De politie?' vroeg de indringer. 'Zou u nu echt de politie wel erbij halen? Dan moet er een procesverbaal worden gemaakt en alle omstandigheden worden vastgelegd. Ik geloof niet dat dat zo'n goed idee is. Ik geloof dat u beter kunt wachten tot die kerel u later op de middag komt halen. Ik hoorde hem zeggen dat hij u langs de markiezin de stal in zou smokkelen. Alles welbeschouwd geloof ik echt dat u dat maar moest doen. Ik weet zeker dat u een beter verhaal kunt verzinnen dan wat er hier echt is gebeurd. Ik zal u niet tegenspreken.'

De onbekende dief verliet de kamer en deed de beschadigde deur achter zich dicht.

Je bent niet hulpeloos. Je zult je eruit redden.

Dat had hij tot nu toe gedaan en het was een beetje beangstigend. Wat had Washburn gezegd? Dat zijn vaardigheden en talenten zouden terugkeren... maar ik geloof niet dat je ooit in staat zult zijn de relatie ervan terug te vinden met iets in je verleden. Het verleden. Wat voor verleden was dat, dat de vaardigheden opbracht die hij de afgelopen vierentwintig uur had gedemonstreerd? Waar had hij geleerd te verminken en te verlammen met uitschietende voeten en met vingers die ineengestrengeld waren als hamers? Hoe wist hij precies waar hij die klappen moest toebrengen? Wie had hem geleerd gebruik te maken van een misdadig brein en zo een met tegenzin gemaakte afspraak uit te lokken? Hoe kon hij zo snel afgaan, enkel op implicaties en er vast van overtuigd zijn dat zijn instincten juist waren? Waar had hij geleerd om direct mogelijkheden voor afpersing te zien in een toevallig in een slagerswinkel gehoorde conversatie? Nog belangrijker was misschien het eenvoudig genomen besluit om de misdaad uit te voeren. Mijn god, hoe kon hij zoiets doen?

Hoe meer je er je tegen verzet, hoe meer je jezelf ermee kwelt, des te erger zal het zijn.

Hij concentreerde zich op de weg en op het mahoniehouten dashboard van de Jaguar van markies de Chambord. Hij was niet vertrouwd met de plaats van de instrumenten; in zijn verleden had hij kennelijk geen uitgebreide ervaring gehad met zulke auto's. Hij dacht dat dat tenminste iets was.

In minder dan een uur passeerde hij een brug over een breed kanaal en wist hij dat hij in Marseille was. Kleine, vierkante stenen huizen die als blokken oprezen uit het water; overal nauwe straten en muren – de buitenwijken van de oude haven. Hij kende het allemaal en toch kende hij het niet. Hoog in de verte, als een silhouet tegen een van de omringende heuvels, waren de omtrekken zichtbaar van een enorme kathedraal met op het topje van de torenspits duidelijk een beeld van de Maagd Maria. Notre-Dame-de-la-Garde. De naam kwam bij hem op. Hij had het eerder gezien – en toch ook weer niet.

O, mijn god! Hou óp!

Binnen een paar minuten was hij in het kloppende hart van de stad en reed hij langs de drukke Boulevard La Canabière met zijn overvloed aan dure winkels waar de stralen van de middagzon aan beide zijden weerkaatsten van grote vlakken getint glas en waar aan weerszijden van de straat de cafés lagen met hun uitgestrekte terrassen op het trottoir. Hij sloeg links af, richting haven, reed voorbij pakhuizen en kleine fabrieken en omheinde stukken terrein waar auto's klaarstonden voor transport naar het noorden, naar de showrooms van Saint-Étienne, Lyon en Parijs. En verder naar het zuiden, naar de overkant van de Middellandse Zee.

Instinct. Volg je instinct. Want hij moest overal op letten. Elk hulpmiddel was onmiddellijk te gebruiken; een rotsblok had waarde als je ermee kon gooien, of een voertuig als iemand het nodig had. Hij koos een terrein uit waarop zowel nieuwe als tweedehands auto's stonden, die er wel allemaal duur uitzagen. Hij parkeerde aan de rand van de weg en stapte uit. Achter het hek lag een kleine, spelonkachtige garage waar monteurs in overalls nonchalant rondliepen met gereedschap in hun handen. Hij slenterde binnen wat rond tot hij een man ontdekte in een pak met een fijn streepje. Instinct zei hem met hem te praten.

In minder dan tien minuten en met een minimum aan uitleg was het verdwijnen van een Jaguar naar Noord-Afrika gegarandeerd door het wegvijlen van de motornummers.

De sleutels met de monogrammen in zilver verwisselden van eigenaar tegen zesduizend franc, ruwweg een vijfde van de waarde van de auto van De Chambord. Toen zocht de patiënt van dokter Washburn een taxi en liet er zich mee naar een lommerdhouder brengen, maar geen winkel waar te veel vragen werden gesteld. De boodschap was duidelijk: dit was Marseille. En een halfuur later zat de Gerard-Perregaux niet langer meer om zijn pols. Ervoor in de plaats gekomen was een Seiko en achthonderd franc. De praktische bruikbaarheid van alles was de enige waarde die telde; het horloge was schokvrij.

De volgende halte was een niet al te groot warenhuis aan de zuidoostkant van La Canabière. Hij koos wat confectiekleren, paste ze, betaalde en liep er zo mee weg terwijl hij een slecht passende blazer en broek achterliet.

Hij koos een zachtleren koffer uit een selectie die op de vloer stond uitgestald en deed daar nog wat kleren in en zijn rugzak. De patiënt keek even op zijn nieuwe horloge. Het was bijna vijf uur, tijd om een comfortabel hotel te zoeken. Hij had enkele dagen achtereen nauwelijks geslapen. Hij moest rusten voor zijn afspraak in de Rue Sarrasin, in een café dat Le Bouc de Mer heette, waar voorbereidingen konden worden getroffen voor een nog belangrijker afspraak in Zürich.

Hij lag achterover op bed en staarde naar het plafond waar het schijnsel van de straatlantaarns beneden onregelmatige lichtpatronen tekende die over het gladde, witte oppervlak dansten. De nacht was snel gevallen in Marseille, en nu het donker was voelde de patiënt zich weer wat vrijer. De duisternis leek op een gigantische deken die de felle schittering van het daglicht afschermde, waardoor te snel te veel zichtbaar werd. Hij kwam iets over zichzelf te weten: hij voelde zich meer op zijn gemak in het donker. Net als een halfverhongerde kat kon hij beter 's nachts op voedsel uitgaan. Toch was er een tegenstrijdigheid en ook dat zag hij in. Tijdens de maanden in Ile de Port Noir had hij gesnakt naar zonlicht, ernaar gehongerd, gewacht op elke zonsopgang, alleen maar gehoopt dat het donker zou verdwijnen.

Er waren dingen met hem aan het gebeuren. Hij was aan het veranderen.

Er waren al dingen gebeurd. Twaalf uur geleden zat hij op een vissersboot op de Middellandse Zee, met een doel voor ogen en tweeduizend franc om zijn middel gebonden. Tweeduizend franc, iets minder dan vijfhonderd dollar volgens de dagwaarde die beneden in de hal van het hotel was aangegeven. Nu was hij uitgerust met een paar stel acceptabele kleren en lag hij op een bed in een redelijk duur hotel met iets meer dan 23 duizend franc in een Louis Vuitton-portefeuille die toebehoorde aan de markies de Chambord. 23 duizend franc... bijna zesduizend dollar.

Waar was hij vandaan gekomen dat hij de dingen had kunnen doen die hij deed?

Hou op!

De Rue Sarrasin was zo oud dat hij in een andere stad niet meer geweest zou zijn dan een verbinding tussen twee andere straten, een brede, bakstenen steeg die toegang gaf tot straten die eeuwen later waren aangelegd. Maar dit was Marseille; het oude bestond er naast het niet zo oude en geen van beide voelden ze zich op hun gemak bij het nieuwe. De Rue Sarrasin was maar tweehonderd meter lang en lag vergeten door de tijd tussen de stenen muren van de waterkant, zonder straatverlichting en een fuik voor de mistbanken die er binnen rolden vanaf de haven. Een steegje dat leek aangelegd voor korte ontmoetingen tussen mensen die hun gesprekken liever geheim hielden.

Het enige licht en geluid kwamen uit Le Bouc de Mer. Het café lag ruwweg in het midden van de brede steeg in een gebouw waarin een eeuw geleden een kantoor was gevestigd. Een aantal schotten was afgebroken om een grote caféruimte te vormen met tafels. Sommige waren blijven staan en die vormden afgeschutte zitplaatsen voor minder openbare afspraken. Zo schiep men langs de waterkant die privékamertjes die je in de restaurants langs La Canabière aantrof en, zoals dat hoorde bij hun stand, hadden ze gordijnen maar geen deuren.

De patiënt zocht zijn weg tussen de drukbezette tafels door, verontschuldigde zich langs wankelende vissers en dronken soldaten en hoeren met rode, opgemaakte gezichten die op zoek waren naar een bed en een paar franc. Hij tuurde door het ene gordijntje na het andere, een zeeman die op zoek was naar zijn maats – tot hij de kapitein van de vissersboot vond. Er zat nog een man aan het tafeltje. Een mager, bleek gezicht met kleine oogjes die omhooggluurden als die van een nieuwsgierige fret.

'Ga zitten,' zei de stuurse schipper. 'Ik dacht dat u hier eerder zou zijn.'

'U zei tussen negen en elf. Het is kwart voor elf.'

'Wie zo royaal in de tijd zit kan ook wel voor de whisky betalen.'

'Graag. Bestel maar iets fatsoenlijks als ze dat hebben.'

De magere, bleke man glimlachte. Dat beloofde wat voor de zaken.

De zaken verliepen ook goed. De betreffende pas was, natuurlijk, een van de moeilijkste van de hele wereld om te vervalsen maar met grote zorg, de juiste instrumenten en kunstenaarstalent, zou het wel kunnen.

'Hoeveel?'

'Deze vaardigheden – en instrumenten – zijn niet goedkoop. Tweeëneenhalf duizend franc.'

'Wanneer kan ik het krijgen?'

'Zorgvuldigheid, kunstenaarstalent, die moet je tijd gunnen. Drie of vier dagen. En dan zet ik de artiest nog behoorlijk onder druk. Hij zal schreeuwen.'

'Er zit duizend franc extra aan als ik het morgen kan krijgen.'

'Tien uur morgenochtend,' zei de bleke man snel. 'Ik zal me wel laten uitschelden.'

'En extra laten betalen,' kwam de nors kijkende kapitein er tussen. 'Wat hebt u meegenomen uit Port Noir? Diamanten?'

'Talent,' zei de patiënt en hij meende het zonder het te begrijpen.

'Ik heb een foto nodig,' zei de tussenman.

'Ik heb dit laten maken in zo'n foto-automaat,' antwoordde de patiënt en hij haalde een vierkant fotootje uit de borstzak van zijn hemd. 'Met al die dure instrumenten weet ik zeker dat je dit nog wat scherper kunt maken.'

'Nette kleren,' zei de kapitein terwijl hij de afdruk doorgaf aan de bleke man.

'Goed van snit,' stemde de patiënt in.

Ze spraken een plaats af waar ze elkaar de volgende ochtend zouden treffen, de drank werd betaald en de kapitein kreeg onder de tafel vijfhonderd franc toegeschoven. De bespreking was voorbij. De koper verliet het afgeschutte hokje en ging door de volgepropte, lawaaierige caféruimte, vol rookslierten, op weg naar de deur.

Het gebeurde zo snel, zo plotseling, zo volkomen onverwacht dat er geen tijd was om te denken. Enkel om te reagéren.

De botsing kwam plotseling, terloops, maar er lag niets terloops in de ogen die hem aanstaarden. Ze leken uit hun kassen te komen, wijd opengesperd van ongeloof, bijna hysterisch.

'Nee! O, mijn god, néé! Het kán niet...' De man keerde zich snel om in de menigte. De patiënt sprong naar voren en greep de man bij de schouder. 'Wacht eens even!'

De man keerde zich weer om en duwde de V van zijn uitgestrekte duim en vingers omhoog tegen de pols van de patiënt om zo de hand weg te duwen. 'Jij! Jij bent dóód! Je had het niet kunnen overleven!'

'Ik overleefde het. Wat weet jíj daarvan?'

Het gelaat was nu vertrokken, een klomp verwrongen woede met ogen die loensden, een open mond die de lucht naar binnen zoog en gele tanden liet zien die op dierentanden leken. Plotseling trok de man een mes en het uitklappen van het lemmet was te horen door het lawaai in de omtrek heen. De arm schoot naar voren, het lemmet vormde een verlengstuk van de hand die het mes vasthield en beide stootten ze naar de maag van de patiënt. 'Ik weet zeker dat ik het af zal maken!' fluisterde de man.

De patiënt zwaaide zijn rechteronderarm omlaag als een slinger die alle voorwerpen op zijn weg wegvaagde. Hij draaide om zijn as, schopte zijn linkervoet omhoog en zijn hak kwam met kracht terecht tegen het bekken van zijn aanvaller.

'*Che-sah.*' De echo in zijn hoofd was oorverdovend.

De man vloog achteruit, temidden van een drietal drinkende mannen en zijn mes viel op de vloer. Men zag het wapen; er werd geroepen, mannen kwamen aanlopen, vuisten en handen scheidden de vechters.

'Maak dat jullie wegkomen!'

'Vecht je ruzie maar ergens anders uit!'

'We willen hier geen politie, stelletje dronken rotzakken!'

De woedende, rauwe taal van Marseille weerklonk boven de verwarde geluiden van Le Bouc de Mer uit. De patiënt was ingesloten; hij keek toe hoe de man die hem bijna had gedood met zijn handen aan zijn lies zich door de menigte wrong en zich een weg vocht naar de deur. De zware deur zwaaide open. De man rende weg, de duisternis in van Rue Sarrasin.

Iemand die dacht dat hij dood was – wilde dat hij dood was – wist dat hij leefde.

4

De economy klasse van de Caravelle van Air France naar Zürich was helemaal bezet en de nauwe zitplaatsen werden nog ongemakkelijker gemaakt door de turbulentie, die het toestel heen en weer slingerde. Een baby krijste in de armen van zijn moeder. Andere kinderen jengelden en slikten hun angstkreten in, terwijl ouders zonder veel overtuiging geruststellend glimlachten. De meeste overige passagiers zwegen, enkelen dronken hun whisky sneller dan normaal. Nog minder lachten geforceerd met dichtgeknepen keel, een valse bravoure, die hun onzekerheid meer benadrukte dan verborg. Het was een afschuwelijke vlucht die iedereen op zijn eigen manier onderging. Maar niemand ontsnapte aan gedachten van wezenlijke doodsangst. Men was kwetsbaar zoals men daar zat opgesloten in een metalen buis, zo'n tienduizend meter boven de grond. Met een, lange, gillende duikvlucht kon men omlaag op de aarde worden geslingerd. En met die wezenlijke doodsangst kwamen fundamentele vragen op. Waaraan zou men denken op zo'n moment? Hoe zou men reageren?

De patiënt probeerde erachter te komen; het was belangrijk voor hem. Hij zat naast het raampje en zijn ogen waren gericht op de vleugel van het vliegtuig, keken toe hoe het brede metalen vlak boog en trilde onder het ruwe geweld van de winden. Een onsje druk meer dan de buigingstolerantie en de vleugel zou afbreken, het lidmaat dat draagkracht gaf zou van zijn buislichaam worden gerukt en in stukken worden gescheurd op de wind; losspringende klinknagels zouden een explosie veroorzaken en de gierende duik zou daar op volgen.

Wat zou hij doen? Waaraan zou hij denken? Zou er nog iets anders zijn dan de tomeloze angst voor de dood en de vergetelheid? Daarop moest hij zich concentreren; dat was de projectie waarop Washburn steeds de nadruk had gelegd in Port Noir. Hij dacht weer aan de woorden van de dokter.

Telkens wanneer je een situatie ziet waarin stress overheerst – en je hebt de tijd – doe dan alles wat je kunt om jezelf daarin te projecteren. Roep zo vrij mogelijke associaties op. Laat woorden en beelden toe in je geest. Misschien vind je daarin aanwijzingen.

De patiënt bleef uit het raampje staren. Bewust probeerde hij zijn onderbewustzijn op te roepen. Hij concentreerde zich op het natuurgeweld buiten het raampje, ontleedde de beweging, spande zich tot het uiterste in om uit zijn reacties woorden en beelden te distilleren.

Ze kwamen – langzaam. Daar was de duisternis weer en het geluid van een bolderende wind, oorverdovend, onophoudelijk, toenemend in volume tot hij meende dat zijn hoofd zou barsten. Zijn hoofd... De winden teisterden de linkerkant van zijn hoofd en gelaat, schroeiden zijn huid, dwongen hem zijn linkerschouder op te tillen ter bescherming... Linkerschouder. Linkerárm. Zijn arm stak omhoog, de gehandschoende vingers van zijn linkerhand hielden een rechte rand van metaal vast, zijn rechterhand greep in een... een lus. Hij hield zich vast aan een lus en wachtte op iets. Een teken... een flitsend licht of een klop op zijn schouder, of beide. Een teken. Het kwám. Hij sprong. De duisternis en de leegte in, terwijl zijn lichaam draaiend en tuimelend de nachtelijke hemel werd ingeslingerd. Hij hing... aan een parachute!

'*Etes-vous malade?*'

Zijn waanzinnige dagdroom werd doorbroken; de nerveuze passagier naast hem had zijn linkerarm aangeraakt – die omhoog stak met uitgespreide vingers alsof zijn hand in een verkrampte positie weerstand bood. Zijn rechteronderarm was over zijn borst in het stof van zijn colbertje gedrukt, zijn rechterhand klampte de lapel vast en knelde de stof samen. En over zijn voorhoofd liepen straaltjes zweet; het was gebeurd. Het iets was heel even – waanzinnig – zichtbaar geworden.

'*Pardon*,' zei hij en liet zijn arm zakken. '*Un mauvais rêve*,' voegde hij er zinloos aan toe.

Het weer werd wat beter; de Caravelle ging wat rustiger vliegen. De glimlach op de gezichten van de geplaagde stewardessen werd weer echt. Ze gingen door met hun werk dat onderbroken was geweest, terwijl de passagiers elkaar wat gegeneerd aankeken.

De patiënt nam zijn omgeving in zich op maar kon er niets uit opmaken. Hij werd verteerd door de beelden en de geluiden die hij met de ogen en de oren van zijn geest zo duidelijk had waargenomen. Hij had zich uit een vliegtuig geslingerd... 's nachts... signalen en metaal en lussen hoorden bij die sprong. Hij was met een parachute naar beneden gesprongen. Wáár? Waaróm?

Hou op met je te kwellen!

Alleen maar om zijn gedachten weg te rukken van de waanzin stak hij zijn hand in zijn borstzak, trok er het veranderde paspoort uit en sloeg het open. Zoals te verwachten viel was de naam Washburn gebleven; hij kwam vrij vaak voor en zijn eigenaar had verteld dat hij nergens werd gezocht. Maar het Geoffrey R. was veranderd in George P. en de weghalingen en het blokkeren van de open ruimte was vakkundig gebeurd. Ook het inplakken van de foto was professioneel gedaan; hij leek niet langer op een goedkoop plaatje uit een automaat op een kermis.

De identiteitsnummers waren natuurlijk totaal verschillend, ze zouden zeker geen douanecomputer alarmeren. Tenminste, tot het moment dat de drager zijn paspoort voor het eerst liet inspecteren, want vanaf dat moment was de koper verantwoordelijk. Voor die zekerheid betaalde je evenveel als voor het artistieke werk en de apparatuur, want er waren connecties voor nodig met Interpol en de immigratiekantoren. Douanebeambten, computerspecialisten en kantoorbedienden in heel het Europese grenzennetwerk kregen regelmatig betaald voor die vitale informatie, en ze maakten zelden fouten. Deden ze dat wel, dan riskeerden ze het verlies van een oog of een arm, want zo waren de makelaars in valse papieren wel.

George P. Washburn. Hij voelde zich niet op zijn gemak met die naam; de eigenaar van de onveranderde achternaam had hem maar al te wel geïnstrueerd in de fundamentele zaken van projectie en associatie. George P. was maar een klein stapje van Geoffrey R. af, een man die was verteerd door een dwang die geworteld lag in ontsnapping... ontsnapping van een identiteit. Dat was het laatste wat de patiënt wilde; hij had er bijna zijn léven voor over om te weten wie hij was.

Of was dat wel zo?

Het deed er niet toe. Het antwoord lag in Zürich. In Zürich was...

'*Mesdames et messieurs. Nous commençons notre descente pour l'aéroport de Zürich.*'

Hij kende de naam van het hotel: Carillon du Lac. Hij had hem aan de taxichauffeur opgegeven zonder na te denken. Had hij hem ergens gelezen? Was het een van de namen geweest in de Welkom-in-Zürich-folders, die in de rugleuningzakken zaten aan de stoel voor hem in het vliegtuig?

Nee. Hij kende de foyer. Het zware, donkere, gepolijste hout kwam hem op de een of andere manier bekend voor... En de enorme vensters met spiegelruiten die uitzagen over het Meer van Zürich. Hij was hier eerder geweest. Hij had gestaan waar hij nu stond – voor een balie met een marmeren blad – lang geleden.

Het werd allemaal bevestigd door de woorden die de receptionist achter de balie sprak. Ze schudden hem dooreen als een ontploffing.

'Prettig om u weer eens te zien, meneer. Het is vrij lang geleden dat u het laatst hier was.'

Is dat zo? Hoe lang? Waarom noem je me niet bij mijn naam? In 's hemelsnaam. Ik ken je niet! En mezelf niet! Help me! Toe, help me!

'Dat zal wel,' zei hij. 'Wilt u me een plezier doen? Ik heb mijn hand verstuikt; ik kan moeilijk schrijven. Zou u mijn naam en adres willen opschrijven, dan zal ik mijn uiterste best doen een handtekening te zetten?' De patiënt hield zijn adem in. Stel dat die beleefde man achter de balie hem zou vragen zijn naam te herhalen of zijn naam te spellen?

'Natuurlijk.' De receptionist draaide de kaart om en schreef. 'Zou u de hoteldokter misschien willen raadplegen?'

'Later misschien. Nu niet.' De receptionist bleef schrijven, pakte toen de kaart op en draaide hem om voor de handtekening van de gast.

De heer J. Bourne. New York, N.Y. Verenigde Staten.

Hij staarde er verbijsterd naar, gebiologeerd door de letters. Hij had een naam – een gedeelte van een naam. En een land en een stad waar hij woonde.

J. Bourne. John? James? Joseph? Wat betekende de J?

'Is er iets niet in orde, Herr Bourne?' vroeg de receptionist.

'Niet in orde? Nee, nee, niks aan de hand.' Hij pakte de pen en dacht eraan om ongemak te veinzen. Zou men verwachten dat hij zijn voornaam voluit schreef? Nee, hij zou precies zo ondertekenen als de receptionist het had opgeschreven.

J. Bourne.

Hij schreef de naam zo natuurlijk als hij kon, zette zijn geest open en liet de vrije teugel aan wat voor gedachten of beelden er ook door zouden worden opgewekt. Er kwamen er geen; hij schreef enkel een onbekende naam op. Hij voelde niets.

'U maakte me wel even ongerust, mein Herr,' zei de receptionist. 'Ik dacht dat ik me misschien vergist had. Het is een drukke week geweest, vandaag nog drukker. Maar ik was er eigenlijk absoluut zeker van.'

En als hij dat had gedaan? Een vergissing begaan? De heer J. Bourne uit New York City dacht maar liever niet aan die mogelijkheid. 'Ik heb er geen moment aan gedacht om aan uw geheugen te twijfelen... Herr Stossel,' antwoordde de patiënt terwijl hij terloops naar het naambordje keek dat links op de balie stond. De man achter de balie was de assistent-bedrijfsleider van het Carillon du Lac.

'Erg vriendelijk van u.' De assistent-manager boog zich even naar voren. 'Ik neem aan dat u wilt dat wij de normale instructies volgen bij uw verblijf in ons hotel?'

'Er zijn er misschien veranderd,' zei J. Bourne. 'Hoe hebt u ze voorheen uitgelegd?'

'Aan wie er ook opbelt of aan de receptie naar u vraagt moet worden verteld dat u niet in het hotel bent en daarna moet u dat direct worden medegedeeld. De enige uitzondering vormt uw firma in New York. De Treadstone Seventy-one Corporation, als ik me juist herinner.'

Weer een naam! Een die hij kon nalopen door een internationaal telefoongesprek. Losse stukjes vielen op hun plaats. De opgewekte stemming begon terug te keren.

'Zo is het juist. Ik zal niet vergeten dat u zo efficiënt bent.'

'We zijn hier in Zürich,' antwoordde de beleefde man schouderophalend. 'U bent altijd al erg royaal geweest, Herr Bourne. *Page... hierher, bitte!*'

Terwijl de patiënt achter de bediende aan de lift inliep was een aantal zaken hem duidelijk geworden. Hij had een naam en hij begreep waarom de assistent-bedrijfsleider van het Carillon du Lac zich die naam zo goed herinnerde. Hij had een land en een stad en een firma die hem in dienst had... had gehad in elk geval. En telkens wanneer hij in Zürich kwam werden er bepaalde voorzorgsmaatregelen getroffen om hem van onverwachte of ongewenste bezoekers te vrijwaren. Dat kon hij niet begrijpen. Ofwel je beschermde jezelf volkomen of je deed geen enkele moeite om jezelf te beschermen. Wat was nu het echte voordeel van een controleprocedure die zo onvolmaakt was, zo kwetsbaar voor penetratie? Het kwam hem als iets onbenulligs voor, iets zonder waarde, alsof een klein kind verstoppertje speelde. *Waar zit ik? Probeer me maar te vinden. Ik zal wat hardop zeggen dan weet je iets.*

Het was niet professioneel en als hij iets over zichzelf had geleerd in de afgelopen achtenveertig uur dan was het dat hij uitsluitend professioneel te werk ging. Hij had er geen idee van wat zijn beroep was maar het stond buiten kijf dat hij het door en door kende.

De stem van de telefoniste in New York zakte nu en dan weg over de lijn. Haar conclusie was echter irriterend helder. En afdoend.

'Een dergelijk bedrijf is bij ons niet geregistreerd, meneer. Ik heb de nieuwste telefoonboeken nagelopen en ook de privéaansluitingen en er bestaat geen Treadstone Corporation – en niets wat er zelfs maar op lijkt.'

'Maar misschien...'

'Er is géén bedrijf of firma van die naam, meneer. Ik herhaal, als u een naam daarvoor of erachter hebt of weet wat voor zaken de firma doet, dan zou ik u verder kunnen helpen.'

'Die heb ik niet. Alleen de naam, Treadstone Seventy-one, New York City.'

'Het is een vreemde naam, meneer. Ik weet zeker, als hij geregistreerd was, dan zou hij gemakkelijk te vinden zijn. Het spijt me.'

'Ik dank u hartelijk voor uw moeite,' zei J. Bourne terwijl hij de hoorn op de haak legde. Het had geen zin om door te gaan. De naam vormde een of andere code, woorden die werden opgegeven door iemand die belde om onmiddellijk in verbinding te komen met een hotelgast die niet zo gemakkelijk te bereiken was. En iedereen kon die woorden gebruiken van waaruit hij ook belde; daarom zou de locatie in New York best eens zonder enige betekenis kunnen zijn. Volgens een telefoniste op achtduizend kilometer afstand was hij dat ook.

De patiënt liep naar het bureau waarop hij de Louis Vuitton-portefeuille had neergelegd en het Seiko-horloge. Hij stak de portefeuille in zijn zak en deed het horloge om. Hij keek in de spiegel en sprak zachtjes.

'U bent J. Bourne, inwoner van de Verenigde Staten, u woont in New York en het zou heel goed kunnen zijn dat er in uw leven niets belangrijkers bestaat dan de cijfers "nul-zeven-zeventien-twaalf-nul-veertien-zesentwintig-nul".'

De zon scheen helder en het licht sijpelde door de bomen langs de elegante Bahnhofstrasse. Het was een straat waar soliditeit en geld, zekerheid en arrogantie, vastberadenheid en een tikkeltje frivoliteit naast elkaar bestonden. En de patiënt van dokter Washburn had daar vroeger ook al gelopen.

Hij slenterde de Burkliplatz op, het plein dat uitzicht gaf over het Meer van Zürich, met zijn talrijke kaden langs de waterkant, begrensd door tuinen die in de zomerhitte cirkels werden van volop bloeiende bloemen. In zijn geest zag hij ze voor zich; er kwamen beelden bij hem op. Maar geen gedachten, geen herinneringen.

Hij keerde op zijn schreden terug de Bahnhofstrasse in, waarbij hij instinctmatig wist dat de Gemeinschaft Bank een stenen gebouw was vlakbij in een kleur van gebroken wit. Het was aan de overzijde geweest van de straat waar hij net had gelopen, en hij was het met opzet voorbij gelopen. Hij naderde de zware, glazen deuren en duwde het middenpaneel naar voren. De rechterdeur zwaaide zonder moeite open en hij stond op een vloer van bruin marmer; daar had hij al eerder gestaan maar het beeld was niet zo scherp als de andere. Hij had het onaangename gevoel dat de Gemeinschaft vermeden diende te worden.

Daar was nu niets meer aan te doen.

'*Bonjour, monsieur. Vous désirez...?*' De man die die vraag stelde was in jacquet gekleed en de rode bloem in zijn knoopsgat was het symbool van zijn autoriteit. Het gebruik van Frans werd verklaard door de kleren van de cliënt; zelfs de ondergeschikte kabouters in Zürich observeerden scherp.

'Ik heb persoonlijke en vertrouwelijke zaken te bespreken,' antwoordde J. Bourne in het Engels. Hij had daar twee redenen voor: hij wilde zien hoe de kabouter keek wanneer hij merkte dat hij zich vergist had en hij wenste niets verkeerd te zien uitgelegd van dat wat in het komende uur gezegd zou worden.

'Pardon, meneer,' zei de man terwijl hij met licht opgetrokken wenkbrauwen de overjas van de cliënt bekeek. 'De lift aan uw linkerhand, tweede verdieping. De receptionist zal u wel helpen.'

De receptionist was een man van middelbare leeftijd met kort geknipt haar en een uilenbril. Zijn ogen stonden streng nieuwsgierig.

'Doet u persoonlijke en vertrouwelijke zaken met ons, meneer?' vroeg hij, terwijl hij de woorden herhaalde van de man die voor hem stond.

'Ja.'

'Uw handtekening, alstublieft,' zei de beambte terwijl hij hem een vel bankpapier van de Gemeinschaft voorhield waarop in het midden van de pagina twee blanco regels voorkwamen.

De cliënt begreep het; een naam was niet nodig. *De met de hand geschreven cijfers komen in de plaats van een naam... zij vormen de handtekening van de rekeninghouder. Normale procedure.* Washburn.

De patiënt schreef de cijfers neer met losse hand om het schrift natuurlijk te laten zijn. Hij gaf het briefpapier terug aan de receptionist die het bestudeerde, opstond uit zijn stoel en naar een rij smalle deuren gebaarde met matglazen panelen. 'Als u in de vierde kamer wilt wachten, meneer, dan komt er zo iemand bij u.'

'De vierde kamer?'

'De vierde kamer van links. Hij gaat automatisch op slot.'

'Is dat nodig?'

De receptionist keek hem verbaasd aan. 'Dat gebeurt volgens uw eigen wens, meneer,' zei hij beleefd maar ook enigszins verbaasd. 'Dit is een drie-nul-rekening. Het is bij de Gemeinschaft de gewoonte dat houders van dergelijke rekeningen vooraf telefoneren zodat hun een privé-ingang kan worden toegewezen.'

'Dat weet ik,' loog Washburns patiënt met een nonchalance die hij niet voelde. 'Maar ik heb zo'n haast.'

'Ik zal dat doorgeven aan Verificatie, meneer.'

'Verificatie?' De heer J. Bourne uit New York City kon het niet helpen; het woord had iets alarmerends.

'Handtekening-verificatie, meneer.' De man zette zijn bril recht; de beweging camoufleerde zijn linkerhand die zich op centimeters afstand van een paneel bewoog. 'Ik stel voor dat u wacht in kamer 4, meneer.' De suggestie was geen verzoek; het was een bevel, het commando vonkte uit de ogen van de pretoriaanse lijfwacht.

'Waarom ook niet. Wilt u hun zeggen dat ze op moeten schieten?' De patiënt liep naar de vierde deur, opende die en trad naar binnen. De deur sloot automatisch; hij kon het klikken van het slot horen. J. Bourne keek naar het matglazen paneel. Onder het oppervlak liep een net van fijne draden. Als er een barst in kwam zou er ongetwijfeld een alarm gaan. Hij was in een cel en moest afwachten tot hij werd opgeroepen.

De muren van het kleine vertrek waren voorzien van lambrisering en het geheel was met smaak ingericht. Twee leren armstoelen stonden naast elkaar tegenover een miniatuurbankje, geflankeerd door antieke tafeltjes. Aan de andere kant was een tweede deur, verrassend door zijn contrast; hij was van grijs metaal. Op de tafeltjes lagen recente tijdschriften en kranten in drie talen. De patiënt ging zitten en pakte de Parijse editie van de *Herald-Tribune*. Hij las de woorden maar de betekenis drong niet tot hem door. Hij kon nu elk moment worden opgeroepen, en zijn gedachten concentreerden zich helemaal op manoeuvreren. Manoeuvreren zonder geheugen, alleen op instinct.

Na enige tijd ging er in een andere muur van de kamer een stalen deur open en op de drempel stond een rijzige, slanke man met een scherp gesneden gelaat en zeer zorgvuldig gekapt haar. Zijn gelaat was dat van een patriciër, overgedienstig om een gelijke van dienst te zijn die zijn gespecialiseerde kennis nodig had. Hij stak zijn hand uit en sprak in een verfijnd Engels dat zoetgevooisd klonk onder zijn Zwitserse intonatie.

'Erg prettig om met u kennis te maken. Neemt u mij het oponthoud niet kwalijk. Het was eigenlijk nogal humoristisch.'

'Hoe dan?'

'Ik ben bang dat u Herr Koenig nogal schrik aanjoeg. Het gebeurt niet vaak dat er een drie-nul-rekening onaangekondigd verschijnt. Hij heeft zo zijn vaste gewoonten, moet u weten. Iets ongewoons bederft zijn hele dag. Van de andere kant wordt mijn dag er meestal prettiger door. Mijn naam is Walther Apfel. Wilt u binnenkomen?'

De bankfunctionaris liet de hand van de patiënt los en gebaarde naar de stalen deur. De kamer erachter vormde een v-vormige verlenging van de cel. Donkere lambrisering, zware, gemakkelijke stoelen en een breed bureau dat voor een nog breder raam stond dat uitzag op de Bahnhofstrasse.

'Het spijt me dat ik hem in de war heb gebracht,' zei J. Bourne. 'Maar ik heb maar heel weinig tijd.'

'Ja, dat heeft hij doorgegeven.' Apfel liep om het bureau heen en knikte naar de leren leunstoel die ervoor stond. 'Gaat u alstublieft zitten. Nog enkele formaliteiten en dan kunnen we overgaan tot het bespreken van uw zaak.' Beide mannen gingen zitten. Direct toen ze zaten pakte de bankfunctionaris een wit klembord, boog zich over het bureau en overhandigde het aan de cliënt van de Gemeinschaft. Er zat weer een vel briefpapier op vast maar in plaats van twee blanco regels waren er nu tien. Ze begonnen onder het briefhoofd en liepen door tot ongeveer drie centimeter vanaf de benedenrand. 'Graag uw handtekening, alstublieft. Een minimum van vijf is wel voldoende.'

'Dat begrijp ik niet. Ik heb dit zojuist gedaan.'

'En zonder enige moeilijkheden. Verificatie heeft het bevestigd.'

'Waarom dan weer opnieuw?'

'Het zetten van een handtekening kan zo terdege worden geoefend dat een enkele versie ervan kan worden geaccepteerd. Maar wanneer er meerdere achter elkaar moeten worden herhaald dan komen er fouten in te voorschijn wanneer hij niet echt is. Een grafologische scanner haalt die er direct uit. Maar ik weet zeker dat u dat weinig kan schelen.' Apfel glimlachte terwijl hij een pen op de rand van het bureau legde. 'Mij in feite ook niet, maar Koenig staat erop.'

'Hij is een voorzichtig man,' zei de patiënt terwijl hij de pen nam en begon te schrijven. Hij was aan het vierde stel begonnen toen de bankier hem tegenhield.

'Dat is voldoende; de rest is eigenlijk tijdverspilling.' Apfel stak zijn hand uit naar het klembord. 'Verificatie zei dat er bij u geen enkele twijfel mogelijk was. Zodra ze dit ontvangen hebben zal de rekening worden overgedragen.' Hij stak het vel papier in de gleuf van een metalen kastje rechts van zijn bureau en drukte een knop in; een straal helder licht flitste op en verdween weer. 'Dit zendt de handtekeningen rechtstreeks naar de scanner,' ging de bankier verder. 'En die is, natuurlijk, geprogrammeerd. Nogmaals, om u de waarheid te zeggen is het allemaal een beetje dwaas. Niemand die op de hoogte is van onze voorzorgsmaatregelen zou er vrijwillig toe overgaan om de extra handtekeningen te zetten wanneer hij een bedrieger was.'

'Waarom niet? Waarom zou hij het er niet op wagen wanneer hij al zover was gegaan?'

'Er is maar één ingang tot dit kantoor en dus ook maar één uitgang. Ik ben er zeker van dat u het slot hebt horen dichtklikken in de wachtkamer.'

'En ik heb het net van draden gezien in het glas,' voegde de patiënt eraan toe.

'Dan begrijpt u het al. Een echte bedrieger zou in de val zitten.'

'Stel dat hij gewapend was?'

'Dat bent u niet.'

'Niemand heeft me gefouilleerd.'

'De lift heeft het gedaan. Van vier verschillende hoeken. Als u gewapend was geweest zou het hijsmechanisme gestopt zijn tussen de eerste en de tweede verdieping.'

'U bent allemaal erg voorzichtig.'

'We proberen van dienst te zijn.' De telefoon ging over. Apfel pakte hem op. 'Ja...? Komt u binnen.' De bankier keek even naar de patiënt. 'Het dossier van uw rekening is er.'

'Dat was snel.'

'Herr Koenig heeft er enkele minuten geleden al voor getekend; hij wachtte enkel voor het akkoord van de scanner.' Apfel opende een la en haalde er een bos sleutels uit. 'Ik weet zeker dat hij teleurgesteld is. Hij was ervan overtuigd dat er iets fout zat.'

De stalen deur ging open en de receptionist kwam binnen met een zwarte, metalen trommel die hij op het bureau zette naast een dienblad waarop een fles Perrier stond met twee glazen.

'Vindt u het prettig om in Zürich te zijn?' vroeg de bankier, kennelijk alleen maar om iets te zeggen.

'Erg prettig. Mijn kamer kijkt uit over het meer. Het is een mooi uitzicht, erg vredig en rustig.'

'Prachtig,' zei Apfel en hij schonk voor zijn cliënt een glas Perrier in.

Herr Koenig vertrok; de deur was dicht en de bankier kwam weer ter zake.

'Uw rekening, meneer,' zei hij, terwijl hij een sleutel opzocht aan de bos. 'Zal ik de trommel ontsluiten of doet u dat liever zelf?'

'Gaat uw gang maar. Maak hem maar open.'

De bankier keek op. 'Ik zei ontsluiten, niet openmaken. Dat mag ik niet doen en ik zou ook niet graag de verantwoordelijkheid dragen.'

'Waarom niet?'

'Voor het geval uw identiteit erin staat dan hoor ik die niet te kennen.'

'Stel dat ik zaken wilde afhandelen? Geld wilde overmaken, naar iemand anders wilde sturen?'

'Dat zou kunnen gebeuren door middel van uw cijfer-handtekening op een dispositieformulier.'

'En als ik het naar een andere bank zou willen sturen – buiten Zwitserland? Voor mezelf.'

'Dan zou er een naam vereist zijn. Onder dergelijke omstandigheden zou ik bevoorrecht zijn de verantwoordelijkheid te dragen voor uw identiteit.'

'Maakt u hem maar open.'

De functionaris deed dat. De patiënt van dokter Washburn hield zijn adem in. Hij voelde een stekende pijn opkomen onder in zijn maag. Apfel pakte een bundel paperassen die bijeen gehouden werden door een grote paperclip. De ogen van de bankier dwaalden naar de rechterkolom van de bovenste bladen. Zijn bankiersuitdrukking bleef hetzelfde, maar niet helemaal. Zijn onderlip rekte zich een heel klein beetje, zodat er een plooitje kwam in een mondhoek. Hij boog naar voren en overhandigde de bladen aan hun eigenaar.

Onder het briefhoofd van de Gemeinschaft stonden de getypte woorden in het Engels, duidelijk de taal van de cliënt:

Rekening:
Nul-Zeven-Zeventien-Twaalf-Nul-Veertien-Zesentwintig-Nul.
Naam:
Alleen toegankelijk voor Wettelijke Instructies en eigenaar. In separate gesloten envelop.
Huidige stand van de rekening:
7 500 000 franc.

De patiënt liet langzaam zijn adem ontsnappen en staarde naar het getal. Wat hij dan misschien ook gedácht had, dit had hij nooit verwacht. Het was even beangstigend als alles wat hij de laatste vijf maanden had meegemaakt. Ruw omgerekend kwam het bedrag neer op meer dan vijf miljoen dollar.

$ 5 000 000!

Hoe? Waarom?

Zijn hand dreigde te gaan trillen toen hij de overgemaakte posten doorliep, maar hij onderdrukte dat. Het waren er vele, de bedragen waren hoog, niet een minder dan driehonderdduizend franc, de stortingen met tussenpozen van telkens vijf tot acht weken, drieëntwintig maanden lang. Hij kwam aan de onderste opgave, de eerste. Het was een overschrijving van een bank in Singapore en het grootste bedrag dat voorkwam. 2,7 miljoen Maleise dollars die waren omgezet in 5 175 000 Zwitserse francs.

Onder het blad met zijn afrekening kon hij de omtrekken voelen van een aparte envelop, veel korter dan het blad zelf. Hij lichtte het papier op; rond de envelop liep een zwarte rand, op de voorkant stonden getypte woorden.

Identiteit:
Alleen toegankelijk voor eigenaar.
Wettelijke Restricties:
Toegankelijk – Ingeschreven Hoger Beambte, Treadstone Seventy-one Corporation, drager dient geschreven instructies van eigenaar te overleggen. Moeten geverifieerd worden.

'Ik wil dit graag controleren,' zei de cliënt.

'Het is uw eigendom,' antwoordde Apfel. 'Ik kan u verzekeren dat het intact is gebleven.'

De patiënt haalde de envelop er tussenuit en draaide hem om. Een lakzegel van de Gemeinschaft was over de randen van de klep gestempeld; geen van de letters in reliëf was verbroken. Hij scheurde de klep open, haalde de kaart eruit en las:

Eigenaar:	*Jason Charles Bourne.*
Adres:	*Niet opgegeven.*
Nationaliteit:	*Verenigde Staten.*

Jason Charles Bourne.

Jason.

De J was van Jason! Zijn naam was Jason Bourne. Bourne had niets betekend, J. Bourne zei ook nog niets, maar bij de combinatie Jason én Bourne grepen er verborgen palletjes in elkaar. Hij kon het accepteren en hij accepteerde het ook. Hij was Jason Charles Bourne, Amerikaan. Toch kon hij zijn hart voelen bonzen; de trilling vormde een oorverdovende suizing, de pijn in zijn maag nam toe. Wat was het? Waarom had hij het gevoel dat hij weer in de duisternis werd geslingerd, opnieuw het donkere water in?

'Is er iets niet in orde?' vroeg Walther Apfel.

'Is er iets niet in orde, Herr Bourne?'

'Nee. Alles is in orde. Mijn naam is Bourne. Jason Bourne.'

Riep hij? Fluisterde hij? Hij wist het niet.

'Een voorrecht kennis met u te maken, meneer Bourne. Uw identiteit zal vertrouwelijk blijven. Het woord van een beambte van de Bank Gemeinschaft is daarvoor garant.'

'Dank u. Het spijt me dat ik een groot deel van dit geld moet overschrijven en ik zal uw hulp daarbij nodig hebben.'

'Ook daarin voel ik me bevoorrecht. Ik zal u met het grootste genoegen elke mogelijke hulp en advies geven.'

Bourne stak zijn hand uit naar het glas Perrier.

De stalen deur van Apfels kantoor viel achter hem dicht. Nog enkele seconden en hij zou de smaakvol ingerichte wachtkamer-cel uitlopen, de receptieruimte in en naar de liften. Binnen enkele minuten zou hij op de Bahnhofstrasse staan met een heleboel geld, een naam en verder alleen angst en verwarring.

Hij had het klaargespeeld. Dokter Geoffrey Washburn had een betaling ontvangen die veel hoger lag dan de waarde van het leven dat hij had gered. Een telegrafische overschrijving van een bedrag van anderhalf miljoen Zwitserse francs was naar een bank in Marseille gezonden om te worden bijgeschreven op een rekening onder codenaam die zou belanden bij de enige dokter van Ile de Port Noir, zonder dat de naam van Washburn ooit gebruikt of bekend gemaakt zou worden. Washburn hoefde alleen maar naar Marseille te gaan, de code af te geven en het geld was van hem. Bourne glimlachte bij zichzelf terwijl hij zich de uitdrukking op het gelaat van Washburn voorstelde wanneer de rekening aan hem werd overgedragen. De excentrieke, alcoholische dokter zou dolblij zijn geweest met tienduizend of vijftienduizend pond; hij had meer dan een miljoen dollar. Daarmee zou of zijn herstel of zijn vernietiging zeker gesteld worden; die keuze lag bij hem, dat was zijn probleem.

Een tweede overschrijving van 4,5 miljoen franc was naar een bank in Parijs gezonden, aan de Rue Madeleine, en gestort op naam van Jason C. Bourne. Het overmaken werd snel gedaan via de koerier van de Gemeinschaft die tweemaal per week naar Parijs ging en kaarten met de handtekening werden in drievoud met de documenten meegezonden. Herr Koenig had zowel zijn superieur als de cliënt verzekerd dat de papieren in drie dagen in Parijs zouden zijn.

De laatste transactie was naar verhouding betrekkelijk klein. Honderdduizend franc, in biljetten van hoge bedragen werden naar het kantoor van Apfel gebracht en het dispositieformulier werd getekend met de cijferhandtekening van de rekeninghouder.

Bij de Gemeinschaft Bank bleef gedeponeerd een bedrag van 1,4 miljoen Zwitserse franc, in elk geval een behoorlijke som.

Hoe? Waarom? Waar vandaan?

De hele transactie had een uur en twintig minuten geduurd en de vlotte gang van zaken was maar door één wanklank verstoord. Of het zo moest zijn was Koenig ermee aan komen dragen met een plechtige uitdrukking waarin iets van triomf doorschemerde. Hij had Apfel gebeld, was toegelaten en had zijn superieur een kleine envelop met een zwarte rand gegeven.

'*Une fiche*,' had hij in het Frans gezegd.

De bankier had de envelop geopend, er een kaart uitgehaald, de inhoud bekeken en had beide teruggegeven aan Koenig. 'Er zal volgens de procedure worden gehandeld,' had hij gezegd.

Koenig was weggegaan.

'Had dat iets met mij te maken?' had Bourne gevraagd.

'Alleen voor wat betreft het overmaken van zulke grote bedragen. Enkel een regel van het huis.' De bankier had geruststellend geglimlacht.

Het slot klikte. Bourne opende de matglazen deur en wandelde het persoonlijke domein van Herr Koenig binnen. Er zaten nog twee andere mannen tegenover elkaar in de receptieruimte. Omdat ze niet in aparte cellen zaten, achter matglazen ramen, nam Bourne aan dat ze geen van beiden houders waren van een drie-nul-rekening. Hij vroeg zich af of ze met hun naam hadden getekend of met een reeks cijfers, maar op het moment dat hij de lift bereikte en op de knop drukte vroeg hij zich helemaal niets meer af.

Van terzijde viel hem een beweging op. Koenig had zijn hoofd bewogen, had naar beide mannen geknikt. Ze stonden op toen de deuren van de lift opengingen. Bourne keerde zich om. De rechterman had een kleine radio uit de zak van zijn overjas gehaald en sprak er in – kort, snel.

De man aan zijn linkerkant hield zijn rechterhand verborgen onder de stof van zijn regenjas. Toen hij hem eruit trok had hij een wapen vast, een zwart.38-kaliber automatisch pistool, met een cilinder met gaten op de loop. Een geluiddemper.

Beide mannen kwamen op Bourne af terwijl hij achteruit de lege lift inliep.

De waanzin begon.

5

De liftdeuren schoven dicht. De man met de radio in zijn hand was al binnen, de schouders van zijn gewapende metgezel wrongen zich door de bewegende deurpanelen door, het wapen was op het hoofd van Bourne gericht.

Jason boog zich naar rechts – een plotseling gebaar van vrees – en zwaaide toen onverwacht zijn linkervoet van de vloer, trapte met zijn hak tegen de hand van de gewapende man waardoor het wapen omhoog stak en de man achteruit uit de kleine ruimte werd geslingerd. Twee gedempte schoten gingen vooraf aan het sluiten van de deuren en de kogels boorden zich in het hout van het plafond. Bourne draaide om zijn as, smakte zijn schouder in de maag van de tweede man, duwde met zijn rechterhand tegen zijn borst en hield met zijn linker de hand met de radio onbeweeglijk vast. Hij slingerde de man tegen de wand. De radio vloog door de lift; bij het vallen klonken er woorden uit de luidspreker: '*Henri! Ça va? Qu'est-ce qui se passe?*'

Jason zag weer het beeld van een andere Fransman voor zich. Een man aan de rand van hysterie, een man die hem had willen doden en die Le Bouc de Mer was uitgerend, het duister in van de Rue Sarrasin, nog geen vierentwintig uur geleden. Die man had er geen gras over laten groeien om zijn boodschap naar Zürich te sturen: de man van wie ze dachten dat hij dood was leefde. En hoe. Dood hem!

Bourne greep de Fransman vast die hij nu voor zich had, zijn linkerarm om de keel van de man terwijl hij met zijn rechterhand aan het oor van de man rukte. 'Hoevéél?' vroeg hij in het Frans. 'Hoeveel staan er daar beneden? Wáár staan ze?'

'Zoek het maar uit, zwijn!'

De lift was halverwege de lobby op de begane grond.

Jason drukte het gezicht van de man naar beneden, rukte hem zowat zijn oor af en bonsde zijn hoofd tegen de wand. De Fransman slaakte een kreet en zakte op de vloer. Bourne ramde zijn knie in de borst van de man; hij kon het holster voelen. Hij rukte de overjas open, stak zijn hand erin en trok er een revolver uit met een korte loop. Even flitste het door hem heen dat iemand de scanner in de lift uitgeschakeld had. *Koenig*. Hij zou het niet vergeten; waar het Herr Koenig betrof zou hij niet aan geheugenverlies lijden. Hij stak het wapen in de open mond van de Fransman.

'Zeg het me of ik blaas je kop uit elkaar!' De man stiet een kreet uit. Het wapen werd teruggetrokken en de loop werd nu in zijn wang geduwd.

'Twee. Een bij de liften, een buiten op het trottoir bij de auto.'

'Wat voor auto?'

'Peugeot.'

'Kleur?' De lift minderde vaart.

'Bruin.'

'De man in de hal. Hoe is hij gekleed?'

'Ik weet het niet...'

Jason sloeg met het wapen tegen de slaap van de man. 'Denk maar eens goed!'

'Een zwarte jas!'

De lift stopte. Bourne trok de Fransman omhoog; de deuren gleden open. Links zette een man in een donkere regenjas, met een vreemd uitziende bril met gouden montuur, een stap vooruit. De ogen achter de brillenglazen namen de omstandigheden op: langs de wang van de Fransman druppelde bloed. Hij tilde zijn hand die verborgen zat in de wijde zak van zijn regenjas op en weer werd er een pistool met geluiddemper gericht op het doelwit uit Marseille.

Jason duwde de Fransman voor zich uit de deuren door. Er weerklonken drie snelle, kuchende geluiden. De Fransman schreeuwde en stak zijn armen op in een laatste protest dat in zijn keel bleef steken. Hij kromde zijn rug en viel op de marmeren vloer. Een vrouw riep *Hilfe* en *Polizei*, en de kreten van verschillende mannen vermengden zich met de hare.

Bourne wist dat hij de revolver die hij de Fransman had afgenomen niet kon gebruiken. Er zat geen geluiddemper op; het geluid van een schot zou zijn plaats verraden. Hij liet het in de zak van zijn overjas glijden, stapte langs de schreeuwende vrouw, greep de geüniformeerde schouders vast van de man die op post stond onder aan de lift en wierp hem tegen de gestalte aan van de moordenaar in de donkere regenjas.

De paniek in de hal nam toe terwijl Jason naar de glasdeuren van de ingang rende. De man met de bloem in zijn knoopsgat die hem anderhalf uur geleden had begroet stond te roepen door een telefoon die aan de muur hing. Naast hem stond een bewaker in uniform, die met getrokken wapen de uitgang barricadeerde, zijn ogen gericht op de chaos. Het was meteen een probleem om naar buiten te komen. Bourne vermeed de ogen van de bewaker en richtte zich tot zijn metgezel aan de telefoon.

'De man met de goudgerande bril!' schreeuwde hij. 'Hij is het! Ik heb hem gezien!'

'Wat? Wie bent u?'

'Ik ben een vriend van Walther Apfel! Lúíster naar me! De man met die bril, in een zwarte regenjas. Daarginds!'

Bureaucratische mentaliteit was in duizenden jaren hetzelfde gebleven. Bij het noemen van de naam van een superieur had je maar te gehoorzamen.

'Herr Apfel!' De dure portier van de Gemeinschaft wendde zich tot de bewaker. 'U hebt het gehoord! De man met de bril!'

'Jazeker, meneer!' De bewaker rende naar voren.

Jason liep voorzichtig langs de man die de opdracht had gegeven naar de glazen deuren. Hij duwde de rechterdeur open en keek achterom, in de wetenschap dat hij weer moest gaan rennen maar niet wetend of een man buiten op het trottoir, die bij een bruine Peugeot stond te wachten, hem niet zou herkennen en een kogel door zijn hoofd zou jagen.

De bewaker was langs een man in een zwarte regenjas gerend, een man die langzamer liep dan de paniekerige mensen om hem heen, een man die helemaal geen bril droeg. Hij versnelde zijn pas in de richting van de ingang, in de richting van Bourne.

Buiten op het trottoir betekende de toenemende chaos bescherming voor Bourne. Er was een waarschuwing gekomen vanuit de bank; het gegier van sirenes nam toe naarmate politieauto's de Bahnhofstrasse insnelden. Hij liep een paar meter naar rechts, tussen voetgangers in, begon toen plotseling te rennen en duwde zich tussen een nieuwsgierige menigte die bescherming had gezocht in een winkelportiek. Hij bekeek aandachtig de auto's die geparkeerd stonden. Hij zag de Peugeot, zag de man die ernaast stond met zijn hand dreigend in de zak van zijn overjas. In minder dan vijftien seconden stond de man in de zwarte regenjas naast de chauffeur van de Peugeot, zette zijn goudgerande bril weer op en gaf zijn ogen even tijd om te wennen aan het weer scherper zien. De twee mannen overlegden snel en hun ogen zochten de Bahnhofstrasse af.

Bourne begreep hun verwarring. Hij was zonder paniek de glazen deuren van de Gemeinschaft uit gewandeld en in de menigte verdwenen. Hij was erop voorbereid geweest om te rennen maar hij had niet gerend tot hij een redelijk eind van de ingang verwijderd was. De opdracht luidde kennelijk te letten op mensen die haast hadden, en de chauffeur van de Peugeot had het verband niet gelegd. Hij had het doelwit niet herkend waarvan de identiteit vaststond en dat gemarkeerd was voor executie in Marseille.

De eerste politieauto arriveerde terwijl de man in de goud omrande bril zijn regenjas uittrok en die door het open raampje van de Peugeot duwde. Hij knikte tegen de chauffeur die achter het stuur ging zitten en de motor startte. De moordenaar zette zijn kwetsbare bril af en deed iets wat Jason niet verwacht had. Hij liep snel terug naar de glazen deuren van de bank en sloot zich aan bij de politiemannen die naar binnen renden.

Bourne zag de Peugeot wegzwenken van de trottoirrand en snel de Bahnhofstrasse inrijden. De mensen in het winkelportiek begonnen zich te verspreiden, velen liepen voorzichtig naar de glazen deuren, en keken op hun tenen reikhalzend naar binnen. Er kwam een inspecteur naar buiten die de nieuwsgierigen achteruit wuifde en met luide stem eiste dat er een weg vrijgemaakt werd naar de stoeprand. Terwijl hij stond te roepen scheurde er een ambulance de linkerhoek om, die claxonneerde. Het geluid voegde zich bij de scherpe, doordringende sirene en waarschuwde iedereen uit de weg te gaan. De chauffeur baande zich met zijn buitenmodel voertuig een weg in de ruimte die was ontstaan door de vertrekkende Peugeot. Jason kon niet langer blijven toekijken. Hij moest naar het Carillon du Lac, zijn spullen pakken en maken dat hij Zürich uitkwam, Zwitserland uit. Naar Parijs.

Waarom Parijs? Waarom had hij erop gestaan dat het geld naar Parijs werd overgemaakt? Het was niet bij hem opgekomen voordat hij in het kantoor van Walther Apfel zat, stomverbaasd over de uitzonderlijke getallen die hem waren voorgelegd. Ze gingen zijn voorstellingsvermogen volledig te boven, zodanig dat hij enkel als verdoofd kon reageren, instinctmatig. En uit dat instinct was Parijs te voorschijn gekomen. Alsof het op een of andere manier van levensbelang was. Waaróm?

Opnieuw, geen tijd... Hij zag de broeders van de ambulance een brancard door de deuren van de bank dragen. Er lag een lichaam op met toegedekt hoofd, een lijk dus. Wat dat betekende drong goed tot Bourne door. Als hij de vaardigheden niet had gehad die voor hem nog steeds onbegrijpelijk waren, zou hij de dode man op die brancard zijn geweest.

Hij zag een vrije taxi op de hoek en rende er op af. Hij moest Zürich zien te verlaten; er was bericht gezonden vanuit Marseille en toch leefde de dode man nog. Jason Bourne leefde nog. Dood hem. Dood Jason Bourne!

God nog aan toe, waaróm?

Hij had gehoopt de assistent-bedrijfsleider van het Carillon du Lac aan te treffen achter de balie maar die was er niet. Toen besefte hij dat een kort briefje aan de man – hoe heette hij ook weer? Stossel? Ja, Stossel – voldoende zou zijn. Een verklaring voor zijn plotselinge vertrek was niet nodig en vijfhonderd franc was voldoende betaling voor de paar uur die hij had doorgebracht in het Carillon du Lac – en voor de dienst die hij Herr Stossel zou vragen.

In zijn kamer gooide hij zijn scheerspullen in zijn onuitgepakte koffer, controleerde het pistool dat hij de Fransman had afgenomen, stak het in de zak van zijn overjas en ging aan het bureau zitten. Hij adresseerde het briefje aan *Herr Stossel*. Hij gebruikte er een zin in die hem gemakkelijk te binnen schoot – bijna te gemakkelijk.

> ... Ik neem waarschijnlijk binnen niet al te lange tijd contact met u op betreffende boodschappen die naar ik verwacht naar mij zullen zijn gezonden. Het is, hoop ik, niet al te lastig voor u om daar op te letten en ze namens mij in ontvangst te nemen.

Als er enig bericht kwam van het ongrijpbare Treadstone Seventy-one dan wilde hij dat weten. Dit was Zürich; hij zou het horen.

Hij legde een biljet van vijfhonderd franc tussen het opgevouwen briefpapier en sloot de envelop. Toen pakte hij zijn koffer op en liep de kamer uit naar de liften. Er waren er vier. Hij raakte een knop aan, dacht terug aan de Gemeinschaft en keek achter zich. Er was niemand; een bel tinkelde en het rode licht boven de derde lift ging branden. Het was een lift die naar beneden ging. Goed zo. Hij moest zo snel mogelijk naar het vliegveld; weg uit Zürich, weg uit Zwitserland. Er was een bericht doorgegeven.

De liftdeuren gingen open. Twee mannen stonden aan weerszijden van een vrouw met kastanjebruin haar; ze onderbraken hun gesprek, knikten tegen de man die de lift instapte – zagen zijn koffer en gingen wat opzij staan – en begonnen weer te praten toen de deuren dichtgleden. Ze waren ongeveer midden dertig en spraken snel en zacht Frans waarbij de vrouw om beurten beide mannen aankeek, nu glimlachte en dan weer nadenkend keek. Belangrijke beslissingen werden er niet genomen. Een half-serieuze ondervraging werd nu en dan lachend uitgevoerd.

'Je gaat dus naar huis toe na de samenvattingen van morgen?' vroeg de man aan de linkerkant.

'Ik weet het niet zeker. Ik wacht op bericht uit Ottawa,' antwoordde de vrouw. 'Ik heb familie in Lyon en het zou leuk zijn om die op te zoeken.'

'Het kan gewoon niet,' zei de man aan de rechterkant, 'dat het organiserend comité tien mensen vindt die dit verdomde congres in een enkele dag willen samenvatten. We zitten hier allemaal nog een week.'

'Brussel is het er vast niet mee eens,' zei de eerste man grijnzend. 'Het hotel is te duur.'

'Ga dan vooral in een ander wonen,' zei de tweede terwijl hij wellustig naar de vrouw gluurde. 'We hebben erop zitten wachten tot je dat zou doen, waar of niet?'

'Jij bent gek,' zei de vrouw. 'Mijn conclusie is dat jullie alletwee gek zijn.'

'Jij bent het niet, Marie,' kwam de eerste er tussen. 'Gek, bedoel ik. Je voordracht gisteren was briljant.'

'Helemaal niet,' zei ze. 'Het was een routineklus en erg saai.'

'Nee, nee!' wierp de tweede tegen. 'Hij was geweldig. Ik begreep er geen woord van. Maar mijn talenten liggen ook ergens anders.'

'Gek...' De lift begon af te remmen. De eerste man sprak opnieuw. 'Laten we op de achterste rij in de zaal gaan zitten. We zijn toch te laat en Bertinelli voert het woord – als je 't mij vraagt zonder veel effect. Zijn theorieën over opgelegde cyclische fluctuaties zijn in onbruik geraakt na het financieringswezen van de Borgia's.'

'Eerder,' zei de vrouw met het kastanjebruine haar lachend. 'Met de belastingheffingen van Caesar. Misschien zelfs met de Punische Oorlogen.'

'Op de achterste rij dus,' zei de tweede man en hij bood de vrouw zijn arm aan. 'Daar kunnen we slapen. Hij gebruikt een diaprojector; het zal er donker zijn.'

'Nee, gaan jullie tweeën maar vast, ik kom zo. Ik moet echt een paar telegrammen verzenden en ik weet zeker dat er fouten in gemaakt worden wanneer ik ze telefonisch doorgeef.'

De deuren gingen open en het drietal wandelde de lift uit. De twee mannen liepen samen de hal door, de vrouw liep op de balie af. Bourne ging achter haar aan terwijl hij afwezig de tekst van een bord in zich opnam, op een driehoekige ezel, ongeveer een meter van hem vandaan.

Welkom aan:
De deelnemers aan het Zesde Economische Wereldcongres.
Programma voor vandaag:

13.00 u.	De heer James Frazier, MP Verenigd Koninkrijk. Zaal 12.
16.00 u.	Dr. Eugenio Bertinelli, Universiteit van Milaan, Italië. Zaal 7.
21.00 u.	Slotdiner aangeboden door de voorzitter. Ontvangstzaal.

'Kamer vijf-nul-zeven. De telefoniste zei dat er een telegram voor mij lag.'

Engels. De vrouw met het kastanjebruine haar die nu naast hem stond aan de balie, sprak Engels. Maar ze had ook gezegd dat ze 'bericht uit Ottawa verwachtte'. Een Canadese.

De receptionist keek de hokjes na en kwam terug met het telegram. 'Doctor St. Jacques?' vroeg hij terwijl hij de envelop aanreikte.

'Ja. Dank u wel.'

De vrouw keerde zich om en opende de envelop terwijl de receptionist voor Bourne ging staan. 'Meneer?'

'Ik zou graag dit briefje willen achterlaten voor Herr Stossel.' Hij legde de envelop van het Carillon du Lac op de balie.

'Herr Stossel komt pas om zes uur morgenochtend terug, meneer. 's Middags gaat hij om vier uur weg. Kan ik u misschien helpen?'

'Nee, dank u. Wilt u ervoor zorgen dat hij het in handen krijgt?' Toen dacht Jason er weer aan: dit was Zürich. 'Het is niets dringends,' voegde hij eraan toe, 'maar ik moet wel antwoord hebben. Ik neem morgen wel contact met hem op.'

'Natuurlijk, meneer.'

Bourne pakte zijn koffer op en begon door de hal naar de ingang van het hotel te lopen, een rij brede, glazen deuren die uitkwamen op een ronde oprit die aan het meer lag. Hij kon verschillende taxi's zien wachten onder de felle lichten van de luifel. De zon was ondergegaan; het was avond in Zürich. Maar er waren nog vluchten naar alle landen van Europa tot ver na middernacht...

Hij bleef staan, met ingehouden adem, en een soort verlamming maakte zich plotseling van hem meester. Zijn ogen weigerden te geloven wat ze zagen door de glazen deuren. Een bruine Peugeot stopte op de ronde oprit, voor de eerste taxi. Het portier ging open en een man stapte uit – een moordenaar in een zwarte regenjas met een bril met smal, gouden montuur. Toen kwam er uit het andere portier een andere gedaante te voorschijn maar het was niet de chauffeur die op het trottoir in de Bahnhofstrasse had staan wachten op een doelwit dat hij niet had herkend. In diens plaats was een andere moordenaar meegekomen, ook in een regenjas met wijde zakken waarin forse wapenen konden schuilen. Het was de man die in de receptieruimte had gezeten op de tweede verdieping van de Gemeinschaftsbank, dezelfde man die een.38-pistool had getrokken uit een holster onder zijn jas. Een pistool met een cilinder met gaten op zijn loop dat zonder geluid de twee kogels afvuurde die bestemd waren voor de schedel van de man die hij achterna was gegaan in een lift.

Hoe? Hoe hadden ze hem kunnen vínden...? Toen wist hij het opeens en een misselijk gevoel overviel hem. Het was zo onschuldig geweest, zo vanzelfsprekend!

Vindt u het prettig om in Zürich te zijn? had Walther Apfel gevraagd terwijl ze wachtten tot een ondergeschikte vertrokken was en ze alleen zouden zijn.

Erg prettig. Mijn kamer kijkt uit over het meer. Het is een mooi uitzicht, erg vredig en rustig.

Koenig! Koenig had hem horen zeggen dat zijn kamer uitzicht had op het meer. Hoeveel hotels hadden er kamers die uitkeken op het meer? Vooral hotels waar een man met een drie-nul-rekening zou logeren. Twee? Drie...? Uit een geheugen dat hij zich niet meer kon herinneren kwamen namen bij hem boven: Carillon du Lac, Baur au Lac, Eden au Lac. Waren er andere? Er schoten hem geen namen meer te binnen. Hoe gemakkelijk moest het zijn geweest om het juiste te vinden! Hoe gemakkelijk had hij die woorden gesproken. Wat stom!

Geen tijd meer. Te láát. Hij kon door de rij glazen deuren kijken; dat konden de moordenaars ook. De tweede man had hem al gezien. Over de motorkap van de Peugeot werden woorden gewisseld, de goud-omrande bril werd rechtgezet, handen werden in buitensporig grote zakken gestoken, onzichtbare wapens vastgegrepen. De twee mannen liepen op de ingang af en liepen op het laatste moment uit elkaar, ieder naar een van de uiteinden van de rij heldere, glazen panelen. De flanken waren gedekt, de val was uitgezet; hij kon niet naar buiten rennen.

Dachten ze dat ze een hotelfoyer vol mensen konden binnenlopen en zomaar een man konden dóódschieten?

Natuurlijk konden ze dat. De mensen en het lawaai vormden hun dekking. Twee, drie, vier gedempte schoten, van korte afstand afgevuurd zouden evenveel effect hebben als een hinderlaag op een plein vol mensen bij daglicht en in de chaos die erop volgde was ontsnappen gemakkelijk.

Hij mocht ze niet vlakbij hem laten komen! Hij liep achteruit, gedachten vlogen door hem heen, woede overheerste alle gevoel. Hoe durfden ze? Waarom dachten ze dat hij niet onmiddellijk bescherming zou zoeken, om politie zou roepen? En toen was het antwoord duidelijk, even verbijsterend als de vraag zelf. De moordenaars wisten zeker wat hij alleen maar kon gissen: op zulke bescherming kon hij geen beroep doen – hij kon de politie er niet bij halen. Jason Bourne moest alle autoriteiten ontwijken... Waarom? Zochten ze hém soms?

Mijn god, waarom?

De twee deuren aan het uiteinde van de rij werden geopend door uitgestrekte handen terwijl andere handen, geklemd om staal, verborgen bleven. Bourne keerde zich om. Er waren liften, deuren, gangen – een dak en kelders. Hij moest op tientallen manieren uit het hotel kunnen komen.

Was dat wel zo? Baanden de moordenaars zich nu een weg door de menigte en wisten ze iets anders waarnaar hij enkel kon raden? Had het Carillon du Lac slechts twee of drie uitgangen, gemakkelijk buiten te bewaken door mannen, gemakkelijk te gebruiken als valstrikken zodat de eenzame gedaante van een rennende man kon worden neergeknald?

Een man alleen; een man alleen was een opvallend doelwit. Maar stel dat hij niet alleen was? Stel dat er iemand bij hem was? Twee mensen waren meer dan een, maar voor een alleen betekende een extra iemand camouflage – vooral in menigtes, vooral 's avonds en het was avond. Vastberaden moordenaars vermeden het de verkeerde persoon dood te schieten, niet uit medelijden maar om praktische redenen; in de paniek die daaruit voortkwam zou het echte doelwit kunnen ontsnappen.

Hij voelde het gewicht van het wapen in zijn zak maar er lag niet veel troost in de wetenschap dat het er was. Net als in de bank zou het gebruik ervan – het te voorschijn halen alleen al – hem markeren. Maar het zat er tenminste. Hij begon terug te lopen naar het midden van de foyer en wendde zich toen naar rechts waar de mensen dichter opeen stonden. Het was de vooravond van een internationaal congres. Er werden duizenden onduidelijke plannen gemaakt. Hogere en lagere deelnemers werden gescheiden door goedkeurende en afkeurende blikken, overal ontstonden toevallige groeperingen.

Langs de muur liep een marmeren balie waarachter een hotelemployé bezig was gele vellen na te lopen met een potlood dat hij vasthield als een penseel. Telegrammen. Voor de balie stonden twee mensen, een dikke, oudere man en een vrouw in een donkerrode jurk waarvan de diepe kleur van de zijde precies paste bij haar lange, kastanjebruine haren... Kastanjebruin haar. Het was de vrouw uit de lift die grapjes had gemaakt over de belastingheffing van Caesar en de Punische oorlogen, de vrouw die naast hem had gestaan aan de receptie en naar het telegram had gevraagd waarover ze bericht had gekregen.

Bourne keek om. De moordenaars maakten een goed gebruik van de massa mensen, baanden zich beleefd excuserend maar doelbewust een weg, een aan de rechterkant, een aan de linkerkant, steeds dichter naar hem toe, als een aanval in een tangbeweging. Zo lang ze hem maar in het oog hielden konden ze hem dwingen te blijven lopen zonder dat hij wist waarheen.

Hem in het oog hielden?

Op de achterste rij dus... Daar kunnen we slapen. Hij gebruikt een diaprojector; het zal er donker zijn.

Jason keerde zich weer om en keek naar de vrouw met het kastanjebruine haar. Ze was klaar met haar telegram en dankte de employé, waarbij ze een getinte uilenbril afzette en die in haar tas stopte. Ze stond op maar anderhalve meter afstand.

Bertinelli voert het woord, als je 't mij vraagt zonder veel effect.

Er was alleen maar tijd voor instinctmatige beslissingen. Bourne pakte zijn koffer in zijn linkerhand, liep snel op de vrouw af aan de marmeren balie en raakte haar elleboog aan, zachtjes, zo onopvallend mogelijk.

'Doctor...?'

'Pardon?'

'U bent toch doctor...?' Hij haalde zijn hand van haar elleboog, een man in verwarring.

'St. Jacques,' maakte ze het af en ze sprak het op zijn Frans uit, als

Saint. 'U stond met ons in de lift.'

'Ik realiseerde me niet dat u het was,' zei hij. 'Ze zeiden mij dat u wel zou weten waar Bertinelli spreekt.'

'Het staat op het bord. Zaal 7.'

'Ik weet helaas niet waar dat is. Zou u het mij willen wijzen? Ik ben te laat en ik moet een verslag maken over zijn voordracht.'

'Van Bertinelli? Waarom? Bent u van een Marxistische krant?'

'Een onafhankelijk bureau,' zei Jason terwijl hij zich afvroeg waar de zinnen vandaan kwamen. 'Ik maak verslagen voor verschillende mensen. Ze geloven niet dat hij het waard is.'

'Misschien niet, maar er zitten een paar harde waarheden in wat hij te zeggen heeft.'

'Ik weet het, dus nu moet ik zien die te vinden. Misschien kunt u er mij opmerkzaam op maken.'

'Ik ben bang van niet. Ik zal u de zaal wijzen maar ik moet opbellen.' Ze knipte haar tas dicht.

'Wilt u alstublieft voortmaken.'

'Wat?' Ze keek hem onvriendelijk aan.

'Het spijt me, maar ik heb echt haast.' Hij keek even naar rechts. De twee mannen waren op nog geen zeven meter van hem vandaan.

'U bent ook echt onbeleefd,' zei Marie St. Jacques kil.

'Alstublíéft.' Hij onderdrukte zijn neiging om haar vooruit te duwen, weg van die bewegende val die steeds dichterbij kwam.

'Deze kant uit.' Ze begon de hal over te steken naar een brede gang die in de linkerachtermuur gaapte. Hier was het minder druk, om prominent te lijken moest je vooraan in de foyer staan. Ze bereikten wat eruitzag als een tunnel die bekleed was met dieprood fluweel, met tegenover elkaar liggende deuren waarboven lichtbakjes aangaven VERGADERZAAL 1, vergaderzaal 2. Aan het einde van de gang waren een paar dubbele deuren waarop duidelijk stond dat dit de ingang was naar ZAAL 7.

'Hier is het,' zei Marie St. Jacques. 'Voorzichtig wanneer u naar binnen gaat, het is er waarschijnlijk donker. Bertinelli houdt zijn voordrachten met dia's.'

'Net als een bioscoop,' merkte Bourne op terwijl hij omkeek naar de mensen aan het uiteinde van de gang. Hij wás er. De man met het gouden montuur zocht verontschuldigend zijn weg langs een geanimeerd pratend drietal in de foyer. Hij liep de gang in, zijn metgezel vlak achter hem.

'... nogal wat verschil. Hij zit voor het toneel gewichtig te doen.' De vrouw had iets gezegd en stond nu op het punt hem alleen te laten.

'Wat zei u? Een toneel?'

'Nou ja, een verhoogd platform. Meestal voor borden met statistieken.'

'Die moeten dus binnengebracht worden,' zei hij.

'Wat moet binnengebracht worden?'

'Die borden. Is daar een uitgang? Nog een deur?'

'Ik heb geen idee. Maar ik moet nu echt gaan telefoneren. Veel plezier bij de *professore*.' Ze keerde zich om.

Hij liet zijn koffer vallen en pakte haar arm vast. Ze keek hem woedend aan. 'Wilt u me alstublieft loslaten.'

'Ik wil u geen schrik aanjagen maar ik kan niet anders.' Hij sprak rustig terwijl hij over haar schouder keek. De moordenaars liepen langzamer, in de zekerheid dat hun val spoedig zou dichtklappen. 'U moet met mij meekomen.'

'Doe niet zo belachelijk.'

Hij klemde nu zijn hand om haar arm en duwde haar voor zich uit. Toen haalde hij het wapen uit zijn zak en zorgde ervoor dat het achter haar lichaam verborgen bleef voor de mannen op tien meter afstand. 'Ik gebruik dit liever niet. Ik wil u geen kwaad doen, maar als ik gedwongen word...'

'Mijn god...'

'Rustig blijven. Doet u maar precies wat ik zeg en dan zal u niets overkomen. Ik moet uit dit hotel zien te komen en u gaat me daarbij helpen. Zo gauw ik buiten ben laat ik u gaan. Maar niet eerder. Schiet op. We gaan daar binnen.'

'U kunt me niet...'

'Ja, dat kan ik wel.' Hij duwde de loop van het wapen in haar maag, in de donkere zijde waarin rimpels trokken door de kracht van zijn beweging. De angst intimideerde haar tot stilzwijgen, tot onderwerping. 'Vooruit!'

Hij ging links van haar lopen, terwijl zijn hand nog steeds haar arm vasthad en hij het pistool voor zijn borst hield, slechts centimeters van de hare vandaan. Haar ogen werden erdoor gebiologeerd, haar adem kwam onregelmatig. Bourne opende de deur en duwde haar voor zich uit naar binnen. Vanuit de gang kon hij horen roepen.

'*Schnell!*'

Ze stonden in het donker maar het duurde maar kort; een bundel wit licht flitste door de ruimte boven de rijen stoelen en verlichtte de hoofden van de toehoorders. Een grafiek werd geprojecteerd op het veraf staande scherm op het toneel, met cijfers bij elk ruitje en met een dikke, zwarte lijn die links onderaan begon en in een zaagtandpatroon dwars door de lijnen naar rechts liep. Een stem sprak met een zwaar accent, versterkt door een luidspreker.

'U zult merken dat, tijdens de jaren zeventig en eenenzeventig toen bepaalde productiebeperkingen zelf opgelegd werden – ik herhaal: zélf opgelegd – door die leidende industrialisten, de daaruit voortkomende economische recessie veel minder ernstig was dan bij – dia 12, graag – de zogenaamde paternalistische marktregulering, opgelegd door overheidsbemoeienissen. De volgende dia graag.'

De ruimte werd weer donker. Ze hadden moeilijkheden met de projector.

'Dia 12, alstublieft!'

Jason duwde de vrouw naar voren, voor de gedaanten die tegen de achtermuur stonden, achter de laatste rij stoelen. Hij probeerde de afmetingen van de zaal te schatten en keek uit naar een rood licht dat ontsnapping zou kunnen betekenen. Hij zag het! Een zwak rood schijnsel in de verte. Op het toneel, achter het scherm. Er waren geen andere uitgangen, geen andere deuren behalve de ingang naar zaal zeven. Hij moest die bereiken!

'*Marie – par ici!*' Het gefluister kwam links van hen, van een stoel in de achterste rij.

'*Non, chérie. Reste avec moi.*' Het tweede gefluister kwam van de half donkere gedaante van een man die vlak voor Marie St. Jacques stond. Hij had een stap van de muur gezet om haar te onderscheppen.

Bourne drukte het wapen stevig in de ribben van de vrouw en de bedoeling was overduidelijk. Ze fluisterde zonder adem te halen en Jason was dankbaar dat haar gezicht niet duidelijk zichtbaar was. 'Laat ons alstublieft passeren,' zei ze in het Frans. 'Alstublieft.'

'Wat heeft dit te betekenen? Is hij jouw telegram, schat?'

'Een oude vriend,' fluisterde Bourne.

Boven het aanzwellende gemompel van de toehoorders uit klonk een kreet. 'Mag ik alstublieft dia 12 hebben! *Per favore!*'

'We moeten iemand hebben aan het einde van de rij,' vervolgde Jason terwijl hij omkeek. De rechterdeur van de ingang ging open. Midden in een gezicht in de schaduw weerkaatste een bril met gouden montuur het zwakke licht van de gang. Bourne duwde het meisje voorzichtig langs haar verbaasde vriend, drong hem terug tegen de muur en fluisterde een verontschuldiging.

'Het spijt me, maar we hebben haast!'

'U bent ook verdomd onbeleefd!'

'Ja, ik weet het.'

'Dia 12! *Ma che infamia!*'

De bundel licht schoot te voorschijn uit de projector; hij trilde door de nerveuze hand van de operateur. Er verscheen weer een grafiek op het scherm terwijl Jason en de vrouw het uiteinde van de muur bereikten, het begin van het nauwe gangpad dat dwars door de zaal naar het toneel voerde. Hij drukte haar in de hoek en drong zijn lichaam tegen het hare aan, zijn gezicht tegen haar gezicht.

'Ik ga gillen,' fluisterde zij.

'Ik ga schieten,' zei hij. Hij keek langs de gedaanten die tegen de muur leunden. De moordenaars waren beiden binnen. Ze stonden te loeren en bewogen hun hoofd als verontruste ratten, in hun pogingen om hun doelwit te ontdekken tussen de rijen gezichten.

De stem van de spreker begon harder te klinken, als het luiden van een gebarsten klok. Zijn felle monoloog was kort maar snerpend. '*Ecco!* Voor de sceptici die ik hier vanavond toespreek – en dat zijn de meesten van u – heb ik hier de statistische bewijzen! Precies dezelfde als meer dan honderd andere analyses die ik heb gemaakt. Laat de markt over aan degenen die daar wonen. Onbelangrijke excessen zijn altijd te vinden. Ze vormen een geringe prijs voor het algemeen nut.'

Hier en daar werd geapplaudisseerd, de goedkeuring van een duidelijke minderheid. Bertinelli ging verder op normale toon en dreunde door. Zijn lange, wijzende vinger die naar het scherm priemde, benadrukte het voor de hand liggende – wat voor hem voor de hand lag. Jason ging weer recht staan. De gouden bril glom in het licht dat opzij uit de projector straalde en de drager ervan stootte de arm van zijn metgezel aan, met een hoofdknik naar links bevelend dat hij de speurtocht moest voortzetten aan de linkerzijde. Hij zou de rechterkant nemen. Het gouden montuur blonk op terwijl hij zijdelings langs de staande toeschouwers liep en elk gezicht bekeek. Hij zou de hoek bereiken, zou hén bereiken, binnen enkele seconden. Hij kon de moordenaar alleen nog met een schot tot stilstand brengen. En als er iemand in de rij zich bewoog, of als de vrouw die hij tegen de muur had gedrukt in paniek raakte en hem duwde... of als hij om wat voor reden ook de moordenaar miste, dan zat hij in de val. En zelfs als hij de man raakte dan was er die andere moordenaar nog aan de andere kant van de zaal, ongetwijfeld een scherpschutter.

'Dia 13, alstublieft.'

Dit was het moment. Nú!

De lichtbundel doofde. In het donker trok Bourne de vrouw van de muur af, draaide haar snel om waar ze stond met zijn gezicht tegen het hare. 'Als u geluid maakt schiet ik u dood!'

'Ik geloof u,' fluisterde ze, doodsbenauwd. 'U bent een maniak.'

'Vooruit!' Hij duwde haar door het nauwe gangpad dat naar het toneel voerde, zo'n vijftien meter verder. Het licht van de projector ging weer aan. Hij greep de nek van het meisje vast en dwong haar op haar knieën terwijl hij zelf ook naast haar neerknielde. De rijen lichamen in de stoelen verborgen hen voor de moordenaars. Hij verstevigde de greep van zijn vingers; het was zijn teken om te blijven bewegen, kruipend... langzaam, laag bij de grond maar voortbewegend. Ze begreep hem en begon trillend, op haar knieën, naar voren te kruipen.

'De conclusies van deze fase zijn onweerlegbaar,' riep de spreker. 'Het winstmotief is onlosmakelijk verbonden met de productiviteits-stimulans, maar de antagonistische rollen kunnen nooit gelijk zijn. Zoals Socrates al begreep, is de ongelijkheid van waarden constant. Goud is gewoon geen koper of ijzer – daar zal iedereen het hier over eens zijn. Dia 14 graag!'

Weer was het donker. Nú.

Hij rukte de vrouw omhoog, duwde haar naar voren naar het toneel. Ze waren op een meter afstand van de rand.

'*Cosa succede?* Alstublieft, wat is er aan de hand? Dia *14!*'

Het was gebeurd! De projector zat weer vast; weer was het een tijdje donker. En daar op het toneel voor hen, boven hen, was het rode schijnsel van het lichtbakje UITGANG. Jason greep de arm van het meisje ruw vast. 'Klim op het toneel en ren naar de uitgang! Ik ben vlak achter u. Als u stopt of roept schiet ik.'

'Laat me in 's hemelsnaam gaan!'

'Nog niet.' Hij meende het. Er was ergens nog een uitgang, er stonden buiten mannen te wachten op hun doelwit uit Marseille. 'Vooruit! Nú.'

De vrouw kwam omhoog en rende naar het toneel. Bourne tilde haar van de vloer, over de rand heen, sprong op terwijl hij dat deed en trok haar weer overeind.

Het verblindende licht van de projector flitste weer aan, spoelde over het scherm en de weerschijn verlichtte het toneel. Kreten van verrassing en spot klonken op tussen de toehoorders bij het zien van de twee gedaanten en het geschreeuw van de verontwaardigde Bertinelli klonk boven het lawaai uit.

'*È insoffribile! Ci sono comunisti qui!*' En er klonken andere geluiden – drie – dodelijk, scherp, plotseling. Geknetter uit een gedempt wapen – wapens; op de betimmering van de boog van het voortoneel vlogen houtsplinters op. Jason duwde het meisje met geweld omlaag en sprong op de schaduwen af van de smalle ruimte tussen de coulissen terwijl hij haar meetrok.

'*Da ist er! Da oben!*'

'*Schnell! Der Projektor!*'

'Vanaf het middenpad van de zaal weerklonk een kreet en de lichtbundel van de projector zwaaide naar rechts en viel tussen de coulissen – maar niet helemaal. De bundel werd onderbroken door de rechtopstaande coulissenvlakken die de ruimte achter het toneel maskeerden; licht, schaduw, licht, schaduw. En aan het einde van de vlakken, aan de achterzijde van het toneel, was de uitgang. Een hoge, brede metalen deur met een afsluitstang er dwars overheen.

Glasscherven kletterden. Het rode licht barstte uiteen, de kogel van een scherpschutter blies het lichtbakje boven de deur uit. Het maakte niets uit; hij kon duidelijk het glimmende koper zien van de afsluitstang.

Een hels kabaal was in de zaal ontstaan. Bourne greep de vrouw vast bij de stof van haar blouse, rukte haar tussen de coulissen uit naar de deur. Even bood ze tegenstand; hij sloeg haar in het gezicht en sleurde haar naast zich tot de stang boven hun hoofden zat.

Rechts van hen spetterden kogels in de muur. De moordenaars renden de gangpaden af om hen goed in het vizier te kunnen krijgen. Ze zouden in enkele seconden bij hen zijn en binnen enkele seconden zouden meerdere kogels of een enkele kogel zijn doel vinden. Er waren genoeg patronen over, dat wist hij. Hij had er geen idee van hoe of waarom hij dat wist, maar hij wíst het. Afgaande op het geluid kon hij de wapens voor zich zien, kon hij de magazijnen eruit halen, de patronen tellen.

Hij smakte zijn onderarm tegen de afsluitstang aan van de buitendeur. Die vloog open en hij sprong door de opening, terwijl hij de schoppende vrouw meesleurde.

'Hou op!' riep ze. 'Ik ga niet verder mee! U bent waanzinnig! Dat waren pistoolschoten!'

Jason trapte de grote, metalen deur dicht met zijn voet. 'Sta op!'

'Néé!'

Hij sloeg met de rug van zijn hand in haar gezicht. 'Het spijt me, maar u komt met me mee. Sta op! Zo gauw we buiten zijn kunt u op me rekenen. Dan laat ik u gaan.' Maar waar moest hij nu naartoe? Ze stonden weer in een tunnel, alleen lag er geen vloerbedekking, waren er geen glimmende deuren met lichtbakjes erboven. Ze bevonden zich... in een of andere verlaten laadruimte. De vloer was van beton en er stonden twee laadkarren van buisframe naast hem tegen de muur. Hij had het bij het rechte eind gehad: de borden die gebruikt werden op het toneel van zaal zeven moesten per vrachtwagen worden aangevoerd, de buitendeur was hoog genoeg en breed genoeg om grote borden binnen te laten.

De déúr! Hij moest de deur barricaderen! Marie St. Jacques stond overeind. Hij hield haar vast terwijl hij het eerste wagentje greep, het aan zijn frame voor de deur van de uitgang trok en het met zijn schouder en knie aanduwde tot het zat vastgeklemd tegen het metaal. Hij keek omlaag; onder de dikke, houten bodem zaten er voetremmen op de wielen. Hij trapte met zijn hak omlaag op de hendel van de voorwielrem en toen op die van de achterrem.

Het meisje keerde zich om haar as en probeerde zich los te rukken uit zijn greep terwijl hij zijn been uitstak naar het uiteinde van het wagentje. Hij liet zijn hand langs haar arm omlaagglijden, greep haar pols en wrong die naar binnen. Ze schreeuwde met tranen in haar ogen en trillende lippen. Hij trok haar naast zich, dwong haar naar links en begon te rennen, aannemend dat hij in de richting liep van de achterkant van het Carillon du Lac, in de hoop dat hij de uitgang zou vinden. Want daar en alleen maar daar zou hij de vrouw nodig hebben; een paar korte momenten wanneer er een paartje te voorschijn kwam en met een enkele man die wegrende.

Er klonk een reeks luide slagen. De moordenaars waren aan het proberen de toneeldeur te forceren maar het geblokkeerde vrachtkarretje vormde een te zware versperring.

Hij sleurde het meisje over de cementen vloer, ze probeerde zich los te rukken, schopte weer en wrong haar lichaam weer van de ene kant naar de andere, ze was de grens van de hysterie gepasseerd. Hij kon niet anders; hij greep haar elleboog vast met zijn duim aan de binnenkant en drukte zo hard hij kon. Ze snakte naar adem van de plotselinge, afschuwelijke pijn, ze snikte, ademde uit en liet zich weer door hem vooruit duwen.

Ze kwamen aan een betonnen trap met metalen randen langs de vier treden die omlaag voerden naar een dubbele metalen deur. Het was het laadperron, achter de deuren lag de parkeerplaats achter het Carillon du Lac. Hij was er bijna. Nu kwam het alleen nog maar op het uiterlijk aan.

'Luister naar me,' zei hij tegen de bange vrouw. 'Wilt u dat ik u laat gaan?'

'O, mijn god, ja! Alstublieft!'

'Doe dan precies wat ik zeg. We lopen deze trappen hier af en gaan door die deur naar buiten als twee volkomen normale mensen aan het eind van een werkdag. U haakt uw arm in de mijne en we lopen, rustig pratend, naar de auto's aan de overzijde van de parkeerplaats. En we lachen allebei, alsof we terugdenken aan de leuke dingen die er vandaag zijn gebeurd. Hebt u dat begrepen?'

'Het laatste kwartier is er niets leuks met me gebeurd,' antwoordde ze nauwelijks hoorbaar en monotoon.

'Doe maar net of het wel zo is. Misschien loop ik in een val, als dat zo is kan het me niet meer schelen. Begrijpt u dat?'

'Ik geloof dat mijn pols gebroken is.'

'Nee, dat is hij niet.'

'Mijn linkerarm, mijn schouder. Ik kan ze niet bewegen – ze kloppen.'

'Er is een zenuwuiteinde ingedrukt, dat is over een paar minuten over. Dan bent u weer in orde.'

'U bent een beest.'

'Ik wil blijven leven,' zei hij. 'Schiet op. Denk er om: als ik de deur open, kijkt u me aan en glimlacht. Houd uw hoofd wat achterover en lach een beetje.'

'Dat zal het moeilijkste zijn dat ik ooit heb gedaan.'

'Het is gemakkelijker dan doodgaan.'

Ze stak haar gekneusde hand onder zijn arm en ze liepen de treden af naar de deur van het perron. Hij opende die en ze gingen naar buiten, zijn hand in de zak van zijn overjas omklemde het pistool van de Fransman, zijn ogen verkenden snel het laadperron. Boven de deur zat een enkele lamp in een kap van gevlochten draad. In het schijnsel ervan was de betonnen trap zichtbaar die naar het plaveisel eronder voerde, en hij leidde zijn gijzelaarster er naartoe.

Ze deed zoals hij had bevolen en de uitwerking was macaber. Terwijl ze de trap afliepen was haar gezicht naar het zijne gekeerd en haar beangstigde trekken waren zichtbaar onder het licht. Haar mond stond open en de lippen lagen strak over haar witte tanden in een valse, gedwongen glimlach; haar wijd uitstaande ogen waren twee donkere kringen waar doodsangst in weerspiegelde, haar betraande huid was strak gespannen en getekend door de rode vlekken waar hij haar had geslagen. Hij keek in een gelaat van gebeeldhouwde steen, een masker dat was omlijst door donkerrood haar dat over haar schouders viel, naar achteren geblazen door de avondbries, en door die beweging het enige levende deel van het masker.

Gesmoord lachen klonk op uit haar keel, de aderen in haar hals waren duidelijk zichtbaar. Ze kon elk moment flauwvallen, maar daaraan kon hij niet denken. Hij moest zich concentreren op de ruimte om hem heen, op elke beweging – hoe onopvallend ook – die hij kon ontdekken in de schaduwen van de grote parkeerplaats. Het was duidelijk dat deze donkere achterplaats gebruikt werd door het personeel van het Carillon du Lac. Het was bijna halfzeven, de nachtploeg was volop bezig met zijn taak. Alles was stil, een glad, donker plein dat werd onderbroken door de rijen van stilstaande auto's, enorme insecten met het doffe glas van de koplampen als honderden ogen die in het niets staarden.

Een gekras. Er schuurde metaal langs metaal. Het kwam van rechts, van een van de auto's in een rij vlakbij. Welke rij? Welke auto? Hij hield zijn hoofd naar achteren alsof hij antwoord gaf op een grapje van zijn metgezellin en liet zijn ogen dwalen over de raampjes van de dichtstbijzijnde auto's. Niets...

Toch iets? Het was er, maar het was zo klein, nauwelijks zichtbaar... Een heel klein, groen cirkeltje, een nauwelijks waarneembaar groen schijnsel. Het bewoog... volgde hun bewegingen.

Groen. Klein... lícht? Plotseling, ergens vanuit een vergeten verleden kreeg hij ineens het beeld van een kruisvizier voor ogen. Zijn ogen keken naar twee dunne, elkaar kruisende lijnen! Kruisvizier! Een richtkijker... een infrarode richtkijker van een geweer.

Hoe wísten de moordenaars het? Antwoorden genoeg. Er was een kleine zender gebruikt bij de Gemeinschaft; er kon er nu ook eentje in gebruik zijn. Hij droeg een overjas; zijn gijzelaarster droeg een dunne, zijden jurk en de avond was fris. Geen vrouw zou zo uitgaan.

Hij zwaaide gebukt naar links, belandde met een smak tegen Marie St. Jacques aan, met zijn schouder in haar maag en dat deed haar achteruit wankelen in de richting van de trap. De gedempte schoten volgden elkaar staccato-achtig op; overal om hem heen spatte steen en asfalt uiteen. Hij dook naar rechts en op het moment dat hij de grond raakte liet hij zich een paar keer om zijn as rollen waarbij hij het pistool uit de zak van zijn overjas rukte. Toen duwde hij zich weer omhoog, dit keer recht naar voren gericht terwijl zijn linkerhand zijn rechterpols steun gaf, met het wapen in het midden, gericht op het raampje met het geweer. Hij vuurde drie schoten.

Uit de donkere ruimte in de stilstaande wagen klonk een gil die werd uitgerekt tot een schreeuw, overging in een hortende ademstoot. Toen klonk er niets meer. Bourne bleef roerloos liggen wachten, luisteren, wachten, gereed om opnieuw te vuren. Stilte. Hij wilde opstaan... maar hij kon niet. Er was iets gebeurd. Hij kon zich nauwelijks bewegen. Toen spreidde de pijn zich uit door zijn borst, het bonken werd zo hevig dat hij voorover boog, zich met beide handen ondersteunde, zijn hoofd schudde, probeerde de helse pijn te verdrijven. Zijn linkerschouder, de onderkant van zijn borst – onder de ribben... zijn linkerdij – boven de knie, onder de heup; de plaatsen van zijn eerdere verwondingen waar meer dan een maand geleden tientallen hechtingen waren weggehaald. Hij had die verzwakte plekken beschadigd, had pezen en spieren die nog niet helemaal hersteld waren uitgerekt. O, mijn god! Hij moest omhoog. Hij moest bij de auto komen van de man die hem had willen vermoorden, hem eruit trekken en wegwezen.

Hij rukte zijn hoofd omhoog, zijn gezicht vertrokken van de pijn en keek naar Marie St. Jacques. Ze kwam langzaam overeind, eerst op haar ene knie, toen op haar ene voet en zocht steun aan de buitenmuur van het hotel. Ze zou zó rechtop staan en dan gaan rennen. Wegrennen.

Hij kon haar niet laten gaan! Ze zou schreeuwend het hotel binnenrennen; er zouden mannen verschijnen, sommige om hem mee te nemen... sommige om hem te doden. Hij moest haar tegenhouden!

Hij liet zijn lichaam voorover vallen en begon naar links te rollen, ronddraaiend als een dol geworden ledenpop, tot hij op bijna een meter van de muur was, op bijna een meter van haar. Hij hief zijn pistool op en richtte op haar hoofd.

'Help me op,' zei hij en hij hoorde hoe gespannen zijn stem klonk.

'Wat?'

'U hebt me gehoord! Help me óp.'

'U zei dat ik vrij was. U hebt me uw woord gegeven!'

'Dan moet ik het weer terugnemen...'

'Nee, alstublieft.'

'Dit pistool is precies op uw gezicht gericht, doctor. U komt hier en helpt me met opstaan of ik schiet.'

Hij trok de dode man uit de auto en beval haar achter het stuur te gaan zitten. Toen opende hij het achterportier en kroop ineengedoken op de achterbank.

'Rijden,' zei hij. 'U rijdt en ik vertel u waar naartoe.'

6

Telkens wanneer je zelf verkeert in een situatie waarin stress overheerst – en je er tijd voor hebt – doe dan precies wat je zou doen wanneer je jezelf projecteert in de situatie die je observeert. Laat je geest de vrije loop, laat elke gedachte en elk beeld dat naar boven komt zich helder vormen. Probeer geen enkele mentale discipline uit te oefenen. Wees als een spons: concentreer je op alles en op niets. Bepaalde feiten kunnen bij je terugkomen, bepaalde leidingen die buiten werking zijn gesteld kunnen langs elektrische weg weer tot functioneren worden geprikkeld.

Bourne dacht terug aan de woorden van Washburn terwijl hij zijn lichaam steun probeerde te geven in de hoek van de bank. Hij masseerde zijn borst en wreef voorzichtig over de gekneusde spieren rond zijn pas genezen wond; de pijn was minder fel dan enige minuten geleden.

'U kunt me niet maar zo vertellen dat ik moet rijden!' riep Marie St. Jacques. 'Ik weet niet waar ik heen rij!'

'Dat doe ik ook niet,' zei Jason. Hij had haar gezegd om langs het meer te blijven rijden; het was donker en hij had tijd nodig om na te denken. Al was het alleen maar om een spons te zijn.

'Er zullen mensen naar mij zoeken,' riep ze uit.

'Naar mij zijn ze ook aan het zoeken.'

'U hebt me tegen mijn wil meegenomen. U hebt me herhaaldelijk geslagen.' Ze sprak nu zachter en hield zich beter in bedwang. 'Dat is ontvoeren, bedreigen... dat zijn ernstige delicten. U bent nu buiten het hotel; u zei dat u dat wilde. Laat me vrij en ik zal niets vertellen. Ik beloof het u!'

'U bedoelt dat u mij uw woord zult geven?'

'Já!'

'Ik gaf u het mijne en ik heb het teruggenomen. Dat zou u ook kunnen doen.'

'U bent anders. Ik doe dat niet. Niemand probeert míj te doden!'

'Doorrijden.'

Eén ding was hem duidelijk. De moordenaars hadden gezien dat hij zijn koffer liet vallen en die prijsgaf in zijn ren naar de vrijheid. Die koffer vertelde hun dat hij bezig was Zürich te verlaten, ongetwijfeld ook Zwitserland. Het vliegveld en het station zouden in de gaten gehouden worden. En de auto die hij had afgenomen van de man die hij had gedood – die had geprobeerd hem te doden – daar zouden ze naar op zoek gaan.

Hij kon niet naar het vliegveld gaan en niet naar het station. Hij moest die auto kwijt zien te raken en een andere vinden. Maar hij was niet zonder hulpmiddelen. Hij droeg honderdduizend Zwitserse francs bij zich en meer dan zestienduizend Franse francs, het Zwitserse geld in de omslag van zijn paspoort, het Franse in de portefeuille die hij had gestolen van de markies de Chambord. Het was meer dan voldoende om zich in het geheim een weg naar Parijs te verschaffen.

Waarom Parijs? Het leek wel of die stad een magneet was die hem aantrok zonder dat hij er een verklaring voor had.

Je bent niet hulpeloos. Je zult jezelf eruit redden...

Volg je instinct, binnen redelijke grenzen, natuurlijk. Naar Parijs.

'Bent u al eerder in Zürich geweest'?' vroeg hij zijn gijzelaarster.

'Nooit.'

'U zou toch zeker niet tegen me liegen?'

'Daar heb ik geen reden voor! Alstublíéft. Laat me stoppen. Laat me vrij!'

'Hoe lang bent u hier geweest?'

'Een week. Het congres duurde een week.'

'Dan hebt u tijd gehad om wat rond te kijken, bezienswaardigheden en zo.'

'Ik ben nauwelijks het hotel uit geweest. Er was nergens tijd voor.'

'Het programma dat ik op het bord heb gezien leek niet zo vol. Maar twee lezingen voor de hele dag.'

'Dat waren gastsprekers; er waren er nooit meer dan twee per dag. Het grootste deel van het werk werd gedaan in vergaderingen... kleine vergaderingen. Tien tot vijftien mensen van verschillende landen met uiteenlopende interesses.'

'U komt uit Canada?'

'Ik werk voor de Canadese regering...'

'Het "doctor" is dus geen medische graad.'

'Economie. McGill-universiteit. Pembroke College, Oxford.'

'Heel imposant.'

Plotseling voegde ze er, met onderdrukte felheid aan toe: 'Mijn superieuren verwachten dat ik contact met hen opneem. Vanavond. Als ze niets van me horen zullen ze gealarmeerd zijn. Ze zullen om inlichtingen vragen bij de politie van Zürich.'

'Zo,' zei hij. 'Daar moeten we dan eens over denken, is 't niet?' Het drong tot Bourne door dat zij bij alle ontzetting en het geweld van het afgelopen halfuur steeds haar tas bij zich had gehouden. Hij boog naar voren met een grimas van pijn, pijn die plotseling weer fel door zijn borst vlamde. 'Geef me uw tas eens.'

'Wat?' Ze bewoog snel haar hand van het stuur en greep haar tas in een vergeefse poging om hem die te onthouden.

Hij duwde zijn rechterhand over de voorbank en pakte met zijn vingers het leer vast. 'Rijdt u nu maar, doctor,' zei hij en hij tilde de tas van de bank en liet zich weer achterover vallen.

'U hebt het récht niet...' Ze zweeg toen het tot haar doordrong hoe dwaas die opmerking was.

'Dat weet ik,' antwoordde hij. Hij opende de tas, knipte het plafondlampje aan en hield de handtas onder het schijnsel. Het paste bij de eigenares dat haar bezittingen overzichtelijk gerangschikt waren. Paspoort, portefeuille, een portemonnee, sleutels en in de achterzakken allerlei notities en boodschappen. Hij was op zoek naar een bepaald bericht; het zat in een gele envelop die haar was overhandigd door de employé aan de balie van het Carillon du Lac. Hij vond hem en haalde er het gevouwen papier uit. Het was een telegram uit Ottawa.

DAGELIJKSE RAPPORTEN PRIMA. VERLOF TOEGESTAAN. ZIEN ELKAAR OP VLIEGVELD WOENSDAG 26E. TELEFONEER OF TELEGRAFEER VLUCHTNUMMER. IN LYON ZEKER NAAR BEAU MEUNIÈRE GAAN. CUISINE SUPERBE.
LIEFS, PETER

Jason stak het telegram weer in de tas. Hij zag een kartonnen houdertje met lucifers met een glimmend witte omslag en daarop gekruld schrift. Hij haalde het eruit en las de naam. Kronenhalle. Een restaurant... Een restaurant. Er zat hem iets dwars; hij wist niet wat het was maar het zat er. Iets over een restaurant. Hij hield de lucifers bij zich, sloot de tas, boog zich naar voren en liet hem op de voorbank vallen. 'Dat is alles wat ik wilde zien,' zei hij terwijl hij weer in de hoek ging zitten en naar de lucifers staarde. 'Ik dacht me te herinneren dat u iets zei over "bericht uit Ottawa". Dat hebt u gekregen; de zesentwintigste is over meer dan een week.'

'Alstublieft...'

De smeekbede was een kreet om hulp; hij herkende die maar kon er niet op reageren. Hij had deze vrouw het komende uur nodig, hij had haar nodig zoals een lamme een kruk, of juister gezegd, als iemand die achter een autostuur niet kon functioneren een chauffeur nodig had.

'Keert u hier,' beval hij. 'Rijdt u maar terug naar het Carillon.'

'Naar het... hotel?'

'Ja,' zei hij met zijn ogen op de lucifers gericht die hij keer op keer omdraaide in zijn hand onder het licht van het plafondlampje. 'We moeten een andere auto hebben.'

'Wij? Nee, dat kúnt u niet doen! Ik ga niet verder...' Weer zweeg ze voordat de opmerking compleet was, voordat de gedachte zich had gevormd. Er was haar kennelijk iets anders te binnen geschoten, want ze zweeg abrupt terwijl ze aan het stuurwiel draaide tot de grote wagen op de donkere weg langs het meer de andere kant op stond gericht. Ze drukte het gaspedaal zo krachtig in dat de auto met slippende wielen vooruit sprong. Ze liet het pedaal meteen weer los en probeerde zich onder controle te krijgen.

Bourne keek op van de lucifers naar de achterkant van haar hoofd naar het lange, donkerrode haar dat glom in het licht. Hij haalde het pistool uit zijn zak en boog zich opnieuw naar voren vlak achter haar. Hij hief het wapen op, bewoog zijn hand over haar schouder, draaide de loop om en duwde die in haar wang.

'U moet mij goed begrijpen. U doet precies wat ik u zeg. U gaat vlak naast mij lopen en dit pistool zal in mijn zak zitten. Het zal gericht zijn op uw maag net zoals het nu op uw hoofd is gericht. U hebt gezien dat ik op de vlucht ben voor moordenaars en ik zal niet aarzelen om de trekker over te halen. Ik wil dat u dat duidelijk is.'

'Het is me duidelijk.' Haar antwoord klonk fluisterend, haar doodsangst was totaal. Jason haalde de loop van het pistool weg van haar wang; hij was tevreden.

Tevreden en vol walging.

Laat je geest de vrije loop... De lucifers. Wat was er met die lucifers? Maar het ging niet om die lucifers, het ging om het restaurant – niet de Kronenhalle, maar een restaurant. Zware balken, kaarslicht, zwarte... driehoeken aan de buitenkant. Witte steen en zwarte driehoeken. Drie...? Drie zwarte driehoeken.

Daar was iemand... in een restaurant met drie driehoeken aan de buitenkant. Het beeld was zo helder, zo levendig... zo verwarrend. Wat wás het? Bestond er wel zo'n plaats?

Bepaalde feiten kunnen bij je terugkomen... bepaalde leidingen die buiten werking zijn gesteld... tot functioneren geprikkeld.

Gebeurde dat nu? O, mijn god, ik kan het niet uitstaan!

Een paar honderd meter verderop langs de weg kon hij de lichten zien van het Carillon du Lac. Hij had nog niet overdacht wat hij zou doen, maar hij ging uit van twee veronderstellingen. De eerste was dat de moordenaars niet in het hotel waren gebleven. Van de andere kant wilde Bourne niet in een val lopen die hij zelf had opgesteld. Hij kende twee van de moordenaars; als er anderen waren achtergelaten zou hij die niet herkennen.

Het grote parkeerterrein lag aan de andere zijde van de ronde oprit, links van het hotel. 'Langzaam rijden,' beval Jason. 'Neem de eerste inrit aan de linkerkant.'

'Dat is een uitrit,' protesteerde de vrouw met gespannen stem. 'We gaan tegen het verkeer in.'

'Er komt niemand aan. Vooruit! Rij het parkeerterrein op, voorbij de lichten.'

Er gebeurde genoeg bij de overkapte ingang van het hotel om hem duidelijk te maken waarom niemand op hen lette. Er stonden vier politiewagens op de ronde oprit en hun flikkerende zwaailichten gaven aan dat hier sprake was van een noodtoestand. Hij kon geüniformeerde politie zien rondlopen tussen de groepen opgewonden hotelgasten; ze stelden vragen, maar ze beantwoordden ook vragen terwijl ze de namen controleerden van de mensen die per auto vertrokken, bijgestaan door hotelemployés in smoking.

Marie St. Jacques reed het parkeerterrein op, voorbij de felle lichten en vond parkeerruimte aan de rechterkant. Ze zette de motor af en bleef roerloos voor zich uit zitten kijken.

'Heel voorzichtig zijn,' zei Bourne en hij draaide zijn raampje omlaag. 'En langzaam bewegen. Open uw portier, ga dan naast het mijne staan en help me eruit. Denk erom, het raampje is open en het pistool heb ik in mijn hand. U staat op nauwelijks een meter afstand voor me; ik zou u met geen mogelijkheid kunnen missen als ik schoot.'

Ze deed met robotachtige bewegingen in haar doodsangst wat haar gezegd was. Jason zocht steun op de rand van het raampje en trok zichzelf naar buiten. Hij liet zijn gewicht beurtelings op een van zijn voeten komen; hij kon zich weer wat beter bewegen. Hij kon lopen. Niet goed en hinkend, maar hij kon lopen.

'Wat gaat u doen?' vroeg Marie St. Jacques, alsof ze bang was zijn antwoord te horen.

'Wachten. Vroeg of laat rijdt er wel iemand zijn auto hierheen om hem te parkeren. Wat er daarbinnen ook is gebeurd, het is nog steeds etenstijd. Er zijn tafels gereserveerd, diners afgesproken, vele daarvan zakelijk; die mensen gaan hun plannen niet veranderen.'

'En als er een auto komt, hoe neemt u die dan?' Ze zweeg en beantwoordde toen haar eigen vraag 'O, mijn god, u gaat de chauffeur vermoorden.'

Hij greep haar arm vast. Haar bange, spierwitte gezicht was vlak bij het zijne. Hij moest haar door vrees in bedwang houden maar niet zo ver dat ze hysterisch zou kunnen worden. 'Als ik moet dan zal ik dat doen, maar ik geloof niet dat het nodig zal zijn. Er zijn speciale bedienden die de auto's hier parkeren. Ze laten de sleutels meestal onder de bank. Zo is het gemakkelijker.'

Vanaf de aftakking van de ronde oprit werd het licht van koplampen zichtbaar. Een kleine coupé reed de parkeerplaats op, met een kort gegeven stoot gas, het teken dat een parkeerbediende reed. De auto kwam recht op hen af. Bourne schrok ervan tot hij vlakbij de lege plaats zag. Maar ze stonden precies in de baan van de koplampen; ze waren opgemerkt.

Gereserveerde tafels in de eetzaal... Een restaurant. Jason nam zijn besluit; hij zou gebruik maken van dit ogenblik.

De bediende stapte uit en schoof de sleutels onder de bank. Terwijl hij naar de achterkant van de wagen liep knikte hij hen nieuwsgierig toe. Bourne sprak in het Frans.

'Hé daar, jongeman! Misschien kun jij ons helpen.'

'Meneer?' De bediende kwam aarzelend op hen af, voorzichtig, duidelijk denkend aan de gebeurtenissen in het hotel.

'Ik voel me niet zo goed, te veel van die uitstekende Zwitserse wijn van jullie.'

'Kan gebeuren, meneer.' De jongeman glimlachte opgelucht.

'Mijn vrouw dacht dat het een goed idee zou zijn een luchtje te scheppen voordat we de stad ingingen.'

'Een goed idee, meneer.'

'Is die waanzin binnen nog aan de gang? Ik dacht eerst dat die politieman ons niet wilde laten vertrekken, maar toen zag hij dat ik weleens kon gaan overgeven over zijn uniform.'

'Waanzin, meneer. Ze zitten overal... Ze hebben ons verboden erover te praten.'

'Natuurlijk. Maar wij zitten met een probleem. Een compagnon is vanmiddag gearriveerd en we hadden afgesproken elkaar in een restaurant te ontmoeten, maar nu ben ik de naam vergeten. Ik ben er eerder geweest maar ik herinner me niet meer waar het is. Ik weet wel dat er op de voorgevel drie vreemde vormen voorkwamen... een soort tekening, geloof ik. Driehoeken, als ik me niet vergis.'

'Dat is de Drei Alpenhäuser, meneer. De... Drie Chalets. Het ligt in een zijstraat van de Falkenstrasse.'

'Natuurlijk, ja, dat is het! En om daar van hieruit te komen moeten...' Bourne maakte zijn zin niet af, een man die te veel heeft gedronken en probeert zich te concentreren.

'Linksaf na de uitrit, meneer. U blijft ongeveer zes kilometer doorrijden tot u aan een grote pier komt, daar slaat u rechtsaf. Zo rijdt u de Falkenstrasse in. Zo gauw u Seefeld voorbij bent kunt u het restaurant niet meer missen. Op de hoek staat een bordje.'

'Dank je. Ben je nog hier wanneer we over een paar uur terugkomen?'

'Ik heb dienst tot twee uur in de ochtend, meneer.'

'Goed. Ik zal naar je uitkijken en mijn dankbaarheid wat concreter uitdrukken.'

'Dank u, meneer. Kan ik misschien uw auto halen?'

'Je hebt genoeg gedaan, dank je wel. Ik kan maar beter nog wat lopen.' De bediende salueerde en liep terug naar de voorkant van het hotel. Jason liep hinkend naast Marie St. Jacques en leidde haar naar de coupé. 'Schiet op. De sleutels liggen onder de bank.'

'Als ze ons tegenhouden, wat gaat u dan doen. De bediende zal de auto zien vertrekken en dan weet hij dat u hem gestolen hebt!'

'Dat betwijfel ik. Niet als we nu meteen vertrekken, zo gauw hij weer in de massa verdwenen is.'

'Maar als hij het nu wél ziet?'

'Dan hoop ik dat u snel kunt rijden,' zei Bourne terwijl hij haar naar het portier duwde. 'Stap in.' De bediende was om de hoek en versnelde opeens zijn pas. Jason haalde zijn wapen te voorschijn en hinkte snel om de motorkap heen terwijl hij er steun op zocht en het pistool inmiddels op de voorruit richtte. Hij opende het portier aan de andere kant en ging naast haar zitten. 'Verdomme, ik zei dat u de sleutels moest pakken!'

'Goed, góéd... Ik kan niet meer dénken.'

'Doe uw best maar!'

'O, god...' Ze tastte met haar hand onder de bank over de vloerbekleding tot ze het kleine leren etui vond.

'Start de motor, maar wacht tot ik u zeg achteruit te rijden.' Hij wachtte of hij koplampen zou zien die vanaf de ronde oprit de parkeerplaats op schenen; dat zou de reden kunnen zijn dat de bediende ineens hard was gaan lopen, een auto die geparkeerd moest worden. Ze kwamen niet; er kon een andere reden geweest zijn. Twee onbekende mensen op de parkeerplaats. 'Vooruit maar. Snel. Ik wil hier weg.' Ze schakelde de versnelling in zijn achteruit en het moment daarop naderden ze de uitrit naar de weg die langs het meer liep. 'Langzaam rijden,' beval hij. Voor hen reed een taxi naar de rand van het trottoir.

Bourne hield zijn adem in en keek door het tegenoverliggende raampje naar de ingang van het Carillon du Lac; wat er onder de luifel aan de gang was verklaarde het plotselinge besluit van de bediende om te gaan rennen. Er was ruzie ontstaan tussen de politie en een groepje hotelgasten. Ze stonden op een rij, de namen van degenen die het hotel verlieten werden gecontroleerd en het oponthoud had de onschuldigen kwaad gemaakt.

'We gaan,' zei Jason met een grimas, omdat de pijn weer in zijn borst opvlamde. 'We zijn er door.'

Het was een verlammend gevoel, griezelig en spookachtig. De drie driehoeken waren er precies zoals hij ze voor zich had gezien: dik, donker hout dat in basreliëf op witte steen lag. Boven de drie punten stond de naam van het restaurant in gothische letters. Drei Alpenhäuser.

Onder de basislijn van de centrale driehoek was de ingang. Dubbele deuren die samen een boog vormden als in een kathedraal, met massale ijzeren ringen als beslag zoals je vaak zag in Zwitserse châteaus.

De omringende gebouwen aan weerszijden van de met klinkers bestrate steeg waren gerestaureerde panden van een Zürich en een Europa van lang geleden. Het was geen straat voor auto's maar deed denken aan elegante, door paarden getrokken koetsen met hoog op de bok zittende koetsiers met dikke sjaals en hoge hoeden, en overal gaslampen. Het was een straat vol beelden en geluiden van vergeten herinneringen, dacht de man die geen herinneringen had om te vergeten.

Toch hád hij er een, helder en verontrustend. Drie donkere driehoeken, zware balken en kaarslicht. Hij had gelijk gehad: het was een herinnering aan Zürich. Maar wel in een ander leven.

'We zijn er,' zei de vrouw.

'Ik weet het.'

'Zeg me nou wat ik dóén moet,' riep ze. 'We rijden er voorbij.'

'Rij tot de volgende hoek en sla daar links af. Rij het blok rond en rij dan zo weer terug.'

'Waarom?'

'Ik wou dat ik het wist.'

'Wat?'

'Omdat ik het zeg.' *Er was daar iemand... in dat restaurant. Waarom verschenen er geen andere beelden? Nog een beeld. Een gezicht.*

Zo reden ze nog twee keer langs het restaurant. Twee paren apart en een groepje van vier gingen naar binnen. Een man alleen kwam naar buiten en liep richting Falkenstrasse. Naar de auto's die aan de trottoirrand geparkeerd stonden te oordelen, was de Drei Alpenhäuser zowat voor de helft bezet. In de loop van de volgende twee uur zouden dat er meer worden, want de meeste mensen in Zürich gaven de voorkeur aan een avondmaal dichter bij halfelf dan acht uur. Het had geen zin langer te wachten; Bourne kon zich niets anders meer herinneren. Hij kon alleen gaan zitten en kijken en afwachten of er nog iets zou komen. Iéts. Want iets was er al: een luciferboekje had een beeld in de werkelijkheid opgeroepen. Binnen die werkelijkheid lag een waarheid die hij moest onthullen.

'Parkeer maar rechts, voor die laatste auto. We gaan terug lopen.'

Zwijgend deed Marie St. Jacques wat haar bevolen was. Jason keek naar haar; haar reactie was te volgzaam, niet in overeenstemming met haar gedrag voorheen. Hij begreep het. Er moest een lesje worden gegeven. Wat er ook zou gebeuren in de Drei Alpenhäuser, hij had haar hulp nog een laatste keer nodig. Ze moest hem Zürich uit rijden.

De auto kwam tot stilstand, banden schaafden langs de trottoirrand. Ze zette de motor af en begon de sleutels uit het slot te trekken met langzame, te langzame bewegingen. Hij boog opzij en pakte haar pols vast; in het halfduister staarde ze hem aan met ingehouden adem. Hij liet zijn vingers over haar hand glijden tot hij het sleuteletui voelde.

'Die neem ik wel,' zei hij.

'Natuurlijk,' antwoordde ze, met haar linkerhand wat onnatuurlijk langs haar zij, vlak naast het paneel van het portier.

'Nu stapt u uit en u gaat naast de motorkap staan,' ging hij verder. 'Doe geen domme dingen.'

'Waarom zou ik? U zou me doodschieten.'

'Goed zo.' Hij tastte overdreven moeizaam naar de portierkruk. Zijn achterhoofd was naar haar gekeerd; hij duwde de kruk omlaag.

Het geritsel van stof kwam plotseling, de plotselinge scheut lucht nog onverwachter. Haar portier vloog open, de vrouw was al half op straat. Maar Bourne was erop voorbereid; er moest een lesje worden gegeven. Hij draaide zich bliksemsnel om met een linkerarm als een losschietende veer en een hand als een klauw die de zij van haar jurk vastgreep tussen haar schouderbladen. Hij trok haar terug op de bank, greep haar bij de haren en rukte haar hoofd naar zich toe tot haar hals strak stond en haar gezicht tegen het zijne lag.

'Ik zal het niet meer doen!' riep ze terwijl de tranen haar in de ogen schoten. 'Ik zwéér u dat ik het niet meer zal doen!'

Hij reikte voor haar langs, trok het portier dicht en keek haar toen strak aan in een poging om iets in zichzelf te begrijpen. Dertig minuten geleden, in een andere auto had hij zich misselijk gevoeld toen hij de loop van het pistool tegen haar wang duwde en dreigde haar te zullen doden. Die afkeer was er nu niet; met die ene openlijke actie had ze een grens overschreden. Ze was een vijand geworden, een bedreiging. Hij kon haar doden als dat noodzakelijk was, haar doden zonder emotie.

'Zég toch iets!' Ze fluisterde. Er ging een stuiptrekking door haar lichaam, haar borsten spanden de donkere zijde van haar jurk, gingen op en neer door de gehaaste beweging. Ze pakte haar pols vast in een poging om zichzelf in bedwang te krijgen. Ze sprak opnieuw, nu niet fluisterend maar met monotone stem. 'Ik zei toch dat ik het niet meer zou doen en dat zal ik ook niet.'

'U zult het proberen,' antwoordde hij rustig. 'Er zal een moment komen dat u denkt dat het u zal lukken en dan zult u het proberen. Maar als u het weer probeert moet ik u doden. Ik wil dat niet, tenzij u een bedreiging voor mij gaat vormen. Door weg te lopen voordat ik u laat gaan wordt u zo'n bedreiging. Ik kan dat niet toelaten.'

Hij had de waarheid gesproken, tenminste zijn idee van de waarheid. De eenvoud van het besluit was voor hem even verbijsterend als het besluit zelf. Doden was een praktische zaak, meer niet.

'U zegt dat u me zal laten gaan,' zei ze. 'Wanneer?'

'Zodra ik in veiligheid ben,' antwoordde hij. 'Wanneer het er niet meer toe doet wat u zegt of doet.'

'Wanneer zal dat zijn?'

'Ongeveer een uur vanaf nu. Wanneer we buiten Zürich zijn en ik op weg ben naar een andere plaats. U zult niet weten waarheen of hoe.' Hij liet haar los. 'Houd uzelf in bedwang. Droog uw ogen en kam uw haar. We gaan naar binnen.'

'Wat is daar binnen?'

'Ik wilde dat ik het wist,' zei hij terwijl hij door de achterruit keek naar de deur van de Drei Alpenhäuser.

'Dat zei u straks ook al.'

Hij keek haar aan, keek in de opengesperde, bruine ogen die onderzoekend in de zijne staarden, angstig en verbijsterd. 'Ik weet het. Schiet op.'

Er liepen dikke balken dwars over het typisch Zwitserse plafond. De tafels en stoelen waren van zwaar hout gemaakt en overal waren zithoeken en kaarslicht. Tussen de mensen door bewoog zich een accordeonspeler, zijn instrument bracht flarden Beierse *Musik* voort.

Hij had het grote vertrek eerder gezien, de zolderbalken en het kaarslicht lagen ergens opgeslagen in zijn herinnering, ook de geluiden waren vastgelegd. Hij was hier in een ander leven eens geweest. Ze stonden in de kleine hal bij het tafeltje waar de lijst lag met de reserveringen. De man in smoking begroette hen.

'*Haben Sie einen Tisch schon reserviert, mein Herr?*'

'Als u "gereserveerd" bedoelt, ben ik bang van niet. Maar iemand heeft hoog over u opgegeven. Ik hoop dat u een plaatsje voor ons vindt. Als het kan een afgeschutte plaats.'

'Zeker, meneer. Het is nog vroeg, we zijn nog niet vol. Wilt u mij maar volgen?'

Ze werden naar een tafeltje geleid tussen twee schotten in de dichtstbijzijnde hoek, met midden op tafel een flakkerende kaars. Het hinken van Bourne en het feit dat hij zich vast moest houden aan de vrouw maakten het noodzakelijk dat ze een plaats kregen die zo dichtbij mogelijk lag. Jason knikte tegen Marie St. Jacques. Ze ging zitten en hij liet zich op de bank tegenover haar glijden.

'Schuif tegen de muur aan,' zei hij toen de ober weg was. 'Denk erom, ik heb het pistool in mijn zak en ik hoef alleen mijn voet maar op te tillen en u zit vast.'

'Ik zei dat ik het niet zou proberen.'

'Ik hoop dat u het niet doet. Bestel maar iets te drinken, er is geen tijd om te eten.'

'Ik zou niet kunnen eten.' Ze pakte haar pols weer vast met zichtbaar trillende handen. 'Waarom is er geen tijd? Waar wacht u op?'

'Ik weet het niet.'

'Waarom zegt u dat telkens maar weer? "Ik weet het niet." "Ik wilde dat ik het wist." Waarom bent u hier gekomen?'

'Omdat ik hier eerder ben geweest.'

'Dat is geen antwoord!'

'Ik hoef u geen antwoord te geven.'

Er naderde een kelner. Marie St. Jacques vroeg om wijn. Bourne bestelde whisky, die sterkere drank had hij nodig. Hij keek rond door het restaurant en probeerde zich te concentreren op alles en niets. Een spons. Maar er was alleen maar niets. Geen beelden kwamen bij hem boven; hij dacht aan niets bepaalds en geen vastomlijnde gedachte drong zich daarbij op. Niets.

En toen zag hij het gezicht aan de overzijde van het vertrek. Het was een breed gezicht dat deel uitmaakte van een groot hoofd, boven een dik lijf dat tegen de muur geschoven zat aan het einde van een bank, vlak bij de deur. De dikke man hield zich binnen de schaduwen van zijn uitkijkpost alsof zij hem beschutting boden, alsof het donkere deel van het restaurant zijn vrijplaats vormde. Zijn ogen waren strak gericht op Jason, in zijn starende blik lag deels angst, deels ongeloof. Bourne kende het gezicht niet maar het gezicht kende hem. De man bracht zijn vingers naar zijn lippen en wreef zijn mondhoeken, wendde toen zijn ogen af en nam iedere gast op aan elk tafeltje. Toen pas begon hij aan wat duidelijk een moeizame gang voor hem was door het vertrek naar hun plaats.

'Er komt een man aan,' sprak hij boven de vlam van de kaars uit.

'Een dikke man, en hij is bang. Zeg niets. Wat hij ook zegt, hou uw mond. En kijk hem niet aan. Steek uw hand omhoog en laat uw hoofd ongedwongen rusten op uw handpalm. Kijk naar de muur, niet naar hem.'

De vrouw fronste haar wenkbrauwen en hield haar rechterhand voor haar gelaat; haar vingers trilden. Haar lippen vormden een vraag maar er kwamen geen woorden. Jason beantwoordde de onuitgesproken vraag.

'Voor uw eigen bestwil,' zei hij. 'Het heeft geen zin dat hij u zou kunnen identificeren.'

De dikke man schuifelde rond de hoek van de bank. Bourne blies de kaars uit zodat de tafel vrijwel in het donker lag. De man bleef hem aanstaren en sprak met zachte, gesmoorde stem.

'*Du lieber Gott!* Waarom kwam u híér? Wat heb ik gedaan dat u mij dit aan moest doen?'

'Ik vind het eten lekker, dat weet u.'

'Hebt u dan helemaal geen gevoel? Ik heb een gezin, vrouw en kinderen. Ik heb alleen maar gedaan wat me werd opgedragen. Ik heb u de envelop gegeven; ik heb er niet in gekeken, ik weet van niets!'

'Maar u bent betaald, waar of niet?' vroeg Jason instinctmatig.

'Ja, maar ik heb niets gezegd. Wij hebben elkaar nooit gezien, ik heb nooit een beschrijving van u gegeven. Ik heb met niemand gesproken!'

'Waarom bent u dan bang? Ik ben enkel een gewone klant die op het punt staat eten te bestellen.'

'Ik smeek het u. Ga wég.'

'Nu ben ik boos. Zegt u me maar eens waarom.'

De dikke man bracht zijn hand naar zijn gezicht en zijn vingers veegden het vocht weer weg dat zich om zijn mond had gevormd. Hij boog zijn hoofd, keek tersluiks naar de deur en toen weer naar Bourne. 'Misschien hebben anderen iets gezegd, anderen weten misschien wie u bent. Ik heb al last genoeg gehad met de politie, ze zouden rechtstreeks naar mij toe komen.'

Marie St. Jacques verloor haar zelfbeheersing. Ze keek naar Jason en de woorden ontsnapten haar. 'De politie... Dat was de politie.' Bourne keek haar woedend aan en wendde zich toen weer naar de nerveuze man. 'Beweert u dat de politie uw vrouw en kinderen kwaad zouden doen?'

'Niet rechtstreeks, daar hebt u gelijk in. Maar hun belangstelling zou anderen op mijn spoor kunnen brengen. Op dat van mijn gezin. Hoeveel zijn er naar u op zoek, mein Herr? En wat zijn dat voor mensen? Dat hoef ik u niet te zeggen – zij hebben geen enkele consideratie... het doden van een vrouw of een kind betekent niets voor hen. Alstublieft. Ik zweer het u. Ik heb niets gezegd. Ga wég.'

'U overdrijft.' Jason hief zijn glas naar zijn lippen als wilde hij aangeven dat het gesprek was afgesloten.

'Doe dit in godsnaam niet!' De man boog voorover en greep de rand van de tafel vast. 'Als u bewijzen wilt voor mijn stilzwijgen dan zal ik u die geven. Ze hebben het overal rondverteld in de *Verbrecherwelt*. Iemand die maar iets wist moest een nummer bellen dat de politie in Zürich had geregeld. Alles zou in het strikste vertrouwen worden behandeld; daar zouden ze in de onderwereld niet om liegen. Er waren ruime beloningen uitgeschreven, de politie van verschillende landen had fondsen gestuurd via Interpol. Vroegere misverstanden zouden misschien in een nieuw licht bekeken kunnen worden.' De samenzweerder ging rechtop staan, veegde zijn mond weer af, zijn zware lijf hing boven de houten tafel. 'Een man als ik zou profijt kunnen trekken van een vriendelijker verstandhouding met de politie. Toch heb ik niets gedaan. Ondanks de garantie van een vertrouwelijke behandeling heb ik niets gedaan, helemaal niets!'

'Iemand anders soms wel? Zeg me de waarheid. Als u liegt kom ik er wel achter.'

'Ik ken alleen Chernak. Hij is de enige die ik ooit heb gesproken die toegeeft u ooit gezien te hebben. Maar dat weet u; de envelop werd via hem aan mij doorgegeven. Hij zou nooit iets zeggen.'

'Waar is Chernak nu?'

'Waar hij altijd is. In zijn flat aan de Löwenstrasse.'

'Daar ben ik nooit geweest. Wat is het nummer?'

'U bent daar nooit geweest...?' De dikke man zweeg even, met samengeknepen lippen en angst in zijn ogen. 'Stelt u mij soms op de proef?'

'Geef antwoord op die vraag.'

'Nummer 37. Dat weet u net zo goed als ik.'

'Dan stel ik u op de proef. Wie heeft de envelop aan Chernak gegeven?'

De man stond roerloos nu zijn twijfelachtige integriteit werd betwist. 'Dat kan ik niet weten en ik zou het ook nooit vragen.'

'U was niet eens nieuwsgierig?'

'Natuurlijk niet. Een geit gaat niet uit vrije wil het hol van de wolf binnen.'

'Geiten staan vast op hun poten. Ze hebben een goed reukvermogen.'

'En ze zijn voorzichtig, mein Herr. Want de wolf is sneller en oneindig agressiever. Er zou maar een jacht zijn. De laatste voor de geit.'

'Wat zat er in de envelop?'

'Ik zei u toch, ik heb hem niet opengemaakt.'

'Maar u weet wat erin zat?'

'Geld, neem ik aan.'

'Dat neemt u áán?'

'Goed dan. Geld. Een heleboel geld. Als er iets vermist werd dan heb ik daar niets mee te maken. Alstublieft nu, ik sméék het u. Ga hier wég!'

'Nog een laatste vraag.'

'Wat u maar wilt. Als u maar weggaat!'

'Waarvoor was dat geld?'

De dikke man staarde op Bourne neer, hoorbaar ademhalend, zweet glinsterend op zijn kin. 'U legt mij op de pijnbank, mein Herr, maar ik zal me niet van u afkeren. Noem het maar de moed van een onbelangrijke geit die in leven is gebleven. Iedere dag lees ik de kranten. In drie talen. Een halfjaar geleden is er een man vermoord. Zijn dood stond op de voorpagina van elk van die kranten.'

7

Ze reden om het huizenblok heen, kwamen weer uit in de Falkenstrasse en sloegen toen rechtsaf op de Limmat Quai in de richting van de Grossmunster-kathedraal. De Löwenstrasse lag aan de overzijde van de rivier, in het westelijke stadsdeel. De snelste weg om er te komen was om via de Münster-brug naar de Nüschelerstrasse te rijden. De boulevards kruisten elkaar, volgens een paartje dat op het punt had gestaan de Drei Alpenhäuser binnen te gaan.

Marie St. Jacques zweeg en hield het stuur vast zoals ze de riemen van haar handtas had vastgeklemd tijdens de waanzin in het Carillon, op een of andere manier kon ze zo haar verstand bewaren. Bourne keek haar van opzij aan en begreep het.

... is er een man vermoord. Zijn dood stond op de voorpagina van elk van die kranten.

Jason Bourne was betaald voor een moord en de politie in verschillende landen had via Interpol fondsen gestuurd om onwillige verklikkers aan te moedigen, om zo een betere kans te scheppen hem te vangen. En dat betekende dat er ook andere mensen vermoord waren...

Hoeveel zijn er naar u op zoek, mein Herr? En wat zijn dat voor men-

sen...? Zij hebben geen enkele consideratie – het doden van een vrouw of een kind betekent niets voor hen!

Niet de politie. Anderen.

De twee klokkentorens van de Grossmünster rezen op in de nachtelijke hemel, schijnwerpers wierpen spookachtige schaduwen. Jason staarde naar het oude gebouw, en zoals bij zoveel andere zaken wist hij dat hij het kende en toch ook weer niet. Hij had het eerder gezien maar toch zag hij het nu voor het eerst.

Ik ken alleen Chernak... De envelop werd via hem aan mij doorgegeven... Löwenstrasse. Nummer 37. Dat weet u net zo goed als ik.

Was dat zo? Zou hij dat ook?

Ze reden de brug over en voegden zich bij het verkeer in het moderne stadsdeel. Het was er druk in de straten, op elk kruispunt wedijverden auto's en voetgangers om de voorrang, de eindeloze rode en groene verkeerslichten waren niet op elkaar afgesteld. Bourne probeerde zich op niets te concentreren... en op alles. Hij begon de omtrekken van de waarheid vaag te onderscheiden, de ene raadselachtige vorm na de andere, de ene al ontstellender dan de andere. Hij wist helemaal niet of hij in staat was – mentaal in staat was – om nog veel meer op te nemen.

'*Halt! Die Dame da!* Uw koplampen branden niet! En u geeft richting aan. Verboden in te rijden!'

Jason keek op en een holle pijn verkrampte zijn maag. Naast hen stond een patrouillewagen en door het open raampje riep een politieagent. Alles was plotseling duidelijk... ergerlijk duidelijk. Marie St. Jacques had in de zijspiegel de politieauto gezien. Ze had haar koplampen uitgedaan, haar hand naar de richtingaanwijzer laten glijden en een bocht naar links aangegeven. Een línker bocht, een straat voor eenrichtingsverkeer in, waarvan de pijlen op het kruispunt duidelijk aangaven dat het verkeer réchtsaf moest slaan! En linksaf te slaan door plotseling de politieauto te snijden zou leiden tot verschillende verkeersovertredingen: het rijden zonder licht, misschien zelfs een opzettelijke botsing. Ze zouden worden aangehouden en de vrouw zou vrij zijn om te gaan schreeuwen.

Bourne knipte de koplampen aan, boog zich toen voor het meisje langs, schakelde met een hand de richtingaanwijzer uit en greep met zijn andere hand haar arm waar hij hem al eerder had vastgepakt.

'Ik vermoord je, doctor,' zei hij rustig en riep toen door het raampje naar de politieagent. 'Sorry! We zijn een beetje in de war! Toeristen! We moeten de volgende afslag hebben!'

De politieagent was op nog geen meter van Marie St. Jacques vandaan. Zijn ogen waren op haar gelaat gericht, kennelijk niet begrijpend waarom zij niet reageerde.

Het licht sprong op groen. 'Trek rustig op. Doe geen stomme dingen,' zei Jason. Hij zwaaide door het glas naar de politieagent. 'Nogmaals, sorry!' schreeuwde hij. De politieagent haalde de schouders op en keerde zich naar zijn metgezel om het gesprek dat ze voerden te hervatten.

'Ik was écht in de war,' zei het meisje, met zachte, trillende stem. 'Er is zoveel verkeer... O, god, u hebt mijn arm gebroken...! Jij rotzak.'

Bourne liet haar los, verontrust door haar woede. Hij had liever dat ze bang was. 'U denkt toch niet dat ik u geloof, of wel soms?'

'Mijn arm?'

'Uw verwarring.'

'U zei dat we gauw linksaf zouden gaan. Dat is het enige waar ik aan dacht.'

'Let de volgende keer maar op het verkeer.' Hij schoof van haar weg maar bleef haar aankijken.

'U bent écht een beest,' fluisterde ze. Ze sloot even haar ogen en toen ze die weer opende blonk er vrees in; die was er dus weer.

Ze kwamen in de Löwenstrasse, een brede boulevard waar lage gebouwen van baksteen en zware balken afgewisseld werden door moderne bouwsels van vlak beton en glas. Er stond een rij keurige appartementen van vier verdiepingen, waarvan de daken en ramen gevat waren in hout, met stenen trappen en leuningen die naar deuren voerden in portieken onder het schijnsel van sierlantaarns. Bourne herkende het vergetene; het feit dat hij dat deed was niet verontrustend, maar iets anders wel. De rij huizen riep een ander beeld op, een heel scherp beeld van een andere rij appartementen, eender in omtrekken maar op een vreemde manier anders. Verweerd, ouder, lang niet zo netjes onderhouden... gebarsten ramen, kapotte trappen, leuningen die hier en daar onderbroken waren, scherpe uiteinden van roestig ijzer. Verder weg, in een ander deel van... Zürich, ja, ze waren in Zürich. In een kleine stadswijk die zo goed als nauwelijks bezocht werd door mensen die er niet woonden, een deel van de stad dat zonder veel omhaal in de steek was gelaten.

'Steppdeckstrasse,' zei hij bij zichzelf terwijl hij zich concentreerde op het beeld in zijn geest. Hij kon een voordeur zien met verschoten, rode verf, even donker als de rode zijden jurk die de vrouw naast hem droeg. 'Een pension... in de Steppdeckstrasse.'

'Wat?' Marie St. Jacques klonk bevreesd. De woorden die hij sprak beangstigden haar; ze had ze kennelijk met zichzelf in verband gebracht en ze was doodsbang.

'Niets.' Hij wendde zijn ogen af van haar jurk en keek uit het raampje. 'Daar is nummer 37,' zei hij en hij wees naar het vijfde huis in de rij. 'Stop de auto.'

Hij stapte eerst uit en beval haar over de bank te glijden en hem te volgen. Hij probeerde voorzichtig zijn benen en nam haar de sleutels af.

'U kunt lopen,' zei ze. 'Als u kunt lopen kunt u ook autorijden.'

'Waarschijnlijk wel.'

'Laat me dan gaan! Ik heb alles gedaan wat u wilde.'

'En nog wel wat meer,' voegde hij er aan toe.

'Ik zal niets verraden, begrijpt u dat dan niet? U bent wel de laatste persoon die ik nog ooit zou willen zien... of iets mee te maken wil hebben. Ik wil geen getuige zijn, of met de politie te maken krijgen, of verklaringen afleggen, of wat dan ook! Ik wil met uw wereld niets te maken hebben. Ik ben doodsbang... dat is uw bescherming, ziet u dat niet in? Laat me alstublieft gaan.'

'Dat kan ik niet.'

'U gelooft me niet.'

'Daar gaat het niet om. Ik heb u nodig.'

'Waarvoor?'

'Voor iets heel stoms. Ik heb geen rijbewijs. Je kunt geen auto huren zonder rijbewijs en ik moet een auto huren.'

'U hebt déze auto toch.'

'Die gaat misschien nog een uur mee. Straks komt er iemand het Carillon du Lac uitlopen die hem nodig heeft. Het signalement zal over de radio naar elke politiewagen in Zürich worden gezonden.'

Ze keek hem aan met doodsangst in haar glazige ogen. 'Ik wil niet met u daar binnengaan. Ik heb gehoord wat die man zei in het restaurant. Als ik nog meer hoor zult u me vermoorden.'

'Wat u gehoord hebt is voor mij even onbegrijpelijk als voor u. Misschien voor mij nog meer. Kom.' Hij pakte haar arm vast en legde zijn vrije hand op de leuning zodat hij met zo weinig mogelijk pijn de treden kon beklimmen.

Ze staarde hem aan met een blik waarin verbijstering en vrees om voorrang streden.

De naam M. Chernak stond onder de tweede brievenbus en onder de letters zat een bel. Hij drukte die niet in maar wel de vier knoppen ernaast. Binnen een paar seconden klonk er een kakofonie van stemmen op uit de kleine, gestippelde luidsprekers, die in Schweitzerdeutsch vroegen wie daar was. Maar iemand gaf er geen antwoord; die drukte enkel op de zoemer waardoor het slot opensprong. Jason opende de deur en duwde Marie St. Jacques voor zich uit.

Hij schoof haar tegen de muur aan en wachtte af. Van boven weerklonk het geluid van deuren die geopend werden, van voetstappen die naar het trappenhuis liepen.

'*Wer ist da?*'

'Johann?'

'*Wo bist du denn?*'

Stilte. Gevolgd door geïrriteerde uitroepen. Er klonken weer voetstappen; deuren werden gesloten.

M. Chernak woonde op de tweede verdieping. Appartement 2c. Bourne pakte de arm van het meisje, hinkte met haar naar de trap en begon die te beklimmen. Ze had natuurlijk gelijk. Het zou veel beter zijn wanneer hij alleen was maar daar kon hij niets aan doen. Hij had haar echt nodig.

Hij had wegenkaarten bestudeerd tijdens de weken in Port Noir. Luzern lag maar een uur verderop, Bern tweeëneenhalf of drie uur. Hij kon naar een van beide steden gaan, haar op een verlaten plek onderweg uit de auto zetten en vervolgens verdwijnen. Hij moest er alleen het juiste moment voor kiezen; hij bezat de middelen om honderden connecties te kopen. Hij moest alleen een geleide hebben om Zürich uit te komen en dat was zij.

Maar voordat hij uit Zürich vertrok moest hij zekerheid hebben; hij moest met een man praten, genaamd...

M. Chernak. De naam stond rechts van de deurbel. Hij zette een stap opzij van de deur en trok de vrouw mee.

'Spreekt u Duits?' vroeg Jason.

'Nee.'

'Lieg niet.'

'Dat doe ik niet.'

Bourne dacht na terwijl hij snel de korte gang door keek. 'Druk op de bel. Als de deur opengaat blijft u gewoon daar staan. Als er iemand van binnenuit iets vraagt dan zegt u dat u een boodschap hebt – een dringende boodschap – van een vriend in de Drei Alpenhäuser.'

'Stel dat hij – of zij – zegt hem onder de deur door te schuiven?'

Jason keek haar aan. 'Heel goed.'

'Ik wil alleen maar geen geweld meer. Ik wil niets weten en niets zien. Ik wil alleen maar...'

'Ik weet het,' onderbrak hij haar. 'Terug naar de belastingheffing van Caesar en de Punische oorlogen... Als hij – of zij – zoiets zegt dan legt u in een paar woorden uit dat de boodschap mondeling is en alleen maar kan worden afgegeven aan de man die men u heeft beschreven.'

'En als hij naar die beschrijving vraagt?' vroeg Marie St. Jacques kil, terwijl koel redeneren even de vrees verdrong.

'U hebt een heel helder verstand, doctor,' zei hij.

'Ik ben precies. Ik ben bang; dat heb ik u verteld. Wat doe ik dan?'

'Zeg dat hij kan barsten, dat iemand anders hem dan wel zal afgeven. Dan begint u weg te lopen.'

Ze ging naar de deur en drukte op de bel. Van binnen klonk een vreemd geluid. Een gekras dat luider begon te klinken, constant werd. Toen hield het op en een zware stem weerklonk door het hout.

'Ja?'

'Het spijt me, ik spreek geen Duits,' zei Marie St. Jacques.

'*Englisch*. Wat is er? Wie bent u?'

'Ik heb een dringende boodschap van een vriend in de Drei Alpenhäuser.'

'Schuif hem maar onder de deur.'

'Dat kan ik niet. Het is geen geschreven boodschap. Ik moet hem persoonlijk afgeven aan de man die me beschreven werd.'

'Nou, dat hoeft niet moeilijk te zijn,' sprak de stem. Het slot klikte en de deur ging open.

Bourne kwam van de muur vandaan en stapte in de deuropening.

'Je bent gék!' schreeuwde de man die twee stompjes had in plaats van benen en die in een rolstoel zat. Maak dat je wégkomt! Donder op!'

'Ik heb er genoeg van dat te horen,' zei Jason, terwijl hij het meisje naar binnen trok en de deur sloot.

Er was geen aandrang voor nodig om Marie St. Jacques over te halen in een kleine slaapkamer te blijven terwijl ze spraken; ze deed het zonder tegenstribbelen. De man zonder benen, Chernak, was bijna in paniek, zijn getekende gelaat zag krijtwit, zijn ongekamde grijze haren lagen plat om zijn hals en op zijn voorhoofd.

'Wat wíl je van mij?' vroeg hij. 'Je hebt gezworen dat onze laatste transactie definitief zou zijn! Ik kan niet meer doen, ik kan het risico niet lopen. Er zíjn hier al koeriers geweest. Hoe voorzichtig ze ook zijn, hoe ver ze ook van jouw bronnen verwijderd zijn, ze zijn híér geweest! Als er eentje op de verkeerde plaats een adres achterlaat ben ik er geweest.'

'Je hebt niet slecht geboerd voor die risico's die je hebt genomen,' zei Bourne. Hij stond voor de rolstoel. Zijn gedachten werkten koortsachtig en hij vroeg zich af of er een woord of een zin was die een stroom van informatie op gang kon brengen. Als er iets vermist werd dan heb ik daar niets mee te maken. De dikke man in de Drei Alpenhäuser.

'Als je nagaat wát voor risico's ik heb gelopen dan is dit niets.'

Chernak schudde zijn hoofd. Zijn borst ging moeizaam op en neer, en de stompjes die over de rand van de stoel vielen bewogen zich afstotend heen en weer. 'Ik was tevreden totdat u in mijn leven verscheen, mein Herr, want ik betekende écht weinig. Een oud soldaat die in Zürich terechtkwam – verminkt, invalide, onbetekenend, op bepaalde feiten na die ik had onthouden en waarvoor vroegere kameraden zuinig betaalden als ik ze voor me hield. Het was een behoorlijk bestaan, niet veel, maar genoeg. Toen kwam u...'

'Ik ben ontroerd,' onderbrak Jason hem. 'Laten we het eens over de envelop hebben – die envelop die jij doorgaf aan onze gemeenschappelijke vriend in de Drei Alpenhäuser. Van wie kreeg je die?'

'Een koerier. Van wie anders?'

'Waar kwam de envelop vandaan?'

'Hoe moet ík dat weten? Hij arriveerde in een doos, net als de andere. Ik heb hem uitgepakt en doorgestuurd. U wilde dat zo. U zei dat u hier niet meer kon komen.'

'Maar je hebt hem opengemaakt.' Een constatering.

'Nooit!'

'En als ik je nu eens vertelde dat er geld ontbrak?'

'Dan was het niet betaald. Het zat niet in de envelop!' De man zonder benen sprak met stemverheffing. 'Maar ik geloof u niet. Als dat zo was zou u de opdracht niet hebben aangenomen. Maar u nam die opdracht wel aan. Waarom bent u dus hier?'

Omdat ik het moet weten. Omdat ik gek word. Ik zie dingen en ik hoor dingen die ik niet begrijp. Ik ben een vakkundige, vindingrijke... plant! Help me toch!

Bourne liep van de stoel weg. Hij slenterde zonder bepaald doel naar een boekenkast waarop verschillende foto's rechtop tegen de muur stonden. Ze vormden een verklaring voor de man achter hem. Groepen Duitse soldaten, sommige van hen met herdershonden, die poseerden tegen de achtergrond van barakken en van omheiningen... en voor een hoge poort van gaas waarop een deel van een naam zichtbaar was. DACH...

Dachau.

De man achter hem. Hij bewoog zich! Jason keerde zich om; de man zonder benen, Chernak, had zijn hand in de canvas tas die aan zijn stoel gegespt zat. Zijn ogen vlamden en zijn getekende gelaat was vertrokken. De hand kwam snel te voorschijn, er lag een revolver in met een korte loop en voordat Bourne zijn eigen wapen kon trekken, vuurde Chernak. De schoten volgden elkaar snel op, de pijn drong als ijs door in zijn linkerschouder, dan zijn hoofd – o god! Hij dook naar rechts, wentelde zich om op het vloerkleed, duwde een zware staande lamp in de richting van de invalide, wentelde verder tot hij de rolstoel voorbij was. Hij dook ineen en sprong, smakte zijn rechterschouder in de rug van Chernak en de man zonder benen vloog uit de stoel terwijl Bourne in zijn zak tastte naar het pistool.

'Ze zullen me voor je lijk betalen!' krijste de invalide man terwijl hij kronkelend op de vloer lag en probeerde plat op de grond genoeg steun te vinden voor zijn lichaam om zijn wapen te kunnen richten. 'Mij krijg je niet in een doodskist! Ik zal zorgen dat jij daar komt! Carlos zal betalen! Mijn god, wat zal hij daarvoor betalen!'

Jason sprong naar links en vuurde. Het hoofd van Chernak schoot met een ruk achteruit, bloed spatte op uit zijn keel. Hij was dood.

Vanuit de deuropening naar de slaapkamer klonk een kreet. Hij werd dieper in volume, laag en hol, een langgerekt geweeklaag, met een akkoord waarin angst en walging doorklonk. De kreet van een vrouw... natuurlijk, het was een vrouw! Zijn gijzelaarster, zijn vrijgeleide uit Zürich! O, god, er hing een waas voor zijn ogen! Pijn vlamde in zijn slaap!

Het zicht in zijn ogen keerde weer terug en hij weigerde de pijn toe te laten. Hij zag een badkamer met open deur, handdoeken en een wastafel en een... spiegelkastje. Hij rende naar binnen, trok het spiegeldeurtje met zoveel kracht open dat het uit zijn hengsels vloog, op de vloer kletterde en in stukken sprong. Schappen. Rollen verbandgaas en pleister en... meer kon hij niet bijeengraaien. Hij moest weg zien te komen... *schoten.* Schoten betekenden alarm. Hij moest weg zien te komen, zijn gijzelaarster pakken en wegrennen! De slaapkamer, de sláápkamer. Waar wás die?

De kreet, het weeklagen... ga die kreet na! Hij kwam aan de deur en trapte hem open. De vrouw... zijn gijzelaarster – hoe héétte ze verdomme nou weer? – stond tegen een muur geperst met opengesperde lippen, haar gezicht nat van tranen. Hij rende naar binnen, greep haar bij de pols en sleurde haar naar buiten.

'Mijn god, je hebt hem vermoord!' riep ze uit. 'Een oude man, zonder...'

'Hou je mond!' Hij duwde haar naar de deur, opende die en duwde haar de gang in. Hij kon vage gedaanten zien in open ruimten, bij trapleuningen, in kamers. Ze begonnen te rennen en verdwenen; hij hoorde deuren dichtslaan en mensen schreeuwen. Hij nam met zijn linkerhand de vrouw bij de arm; de greep veroorzaakte felle pijnscheuten in zijn schouder. Hij duwde haar voor zich uit naar de trap en dwong haar met hem naar beneden te gaan, waarbij hij op haar steunde. Zijn rechterhand hield het pistool vast.

Ze kwamen aan de hal en de zware deur. 'Maak open!' beval hij en ze deed het. Ze kwamen voorbij de rij brievenbussen in de buitenhal. Hij liet haar even los, opende zelf de deur en tuurde de straat in, luisterde of er sirenes klonken. Geen sirenes. 'Schiet óp!' zei hij en hij trok haar naar de stenen trap en omlaag naar het trottoir. Hij stak zijn hand in zijn zak, vertrok zijn gezicht van pijn en haalde de autosleutels te voorschijn. 'Stap in!'

In de auto rolde hij het verbandgaas af, duwde het in een prop tegen de zijkant van zijn hoofd en stelpte het straaltje bloed. Van diep binnen in zijn bewustzijn welde een vreemd, opgelucht gevoel op. Het was een schampwond; het feit dat het in zijn hoofd was had hem in paniek gebracht maar de kogel was niet doorgedrongen in zijn schedel. Hij was níét doorgedrongen; de folterende pijnen van Port Noir zouden niet terugkeren.

'Verdomme, start die auto! Maak dat je hier wégkomt!'

'Waarheen? U hebt niet gezegd waarheen.' De vrouw schreeuwde niet; in plaats daarvan was ze rustig. Onredelijk rustig. Ze zat hem aan te kijken... zat ze hem wel aan te kijken?

Hij voelde zich weer misselijk, het waas trok weer voor zijn ogen. 'Steppdeckstrasse...' Hij hoorde de woorden terwijl hij ze uitsprak, er niet zeker van of het zijn stem wel was. Maar hij kon zich de voordeur voor de geest halen. Verschoten, donkerrode verf, gebarsten glas... verroest ijzer. 'Steppdeckstrasse,' herhaalde hij.

Wat was er aan de hand? Waarom liep de motor niet? Waarom reed de auto niet vooruit. Hóórde ze hem dan niet?

Zijn ogen waren gesloten; hij deed ze open. Het pistóól! Het lag op zijn schoot; hij had het neer moeten leggen om het verband aan te drukken... ze sloeg erop, slóég erop! Het wapen viel op de vloer; hij stak zijn hand omlaag en zij gaf hem een duw, zodat zijn hoofd tegen het raampje smakte. Haar portier ging open en ze sprong eruit de straat op en begon te rennen. Ze rende er vandoor! Zijn gijzelaarster, zijn vrijgeleide rende de Löwenstrasse in!

Hij kon niet in de auto blijven; hij durfde het niet aan om er in te rijden. Het was een stalen val die hem markeerde. Hij stak het pistool in zijn zak, tegelijk met de rol pleister en greep het gaas vast, in een prop in zijn linkerhand, klaar om hem tegen zijn slaap aan te drukken zo gauw het bloed weer zou gaan vloeien. Hij stapte uit en hinkte zo snel hij kon de straat af.Ergens was er een hoek, ergens een taxi. Steppdeckstrasse.

Marie St. Jacques bleef midden op de brede, verlaten boulevard rennen, door de licht- en schaduwplekken van de straatlantaarns, zwaaiend met haar armen naar de auto's in de Löwenstrasse. Ze reden haar snel voorbij. Ze keerde zich om in het schijnsel van de koplampen achter haar, stak haar handen op, smeekte om aandacht; de wagens meerderden vaart en schoten haar voorbij. Dit was Zürich en de Löwenstrasse bij avond was te breed, te donker, te dicht bij het verlaten park en de rivier de Sihl.

De mannen in één auto merkten haar echter wel op. De koplampen waren gedoofd, toen de chauffeur achter het stuur de vrouw in de verte had gezien. Hij sprak tegen zijn metgezel in het Schweizerdeutsch.

'Ze zou het kunnen zijn. Die Chernak woont maar een paar straten verder langs deze straat.'

'Stop maar en laat haar maar dichterbij komen. Ze moet een zijden jurk dragen... ze ís het.'

'Laten we er eerst zeker van zijn voordat we het doorgeven aan de anderen.'

Beide mannen stapten uit, en de passagier liep kalm om de bagageruimte heen om zich bij de bestuurder te voegen. Ze droegen onopvallende, nette pakken; ze hadden een vriendelijk gezicht maar met serieuze, zakelijke trekken. De vrouw in paniek kwam dichterbij; ze liepen snel naar het midden van de straat. De chauffeur riep.

'*Was ist passiert, Fraulein?*'

'Help me!' riep ze. 'Ik... ik spreek geen Duits. *Nicht sprechen.* Roep de politie! De... *Polizei!*'

De metgezel van de chauffeur sprak met autoriteit, met een stem die haar kalmeerde. 'Wij zijn van de politie,' zei hij in het Engels. '*Zürcher Sicherheit Polizei.* We wisten het niet zeker, juffrouw. U bént toch de vrouw van het Carillon du Lac?'

'Ja!' schreeuwde ze. 'Hij wilde me niet laten gaan! Hij bleef me maar slaan en me bedreigen met zijn pistool! Het was afschuwelijk!'

'Waar is hij nu?'

'Hij is gewond. Hij werd neergeschoten. Ik ben ontsnapt uit de auto... hij was in de auto toen ik ontsnapte!' Ze wees de Löwenstrasse af. 'Daarginds. Twee straten verder, geloof ik – in het midden van het blok. Een coupé, een grijze coupé. Hij is gewapend.'

'Dat zijn wij ook, juffrouw,' zei de bestuurder. 'Komt u maar mee, stapt u maar achterin. U zult volkomen veilig zijn; we zullen erg voorzichtig zijn. Snel, nu.'

Ze naderden de grijze coupé, langzaam rijdend met gedoofde koplampen. Er zat niemand in. Er stonden echter mensen opgewonden te praten op het trottoir en op de stenen trappen van nummer 37. De metgezel van de chauffeur keerde zich om en sprak tegen de angstige vrouw die zich in een hoek had gedrukt van de achterbank.

'Dit is de woning van een man, genaamd Chernak. Heeft hij hem genoemd? Heeft hij iets gezegd dat hij hem wilde gaan opzoeken?'

'Hij ís bij hem geweest; hij dwong me mee te komen! Hij heeft hem vermóórd! Hij vermoordde die invalide, oude man!'

'*Der Sender – schnell*,' zei de metgezel tegen de bestuurder terwijl hij een microfoon uit het dashboard greep. De auto sprong vooruit; de vrouw greep de voorbank vast.

'Wat doet u nóú? Daarginds is een man vermoord!'

'En wij moeten de moordenaar vinden,' zei de chauffeur. 'Zoals u zei is hij gewond; hij kan nog in de buurt zijn. Dit is een auto zonder politiekentekenen en we zouden hem kunnen ontdekken. We zullen natuurlijk wachten om zeker te zijn dat de rechercheploeg aankomt, maar onze plichten liggen ergens anders.' De auto ging langzamer rijden en gleed naar de trottoirrand, enkele honderden meters vanaf Löwenstrasse, nummer 37.

De metgezel had in de microfoon gesproken terwijl de bestuurder hun officiële status uitlegde. Er klonk gekraak uit de luidspreker, toen de woorden: '*Wir kommen binnen zwanzig minuten. Wartet.*'

'Onze superieur zal hier zo zijn,' zei de metgezel. 'We moeten op hem wachten. Hij wenst met u te spreken.'

Marie St. Jacques leunde achterover op de bank, sloot haar ogen en ademde diep uit. 'Mijn god, ik wou dat ik een borrel had!'

De chauffeur lachte en knikte tegen zijn compagnon. De metgezel haalde een fles uit het dashboardkastje en hield die omhoog terwijl hij glimlachte tegen de vrouw. 'Niet zo deftig, juffrouw. We hebben geen glazen of kopjes maar we hebben wel cognac. Alleen voor medische noodgevallen, natuurlijk. Ik geloof dat dit er een is. Alstublieft, met onze beste wensen.'

Marie St. Jacques glimlachte terug en nam de fles aan. 'Jullie tweeën zijn erg aardige mensen en u weet niet hoe dankbaar ik u ben. Als u ooit naar Canada komt dan maak ik voor u de beste Franse maaltijd klaar in heel Ontario.'

'Dank u, juffrouw,' zei de bestuurder.

Bourne bekeek het verband om zijn schouder; hij moest moeite doen om zijn vage beeld te zien in de vuile, geaderde spiegel en zijn ogen moesten nog wennen aan het onzekere licht in de vieze kamer. Hij had gelijk gehad betreffende de Steppdeckstrasse, het beeld van de verschoten, rode voordeur klopte, net als de gebarsten vensterruiten en de geroeste, ijzeren leuningen. Er werden geen vragen gesteld toen hij de kamer huurde ondanks het feit dat hij duidelijk gewond was. De conciërge had echter wel iets anders gezegd toen Bourne hem betaalde.

'Voor een groter bedrag is er wel een dokter te vinden die zijn mond dichthoudt.'

'Ik zal het u wel laten weten.'

Zo ernstig was de wond niet; hij kon het voorlopig wel even met pleisters af tot hij een dokter had gevonden die iets beter te vertrouwen was dan eentje die heimelijk zijn praktijk uitoefende in de Steppdeckstrasse.

Wanneer uit een stress-situatie een verwonding voortkomt, denk er dan aan dat de schade evenzeer psychologisch als fysiek kan zijn. Het kan zijn dat je werkelijk walgt van pijn en lichamelijk letsel. Neem geen risico's maar als de tijd het toelaat moet je jezelf een kans geven om je aan te passen. Raak niet in paniek...

Hij zou beter kunnen functioneren wanneer hij uitgerust was. Hij had nu geen vrijgeleide; hij moest lang voor het aanbreken van de dag opstaan en op een andere manier uit Zürich zien te komen. De conciërge op de eerste verdieping was gek op geld; over ongeveer een uur zou hij die groezelige huisbaas wakker maken.

Hij liet zich neer op het doorgezakte bed, bleef op zijn rug liggen staren naar de naakte lamp aan het plafond en probeerde de woorden niet te horen zodat hij zou kunnen slapen. Maar ze kwamen toch en denderden in zijn oren als het geroffel van pauken.

Er werd een man gedood...

Maar u nam die opdracht wel aan...

Hij keerde zich naar de muur, deed zijn ogen dicht en sloot de woorden buiten. Toen kwamen er andere woorden en hij ging rechtop zitten terwijl het zweet op zijn voorhoofd kwam staan.

Ze zullen voor je lijk betalen...! Carlos zal boeten! Mijn god, wat zal hij moeten boeten!

Carlos.

Een grote, Amerikaanse wagen stopte voor de coupé en parkeerde langs de trottoirrand. Achter hen, bij Löwenstrasse 37, waren een kwartier geleden de politieauto's verschenen, de ambulance was er in minder dan vijf minuten. Groepen mensen van de appartementen in de buurt stonden op het trottoir bij de trap maar de opwinding was niet zo luidruchtig meer.

'Onze superieur is er, juffrouw. Mogen we u nu even bij hem brengen?' De metgezel stapte uit de auto en opende het portier voor Marie St. Jacques.

'Jazeker.' Ze stapte uit op het trottoir en voelde de greep van de man op haar arm; hij voelde veel zachter aan dan die ruwe greep van het beest die de loop van een pistool tegen haar wang had gedrukt. Ze huiverde bij de herinnering. Ze bereikten de achterkant van de grote wagen en ze stapte in. Ze leunde achterover op de bank en keek naar de man naast haar. Haar adem stokte, ze voelde zich plotseling verlamd en kon geen lucht meer krijgen; de man naast haar riep een herinnering op aan doodsangst.

Het licht van de straatlantaarns weerkaatste van het dunne, gouden montuur van zijn bril.

'U...! U was in het hotel! U was een van hen!'

De man knikte vermoeid; hij was duidelijk uitgeput. 'Dat klopt. Wij vormen een speciale afdeling van de politie in Zürich. En voordat we verder spreken moet ik u verzekeren dat u op geen enkel moment tijdens de gebeurtenissen in het Carillon du Lac in enig gevaar verkeerde door ons gewond te raken. Wij zijn geoefende scherpschutters; er zijn geen schoten afgevuurd die u hadden kunnen raken, er zijn schoten ingehouden omdat u in ons vizier te dicht bij de man was.'

Haar schrik nam af, de rustige autoriteit van de man werkte geruststellend. 'Ik dank u daarvoor.'

'Zoiets is bij ons vanzelfsprekend,' zei de functionaris. 'Ik heb dus begrepen dat u hem het laatst hebt gezien op de voorbank van de wagen hierachter.'

'Ja. Hij was gewond.'

'Hoe ernstig?'

'Zo erg dat hij onsamenhangend sprak. Hij hield een soort verband tegen zijn hoofd en er zat bloed op zijn schouder – op de stof van zijn jas bedoel ik. Wie is hij?'

'Namen stellen niets voor; hij heeft er vele. Maar zoals u gemerkt hebt is hij een moordenaar. Een niets ontziende moordenaar, en hij moet gevonden worden voordat hij weer een moord begaat. We zitten al verschillende jaren achter hem aan. De politie uit vele landen. Wij hebben nu een gelegenheid die niemand van hen eerder heeft gehad. We weten dat hij in Zürich is en dat hij gewond is. Hij kan in deze buurt niet blijven, maar hoe ver kan hij wegkomen? Had hij het erover hoe hij uit de stad wilde komen?'

'Hij zou een auto huren. Op mijn naam, neem ik aan. Hij heeft geen rijbewijs.'

'Dat loog hij. Hij reist met allerlei soorten valse papieren. U was een gijzelaarster die kon worden opgeofferd. Vertelt u me nu eens vanaf het begin alles wat hij tegen u gezegd heeft. Waar u naartoe ging, wie hij ontmoette, alles wat er in u opkomt.'

'Er is een restaurant, Drei Alpenhäuser. En een grote, dikke man die doodsbang was...' Marie St. Jacques vertelde alles wat ze zich kon herinneren. Nu en dan onderbrak de politiefunctionaris haar, vroeg haar over een zin, of reactie, of een plotselinge beslissing van de kant van de moordenaar. Nu en dan zette hij zijn gouden bril af, wreef verstrooid de glazen schoon, greep het montuur vast alsof hij door daarop te drukken zijn irritatie in bedwang kon houden. De ondervraging duurde bijna vijfentwintig minuten; toen nam de functionaris zijn beslissing. Hij sprak tegen de chauffeur.

'Drei Alpenhäuser. *Schnell!*' Hij wendde zich tot Marie St. Jacques. 'We zullen die man eens met zijn eigen woorden confronteren. Zijn onsamenhangend gepraat was vast en zeker opzettelijk. Hij weet veel meer dan hij zei aan de tafel.'

'Onsamenhangend...' Ze sprak het woord zachtjes uit, dacht er aan hoe ze het zelf had gebruikt. 'Steppdeck... Steppdeckstrasse. Gebarsten ruiten, kamers.'

'Wat?'

'Een pension in de Steppdeckstrasse. Dat heeft hij gezegd. Alles gebeurde zo snel, maar hij zei dat. En net voordat ik uit de auto sprong zei hij het weer: Steppdeckstrasse.'

De bestuurder sprak. '*Ich kenne diese Strasse. Früher gab es Textilfabriken da.*'

'Ik begrijp het niet,' zei Marie St. Jacques.

'Het is een vervallen buurt die is achtergebleven bij de tijd,' antwoordde de functionaris. 'Daar waren vroeger de oude textielfabrieken. Een toevluchtsoord voor mensen die tegenslag hebben gehad... en voor anderen. *Los!*' beval hij.

Ze reden weg.

8

Gekraak. Buiten de kamer. Afbrekend en wegstervend in een knakkend geluid, doordringend, steeds dichterbij. Bourne opende zijn ogen.

De trap. De trap in de vuile gang buiten zijn kamer. Iemand was naar boven komen lopen en was blijven stilstaan, zich bewust van het geluid dat zijn gewicht had veroorzaakt in het kromgetrokken, gebarsten hout. Een normale pensiongast in het huis aan de Steppdeckstrasse zou zich daarvan niets aantrekken.

Stilte.

Krák. Nu dichterbij. Er werd een risico genomen, het kwam dan op fracties van seconden aan en snelheid beperkte het risico. Jason zwaaide van het bed af, greep het pistool dat naast zijn hoofdkussen lag en sprong naar de muur naast de deur. Hij dook ineen, hoorde de voetstappen – één man – die rende nu, bekommerde zich niet meer om het geluid, wilde alleen maar zijn bestemming bereiken. Bourne twijfelde er niet aan welke die was; hij had gelijk.

De deur vloog open; hij smeet hem weer terug, gooide toen zijn volle gewicht op het hout, pinde de indringer vast tegen de deurpost, beukte de maag, de borst en de arm van de man in de inspringende rand van de muur. Hij rukte de deur weer open en lanceerde de punt van zijn rechterschoen in de hals onder hem, reikte omlaag met zijn linkerhand, kreeg blond haar te pakken en rukte de gestalte naar binnen. De hand van de man verslapte; het wapen dat hij vasthield viel op de vloer, een revolver met een lange loop waarop een geluiddemper zat.

Jason sloot de deur en luisterde naar geluiden op de trap. Er waren er geen. Hij keek neer op de bewusteloze man. Dief? Moordenaar? Wat was hij?

Politie? Had de conciërge van het pension besloten de ongeschreven wet van de Steppdeckstrasse te laten voor wat hij was, en was hij uit op een beloning? Bourne rolde de indringer om en haalde een portefeuille te voorschijn. Een tweede natuur deed hem het geld eruit halen terwijl hij wist dat zoiets belachelijk was; hij droeg een klein fortuin bij zich. Hij bekeek de verschillende creditcards en het rijbewijs; hij glimlachte, maar toen verdween zijn glimlach. Er viel niets te lachen; de namen op de kaarten waren verschillend en geen van hen kwam overeen met die op het rijbewijs. De bewusteloze man was geen politieman.

Hij was een beroepsmoordenaar, en zijn doel was het doden van een gewonde man in de Steppdeckstrasse. Iemand had hem gehuurd. Wie? Wie zou er kunnen weten dat hij daar was?

De vrouw? Had hij de Steppdeckstrasse genoemd toen hij die rij had gezien van keurige huizen, op zoek naar nummer 37...? Nee, zij was het niet; hij had misschien wel wat gezegd maar zij zou het niet begrepen hebben. En als ze dat al had, dan zou er nu geen beroepsmoordenaar in zijn kamer zijn; in plaats daarvan zou het vervallen pension omsingeld zijn door politie.

Het beeld van een grote, dikke man die zwetend boven een tafel hing, kwam Bourne voor de geest. Diezelfde man had het zweet van zijn vooruitstekende lippen geveegd en had gesproken over de moed van een onbetekenende geit – die in leven was gebleven. Was dit een voorbeeld van zijn techniek om in leven te blijven? Had hij geweten dat er een Steppdeckstrasse was? Kende hij de gewoonten van de opdrachtgever die hem doodsbenauwd maakte wanneer hij zich vertoonde? Was hij misschien in dit vuile pension gewéést? Had hij hier een envelop afgegeven?

Jason drukte zijn hand tegen zijn voorhoofd en sloot zijn ogen. *Waarom kan ik me dat niet herinneren? Wanneer zal de nevel optrekken? Zal hij ooit optrekken?*

Kwel jezelf niet zo...

Bourne opende zijn ogen en richtte ze op de blonde man. Heel even barstte hij bijna in lachen uit; hij had zijn uitreisvisum uit Zürich op een presenteerblaadje aangeboden gekregen en in plaats van dat in te zien stond hij zijn tijd te verspillen met zichzelf te kwellen. Hij stak de portefeuille in zijn zak, wrong hem achter die van de markies de Chambord, pakte het wapen, schoof het in zijn riem en sleurde toen de bewusteloze gestalte naar het bed.

Een minuut later lag de man vastgebonden op het doorzakkende matras, gekneveld door een afgescheurd stuk laken dat om zijn gezicht zat gebonden. Hij zou urenlang blijven liggen waar hij lag en over een paar uur zou Jason Zürich hebben verlaten, dankzij een dikke, zwetende man.

Hij had geslapen met zijn kleren aan. Er viel niets bijeen te pakken of te dragen, behalve zijn overjas. Hij trok die aan en probeerde voorzichtig zijn been, wel een beetje laat, bedacht hij. In de hitte van de afgelopen paar minuten had hij de pijn niet gevoeld; hij zat er wel, en hij hinkte ook nog, maar hij kon zich blijven bewegen. Met de schouder was het beroerder gesteld. De verlamming ging langzaam verder; hij moest een dokter zien te vinden. Zijn hoofd... aan zijn hoofd wilde hij niet eens denken.

Hij liep de schaars verlichte gang op, trok de deur dicht en bleef roerloos staan luisteren. Van boven klonk een lachsalvo; hij drukte zijn rug tegen de muur, het wapen in zijn hand. Het lachen stierf weg; het was een dronken gelach – onsamenhangend, doelloos.

Hij hinkte naar de trap, hield zich vast aan de leuning en begon af te dalen. Hij bevond zich op de derde verdieping van het gebouw van vier verdiepingen, had erop gestaan de hoogst mogelijke kamer te krijgen toen de uitdrukking *bodemverheffing* instinctmatig bij hem was opgekomen. *Waarom had hij daaraan gedacht? Wat betekende dat wanneer er sprake was van het huren van een vunzig kamertje voor een enkele nacht? Een wijkplaats?*

Hou op!

Hij bereikte de overloop van de tweede verdieping en elke stap op de houten trap had krakend geklonken. Als de conciërge beneden uit zijn kamer kwam om zijn nieuwsgierigheid te bevredigen dan zou het verschillende uren lang het laatste zijn wat hij had bevredigd.

Een geluid. Er schuurde iets. Zachte stof bewoog zich heel even over een ruw oppervlak. Stof tegen hout. Er stond iemand verborgen opgesteld in het korte stukje gang tussen het einde van de ene trap en het begin van de andere. Zonder de regelmaat van zijn stappen te onderbreken tuurde hij in de schaduwen; in de rechtermuur waren drie inspringende deuren, gelijk aan die op de verdieping daarboven. In een van hen...

Hij zette nog een stap. Niet de eerste; die was leeg. En het zou ook niet de laatste zijn omdat de muur ernaast een doodlopende eind vormde, geen ruimte bood voor beweging. Het moest de tweede deur zijn, ja, de tweede. Van daaruit kon een man naar voren springen, naar links of naar rechts of een schouder tegen een onvoorbereid slachtoffer smakken, zodat het over de trapleuning heen de treden af zou vallen.

Bourne schoof wat naar rechts, nam het pistool in zijn linkerhand en tastte in zijn riem naar het wapen met de geluidsdemper. Op nog geen meter van de inspringende deur stak hij het pistool in zijn linkerhand de schaduwen in terwijl hij zich tegen de muur aandraaide.

'*Was...?*' Een arm kwam te voorschijn; Jason vuurde eenmaal en verbrijzelde de hand. '*Ahhh!*' De gedaante wankelde versuft naar voren zonder zijn wapen te kunnen richten. Bourne vuurde opnieuw en raakte de man in zijn dij; hij stortte neer op de vloer, ineengekrompen kronkelend. Jason zette een stap naar voren en knielde, met zijn knie op de borst van de man, zijn wapen op diens hoofd gericht. Hij sprak fluisterend.

'Is er beneden nog iemand anders?'

'*Nein!*' zei de man, krimpend van de pijn. '*Zwei*... we waren maar met tweeën. We werden betaald.'

'Door wie?'

'Dat weet u.'

'Een man die Carlos heet?'

'Daar geef ik geen antwoord op. Dood me eerst maar.'

'Hoe wist u dat ik hier was?'

'Chernak.'

'Die is dood.'

'Nu. Gisteren niet. Er is bericht gekomen in Zürich: u leefde nog. We zijn iedereen nagelopen... overal. Chernak wist het.'

Bourne gokte. 'Je liegt!' Hij duwde het wapen in de hals van de man. 'Ik heb Chernak nooit iets gezegd over de Steppdeckstrasse.'

De man kromp opnieuw ineen met zijn nek naar achteren gebogen. 'Misschien hoefde dat helemaal niet. Het nazi-zwijn had overal verklikkers. Waarom zou dat niet zo zijn met de Steppdeckstrasse? Hij kon u beschrijven. Wie kon dat anders?'

'Een man in de Drei Alpenhäuser.'

'We hebben nog nooit over zo'n man gehoord.'

'Wie is "we"?'

De man slikte moeilijk met strakke lippen van de pijn. 'Zakenlieden... alleen maar zakenlieden.'

'En jullie doen in moord.'

'Vreemd dat u zoiets zegt. Maar, *nein*. U moest ergens naartoe gebracht worden, niet gedood.'

'Waarheen?'

'Dat zouden we horen via de radio. Mobilofoon.'

'Geweldig,' zei Jason zonder nadruk. 'Je bent niet alleen tweederangs, je werkt nog mee ook. Waar staat jullie wagen?'

'Buiten.'

'Geef me de sleuteltjes.' Hij zou hem wel kennen aan de radio.

De man probeerde weerstand te bieden; hij duwde de knie van Bourne weg en begon naar de muur toe te rollen. '*Nein!*'

'Je hebt geen andere keus.' Jason sloeg met de greep van het pistool op de schedel van de man. De Zwitser zakte ineen.

Bourne vond de sleutels – er waren er drie in een leren etui – pakte het wapen van de man en stak het in zijn zak. Het was een kleiner wapen dan dat wat hij in zijn hand droeg en er zat geen geluiddemper op. Daaruit zou kunnen blijken dat men hem gevangen wilde nemen, niet vermoorden. De blonde man boven had als voorhoede gefungeerd en had daarvoor de bescherming nodig van een gedempt schot wanneer het nodig zou zijn een wond toe te brengen. Maar een niet gedempte knal zou complicaties opleveren; de Zwitser op de tweede etage was een reservekracht, zijn wapen moest worden gebruikt als een zichtbare bedreiging.

Waarom was hij op die tweede etage? Waarom was hij zijn collega niet nagelopen? De trap op? Iets was er vreemd, maar tactiek kon je niet verklaren en er was ook geen tijd voor. Buiten op straat stond een auto en daar had hij de sleuteltjes van.

Er mocht niets over het hoofd worden gezien. Het derde wapen.

Hij kwam moeizaam overeind en vond het pistool dat hij de Fransman had afgenomen in de lift van de Gemeinschaft Bank. Hij trok zijn linkerbroekspijp op en stak het pistool onder de elastieken band van zijn sok. Het bleef zitten.

Hij rustte even om op adem te komen en zijn evenwicht te hervinden, liep toen naar de trap en merkte dat de pijn in zijn linkerschouder plotseling feller was, dat de verlamming zich sneller verspreidde. Bevelen van hersenen naar ledematen waren minder duidelijk. Hij hoopte vurig dat hij kon autorijden.

Hij bereikte de vijfde trede en bleef abrupt staan luisteren zoals hij nauwelijks een minuut geleden had geluisterd naar het geluid van iemand die zich verborgen hield. Naar het schuren van kleding of een ingehouden ademhaling. Hij hoorde niets. De gewonde man was tactisch misschien tekortgeschoten, maar hij had wel de waarheid gesproken. Jason haastte zich de trap af. Hij zou hoe dan ook Zürich uitrijden en een dokter vinden – ergens.

Hij vond de auto gemakkelijk. Hij verschilde van de andere sjofele wagens in de straat. Een grote, goed onderhouden Amerikaanse slee en hij kon de ronding zien waar het voetstuk van een antenne zat vastgemaakt op de kofferruimte. Hij liep naar de kant van de bestuurder en liet zijn hand langs het portier glijden en langs de linkervoorbumper; er was geen alarminstallatie.

Hij ontsloot het portier en opende het, met ingehouden adem voor het geval dat hij het mis had gehad met dat alarm; dat had hij niet. Hij ging achter het stuur zitten en schoof heen en weer tot hij zo gemakkelijk mogelijk zat, dankbaar opmerkend dat de wagen een automatische koppeling had. Het grote wapen in zijn riem hinderde hem. Hij legde het op de bank naast zich en tastte toen naar de ontsteking, aannemende dat de sleutel die het portier had geopend de goede was.

Dat was hij niet. Hij probeerde die ernaast maar die paste ook niet. Voor de kofferruimte nam hij aan. Het was de derde sleutel.

Of niet soms? Hij bleef tasten naar de gleuf. De sleutel wilde er niet in; hij probeerde de tweede weer; die was geblokkeerd. Toen de eerste. Geen van de sleutels pasten in de ontsteking! Of waren de bevelen van zijn hersenen naar zijn vingers te verward, zijn coördinatievermogen onvoldoende? Verdomme nog an toe! Nog eens proberen!

Een scherp licht kwam van links en priemde verblindend in zijn ogen. Hij grabbelde naar het wapen maar een tweede bundel kwam van rechts; de deur werd opengerukt en een zware zaklamp kwam dreunend neer op zijn hand terwijl een andere hand het wapen van de bank nam.

'Kom naar buiten!' Het bevel kwam van links, de loop van een pistool werd in zijn nek geduwd.

Hij klom naar buiten terwijl duizend flikkerend witte cirkels voor zijn ogen draaiden. Toen zijn gezicht langzaam terugkeerde zag hij als eerste de omtrek van twee cirkels. Gouden cirkels; de bril van de moordenaar die hem de hele avond achterna had gezeten. De man sprak.

'In de wetten van de natuurkunde staat dat elke actie een gelijke en tegengestelde reactie oproept. Het gedrag van bepaalde mensen onder bepaalde condities is op dezelfde wijze voorspelbaar. Een man als u laat je spitsroeden lopen en iedere deelnemer weet precies wat hij moet zeggen wanneer hij faalt. Faalt hij niet, dan hebben we u te pakken. In het andere geval wordt u misleid, gerustgesteld in het ongefundeerde gevoel dat u vooruitgang maakt.'

'Het is een zwaar risico,' zei Jason. 'Voor degenen die de spitsroeden vormen.'

'Ze worden goed betaald. En er is nog iets – geen garantie, natuurlijk, maar het is er wel. De raadselachtige Bourne doodt niet zo maar. Niet uit medelijden natuurlijk, maar om een veel praktischer reden. Mannen herinneren zich wanneer hun leven is gespaard; hij infiltreert de legers van anderen. Verfijnde guerrilla-tactiek die wordt toegepast op een gecompliceerd strijdtoneel. Mijn complimenten.'

'Je kunt doodvallen.' Meer kon Jason niet bedenken als antwoord. 'Maar je mensen leven alletwee nog, als je dat wilt weten.'

Een tweede gedaante kwam te voorschijn, werd uit de schaduwen van het gebouw naar voren gebracht door een gedrongen man. Het was de vrouw; het was Marie St. Jacques.

'Hij is het,' zei ze zachtjes, haar blik vast op hem gericht.

'O, mijn god...' Bourne schudde ongelovig zijn hoofd. 'Hoe heb je dat klaargespeeld, doctor?' vroeg hij met stemverheffing. 'Heeft iemand mijn kamer in het Carillon in de gaten gehouden? Was het zo geregeld met die lift, de andere buiten werking gesteld? U bent erg overtuigend. En ik nog wel denken dat u tegen een politieauto wilde botsen.'

'Toevallig,' antwoordde zij, 'was dat niet nodig. Dit is de politie.' Jason keek naar de moordenaar die voor hem stond; de man zette zijn gouden bril recht. 'Mijn complimenten,' zei hij.

'Iets vanzelfsprekends,' antwoordde de moordenaar. 'De condities waren perfect. Dat kwam door u.'

'Wat gebeurt er nu? De man daarbinnen zei dat ik gevangen genomen moest worden, niet gedood.'

'U vergeet iets. Hij wist wat hij moest zeggen.' De Zwitser zweeg even. 'Zo ziet u er dus uit. Velen van ons hebben zich dat afgevraagd de afgelopen twee of drie jaar. Er is wat gespeculeerd! Zoveel rapporten die elkaar tegenspraken... Hij is lang, moet u weten; nee, hij is van gemiddelde lengte. Hele lichte blauwe ogen, natuurlijk; nee, ze zijn heel duidelijk bruin. Zijn gelaatstrekken zijn scherp gesneden; nee, ze zijn eigenlijk heel gewoon, tussen een groep mensen valt hij niet op. Maar niets was gewoon. Alles was buitengewoon.'

Uw gelaatstrekken zijn afgezwakt, het karakter is weggewerkt. Als je de kleur van je haar verandert dan verander je je gezicht... Bepaalde types contactlenzen zijn zo gemaakt dat ze de kleur van de ogen veranderen... Als je een bril draagt ben je een andere man. Visa, paspoorten... willekeurig om te wisselen.

Daar lag het patroon. Alles klopt. Niet alle antwoorden, maar meer van de waarheid dan hij wilde horen.

'Ik wilde dat hier een eind aan kwam,' zei Marie St. Jacques terwijl ze een stap naar voren zette. 'Ik zal alles tekenen wat ik moet tekenen – op uw bureau, neem ik aan. Maar dan moet ik echt terug naar het hotel. Ik hoef u niet te vertellen wat ik vannacht allemaal heb meegemaakt.'

De Zwitser keek haar kort aan door zijn goudgerande bril. De gedrongen man die haar uit het donker naar voren had gebracht pakte haar bij haar arm. Ze keek naar beide mannen, toen omlaag naar de hand die haar vasthield.

Toen naar Bourne. Haar adem stokte, het afschuwelijke besef drong tot haar door. Ze sperde haar ogen wijd open.

'Laat haar gaan,' zei Jason. 'Ze vertrekt meteen weer naar Canada. Je zult haar nooit meer zien.'

'Wees nou praktisch, Bourne. Zij heeft ons gezien. Wij zijn beiden beroepsmensen; er zijn nu eenmaal regels.' De man wipte zijn pistool omhoog onder Jasons kin en de loop priemde opnieuw in Bournes keel. Hij liet zijn linkerhand over de kleren van zijn slachtoffer dwalen, voelde het wapen in Jasons zak en haalde het eruit. 'Dat dacht ik wel,' zei hij en hij keerde zich naar de gedrongen man. 'Neem haar mee in die andere auto. De Limmat.'

Bourne verstijfde. Marie St. Jacques zou vermoord worden en haar lijk zou in de Limmat worden geworpen.

'Wacht nou 'ns even!' Jason zette een stap naar voren; het pistool werd in zijn nek geperst en hij werd teruggedrongen tegen de motorkap van de auto. 'Da's stom wat je doet! Zij werkt voor de Canadese regering. Ze gaan heel Zürich afzoeken.'

'Wat kan jou dat nu schelen? Jij bent er toch niet meer dan.'

'Omdat het verspilling is!' riep Bourne uit. 'Wij zijn beroepslui, weet je wel?'

'Jij verveelt me.' De moordenaar wendde zich tot de gedrongen man. '*Los! Schnell. Der Cuisan Quai.*'

'Schreeuw zo hard je kunt!' riep Bourne. 'Ga gillen! Blijf gillen!'

Ze probeerde het maar de kreet werd onderbroken door een verlammende slag tegen haar hals. Ze viel op het trottoir en de man die haar ging vermoorden begon haar naar een kleine, onopvallende, zwarte auto te sleuren.

'Dat was stom,' zei de moordenaar terwijl hij door zijn bril met gouden montuur in Bournes gezicht tuurde. 'Je verhaast alleen maar het onvermijdelijke. Van de andere kant zal het nu eenvoudiger zijn. Ik kan een man vrij maken om naar onze gewonden te kijken. Alles gaat er zo militair aan toe, vind je niet? Het is echt een slagveld.' Hij keerde zich tot de man met de zaklantaarn. 'Geef Johann een teken dat hij naar binnen moet gaan. We komen hem wel ophalen.'

De zaklantaarn werd tweemaal aan en uit geknipt. Een vierde man die voor de veroordeelde vrouw het portier had geopend van de kleine wagen knikte. Marie St. Jacques werd op de achterbank gesmeten en het portier werd dichtgegooid. De man die Johann heette liep op de stenen trap af en knikte naar de beul.

Jason voelde zich misselijk toen de motor van de kleine auto startte, de wagen wegschoot vanaf de trottoirrand de Steppdeckstrasse in en in de duisternis van de straat verdween. In die auto zat een vrouw die hij nooit eerder in zijn leven had gezien... drie uur geleden tenminste niet. En hij had haar gedood. 'Je hebt geen gebrek aan soldaten,' zei hij.

'Als er honderd man waren die ik kon vertrouwen dan zou ik ze graag betalen. Zoals gezegd, iedereen kent je reputatie.'

'Stel dat ik jou zou betalen. Je was in de bank; je weet dat ik geld heb.'

'Waarschijnlijk miljoenen, maar ik zou er nog geen franc van willen aanraken.'

'Waarom niet? Ben je bang?'

'Heel zeker. Rijkdom is afhankelijk van de tijdsduur die je hebt om er plezier van te hebben. Ik zou nog geen vijf minuten hebben.' De moordenaar wendde zich tot zijn ondergeschikte. 'Zet hem in de auto. Kleed hem uit. Ik wil foto's van hem hebben zonder kleren – voor en na zijn afscheid van ons. Je zult merken dat hij heel veel geld bij zich heeft; ik wil dat hij dat behoudt. Ik zal rijden.' Hij keek weer naar Bourne. 'Carlos krijgt de eerste afdruk. En ik twijfel er niet aan of ik zal de andere voor veel geld kunnen verkopen op de vrije markt. Tijdschriften betalen waanzinnige prijzen.'

'Waarom zou "Carlos" je geloven? Waarom zou íémand jou geloven? Je hebt het zelf gezegd: niemand weet hoe ik eruitzie.'

'Ik krijg getuigen,' zei de Zwitser. 'Eén ding tegelijk. Er zullen zich twee bankiers uit Zürich melden die jou zullen identificeren als een zekere Jason Bourne. Dezelfde Jason Bourne die voldaan heeft aan de uitzonderlijk strenge voorwaarden die de Zwitserse wet stelt voor het vrijgeven van een bankrekening op nummers. Dat zal voldoende zijn.' Hij sprak tegen de gangster. 'Schiet óp! Ik moet telegrammen versturen en schulden innen.'

Een krachtige arm schoot over de schouder van Bourne heen en knelde zich om zijn keel in een genadeloze klem. De loop van een pistool werd in zijn ruggengraat geramd en pijn verspreidde zich door heel zijn borst terwijl hij in de auto werd getrokken. De man die hem vast had kende zijn vak; zelfs zonder zijn verwondingen zou het onmogelijk geweest zijn zich los te maken uit die greep. De vaardigheid van de gangster was echter niet voldoende voor de gebrilde leider van de jacht. Hij ging op de bestuurdersplaats zitten en gaf nog een bevel.

'Breek hem de vingers,' zei hij.

De armklem sneed Jason even de adem af terwijl de loop van het pistool herhaaldelijk neersmakte op zijn hand – handen. Instinctmatig had Bourne zijn linkerhand over zijn rechter gelegd om die te beschermen.

Toen het bloed opwelde uit de rug van zijn linkerhand draaide hij zijn vingers zo dat het er tussendoor stroomde en beide handen bedekte. Hij krijste gesmoord; de knelgreep werd wat losser; hij schreeuwde.

'Mijn handen! Ze zijn gebroken!'

'Gut.'

Maar ze waren niet gebroken; de linker was zo beschadigd dat hij er weinig meer mee kon doen; zijn rechter niet. Hij bewoog zijn vingers in het donker; zijn hand was ongedeerd.

De auto reed snel de Steppdeckstrasse uit en sloeg een zijstraat in, in zuidelijke richting. Jason liet zich, snakkend naar adem, achterover vallen. De gangster trok aan zijn kleren, scheurde zijn hemd stuk, rukte aan zijn riem. Binnen een paar seconden zou zijn bovenlichaam naakt zijn; paspoort, papieren, kaarten, geld, alles zou verdwenen zijn, alle zaken die onmisbaar waren voor zijn ontsnapping uit Zürich zouden hem zijn ontnomen. Het was nu of nooit. Hij schreeuwde.

'Mijn béén! Godverdomme, mijn been!' Hij liet zich plotseling voorover vallen, zijn hand tastte razend in het rond in het donker, voelde onder de stof van zijn broekspijp. Hij vond het. De greep van het pistool.

'*Nein!*' brulde de beroepsman op de voorbank. 'Hou hem in de gaten!' Hij wist het; het was een instinctmatige kennis.

Het kwam ook te laat. Bourne hield het pistool vast, in het donker onder op de vloer; de sterke gangster duwde hem achteruit. Hij gaf mee met de klap, hield het wapen nu aan zijn heup, precies gericht op de borst van zijn aanvaller.

Hij vuurde tweemaal; de man kromde zich naar achteren. Jason schoot opnieuw, zeker van zijn doelwit, en doorboorde het hart; de man viel opzij tegen het opklapbankje aan.

'Leg neer!' schreeuwde Bourne en hij zwaaide het automatische pistool over de ronde rugleuning van de voorbank en drukte de loop onder tegen de schedel van de bestuurder aan. 'Laat vallen!'

Onregelmatig ademend liet de moordenaar het pistool vallen. 'We gaan praten,' zei hij, zijn handen om het stuur geklemd. 'We zijn beroepslui. We gaan praten.' De grote wagen sprong vooruit met snel toenemende snelheid, nu de bestuurder steeds meer druk uitoefende op het gaspedaal.

'Ga langzamer rijden!'

'Wat stel je daar tegenover?' De auto ging nog sneller rijden. Voor hen uit blonken de koplampen van het verkeer, ze verlieten het district waartoe de Steppdeckstrasse behoorde en reden de drukkere straten in van de binnenstad. 'Jij wilt Zürich uit ik kan je daarbij helpen. Zonder mij lukt het je niet. Ik hoef alleen maar mijn stuurwiel om te gooien en het trottoir op te rijden. Ik heb helemaal niets te verliezen, Herr Bourne. Daarginds is overal politie. Ik denk niet dat de politie je welkom is.'

'We gaan praten,' loog Jason. Alles kwam nu neer op het juiste moment, tot op een fractie van een seconde. Er waren nu twee moordenaars in een afgesloten, voortijlende ruimte, op zichzelf al een val. Geen van beide moordenaars was te vertrouwen en beiden wisten ze dat. Een moest er gebruik maken van die extra halve seconde die de ander zou laten schieten. Beroepsmensen. 'Ga remmen,' zei Bourne.

'Laat je pistool vallen op de bank naast mij.'

Jason liet het wapen los, het geluid van metaal op metaal was het bewijs. 'Gebeurd.'

De moordenaar haalde zijn voet van het gaspedaal en bracht hem over op de rem. Hij oefende geleidelijke druk uit, daarna in korte stoten zodat de grote wagen hortend begon te deinen. De stoten op het rempedaal zouden feller worden; Bourne begreep dat. Het maakte deel uit van de strategie van de bestuurder, evenwicht betekende een factor van leven en dood.

De naald van de snelheidsmeter zwaaide naar links: 30 kilometer, 15 kilometer, 10 kilometer. Ze stonden bijna stil; dit was het moment voor die extra halve seconde actie – evenwicht een factor, leven in wankel evenwicht.

Jason greep de man bij zijn nek en klauwde naar zijn hals, rukte hem omhoog van zijn zitplaats af. Toen stak hij zijn bloederige linkerhand op, duwde hem naar voren en wreef het bloed over de ogen van de moordenaar. Hij liet de hals los en dook met zijn rechterhand naar de wapens op de bank. Bourne greep er een vast en duwde de hand van de moordenaar weg; de man slaakte een kreet nu zijn uitzicht was weggenomen en het pistool buiten bereik was. Jason wierp zich over de borst van de man heen, duwde hem met geweld tegen het portier, plantte zijn linkerelleboog in de hals van de man en greep met zijn bebloede handpalm het stuurwiel. Hij keek op door de voorruit en draaide het stuur naar rechts, richtte de wagen op een stapel afval op het trottoir.

De auto boorde zich in de vuilnishoop – een enorm, slaapwandelend insect dat in de afval kroop en dat naar buiten niets liet zien van het geweld dat zich afspeelde binnen zijn schaal.

De man onder Bourne werkte zich omhoog en rolde om op de bank. Bourne hield het pistool in zijn hand terwijl zijn vingers wild tastten naar de opening waar de trekker zat; hij vond hem. Hij boog zijn pols en vuurde.

De man die hem had willen vermoorden zakte ineen, in zijn voorhoofd verscheen een donker, rood gat.

Op straat kwamen mannen aanrennen naar wat eruit moest hebben gezien als een gevaarlijk, roekeloos ongeval. Jason duwde het lijk opzij, klom over de rugleuning en ging achter het stuur zitten. Hij duwde de versnellingshendel in zijn achteruit; de wagen kroop log uit de afval, de rand van het trottoir af en de straat op. Hij draaide het raampje omlaag en riep naar de naderende mannen die wilden helpen.

'Sorry! Alles is in orde! Alleen maar iets te veel gedronken!'

Het groepje bezorgde burgers ging snel uiteen, een paar maakten er waarschuwende gebaren, anderen liepen terug naar hun metgezellen die ze achter hadden gelaten. Bourne haalde diep adem, in een poging het onwillekeurige beven in bedwang te krijgen dat zich van zijn hele lichaam begon meester te maken. Hij schakelde de wagen in zijn vooruit. Hij probeerde zich de straten van Zürich voor de geest te halen, uit een geheugen dat hem dienst weigerde.

Hij wist vaag waar hij zich bevond – waar hij geweest was – en belangrijker: hij wist duidelijker waar de Guisan Quai was met betrekking tot de Limmat.

Los! Schnell. Der Guisan Quai!

Marie St. Jacques zou worden vermoord op de Guisan Quai en haar lijk zou in de rivier worden geworpen. Er was maar een stuk waar de Guisan en de Limmat bij elkaar kwamen: het was aan de monding in het Meer van Zürich, onder aan de westelijke oever. Ergens op een lege parkeerplaats of in een verlaten tuin die aan het water lag, daar stond een korte, gedrongen man op het punt een terechtstelling te voltrekken die bevolen was door een dode man. Misschien was het wapen nu al afgevuurd of had het mes zijn doelwit al gevonden; hij kon dat onmogelijk weten maar Jason wist wel dat hij het te weten moest komen. Wie of wat hij dan ook was, hij kon niet zo maar weglopen.

Zijn professionele vaardigheid vereiste echter dat hij de donkere, brede steeg in moest rijden die voor hem lag. Er lagen twee lijken in zijn auto; ze vormden een risico en een last die hij zich niet kon veroorloven. De kostbare seconden die het zou vergen om ze te verwijderen konden het gevaar wegnemen dat een verkeersagent door de raampjes zou kijken en daar de dood zou zien.

Hij schatte tweeëndertig seconden; het had minder dan een minuut gekost om de twee mannen die hem hadden willen doden uit de auto te trekken. Hij keek naar hen terwijl hij om de motorkap heen naar het portier hinkte. Ze lagen afstotend ineengerold tegen elkaar aan, tegen een vuile, stenen muur. In het donker.

Hij ging achter het stuur zitten en reed achteruit de steeg uit.

Los! Schnell! Der Cuisan Quai!

9

Hij kwam aan een kruising waar de verkeerslichten op rood stonden. Lichten. Links van hem, verschillende straten verder naar het oosten, kon hij lichten zien die een geleidelijke boog beschreven tegen de nachtelijke hemel. Een brug! De Limmat! Het licht sprong op groen; hij draaide de wagen naar links.

Hij bevond zich weer in de Bahnhofstrasse; het begin van de Guisan Quai lag nog maar een paar minuten verder. De brede boulevard boog zich om de zoom van het water heen, waar de rivieroever overging in de rand van het meer. Even later lag er aan zijn linkerkant de zwart afgetekende omtrek van een park, in de zomer een toevluchtsoord voor wandelaars, nu donker en zonder toeristen, zonder stadsbewoners. Hij reed voorbij een ingang voor voertuigen; er was een zware ketting gespannen over het witte trottoir, tussen twee stenen palen. Hij zag er nog een, waar opnieuw een ketting de toegang versperde. Maar het was niet hetzelfde; er was iets ongewoons. Hij stopte en tastte over de bank naar de zaklantaarn die hij had afgenomen van de man die zijn terechtstelling had bevolen. Hij knipte hem aan en richtte de bundel over de zware ketting. Wat was het? Wat was er anders?

Het zat niet in de ketting. Het was ónder de ketting. Op het trottoir dat smetteloos was schoongehouden door schoonmaakploegen. Er waren bandensporen zichtbaar die vreemd afstaken tegen het schone plaveisel eromheen. In de zomermaanden zouden ze niet opvallen; nu wel. Het leek alsof de smerigheid van de Steppdeckstrasse hardnekkig was blijven kleven.

Bourne knipte de lantaarn uit en liet hem op de bank vallen. De pijn in zijn gehavende linkerhand vermengde zich plotseling met de steken in zijn schouder en in zijn arm; hij moest alle pijn van zich af zetten; hij moest het bloeden zo goed mogelijk stelpen. Zijn hemd was gescheurd; hij stak zijn hand onder zijn jas, een reep van zijn hemd die hij om zijn linkerhand begon te winden, waarbij hij met tanden en vingers een knoop legde. Beter voorbereid dan zo kon hij niet zijn.

Hij pakte het pistool op – het wapen van zijn vroegere tegenstander – en controleerde het magazijn: vol. Hij wachtte tot twee auto's hem voorbij waren gereden, doofde toen zijn koplampen en keerde de wagen, waarna hij naast de ketting parkeerde. Hij stapte uit en probeerde of hij kon lopen; hij ontzag zijn been zoveel mogelijk terwijl hij naar de dichtstbijzijnde stenen paal liep en de haak uit de ijzeren ring haalde die uit de steen stak. Hij liet de ketting zo zacht mogelijk zakken en liep terug naar de auto.

Langzaam reed hij een onverlichte parkeerplaats op, die nog donkerder leek door het abrupte ophouden van de witte inrit en het begin van een stuk zwart asfalt. Daarachter, ongeveer tweehonderd meter verderop, lag de rechte, donkere lijn van de muur langs het water, een muur waarachter het snel stromende water van de Limmat in het meer bruiste. Verderop waren de lichten van boten zichtbaar, glanzend en statig dobberend. Daarachter lagen de onbeweeglijke lichten van de Oude Stad, de wazige lantaarns van donkere aanlegsteigers. Jasons ogen namen alles op want de verre horizon was zijn decor; hij zocht naar vormen die daartegen afstaken.

Naar rechts. Réchts. Een donkere omtrek, nog zwarter dan de muur, een zwart dat afstak tegen lichter zwart – onduidelijk, zwak, nauwelijks waarneembaar, maar het was er. Honderd meter verwijderd, nu negentig, vijfentachtig. Hij zette de motor af en bracht de wagen tot stilstand. Roerloos staarde hij door het open raampje in het duister. Hij hoorde de wind vanaf het water; elk geluid dat de auto had gemaakt was erdoor gecamoufleerd...

Geluid. Een kreet. Diep-klinkend, van achter uit de keel... een angstkreet. Een felle klap volgde erop, toen nog een en nog een. Het begin van een schreeuw klonk, werd ingeslikt, gebroken, stierf weg in stilte.

Bourne stapte geluidloos uit de wagen, het pistool in zijn rechterhand, de zaklantaarn onhandig in de bloederige vingers van zijn linker. Hij liep op de onduidelijke, zwarte vorm af, terwijl hij elke kreupele stap met omzichtige stilte zette.

Wat hij het eerst zag was wat hij het laatst had gezien toen de kleine, zwarte auto verdwenen was in het donker van de Steppdeckstrasse: het glimmende metaal van de verwrongen chromen bumper die glinsterde nu in het zwakke licht.

Vier klappen, snel na elkaar, vlees dat tegen vlees kletste, slagen die werden toegediend door een maniak, die werden ontvangen met gedempte angstkreten. Kreten die werden afgebroken om snel adem te kunnen halen, geluiden van een woelende beweging die daar deel van uitmaakte. In de auto!

Jason bukte zich zo goed hij kon en zette een stap opzij om de kofferruimte heen naar het achterraam. Hij kwam langzaam omhoog, knipte de krachtige zaklantaarn aan en schreeuwde, in een poging de onbekende te verrassen.

'Een beweging en je gaat eraan!'

Wat hij in de auto zag vervulde hem met walgende woede. De kleren van Marie St. Jacques waren vaneengereten, in repen gescheurd. Handen lagen als klauwen op haar half-naakte lichaam, kneedden haar borsten en duwden haar benen vaneen. Het geslachtsdeel van de beul stak omhoog uit zijn broek; hij was bezig met een laatste, smadelijke bejegening voordat hij het doodvonnis zou voltrekken.

'Kom naar buiten, klootzak!'

Het geluid van splinterend glas weerklonk; de man die Marie St. Jacques aan het verkrachten was, zag wat voor de hand lag. Bourne kon het wapen niet afvuren omdat hij het meisje zou kunnen doden. De man was van haar afgerold en had de hak van zijn schoen tegen het raampje van de auto getrapt. Glas vloog naar buiten en scherpe splinters vlogen Jason van alle kanten in het gezicht. Hij sloot zijn ogen en strompelde achteruit om de glasregen uit de weg te gaan.

Het portier vloog open; licht spuwde verblindend naar buiten, vergezeld door een knal. Hete, schroeiende pijn verspreidde zich door Bournes rechterzij. De stof van zijn jas werd opzij geblazen en bloed welde op tussen de resten van zijn overhemd. Hij haalde de trekker over, kon maar vaag de gedaante onderscheiden die over de grond rolde; hij vuurde opnieuw en de kogel deed stukken asfalt omhoogspringen. De beul was verder gerold en was uit het gezicht verdwenen... de zwarte duisternis in, niet meer te zien. Jason rende, met over de grond slepend been, naar de dekking van het open portier.

'Blijf binnen!' schreeuwde hij tegen Marie St. Jacques; de vrouw bewoog zich in paniek. 'Verdomme! Blijf in die auto!'

Een schot; de kogel boorde zich in het metaal van het portier. Boven de muur was het silhouet zichtbaar van een rennende man. Bourne vuurde tweemaal, opgelucht toen hij in de verte een stokkend hijgen hoorde. Hij had de man gewond; hij had hem niet gedood. Maar de beul zou zich minder gemakkelijk kunnen bewegen dan een minuut geleden.

Lichten. Vage lichten... rechthoekig, vensterruiten! Wat was het? Wat waren het? Hij keek naar links en zag wat hij voorheen onmogelijk had kunnen zien. Een klein, bakstenen gebouwtje, een soort verblijf bij de muur langs het water. Binnen waren lichten ontstoken. De post van een bewaker; binnen had iemand de schoten gehoord.

'*Was ist los? Wer ist da?*' Het geroep kwam van de gedaante van een man – een kromme, oude man – die in een verlichte deuropening stond. Toen boorde zich de bundel van een lantaarn door de zwartere duisternis. Bourne volgde hem met zijn ogen, in de hoop dat hij op zijn beul zou schijnen.

Dat gebeurde. Hij zat ineengedoken tegen de muur. Jason stond op en vuurde; op het geluid van het schot zwaaide de bundel naar hem toe. Hij was het doelwit. Twee schoten klonken op uit het duister, een kogel ketste af van een metalen strip af van het raampje. Staal drong door in zijn nek en bloed welde op.

Rennende voetstappen. De beul rende naar de lichtbron toe.

'*Nein!*'

Hij had hem bereikt; de gedaante in de deuropening werd vastgehouden door een arm die zowel zijn ketting als zijn kooi vormde. De bundel doofde; in het licht van de ramen kon Jason zien hoe de moordenaar de bewaker wegtrok, de oude man als een schild gebruikte en hem zo weer de duisternis insleurde.

Bourne keek toe tot hij niets meer kon zien, zijn pistool machteloos opgeheven boven de motorkap. Even machteloos als hij zelf was, nu de krachten uit zijn lichaam wegtrokken.

Er klonk een laatste schot, gevolgd door een gesmoorde kreet en opnieuw rennende voetstappen. De beul had een doodvonnis voltrokken, niet aan de veroordeelde vrouw maar aan een oude man. Nu was hij ontsnapt.

Rennen kon Bourne niet meer; de pijn had hem lam geslagen, zijn gezicht was te wazig, zijn overlevingsdrang was uitgeput. Hij liet zich op het plaveisel zakken. Het kon hem allemaal niets meer schelen.

Wat hij dan ook was, het was beter zo. Maar beter zo.

Marie St. Jacques kroop uit de auto. Ze hield haar kleren bijeen en haar bewegingen waren houterig. Ze staarde naar Jason en ongeloof, afgrijzen en verwarring waren tegelijk zichtbaar in haar ogen.

'Ga weg,' fluisterde hij in de hoop dat ze hem hoorde. 'Daarachter staat een auto, de sleuteltjes zitten erin. Maak dat u hier wegkomt. Misschien haalt hij anderen, ik weet het niet.'

'U bent me achterna gekomen,' zei ze, en haar stem klonk als een echo in een tunnel van verbijstering.

'Maak dat u wegkomt! Stap in die auto en rijd zo snel u kunt, doctor. Als iemand probeert u tegen te houden, rij maar over hem heen. Zorg dat u bij de politie komt...' *Echte politie, met uniformen aan, verdomde dwaas die je bent.* Zijn keel voelde zo heet, zijn maag zo koud. Vuur en ijs, hij had dat eerder zo gevoeld. Waar was dat ook weer?

'U hebt mijn leven gered...' ging ze verder met die holle stem, met woorden die leken te zweven op de lucht. 'U bent me achterna gekomen. U bent teruggekomen voor mij en hebt... mijn leven... gered.'

'Maak er niet meer van dan het was, doctor.' *Jij bent bijkomstig, doctor. Jij bent een reflex, een instinct dat voortkomt uit vergeten herinneringen, leidingen die langs elektrische weg door stress worden geprikkeld. Zie je wel, ik ken de woorden... Het kan me niets meer schelen. Ik heb pijn... o, mijn god, wat heb ik een pijn.*

'Je was vrij. Je had je eigen weg kunnen gaan maar dat deed je niet. Je kwam terug voor mij.'

Hij hoorde haar door nevels van pijn. Ze knielde naast hem, raakte zijn gezicht aan, raakte zijn hoofd. *Hou op! Raak mijn hoofd niet aan! Laat me met rust.*

'Waarom deed je dat?' Het was haar stem, niet de zijne.

Ze vroeg hem iets. Begreep ze het dan niet? Hij kon haar geen antwoord geven.

Wat deed ze nu? Ze had een stuk stof afgescheurd en wond het rond zijn nek... en nu nog een stuk, dit keer groter, een deel van haar jurk. Ze had zijn riem losgemaakt en duwde de zachte, gladde stof tegen zijn gloeiende hete huid aan op zijn rechterheup.

'Het ging niet om ú.' Woorden schoten hem te binnen en hij gebruikte ze snel. Hij verlangde naar de rust van de duisternis – zoals hij daar eerder naar had verlangd maar hij kon zich niet herinneren wanneer. Het zou bij hem terugkomen als zij hem met rust liet. 'Die man... die had me gezien. Hij kon me identificeren. Hij was het. Hém wilde ik hebben. Maak nu dat u wegkomt!'

'Dat konden zes anderen ook,' antwoordde ze en haar stem klonk anders. 'Ik geloof je niet.'

'Geloof me nu maar!'

Nu moest hij naar haar opkijken. Toen was ze verdwenen. Ze was weg! Ze had hem verlaten! Nu zou de rust spoedig komen, hij zou verzwolgen worden door de donkere, bruisende golven en de pijn zou worden weggespoeld. Hij leunde achterover tegen de auto en liet zich meedrijven door de woelende wateren in zijn geest.

Een geluid verstoorde alles. Een ronkende motor; het hinderde hem. Toen lag er een hand op zijn arm. Toen nog een, die hem voorzichtig optrok.

'Kom,' zei de stem, 'help een beetje mee.'

'Laat me los!' Het bevel werd geschreeuwd; maar niet gehoorzaamd.

Hij was verbijsterd; bevelen hoorden gehoorzaamd te worden! Maar niet altijd; er was iets dat hem dat zei. De wind was er weer, maar geen wind in Zürich. Ergens in een andere plaats, hoog in de nachtelijke hemel. Er verscheen een signaal, een licht flitste aan en hij sprong woedend op.

'Goed zo. Zo gaat het goed,' zei de stem die hem razend maakte en die geen aandacht wilde schenken aan zijn bevelen. 'Til je voet op. Til hem op...! Goed zo. Het lukt je. Nu de auto in. Leun maar achterover... langzaam. Goed zo.'

Hij viel... viel in de stikdonkere hemel. Toen hield het vallen op en het was stil; hij kon zijn eigen ademhaling horen. En voetstappen, hij kon voetstappen horen... en het geluid van een portier dat werd gesloten, gevolgd door het ronkende, storende geluid onder hem, vóór hem... ergens.

Beweging, draaiend geslinger. Hij viel weer, maar werd opnieuw tegengehouden, een ander lichaam tegen het zijne, een hand die hem vasthield, hem liet zakken. Zijn gelaat was koel; en toen voelde hij niets meer. Hij zweefde nu door kalmere luchtstromingen, in het volslagen donker.

Boven hem klonken stemmen, vormen werden langzaam scherper onder het schijnsel van schemerlampen. Hij bevond zich in een vrij grote kamer en op een bed, een smal bed met dekens die over hem heen lagen. Aan de andere kant van de kamer stonden twee mensen, een man in een overjas en een vrouw... gekleed in een donkerrode rok onder een witte blouse. Donkerrood, net als het haar van...

Marie St. Jacques? Ze was het, ze stond bij een deur te praten met een man die een leren tas in zijn linkerhand had. Ze spraken Frans.

'Voornamelijk rust,' zei de man. 'Als u mij niet te pakken kunt krijgen kunt u iemand anders de hechtingen laten verwijderen. Volgens mij kunnen ze er over een week uit.'

'Dank u, dokter.'

'Ik moet ú bedanken. U bent erg royaal geweest. Ik ga nu. Misschien hoor ik nog van u, misschien ook niet.'

De dokter opende de deur, liep naar buiten en trok hem weer achter zich dicht. Toen hij weg was bukte de vrouw zich en schoof een grendel ervoor. Ze keerde zich om en zag dat Bourne naar haar lag te kijken. Ze liep langzaam, voorzichtig, naar het bed.

'Kunt u me horen?' vroeg ze.

Hij knikte.

'U bent gewond,' zei ze, 'vrij ernstig; maar als u zich rustig houdt zal het niet nodig zijn naar een ziekenhuis te gaan. Dat was een dokter. Ik heb hem betaald van het geld dat ik bij u heb gevonden. Hij was duurder dan je verwachten zou, maar men zei me dat hij te vertrouwen was. Het was uw idee, tussen haakjes. Terwijl we reden zei u voortdurend dat u een dokter nodig had, eentje die u kon betalen zodat hij zijn mond zou houden. U had gelijk. Het was niet moeilijk.'

'Waar zijn we?' Hij kon zijn stem horen; hij klonk zwak maar hij kon hem horen.

'Een dorp dat Lenzburg heet, zo'n dertig kilometer buiten Zürich. De dokter komt uit Wohlen, een plaatsje hier in de buurt. Hij komt over een week terug, als u er nog bent.'

'Hoe...?' Hij probeerde omhoog te komen maar de kracht ontbrak hem. Ze raakte zijn schouder aan; het was een bevel om weer te gaan liggen.

'Ik zal u vertellen wat er gebeurd is en dat geeft dan misschien antwoord op uw vragen. Dat hoop ik tenminste, want als het niet zo is dan weet ik niet zeker of ik het antwoord weet.' Ze keek roerloos op hem neer, haar stem klonk beheerst. 'Een beest was me aan het verkrachten – en hij had opdracht om me daarna te doden. Ik had geen enkele kans om in leven te blijven. In de Steppdeckstrasse probeerde u hen tegen te houden en toen dat niet lukte, zei u me dat ik moest gaan gillen, blijven gillen. Meer kon u niet doen en door tegen me te schreeuwen liep u het risico zelf gedood te worden. Later bent u ontsnapt – ik weet niet hoe, maar ik weet dat u daarbij ernstig gewond raakte – en u keerde terug om mij te zoeken.'

'Hem,' kwam Jason tussenbeide, 'hém moest ik hebben.'

'Dat zei u al, maar nogmaals, ik geloof u niet. Niet omdat u zo slecht kunt liegen, maar omdat het niet overeenkomt met de feiten. Ik werk met statistieken, meneer Washburn of meneer Bourne of hoe u dan ook mag heten. Onnauwkeurigheden vallen me op; daarin ben ik getraind. Twee mannen gingen dat gebouw binnen om u te zoeken en ik hoorde u zeggen dat ze beiden nog leefden. Die zouden u kunnen identificeren. En dan is er de eigenaar van de Drei Alpenhäuser nog; hij zou het ook kunnen. Dat zijn de feiten en die kent u net zo goed als ik... Nee, u keerde terug om mij te zoeken. U keerde terug en redde mijn leven.'

'Ga door,' zei hij en zijn stem werd krachtiger. 'Wat gebeurde er?'

'Ik nam een besluit. Het was het moeilijkste besluit dat ik ooit in mijn leven heb genomen. Ik geloof dat iemand zo'n beslissing alleen maar kan nemen wanneer hij zijn leven bijna verloren heeft door een daad van geweld, wanneer zijn leven door iemand anders wordt gered. Ik besloot u te helpen. Even maar – misschien maar een paar uur – maar ik zou u helpen te ontsnappen.'

'Waarom bent u niet naar de politie gelopen?'

'Dat had ik bijna gedaan, maar ik weet niet zeker of ik u kan uitleggen waarom ik het niet heb gedaan. Misschien was het de verkrachting, ik weet het niet. Ik zal het u eerlijk zeggen. Ik heb altijd gehoord dat het de afschuwelijkste ervaring is die een vrouw kan meemaken. Ik geloof het nu... En ik hoorde de woede – de walging – in uw stem toen u tegen hem schreeuwde. Ik zal dat moment nooit vergeten, zolang ik leef, hoezeer ik het misschien ook wil.'

'De politie?' herhaalde hij.

'Die man in de Drei Alpenhäuser zei dat de politie naar u op zoek was. Dat er een telefoonnummer was geregeld in Zürich.' Ze zweeg even. 'Ik kon u toen niet overgeven aan de politie. Toen niet. Niet na wat u had gedaan.'

'U weet wie ik ben?' vroeg hij.

'Ik weet alleen wat ik heb gehoord en wat ik heb gehoord klopt niet met de gewonde man die terugkwam om mij en die zijn leven wilde geven voor het mijne.'

'Dat is niet erg verstandig.'

'Dat is het enige dat ik wel ben, meneer Bourne – ik neem aan dat het Bourne is; zo noemde hij u. Erg verstandig.'

'Ik heb u geslagen. Ik dreigde u te doden.'

'Als ik u was geweest en kerels probeerden mij te doden, zou ik waarschijnlijk hetzelfde hebben gedaan – als ik het had gekund.'

'Dus u bent weggereden uit Zürich?'

'Eerst nog niet, ik heb zowat een halfuur gewacht. Ik moest tot rust komen, mijn besluit nemen. Ik denk en handel systematisch.'

'Dat begin ik te begrijpen.'

'Ik zag eruit om op te schieten; ik had kleren nodig, een haarborstel, make-up-spullen. Ik kon me nergens vertonen. Ik vond een telefooncel bij de rivier en er was niemand in de buurt, dus heb ik een collega gebeld in het hotel...'

'De Fransman? De Belg?' viel Jason haar in de rede.

'Nee. Die waren bij de lezing van Bertinelli geweest, en als ze mij hadden herkend toen ik met u op het toneel stond, neem ik aan dat ze mijn naam hadden genoemd tegen de politie. Daarom belde ik een vrouw die lid is van onze delegatie; ze heeft de pest aan Bertinelli en was op haar kamer. We hebben een aantal jaren samengewerkt en zijn bevriend. Ik heb haar gezegd te negeren wat ze over me hoorde, alles ging prima met me. In feite moest ze zeggen, als iemand naar me vroeg, dat ik die avond bij een vriend was – de hele nacht desnoods. Dat ik vroeg was weggegaan bij de lezing van Bertinelli.'

'Goed bedacht,' zei Bourne.

'Ja.' Marie glimlachte weifelend. 'Ik vroeg haar om naar mijn kamer te gaan – onze kamers zijn vlak bij elkaar en het kamermeisje weet dat we vriendinnen zijn. Als daar niemand was moest ze wat kleren en make-up-spullen in mijn koffer doen en weer naar haar kamer gaan. Ik zou haar over vijf minuten terugbellen.'

'Ze accepteerde gewoon wat u zei?'

'Ik zei u toch, we zijn vriendinnen. Ze wist dat ik in veiligheid was, misschien wat opgewonden maar veilig.' Marie zweeg even. 'Ze dacht waarschijnlijk dat ik haar de waarheid vertelde.'

'Ga door.'

'Ik belde haar terug en ze had mijn spullen.'

'Wat wil zeggen dat de andere twee gedelegeerden uw naam niet hadden opgegeven aan de politie. Anders hadden ze uw kamer wel in de gaten gehouden, of verzegeld.'

'Ik weet niet of ze dat hebben gedaan. Maar als dat zo was, is mijn vriendin waarschijnlijk een tijdje geleden ondervraagd. Dan zou ze gewoon vertellen wat ik haar had gezegd.'

'Zij was dus in het Carillon en u stond bij de rivier. Hoe hebt u uw spullen gekregen?'

'Dat was heel eenvoudig. Een beetje riskant misschien, maar simpel. Ze praatte met het kamermeisje en zei haar dat ik een bepaalde man in het hotel uit de weg moest gaan terwijl ik buiten het hotel een ander ontmoette. Ik had wat dingen nodig voor de nacht en zij wist misschien een manier om me die toe te spelen. Naar een auto... bij de rivier. Een kelner die geen dienst had heeft ze me gebracht.'

'Was hij niet verbaasd dat u er zo uitzag?'

'Hij kreeg niet veel kans om iets van me te zien. Ik deed de kofferruimte open, bleef in de auto zitten en zei hem de koffer achterin te leggen. Ik had een biljet van tien franc op de reserveband gelegd.'

'Dat is geen systematisch werk, dat is opmerkelijk goed werk. En hoe hebt u die dokter gevonden?'

'Hier. Via de conciërge, of hoe hij dan in Zwitserland ook heten mag. U weet nog dat ik u had verbonden, en het bloeden zo goed mogelijk had gestelpt. Net als de meeste mensen weet ik wel iets van eerste hulp af; dat betekent dat ik u wat kleren had moeten uittrekken. Ik vond het geld en toen begreep ik wat u bedoelde met te zeggen dat u een dokter moest zoeken die u kon betalen. U hebt duizenden en duizenden dollars bij u.'

'Dat is nog maar het begin.'

'Wat?'

'Vergeet het maar.' Hij probeerde omhoog te komen; het was te moeilijk. 'Bent u niet bang van mij? Bang om wat u hebt gedaan?'

'Natuurlijk ben ik dat. Maar ik weet wat u voor mij hebt gedaan.'

'U toont meer vertrouwen dan ik zou doen onder deze omstandigheden.'

'Dan beseft u misschien de omstandigheden onvoldoende. U bent nog steeds erg zwak en ik heb het pistool. Bovendien hebt u geen kleren.'

'Helemaal geen?'

'Niet eens een onderbroek. Ik heb alles weggegooid. U zou er een beetje dwaas uitzien wanneer u over straat ging lopen in een plastic geldriem.'

Bourne lachte, ondanks de pijn, en hij dacht terug aan La Ciotat en aan de markies de Chambord. 'Systematisch,' zei hij.

'Heel erg.'

'Wat gebeurt er nu?'

'Ik heb de naam van de dokter opgeschreven en de kamerhuur voor een week betaald. De conciërge zal u maaltijden brengen, te beginnen vanaf vanmiddag. Ik blijf hier tot halverwege de ochtend. Het is bijna zes uur; het zal gauw licht worden. Dan ga ik terug naar het hotel om de rest van mijn spullen en mijn vliegtickets op te halen en ik zal mijn best doen om niet over u te hoeven spreken.'

'Stel dat u dat niet kunt? Stel dat men u herkend heeft?'

'Dan spreek ik het tegen. Het was donker. Overal heerste paniek.'

'Nu redeneert u niet systematisch. Tenminste, niet zo logisch als de politie in Zürich zou doen. Ik weet een betere manier. Bel uw vriendin op en zeg haar dat ze de rest van uw kleren moet pakken en uw rekening moet betalen. Neem zoveel geld als u wilt van mij en pak het eerste vliegtuig naar Canada. Het is gemakkelijker vanaf een afstand te ontkennen.'

Ze keek hem zwijgend aan en knikte toen. 'Dat is erg aanlokkelijk.'

'Het is erg logisch.'

Ze bleef hem nog even aankijken. De spanning groeide in haar, het was te zien aan haar ogen. Ze draaide zich om en liep naar het raam waar ze bleef kijken naar de eerste stralen van de ochtendzon. Hij keek naar haar, voelde haar spanning, wist waarin die wortelde. Hij zag haar gezicht in de zachte, oranje gloed van de dageraad. Hij kon niets doen; ze had gedaan wat ze voelde dat ze moest doen omdat ze ontsnapt was aan terreur. Aan een soort afschuwelijke vernedering die geen man echt kon begrijpen. Aan de dood. En door te doen wat ze had gedaan, had ze alle regels overtreden. Ze wendde met een ruk haar hoofd naar hem, met fonkelende ogen.

'Wie bént u?'

'U hebt gehoord wat ze zeiden.'

'Ik weet wat ik heb gezien! Wat ik vóél!'

'Probeer niet goed te praten wat u gedaan hebt. U hebt het gewoon gedaan, dat is alles. Laat het maar zo.'

Laat het zo. O God, u had me met rust kunnen laten. En dan zou er rust geweest zijn. Maar nu hebt u me een deel van mijn leven teruggegeven en nu moet ik weer vechten, moet ik het weer onder ogen zien.

Plotseling stond ze aan het voeteneinde van het bed met het pistool in haar hand. Ze richtte het op hem en haar stem trilde. 'Moet ik het dan terugdraaien? Moet ik de politie bellen en zeggen dat ze u maar moeten komen halen?'

'Een paar uur geleden zou ik gezegd hebben dat u uw gang maar moest gaan. Nu kan ik er niet toe komen dat te zeggen.'

'Wie bent u dan?'

'Ze zeggen dat mijn naam Bourne is. Jason Charles Bourne.'

'Wat betekent dat? "Ze zeggen"?'

Hij staarde naar het pistool, naar het donkere cirkeltje van de loop. Er bleef niets anders over dan de waarheid – voorzover hij die waarheid kende.

'Wat betekent het?' herhaalde hij. 'U weet bijna net zoveel als ik, doctor.'

'Wat?'

'Ik kan het u net zo goed vertellen. Misschien voelt u zich er beter door.'

Ze liet het wapen zakken.

'Mijn leven begon vijf maanden geleden op een eilandje in de Middellandse Zee dat Ile de Port Noir heet...'

De zon was gestegen tot halverwege de omringende bomen. Haar stralen vielen tussen takken door die door de wind werden bewogen, stroomden door het raam en tekenden onregelmatige lichtvlekken op de muren. Bourne lag achterover op zijn kussens, uitgeput. Hij was uitgesproken; er viel verder niets meer te zeggen.

Marie zat aan de andere kant van de kamer in een leren leunstoel haar benen opgevouwen onder haar lichaam, sigaretten en het pistool op een tafel aan haar linkerzijde. Ze had zich nauwelijks bewogen, haar blik was gericht gebleven op zijn gezicht; zelfs wanneer ze rookte dwaalden haar ogen nooit af. Ze was een technisch analiste, evalueerde feiten, filtreerde feiten zoals de bomen het zonlicht filtreerden.

'U zei dat telkens maar weer,' zei ze zacht en sprak haar volgende woorden met tussenpozen. "'Ik weet het niet"... "Ik wilde dat ik het wist." Dan staarde u weer naar iets en dan was ik bang. Ik vroeg u dan wat het was. Wat ging u doen? En dan zei u het weer "Ik wilde dat ik het wist." Mijn god, wat hebt u doorgemaakt... Wat maakt u nú door.'

'Na wat ik u heb aangedaan kunt u er zelfs aan denken wat ik heb doorgemaakt?'

'Dat zijn twee aparte toedrachtslijnen,' zei ze afwezig, met gefronste wenkbrauwen.

'Aparte...?'

'In oorsprong verwant, onafhankelijk ontwikkeld, dat is economische onzin... En toen in de Löwenstrasse, juist voordat we de flat van Chernak binnengingen toen smeekte ik u me niet te dwingen mee te gaan. Ik was ervan overtuigd dat als ik nog meer zou horen, dat u me dan zou doden. Toen deed u de vreemdste uitspraak die ik gehoord heb. U zei: "Wat u gehoord hebt is voor mij even onbegrijpelijk als voor u. Misschien voor mij nog meer..." Ik dacht dat u waanzinnig was.'

'Ik lijd aan een soort waanzin. Iemand die bij zijn verstand is heeft een geheugen. Dat heb ik niet.'

'Waarom zei u me niet dat Chernak probeerde u te doden?'

'Er was geen tijd voor en ik vond niet dat het iets uitmaakte.'

'Voor u op dat moment niet. Voor mij wel.'

'Waarom?'

'Omdat ik me vastklampte aan een strohalm dat u niet zou schieten op iemand die niet eerst had geprobeerd u te doden.'

'Maar dat deed hij. Ik werd gewond.'

'Ik kende het verloop niet; u hebt het me niet verteld.'

'Ik begrijp u niet.'

Marie stak een sigaret op. 'Het is moeilijk uit te leggen, maar al die tijd toen ik uw gijzelaarster was, zelfs toen u me sloeg, me meesleurde en me met het pistool bedreigde – God weet het, ik was doodsbang – maar ik dacht dat ik iets zag in uw ogen... Noem het maar tegenzin. Dat is het beste wat ik kan bedenken.'

'Daar doe ik het mee. Wat wilt u eigenlijk beweren?'

'Ik weet het niet zeker. Misschien gaat het terug naar iets anders wat u zei aan die tafel in de Drei Alpenhäuser. Die dikke man kwam op ons af en u zei me dat ik dicht bij de muur moest blijven en mijn gezicht moest afdekken met mijn hand. "Voor uw eigen bestwil," zei u. "Het heeft geen zin dat hij u zou kunnen identificeren." '

'Dat had ook geen zin.'

' "Voor uw eigen bestwil." Zo redeneert een pathologische moordenaar niet. Ik geloof dat ik me daaraan vasthield – misschien om zelf niet gek te worden – daaraan en aan de blik in uw ogen.'

'Ik weet nog steeds niet waar u heen wilt.'

'De man met het gouden montuur die me ervan overtuigde dat hij van de politie was, zei dat u een genadeloos moordenaar was die moest worden tegengehouden voordat hij weer zou moorden. Als Chernak er niet was geweest zou ik hem niet hebben geloofd. De politie gedraagt zich niet zo; ze gebruiken hun wapens niet op donkere plaatsen waar zich veel mensen bevinden. En u was een man die om zijn leven vocht – die om zijn leven vécht – maar u bent geen moordenaar.'

Bourne stak zijn hand omhoog. 'Neem me niet kwalijk, maar dat komt me voor als een beoordeling die is gebaseerd op verkeerd gerichte dankbaarheid. U zegt dat u feiten respecteert... kijk dan eens naar die feiten. Ik herhaal: u hoorde wat zij zeiden – wat u ook denkt dat u zag en voelde – u hebt die woorden gehoord. Het komt erop neer dat er volle enveloppen met geld waren en dat die bij mij werden bezorgd om bepaalde verplichtingen na te komen. Volgens mij waren die verplichtingen vrij duidelijk en ik heb ze op me genomen. Ik had een rekening onder nummer bij de Gemeinschaft Bank, in totaal bijna vijf miljoen dollar. Waar had ik die vandaan? Hoe komt een man als ik – met de duidelijke vaardigheden die ik bezit – aan dat geld?' Jason staarde naar het plafond. De pijn keerde terug en ook dat gevoel van nutteloosheid. 'Dat zijn de feiten, doctor St. Jacques. Het wordt tijd dat u weggaat.'

Marie stond op uit haar stoel en drukte haar sigaret uit. Toen nam ze het pistool op en liep naar het bed. 'U doet erg uw best om uzelf te veroordelen, is 't niet?'

'Ik respecteer feiten.'

'Als het waar is wat u zegt, dan rust er op míj ook een verplichting, waar of niet? Als een lid van de maatschappij die de wet respecteert moet ik de politie van Zürich bellen en hun vertellen waar u bent.' Ze hield het pistool omhoog.

Bourne keek naar haar. 'Ik dacht...'

'Waarom niet?' onderbrak ze hem. 'U bent een veroordeelde die er maar liever vanaf is, is 't niet? U ligt daar te praten met zo'n beslistheid, met, vergeef me dat ik het zeg, ook het nodige zelfmedelijden, en u wilt eigenlijk een beroep doen op mijn... wat was het ook al weer? Verkeerd gerichte dankbaarheid? Nou, ik geloof dat u een ding goed moet begrijpen. Ik ben niet gek; als ik ook maar een moment dacht dat u bent wie u zegt dat u bent, dan zou ik hier niet zijn en u zelf ook niet. Feiten waarvoor geen bewijs kan worden aangevoerd zijn geen feiten. U komt niet met feiten, u komt met gevolgtrekkingen, uw eigen conclusies die zijn gebaseerd op beweringen van mannen van wie u weet dat het vullis is.'

'En gebaseerd op een onverklaarbare bankrekening met meer dan vier miljoen dollar erop. Vergeet u dat niet.'

'Hoe zou ik dat kunnen? Ik word verondersteld een financieel genie te zijn. Die rekening kan misschien niet worden verklaard op de manier die u graag zou willen, maar er zit een bepaling aan vast die er een behoorlijke mate van geloofwaardigheid aan verleent. Hij kan worden geïnspecteerd – misschien wel leeggehaald – door iedere officieel aangestelde directeur van een corporatie die genoemd wordt zus-of-zo Seventy-one. Dat is nauwelijks iets wat je in verband brengt met een huurmoordenaar.'

'De corporatie heeft dan wel een naam, maar hij is niet geregistreerd.'

'In een telefoongids? U bent écht naïef... Maar laten we het nu weer eens over u hebben. Moet ik echt de politie erbij halen?'

'U kent mijn antwoord. Ik kan u niet tegenhouden maar ik wil niet dat u het doet.'

Marie liet het pistool zakken. 'En ik doe het ook niet. Om dezelfde reden waarom u niet wilt dat ik het doe. Ik geloof evenmin als u dat u bent wie ze zeggen dat u bent.'

'Wat gelooft u dan?'

'Dat zei ik u, ik weet het niet zeker. Alles wat ik werkelijk weet is dat ik zeven uur geleden onder een beest lag, dat me aan alle kanten aflebberde, dat me overal betastte... en dat ik wist dat ik ging sterven. En toen keerde er een man terug om mij – een man die had kunnen vluchten – maar die terugkwam voor mij en aanbood in mijn plaats te sterven. Ik denk dat ik in hem geloof.'

'Stel dat u ongelijk hebt?'

'Dan heb ik een afschuwelijke vergissing begaan.'

'Dank u. Waar is het geld?'

'Op het bureau. In de omslag van uw paspoort en in uw portefeuille. Ook de naam van de dokter en de kwitantie voor de kamer.'

'Mag ik mijn pas, alstublieft. Dat is het Zwitserse geld.'

'Ik weet het.' Marie gaf het hem. 'Ik heb de conciërge driehonderd franc betaald voor de kamer en tweehonderd voor de naam van de dokter. De hulp van de dokter kwam op vierhonderdvijftig en ik heb hem nog honderdvijftig extra gegeven voor zijn medewerking. Alles bij elkaar heb ik elfhonderd franc betaald.'

'U hoeft mij geen rekenschap te geven,' zei hij.

'U hoort het te weten. Wat gaat u doen?'

'Ik ga u geld geven zodat u terug kunt keren naar Canada.'

'Ik bedoel hierna.'

'Later eens kijken hoe ik me voel. De conciërge waarschijnlijk wat geld geven om kleren voor me te kopen. Hem een paar vragen stellen. Ik red me wel.' Hij haalde een aantal biljetten van hoge bedragen te voorschijn en stak die naar haar uit.

'Dat is meer dan vijftigduizend franc.'

'Ik heb u ook de nodige last bezorgd.'

Marie St. Jacques keek naar het geld, toen naar het wapen in haar linkerhand. 'Ik wil uw geld niet,' zei ze en ze legde het wapen op het nachtkastje.

'Wat bedoelt u?'

Ze keerde zich om en liep terug naar haar leunstoel, draaide zich daar weer om en keek hem aan terwijl ze ging zitten. 'Ik geloof dat ik u wil helpen.'

'Wacht nou 's even...'

'Toe,' onderbrak ze hem. 'Vraag me alstublieft niets meer. Zeg even een tijdje helemaal niks.'

Deel Twee

10

Geen van beiden wist wanneer het gebeurde en of het werkelijk was gebeurd. Of, als dat zo was, hoeveel een van beiden ervoor over zou hebben om het vast te houden of te versterken. Er was in wezen geen drama, geen ruzies die moesten worden bijgelegd of obstakels die overwonnen moesten worden. Er was niet meer voor nodig dan communicatie door woorden en blikken en, misschien wel net zo belangrijk, door veelvuldig zacht lachen.

De manier waarop ze leefden in de kamer in het dorpspensionnetje was even klinisch als ze geweest zou zijn in de ziekenzaal van het hospitaal waarvoor die kamer diende. Overdag zorgde Marie voor verschillende praktische zaken zoals kleren, maaltijden, kaarten en kranten. Ze had de gestolen auto op haar eentje vijftien kilometer zuidelijker naar het dorpje Reinach gereden, waar ze hem had achtergelaten en een taxi had genomen naar Lenzburg. Wanneer zij weg was concentreerde Bourne zich op rust en op beweging. Van ergens uit zijn vergeten verleden begreep hij dat herstel daarvan afhankelijk was en hij paste het met strakke discipline toe; hij had dat eerder meegemaakt... vóór Port Noir.

Wanneer ze samen waren praatten ze, eerst wat onwennig; de vragen en antwoorden van vreemdelingen die elkaar toevallig ontmoet hadden en die de schokgolven van een heftige beroering hadden overleefd. Ze probeerden gewoon te doen in een situatie die hoogst ongewoon was, maar het was gemakkelijker wanneer ze beiden het essentieel abnormale accepteerden. Er viel niets te zeggen wat geen betrekking had op wat er was gebeurd. En als dat er al was dan zou dat alleen naar boven beginnen te komen op die momenten waarop de naspeuringen naar het gebeurde tijdelijk stillagen, waarop het stilzwijgen een springplank vormde naar opluchting, naar andere woorden en gedachten.

Op zulke momenten kwam Jason de belangrijkste feiten te weten over de vrouw die zijn leven had gered. Hij wierp haar tegen dat zij evenveel over hem wist als hijzelf, maar dat hij niets over haar wist. Waar kwam zij vandaan? Waarom deed een knappe vrouw met donkerrood haar en met een huid die zijn gezonde kleur kennelijk op een of andere boerderij had opgedaan, zich voor als een doctor in de economie.

'Omdat ze schoon genoeg had van die boerderij,' antwoordde Marie.

'Je méént het? Een boerderij, echt waar?'

'Nou ja, eigenlijk meer een kleine ranch. Klein vergeleken met de knotsen in Alberta. Als een Frans-Canadees, een Canuck, in de tijd van mijn vader in het westen land ging kopen, kreeg hij te maken met ongeschreven wetten. Zoals: ga niet in afmetingen concurreren met je meerderen. Hij zei vaak dat hij nu een veel rijker man geweest zou zijn, als hij de naam St. James had gebruikt in plaats van St. Jacques.'

'Je vader was dus herenboer?'

Marie had gelachen. 'Nee, hij was accountant die herenboer was geworden via een Vickers-bommenwerper in de oorlog. Hij was piloot bij de Royal Canadian Air Force. Volgens mij leek een accountantskantoor hem een beetje saai, toen hij eenmaal die wijde hemel had gezien.'

'Daar is nogal wat lef voor nodig.'

'Meer dan je denkt. Hij verkocht vee dat hij niet bezat op land dat niet van hem was voordat hij de ranch kocht. Frans in hart en nieren, zeiden de mensen.'

'Ik denk dat ik hem aardig zou vinden.'

'Dat zou je zeker.'

Ze had tot haar achttiende in Calgary gewoond met haar ouders en twee broers. Toen ging ze naar de McGill-universiteit in Montreal en begon ze aan een leven dat ze nooit voor zichzelf zou hebben overwogen. Ze gaf weinig om studeren en gaf de voorkeur aan het galopperen op de rug van een paard door de vrije natuur, boven de in hokjes verdeelde verveling van een internaat in Alberta. Maar toen ontdekte ze hoe spannend het kon zijn om je hersenen te gebruiken.

'Zo eenvoudig ging dat werkelijk,' vertelde ze hem. 'Ik had boeken altijd beschouwd als gezworen vijanden en ineens was ik daar op een plaats, midden tussen mensen die erdoor werden geboeid en ik vond het heerlijk. We deden niets anders dan praten. De hele dag praten, hele nachten praten – in de collegezalen en tijdens studiebijeenkomsten, in overvolle cafeetjes bij grote pullen bier. Volgens mij waren het de gesprekken die me enthousiast maakten. Snap je dat?'

'Ik kan me niets herinneren maar ik begrijp het wel,' zei Bourne. 'Ik heb geen herinneringen aan universiteit of vrienden zoals jij, maar ik weet vrij zeker dat ik heb gestudeerd.' Hij glimlachte. 'Gesprekken bij grote pullen bier maken een diepe indruk.'

Ze glimlachte ook. 'Ik stond mijn mannetje. Een forse meid uit Calgary die moest concurreren met twee oudere broers, die kon meer bier drinken dan de helft van de studenten in Montreal.'

'Ze moeten jaloers op je zijn geweest.'

'Nee, ik werd juist benijd.'

Toen Marie St. Jacques eenmaal kennis had gemaakt met een nieuwe wereld keek ze nooit meer om. Op de voorgeschreven studievakanties na ging ze steeds minder voor langere tijd naar Calgary. Haar kennissenkring in Montreal breidde zich uit en 's zomers had ze baantjes binnen en buiten de universiteit. Ze werd eerst aangetrokken door geschiedenis, maar redeneerde vervolgens dat de meeste geschiedenis vorm had gekregen door economische krachten – macht en belangrijkheid moesten betaald worden – en daarom probeerde ze de economische theorieën. En ze raakte eraan verknocht.

Ze bleef vijf jaar op McGill, kwam er met een graad vandaan en kreeg van de Canadese regering een beurs voor Oxford.

'Dat was een dag om nooit te vergeten, ik zweer het je. Ik dacht dat mijn vader een beroerte zou krijgen. Hij liet zijn dierbare koeien lang genoeg over aan mijn broers om naar het oosten te kunnen vliegen en mij om te praten.'

'Jou ompraten? Waarom? Hij was accountant geweest, jij ging promoveren in de economie.'

'Vergis je daarin niet,' riep Marie uit. 'Accountants en economen zijn gezworen vijanden. De ene bekijkt bomen, de andere bossen en hun visies lopen meestal uiteen en zo hoort het ook. Bovendien is mijn vader geen gewone Canadees, hij is Frans-Canadees. Volgens mij zag hij me als een verrader van Versailles. Maar hij legde zich erbij neer toen ik hem vertelde dat er aan de beurs een voorwaarde vastzat om minimaal drie jaar voor de regering te werken. Hij zei dat "ik de zaak beter van binnenuit kon dienen". *Vive Québec, vive la France!*'

Ze lachten allebei.

Die drie jaar was om allerlei logische redenen uitgelopen; telkens als ze weg wilde werd ze weer gepromoveerd, kreeg ze een groter kantoor en meer personeel.

'Macht is natuurlijk een soort steekpenning,' glimlachte ze, 'en niemand weet dat beter dan een vooraanstaand bureaucraat die door banken en ondernemingen achterna wordt gezeten voor een aanbeveling. Maar volgens mij heeft Napoleon het beter gezegd: "Geef me genoeg medailles en ik win elke oorlog voor u.' Daarom bleef ik. Ik heb enorm veel plezier in mijn werk. Maar het is dan ook werk waarin ik goed ben, en dat helpt.'

Jason lette op haar wanneer ze aan het praten was. Onder het beheerste uiterlijk had ze iets van een uitbundig kind. Ze kon enthousiast zijn en ze beteugelde dat enthousiasme alleen wanneer ze voelde dat het te veel naar buiten kwam. Natuurlijk was ze goed in haar vak; hij vermoedde dat ze zich altijd volledig gaf. 'Ik weet zeker dat je goed bent in je vak, maar het laat niet veel tijd over voor andere zaken, is 't wel?'

'Wat voor andere zaken?'

'Och, de gewone dingen. Man, gezin, huis-met-tuintje.'

'Die komen er misschien ook wel, dat sluit ik niet uit.'

'Maar ze zijn er nog niet.'

'Nee. Een paar keer scheelde het maar weinig, maar geen koperen ring door mijn neus. En evenmin een diamanten ring.'

'Wie is Peter?'

De glimlach trok weg. 'Dat was ik vergeten. Je hebt het telegram gelezen.'

'Het spijt me.'

'Hoeft niet. Daar hebben we het al over gehad... Peter? Ik ben dol op Peter. We hebben bijna twee jaar samengewoond maar op de duur bleek het dat niet te zijn.'

'Hij is kennelijk niet kwaad op je.'

'Dat is hem ook geraden!' Ze lachte weer. 'Hij is mijn afdelingsdirecteur en hij hoopt spoedig een kabinetsbenoeming te krijgen. Als hij zich niet netjes gedraagt zal ik het ministerie van Financiën eens vertellen wat hij allemaal niet weet en dan kan hij weer als ambtenaar-laagste-klasse beginnen.'

'Hij zei dat hij je op de zesentwintigste zou afhalen van het vliegveld. Je kunt hem maar beter een telegram sturen.'

'Ja dat weet ik.'

Over haar weggaan hadden ze niet gepraat; ze hadden dat onderwerp vermeden alsof het in de verre toekomst zou kunnen gebeuren. Het hield geen verband met wat-er-was-gebeurd; het was iets dat ging gebeuren. Marie had gezegd dat ze hem wilde helpen; hij had dat geaccepteerd in de veronderstelling dat ze door verkeerd gerichte dankbaarheid werd gedreven nog een paar dagen bij hem te blijven – en daar was hij dankbaar voor. Maar iets anders was ondenkbaar.

En zo bleven ze dus terugkeren naar het abnormale, naar wat-er-was-gebeurd. Meer met hém dan met hen beiden, want hij was de ongerijmde reden voor hun samenzijn... samen op een kamer in een dorpspensionnetje in Zwitserland. Het abnormale. Het maakte geen deel uit van de redelijke, geordende wereld van Marie St. Jacques en juist daarom vormde het een uitdaging voor haar geordende, analytische geest. Onredelijke zaken moesten onderzocht worden, uitgeplozen, verklaard. Ze peilde even meedogenloos, even vasthoudend als Geoffrey Washburn had gedaan op het Ile de Port Noir, maar zonder het geduld van de dokter. Want zij had geen tijd. Dat wist ze en het dreef haar tot de randje van hysterie.

'Wat valt je op wanneer je de kranten leest?'

'De rotzooi. Die lijkt overal te heersen.'

'Nee, serieus. Wat komt je bekend voor?'

'Bijna alles, maar ik kan je niet zeggen waarom.'

'Geef me eens een voorbeeld.'

'Vanmorgen. Er stond een verhaal in over een Amerikaanse wapenleverantie aan Griekenland en het debat wat daaruit voortvloeide in de Verenigde Naties; de Russen protesteerden. Ik begrijp wat dat betekent, de machtsstrijd in de Middellandse Zee, de gevolgen daarvan voor het Midden-Oosten.'

'Geef nog eens een voorbeeld.'

'Er was een artikel over interventie van de DDR betreffende het verbindingsbureau van Bonn in Warschau. Het Oostblok, het Westen, dat begreep ik ook.'

'Je ziet het verband, is 't niet? Je hebt gevoel voor politiek – voor wereldpolitiek.'

'Of ik heb een volkomen normale kennis van actuele gebeurtenissen. Ik geloof niet dat ik ooit diplomaat was. Het geld op de Gemeinschaft Bank sluit elke vorm uit van een werkkring voor een regering.'

'Daar ben ik het mee eens, maar toch ben je politiek bewust. Hoe zit het met kaarten? Je vroeg me om kaarten te kopen. Waaraan denk je wanneer je ze bestudeert?'

'In sommige gevallen leiden namen tot beelden, net als in Zürich. Gebouwen, hotels, straten... soms gezichten. Maar nooit namen. De gezichten hebben geen namen.'

'Maar je hebt wel erg veel gereisd.'

'Ik geloof van wel.'

'Je weet zéker van wel.'

'Goed dan, ik heb gereisd.'

'Hoe heb je gereisd?'

'Hoe bedoel je, hoe?'

'Was het per vliegtuig, of per auto – niet in taxi's, maar zelf rijdend?'

'Beide, geloof ik. Waarom?'

'Vliegtuigen zouden wijzen op langere afstanden. Werd je door mensen afgehaald? Zijn er gezichten op vliegvelden, in hotels?'

'Straten,' antwoordde hij spontaan.

'Straten? Waarom straten?'

'Ik weet het niet. Ik kom gezichten tegen op straat... en op rustige plaatsen. Donkere plaatsen.'

'Restaurants? Cafés?'

'Ja. En in kamers.'

'Hotelkamers?'

'Ja.'

'Geen kantoren? Kantoren van firma's?'

'Soms. Niet als regel.'

'Goed. Je hebt mensen ontmoet. Gezichten. Mannen? Vrouwen? Beide?'

'Meestal mannen. Een paar vrouwen, maar meestal mannen.'

'Waarover praatten ze?'

'Ik weet het niet.'

'Probeer het je te herinneren.'

'Dat kan ik niet. Er zijn geen stemmen; ook geen woorden.'

'Waren er afspraken? Je ontmoette mensen, dat betekent dat je afspraken had. Wie maakte die afspraken? Iemand moest dat doen.'

'Telegrammen. Telefoontjes.'

'Van wie? Waar vandaan?'

'Ik weet het niet. Ze bereikten me.'

'In hotels?'

'Meestal wel lijkt me.'

'Je vertelde me dat je volgens de assistent-manager in het Carillon inderdaad boodschappen kreeg.'

'Dan kwamen ze naar hotels.'

'Zus-of-zo Seventy-one?'

'Treadstone.'

'Treadstone. Dat is je firma dus.'

'Het stelt niets voor. Ik kon het niet vinden.'

'Concentreer je!'

'Dat dóé ik. Het stond niet in de gids. Ik heb New York gebeld.'

'Jij schijnt te denken dat dat zo ongewoon is. Dat is het niet.'

'Waarom niet?'

'Het zou een aparte divisie kunnen zijn van een groter bedrijf, of een dochter op papier – opgezet als een corporatie om inkopen te doen voor een moedermaatschappij waarvan de naam de prijs bij het onderhandelen zou opdrijven. Zoiets gebeurt elke dag.'

'Wie probeer jij te overtuigen?'

'Jou. Het is heel goed mogelijk dat je een reizend onderhandelaar bent voor Amerikaanse financiële belangen. Alles wijst erop: fondsen die beschikbaar zijn voor kapitaal dat je direct nodig hebt, die vertrouwelijk kunnen worden geïnspecteerd voor toestemming van de hoogste directie, een inspectie die nooit is uitgevoerd. Deze feiten, plus jouw antenne voor politiek wijzen op een vertrouwd inkoopagent en heel waarschijnlijk een groot aandeelhouder of gedeeltelijke eigenaar van de moedermaatschappij.'

'Je trekt je conclusies verschrikkelijk snel.'

'Ik heb niets gezegd wat onlogisch is.'

'Er zitten een paar gaten in.'

'Waar dan?'

'Er was van die rekening niets opgenomen. Alleen maar stortingen. Ik was niet aan het kopen, ik was aan het verkopen.'

'Dat weet je niet; je herinnert je het niet. Betalingen kunnen plaatsvinden met bepaalde uitgestelde deposito's.'

'Ik weet niet eens wat dat betekent.'

'Een financieel directeur die zich bewust is van zekere belastingstrategieën zou het weten. Wat is het andere gat?'

'Je probeert niet iemand te vermoorden omdat hij iets tegen lagere prijs inkoopt. Je ontmaskert zo iemand misschien; je vermoordt hem niet.'

'Wel als er een enorme fout is gemaakt. Of als die persoon voor iemand anders wordt aangezien. Wat ik je probeer bij te brengen is dat je niet kunt zijn wat je niet bent! Wat ze er ook van zeggen.'

'Je bent helemaal overtuigd.'

'Ik ben helemaal overtuigd. Ik heb drie dagen met je doorgebracht. We hebben gepraat, ik heb geluisterd. Er is een verschrikkelijke fout gemaakt... Of het is een of ander complot.'

'Wat is erbij betrokken? Tegen wat?'

'Dat zul jij moeten ontdekken.'

'Je wordt bedankt!'

'Zeg me nog eens iets. Wat komt er bij je op wanneer je aan geld denkt?'

Hou op! Laat me met rust! Begrijp je het dan niet? Je hebt ongelijk. Wanneer ik aan geld denk dan denk ik aan doden.

'Ik weet het niet,' zei hij. 'Ik ben moe. Ik wil slapen. Verstuur morgen je telegram maar.'

Het was ver na middernacht, het begin van de vierde dag en nog steeds kon hij niet slapen. Bourne staarde naar het plafond, naar het donkere hout dat het licht van de schemerlamp aan de andere kant van de kamer weerkaatste. Marie liet het 's nachts gewoon aan, er werd niet gevraagd waarom, er werd niet verklaard waarom.

Morgen zou zij verdwenen zijn en moesten zijn eigen plannen vorm krijgen. Hij zou nog een paar dagen in het pension blijven, de dokter in Wohlen bellen en ervoor zorgen dat de hechtingen verwijderd werden. Daarna, Parijs. Het geld was in Parijs en er was ook iets anders; hij wist het, hij voelde het. Een antwoord op alle vragen; het lag in Parijs.

Je bent niet hulpeloos. Je zult je eruit redden.

Wat zou hij er vinden? Een man die Carlos werd genoemd? Wie was Carlos en wat betekende hij voor Bourne?

Hij hoorde het geruis van kleren vanaf de divan tegen de muur. Hij keek ernaar en was verrast toen hij zag dat Marie nog niet sliep. Ze lag naar hem te kijken, te staren eigenlijk.

'Je hebt ongelijk, weet je dat?' zei ze.

'Waarover?'

'In wat je denkt.'

'Jij weet niet wat ik denk.'

'Jawel. Ik heb die blik in je ogen gezien. Je ziet dingen waarvan je niet zeker bent of ze bestaan, bang dat ze zullen bestaan.'

'Ze hebben bestaan,' antwoordde hij. 'Geef maar eens een verklaring voor de Steppdeckstrasse. Voor een dikke man in de Drei Alpenhäuser.'

'Dat kan ik niet, maar dat kun jij ook niet.'

'Ze waren er. Ik heb ze gezien en ze waren er.'

'Probeer uit te vinden waarom. Je kunt niet zijn wat je niet bent, Jason. Probeer erachter te komen.'

'Parijs,' zei hij.

'Ja, Parijs.' Marie stond op van de divan. Ze droeg een lichtgele nachtjapon, bijna wit, met parelmoeren knoopjes aan de hals; hij golfde om haar heen terwijl ze op haar blote voeten naar het bed liep. Ze bleef naast hem staan, keek op hem neer, hief toen haar beide handen op en knoopte de bovenkant van haar japon los. Ze liet hem openvallen terwijl ze op het bed ging zitten met haar borsten boven hem. Ze boog zich naar hem toe, nam zijn gezicht tussen haar handen en hield hem teder vast terwijl haar ogen, zoals zo vaak de laatste dagen, zich vast op hem richtten. 'Dank je voor mijn leven,' fluisterde ze.

'Jij bedankt voor het mijne,' antwoordde hij en hij voelde het verlangen dat in haar leefde en hij vroeg zich af of het hare ook vergezeld ging van die aandrang die hij erbij voelde. Hij herinnerde zich geen vrouw en omdat die er niet was, was zij misschien alles wat hij zich voor kon stellen; alles en veel... veel meer. Zij verdreef voor hem de duisternis. Ze verdreef de pijn.

Hij was bang geweest het haar te vertellen. En zij zei hem nu dat het goed was, al was het maar voor even, voor een uurtje. De rest van die nacht bezorgde ze hem een herinnering, omdat ook zij even los wilde komen van de stress van het geweld. De spanning werd opgeschort en even konden ze samen vertroosting zoeken. Meer vroeg hij niet, maar, lieve god, wat had hij haar nódig.

Hij legde zijn hand op haar borst en duwde haar lippen tegen de zijne. Hun vochtigheid wekte zijn begeerte op en verdreef de twijfel.

Ze sloeg de dekens terug en kwam bij hem liggen.

Ze lag in zijn armen, haar hoofd op zijn borst, voorzichtig om de wond aan zijn schouder te vermijden. Ze gleed rustig achteruit en werkte zich omhoog op haar ellebogen. Hij keek naar haar; hun ogen ontmoetten elkaar en beiden glimlachten. Ze hief haar linkerhand op, duwde haar wijsvinger op zijn lippen en sprak zacht.

'Ik moet iets zeggen en ik wil niet dat je me in de rede valt. Ik ga dat telegram niet versturen naar Peter. Nog niet.'

'Hé, wacht 's even.' Hij duwde haar hand van zijn gezicht af.

'Toe nou, val me niet in de rede. Ik zei: "Nog niet". Dat wil niet zeggen dat ik het niet zal sturen, maar nog niet meteen. Ik blijf bij je. Ik ga met jou naar Parijs.'

Hij dwong zich de woorden uit te spreken: 'Stel dat ik dat niet wil.' Ze boog zich voorover en raakte met haar lippen heel even zijn wang aan. 'Dat haalt niks uit. De computer heeft net nee gezegd.'

'Ik zou er maar niet zo zeker van zijn als ik jou was.'

'Maar jij bent mij niet. Ik ben ik en ik weet hoe je me hebt vastgehouden en me zoveel hebt proberen te zeggen dat je niet onder woorden kon brengen. Dingen die we de afgelopen dagen tegen elkaar wilden zeggen. Ik heb geen uitleg voor wat er gebeurd is. Ik kan niet van je weglopen. Omdat jij mij nodig hebt en jij mij mijn leven hebt geschonken.'

'Waarom denk je dat ik jou nodig heb?'

'Ik kan dingen voor je doen die je zelf niet kunt doen. De afgelopen twee uur heb ik over niets anders gedacht.' Ze werkte zich verder omhoog tot ze naakt naast hem zat. 'Op de een of andere manier ben jij betrokken bij een heleboel geld, maar ik geloof niet dat je debet van credit kunt onderscheiden. Vroeger misschien wel maar nu niet. Ik wel. En er is nog iets anders. Ik bekleed een hoge positie bij de Canadese regering. Ik ben gerechtigd om allerlei inlichtingen in te winnen. En ik word daarbij beschermd. De internationale financiële wereld is verrot en Canada wordt verkracht. We hebben onze eigen bescherming opgebouwd en ik maak daarvan deel uit. Daarom was ik in Zürich. Om te kijken wie er contact met elkaar hadden en om daarover te rapporteren, niet om te discussiëren over abstracte theorieën.'

'En het feit dat je deze toestemming hebt, deze toegang, dat kan mij helpen?'

'Ik geloof van wel. En bescherming van de ambassade, dat is misschien het belangrijkste. Maar ik beloof je dat ik bij het minste of geringste teken van geweld mijn telegram zal versturen en weg zal gaan. Afgezien nog van mijn eigen angst, zou ik onder die omstandigheden voor jou een last betekenen.'

'Op het eerste teken,' herhaalde Bourne terwijl hij haar monsterde. 'En ik maak uit wanneer en waar dat is?'

'Als je dat wilt. Ik heb weinig ervaring. Daarover maak ik geen ruzie.'

Hij bleef haar een tijdlang in de ogen kijken en het leek nog langer door de stilte. Ten slotte vroeg hij: 'Waarom doe je dit? Wij zijn twee redelijk intelligente mensen die ontsnapt zijn aan een soort hel. Meer zijn we misschien niet. Is het dat waard?'

Ze bleef roerloos zitten. 'Ik heb een paar dagen geleden iets gezegd; misschien ben je dat vergeten. Vier nachten geleden is er een man, die had kunnen blijven vluchten, teruggekomen om mij en hij heeft aangeboden om in mijn plaats te sterven. Ik geloof in die man. Meer dan hij zelf doet.'

'Ik neem het aan,' zei hij en stak zijn armen naar haar uit. 'Ik zou het niet moeten doen maar ik doe het. Ik heb dat geloof heel hard nodig.'

'Nu mag je me in de rede vallen,' fluisterde ze en ze liet het laken zakken terwijl haar lichaam zich tegen het zijne vlijde. 'Heb me lief, ik heb zo ook mijn behoeften.'

Drie dagen en nachten gingen voorbij. Ze waren gevuld met de warmte van hun samenzijn, met de opwinding van het elkaar ontdekken. Ze leefden met de intensiteit van twee mensen die weten dat er verandering op komst is. En als die komt zal hij er snel zijn. Dus er was het nodige te praten, onderwerpen die niet langer vermeden konden worden.

Sigarettenrook dwarrelde boven de tafel en vermengde zich met de wasem van de hete, bittere koffie. De conciërge, een gulhartige Zwitser wiens ogen meer zagen dan zijn lippen zouden verraden, was een paar minuten geleden weggegaan nadat hij het *petit déjeuner* en de kranten uit Zürich had gebracht. Jason en Marie zaten tegenover elkaar; beiden hadden het nieuws doorgekeken.

'Staat er in jouw krant iets?' vroeg Bourne.

'Die oude man, de bewaker aan de Guisan Quai, werd eergisteren begraven. De politie zegt dat ze niets concreets gevonden hebben. "Het onderzoek duurt voort", staat er.'

'Hier staat het uitgebreider,' zei Jason en hij verschoof de krant wat moeizaam in zijn verbonden linkerhand.

'Hoe is het ermee?' vroeg Marie terwijl ze naar de hand keek.

'Beter. Ik heb nu meer kracht in mijn vingers.'

'Dat weet ik.'

'Jij denkt alleen maar aan sex.' Hij vouwde de krant. 'Hier staat het. Ze herhalen het bericht van gisteren. De hulzen en het bloed dat ze hebben afgeschraapt worden geanalyseerd.' Bourne keek op. 'Maar er staat meer. Resten van kleren; dat was eerst niet vermeld.'

'Is dat een probleem?'

'Voor mij niet. Ik had confectiekleren, in Marseille gekocht. Hoe zit het met jouw jurk? Was het een speciaal ontwerp of een speciale stof?'

'Je maakt me verlegen – nee. Al mijn kleren worden gemaakt door een vrouw in Ottawa.'

'Die kunnen dus niet worden nagetrokken?'

'Ik zou niet weten hoe. De zijde kwam van een rol die een man van onze afdeling meebracht uit Hongkong.'

'Heb je in de winkels in het hotel nog wat gekocht? Iets dat je misschien aan had? Een sjaal, een speld, zoiets?'

'Nee. Zulke dingen koop ik meestal niet.'

'Goed zo. En ze hebben je vriendin geen vragen gesteld toen ze wegging?'

'Niet aan de receptie, dat heb ik je verteld. Alleen die twee mannen met wie jij me in de lift hebt gezien.'

'Van de Franse en de Belgische delegaties.'

'Ja. Alles was in orde.'

'Laten we het nog eens doorlopen.'

'Er valt niets door te lopen. Paul. De man uit Brussel heeft niets gezien. Hij werd van zijn stoel afgeduwd en bleef op de vloer zitten. Claude – die probeerde ons tegen te houden, weet je nog? dacht eerst dat ik het was op het toneel, onder het licht, maar voordat hij bij de politie kon komen werd hij gewond in het gedrang en naar het ziekenhuis gebracht.'

'En tegen de tijd dat hij iets had kunnen zeggen,' onderbrak Jason haar, terwijl hij zich haar woorden herinnerde, 'was hij er niet zeker van.'

'Ja. Maar ik heb een idee dat hij de ware reden wist waarom ik deelnam aan het congres; mijn voordracht heeft hem geen zand in de ogen gestrooid. Als dat zo was zou hij zich er zeker buiten hebben gehouden.'

Bourne pakte zijn koffiekop. 'Laten we het daar nog eens over hebben,' zei hij. 'Jij was op zoek naar contacten tussen mensen?'

'Eigenlijk naar aanwijzingen daarvoor. Niemand zal openlijk vertellen dat er financiële belangen zijn binnen zijn land die samenwerken met financiële belangen elders om zich meester te maken van grondstoffen of andere goederen in Canada. Maar je ziet wie er samen in de bar zitten, wie er samen dineren. Of soms is het zoiets stoms als een gedelegeerde van, laten we zeggen, Rome van wie je weet dat hij wordt betaald door Agnelli – die naar je toe komt en je vraagt hoe serieus Ottawa het meent met zijn declaratiewetten.'

'Ik geloof dat ik het nog steeds niet goed begrijp.'

'Toch zou je dat moeten. Jouw eigen land is erg gevoelig over dat onderwerp. Wie bezit er wat? Hoeveel Amerikaanse banken worden in werkelijkheid beheerst door OPEC-geld? Hoeveel industrie is in de macht van Europese en Japanse consortiums? Hoeveel honderdduizenden hectaren zijn er opgekocht door kapitaal dat Engeland en Italië en Frankrijk is ontvlucht? We maken ons allemaal zorgen.'

'O ja?'

Marie lachte. 'Natuurlijk. Niets maakt een man chauvinistischer dan de gedachte dat zijn land in handen is van buitenlanders. Op de duur kan hij eraan wennen dat hij een oorlog verloren heeft – dat betekent enkel dat de vijand sterker was – maar om zijn economie te verliezen, dat wil zeggen dat de vijand slimmer was. De bezettingstijd duurt langer en de littekens blijven langer zichtbaar.'

'Je hebt een heleboel nagedacht over die zaken, is 't niet?'

Even doofde het vonkje humor in Maries ogen; ze antwoordde hem ernstig. 'Ja, dat heb ik. Volgens mij zijn ze belangrijk.'

'Ben je iets te weten gekomen in Zürich?'

'Niets verontrustends,' zei ze. 'Iedereen heeft zijn geld los in de zak; syndicaten proberen binnenlandse investeringen te vinden, overal waar bureaucratische bestuursapparaten de andere kant opkijken.'

'In dat telegram van Peter stond dat je dagelijkse rapporten prima waren. Wat bedoelde hij daarmee?'

'Ik heb een paar vreemde economische bedgenoten ontdekt van wie ik vermoed dat ze Canadese stromannen gebruiken om Canadese eigendommen op te kopen. Ik ben niet opzettelijk vaag; ze zouden jou toch niets zeggen.'

'Ik probeer niet te spioneren,' ging Jason ertegenin, 'maar volgens mij heb jij míj in een van die bedden gestopt. Niet met betrekking tot Canada, maar in het algemeen.'

'Ik schakel jou ook niet uit; het beeld klopt. Je zou deel kunnen uitmaken van een financiële combinatie die op zoek is naar allerlei illegale aankopen. Dat is iets wat ik in het geheim kan laten uitzoeken, maar ik wil dat per telefoon doen. Geen woorden die vastliggen in een telegram.'

'Nu steek ik er mijn neus wél in. Wat bedoel je en hoe?'

'Als er een Treadstone Seventy-one ergens achter een multinationale deur zit, dan bestaan er manieren om uit te zoeken welke firma en welke deur. Ik wil Peter bellen vanuit een van de openbare telefooncentrales in Parijs. Ik zal hem zeggen dat ik in Zürich op de naam Treadstone Seventy-one ben gestoten en dat die me dwarszit. Ik zal hem vragen een verkapt onderzoek in te stellen en zeggen dat ik hem terug zal bellen.'

'En als hij erachter komt...?'

'Als het er is dan zal hij het vinden.'

'Dan neem ik contact op met wie er ook als "officieel aangestelde directeuren" vermeld staan en ik kom boven water.'

'Heel voorzichtig,' voegde Marie eraan toe. 'Via tussenpersonen. Via mij, als je wilt.'

'Waarom?'

'Vanwege dat wat ze gedaan hebben. Of níét gedaan hebben, eigenlijk.'

'En dat is?'

'Ze hebben in bijna een halfjaar geen pogingen gedaan om jou te bereiken.'

'Dat weet je niet – dat weet ik niet.'

'De banken weten het. Er liggen miljoenen dollars onaangeraakt, waar niemand wat van weet en niemand heeft de moeite genomen om uit te vinden waarom. Dat kan ik niet begrijpen. Het is net of jij in de steek wordt gelaten. Daar zou die fout gemaakt kunnen zijn.'

Bourne leunde achterover in zijn stoel, keek naar zijn verbonden linkerhand en zag het wapen weer voor zich dat enkele malen neersmakte in de duisternis van een voortsnellende auto in de Steppdeckstrasse. Hij keek op naar Marie. 'Je bedoelt dus dat als ik in de steek gelaten werd, dan komt dat omdat de directeuren van Treadstone geloven dat die vergissing de waarheid inhoudt.'

'Mogelijk. Ze zouden kunnen denken dat jij hen betrokken hebt in illegale transacties – met misdadige elementen – die hun miljoenen meer zouden kunnen kosten. Dat ze mogelijk het risico lopen dat boze regeringen beslag gaan leggen op complete bedrijven. Of dat je bent gaan samenwerken met een internationaal misdaadsyndicaat, misschien zonder het te weten. Wat dan ook. Dat zou kunnen verklaren waarom ze niet naar die bank zijn gegaan. Ze willen niet schuldig lijken door zich ermee te associëren.'

'In zekere zin, wat je vriend Peter ook te weten komt, zou ik dus toch weer helemaal bij het begin moeten beginnen.'

'Wij zouden weer moeten beginnen, maar niet helemaal bij het begin, op een schaal van tien zou het zoiets zijn als viereneenhalf tot vijf.'

'Zelfs wanneer het negen was is er niets werkelijk veranderd. Er zijn kerels die me willen doden en ik weet niet waarom. Anderen zouden hen kunnen tegenhouden maar dat doen ze niet. Die man in de Drei Alpenhäuser zei dat Interpol zijn strikken heeft gespannen voor mij en als ik erin word gevangen dan weet ik niet wat ik moet zeggen. Ik ben schuldig aan wat me ten laste wordt gelegd omdat ik niet weet waaraan ik schuldig ben. Veel verdediging stelt het niet voor wanneer je geen geheugen hebt en het kan zijn dat ik helemaal geen verdediging heb, punt uit.'

'Dat weiger ik te geloven, en dat moet jij ook.'

'Bedankt...'

'Ik méén het, Jason. Hou op!'

Hou op. Hoe vaak zeg ik dat tegen mezelf? Ik hou van jou, de enige vrouw die ik ooit heb gekend en jij gelooft in mij. Waarom kan ik niet in mezelf geloven?

Bourne ging staan en probeerde zoals steeds hoe het met zijn benen ging. Hij begon zich geleidelijk steeds beter te bewegen en de verwondingen waren minder ernstig dan zijn verbeelding hem had laten geloven. Hij had voor die avond een afspraak gemaakt met de dokter in Wohlen om de hechtingen eruit te halen. Morgen zou alles anders worden.

'Parijs,' zei Jason. 'Het antwoord ligt in Parijs. Ik weet het net zo zeker als ik de omtrekken zag van die driehoeken in Zürich. Ik weet alleen niet waar ik moet beginnen. Het is waanzinnig. Ik ben een man die wacht op een beeld, op een woord of een zin – of een pakje lucifers – om iets te weten te komen. Om me ergens naartoe te sturen.'

'Waarom wacht je niet tot ik iets van Peter heb gehoord? Ik kan hem morgen bellen; we kunnen morgen in Parijs zijn.'

'Omdat het geen verschil zou uitmaken, begrijp je dat niet? Wat hij dan ook te weten zou komen, dat ene dat ik moet weten zou er niet bij zijn. Om dezelfde reden waarom Treadstone niet bij die bank is geweest. Ik moet weten waarom kerels me proberen te vermoorden, waarom iemand die Carlos heet... wat was het ook alweer... een fortuin zal betalen voor mijn lijk.'

Verder kwam hij niet want het geluid van vallend aardewerk onderbrak hem. Marie had een kopje laten vallen en staarde hem lijkbleek aan, alsof al het bloed uit haar hoofd was weggetrokken. 'Wat zei je daarnet?' vroeg ze.

'Wat? Ik zei dat ik moest weten...'

'De naam. Je sprak net de naam Carlos uit.'

'Dat klopt.'

'In al die uren die we hebben gepraat, die dagen dat we samen zijn, heb je hem zelfs niet genóémd.'

Bourne keek haar aan en ging terug in zijn herinnering. Het was waar; hij had haar alles verteld wat er in hem was opgekomen en toch had hij op een of andere manier Carlos erbuiten gehouden... bijna met opzet, alsof hij hem buiten wilde sluiten.

'Ik geloof niet dat ik dat heb,' zei hij. 'Jij weet het blijkbaar. Wie is Carlos?'

'Probeer je leuk te doen? Als dat zo is, is het geen leuk grapje.'

'Ik probeer niet leuk te doen. Ik geloof niet dat er iets leuks aan is. Wie is Carlos?'

'Mijn god, je weet het echt niet,' zei ze terwijl ze naar zijn ogen keek. 'Het is deel van wat je is afgenomen.'

'Wie is Carlos?'

'Een huurmoordenaar. Hij wordt de huurmoordenaar van Europa genoemd. Een man op wie al twintig jaar jacht wordt gemaakt, van wie men aanneemt dat hij tussen de vijftig en de zestig vooraanstaande politici en militairen heeft gedood. Niemand weet hoe hij eruitziet... maar men zegt dat Parijs zijn basis is.'

Bourne voelde een vlaag van kou door zich heentrekken.

De taxi naar Wohlen was een Engelse Ford die toebehoorde aan de schoonzoon van de conciërge. Jason en Marie zaten op de achterbank. Buiten de raampjes snelde het donkere landschap voorbij. De hechtingen waren eruit gehaald en vervangen door zacht verband dat met brede stroken pleister was vastgezet.

'Ga terug naar Canada,' zei Jason zacht, na lang stilzwijgen.

'Dat doe ik, dat heb ik je gezegd. Ik heb nog een paar dagen over. Ik wil Parijs bekijken.'

'Ik wil je niet in Parijs hebben. Ik bel je in Ottawa wel op. Je kunt dan zelf naar Treadstone gaan zoeken en mij per telefoon de informatie doorgeven.'

'Ik dacht dat je zei dat het geen verschil zou maken. Je moest het waaróm weten; het wíé stelde niets voor totdat je zekerheid had.'

'Ik vind wel een manier. Ik heb maar één man nodig; die vind ik wel.'

'Maar je weet niet waar je moet beginnen. Je bent een man die wacht op een beeld, op een woord of een zin of een pakje lucifers. Die vind je misschien niet.'

'Iets zal er zijn.'

'Er is ook iets, maar jij ziet dat niet. Ik wél. Daarom heb je mij nodig. Ik ken de woorden, de methoden. Jij niet.'

Bourne keek naar de voorbijvliegende schaduwen. 'Ik geloof dat je beter wat duidelijker kunt zijn.'

'De banken, Jason. De verbindingen met Treadstone liggen in de banken. Maar niet op de manier zoals jij misschien denkt.'

De gebogen, oude man in de kale overjas liep, met zijn zwarte baret in zijn hand, het meest linkse gangpad af in het dorpskerkje van Arpajon, vijftien kilometer ten zuiden van Parijs. De klokken die het Angelus luidden wierpen hun echo's door de bovenste regionen van steen en hout; de man bleef stilstaan bij de vijfde rij banken en wachtte tot het luiden ophield. Dat was zijn teken; hij accepteerde dat, want hij wist dat tijdens het luiden van de klokken een andere, een jongere man – meedogenloos als geen ander om de kleine kerk was gelopen en iedereen, erbinnen en erbuiten, had opgenomen. Had die man iets gezien wat hij niet verwachtte te zien, iemand die hij zag als een bedreiging voor zijn persoon, dan zouden er geen vragen worden gesteld, dan zou er enkel een executie volgen. Zo opereerde Carlos en alleen zij die begrepen dat hun leven kon worden uitgeblazen omdat zij zelf gevolgd waren, accepteerden geld om op te treden als koerier voor de huurmoordenaar. Ze waren allen zoals hij, oude mannen van vroeger, wier levens afliepen, die nog maar maanden te leven hadden, het einde in zicht door ouderdom, of ziekte, of beide.

Carlos stond geen enkel risico toe, en het vormde de enige troost wanneer men stierf in zijn dienst – of door zijn hand – dat geld zijn weg zou vinden naar oude vrouwen, of naar de kinderen van oude vrouwen, of naar hun kinderen. Want dat moest gezegd worden: er lag een zekere waardigheid in het werken voor Carlos. En er was geen gebrek aan vrijgevigheid. Dit begreep zijn legertje van zieke, oude mannen; hij maakte het einde van hun leven zinvol.

De koerier klemde zijn baret in zijn hand en bleef het gangpad aflopen tot aan de rij van biechtstoelen langs de linkermuur. Hij liep naar de vijfde biechtstoel, schoof het gordijntje opzij en stapte naar binnen; hij liet zijn ogen wennen aan het licht van een enkele kaars die opvlamde aan de andere kant van het doorzichtige gordijn dat priester scheidde van zondaar. Hij knielde neer op het houten bankje en keek naar het silhouet in de gewijde ruimte. Het was hetzelfde als steeds, de gedaante van een man in monnikshabijt, met de kap op het hoofd. De koerier verzette zich ertegen zich voor te stellen hoe hij eruitzag. Het lag hem niet om over zulke dingen te speculeren.

'Angelus Domini,' zei hij.

'Angelus Domini, kind van God,' fluisterde de gekapte gedaante. 'Zijn uw dagen zonder ongemak?'

'Ze zijn bijna ten einde,' zei de oude man en gaf daarmee het juiste antwoord, 'maar ze worden comfortabel gemaakt.'

'Goed. Het is belangrijk om op uw leeftijd een gevoel van zekerheid te hebben,' zei Carlos. 'Maar ter zake. Hebt u nadere berichten gekregen uit Zürich?'

'De uil is dood; twee anderen ook, mogelijk nog een derde. Een ander is zwaar gewond aan zijn hand; hij kan niet werken. Caïn is verdwenen. Ze geloven dat de vrouw bij hem is.'

'Een vreemde wending,' zei Carlos.

'Er is nog meer. De man die opdracht had haar te doden is ook verdwenen. Hij moest haar meenemen naar de Guisan Quai; niemand weet wat er gebeurd is.'

'Behalve dan dat er een bewaker is gedood in haar plaats. Het is mogelijk dat ze nooit gegijzeld is maar dat ze, in plaats daarvan, het aas was in een val. Een val waarin Caïn bijna zelf terechtkwam. Daarover wil ik nadenken... Intussen zijn dit mijn instructies. Bent u klaar?'

De oude man stak zijn hand in zijn zak en haalde er een stompje potlood uit en een stukje papier. 'Ik ben klaar.'

'Telefoneer met Zürich. Ik wil morgen een man in Parijs hebben die Caïn heeft gezien, die hem kan herkennen. Zürich moet ook contact opnemen met Koenig in de Gemeinschaft en hem zeggen dat hij zijn tape naar New York moet sturen. Hij moet dat doen vanuit het postkantoortje in het station Village.'

'Alstublieft,' onderbrak de bejaarde koerier hem. 'Deze oude handen schrijven niet meer zoals ze vroeger deden.'

'Neem me niet kwalijk,' fluisterde Carlos. 'Ik ben met mijn gedachten ergens anders. Het spijt me.'

'Geeft niets, geeft niets. Gaat u maar verder.'

'Ten slotte wil ik dat onze ploeg kamers huurt, hooguit een straat verder dan de bank aan de Rue Madeleine. Dit keer wordt de bank Caïns ondergang. De huichelaar zal gegrepen worden aan de bron van zijn misplaatste trots. Een koopje, even verachtelijk als hij zelf is... Tenzij hij iets anders is.'

11

Bourne keek van een afstand toe hoe Marie op het vliegveld van Bern de douane en de paspoortcontrole passeerde. Hij lette op of hij ergens tekenen van belangstelling of herkenning zag van iemand in de menigte rond het vertrekpunt van Air France. Het was vier uur in de middag, het piekuur voor vluchten naar Parijs, een tijdstip waarop bevoorrechte zakenlieden zich terughaastten naar de Lichtstad na saaie, zakelijke verplichtingen in de banken in Bern. Marie keek even over haar schouder terwijl ze door de uitgang liep; hij knikte, wachtte tot ze verdwenen was, en liep naar de wachtkamer van de Swiss Air. George B. Washburn had een reservering op het vliegtuig van halfvijf naar Orly.

Ze zouden elkaar later ontmoeten in een café dat Marie zich herinnerde van haar bezoeken in de tijd dat ze in Oxford was. Het heette Au Coin de Cluny langs de Boulevard Saint-Michel, enkele straten verwijderd van de Sorbonne. Voor geval het er niet meer was zou Jason haar treffen op de trappen van het Cluny Museum.

Bourne zou te laat zijn, wel in de buurt maar te laat. De Sorbonne had een van de grootste bibliotheken in heel Europa en ergens in die bibliotheek werden nummers van oude kranten bewaard. Universiteitsbibliotheken hielden zich niet aan de werktijden van rijksambtenaren; studenten maakten er 's avonds gebruik van. Dat zou hij ook doen zodra hij in Parijs was. Hij moest iets te weten komen.

Iedere dag lees ik de kranten. In drie talen. Een halfjaar geleden is er een man vermoord. Zijn dood stond op de voorpagina van elk van die kranten. Dat had een dikke man gezegd in Zürich.

Hij gaf zijn koffer in bewaring in de garderobe van de bibliotheek en liep naar de leeszaal op de tweede verdieping. De *Salle de Lecture* maakte daar deel van uit, de kranten lagen in liassen op rekken, de nummers gingen precies een jaar terug vanaf de dag van vandaag.

Hij liep langs de rekken, telde zes maanden terug en pakte er de kranten af voor de eerste tien weken voor die datum een halfjaar geleden. Hij nam ze mee naar de dichtstbijzijnde lege tafel en bladerde staande de ene voorpagina na de andere na, het ene nummer na het andere.

Beroemde mannen waren in hun bed gestorven, terwijl andere verklaringen hadden afgelegd; de dollar was gedaald en het goud gestegen; stakingen hadden alles lamgelegd en regeringen hadden geaarzeld tussen actie en werkloos toezien. Maar er was niemand vermoord die belangrijk genoeg was om een kop aan te besteden. Zoiets was niet voorgevallen – er was geen moordaanslag geweest.

Hij keerde terug naar de rekken en ging verder terug. Twee weken, twaalf weken, twintig weken. Bijna acht maanden. Niets.

Toen bedacht hij iets; hij was teruggegaan in de tijd, niet vooruit vanaf die datum een halfjaar geleden. Er kon naar beide kanten een fout zijn gemaakt; een paar dagen of een week of twee zelfs. Hij legde de liassen weer in het rek en trok de kranten te voorschijn van vier en vijf maanden geleden.

Vliegtuigen waren neergestort en bloedige revoluties uitgebroken; heilige mannen hadden gesproken en waren door andere heilige mannen tegengesproken; men had armoede en ziekte aangetroffen waar iedereen wist dat ze gevonden konden worden, maar er was geen belangrijke man vermoord.

Hij begon aan de laatste lias en met elke omgedraaide pagina trok de nevel van twijfel en schuld verder op. Had een zwetende, dikke man in Zürich gelogen? Waren het allemaal leugens? Totale leugens? Doorleefde hij op de een of andere manier een nachtmerrie die kon verdwijnen met...

AMBASSADEUR LELAND VERMOORD IN MARSEILLE!

De dikke, zwarte letters van de kop sprongen op van de pagina en deden hem pijn aan de ogen. Hij verbeeldde zich die pijn niet, het was een felle scheut die doordrong in zijn oogkassen en vlamde door zijn hoofd. Zijn adem stokte, zijn ogen waren gekluisterd aan de naam, LELAND. Hij kende die naam; hij kon zich het gezicht voorstellen, zag het helemaal vóór zich. Dikke wenkbrauwen onder een breed voorhoofd, een stompe neus, midden tussen hoge jukbeenderen en boven ongewoon dunne lippen, waarboven een perfect verzorgde, grijze snor. Hij kende het gezicht, hij kende de man. En de man was gedood door een enkel schot uit een geweer dat was afgevuurd vanuit een raam aan de waterkant. Ambassadeur Howard Leland was om vijf uur 's middags in Marseille over een pier gelopen. Zijn hoofd was totaal verbrijzeld.

Bourne hoefde de tweede paragraaf niet te lezen om te weten dat Howard Leland vroeger admiraal H. R. Leland was geweest van de Amerikaanse marine, totdat een tussentijdse benoeming tot directeur van de marine-inlichtingendienst vooraf was gegaan aan zijn post als ambassadeur aan de Quai d'Orsay in Parijs. En hij hoefde ook niet de passage door te nemen waarin gespeculeerd werd naar de motieven voor de moordaanslag. Hij was ervan op de hoogte. De belangrijkste functie van Leland in Parijs was geweest om de Franse regering ervan te weerhouden enorme wapenverkopen goed te keuren naar Afrika en het Midden-Oosten – vooral hele vloten Mirage-straalvliegtuigen. Hij was daar op verbazingwekkende manier in geslaagd en had er de woede door opgewekt van geïnteresseerde partijen langs heel de Middellandse Zee. Men nam aan dat hij gedood was vanwege die interventie; een straf en een waarschuwing voor anderen. Kopers en verkopers van de dood mochten niet worden lastig gevallen.

En de verkoper van de dood die hem had vermoord zou er veel geld voor hebben gekregen, ver verwijderd van het toneel van de aanslag, alle sporen uitgewist.

Zürich. Een koerier naar een man zonder benen; nog een naar een dikke man in een druk restaurant langs de Falkenstrasse.

Zürich

Marseille.

Jason sloot zijn ogen, de pijn was nu ondraaglijk. Vijf maanden geleden was hij uit zee opgevist en ze hadden aangenomen dat Marseille zijn beginpunt was geweest. En als het Marseille was, had de waterkant zijn ontsnappingsroute gevormd, was er daar een boot gehuurd die hem naar de wijde ruimte van de Middellandse Zee moest voeren. Alles klopte maar al te goed, elk stukje van de puzzel viel feilloos in het volgende. Hoe kon hij de dingen weten die hij wist, als hij niet die verkoper van de dood was geweest, vanuit een raam aan de waterkant in Marseille?

Hij opende zijn ogen en de pijn belette hem te denken, maar niet elke gedachte. Een besluit stond absoluut vast in zijn beperkte geheugen: Marie St. Jacques zou hij niet meer ontmoeten in Parijs.

Misschien zou hij haar nog weleens een brief schrijven en de dingen vertellen die hij haar nu moest onthouden. Als hij tenminste nog leefde en een brief kon schrijven. Nu konden geen woorden van dank of van liefde geschreven worden, geen enkele verklaring; zij zou tevergeefs op hem wachten. Hij moest afstand scheppen tussen hen; zij mocht niet betrokken zijn bij een verkoper van de dood. Zij had ongelijk gehad, zijn grootste angst was terecht geweest.

O, mijn gód. Hij kon het gezicht van Howard Leland voor de geest halen, zonder dat er een foto van hem op de pagina stond die voor hem lag! De voorpagina met de afschuwelijke kop die zoveel opriep. De datum. *Donderdag 26 augustus, Marseille.* Het was een dag die hij zich de rest van zijn verwrongen leven zou herinneren.

Donderdag, 26 augustus...

Er klopte iets niet. Wat was het? Wat was het? Donderdag...? Donderdag zei hem niets. De zesentwintigste augustus...? De zésentwintigste? Het kón de zesentwintigste niet zijn! De zesentwintigste was fout! Hij had het steeds maar weer gehoord. Het dagboek van Washburn – het verslag van zijn genezingsproces. Hoe vaak had Washburn niet teruggegrepen op elk feit, elke zin, elke dag en elk punt van zijn vooruitgang? Ontelbare malen. Te vaak om dat te vergeten!

Je werd aan mijn deur afgeleverd in de ochtend van dinsdag, vierentwintig augustus, om precies twintig minuten over acht. Je conditie was...

Dinsdag, 24 augustus.

24 augustus.

Hij was niet in Marseille op de zesentwintigste! Hij kon geen geweer hebben afgevuurd vanuit een raam aan de waterkant. Hij was niet die brenger van de dood in Marseille; hij had Howard Leland niet vermoord!

Een halfjaar geleden werd er een man vermoord...

Het was bíjna een halfjaar geleden maar niet exact. En hij had die man niet vermoord; hij lag half dood in het huis van een drinkebroer op Ile de Port Noir.

De nevel trok op, de pijn verdween. Hij werd vervuld van een uitgelaten gevoel; hij was een aperte leugen tegengekomen! Als er een was konden er ook meer zijn!

Bourne keek op zijn horloge; het was kwart over negen. Marie was al weg uit het café; ze wachtte op hem op de trappen van het Cluny Museum. Hij legde de kranten terug in de rekken en liep toen naar de kathedraalachtige deur van de leeszaal, een man die haast had.

Hij liep de Boulevard Saint-Michel op, begon met elke stap sneller te lopen. Hij had duidelijk het gevoel alsof hij uitstel van executie had gekregen en hij wilde die zeldzame ervaring delen. Heel even was hij buiten de gewelddadige duisternis, uit de beukende golven, hij had een sprankje zonlicht gevonden – zoals de momenten en het zonlicht die een kamer in een dorpsherberg hadden vervuld – en hij moest degene bereiken die hem dat had gegeven. Haar bereiken en haar vasthouden en haar vertellen dat er nog hoop was.

Hij zag haar op de treden, met haar armen gevouwen tegen de maartwind die vanaf de boulevard woei. Eerst zag ze hem niet omdat haar ogen de door bomen omzoomde straat afzochten. Ze was rusteloos, bezorgd, een ongeduldige vrouw die bang was dat ze niet zou zien wat ze wilde zien, bevreesd dat het er niet zou zijn.

Tien minuten geleden zou hij er ook niet zijn geweest.

Ze zag hem. Haar gezicht begon te stralen, de glimlach kwam te voorschijn, een glimlach vol leven. Ze rende op hem af toen hij de trappen op kwam stormen naar haar toe. Ze vielen elkaar in de armen en even zeiden ze geen van beiden iets, een warme eenheid op de Saint-Michel.

'Ik heb gewacht en gewácht,' fluisterde ze ten slotte. 'Ik was zo bang, zo ongerust. Is er iets gebeurd? Is alles goed met je?'

'Met mij gaat het prima. In lange tijd niet zo goed geweest.'

'Wat?'

Hij pakte haar schouders vast. '"Een halfjaar geleden werd er een man vermoord..." Weet je nog?'

De vreugde trok weg uit haar ogen. 'Ja, ik weet het nog.'

'Ik heb hem niet vermoord,' zei Bourne. 'Dat was onmogelijk.'

Ze vonden een klein hotelletje in een zijstraatje van de drukke Boulevard Montparnasse. De hal en de kamers waren kaal en versleten maar er was iets dat herinnerde aan vergeten elegantie en dat verleende er een sfeer van tijdloosheid aan. Het was een rustige verblijfplaats, gesitueerd in het midden van een kermis, en hij klemde zich vast aan zijn individualiteit door de tijden te accepteren zonder er zich bij aan te sluiten.

Jason sloot de deur en knikte tegen de witharige etagekelner, wiens onverschilligheid veranderd was in inschikkelijkheid na het ontvangen van een biljet van twintig franc.

'Hij denkt dat je een of andere kapelaan uit de provincie bent die zich verkneukelt bij het nachtje dat komen gaat,' zei Marie. 'Ik hoop dat je gezien hebt dat ik meteen op het bed afliep.'

'Hij heet Herve en hij zal ons uitstekend verzorgen. Hij is niet van plan iemand in zijn rijkdom te laten delen.' Hij liep op haar af en nam haar in zijn armen. 'Bedankt voor mijn leven,' zei hij.

'Graag gedaan, beste vriend.' Ze vatte zijn gezicht in haar handen. 'Maar laat me nooit meer zo wachten. Ik werd zowat gek; ik kon er alleen maar aan denken dat iemand je had herkend... dat er iets vreselijks was gebeurd.'

'Vergeet niet dat niemand weet hoe ikeruitzie.'

'Reken daar niet te vast op. Er waren vier mannen in de Steppdeckstrasse, plus die rotzak aan de Guisan Quai. Die leven nog, Jason. Die hebben jou gezien.'

'Niet echt. Ze zagen een man met donker haar en met verband om zijn hals en zijn hoofd, die hinkte. Twee hebben me maar van dichtbij gezien: de man op de tweede verdieping en dat zwijn in de Guisan. De eerste zal voorlopig Zürich niet verlaten; hij kan niet lopen en er is niet veel meer over van zijn hand. De tweede kreeg het licht van die zaklantaarn in zijn ogen; ik niet.'

Ze liet hem los met fronsende wenkbrauwen terwijl haar waakzame geest zich bezighield met vragen. 'Je kunt er niet zeker van zijn. Ze waren er; ze zagen je.'

Als je je haar verandert... dan verandert je gezicht. Geoffrey Washburn, Ile de Port Noir.

'Ik herhaal het, ze zagen een man met donker haar in de schaduw. Hoe goed kun jij omgaan met een sterk verdunde oplossing van peroxide?'

'Dat heb ik nog nooit gebruikt.'

'Dan ga ik morgen op zoek naar een winkel. Montparnasse is daar echt een plaats voor. Ze zeggen immers dat blondjes veel meer plezier hebben?'

Ze bekeek aandachtig zijn gelaat. 'Ik probeer me voor te stellen hoe je eruit zult zien.'

'Anders. Niet veel, maar genoeg.'

'Misschien heb je gelijk. Ik hoop in 's hemelsnaam dat het zo is.' Ze kuste hem op de wang, voor haar een inleiding tot praten. 'Vertel me nou eens wat er gebeurd is. Wat ben je te weten gekomen over dat... voorval, een halfjaar geleden?'

'Het was geen halfjaar geleden en juist daarom kon ik hem niet vermoord hebben.' Hij vertelde haar alles, behalve over die paar korte momenten toen hij dacht dat hij haar nooit meer zou zien. Dat hoefde niet; zij sprak het uit in zijn plaats.

'Als die datum niet zo vast in je herinnering had gezeten, dan zou je niet meer naar mij zijn teruggekomen, is 't niet?'

Hij schudde het hoofd. 'Waarschijnlijk niet.'

'Ik wist het. Ik heb het gevoeld. Een kort moment, toen ik van het café naar de trappen van het museum liep, kon ik nauwelijks ademhalen. Het was of ik stikte. Kun je dat geloven?'

'Ik wil het niet geloven.'

'Ik ook niet, maar het is wel gebeurd.'

Ze zaten, zij op het bed, hij in de enige leunstoel die er vlak naast stond. Hij pakte haar hand. 'Ik weet nog steeds niet zeker of ik hier wel hoor te zijn... ik kénde die man, ik heb zijn gezicht gezien, ik was in Marseille, achtenveertig uur voordat hij werd vermoord!'

'Maar je hebt hem niet vermoord.'

'Waarom was ik daar dan? Waarom denkt men dat ik het wel heb gedaan? Verdomme, het is om gek van te worden!' Hij sprong op uit de stoel en de pijn was weer terug in zijn ogen. 'Maar ik vergeet iets. Ik ben toch immers gek? Want ik heb... jaren, misschien een heel leven, vergeten.'

Marie sprak heel zakelijk, zonder medelijden in haar stem. 'De antwoorden komen wel weer terug. Vanuit de een of andere bron en ten slotte vanuit jezelf.'

'Dat is misschien niet mogelijk. Washburn zei dat het zoiets was als blokjes die verschoven waren, verschillende tunnels... verschillende ramen.' Jason liep naar het venster, leunde op de vensterbank en keek neer op de lichten van Montparnasse. 'Ik zal niet meer hetzelfde zien, nooit meer. Ergens daarbuiten zijn mensen die ik ken, die mij kennen. Een paar duizend kilometer verder zijn andere mensen om wie ik geef en niet geef... Of, mijn god, misschien een vrouw en kinderen, ik weet het niet. Ik blijf maar rondtollen op de wind, steeds maar in het rond, en ik kan niet op de grond komen. Telkens wanneer ik het probeer word ik weer teruggesmeten.'

'De lucht in?' vroeg Marie.

'Ja.'

'Je bent uit een vliegtuig gesprongen,' zei ze, een simpele constatering.

Bourne keerde zich om. 'Dat heb ik je nooit verteld.'

'Je praatte er laatst op een nacht over in je slaap. Je zweette; je gezicht was rood aangelopen en ik moest het afwrijven met een handdoek.'

'Waarom heb je niets gezegd?'

'Dat heb ik gedaan. Ik heb je gevraagd of je piloot was of dat je bang was voor vliegen. Vooral 's nachts.'

'Ik wist niet waarover je het had. Waarom heb je niet aangedrongen?'

'Dat durfde ik niet. Je was bijna hysterisch en van zulke zaken heb ik geen verstand. Ik kan je helpen je geheugen terug te krijgen, maar ik kan me niet bemoeien met je onderbewustzijn. Ik vind niet dat iedereen voor dokter moet spelen.'

'Dokter? Ik heb, verdomme, zowat een halfjaar bij een dokter gezeten.'

'Van wat je me over hem hebt verteld zou ik zeggen dat je weleens een ander zou mogen consulteren.'

'Dat doe ik niet!' antwoordde hij, in de war door zijn eigen woede.

'Waarom niet?' Marie stond op van het bed. 'Je hebt hulp nodig, schat. Een psychiater zou...'

'Néé!' Hij schreeuwde het uit, ondanks zichzelf, woedend op zichzelf. 'Dat doe ik niet. Dat kán ik niet.'

'Vertel me dan alsjeblieft eens waarom?' vroeg ze rustig terwijl ze voor hem ging staan.

'Ik... ik... kan dat niet doen.'

'Vertel me alleen maar waarom, meer niet.'

Bourne staarde haar aan, keerde zich toen om en keek weer uit het raam. 'Omdat ik écht bang ben. Iemand heeft er gelogen en daarvoor was ik dankbaarder dan ik je kan zeggen. Maar stel dat er verder geen leugens meer zijn, stel dat de rest waar is. Wat moet ik dan doen?'

'Wil je beweren dat je het niet te weten wilt komen?'

'Niet op die manier.' Hij ging rechtop staan en leunde tegen het raamkozijn, zijn ogen nog steeds op de lichten beneden gericht. 'Probeer me te begrijpen,' zei hij. 'Ik moet bepaalde dingen weten... genoeg om een besluit te nemen... maar misschien niet alles. Een deel van me moet in staat zijn om te verdwijnen. Ik moet tegen mezelf kunnen zeggen: wat er geweest is, is er nu niet meer en er is een mogelijkheid dat het nóóit bestaan heeft omdat ik het me niet herinner. Wat iemand zich niet kan herinneren heeft niet bestaan... voor hem tenminste niet.' Hij keerde zich weer naar haar toe. 'Wat ik je probeer te zeggen is dat het zo misschien beter is.'

'Je wilt bewijsmateriaal, maar geen onomstotelijk bewijs, wil je dat zeggen?'

'Ik wil pijlen zien die in de een of andere richting wijzen, die me zeggen of ik weg moet lopen of niet.'

'Die het jóú zeggen. Hoe zit het met óns?'

'Dat komt wel met de pijlen, waar of niet. Dat weet je.'

'Laten we ze dan gaan zoeken,' antwoordde ze.

'Wees voorzichtig. Misschien kun je wel niet leven met wat we daar vinden. Dat meen ik.'

'Ik kan met jou leven. En dat meen ik.' Ze stak haar hand op en raakte zijn gezicht aan. 'Schiet op. In Ontario is het nog geen vijf uur en ik kan Peter nog bereiken op kantoor. Hij kan beginnen met het onderzoek naar Treadstone... en hij kan ons de naam geven van iemand hier aan de ambassade die ons kan helpen.'

'Ga je Peter vertellen dat je in Parijs bent?'

'Dat hoort hij toch van de telefoniste, maar het gesprek zal niet na te trekken zijn naar dit hotel. En maak je geen zorgen, ik zal alles zakelijk houden, een beetje nonchalant zelfs. Ik ben voor een paar dagen naar Parijs gegaan omdat mijn familieleden in Lyon gewoon stomvervelend waren. Dat accepteert hij wel.'

'Zou hij iemand kennen hier aan de ambassade?'

'Peter zorgt ervoor dat hij overal mensen kent. Dat is een van zijn bruikbare maar minder aangename trekjes.'

Bourne pakte hun jassen. 'Als je gebeld hebt gaan we eten. Volgens mij zijn we beiden aan een borrel toe.'

'Laten we even langs de bank lopen aan de Rue Madeleine. Ik wil iets zien.'

'Wat kun je daar 's avonds zien?'

'Een telefooncel. Ik hoop dat er eentje in de buurt is.'

Er was er een. Aan de overkant van de straat, schuin tegenover de ingang.

De lange, blonde man met de uilenbril keek op zijn horloge onder de stralen van de middagzon aan de Rue Madeleine. De trottoirs waren vol mensen, het verkeer in de straat erg druk, zoals overal in Parijs. Hij ging de telefooncel in en haalde het snoer van de hoorn uit de war, die vol knopen aan het toestel had gebungeld. Het was een beleefd teken aan de volgende die het toestel wilde gebruiken dat het defect was; het verkleinde de kans dat de cel weer bezet zou raken. Het had gewerkt.

Hij keek opnieuw op zijn horloge; het afgesproken tijdsverloop was begonnen. Marie was in het bankgebouw. Ze zou binnen enkele minuten bellen. Hij haalde een aantal verschillende munten uit zijn zak, legde die op de richel en leunde tegen de glazen wand, zijn blik gericht op de bank aan de overkant van de straat. Het zonlicht werd wat getemperd door een wolk en hij kon zijn spiegelbeeld zien in het glas. Wat hij zag beviel hem en hij herinnerde zich de verbaasde reactie van een kapper in Montparnasse die hem in een cabine van gordijnen had ingesloten terwijl hij hem blondeerde. De wolk trok weg, het zonlicht kwam terug en de telefoon ging over.

'Ben jij het?' vroeg Marie St. Jacques.

'Ik ben het,' zei Bourne.

'Zorg dat je de naam en de plaats van het kantoor te pakken krijgt. En spreek je Frans wat onbeholpen. Spreek maar een paar woorden verkeerd uit, dan weet hij dat je Amerikaan bent. Zeg hem dat je niet gewend bent aan de telefoons in Parijs. Dan doe je alles in de afgesproken volgorde. Ik bel je terug over precies vijf minuten.'

'Tijd loopt.'

'Wat?'

'Niets. Ik bedoel, laten we maar beginnen.'

'Goed dan... De tijd loopt. Veel geluk.'

'Bedankt.' Jason drukte de haak omlaag, liet hem los en draaide het nummer dat hij uit zijn hoofd had geleerd.

'La Banque de Valois. *Bonjour*.'

'Ik heb hulp nodig,' zei Bourne en hij ging verder met ongeveer de woorden te gebruiken die Marie hem gezegd had. 'Ik heb pas vrij grote bedragen overgemaakt vanuit Zwitserland, via de koerier. Ik zou graag willen weten of die al zijn bijgeschreven.'

'Dat is dan onze afdeling Buitenlandse Rekeningen, meneer. Ik verbind u door.'

Een klik, toen weer een vrouwenstem. 'Buitenlandse Rekeningen.'

Jason herhaalde zijn verzoek.

'Mag ik uw naam, alstublieft?'

'Ik zou liever met een functionaris van de bank spreken, voordat ik die geef.'

Even was het stil. 'Heel goed, meneer. Ik verbind u door met het kantoor van vice-president d'Amacourt.'

De secretaresse van monsieur d'Amacourt was niet zo gemakkelijk, het afschermingsproces van de bank was kennelijk in werking gesteld, zoals Marie had voorspeld. Daarom gebruikte Bourne nogmaals de woorden van Marie. 'Ik spreek over een overdracht vanuit Zürich, van de Gemeinschaft Bank aan de Bahnhofstrasse en het gaat om een bedrag in de zeven cijfers. Monsieur d'Amacourt, *s'il vous plaît*. Ik heb maar heel weinig tijd.'

Voor een secretaresse ging het te ver om de oorzaak te zijn van nog meer oponthoud. Een stomverbaasde vice-president kwam aan de lijn. 'Kan ik u helpen?'

'Bent u d'Amacourt?' vroeg Jason.

'Ik ben Antoine d'Amacourt, jazeker. En met wie, als ik vragen mag, heb ik het genoegen?'

'Goed! Ze hadden me uw naam in Zürich moeten geven. Ik zal er de volgende keer zeker van zijn,' zei Bourne, met opzet overtollige woorden gebruikend en met een Amerikaans accent.

'Neemt u me niet kwalijk? Zou het gemakkelijker voor u zijn om Engels te spreken, monsieur?'

'Ja,' antwoordde Jason in het Engels. 'Ik heb het al moeilijk genoeg met die verdomde telefoon hier.' Hij keek op zijn horloge; hij had minder dan twee minuten. 'Mijn naam is Bourne, Jason Bourne en acht dagen geleden heb ik vier en een half miljoen franc overgemaakt van de Gemeinschaft Bank in Zürich. Ze hebben me verzekerd dat de transactie vertrouwelijk zou zijn...'

'Alle transacties zijn vertrouwelijk, meneer.'

'Fijn. Goed zo. Wat ik wil weten is of alles is bijgeschreven?'

'Ik moet u vertellen,' ging de bankemployé verder, 'dat de geheimhouding inhoudt dat we geen onbeperkte informatie geven over dergelijke transacties via de telefoon aan onbekenden.'

Marie had gelijk gehad en Jason begreep de logica van haar valstrik nu ook beter.

'Dat zou ik denken, maar zoals ik uw secretaresse al zei heb ik haast. Ik ga over een paar uur uit Parijs weg en ik moet alles in orde maken.'

'Dan stel ik voor dat u naar de bank komt.'

'Dat weet ik ook wel,' zei Bourne, gerustgesteld omdat de conversatie precies zo verliep als Marie had voorzien. 'Ik wil alleen maar dat alles in gereedheid is wanneer ik daar kom. Waar is uw kantoor?'

'Op de benedenverdieping, monsieur. Achteraan, voorbij het hek, middelste deur. Er is een receptioniste.'

'En ik heb alleen met u te maken, klopt dat?'

'Als u dat wenst, ofschoon iedere employé...'

'Luister eens, man,' riep de onbeschofte Amerikaan uit, 'we hebben het over vier miljoen franc!'

'Alleen met mij, monsieur Bourne.'

'Fijn. Goed zo.' Jason legde zijn vingers op de haak. Hij had nog vijftien seconden. 'Luister, het is nu twee uur vijfendertig... nu...' Hij drukte de haak twee keer neer, onderbrak de lijn zonder de verbinding te verbreken. 'Hallo? Hallo?'

'Ik ben er nog, monsieur.'

'Verdomde telefoons! Luister ik zal...' Hij drukte weer op de haak, nu drie keer snel achter elkaar. 'Hallo? Hallo?'

'Monsieur, alstublieft, als u mij uw telefoonnummer wilt geven.'

'Centrale? Centrale!?'

'Monsieur Bourne, alstublieft...'

'Ik hoor u niet meer!' Vier seconden, drie seconden, twee seconden. 'Wacht even. Ik bel u terug.' Hij hield de haak omlaag en verbrak de verbinding. Er verliepen weer drie seconden en de telefoon ging over; hij pakte de hoorn. 'Zijn naam is d'Amacourt, kantoor op de benedenverdieping, achterkant, middelste deur.'

'Ik heb het,' zei Marie en ze hing op.

Bourne draaide de bank opnieuw en stopte weer munten in de gleuf. '*Je parlais avec monsieur d'Amacourt quand on m'a coupé...*'

'*Je regrette, monsieur.*'

'Monsieur Bourne?'

'd'Amacourt?'

'Ja, het spijt me verschrikkelijk dat u zoveel moeilijkheden hebt. Wat zei u ook al weer? Wat de tijd betreft?'

'O, ja, het is nu iets later dan halfdrie. Ik ben tegen drieën bij u.'

'Het zal me een genoegen zijn u te ontmoeten, monsieur.'

Jason legde weer een knoop in het snoer, liet de hoorn bungelen, verliet de cel en drong door de mensenmenigte heen naar de schaduw van een winkelluifel. Hij keerde zich om en wachtte, zijn ogen gericht op de bank aan de overkant. Hij dacht terug aan een andere bank in Zürich en het geluid van sirenes in de Bahnhofstrasse. De volgende twintig minuten zouden duidelijk maken of Marie gelijk had of niet. Als ze gelijk had zouden er geen sirenes weerklinken op de Rue Madeleine.

De slanke vrouw met de breedgerande hoed op, die de zijkant van haar gelaat gedeeltelijk bedekte, hing de hoorn op de haak van de openbare telefoon aan de muur, rechts van de ingang van de bank. Ze opende haar handtas, haalde er een poederdoos uit en deed alsof ze haar make-up inspecteerde. Ze hield het spiegeltje eerst naar links gericht, toen naar rechts. Tevreden stak ze haar poederdoos weer in de handtas, knipte die dicht en liep langs de balies van de caissières naar de achterzijde van de benedenverdieping. Ze hield stil bij een balie in het midden, pakte een ballpoint aan een kettinkje op en begon lukraak cijfers te schrijven op een formulier op het marmeren blad. Op iets meer dan drie meter van haar vandaan was er een klein hek tussen koperen stijlen, van waaruit van links en rechts een lage, houten reling over de hele breedte van de hal liep. Achter het hek en de reling stonden de bureaus van de lagere beambten en daarachter de bureaus van de privé-secretaresses – vijf bij elkaar – voor vijf deuren in de achtermuur. Marie las de naam die in gouden schrijfletters op de middelste deur was geschilderd.

M.A.R. D'AMACOURT – VICE-PRÉSIDENT
COMPTES Á L ÉTRANGER ET DEVISES

Het kon nu elk moment gebeuren... als het ging gebeuren, als zij gelijk had. Maar eerst moest ze weten hoe M.A.R. d'Amacourt eruitzag, want hij zou de man zijn die Jason kon bereiken. Bereiken en met hem praten, maar niet in de bank.

Het gebeurde. Op een beheerste manier gebeurde er even van alles tegelijk. De secretaresse aan het bureau voor het kantoor van d'Amacourt haastte zich naar binnen, kwam er een halve minuut later weer uit en pakte de telefoon. Ze draaide drie nummers – een interne lijn – en las iets van een blocnote.

Twee minuten gingen voorbij; de deur van het kantoor van d'Amacourt ging open en de vice-president stond in de deuropening, een ongeruste functionaris die zijn ongeduld toonde over een oponthoud dat niet mocht voorkomen. Hij was een man van middelbare leeftijd met een gezicht dat ouder was dan zijn jaren, maar die zijn best deed om jonger te lijken. Zijn dunne haar was gefriseerd en geborsteld om de kale plekken te verbergen; zijn ogen lagen gebed in vleesrolletjes, die getuigenis aflegden van vele uren met goede wijn. Diezelfde ogen waren kil en zwierven rond, het teken van een veeleisend man die zijn omgeving niet vertrouwde. Hij blafte een vraag naar zijn secretaresse; zij schuifelde in haar stoel en deed haar best haar kalmte te bewaren.

d'Amacourt liep zijn kantoor weer in zonder de deur te sluiten, de kooi van een boos, katachtig dier die werd opengelaten. Weer ging een minuut voorbij; de secretaresse bleef naar rechts kijken, keek naar iets – wachtte op iets. Toen ze het zag ademde ze diep uit en sloot even haar ogen van opluchting.

Aan de uiterst linkse muur verscheen plotseling een groen lichtje boven twee panelen van donker hout; er werd een lift gebruikt. Seconden later ging de deur open en er kwam een elegante man op leeftijd te voorschijn met een klein, zwart etui. Marie staarde ernaar en voelde zowel voldoening als vrees; ze had het bij het rechte eind gehad. Het zwarte etui was uit een vertrouwelijk dossier gehaald in een kluis en vrijgegeven door een man die absoluut betrouwbaar was – de gestalte op leeftijd die langs de rijen bureaus naar het kantoor van d'Amacourt liep.

De secretaresse stond op van haar stoel, begroette de hogere functionaris en liep met hem mee het kantoor van d'Amacourt in. Ze kwam onmiddellijk weer naar buiten en sloot de deur achter zich.

Marie keek op haar horloge en volgde met haar ogen de secondewijzer. Ze kon zekerder van haar zaak zijn wanneer ze kans zag door het hek te komen en even ongestoord te kijken op het bureau van de secretaresse. Als het ging gebeuren moest het nu direct gebeuren, maar heel even.

Ze liep naar het hek, opende haar handtas en glimlachte onbenullig tegen de receptioniste die aan het telefoneren was. Ze vormde met haar lippen de naam d'Amacourt naar de verbaasde receptioniste en opende het hek. Ze stapte snel naar binnen, als een vastberaden maar niet bijster snuggere cliënte van de Valois Bank.

'*Pardon, madame...*' De receptioniste hield haar hand over de hoorn en sprak snel in het Frans: 'Kan ik u van dienst zijn?'

Weer sprak Marie de naam uit met haar lippen – nu een beleefde cliënte die laat was voor een afspraak en die een employé die het druk had niet tot last wilde zijn. 'Monsieur d'Amacourt. Ik ben bang dat ik te laat ben. Ik loop wel even naar zijn secretaresse.' Ze bleef door het gangpad lopen naar het bureau van de secretaresse.

'Alstublieft, madame,' riep de receptioniste. 'Ik moet u...'

Het gezoem van de elektrische schrijfmachines en de gedempte gesprekken deden haar woorden verloren gaan. Marie naderde de streng kijkende secretaresse die opkeek, even verbaasd als de receptioniste.

'Ja? Kan ik u van dienst zijn?'

'Monsieur d'Amacourt, alstublieft.'

'Ik ben bang dat hij in bespreking is, madame. Hebt u een afspraak?'

'O, ja, natuurlijk,' zei Marie en ze opende haar handtas weer.

De secretaresse keek op het getypte schema op haar bureau. 'Ik ben bang dat ik hier niemand heb staan voor dit tijdstip.'

'Och, hemeltje!' riep de verwarde cliënte van de Valois Bank uit. 'Ik zie het, het is een afspraak voor morgen, niet voor vandaag! Het spijt me heel erg.'

Ze keerde zich om en liep snel terug naar het hek. Ze had gezien wat ze wilde zien, het laatste stukje bewijsmateriaal. Op de telefoon van d'Amacourt was een enkele knop verlicht; hij sprak buiten zijn secretaresse om op een buitenlijn. Aan de rekening die toebehoorde aan Jason Bourne waren specifieke, vertrouwelijke instructies verbonden die niet bekend mochten worden gemaakt aan de rekeninghouder.

Bourne keek op zijn horloge; het was elf minuten voor drie. Marie zou weer bij de telefoon staan voor in de bank, een paar ogen in het gebouw. De volgende paar minuten zouden hem het antwoord verschaffen; misschien wist zij het al.

Hij schuifelde naar de linkerkant van de etalageruit en bleef de ingang van de bank in het oog houden. Een typiste daarbinnen glimlachte tegen hem en deed hem eraan denken dat hij moest vermijden op te vallen. Hij stak een sigaret op en keek weer op zijn horloge. Acht minuten voor drie.

En toen zag hij hen. Hém. Drie goedgeklede mannen die snel de Rue Madeleine inliepen; ze spraken met elkaar maar hun ogen waren recht vooruit gericht. Ze passeerden de voetgangers voor hen en verontschuldigden zich met een beleefdheid die niet helemaal Parijs was. Jason concentreerde zich op de man in het midden. Hij was het. Een man die Johann heette!

Geef Johann een teken dat hij naar binnen moet gaan. We komen hem wel ophalen. Een lange, magere man met een bril op met gouden montuur had die woorden gesproken in de Steppdeckstrasse. Johann. Ze hadden hem vanuit Zürich hierheen gestuurd; hij had Jason Bourne gezien. En dat vertelde hem iets: er bestonden geen foto's.

De drie mannen bereikten de ingang. Johann en de man rechts van hem gingen naar binnen; de derde man bleef bij de deur staan. Bourne begon terug te lopen naar de telefooncel; hij zou vier minuten wachten en dan zijn laatste gesprek voeren met d'Amacourt.

Hij liet buiten de cel zijn sigaret vallen, drukte hem uit onder zijn voet en opende de deur.

'*Regardez!*' klonk een stem achter hem.

Jason draaide zich snel om en hield zijn adem in. Een onopvallende man met een stoppelbaard wees naar het telefoontoestel. '*Pardon?*'

'*Le téléphone. Il ne marche pas. La corde est en noeud.*'

'*Oh? Merci. Maintenant j'essayerai. Merci bien.*'

De man haalde zijn schouders op en liep verder. Bourne stapte de cel in, de vier minuten waren voorbij. Hij haalde de munten uit zijn zak – voldoende voor twee gesprekken – en draaide het eerste nummer.

'*La Banque de Valois. Bonjour.*'

Tien seconden later had hij d'Amacourt aan de lijn, zijn stem klonk ongerust. 'Bent u dat, monsieur Bourne? Ik dacht dat u zei dat u op weg was naar mijn kantoor.'

'Het spijt me, de plannen zijn veranderd. Ik zal u morgen moeten bellen.' Plotseling zag Jason door het glazen paneel van de cel een auto geparkeerd worden aan de overkant van de straat voor de bank. De derde man die bij de ingang stond knikte naar de bestuurder.

'...ik kan doen?' d'Amacourt had iets gevraagd.

'Pardon?'

'Ik vroeg of er iets was wat ik voor u kan doen. Ik heb uw rekening; alles ligt hier voor u klaar.'

Daar ben ik zeker van, dacht Bourne; het trucje was de moeite van het proberen waard. 'Luister, ik moet vanmiddag naar Londen. Ik ga met een van de pendelvluchten, maar morgen ben ik terug. Wilt u alles bij u houden, kan dat?'

'Naar Londen, monsieur?'

'Ik bel u morgen wel. Ik moet een taxi zien te krijgen naar Orly.' Hij hing de hoorn op en bleef de ingang van de bank in de gaten houden.

Binnen een halve minuut kwamen Johann en zijn metgezel naar buiten rennen; ze spraken met de derde man, toen stapten ze alledrie in de wachtende auto.

De ontsnappingsauto voor de moordenaars zette de jacht nog voort, was nu op weg naar Orly. Jason prentte het nummerbord in zijn geheugen en draaide toen zijn tweede nummer. Als de openbare telefoon in de bank niet werd gebruikt zou Marie de hoorn opnemen als de bel nog maar net begon te rinkelen. Dat deed ze.

'Ja?'

'Heb je iets gezien?'

'Een heleboel. Je moet d'Amacourt hebben.'

12

Ze liepen door de winkel, van de ene toonbank naar de andere. Marie bleef echter in de buurt van de brede etalage en hield voortdurend het oog gericht op de ingang van de bank aan de overzijde van de Rue Madeleine.

'Ik heb twee sjaals voor je uitgezocht,' zei Bourne.

'Dat had je niet moeten doen,' antwoordde Marie. 'De prijzen zijn veel te hoog.'

'Het is bijna vier uur. Als hij nu onderhand nog niet naar buiten is gekomen, dan komt hij pas aan het einde van de kantoortijd.'

'Waarschijnlijk niet. Als hij een afspraak had zou hij nu naar buiten zijn gekomen. Maar we moesten het weten.'

'Geloof mij maar, zijn vriendjes zitten op Orly en rennen van de ene pendeldienst naar de andere. Ze kunnen op geen enkele manier uitvinden of ik geboekt heb of niet, omdat ze niet weten welke naam ik zal gebruiken.'

'Ze zullen erop vertrouwen dat de man uit Zürich je herkent.'

'Hij kijkt uit naar een man met donker haar die hinkt, niet naar mij. Kom op, laten we de bank binnengaan. Jij kunt d'Amacourt aanwijzen.'

'Dat kunnen we niet doen,' zei Marie terwijl ze haar hoofd schudde. 'De camera's aan het plafond hebben een groothoeklens. Als ze de video-band af laten lopen zouden ze je kunnen ontdekken.'

'Een blonde man met een bril op?'

'Of mij. Ik was daar; de receptioniste of de secretaresse zouden me kunnen identificeren.'

'Nou beweer je dat het daarbinnen een complete samenzwering is. Dat betwijfel ik.'

'Ze kunnen allerlei redenen bedenken waarom ze de band willen laten teruglopen.' Marie zweeg; ze pakte Jasons arm vast met haar ogen gericht op de bank buiten het raam. 'Daar is hij! Die man in die overjas met de zwarte, fluwelen kraag, d'Amacourt.'

'Die zijn mouwen omlaag trekt?'

'Ja.'

'Ik heb hem. Ik zie je wel weer in het hotel.'

'Wees voorzichtig. Heel voorzichtig.'

'Betaal even voor de sjaals; ze liggen op de toonbank achterin.'

Jason verliet de winkel. Hij kneep zijn ogen dicht tegen het zonlicht buiten de luifel en keek uit naar een mogelijkheid om de straat te kunnen oversteken; er was er geen. d'Amacourt was rechtsaf geslagen en liep op zijn gemak; hij zag er niet uit als een man die haast had. Hij zag er, integendeel, een beetje uit als een verfomfaaide pauw.

Bourne bereikte de hoek en stak over op het groene voetgangerslicht. Hij ging achter de bankier lopen. d'Amacourt hield stil bij een krantenkiosk om een avondblad te kopen. Jason bleef staan voor een winkel in sportartikelen en vervolgde zijn weg toen de bankier de straat verder afliep.

Voor hen lag een café met donkere ramen en een ingang in zwaar hout met plomp beslag op de deur. Je kon je gemakkelijk het interieur voorstellen; het was een plek waar mannen een borrel kwamen drinken en waar vrouwen met mannen meekwamen over wie andere mannen zouden zwijgen. Hij kon daar best een rustig praatje houden met Antoine d'Amacourt. Jason versnelde zijn pas en ging naast de bankier lopen. Hij sprak in het wat moeizame Engelse Frans dat hij over de telefoon had gebruikt.

'*Bonjour, monsieur. Je... pense que vous... êtes monsieur d'Amacourt.* Ik geloof wel dat ik gelijk heb, waar of niet?'

De bankier hield stil. Zijn kille ogen vertoonden angst bij de herinnering. De pauw schrompelde nog verder weg in zijn getailleerde overjas. 'Bourne?' fluisterde hij.

'Uw vrienden moeten onderhand erg in de war zijn. Ik verwacht dat ze heel Orly afrennen en zich afvragen of u hun verkeerde informatie verstrekt hebt. Misschien met opzet.'

'Wát?' De angstige ogen puilden uit.

'Laten we hier maar naar binnen gaan,' zei Jason terwijl hij d'Amacourts arm stevig vastgreep. 'Ik geloof dat we maar eens moesten praten.'

'Ik weet helemaal niets. Ik heb enkel gedaan wat de rekening vereiste. Ik ben er niet bij betrokken!'

'Het spijt me. Toen ik de eerste keer met u sprak zei u dat u het soort bankrekening waarover ik het had niet over de telefoon wenste te bevestigen; u wilde geen zaken bespreken met iemand die u niet kende. Maar twintig minuten later zei u dat u alles voor me klaar had liggen. Dat is toch een bevestiging, waar of niet? Laten we maar naar binnen gaan.'

Het café was een soort miniatuur-uitvoering van de Drei Alpenhäuser in Zürich. Er waren diepe compartimenten, met hoge afscheidingen er tussen en gedempt licht. Maar daar hield de vergelijking op; het café aan de Rue Madeleine wás compleet Frans, met karaffen wijn in de plaats van pullen bier. Bourne vroeg om een compartiment in de hoek; de kelner bezorgde hem er een.

'Neem een borrel,' zei Jason. 'Die zult u nodig hebben.'

'Dat zegt u,' antwoordde de bankier koel. 'Graag een whisky.'

De drank werd snel gebracht en ondertussen trok d'Amacourt nerveus een pakje sigaretten onder zijn nauwsluitende overjas vandaan. Bourne stak een lucifer aan en hield die dicht bij het gezicht van de bankier. Heel dichtbij.

'*Merci.*' d'Amacourt inhaleerde, nam zijn sigaret uit de mond en dronk het kleine glas whisky half leeg. 'Ik ben de man niet met wie u moet praten,' zei hij.

'Wie dan wel?'

'De eigenaar van de bank misschien. Ik weet het niet, maar met mij zeker niet.'

'Legt u dat eens uit.'

'Er waren afspraken gemaakt. Een bank die privé-eigendom is, is flexibeler dan een naamloze vennootschap met aandeelhouders.'

'Hoezo?'

'Laten we zeggen dat er meer speelruimte is voor wat betreft de eisen van bepaalde klanten en zusterbanken. Er is minder controle dan het geval zou zijn bij een maatschappij die op de *Bourse* is genoteerd. De Gemeinschaft in Zürich is ook privé-eigendom.'

'Die eisen kwamen van de Gemeinschaft?'

'Verzoeken... eisen... ja.'

'Van wie is de Valois?'

'Van wie? Van velen, een consortium. Tien of twaalf mannen en hun families.'

'Dan moet ik dus wel met u praten, waar of niet? Ik bedoel maar, het zou dwaas zijn wanneer ik heel Parijs moet afrennen om hen te vinden.'

'Ik ben enkel een functionaris.' d'Amacourt dronk de rest van zijn glas leeg, drukte zijn sigaret uit en stak zijn hand uit naar een volgende. En naar de lucifers.

'Wat zijn de afspraken?'

'Ik zou mijn baan kunnen verliezen, monsieur!'

'U zou uw leven kunnen verliezen,' zei Jason, verontrust dat die woorden hem zo gemakkelijk ontvielen.

'Ik zit niet zo hoog in de hiërarchie als u denkt.'

'Maar u weet meer dan u mij probeert wijs te maken,' zei Bourne, 'uw type kom je overal tegen, d'Amacourt. Het zit in uw kleren, de manier waarop u uw haar draagt, zelfs in uw lopen; u stapt als een pauw. Een man als u wordt geen vice-president van de Valois Bank zonder vragen te stellen; u dekt uzelf in. Voordat u iets gaat doen wat stinkt, zorgt u dat u uzelf eruit kunt draaien. Vertel me nu eens wat voor afspraken er waren. U bent voor mij niet belangrijk, is dat duidelijk?'

d'Amacourt stak een lucifer aan, hield die onder zijn sigaret en staarde Jason aan. 'U hoeft mij niet te bedreigen, monsieur. U bent een zeer rijk man. Waarom betaalt u me niet?' De bankier glimlachte nerveus. 'U hebt trouwens gelijk. Ik heb een paar vragen gesteld. Parijs is geen Zürich. Een man op mijn post moet iets horen, liefst alles.'

Bourne ging rechtop zitten en draaide met zijn glas in het rond; het rinkelen van de ijsblokjes irriteerde d'Amacourt kennelijk. 'Noem maar een redelijke prijs,' zei hij ten slotte, 'dan zullen we erover praten.'

'Ik ben een redelijk mens. Laat de beslissing afhangen van de waarde en neemt u hem maar. Over de hele wereld worden bankiers gecompenseerd door dankbare cliënten die ze van advies hebben gediend. Ik zou u graag als een cliënt zien.'

'Dat geloof ik ook wel.' Bourne schudde glimlachend zijn hoofd over de brutaliteit van de man. 'We schuiven dus van steekpenning naar gratificatie. Compensatie voor persoonlijke raad en dienstverlening.'

d'Amacourt haalde zijn schouders op. 'Ik accepteer de definitie en als ze me er ooit over vragen zal ik uw woorden herhalen.'

'De afspraken?'

'Bij de overdracht van onze fondsen uit Zürich zat *une fiche confidentielle.*'

'*Une fiche?*' viel Jason hem in de rede, terwijl hij terugdacht aan het ogenblik in het kantoor van Apfel in de Gemeinschaft, toen Koenig binnenkwam en hetzelfde zei. 'Dat heb ik al eens eerder gehoord. Wat is het?'

'Een verouderd begrip, eigenlijk. Het dateert uit het midden van de negentiende eeuw toen het heel gewoon was voor de grote bankiersfirma's – vooral de Rothschilds – om de internationale geldstroom in de gaten te houden.'

'Dank u. Wat is de meer specifieke betekenis?'

'Aparte, verzegelde instructies die geopend en opgevolgd moeten worden wanneer de betreffende rekening wordt gewekt.'

'"Gewekt"?'

'Wanneer er geld wordt ingelegd of opgenomen.'

'Stel dat ik gewoon naar een caissière was gegaan, mijn rekeningboekje had laten zien en om geld had gevraagd?'

'Dan zou er een dubbel sterretje zijn verschenen op de transactiecomputer. Men zou u naar mij hebben gestuurd.'

'Ik werd toch naar u verwezen. De telefoniste verbond me door met uw kantoor.'

'Stom toevallig. Er zijn nog twee functionarissen op de afdeling Buitenlandse Rekeningen. Als ze u met een van hen verbonden zouden hebben, dan zou het *fiche* hebben voorgeschreven dat u toch moest worden doorverwezen naar mij. Ik ben oudste in rang.'

'Ik begrijp het.' Maar Bourne wist nog niet zo zeker of hij het wel begreep. Er gaapte ergens iets in de volgorde; er zat een lege plek in. 'Wacht eens even. U wist niets van zo'n *fiche* af toen u het dossier van de rekening naar uw kantoor liet brengen.'

'Waarom vroeg ik er dan naar?' viel d'Amacourt in de rede door zelf de vraag te stellen. 'Denk eens na, monsieur. Stel u eens in mijn plaats. Er belt iemand op, hij maakt zich bekend en zegt dat hij "praat over vier miljoen franc". Vier miljoen. Zou u dan niet graag van dienst willen zijn? Hier en daar een hand lichten met de regels?'

Terwijl hij naar de fatterig elegante bankier keek besefte Jason dat dat het minst verrassende was dat hij had gezegd. 'De instructies. Hoe luidden die?'

'Om te beginnen een telefoonnummer, geheim natuurlijk. Het moest worden gebeld en alle informatie moest worden doorgegeven.'

'Herinnert u zich het nummer?'

'Zulke zaken prent ik altijd in mijn geheugen.'

'Dat zou ik zeggen! Hoe luidt het nummer?'

'Ik moet mezelf beschermen, monsieur. Hoe zou u dat nummer anders hebben gekregen? Ik stel die vraag... hoe zegt u dat...? retorisch.'

'Dat betekent dat u het antwoord weet. Hoe kwám ik erachter? Als het ooit gevraagd wordt.'

'In Zürich. U betaalde een hele hoge prijs, zodat iemand niet alleen het strengste voorschrift van de Bahnhofstrasse overtrad maar ook zondigde tegen de Zwitserse wetgeving.'

'Ik weet precies de juiste man,' zei Bourne, terwijl het gezicht van Koenig in zijn geest verscheen. 'Hij heeft die misdaad al begaan.'

'Bij de Gemeinschaft? U maakt een grapje!'

'Helemaal niet. Zijn naam is Koenig; hij zit op de tweede verdieping.'

'Dat zal ik onthouden.'

'Daar ben ik zeker van. Het nummer?' d'Amacourt gaf het hem. Jason schreef het op een papieren servetje. 'Hoe weet ik dat het juist is?'

'U hebt een redelijke garantie. Ik ben niet betaald.'

'Dat is voldoende.'

'En omdat ons gesprek boven alles waarde voor u moet hebben, moet ik u vertellen dat het het tweede telefoonnummer is, het eerste werd ingetrokken.'

'Verklaart u dat eens.'

d'Amacourt boog zich voorover.

'De koerier bracht een fotokopie van het oorspronkelijke *fiche* mee. Het was verzegeld in een zwart etui, geaccepteerd onder handtekening door de hoofdarchivaris. De kaart die erin zat was gelegaliseerd door een partner van de Gemeinschaft en mede ondertekend door de normale Zwitserse notaris; de instructies waren eenvoudig, erg duidelijk. In alle zaken die de rekening betroffen van Jason C. Bourne moest er onmiddellijk gebeld worden naar de Verenigde Staten en alle details moesten worden doorgegeven... Daarin was de kaart veranderd, het nummer in New York was weggehaald en er was er een in Parijs voor in de plaats gezet en geparafeerd.'

'New York?' onderbrak Bourne hem. 'Hoe weet u dat het New York was?'

'Het kengetal stond er tussen haakjes bij, met tussenruimten voor het nummer zelf; het bleef intact. Het was twee-een-twee. Als hoogste vice-president, Rekeningen Buitenland, bel ik zulke nummers dagelijks.'

'De verandering was nogal slordig.'

'Mogelijk. Het zou haastig gebeurd kunnen zijn of niet helemaal begrepen kunnen zijn. Van de andere kant zouden ze op geen enkele manier het belangrijkste deel van de instructie hebben kunnen veranderen zonder opnieuw naar een notaris te gaan. Een onbelangrijk risico, gezien het aantal telefoonnummers in New York. Hoe dan ook, de vervanging gaf mij de kans om een paar vragen te stellen. Verandering is een vloek voor een bankier.' d'Amacourt dronk het laatste restje van zijn glas leeg.

'Wilt u er nog een?' vroeg Jason.

'Nee, dank u. Dat zou onze conversatie verlengen.'

'U bent degene die ermee gestopt is.'

'Ik denk na, monsieur. Misschien zou u een vaag getal voor de geest moeten hebben voordat ik verder ga.'

Bourne bekeek de man aandachtig. 'Het zouden er vijf kunnen zijn,' zei hij.

'Vijf wat?'

'Vijf cijfers.'

'Ik zal verder gaan. Ik sprak met een vrouw...'

'Een vrouw? Hoe begon u?'

'Naar waarheid. Ik was de vice-president van de Valois en ik volgde instructies op van de Gemeinschaft in Zürich. Wat kon ik anders zeggen? Ik zei dat ik contact had gehad met een man die beweerde dat hij Jason Bourne was. Ze vroeg me hoe lang geleden en daarop antwoordde ik een paar minuten. Toen wilde ze weten waarover we precies hadden gesproken. Op dat punt bracht ik mijn eigen ongerustheid onder woorden. Het *fiche* gaf duidelijk aan dat er een nummer in New York gebeld moest worden, niet in Parijs. Natuurlijk zei ze dat ik me daarover geen zorgen hoefde te maken en dat de verandering door een paraaf gelegaliseerd was. Wilde ik soms dat Zürich zou worden ingelicht over het feit dat een functionaris van de Valois weigerde om instructies van de Gemeinschaft op te volgen?'

'Wacht even,' zei Jason. 'Wie was zij?'

'Ik heb geen idee.'

'Waarom hebt u dat niet gevraagd?'

'Dat is nu eenmaal de strekking van het *fiche*. Als er een naam wordt gegeven is dat normaal. Staat die er niet bij dan vraag je er niet naar.'

'U hebt niet geaarzeld om naar het telefoonnummer te informeren.'

'Alleen een smoesje, ik wilde informatie hebben. U maakte vierenenhalf miljoen franc over, en daarom was u een cliënt die macht bezit, met misschien nog wel sterkere machtsmiddelen achter u... Je stribbelt wat tegen, dan geef je toe en gaat dan weer bezwaren maken om uiteindelijk weer toe te geven; op die manier kom je dingen te weten. Vooral wanneer de gesprekspartner ongerust blijkt te zijn. Ik kan u verzekeren dat ze dat was.'

'Wat kwam u te weten?'

'Dat u beschouwd moest worden als een gevaarlijk man.'

'In welke zin?'

'Een definitie werd er niet gegeven. Maar het feit dat het zo werd uitgedrukt was voor mij voldoende om te vragen waarom de Surêté er niet bij was betrokken. Haar antwoord was buitengewoon interessant. "De Surêté kan hem niet aan, Interpol ook niet," zei ze.'

'Wat maakte u daaruit op?'

'Dat het een zeer gecompliceerde zaak was en dat ik maar beter niet verder kon vragen. Maar omdat we nu toch aan het praten zijn is me iets anders wel duidelijk geworden.'

'Wat dan?'

'Dat u me behoorlijk zult moeten betalen, want ik moet uiterst voorzichtig zijn. De mensen die naar u op zoek zijn, zijn misschien ook wel te machtig voor de Surêté en voor Interpol.'

'Daar hebben we het nog wel over. U vertelde die vrouw dat ik op weg was naar uw kantoor?'

'Binnen een kwartier. Ze vroeg me even aan de lijn te blijven. Ze voerde kennelijk een ander gesprek. Ze kwam terug met definitieve instructies. U moest in mijn kantoor worden opgehouden tot er een man bij mijn secretaresse zou komen informeren naar een bepaalde kwestie uit Zürich. En wanneer u wegging moest u geïdentificeerd worden door een knikje of een gebaar; er mocht geen fout worden gemaakt. De man kwam, natuurlijk, en u kwam helemaal niet, natuurlijk, en daarom wachtte hij bij de uitbetalingsbalie met een metgezel. Toen u belde en zei dat u op weg was naar Londen, verliet ik mijn kantoor om de man te zoeken. Mijn secretaresse wees hem aan en ik vertelde het hem. De rest weet u.'

'Vond u het niet vreemd dat u mij moest aanwijzen?'

'Vreemd niet, maar wel te ver gaand. Een *fiche* is één zaak – telefoongesprekken, conversaties met onbekenden – maar om direct betrokken te raken, als het ware in het openbaar, dat is iets heel anders. Dat heb ik de vrouw ook gezegd.'

'Wat zei ze daarop?'

d'Amacourt schraapte zijn keel. 'Ze maakte het duidelijk dat de belanghebbenden die zij vertegenwoordigde – waarvan de status inderdaad bevestigd werd door het *fiche* zelf – zich mijn medewerking zouden herinneren. U ziet, ik hou niets achter... Ze weten kennelijk niet hoe u eruitziet.'

'Er was een man in de bank die mij in Zürich gezien heeft.'

'Dan denken zijn collega's zeker dat hij niet goed gekeken heeft. Of dat hij niet zeker weet wat hij heeft gezien.'

'Waarom zegt u dat?'

'Enkel een opmerking, monsieur; de vrouw drong erg aan. U moet begrijpen dat ik er ernstige bezwaren tegen maakte openlijk betrokken te raken; dat is niet de strekking van het *fiche*. Ze zei dat er geen foto van u bestond. Een duidelijke leugen, natuurlijk.'

'Is dat zo?'

'Natuurlijk. Op alle paspoorten staan foto's. Kent u een immigratieambtenaar die niet kan worden omgekocht of voor de gek gehouden? Tien seconden in een controlekamer, een foto van een foto; het kan allemaal geregeld worden. Nee, ze hebben een ernstige fout gemaakt.'

'Dat geloof ik ook.'

'En u,' vervolgde d'Amacourt, 'hebt me zojuist nog iets verteld. Ja, u zult me werkelijk heel goed moeten betalen.'

'Wat heb ik u zojuist verteld?'

'Dat de naam op uw paspoort niet Jason Bourne is. Wie bent u, monsieur?'

Jason gaf niet direct antwoord; hij draaide zijn glas weer in het rond. 'Iemand die u misschien een heleboel geld gaat betalen,' zei hij.

'Volkomen bevredigend. U bent eenvoudig een cliënt die Bourne heet. En ik moet voorzichtig zijn.'

'Ik wil dat telefoonnummer in New York. Kunt u het voor mij te pakken krijgen? Er zit een behoorlijke bonus aan vast.'

'Ik wilde dat ik dat kon. Ik zie niet in hoe.'

'Het zou zichtbaar gemaakt kunnen worden op de *fiche*-kaart. Onder een spectroscoop.'

'Toen ik zei dat het was weggehaald, monsieur, bedoelde ik niet dat het was doorgestreept. Het was wéggehaald, het was eruit gesneden.'

'Dan heeft iemand in Zürich het.'

'Of het is vernietigd.'

'Laatste vraag,' zei Jason die nu haast had om weg te komen. 'Die heeft overigens met u te maken. Anders kunt u niet eens betaald krijgen.'

'De vraag is natuurlijk toegestaan. Wat wilt u weten?'

'Als ik in de Valois kwam zonder u op te bellen, zonder u vooruit te zeggen dat ik zou komen, zou er dan van u worden verwacht dat u opnieuw op zou bellen?'

'Ja. Het *fiche* negeer je niet; het stamt uit machtige directiekamers. Er zou ontslag op volgen.'

'Hoe krijgen wíj dan óns geld?'

d'Amacourt tuitte zijn lippen. 'Er is een manier. Opname *in absentia*. Ingevulde formulieren, schriftelijke instructies, identificatie bevestigd en gelegaliseerd door een erkend advocatenkantoor. Daartegen zou ik niets kunnen doen.'

'Maar men zou nog steeds van u verwachten dat u zou bellen.'

'Het hangt ervan af hoe het tijdsverloop van de procedure wordt geregeld. Als een advocaat, met wie de Valois regelmatig zaken doet, mij belt en mij vraagt om, bijvoorbeeld, een aantal cheques klaar te maken op een buitenlandse rekening waarvan hij zich heeft overtuigd dat hij is bijgeschreven, dan zou ik dat doen. Hij zou dan zeggen dat hij de vereiste formulieren zou zenden en dat de cheques natuurlijk moesten worden uitgeschreven aan "toonder", in deze tijd van hoge belastingen geen ongewone zaak. In de tijd dat het op de bank het drukst was zou er een koerier verschijnen met de brief en mijn secretaresse – een achtenswaardige, vertrouwde employee die er al vele jaren werkt – zou de formulieren binnenbrengen voor mijn medeondertekening en de brief voor mijn paraaf.'

'Ongetwijfeld,' onderbrak Bourne hem, 'samen met een aantal andere papieren die u moest tekenen.'

'Precies. Pas dán zou ik bellen, terwijl de koerier met zijn aktetas net bij mij wegging als ik aan de telefoon was.'

'U zou, heel toevallig, niet de naam van een advocatenkantoor in Parijs in het hoofd hebben? Of een bepaalde advocaat?'

'Nu u het zegt, er schiet er me juist een te binnen.'

'Hoeveel zal hij kosten?'

'Tienduizend franc.'

'Dat is duur.'

'Helemaal niet. Hij is rechter geweest, een rechtschapen man.'

'Hoe zit het met u? Laten we eens ter zake komen.'

'Zoals ik al zei, ik ben een redelijk mens en de beslissing moet bij u liggen. Aangezien u vijf cijfers noemde kunnen we ons maar beter letterlijk aan uw woorden houden. Vijf cijfers, beginnend met vijf. Vijftigduizend franc.'

'Dat is schandalig!'

'Wat u hebt uitgevoerd, monsieur Bourne, is dat ook.'

'*Une fiche confidentielle*,' zei Marie, zittend in de stoel bij het raam, terwijl buiten de late middagzon weerkaatste van de stijlvolle gebouwen van Montparnasse. 'Dat is dus het kunstje dat ze hebben uitgehaald.'

'Ik kan je imponeren, ik weet waar het vandaan komt.' Jason schonk zich een borrel in uit de fles op het bureau en droeg die naar het bed; hij ging erop zitten, tegenover haar. 'Wil je het horen?'

'Dat hoef ik niet,' antwoordde ze terwijl ze verstrooid uit het raam keek. 'Ik weet precies waar het vandaan komt en wat het betekent. Het verraste me alleen.'

'Waarom? Ik dacht dat je zoiets verwachtte.'

'De resultaten wel, niet de methode. Een *fiche* is een archaïsche poging tot legitimiteit, die bijna uitsluitend wordt gebruikt door privébanken op het continent. Volgens de Amerikaanse, Canadese en Engelse wet is het verboden.'

Bourne herinnerde zich de woorden van d'Amarcourt en herhaalde ze. "Het stamt uit machtige directiekamers," dat zei hij.'

'Hij had gelijk.' Marie keek hem aan. 'Begrijp je het? Ik wist dat er een tab zat aan die rekening van jou. Ik nam aan dat er iemand was omgekocht om informatie door te geven. Dat komt wel meer voor; bankiers staan niet direct vooraan in de rij om heilig verklaard te worden. Maar dit is anders. Die rekening in Zürich is vanaf het allereerste begin – geopend met het *fiche* er vast aan verbonden. Waarschijnlijk met medeweten van jou.'

'Treadstone Seventy-one,' zei Jason.

'Ja. De eigenaars van de bank moesten samenwerken met Treadstone. En gezien jouw vrijheid van handelen daarbij is het mogelijk dat jij dat wist.'

'Maar er ís iemand omgekocht. Koenig. Hij wisselde het ene telefoonnummer om voor het andere.'

'Hij is goed betaald, dat kan ik je verzekeren. Hij zou tien jaar in een Zwitserse gevangenis kunnen krijgen.'

'Tien? Dat is nogal fors!'

'Dat zijn de Zwitserse wetten ook. Hij moet een klein fortuin gekregen hebben.'

'Carlos,' zei Bourne. 'Carlos... Waarom? Wat beteken ik voor hem? Dat blijf ik me maar afvragen. Ik herhaal die naam telkens maar weer! Ik zie niets, helemaal niets. Alleen een... een... ik weet het niet.'

'Maar er is iets, waar of niet?' Marie boog zich naar voren. 'Wat is het, Jason? Waar denk je aan?'

'Ik denk helemaal niet... ik weet het niet.'

'Dan voel je het. Iets. Wat is het?'

'Ik weet het niet. Angst, misschien... Woede, zenuwen. Ik weet het niet.'

'Concentreer je!'

'Verdomme! Denk je soms dat ik dat niet doe? Denk je dat ik dat niet heb gedaan? Heb jij enig idee hoe dat gaat?' Bourne verstijfde, geïrriteerd door zijn eigen uitval. 'Het spijt me.'

'Niet doen. Nooit. Dit zijn de aanwijzingen, de sporen waarnaar je moet zoeken – wij moeten zoeken. Die vriend van je, die dokter in Port Noir had gelijk; er komen dingen bij je terug, opgeroepen door andere dingen. Zoals je zelf al zei, een pakje lucifers, een gezicht of de voorgevel van een restaurant. We hebben het zien gebeuren... Nu is het een naam, een naam die je bijna een week vermeden hebt terwijl je me alles vertelde wat er in de afgelopen vijf maanden met je gebeurd was, tot in de kleinste details. Toch heb je het nooit over Carlos gehad. Je had hem moeten noemen, maar je deed het niet. Het betekent echt iets voor je, zie je dat niet?'

'Ik weet het.' Jason nam een slok.

'Schat, er is een beroemde boekwinkel aan de Boulevard Saint-Germain van een of andere tijdschriftengek. Een hele verdieping met nummers van oude tijdschriften, duizenden. Hij catalogiseert zelfs onderwerpen op kaartjes, net als een bibliothecaris. Ga eens na of Carlos in die index voorkomt. Wil je dat doen?'

Bourne was zich bewust van een felle pijn in zijn borst. Het had niets te maken met zijn verwondingen; het was angst. Ze zag het en begreep het op een of andere manier; hij voelde het en kon het niet begrijpen. 'Er zijn oude nummers van kranten in de Sorbonne,' zei hij terwijl hij naar haar opkeek. 'Een daarvan bracht me een tijdje in de zevende hemel. Tot ik erover nadacht.'

'Er werd een leugen aan de kaak gesteld. Dat was het belangrijke.'

'Maar nu zoeken we toch zeker niet naar een leugen?'

'Nee, we zijn op zoek naar de waarheid. Je moet er niet bang voor zijn, schat. Ik ben het niet.'

Jason stond op. 'Goed. We gaan naar Saint-Germain. Bel ondertussen die kerel op de ambassade maar eens.' Bourne haalde het papieren servetje met het telefoonnummer uit zijn zak; hij had er de cijfers bijgezet van de nummerplaat van de auto die zo snel was weggereden van de bank aan de Rue Madeleine. 'Hier is het nummer dat d'Amacourt me gegeven heeft en ook het nummer van die auto. Kijk eens wat hij kan doen.'

'Goed.' Marie liep naar de telefoon. Er lag een klein notitieboekje met spiraalrug naast; ze bladerde het door. 'Hier is hij. Hij heet Dennis Corbelier. Peter zei dat hij hem vandaag tegen de middag, Parijse tijd, zou bellen. En ik kon op hem vertrouwen; hij is een van de knapste attachés van de ambassade.'

'Peter kent hem toch zeker wel? Hij is niet zo maar een naam van een lijstje?'

'Ze waren studiegenoten op de Universiteit van Toronto. Ik kan hem van hieruit bellen?'

'Natuurlijk. Maar zeg niet waar je bent.'

'Ik zal hem hetzelfde vertellen als ik tegen Peter heb gedaan.' Marie nam de hoorn op. 'Dat ik van het ene hotel ga verhuizen naar een ander, maar dat ik nog niet weet welk.' Ze kreeg een buitenlijn te pakken en draaide toen het nummer van de Canadese Ambassade aan de Avenue Montaigne. Vijftien seconden later sprak ze met Dennis Corbelier, attaché.

Marie viel met de deur in huis. 'Ik neem aan dat Peter je verteld heeft dat ik misschien hulp nodig heb.'

'Meer dan dat,' antwoordde Corbelier, 'hij heeft me uitgelegd waarom je in Zürich was. Ik heb er niet alles van begrepen, maar het meeste heb ik wel gesnapt. Er schijnt het nodige gerommeld te worden in de financiële wereld tegenwoordig.'

'Meer dan gewoonlijk. De moeilijkheid is dat niemand wil zeggen wie er precies rommelen. Met dat probleem zit ik.'

'Waarmee kan ik helpen?'

'Ik heb een autonummer en een telefoonnummer, alletwee hier in Parijs. Het telefoonnummer is geheim; het zou gênant kunnen zijn wanneer ik het belde.'

'Geef maar hier.' Ze deed dat. '*A mari noque ad mare*,' zei Corbelier, en hij haalde daarmee het nationale motto van hun land aan. 'Wij bezitten nogal wat vrienden in hoge kringen. We wisselen vaak gunsten uit, gewoonlijk op het gebied van verdovende middelen, maar we zijn allemaal nogal plooibaar. Waarom ga je morgen niet met me lunchen? Ik breng wel mee wat ik kan.'

'Dat zou ik graag doen, maar morgen kan niet. Dan ben ik de hele dag bij een oude kennis. Misschien een andere keer.'

'Peter zei dat ik stom zou zijn als ik niet bleef aandringen. Hij zegt dat je een vrouw uit duizenden bent.'

'Hij is een schat, en jij ook. Ik bel je morgenmiddag wel.'

'Goed zo. Ik zal zien wat ik hiermee kan doen.'

'Ik spreek je morgen wel en nogmaals bedankt.' Marie hing de hoorn op en keek op haar horloge. 'Over drie uur moet ik Peter bellen. Help me onthouden.'

'Denk je echt dat hij zo gauw iets zal hebben?'

'Dat denk ik zeker! hij is gisteravond begonnen Washington te bellen. Dat zei Corbelier zojuist; we doen allemaal aan ruilhandel. Dit brokje informatie hier voor dat daar; een naam van onze kant voor een van jullie kant.'

'Dat klinkt een beetje als verraad.'

'Integendeel: we handelen in geld, niet in raketten. Geld waarmee illegaal wordt gesjoemeld, door de mazen van wetten die goed zijn voor al onze belangen. Tenzij je wilt dat de sjeiks van Arabië eigenaar worden van Grumman Aircrafts. Dán praten we over raketten... nadat ze van hun lanceerplatform zijn opgestegen.'

'Ik trek mijn bezwaar in.'

'We moeten morgenvroeg eerst die man van d'Amacourt opzoeken. Bedenk maar vast wat je van de rekening wilt halen.'

'Alles.'

'Alles?'

'Precies. Als jij de directie was van Treadstone, wat zou je dan doen wanneer je erachter kwam dat er zes miljoen franc verdwenen was van een concernrekening?'

'Ik snap het!'

'd'Amacourt suggereerde om een aantal kascheques uit te schrijven aan toonder.'

'Zei hij dat? Cheques?'

'Ja. Klopt dat niet?'

'Heel zeker niet. De nummers van die cheques zouden op een fraudetape worden geponst en naar alle banken worden gestuurd. Je zou naar een bank moeten gaan om ze in te wisselen; de uitbetaling zou stopgelegd worden.'

'Hij kan niet verliezen, hè? Hij vangt van beide kanten geld. Wat doen we dan?'

'Neem de helft maar over van wat hij zei, de toonder-helft. Maar geen cheques. Obligaties. Obligaties aan toonder van verschillende coupures. Die zijn gemakkelijker verhandelbaar.'

'Jij hebt je diner verdiend,' zei Jason en hij stak zijn hand uit om haar gezicht aan te raken.

'Ik doe mijn best, meneer,' antwoordde ze en ze hield zijn hand tegen haar gezicht gedrukt. 'Eerst eten, dan Peter... en dan een boekwinkel aan de Saint-Germain.'

'Een boekwinkel aan de Saint-Germain,' herhaalde Bourne en de pijn kwam weer op in zijn borst. Wat was dat? Waarom was hij zo bang?

Ze verlieten het restaurant aan de Boulevard Raspail en liepen naar de openbare telefooncentrale aan de Rue Vaugirard. Tegen de muren waren glazen cellen gebouwd en in het midden van de ruimte stond een enorme, ronde balie waar telefoonemployees formulieren invulden en cellen toewezen aan mensen die gesprekken aanvroegen.

'Er zijn maar weinig gesprekken, madame,' zei de man tegen Marie. 'Uw verbinding kan binnen een paar minuten tot stand komen. Cel nummer twaalf, alstublieft, hier recht tegenover.'

Jason hield haar bij haar arm terwijl ze door de volle ruimte naar de cel liepen. 'Ik weet waarom de mensen zo'n centrale gebruiken,' zei hij. 'Het gaat duizend keer sneller dan via een hotelcentrale.'

'Dat is maar een van de redenen.'

Ze hadden de cel nauwelijks bereikt en sigaretten aangestoken, toen ze de bel binnen tweemaal kort hoorden rinkelen. Marie opende de deur en ging naar binnen met haar notitieboekje en een potlood in haar hand. Ze nam de hoorn op.

Een minuut later keek Bourne stomverbaasd toe hoe het bloed wegtrok uit haar gelaat en haar huid krijtwit werd. Ze begon te roepen en liet haar handtas vallen en de inhoud verspreidde zich over de vloer van de nauwe cel; het notitieboekje was aan een richel blijven hangen, het potlood was in de greep van haar hand doormidden gebroken. Hij vloog de cel in; ze dreigde flauw te vallen.

'Je spreekt met Marie St. Jacques in Parijs, Lisa. Peter verwacht mijn gesprek.'

'Marie? O, mijn god...' De stem van de secretaresse stierf weg en vermengde zich met andere stemmen op de achtergrond. Opgewonden stemmen die gedempt doorkwamen door een hand die over de hoorn werd gehouden. Toen klonk het geruis van beweging en de hoorn werd aan een ander gegeven of door een ander overgenomen.

'Marie, je spreekt met Alan,' zei de eerste onderdirecteur van de afdeling. 'We zijn allemaal in het kantoor van Peter.'

'Wat is er aan de hand, Alan? Ik heb niet veel tijd; kan ik alsjeblieft even met hem praten?'

Even was het stil. 'Ik wou dat ik dit wat gemakkelijker voor je kon maken, maar ik weet niet hoe ik dat kan doen. Peter is dood, Marie.'

'Hij is... wát?'

'De politie belde enkele minuten geleden; ze zijn op weg hier naartoe.'

'De politie? Wat is er gebeurd? O, mijn god, is hij dóód? Wat is er gebéúrd?'

'We proberen erachter te komen. We zijn z'n lijst van telefoongesprekken aan het nakijken maar we mogen niets aanraken op zijn bureau.'

'Zijn bureau...?'

'Aantekeningen of memo's of dat soort zaken.'

'Alan! Zeg me toch wat er gebeurd is?'

'Dat is 't hem juist, dat weten we niet. Hij heeft tegen niemand van ons verteld wat hij ging doen. We weten alleen dat hij vanmorgen twee telefoontjes kreeg uit Amerika, een uit Washington, een uit New York. Tegen de middag zei hij tegen Lisa dat hij naar het vliegveld ging om iemand af te halen die uit Amerika kwam. Hij zei niet wie... De politie vond hem een uur geleden in een van die tunnels die ze voor vracht gebruiken. Het was afschuwelijk; hij was doodgeschoten. In zijn keel... Marie? Marie?'

De oude man met de holle ogen en de witte baardstoppels hinkte de donkere biechtstoel in en knipperde herhaaldelijk met zijn ogen in een poging om de gekapte gedaante achter het doorzichtige gordijntje duidelijk te zien. Deze tachtig jaar oude koerier had moeite met zien. Maar zijn geest was helder; dat was het enige belangrijke.

'Angelus Domini,' zei hij.

'Angelus Domini, kind van God,' fluisterde het silhouet met de monnikskap. 'Zijn uw dagen zonder ongemak?'

'Ze zijn bijna ten einde maar ze worden comfortabel gemaakt.'

'Goed... Zürich?'

'Ze hebben de man van de Guisan Quai gevonden. Hij was gewond; ze kwamen hem op het spoor via een dokter die bekend is bij de onderwereld. Na zeer indringend ondervraagd te zijn gaf hij toe de vrouw te hebben aangevallen. Caïn kwam terug om haar te halen; Caïn heeft hem neergeschoten.'

'Het was dus afspraak, de vrouw en Caïn.'

'De man van de Guisan Quai gelooft van niet. Hij was een van de twee die haar in de Löwenstrasse heeft opgepikt.'

'Hij is ook een dwaas. Heeft hij de bewaker gedood?'

'Hij geeft het toe en verdedigt het. Anders had hij niet kunnen ontsnappen.'

'Hij hoeft het misschien niet te verdedigen; het kon weleens het verstandigste zijn wat hij gedaan heeft. Heeft hij zijn revolver?'

'Uw mensen hebben die.'

'Goed. Er is een prefect bij de politie van Zürich. Die revolver moet aan hem worden gegeven. Caïn is moeilijk te grijpen, maar de vrouw veel minder. Zij heeft contacten in Ottawa, die blijven met haar in verbinding. Als we haar vangen komen we hem op het spoor. Hebt u uw potlood klaar?'

'Ja, Carlos.'

13

Bourne hield zijn armen om haar heen geslagen in de nauwe ruimte van de glazen cel en liet haar voorzichtig zakken op de zitting die uitstak van de smalle wand. Ze beefde en haalde diep en onregelmatig adem met verglaasde ogen waarin langzaam herkenning kwam toen ze naar hem keek.

'Ze hebben hem vermoord. Ze vermóórdden hem! Mijn god, wat heb ik gedaan? Peter.'

'Jij hebt het niet gedaan! Als iemand het gedaan heeft dan ben ik het. Niet jij. Prent dat goed in je hoofd.'

'Jason, ik ben bang. Hij was aan de andere kant van de wereld... en ze hebben hem vermoord!'

'Treadstone?'

'Wie anders? Er waren twee telefoontjes, Washington... New York. Hij ging naar het vliegveld om iemand af te halen en hij werd vermoord.'

'Hoe?'

'O, mijn god...' Tranen welden op in Maries ogen. 'Hij werd neergeschoten. In zijn keel,' fluisterde ze.

Bourne voelde plotseling een doffe pijn; het was op een onbestemde plaats maar het zat er en het sneed zijn adem af. 'Carlos,' zei hij zonder te weten waarom.

'Wat?' Marie keek hem aan. 'Wat zei je daar?'

'Carlos,' herhaalde hij zacht. 'Een kogel in de keel. Carlos.'

'Wat probeer je me te vertellen?'

'Ik weet het niet.' Hij pakte haar bij haar arm. 'Laten we zorgen dat we hier wegkomen. Gaat het? Kun je lopen?'

Ze knikte, sloot even haar ogen en haalde diep adem. 'Ja.'

'We gaan eerst even wat drinken; dat hebben we allebei nodig. Dan gaan we het zoeken.'

'Wat zoeken?'

'Een boekhandel aan de Saint-Germain.'

Er stonden drie oude nummers van tijdschriften aangegeven onder *Carlos*. Een nummer van vier jaar geleden van de internationale *Potomac Quarterly* en twee Parijse nummers van *Le Globe*. Ze lazen de artikelen niet in de zaak; ze kochten in plaats daarvan alle drie de nummers en namen een taxi terug naar hun hotel op Montparnasse. Daar begonnen ze te lezen, Marie op het bed, Jason in de stoel bij het raam. Er verstreek enige tijd en Marie sprong op.

'Hier staat het,' zei ze met angst zowel in haar gelaat als in haar stem.

'Lees maar voor.'

' "Een bijzonder onmenselijke vorm van bestraffing wordt, naar men zegt, toegepast door Carlos en/of zijn kleine groep handlangers. Het is de dood door een schot in de keel waardoor het slachtoffer vaak onder afschuwelijke pijnen sterft. Het wordt voorbehouden aan hen die de zwijgplicht of de loyaliteitsplicht verbreken die de moordenaar eist, of voor anderen die geweigerd hebben informatie te verschaffen..."' Marie hield op, ze kon niet meer verder lezen. Ze ging achteroverliggen en sloot haar ogen. 'Hij wilde het hun niet vertellen en werd daarom gedood. O, mijn god...'

'Hij kon hun niet vertellen wat hij niet wist,' zei Bourne.

'Maar jíj wist het!' Marie ging weer rechtop zitten met haar ogen wijd open. 'Jij wist iets over een schot in de keel! Je zéí dat!'

'Ik zei het. Ik wist het. Meer kan ik je niet zeggen.'

'Hoe?'

'Ik wou dat ik daarop het antwoord wist. Ik weet het niet.'

'Kan ik een borrel krijgen?'

'Natuurlijk.' Jason stond op en liep naar het bureau. Hij schonk twee kleine glazen whisky in en keek naar haar. 'Wil je dat ik wat ijs laat komen? Hervé heeft dienst; het is er zo.'

'Nee. Het zal er niet snel genoeg zijn.' Ze klapte het tijdschrift met geweld op het bed en keerde zich naar hem. Tegen hem, misschien. 'Ik word gek!'

'Hier is er nog eentje.'

'Ik wil je geloven, ik geloof je ook. Maar ik... ik...'

'Je kunt geen zekerheid krijgen,' maakte Bourne de zin voor haar af. 'Net zo min als ik.' Hij reikte haar het glas aan. 'Wat wil je dat ik zeg? Wat kan ik zeggen? Ben ik een van de soldaten van Carlos? Heb ik de zwijgplicht of de loyaliteitsplicht verbroken? Kende ik daarom de methode van executie?'

'Hou op!'

'Dat zeg ik vaak tegen mezelf. "Hou op." Niet denken; probeer je te herinneren maar rem af terwijl je daarmee bezig bent. Graaf niet te ver, te diep. Eén leugen kan aan de kaak worden gesteld. Maar dan komen er tien vragen te voorschijn die deel uitmaken van die leugen. Misschien is het zoiets als ontwaken uit een lange dronkenschap en niet zeker weten met wie je gevochten hebt of geslapen hebt, of... godverdomme... vermoord hebt.'

'Nee...!' Het klonk als een langgerekte kreet van Marie. 'Jij bent jíj. Dat mag je me niet afnemen.'

'Dat wil ik ook niet. Ik wil het mezelf ook niet afnemen.' Jason liep terug naar zijn stoel en ging zitten met zijn gezicht naar het raam gekeerd. 'Je hebt... een methode van executie gevonden. Ik heb iets anders gevonden. Ik wist het, net zoals ik dat wist over Howard Leland. Ik hoefde het niet eens te lezen.'

'Wat te lezen?'

Bourne bukte zich en pakte het vier jaar oude nummer van *Potomac Quarterly* op. Het tijdschrift was opengevouwen op een pagina waarop een schets voorkwam van een man met een baard, met grove lijnen, weifelend, alsof ze getekend waren naar een onduidelijke beschrijving. Hij reikte het haar aan.

'Lees maar,' zei hij. 'Het begint links bovenaan onder de kop: "Mythe of monster". Dan wil ik een spelletje spelen.'

'Een spelletje?'

'Ja. Ik heb alleen maar de eerste alinea gelezen; dat moet je van me aannemen.'

'Goed.' Marie keek hem verbaasd aan. Ze liet het tijdschrift zakken tot het licht erop viel en las.

MYTHE OF MONSTER

Al langer dan tien jaar heeft men de naam 'Carlos' fluisterend uitgesproken in de steegjes van uiteenlopende steden als Parijs, Teheran, Beiroet, Londen, Caïro en Amsterdam. Men noemt hem de oppermachtige terrorist in die zin dat hij zich toelegt op moord en sluipmoord als einddoel, zonder een duidelijke politieke ideologie. Toch bestaan er vaste bewijzen dat hij tegen veel geld executies heeft uitgevoerd voor radicale extremisten-groepen als de PLO *en Baader-Meinhof, zowel om te laten zien hoe het kan als om ervan te profiteren. Juist omdat hij zo nu en dan tot dergelijke terroristengroepen wordt aangetrokken en omdat er binnen zulke groepen vaak conflicten ontstaan, begint zich langzamerhand een duidelijker beeld te vormen van 'Carlos'. Uit die bloedige conflicten komen informanten te voorschijn die willen praten.*

Terwijl verhalen over zijn wapenfeiten beelden oproepen van een wereld vol geweld en samenzwering, explosieven en complotten, snelle auto's en losbandige vrouwen, lijken de feiten te wijzen op een mengsel van economische standaardwerken en thrillers. 'Carlos' krijgt menselijke proporties en uit die compactheid komt een waarlijk angstaanjagende man te voorschijn. De sado-romantische mythe wordt een briljant, bloederig monster, een bemiddelaar bij moordaanslagen met de expertise van een marktanalist, steeds rekening houdend met lonen, kosten, distributie en de verdeling van arbeidskrachten uit de onderwereld. Het is een ingewikkelde zaak en 'Carlos' trekt aan de financiële touwtjes.

Het portret begint met een beroemde naam, op zich even vreemd als het beroep van de eigenaar. Ilich Ramirez Sanchez. Men zegt dat hij uit Venezuela stamt, de zoon is van een fanatiek toegewijd, maar niet erg bekend marxistisch advocaat (het Ilich is een eerbewijs van de vader aan Wladimir Ilych Lenin en verklaart gedeeltelijk waarom 'Carlos' zich begeeft op het terrein van het terroristische extremisme), die de jongen naar Rusland stuurde om er het belangrijkste deel van zijn opvoeding te ontvangen, waarbij was inbegrepen een scholing tot spion in het Russische kamp te Novgorod. Hier wordt het portret even vaag, nu geruchten en speculaties de tekenstift hanteren. Volgens deze zag een of andere commissie in het Kremlin, die regelmatig buitenlandse studenten in de gaten houdt voor infiltratiedoeleinden in de toekomst, wat voor vlees ze in de kuip hadden met Ilich Ramirez en wilde ze niets met hem te maken hebben. Hij was paranoïde en zag alle oplossingen in de vorm van een goedgerichte kogel of een bom; de aanbeveling luidde om de jongeman terug te zenden naar Caracas en alle banden met de familie te verbreken. Toen hij op die manier werd verworpen door Moskou en met zijn intense tegenstellingen tot de Westerse maatschappij, begon Sanchez zijn eigen wereld op te bouwen, een wereld waarin hij alleenheerser was. Hoe zou dat beter kunnen dan door een sluipmoordenaar te worden zonder politieke bindingen, van wiens diensten gebruik gemaakt kon worden door zeer brede kringen van cliënten met uiteenlopende politieke overtuigingen en levensopvattingen?

Het portret wordt weer duidelijker. Sanchez sprak vloeiend verschillende talen, met inbegrip van zijn moedertaal Spaans, alsmede Russisch, Frans en Engels en hij gebruikte zijn scholing in Rusland als een springplank om zijn techniek te verfijnen. Op zijn uitwijzing uit Moskou volgde een periode van diepgaande studie, volgens sommigen onder leiding van de Cubanen, speciaal Che Guevara. Hij werd een meester in het hanteren van allerlei soorten wapens en explosieven; er was geen wapen of hij kon het geblinddoekt uit elkaar halen en weer monteren, geen explosieve stof of hij kon hem analyseren door reuk en gevoel en hij wist hoe hij hem op tien verschillende manieren tot ontploffing moest brengen. Hij was klaar; hij koos Parijs als zijn basis voor operaties en het nieuws raakte bekend. Er was een man te huur die zou moorden waar anderen niet durfden.

Het portret wordt weer vaag omdat er geen geboortebewijzen liggen of wat voor andere papieren ook. Hoe oud is 'Carlos' eigenlijk? Hoeveel slachtoffers kunnen er op zijn naam worden geschreven en hoeveel zijn er mythe? Men is het er algemeen over eens dat de moordenaar tussen vijfendertig en veertig jaar oud is. Niemand weet het precies.

EEN GRASHEUVELTJE IN DALLAS?

Maar over een feit is iedereen het eens: de opbrengsten van zijn eerste moordaanslagen hebben het de sluipmoordenaar mogelijk gemaakt een organisatie op te zetten waarop een bedrijfsanalist van General Motors jaloers zou kunnen zijn. Met zorg gekozen medewerkers schijnen overal deel uit te maken van die organisatie; en dit wel degelijk gegronde gerucht leidt tot de voor de hand liggende vraag. Waar kwamen die opbrengsten oorspronkelijk vandaan? Wie waren de eerste slachtoffers?

De aanslag waarover het meest gespeculeerd wordt vond dertien jaar geleden plaats in Dallas. Hoe vaak men ook discussieert over de moord op John F. Kennedy, niemand heeft een afdoende verklaring kunnen geven voor een rookwolkje vanaf een grasheuveltje op driehonderd meter van de autostoet. De rook is vastgelegd op foto's; de microfoons van twee politieradio's op motoren hebben geluid(en) vastgelegd. Toch zijn er noch hulzen, noch voetafdrukken aangetroffen. De enige informatie over dat zogenaamde grasheuveltje op dat moment werd zo van belang gevonden, dat hij is opgeborgen in de rapporten van de FBI *over Dallas en nooit is opgenomen in het rapport van de Warren Commissie. De informatie werd verschaft door een omstander, K. M. Wright uit North Dallas die bij ondervraging het volgende verklaarde:*

'Verrek, de enige klootzak daar in de buurt was die ouwe Jute-Billy en hij stond er een paar honderd meter vandaan.'

Die 'Billy', een oude zwerver uit Dallas die men vaak zag bedelen op plaatsen waar toeristen komen; het 'Jute' sloeg op zijn gewoonte om zijn schoenen in ruwe stof te wikkelen om zo medelijden op te wekken. Volgens onze correspondenten is er nooit bekendheid gegeven aan de verklaring van Wright.

Maar zes weken geleden is een gevangen genomen Libanese terrorist bij een ondervraging doorgeslagen in Tel Aviv. Hij smeekte om niet geëxecuteerd te worden en beweerde dat hij zeldzame informatie bezat over de sluipmoordenaar 'Carlos'. De inlichtingendienst van Israël stuurde het rapport door naar Washington; onze correspondenten in de hoofdstad hebben er uittreksels van in handen gekregen.

Verklaring: 'Carlos was in november 1963 in Dallas. Hij wendde voor dat hij Cubaan was en gaf Oswald instructies. Oswald vormde de reserve. Het was zijn operatie.'

Vraag: 'Wat voor bewijs hebt u daarvoor?'

Verklaring: 'Ik heb hem dat horen zeggen. Hij lag op een klein grasheuveltje, achter een richel. Zijn geweer had een hulzenvanger van gevlochten gaas.'

Vraag: 'Dat is nooit gerapporteerd; waarom werd hij niet gezien?'

Verklaring: 'Hij is misschien wel gezien maar niemand wist wie hij was. Hij was verkleed als een oude man met een versleten overjas en zijn schoenen waren omwikkeld met zeildoek om voetsporen te vermijden.'

De informatie van een terrorist vormt zeker geen bewijs maar er mag niet aan worden voorbijgezien. Vooral wanneer het gaat over een geducht moordenaar van wie men weet dat hij de kunst van vermomming meesterlijk beheerst, die iets heeft toegegeven dat zo verbazingwekkend overeenkomt met een onbekende en ongepubliceerde verklaring die nooit is nagetrokken. Als zovele andere personen die – mogelijk alleen maar in de verte – te maken hadden met de tragische gebeurtenissen in Dallas, werd 'Jute-Billy' enkele dagen later dood aangetroffen, vermoedelijk gestorven aan een overdosis drugs. Het was bekend dat hij voortdurend dronken was van goedkope wijn, iedereen wist dat hij nooit verdovende middelen gebruikte. Hij had daar geen geld voor.

Was 'Carlos' de man op het grasheuveltje? Wat een uitermate vreemd begin voor een uitermate vreemde carrière! Als Dallas werkelijk zijn 'operatie' was, hoevele miljoenen dollars moeten hem dan niet zijn toegespeeld? Zeker meer dan genoeg om een compleet net van informanten en handlangers op te bouwen dat de vorm heeft gekregen van een multinationale onderneming.

De mythe bevat te veel ware elementen; Carlos kan heel goed een monster zijn van vlees en te veel bloed.

Marie legde het tijdschrift neer. 'Wat voor spelletje gaan we spelen?'

'Ben je klaar?' Jason ging met zijn rug naar het raam staan.

'Ja.'

'Ik begrijp dat er een heleboel uitspraken werden gedaan. Theorie, veronderstellingen, vergelijkingen.'

'Vergelijkingen?'

'Als er hier iets gebeurde wat daarginds een effect teweegbracht, dan bestond er een relatie.'

'Je bedoelt verbindingen.'

'Goed dan, verbindingen. Het staat er allemaal in, waar of niet?'

'Tot op zekere hoogte kun je dat zeggen. Het is nauwelijks een proces-verbaal; er wordt veel gespeculeerd, er zijn geruchten en informatie uit de tweede hand.'

'Maar er zijn wél feiten.'

'Gegevens.'

'Goed. Gegevens. Prima.'

'Wat voor spelletje?' herhaalde Marie.

'Het heeft een simpele naam. Het heet "Vangen".'

'Wie vangen?'

'Mij.' Bourne ging op de rand van zijn stoel zitten. 'Ik wil dat je mij vragen stelt. Over alles wat daar in staat. Een zin, de naam van een stad, een gerucht, een onderdeel dan... gegevens. Wat dan ook. Laten we eens kijken wat voor antwoorden ik geef. Mijn onbewuste antwoorden.'

'Schat, dat is geen bewijs van...'

'Doe het!' beval Jason.

'Goed dan.' Marie pakte het nummer van *Potomac Quarterly*. 'Beiroet,' zei ze. 'Ambassade,' antwoordde hij. 'Hoofd van CIA-post deed zich voor als attaché. Neergeschoten op straat. Driehonderdduizend dollar.'

Marie keek hem aan. 'Ik herinner het me,' begon ze.

'Ik niet!' onderbrak Jason haar. 'Ga verder.'

Ze bleef hem even aanstaren en keerde toen terug naar het tijdschrift. 'Baader-Meinhof.'

'Stuttgart. Regensburg. München. Twee moordaanslagen en een ontvoering, toegeschreven aan Baader. Betalingen uit...' Bourne zweeg en fluisterde toen verbaasd: 'Amerikaanse bron. Detroit... Wilmington, Delaware.'

'Jason wat zijn...?'

'Ga vérder. Alsjeblieft.'

'De naam, Sanchez.'

'De naam is Ilich Ramirez Sanchez,' antwoordde hij. 'Hij is... Carlos.'

'Waarom dat Ilich?'

Bourne zweeg, zijn ogen zwierven in het rond. 'Ik weet het niet.'

'Het is Russisch, niet Spaans. Was zijn moeder een Russische?'

'Nee... ja. Zijn moeder. Het moet zijn moeder geweest zijn... denk ik. Ik weet het niet zeker.'

'Novgorod.'

'Spionage-opleiding. Verbindingen, codes, radioverkeer. Sanchez heeft daar zijn opleiding gehad.'

'Jason, dat heb je hier gelezen!'

'Ik heb het níét gelezen! Alsjeblieft. Ga door!'

'Teheran.'

'Acht moordaanslagen. Toegeschreven aan verschillende bronnen – Khomeiny en PLO. Beloning: twee miljoen. Bron: zuidwestelijke sector van Rusland.'

'Parijs,' zei Marie snel.

'Alle opdrachten zullen worden verwerkt via Parijs.'

'Wat voor opdrachten?'

'Dé opdrachten... Om te doden.'

'Doden van wie? Opdrachten van wie?'

'Sanchez... Carlos.'

'Carlos? Dan zijn het moordopdrachten voor Carlos, zijn slachtoffers. Ze hebben met jou niets te maken.'

'Opdrachten aan Carlos,' zei Bourne, half verdoofd.

'Niets te maken met... mij,' herhaalde hij, nauwelijks luider dan fluisterend.

'Je hebt het net gezegd, Jason. Niets van dat alles heeft iets te maken met jou.'

'Nee! Dat is niet waar!' schreeuwde Bourne terwijl hij opsprong van zijn stoel en op haar neerkeek. 'Ónze opdrachten,' voegde hij er kalm aan toe.

'Je weet niet wat je zegt.'

'Ik reageer! Onbewust! Daarom moest ik naar Parijs.' Hij keerde zich abrupt om, liep naar het raam en greep het kozijn vast. 'Daar gaat het hele spelletje over,' ging hij verder. 'We zijn op zoek naar de waarheid, weet je nog wel! Misschien hebben we die gevonden, misschien is hij in het spelletje te voorschijn gekomen.'

'Dit is geen geldige test! Het is een pijnlijke oefening in toevallige herinneringen. Als een tijdschrift als *Potomac Quarterly* dit heeft afgedrukt kunnen de kranten over de halve wereld het hebben overgenomen. Je had het overal kunnen lezen!'

'Het is wel een feit dat ik het onthouden heb.'

'Niet helemaal. Je wist niet waar het Ilich vandaan kwam, dat de vader van Carlos een communistisch advocaat was in Venezuela. Dat zijn volgens mij belangrijke punten. Je hebt helemaal niets gezegd over de Cubanen. Als je dat had gedaan zou dat hebben geleid tot de meest afschuwelijke speculatie die hier staat geschreven. Daarover heb je met geen woord gerept!'

'Waar heb je het over?'
'Dallas,' zei ze. November, 1963.'
'Kennedy,' antwoordde Bourne.
'Is het dat? Kennedy?'
'Toen gebeurde het.' Jason stond roerloos.
'Het gebeurde, maar daarnaar ben ik niet op zoek.'
'Ik weet het,' zei Bourne en zijn stem klonk weer mat, alsof hij in een vacuüm praatte. 'Een grasheuveltje... Jute-Billy.'
'Dat heb je gelezen!'
'Nee.'
'Dan heb je het al eerder gehoord, eerder gelezen!'
'Dat is mogelijk maar dat heeft er niets mee te maken, of wel soms?'
'Hou op, Jason!'
'Daar heb je die woorden weer. Ik wilde dat ik het kon.'
'Wat probeer je me te vertellen? Dat jij Carlos bent?'
'Mijn god, nee. Carlos wil me doden en ik spreek geen Russisch, dat weet ik.'
'Wat dán?'
'Wat ik aan het begin zei. Het spelletje. Het spelletje heet "Vang de soldaat".'
'Een soldaat?'
'Ja. Eentje die is gedeserteerd van Carlos. Dat is de enige verklaring, de enige reden waarom ik weet wat ik weet.'
'Waarom zeg je gedeserteerd?'
'Omdat hij mij écht wil doden. Hij denkt dat ik meer over hem weet dan wie ter wereld ook.'
Marie had met opgetrokken knieën op het bed gezeten; ze zwaaide haar benen over de rand, haar handen steunend op het dek. 'Dat is een gevolg van het deserteren. Hoe zit het met de oorzaak? Als het waar is, dan deed je het, je werd... werd...' Ze zweeg.
'Alles goed beschouwd is het wat laat om een morele verklaring te zoeken,' zei Bourne en hij zag de pijn van de erkenning op het gelaat van de vrouw van wie hij zoveel hield. 'Ik zou aan verschillende redenen kunnen denken, afgezaagde. Wat dacht je van een ruzie onder dieven... moordenaars.'
'Zegt me niets!' riep Marie uit. 'Daar zit geen greintje bewijs bij!'
'Emmersvol zitten erin en dat weet je. Ik zou me verkocht kunnen hebben aan de hoogste bieder of enorme sommen geld gestolen kunnen hebben van de betalingen. Beide zouden ze een verklaring kunnen vormen voor de rekening in Zürich.' Hij zweeg even, keek naar de muur boven het bed en tastte blindelings verder. 'Beide zouden ze een verklaring zijn voor Howard Leland, Marseille, Beiroet, Stuttgart... München. Voor alles. Al die vergeten feiten die naar het oppervlak willen komen. En een in het bijzonder. Waarom ik zijn naam vermeed, waarom ik hem nooit heb genoemd. Ik ben bang. Ik ben bang voor hem.'
Even was het stil; angst was lang niet het enige. Marie knikte. 'Ik weet

zeker dat je dat gelooft,' zei ze, 'en op de een of andere manier wilde ik dat het waar was. Maar volgens mij is het dat niet. Jij wilt het geloven omdat het aansluit bij wat je net hebt gezegd. Het verschaft je een antwoord... een identiteit. Het is misschien niet de identiteit die je graag zou hebben, maar het is beter dan blind door die afschuwelijke doolhof te dwalen waarmee jij elke dag wordt geconfronteerd.' Ze zweeg even. 'En ik wilde dat het waar was want dan zouden we hier niet zijn.'

'Wat?'

'Dat is de inconsequentie, schat. Het getal of het symbool dat niet past in jouw vergelijking. Als je was wie je beweert te zijn, en je was bang voor Carlos – en dat mag warempel wel – dan zou Parijs zowat de laatste plaats op de wereld zijn waarheen je werd gedwongen terug te keren. We zouden ergens anders zijn; je zei het zelf. Je zou vluchten; je zou het geld van Zürich nemen en verdwijnen. Maar dat doe je niet; integendeel, je loopt zo weer terug in het hol van Carlos. Dat is niet een man die bang is of schuldig.'

'Ik ben naar Parijs gekomen om dingen te ontdekken.'

'Vlucht dan. Morgen zullen we het geld hebben; er is niets wat jou – wat ons – tegenhoudt.'

Jason keek haar aan en keerde zich toen om. Hij liep naar het bureau en schonk zich een glas in. 'Treadstone is er ook nog,' zei hij afwerend.

'Wat stelt dat meer voor dan Carlos? Dat is je echte vergelijking. Carlos en Treadstone. De man van wie ik hield is door Treadstone gedood. Des te meer reden voor ons om te vluchten.'

'Ik had gedacht dat je de mensen die hem hebben vermoord in de openbaarheid zou willen brengen,' zei Bourne. 'Het ze betaald zetten.'

'Dat wil ik. Heel graag. Maar anderen kunnen hen opsporen. Ik heb mijn prioriteiten en wraak staat niet bovenaan op de lijst. Wij wel. Jij en ik. Of bekijk ik het alleen maar zo? Voel ik dat?'

'Dat weet je wel beter.' Hij greep het glas steviger vast en keek haar aan. 'Ik hou van je,' fluisterde hij.

'Laten we dan vluchten!' zei ze en ze ging haast vanzelf luider spreken. 'Laten we het allemaal vergeten en maken dat we wegkomen.'

'Ik... ik...,' stamelde Jason, terwijl de nevel hem irriterend het denken belette. 'Er zijn... dingen.'

'Wat voor dingen? We houden van elkaar, we hebben elkaar gevonden! We kunnen overal naartoe gaan, niemand of niets kan ons tegenhouden, of wel soms?'

Bourne merkte dat het zweet hem uitbrak, en zijn keel voelde droog aan. 'Niets kan ons tegenhouden.' Hij hoorde nauwelijks zijn eigen stem. 'Ik moet nadenken.'

'Wat valt er na te denken?' drong Marie aan, ze zette nog een stap en dwong hem haar aan te kijken. 'Het gaat alleen om jou en mij, of niet soms?'

'Alleen om jou en mij,' herhaalde hij zacht; de nevel werd nu dichter, verstikte hem. 'Ik weet het. Ik weet het. Maar ik moet nadenken.

Er is nog zoveel wat ik moet weten, zoveel dat te voorschijn moet komen.'

'Waarom is dat zo belangrijk?'

'Ik weet het niet. Vraag me dat nu niet.'

'Wanneer dan wel? Wanneer kan ik het je vragen? Wanneer gaat dit over? Zal het wel ooit overgaan?'

'Hou op!' brulde hij plotseling en hij zette het glas met een klap op het houten dienblad. 'Ik kan niet vluchten! Ik wil het niet! Ik moet hier blijven! Ik moet het wéten!'

Marie liep snel op hem af, legde haar handen eerst op zijn schouders, toen op zijn gelaat en wiste het zweet af. 'Nu heb je het gezegd. Kun je jezelf horen, schat? Je kunt niet vluchten want hoe dichter je erbij komt, des te verwarrender wordt het. En als je werkelijk vlucht zou het alleen maar erger worden. Je zou geen leven meer hebben, je zou in een nachtmerrie leven. Dat weet ik.'

Hij tastte naar haar gelaat, raakte het aan en keek naar haar. 'Is dat zo?'

'Natuurlijk. Maar jij moest het zelf zeggen.' Ze omarmde hem en legde haar hoofd op zijn borst. 'Ik moest je dwingen... Het gekke is dat ik zou kunnen vluchten. Ik zou vanavond met jou op een vliegtuig kunnen stappen en weggaan waarheen jij maar wilde, verdwijnen en nooit meer omkijken, gelukkiger dan ik ooit in mijn leven ben geweest. Maar jij zou dat niet kunnen. Wat er hier in Parijs is – of niet is – zou aan je vreten tot je het niet meer zou kunnen verdragen. Dat is de dwaze ironie, schat. Ik zou ermee kunnen leven, maar jij niet.'

'Je zou zo maar verdwijnen?' vroeg Jason. 'Hoe zit het met je familie, je werk, alle mensen die je kent?'

'Ik ben geen kind meer en ik ben niet gek. Ik zou een uitvlucht kunnen verzinnen, ik zou om een lange vakantie vragen om medische en persoonlijke redenen. Emotionele spanningen, een inzinking; ik zou altijd terug kunnen komen, het departement zou het wel begrijpen.'

'Peter?'

'Ja,' Even zweeg ze. 'We rolden van de ene relatie in de andere, de tweede volgens mij belangrijker voor ons beiden. Hij was als een niet helemaal volmaakte broer van wie je wilt dat hij slaagt, ondanks de tekortkomingen, omdat hij in zijn hart zo'n fatsoenlijke kerel is.'

'Dat vind ik erg. Heel erg.'

Ze keek naar hem op. 'Jij bent ook zo fatsoenlijk. Als je het soort werk doet waarmee ik me bezighoud, wordt fatsoen heel belangrijk. Het zijn niet de zachtmoedigen die de aarde zullen erven, Jason, het zijn de immorelen. En ik heb het idee dat de afstand tussen immoraliteit en doden maar heel klein is.'

'Treadstone Seventy-one?'

'Ja. We hadden beiden gelijk. Ik wil hen aan de kaak stellen, ik wil hun betaald zetten voor wat ze hebben gedaan... en je kunt niet weglopen.'

Hij beroerde met zijn lippen heel even haar wangen en daarna haar haar en omhelsde haar. 'Ik zou je eigenlijk de deur uit moeten zetten,' zei hij. 'Ik hoor je te zeggen dat je uit mijn leven moet verdwijnen. Ik kan het niet, maar ik weet verdomd goed dat ik het zou moeten doen.'

'Het zou geen verschil maken als je dat deed. Ik zou toch niet gaan, schat.'

De kantoren van de advocaat lagen aan de Boulevard de la Chapelle; de vergaderruimte die omgeven was door boekenkasten leek meer op een toneeldecor dan op een kantoor; alles stond op zijn plaats en niets was meer dan een rekwisiet. In die ruimte werden transacties afgesloten, geen contracten. Wat de advocaat zelf betrof, een deftig, wit sikje en een zilveren *pince-nez* boven op een haviksneus konden niet verhelen dat de man omkoopbaar was. Hij stond er zelfs op dat de conversatie in slecht Engels werd gevoerd, zodat hij later zich erop kon beroepen dat men hem verkeerd had begrepen.

Marie voerde voornamelijk het woord en Bourne voegde zich naar haar als een cliënt met zijn adviseur. Ze hield haar betoog bondig, veranderde de cheques in obligaties aan toonder, betaalbaar in dollars, in coupures die liepen tussen een maximum van twintigduizend en een minimum van vijf. Ze gaf de advocaat opdracht tegen de bank te zeggen dat alle series opgesplitst moesten worden in numeriek opeenvolgende reeksen van drie, en dat elke partij certificaten internationaal gegarandeerd moest zijn. Wat ze daarmee wilde ontging de advocaat niet; ze maakte de uitgifte van de obligaties zo ondoorzichtig dat vrijwel geen bank of makelaar de herkomst zou kunnen natrekken. Geen bank of makelaar zou bovendien de extra moeite nemen of extra kosten maken, want de betalingen waren gegarandeerd.

Toen de geïrriteerde advocaat bijna klaar was met zijn telefoongesprek met een al even verontruste Antoine d'Amacourt, stak Marie haar hand op.

'Neemt u me niet kwalijk, maar monsieur Bourne staat erop dat monsieur d'Amacourt er tweehonderdduizend franc in contanten aan toe voegt: honderdduizend samen met de obligaties en honderdduizend die monsieur d'Amacourt moet vasthouden. Hij stelt voor om de tweede honderdduizend als volgt te verdelen: vijfenzeventigduizend voor monsieur d'Amacourt en vijfentwintigduizend voor u. Hij realiseert zich dat hij u beiden zeer veel verschuldigd is voor uw goede raad en voor de extra moeite die hij u heeft bezorgd. Het hoeft niet gezegd te worden dat die onderverdeling niet op schrift behoeft te worden vastgelegd.'

De regelingen werden getroffen in overeenstemming met de ongebruikelijke – maar volkomen begrijpelijke – eisen van monsieur Bourne en zijn gewaardeerde raadsvrouwe.

Monsieur Bourne stelde een leren diplomatenkoffertje ter beschikking voor de obligaties en het geld; het zou worden afgeleverd door een gewapende bankloper die de bank om halfdrie in de namiddag zou verlaten en monsieur Bourne om drie uur op de Pont Neuf zou ontmoeten. De geachte cliënt zou zich identificeren met een klein stukje leer dat was afgesneden van het koffertje en dat, wanneer het op de kale plek werd gelegd, het ontbrekende stukje zou blijken te zijn. Daaraan zouden de woorden worden toegevoegd: 'Herr Koenig zendt de groeten uit Zürich.'

Dat waren de bijzonderheden. Op een na die duidelijk werd gesteld door de raadsvrouw van monsieur Bourne.

'Wij beseffen dat aan de vereisten van het *fiche* letterlijk moet worden voldaan en we verwachten dat monsieur d'Amacourt dat ook zal doen,' zei Marie St. Jacques. 'We beseffen echter ook dat het tijdsverloop van de procedure van voordeel kan zijn voor monsieur Bourne en we rekenen op zijn minst op dat voordeel. Wanneer we dat niet zouden krijgen dan ben ik bang dat ik als officieel aangesteld – zij het momenteel anoniem – lid van de Internationale Bankierscommissie, mij verplicht zou voelen rapport uit te brengen over bepaalde afwijkingen in procedures, die in het bankwezen en bij de wet zijn voorgeschreven, waarvan ik getuige ben geweest. Ik weet zeker dat dat niet nodig zal zijn; we worden allemaal goed betaald, *n'est-ce pas, monsieur?*

'C'est vrai, madame! Bij het bankwezen en in zaken van de wet... precies als in het leven zelf... is op tijd werken van het hoogste belang. U hoeft nergens bang voor te zijn.'

'Dat weet ik,' zei Marie.

Bourne inspecteerde de groeven van de geluiddemper en constateerde dat hij alle stofdeeltjes had verwijderd die erin waren geraakt in de tijd dat hij niet werd gebruikt. Hij gaf er een laatste, draaiende ruk aan, drukte de knop van het magazijn in en controleerde de patroonhouder. Er bleven zes patronen over; hij was klaar. Hij stak het wapen in zijn broekriem en knoopte zijn colbertje dicht.

Marie had hem niet met het wapen bezig gezien. Ze zat met haar rug naar hem toe op het bed en sprak per telefoon met de attaché van de Canadese ambassade, Dennis Corbelier. Sigarettenrook dwarrelde op van de asbak naast haar notitieboekje; ze schreef de informatie op die Corbelier haar gaf. Toen hij klaar was bedankte ze hem en legde de hoorn op. Ze bleef twee of drie seconden roerloos zitten met het potlood nog in haar hand.

'Hij weet het nog niet van Peter,' zei ze terwijl ze zich omkeerde naar Jason. 'Dat is vreemd.'

'Erg vreemd,' stemde Bourne in. 'Ik dacht dat hij een van de eerste zou zijn die het zou horen. Jij zei dat ze zijn lijst met telefoongesprekken hadden nagelopen; hij had een gesprek gevoerd met Parijs, met Corbelier. Je zou denken dat iemand dat wel zou hebben nagetrokken.'

'Daar had ik nog niet eens aan gedacht. Ik zat te denken over de kranten, de nieuwsbureaus. Peter werd... werd achttien uur geleden ontdekt en ik mag er dan misschien gemakkelijk overheen hebben gelopen, maar hij was een belangrijk man in de Canadese regering. Zijn dood op zich zou nieuws betekenen, dat hij vermoord is nog meer... Het is niet gemeld.'

'Bel Ottawa vanavond. Probeer erachter te komen waarom.'

'Dat doe ik.'

'Wat heeft Corbelier je verteld?'

Marie keek in het notitieboekje. 'De nummerplaat in de Rue Madeleine stelt niets voor, een auto die op het vliegveld De Gaulle gehuurd is door ene Jean-Pierre Larousse...'

'John Smith,' onderbrak Jason haar.

'Precies. Hij had meer geluk met het telefoonnummer dat d'Amacourt je gaf, maar hij begrijpt niet wat het eigenlijk met alles te maken kan hebben. Ik trouwens ook niet.'

'Is het zo vreemd?'

'Volgens mij wel. Het is een privéverbinding van een modehuis aan Saint-Honoré. Les Classiques.'

'Een modehuis? Bedoel je een studio?'

'Ik weet zeker dat er een aan verbonden is, maar in wezen is het een elegante kledingzaak. Zoiets als het Huis van Dior of van Givenchy. *Haute couture*. In vakkringen, zei Corbelier, staat het bekend als het "Huis van René". Dat is Bergeron.'

'Wie?'

'René Bergeron, een ontwerper. Hij zit al jaren in het vak, altijd net op het randje van een doorslaand succes. Ik ken hem omdat mijn naaistertje thuis zijn ontwerpen kopieert.'

'Heb je het adres gekregen?'

Marie knikte. 'Waarom wist Corbelier niets over Peter? Waarom weet niemand iets?'

'Misschien kom je erachter wanneer je opbelt. Het is waarschijnlijk enkel een kwestie van tijd; te laat voor de ochtendedities hier in Parijs. Ik koop wel een middagkrant.' Bourne liep naar de kast voor zijn overjas; hij voelde het verborgen gewicht in zijn riem. 'Ik ga terug naar de bank. Ik zal de loper volgen naar de Pont Neuf.' Hij trok zijn jas aan en merkte dat Marie niet luisterde. 'Dat wilde ik je vragen, dragen die kerels uniform?'

'Wie?'

'Banklopers.'

'Dat verklaart wel de kranten maar niet de nieuwsbureaus.'

'Wat zeg je nou?'

'Het verschil in tijd. De kranten hebben het misschien nog niet opgenomen maar de nieuwsbureaus moeten het hebben. En ambassades hebben telex-apparaten; die zouden het weten. Het was niet bekendgemaakt, Jason.'

'Bel vanavond,' zei hij. 'Ik ga weg.'

'Je vroeg over de banklopers. Of ze uniformen dragen?'

'Dat wilde ik graag weten.'

'Meestal wel, ja. Ze rijden ook in gepantserde auto's, maar daarover heb ik heel precies instructies gegeven. Als er een wagen werd gebruikt moesten ze een eind van de brug vandaan parkeren en de loper moest te voet verder gaan.'

'Dat hoorde ik, maar ik wist niet zeker wat je bedoelde. Waarom?'

'Een bankloper met obligaties is al erg genoeg, maar het kan niet anders; het moet van de verzekeringen. Een wagen valt te veel op; die zou te gemakkelijk gevolgd kunnen worden. Je verandert niet van mening en laat mij met je meegaan?'

'Nee.'

'Geloof me maar, er gaat niets verkeerd; die twee dieven staan dat niet toe.'

'Dan is er ook geen reden waarom jij erbij zou zijn.'

'Je bent irritant.'

'Ik heb haast.'

'Ik weet het. En je schiet beter op zonder mij.' Marie stond op en liep naar hem toe. 'Ik begrijp het echt wel.' Ze vlijde zich tegen hem aan en kuste hem op de lippen; plotseling merkte ze het wapen in zijn riem. 'Je bent ongerust, is 't niet?'

'Alleen maar voorzichtig.' Hij glimlachte. 'Het is verschrikkelijk veel geld. We moeten er misschien een hele tijd van leven.'

'Dat mag ik graag horen.'

'Het geld?'

'Nee. Wij.' Marie fronste haar wenkbrauwen. 'Een safeloket.'

'Je praat steeds in raadselen.'

'Je kunt geen inwisselbare obligaties die meer dan een miljoen dollar waard zijn zo maar in een hotelkamer in Parijs laten liggen. Je moet een kluis hebben.'

'Dat kunnen we morgen doen.' Hij liet haar los en keerde zich naar de deur. 'Wil je, terwijl ik weg ben, Les Classiques opzoeken in de telefoongids en het normale nummer bellen? Vraag hoe laat ze open zijn.' Hij ging snel weg.

Bourne zat achterin een stilstaande taxi en hield door de voorruit de gevel van de bank in de gaten. De chauffeur neuriede een onherkenbaar deuntje en las een krant, tevreden met het biljet van vijftig franc dat hij vooruit had ontvangen. De motor van de taxi liep echter; daarop had de passagier gestaan.

De logge romp van de gepantserde geldwagen was zichtbaar in het rechterachterraampje, zijn radioantenne stak op uit het midden van het dak als een spits toelopende boegspriet. Hij stond geparkeerd in een ruimte die was gereserveerd voor auto's van de bank, vlak voor Jasons taxi. Twee kleine rode lichten waren zichtbaar boven de cirkel van kogelvrij glas in de achterdeur. Het alarmsysteem was in werking.

Bourne boog zich naar voren, zijn ogen gericht op de geüniformeerde man die uit het zijportier klom en door het drukke voetgangersverkeer op het trottoir zijn weg zocht naar de ingang van de bank. Hij voelde zich opgelucht; de man was niet een van de drie goedgeklede mannen die gisteren naar de Valois waren gekomen.

Een kwartier later kwam de loper uit de bank te voorschijn, het leren diplomatenkoffertje in zijn linkerhand, zijn rechter rustend op een holster dat was losgeknoopt. De puntige scheur op de zijkant van het koffertje was duidelijk te zien. Jason tastte naar het stukje leer in de zak van zijn hemd; alleen deze primitieve combinatie kon een leven buiten Parijs, buiten bereik van Carlos, mogelijk maken. Als er zo'n leven bestond en hij het kon accepteren zonder die afschuwelijke doolhof waaruit hij niet kon ontsnappen.

Maar het was meer dan dat. In een door mensen gemaakte doolhof bleef je in beweging, je bleef rennen en stootte tegen de muren; het contact op zich was een teken dat je vooruitkwam, zij het als een blinde. Zijn persoonlijke doolhof had geen muren en geen afgebakende gangen waardoor je kon rennen. Niets anders dan ruimte, en wervelende nevelsluiers in het donker, die hij zo duidelijk zag als hij 's nachts zijn ogen opende en het zweet van zijn gezicht voelde gutsen. Waarom waren het altijd ruimte en duisternis en harde wind? Waarom tuimelde hij 's nachts altijd door de lucht? Een parachute. Waarom? Toen vielen hem andere woorden in, hij had geen idee waar ze vandaan kwamen, maar ze waren er en hij hoorde ze.

Wat blijft er nog over als je je geheugen kwijt bent? En je identiteit, meneer Smith?

Hou op!

De geldwagen voegde zich tussen het verkeer in de Rue Madeleine. Bourne tikte de chauffeur op de schouder. 'Volg die wagen, maar hou minstens twee auto's tussen ons in,' zei hij in het Frans.

De chauffeur draaide zich verschrikt om. 'Volgens mij hebt u de verkeerde taxi, meneer. Neem uw geld maar terug.'

'Ik ben van die firma, stommeling. Het is een speciale opdracht.'

'Spijt me, monsieur. We zullen hem niet kwijtraken.' De bestuurder reed snel weg en stortte zich dwars voor alle auto's langs in het verkeersslagveld.

De geldwagen nam de snelste route naar de Seine, reed zijstraten door, draaide op de Quai de la Rapée linksaf in de richting van de Pont Neuf. Toen hij volgens Jasons schatting op drie, vier straten, verwijderd was van de brug, ging hij langzamer rijden, vlak langs de rand van het trottoir, alsof de loper tot de conclusie was gekomen dat hij te vroeg was voor zijn afspraak. Maar volgens Bourne was hij zelfs aan de late kant. Het was zes minuten voor drie, nauwelijks genoeg tijd voor de man om te parkeren en dan het voorgeschreven stuk naar de brug af te leggen. Waarom was de wagen dan langzamer gaan rijden? Langzamer rijden? Nee, hij was gestopt; hij reed niet meer! Waarom?

Het verkeer...? Mijn god, natuurlijk, het verkeer!

'Stop hier,' zei Bourne tegen de bestuurder. 'Hier aan de kant. Snel!'

'Wat is er, monsieur?'

'U bent een geluksvogel,' zei Jason. 'Mijn firma wil u nog honderd franc extra betalen als u alleen maar naar het voorraampje van die wagen daar loopt en een paar woorden zegt tegen de bestuurder. Wilt u die honderd?'

'Wat, monsieur?'

'Om u de waarheid te zeggen, we stellen hem op de proef. Hij is nieuw. Wilt u die honderd?'

'Ik hoef alleen maar naar het raampje te gaan en een paar woorden te spreken?'

'Meer niet. Vijf seconden hooguit en dan kun je teruggaan naar je taxi en wegrijden.'

'Er komen geen moeilijkheden van? Ik wil geen moeilijkheden.'

'Mijn firma behoort tot de beste in heel Frankrijk. U hebt overal onze geldwagens gezien.'

'Ik weet het niet...'

'Vergeet het maar!' Bourne tastte naar de kruk van het portier. 'Wat moet ik zeggen?'

Jason stak de honderd franc naar voren. ' "Herr Koenig. De groeten uit Zürich." Kunt u dat onthouden?'

'"Koenig. De groeten uit Zürich." Wat is daar voor moeilijks aan?'

'Prima. We gaan. Ik zal vlak achter u blijven.'

'U? Achter mij?'

'Precies.' Ze liepen snel naar de geldwagen, bleven zo dicht mogelijk aan de rechterzijde van hun smalle paadje tussen de auto's, terwijl het verkeer aan hun linkerkant zich langzaam rijdend voortbewoog. De wagen vormde de val van Carlos, dacht Bourne. De moordenaar had zich met geld toegang verschaft tot de rangen van de gewapende geldlopers. Een enkele naam en een ontmoetingspunt, doorgegeven over een afgeluisterde radiofrequentie, kon een te laag betaalde koerier heel wat geld opleveren. *Bourne. Pont Neuf.* Heel eenvoudig. Deze speciale loper was er minder in geïnteresseerd op tijd te zijn dan om er zeker van te zijn dat de handlangers van Carlos op tijd op de Pont Neuf kwamen. Het verkeer van Parijs was berucht; je kon altijd te laat komen. Jason hield de taxichauffeur tegen; in zijn hand had hij nog vier biljetten van tweehonderd franc. De man kon er zijn ogen niet afhouden.

'Monsieur?'

'Mijn firma is vrijgevig. Deze man moet gestraft worden voor zijn ernstige overtredingen.'

'Wat, monsieur?'

'Nadat u gezegd hebt "Herr Koenig. De groeten uit Zürich," voegt u er eenvoudig aan toe: "Het plan is veranderd. Ik heb een passagier in mijn taxi die u wil spreken." Hebt u dat?'

De ogen van de bestuurder keerden terug naar de bankbiljetten. 'Wat is daar voor moeilijks aan?' Hij pakte het geld.

Ze zochten voorzichtig hun weg langs de zijkant van de wagen. De rug van Jason was tegen de stalen wand aangedrukt, zijn rechterhand onder zijn overjas was geklemd om het pistool in zijn riem. De bestuurder kwam aan het raampje, stak zijn hand op en klopte op het glas.

'Hé, daarbinnen, jij! Herr Koenig! De groeten uit Zürich!' schreeuwde hij.

Het raampje werd omlaag gedraaid, niet meer dan een paar centimeter. 'Wat is dit voor onzin?' riep een stem terug. 'U hoort op de Pont Neuf te staan, monsieur!'

De bestuurder was niet gek; hij had bovendien haast om zo snel mogelijk weg te komen. 'Ik niet, jij, stomme ezel!' schreeuwde hij boven het lawaai uit van het omringende, gevaarlijk dicht langsrijdende verkeer. 'Ik geef je door wat ik moest vertellen! Het plan is veranderd. Hierachter is een man die zegt dat hij je moet spreken!'

'Zeg dat hij opschiet,' zei Jason en hij hield in zijn hand nog een laatste biljet van vijftig franc, buiten het zicht van het raampje.

De bestuurder keek even naar het geld en toen weer naar de loper. 'Schiet op! Als je niet meteen naar hem toe gaat verlies je je baan!'

'Maak nu dat je wegkomt!' zei Bourne. De bestuurder keerde zich om, schoot langs Jason en griste het bankbiljet uit zijn handen terwijl hij terugrende naar zijn taxi.

Bourne bleef staan, plotseling op zijn hoede door wat hij hoorde boven de kakofonie uit van toeterende claxons en gierende motoren. Van binnen uit de wagen klonken stemmen op, niet één man die in een radio schreeuwde, maar twee die tegen elkaar riepen. De loper was niet alleen; er was nog iemand bij hem.

'Dat waren de woorden! Je hebt het gehoord!'

'Hij moest naar je tóé komen. Moest zich laten zien.'

'Dat dóét hij ook. En hij zal het stukje leer laten zien dat precies moet passen! Dacht je dat hij dat midden op straat zou doen?'

'Het bevalt me niet!'

'Je hebt me betaald om jou en jouw mensen te helpen iemand te vinden. Niet om mijn baantje te verliezen. Ik ga!'

'Het moet op de Pont Neuf gebeuren!'

'Barst maar!'

Het geluid van zware voetstappen weerklonk op de metalen bodem. 'Ik ga met je mee!'

De deur ging open; Jason draaide mee tot hij erachter stond, zijn hand nog onder zijn jas. Hij keek neer op een kindergezichtje dat zich tegen het glas drukte van een autoraampje, met scheel kijkende ogen. De jonge gelaatstrekken waren verwrongen tot een lelijk masker, bedoeld om schrik aan te jagen en te beledigen. De straat was vol toenemend lawaai van tegen elkaar in loeiende claxons; het verkeer was tot stilstand gekomen.

De loper stapte van de metalen rand af met het diplomatenkoffertje in zijn linkerhand. Bourne stond gereed; op het moment dat de loper op straat stapte smeet hij de deur terug tegen het lichaam aan van de tweede man en sloeg hij het zware, stalen paneel tegen een afdalende knieschijf en een uitgestrekte hand aan. De man gaf een schreeuw en viel achterover de geldwagen in. Jason schreeuwde tegen de loper met het puntige stukje leer in zijn vrije hand.

'Ik ben Bourne! Hier is het stukje! En hou jij nu dat pistool in je holster anders verlies je niet alleen je baantje maar ook nog je leven, klootzak!'

'Ik wilde u niets doen, monsieur! Zij wilden u vinden! Ze zijn niet geïnteresseerd in wat ik moet afleveren, dat kunt u van mij aannemen!'

De deur vloog open, Jason smakte hem weer dicht met zijn schouder, trok hem toen open om het gelaat van Carlos' handlanger te zien, zijn hand op het wapen in zijn riem.

Wat hij zag was de loop van een pistool, het zwarte kringetje van de opening staarde hem recht in de ogen. Hij draaide achteruit, beseffend dat de fractie van een seconde dat het schot werd vertraagd veroorzaakt werd door een plotseling snerpend belgerinkel dat losbarstte in de gepantserde wagen. Het alarm was in werking gesteld, het oorverdovende lawaai klonk uit boven het daverend lawaai van de straat; in vergelijking leek het schot gedempt te klinken, het openspattende asfalt onder hem gaf geen geluid.

Opnieuw smakte Jason het zware paneel dicht. Hij hoorde het geluid van metaal tegen metaal; hij had het wapen van Carlos' handlanger geraakt. Hij trok zijn pistool uit zijn riem, liet zich op zijn knieën op straat vallen en trok de deur open.

Hij zag het gezicht uit Zürich, de moordenaar die ze Johann hadden genoemd, de man die ze naar Parijs hadden gehaald om hem aan te wijzen. Bourne vuurde tweemaal; de man vloog gekromd achterover en bloed begon over zijn voorhoofd te stromen.

De loper! Het koffertje!

Jason zag de man; hij had gebukt dekking gezocht bij de achtertrap, zijn wapen had hij in de hand en hij schreeuwde om hulp. Bourne sprong overeind en deed een uitval naar het uitgestoken wapen, greep de loop vast en wrong het pistool uit de hand van de loper. Hij greep het koffertje en schreeuwde. 'Je wilde niets doen, hé? Geef híér dat ding, rotzak!' Hij greep het koffertje en gooide het wapen van de man onder de wagen. Vervolgens stortte hij zich in de hysterische menigte op het trottoir.

Hij rende uit alle macht, blindelings, de lichamen voor hem als de beweegbare wanden van zijn doolhof. Maar er was een wezenlijk verschil tussen deze spitsroeden en die waardoor hij elke dag in zijn geest moest lopen. Er was geen duisternis; de middagzon scheen helder, even verblindend als zijn race door de doolhof.

14

'Alles is er,' zei Marie. Ze had de obligaties volgens hun verschillende coupures bijeen gelegd, de stapeltjes en de bankbiljetten op het bureau. 'Ik zei wel dat het er zou zijn.'

'Het was bijna niet gelukt.'

'Wat?'

'De man die ze Johann noemden, die uit Zürich. Hij is dood. Ik heb hem gedood.'

'Jason, wat is er gebeúrd?'

Hij vertelde het haar. 'Ze hadden op de Pont Neuf gerekend,' zei hij. 'Volgens mij is hun vluchtwagen vastgeraakt in het verkeer, ze hebben de loper via zijn radiofrequentie bereikt en hem gezegd te wachten. Ik ben er zeker van.'

'Mijn god, ze zitten overal!'

'Maar ze weten niet waar ik ben,' zei Bourne en hij keek in de spiegel boven het bureau, monsterde zijn blonde haar terwijl hij de zware uilenbril opzette. 'En de laatste plaats waar ze me zullen zoeken op dit moment – zelfs al zouden ze op een of andere manier weten dat ik op de hoogte was – zou een modehuis zijn aan Saint-Honoré.'

'Les Classiques?' vroeg Marie verbaasd.

'Precies. Heb je ze gebeld?'

'Ja, maar dat is gekkenwerk!'

'Waarom?' Jason keerde zich van de spiegel af. 'Denk maar eens na. Twintig minuten geleden is hun val opengeklapt; er moet verwarring heersen, ze maken elkaar verwijten, beschuldigen elkaar van incompetentie. Nu, op dit moment, hebben ze het drukker met elkaar dan met mij; niemand krijgt graag een kogel in zijn keel. Ze zullen zich snel hergroeperen, daar zal Carlos wel voor zorgen, maar het komende uur, terwijl ze proberen uit te vinden wat er gebeurd is, zal de enige plaats waar ze me niet zoeken een contactplaats zijn waarvan ze niet het flauwste vermoeden hebben dat ik die ken.'

'Iemand zal je herkennen!'

'Wie? Ze hebben een man uit Zürich hierheen gehaald en die is dood. Ze weten niet hoe ik eruitzie.'

'De bankloper. Hem zullen ze pakken; hij heeft je gezien.'

'De komende uren heeft die het druk genoeg met de politie.' 'd'Amacourt. De advocaat!'

'Ik vermoed dat die al halverwege Normandië of Marseille zitten of, als ze geluk hebben, het land uit zijn.'

'Stel dat ze tegengehouden worden, gevangen?'

'Stel dat dat zo is, denk je dan dat Carlos een contactadres zou blootgeven waar hij boodschappen ontvangt? Vergeet het maar.'

'Jason, ik ben bang.'

'Dat ben ik ook. Maar niet om herkend te worden.' Bourne liep weer naar de spiegel. 'Ik zou een lange voordracht kunnen houden over een onderverdeling in soorten gezichten en over uitgewiste gelaatstrekken, maar dat doe ik niet.'

'Je bedoelt de sporen van een operatie. Port Noir. Dat heb je me verteld.'

'Niet alles.' Bourne leunde tegen het bureau en keek naar zijn gelaat. 'Wat voor kleur ogen heb ik?'

'Wát?'

'Nee, niet naar me kijken. Vertel me nu eens wat de kleur is van mijn ogen? De jouwe zijn bruin met groene spikkeltjes. Hoe zit het met de mijne?'

'Blauw... blauwachtig. Of een soort grijs, eigenlijk...' Marie zweeg. 'Ik weet het eigenlijk niet zeker. Dat is wel afschuwelijk van me.'

'Het is volkomen normaal. De gewone kleur is lichtbruin, maar niet altijd. Zelfs ik heb dat gemerkt. Wanneer ik een blauw hemd of een blauwe das draag worden ze blauwer; een bruine jas of colbertje en ze zijn grijs. Als ik naakt ben is de kleur, vreemd genoeg, haast niet te bepalen.'

'Dat is niet zo vreemd. Ik weet zeker dat er miljoenen mensen hetzelfde hebben.'

'Vast en zeker. Maar hoevelen van hen dragen contactlenzen wanneer hun gezicht normaal is?'

'Contact...?'

'Dat zei ik,' viel Jason haar in de rede. 'Bepaalde soorten contactlenzen worden gedragen om de kleur van de ogen te veranderen. Ze hebben de beste uitwerking wanneer de ogen lichtbruin zijn... Toen Washburn me onderzocht vond hij sporen dat die lang waren gebruikt. Het is een van de bewijsstukken, waar of niet?'

'Het is dat wat jij ervan wilt maken,' zei Marie. 'Als het waar is.'

'Waarom zou het niet waar zijn?'

'Omdat die dokter vaker dronken was dan nuchter. Dat heb je me gezegd. God weet hoe vaak hij door de alcohol niet juist meer kon denken. Hij is nooit duidelijk geweest, dat kon hij ook niet zijn.'

'Hij was heel zeker van één ding. Ik ben een kameleon die bestemd is om zich aan iedere situatie aan te passen. Ik wil erachter komen wat voor situaties; misschien kan ik dat nu. Dankzij jou heb ik een adres. Iemand daar kent misschien de waarheid. Eén man, meer heb ik niet nodig. Eén enkel iemand die ik kan confronteren, desnoods kan breken als het moet...'

'Ik kan je niet tegenhouden, maar wees voorzichtig. Als ze je herkennen zullen ze je vermoorden.'

'Daar zullen ze dat niet doen; dat zou rottig zijn voor de klandizie. We zijn hier in Parijs.'

'Wat ga je doen? Ik bedoel, hoe?'

'Dat weet ik pas als ik er ben. Ik ga kijken of er iemand rondloopt die er zenuwachtig of ongerust uitziet of die op een telefoontje wacht alsof zijn leven ervan afhangt.'

'En dan?'

'Dan doe ik hetzelfde als ik met d'Amacourt heb gedaan. Ik wacht buiten en volg wie het dan ook is. Ik ben zo dichtbij, ik kan niet missen. En ik zal voorzichtig zijn.'

'Bel je me op?'

'Ik zal het proberen.'

'Ik word gek van dat wachten, zonder iets te weten.'

'Wacht dan niet. Kun je die obligaties ergens deponeren?'

'De banken zijn dicht.'

'Neem een groot hotel; hotels hebben kluizen.'

'Dan moet je een kamer nemen.'

'Neem er maar een. In het Meurice of het George Cinq. Laat het koffertje in de receptie achter, maar kom hier terug.'

Marie knikte. 'Dan heb ik tenminste iets te doen.'

'Bel daarna Ottawa op. Probeer te weten te komen wat er gebeurd is.'

'Dat zal ik doen.'

Bourne liep naar het nachtkastje en haalde er een stel bankbiljetten van vijfduizend franc af. 'Omkopen zou eigenlijk gemakkelijker zijn,' zei hij. 'Ik denk niet dat het zal gebeuren, maar je weet nooit.'

'Je weet nooit,' stemde Marie in en ging toen in een adem door. 'Heb je gehoord, wat je zei? Je noemde spontaan de namen van twee hotels.'

'Ik hoorde het.' Hij keek haar aan. 'Ik ben hier eerder geweest. Vaak. Ik heb er gelogeerd, maar niet in die hotels. In achterbuurtjes, geloof ik. Niet zo gemakkelijk te vinden.'

Het ogenblik ging stilzwijgend voorbij, de angst was tintelend voelbaar.

'Ik hou van je, Jason.'

'Ik hou ook van jou,' zei Bourne.

'Kom bij me terug. Wat er ook gebeurt, kom bij me terug.'

De verlichting was gedempt en op effect berekend, spots die als fonkelende sterretjes in het donkere, bruine plafond hingen en die mannequins en duur geklede klanten baadden in bundels flatterend, geel licht. De toonbanken voor juwelen en accessoires waren bekleed met zwart fluweel, helderrode en groene zijde lag smaakvol uitgespreid op de nachtelijke glans, glinsterend goud en zilver lichtte op onder de ingebouwde spots. Gracieus gebogen gangen tussen de toonbanken wekten een illusie van ruimte die er niet was, want Les Classiques was geen grote zaak, al was ze nauwelijks klein te noemen. Het was echter een prachtig ingerichte winkel aan een van de duurste straten van Parijs. Paskamers, voorzien van deuren met getint glas, bevonden zich achterin, onder een balkon waar de directiekantoren gelegen waren. Een beklede trap leidde rechts naar boven, naast een telefooncentrale op een platform. Voor het bedieningspaneel zat, een beetje verloren in die omgeving, een man van middelbare leeftijd, gekleed in een onopvallend, net pak, te praten in een microfoon die met een kromme beugel vastzat aan een enkele koptelefoon.

Het personeel bestond voornamelijk uit vrouwen, rijzig, slank, met uitgemergelde gezichten en lichamen. Het waren levende skeletten van vroegere modellen met een betere smaak en intelligentie dan hun vroegere collega's, nu ze niet meer geschikt waren om modeshows te lopen. De paar mannen die te zien waren, waren ook slank; broodmagere figuren, benadrukt door nauwsluitende kleren, snelle gebaren en de uitdagende houding van een balletdanser.

Lichte, romantische muziek daalde zacht vanuit het donkere plafond. Jason slenterde tussen de toonbanken door, bekeek de kledingpoppen, betastte de stoffen en spreidde duidelijk een geheel eigen smaak ten toon. Alle bewegingen dienden in wezen om zijn verbazing te verbergen. Waar was de verwarring, de onrust die hij verwacht had in het hart van het contactadres van Carlos? Hij keek even omhoog naar de openstaande deuren van kantoren en naar de enkele gang die de beperkte ruimte in tweeën deelde. Mannen en vrouwen liepen ongedwongen rond, net als op de benedenverdieping, hielden nu en dan stil om met elkaar een grapje te maken of om wat te babbelen. Kletspraatjes. Nergens was ook maar iets te merken van onrust, geen enkele aanduiding was er zichtbaar dat een belangrijke val vlak voor hun neus was opengesprongen, dat een moordenaar die hierheen was gehaald – de enige man in Parijs die voor Carlos werkte en die een slachtoffer kon aanwijzen – door het hoofd was geschoten, dood achter in een gepantserde geldwagen lag op de Quai de la Rapée.

Het was ongelooflijk, alleen al doordat de hele sfeer tegengesteld was aan zijn verwachting. Niet dat hij gedacht had een chaos aan te treffen – verre van dat. De soldaten van Carlos stonden daarvoor onder een te strakke leiding. Toch had hij íéts verwacht. En er waren geen gespannen gezichten of rondflitsende ogen, geen abrupte bewegingen die op alarm wezen. Er was helemaal niets ongewoons. De zwierige wereld van de *haute couture* draaide elegant haar baan, zonder acht te slaan op gebeurtenissen die haar as uit balans hadden moeten brengen.

Toch moest er ergens een geheime telefoon zijn en iemand die niet alleen namens Carlos kon spreken, maar die ook de autoriteit bezat om drie moordenaars achter hun prooi aan te sturen. Een vrouw...

Een broodmagere man stopte haar en hield haar een kasboek voor ter parafering. Ze bekeek het en keek daarna omlaag, naar een nerveuze man van middelbare leeftijd aan een nabijgelegen juwelentoonbank. Ze keek heel even, maar wel venijnig, de boodschap was duidelijk. *Oké,* mon ami, *pak je snuisterijtje, maar betaal gauw je rekening. Anders zou je een volgende keer weleens voor schut kunnen staan. Of wat nog erger is, ik zou je vrouw kunnen bellen.* Binnen enkele tellen was de berisping voorbij. Een glimlach, even vals als breed, doorsneed het masker en met een knikje en een sierlijk gebaar pakte de vrouw een potlood aan van de bediende en parafeerde de kassabon. Ze liep verder de trap af met de man achter haar aan, voorover gebogen met haar pratend. Hij was haar duidelijk aan het vleien. Ze draaide zich om op de onderste tree, raakte even de kruin van haar donkere kapsel met grijze strepen, en tikte hem als gebaar van dank op zijn pols.

De ogen van de vrouw stonden onrustig. Bourne had zelden een paar ogen gezien die meer opmerkten, behalve misschien de ogen achter een bril met gouden montuur in Zürich.

Instinct. Zij was zijn doelwit; hij moest haar zien te bereiken. De eerste passen in de pavane moesten subtiel worden gezet, niet te veel en niet te weinig, maar wel zo dat ze aandacht trokken. Zij moest naar hem toe komen.

De minuten die volgden verbaasden Jason, of eigenlijk verbaasde hij zichzelf. De uitdrukking was 'rollenspel', dat begreep hij maar wat hem verbaasde was het gemak waarmee hij een persoonlijkheid aannam die in niets leek op hemzelf – voorzover hij zichzelf kende. Pas enkele minuten geleden had hij hier en daar wat opmerkzaam rondgekeken, nu begon hij te inspecteren; hij haalde jurken van hun rekken af en hield de stof tegen het licht. Hij bekeek zorgvuldig de naden, inspecteerde knopen en knoopsgaten, liet zijn vingers over kraagjes glijden, wipte ze omhoog en liet ze weer vallen. Hij kon mooie kleren beoordelen, hij was een ervaren inkoper die wist wat hij wilde en die datgene wat niet voldeed aan zijn keuze snel links liet liggen. Alleen de prijskaartjes interesseerden hem kennelijk niet.

Juist dat feit trok de aandacht van de despotische vrouw die steeds maar in zijn richting bleef kijken. Een verkoopster kwam aanglijden over het karpet; hij glimlachte beleefd maar zei dat hij liever zelf wat wilde rondkijken. Minder dan een halve minuut later stond hij achter drie etalagepoppen die de duurste ontwerpen droegen die er in Les Classiques te vinden waren. Hij trok zijn wenkbrauwen op en rond zijn lippen verscheen een trek van stilzwijgende instemming terwijl hij tussen de plastic poppen door naar de vrouw gluurde die bij een toonbank stond. Ze fluisterde tegen de verkoopster die met hem had gesproken; het meisje schudde haar hoofd en haalde de schouders op.

Bourne stond erbij met zijn handen in de zij en met opgeblazen wangen waaruit hij langzaam de lucht liet ontsnappen, terwijl zijn ogen van de ene pop naar de andere dwaalden; hij was een man die niet wist wat hij moest kiezen. En een dergelijke potentiële klant, vooral eentje die niet naar prijzen keek, had hulp nodig van iemand die er meer van af wist; hij was onweerstaanbaar. De koninklijke vrouw schikte even haar kapsel en begaf zich gracieus tussen de toonbanken door in zijn richting. Einde van het eerste deel van de pavane; de dansers maakten een buiging en bereidden zich voor op de gavotte.

'Ik zie dat u zich voelt aangetrokken tot onze betere modellen, monsieur,' zei de vrouw in het Engels, een veronderstelling die duidelijk was gebaseerd op het oordeel van een geoefend oog.

'Ik hoop van wel,' antwoordde Jason. 'U hebt hier een interessante collectie, maar je moet wel zoeken, waar of niet?'

'De onvermijdelijke waarderingsschaal, die er steeds moet zijn, monsieur. Maar al onze ontwerpen zijn exclusief.'

'*Cela va sans dire, Madame.*'

'*Ah, vous parlez français?*'

'*Un peu.* Het gaat.'

'U bent Amerikaan?'

'Ik zit er zelden,' zei Bourne. 'Volgens u worden deze exclusief voor u gemaakt?'

'O, ja. De ontwerper staat onder exclusief contract; ik weet zeker dat u zijn naam kent. René Bergeron.'

Jason fronste zijn wenkbrauwen. 'Jawel. Bekend in het vak, maar hij heeft nooit een echte doorbraak gemaakt, is 't wel?'

'Dat komt zeker, monsieur. Dat is onvermijdelijk; zijn reputatie wordt elk seizoen groter. Enkele jaren geleden werkte hij voor St. Laurent, daarna Givenchy. Er zijn er die zeggen dat hij er veel meer deed dan alleen maar de patronen snijden, als u begrijpt wat ik bedoel.'

'Dat is niet moeilijk op te maken.'

'En wat proberen die katten hem op de achtergrond te drukken! Het is een schande! Omdat hij vrouwen aanbidt; hij flatteert hen en maakt geen kleine jongens van hen, *vous comprenez?*'

'*Je vous comprends parfaitement.*'

'Over niet al te lange tijd zal hij ontluiken en ze zullen de zomen van zijn creaties niet eens meer kunnen aanraken. U moet deze modellen beschouwen als het werk van een ontluikend meester, monsieur.'

'U klinkt erg overtuigend. Ik neem deze alle drie. Ik neem aan dat ze allemaal maat twaalf zijn.'

'Veertien, monsieur. Ze worden natuurlijk passend gemaakt.'

'Ik ben bang van niet, maar ik weet zeker dat er in Cap Ferat ook behoorlijke kleermakers zijn.'

'*Naturellement,*' stemde de vrouw snel in.

'Verder...' Bourne aarzelde en fronste opnieuw zijn wenkbrauwen. 'Nu ik toch hier ben en om tijd te sparen, zou u misschien er nog een paar kunnen uitzoeken in dezelfde geest. Andere stoffen, andere modellen maar wel verwant, als u begrijpt wat ik bedoel.'

'Ik begrijp het uitstékend, monsieur.'

'Dank u, erg vriendelijk van u. Ik heb een hele reis achter de rug vanaf de Bahama's en ik ben doodmoe.'

'Zou monsieur misschien graag even gaan zitten?'

'Om u de waarheid te zeggen zou monsieur best een borrel lusten.'

'Dat kan geregeld worden, natuurlijk... En de betaling, monsieur...?'

''*Je paierai cash,*' zei Jason en hij besefte dat het leveren van koopwaar tegen contant geld de directrice van Les Classiques zou aantrekken. 'Cheques en rekeningen zijn als wildsporen door een oerwoud, vindt u niet?'

'Uw goede smaak wordt geëvenaard door uw wijsheid.' De strakke glimlach spleet het masker weer open zonder dat de ogen eraan deelnamen. 'Wat die borrel betreft, waarom niet in mijn kantoor? U kunt er even uitrusten en ik zal enkele zaken uitkiezen die u kunt beoordelen. Welke prijsklassen had u gedacht, monsieur?'

'*Les meilleurs, madame.*'

'*Naturellement.*' Een smalle, blanke hand werd uitgestoken. 'Ik ben Jacqueline Lavier, directrice en compagnon van Les Classiques.'

'Dank u.' Bourne nam de hand aan zonder zijn naam te noemen. Misschien volgde die nog wel in een omgeving die wat meer privé is, zei de blik in zijn ogen, maar nu nog niet. Op dit moment betekende geld zijn introductie. 'Uw kantoor? Het mijne is verschillende duizenden kilometers hiervandaan.'

'Wilt u mij volgen, monsieur?' De strakke glimlach was er weer en trok scheurtjes in het gezichtsmasker als in een ijsschots die steeds verder ging barsten. Madame Lavier gebaarde naar de trap. De wereld van de *haute couture* draaide verder, niet gestuit in zijn rondgang door fiasco en dood aan de Quai de la Rapée.

Dat alles zo normaal doorgang vond verbaasde en verontrustte Jason. Hij was ervan overtuigd dat de vrouw die naast hem liep dodelijke bevelen had overgebracht waarvan de uitvoering een uur geleden was verhinderd door pistoolschoten en dat die bevelen waren gegeven door een onbekende man die gehoorzaamheid of dood eiste. Toch was er niet de geringste aanwijzing dat er een lokje van haar perfect gekapte haren door nerveuze vingers van zijn plaats was gebracht. Toch was er niemand hoger in Les Classiques, niemand anders die een geheim telefoonnummer kon hebben in een zeer privékantoor. Er ontbrak een deel van een vergelijking... maar een ander deel was op verontrustende manier bevestigd.

Hijzelf. De kameleon. De vermomming had gewerkt; hij bevond zich in het vijandelijke kamp en hij was er zonder enige twijfel van overtuigd dat hij niet herkend was. De hele episode gaf hem een gevoel alsof hij dit al eens had meegemaakt. Zulke dingen had hij eerder gedaan, al eerder had hij het idee gehad dergelijke talenten te bezitten. Hij was een man die door een onbekend oerwoud rende, maar die op de een of andere manier instinctmatig zijn weg vond, wetend waar de valstrikken lagen en hoe die vermeden moesten worden. De kameleon was een expert.

Ze kwamen aan de trap en begonnen die te beklimmen. Rechts onder hem was de onopvallend geklede centralist van middelbare leeftijd rustig aan het praten in zijn microfoon. Zijn hoofd met grijze haren knikte bijna vermoeid, alsof hij degene tegen wie hij sprak ervan wilde verzekeren dat hún wereld zich in serene rust bevond.

Bourne hield stil op de zevende trede zonder dat hij wist waarom. Het achterhoofd van de man, de lijn van het jukbeen, het zien van het dun wordende, grijze haar – de manier waarop het half over het oor viel; hij had die man eerder gezien! Ergens. In het verleden, het niet herinnerde verleden, maar wat nu in het duister terugkwam... en met lichtflitsen. Explosies, nevels; bolderende windstoten gevolgd door perioden van stilte vol spanning. Wat was het? Waar was het? Waarom kreeg hij die steken weer in zijn ogen? De grijsharige man begon zich om te keren op zijn draaistoeltje; Jason wendde zijn ogen af voordat ze elkaar zouden ontmoeten.

'Ik zie dat monsieur geïnteresseerd is in onze unieke telefooncentrale,' zei madame Lavier. 'Het is een afwijking die volgens ons Les Classiques onderscheidt van andere winkels aan de Saint-Honoré.'

'Hoezo?' vroeg Bourne terwijl ze de trap opliepen; de pijn in zijn ogen deed hem knipperen.

'Wanneer een cliënt Les Classiques belt wordt de telefoon niet beantwoord door een nietszeggende vrouwenstem maar in plaats daarvan door een beschaafde heer die alle informatie direct tot zijn beschikking heeft.'

'Een goed idee.'

'Dat vinden andere heren ook,' voegde zij eraan toe. 'Vooral wanneer ze per telefoon inkopen doen die ze liever vertrouwelijk houden. In ons oerwoud zijn er geen wildsporen, monsieur.'

Ze bereikten het ruime kantoor van Jacqueline Lavier. Het was het verblijf van een efficiënte manager, stapels papier naast elkaar op het bureau, een ezel tegen de muur waarop enkele schetsen stonden in waterverf, sommige voorzien van een opvallende paraaf, andere zonder ondertekening, kennelijk niet aanvaardbaar. De muren hingen vol ingelijste foto's van de *beau monde*, van wie de schoonheid al te vaak ontsierd werd door openstaande monden en glimlachjes die even vals waren als dat van de eigenares van het kantoor. Er hing een muffe, geparfumeerde lucht; dit was het verblijf van een ouder wordende, heen en weer lopende tijgerin, die iedereen die haar bezittingen of het stillen van haar honger bedreigde, direct zou aanvallen. Toch had ze discipline; al met al genomen was ze een achtenswaardige compagnon voor Carlos.

Wie was die man aan het schakelbord? Waar had hij die gezien?

Er werd hem drank aangeboden uit een hele serie flessen; hij koos cognac.

'Gaat u toch zitten, monsieur. Ik zal René zelf erbij vragen als ik hem kan vinden.'

'Dat is erg vriendelijk maar ik weet zeker dat ik tevreden zal zijn met uw keuze. Ik heb gevoel voor goede smaak en die van u bespeur ik overal in dit kantoor. Ik voel me erbij thuis.'

'Dat is heel erg vriendelijk van u.'

'Ik zeg dat alleen wanneer het van toepassing is,' zei Jason die nog steeds stond. 'Ik zou eigenlijk even naar uw foto's aan de muur willen kijken. Ik zie al een paar kennissen, vrienden zelfs. Heel wat van deze gezichten vertonen zich regelmatig in de banken op de Bahama's.'

'Daar ben ik zeker van,' stemde Lavier in en in haar stem klonk achting voor deze verheven, financiële sferen. 'Ik kom zo bij u, monsieur.'

Dat zal best, dacht Bourne, terwijl de compagnon van Les Classiques waardig haar kantoor verliet. Madame Lavier zag er niet uit als iemand die een vermoeide, rijke prooi te veel tijd zou gunnen om na te denken. Ze zou zo snel mogelijk terugkeren met de duurste ontwerpen. Als er dus in de kamer iets was dat licht kon werpen op de tussenpersoon van Carlos – of op de manier van werken van de sluipmoordenaar – dan moest het snel worden ontdekt. En, als het er was, dan zou het op of in de buurt van het bureau zijn.

Jason draaide om de troonachtige stoel heen die voor de muur stond; hij wendde een geamuseerde belangstelling voor in de foto's maar concentreerde zich op het bureau. Er lagen rekeningen, kwitanties en te lang uitstaande nota's, naast aanmaningen en berispende brieven die wachtten op Laviers handtekening. Een adresboek lag opengeslagen met vier namen op de pagina; hij kwam wat dichterbij om beter te kunnen zien. Elke naam was die van een firma, de contactpersonen stonden tussen haakjes, met een streep onder de posities die ze bekleedden. Hij vroeg zich af of hij elke firma, iedere contactpersoon in zijn geheugen moest prenten. Hij wilde dat juist doen toen zijn oog op de rand van een archiefkaartje viel. Het was enkel de rand, de rest was verborgen onder de telefoon zelf. En er was nog iets – vaag, nauwelijks zichtbaar. Een lijn van doorzichtig plakband die langs de hele rand van de kaart liep en hem op zijn plaats hield. Het band zelf was betrekkelijk nieuw, pas over het zware papier en het glimmende hout geplakt; het zag er schoon uit, geen vlekken of omgekrulde randen of tekenen dat het er al heel lang zat.

Instinct.

Bourne pakte de telefoon op om hem opzij te zetten. Hij ging over, de bel trilde onder zijn hand en het schelle geluid was enerverend. Hij zette hem weer op het bureau en ging opzij staan terwijl een man in hemdsmouwen vanuit de gang door de openstaande deur naar binnen snelde. Hij hield stil en staarde naar Bourne met verschrikte maar verder nietszeggende ogen. De telefoon ging een tweede maal over; de man liep snel naar het bureau en nam de hoorn op.

'*Allô?*' Het was stil terwijl de man luisterde met gebogen hoofd, geconcentreerd op degene die belde. Hij was een gebruinde, gespierde man van een moeilijk te bepalen leeftijd omdat de door de zon gebruinde huid de jaren camoufleerde. Zijn gezicht was strak, zijn lippen smal, zijn kort gekapte haar dik, donkerbruin en goed verzorgd. De pezen van zijn blote armen bewogen zich onder de huid terwijl hij de telefoon van de ene hand naar de andere overbracht en scherp sprak. '*Pas ici. Sais pas. Téléphonez plus tard...*' Hij hing de hoorn op en keek naar Jason. '*Oú est Jacqueline?*'

'Iets langzamer, alstublieft,' zei Bourne, in het Engels liegend. 'Mijn Frans is beperkt.'

'Het spijt me,' antwoordde de gebruinde man. 'Ik zocht madame Lavier.'

'De eigenares?'

'De titel is voldoende. Waar is ze?'

'Ze maakt mijn portemonnee dunner.' Jason glimlachte en hief zijn glas naar zijn lippen.

'O? En wie bent u, monsieur?'

'Wie bent ú?'

De man bekeek Bourne. 'René Bergeron.'

'Mijn hemel!' riep Bourne uit. 'Ze is op zoek naar u. U bent érg goed, monsieur Bergeron. Ze zei dat ik uw ontwerpen moest beschouwen als het werk van een ontluikend meester.' Bourne glimlachte weer. 'U bent de reden waarom ik misschien naar de Bahama's moet telegraferen om een heleboel geld.'

'Erg vriendelijk van u, monsieur. En het spijt me dat ik zo binnen kwam vallen.'

'U kon die telefoon beter beantwoorden dan ik. Frans is nooit mijn sterkste punt geweest.'

'Inkopers, leveranciers, allemaal krijsende idioten. Met wie, monsieur, heb ik de eer te spreken?'

'Briggs,' zei Jason en hij had geen idee waar de naam vandaan kwam, verbaasd als hij was dat die hem zo snel, zo ongedwongen te binnen schoot. 'Charles Briggs.'

'Prettig kennis met u te maken.' Bergeron stak zijn hand uit; hij had een stevige greep. 'U zegt dat Jacqueline naar me op zoek is?'

'Namens mij, ben ik bang.'

'Ik vind haar wel.' De ontwerper ging snel weg.

Bourne liep vlug naar het bureau met zijn ogen op de deur gericht, zijn hand rustend op de telefoon. Hij schoof hem opzij zodat de kaart vrij kwam te liggen. Er stonden twee telefoonnummers op, het eerste herkenbaar als een nummer in Zürich, het tweede duidelijk Parijs.

Instinct. Hij had gelijk gehad en een strook doorzichtig plakband was het enige teken geweest dat hij nodig had gehad. Hij staarde naar de nummers, prentte ze in zijn geheugen, schoof toen de telefoon weer op zijn plaats en liep weg bij het bureau.

Hij was daar nauwelijks vandaan of madame Lavier kwam haastig de kamer binnenlopen met zes jurken over haar arm. 'Ik kwam René tegen op de trap. Hij is erg enthousiast over mijn keuze. Hij vertelt me ook dat uw naam Briggs is, monsieur.'

'Dat zou ik u zelf wel hebben gezegd,' zei Bourne, met een glimlach als tegenwicht voor de pruilende toon van Laviers stem. 'Maar u hebt er, geloof ik, niet naar gevraagd.'

'"Wildsporen in het oerwoud," monsieur. Kijk eens, ik heb iets feestelijks voor u meegebracht!' Ze haalde de jurken uit elkaar en legde ze voorzichtig over verschillende stoelen. 'Ik ben er vast van overtuigd dat deze deel uitmaken van de beste creaties die René ons heeft gebracht.'

'U gebracht?' antwoordde Bourne. 'Werkt hij hier dan niet?'

'Bij wijze van spreken; zijn studio is aan het einde van de gang, maar het is een heilige der heilige. Zelfs ik beef wanneer ik daar naar binnen ga.'

'Ze zijn magnifiek,' vervolgde Bourne terwijl hij van de een naar de ander liep. 'Maar ik wil haar niet overweldigen, alleen maar de vrede herstellen,' voegde hij eraan toe terwijl hij drie kledingstukken aanwees. 'Die neem ik.'

'Een zeer goede keuze, monsieur Briggs!'

'Pakt u ze maar in bij de andere, als u wilt.'

'Natuurlijk. Zij is werkelijk een gelukkige dame.'

'Een goede metgezel, maar een kind. Een verwend kind, mag ik wel zeggen. Maar ja, ik ben veel weg geweest en ik heb niet veel aandacht aan haar geschonken dus ik geloof dat ik iets moet doen om de vrede te bewaren. Dat is een van de redenen dat ik haar naar Cap Ferat heb gestuurd.' Hij glimlachte en haalde zijn Louis Vuitton-portefeuille te voorschijn. '*La facture, s'il vous plait?*'

'Ik zal een van de meisjes direct alles in orde laten maken.' Madame Lavier drukte op een knop van het intercom-apparaat naast de telefoon. Jason keek gespannen toe en hij was er op voorbereid om het gesprek te vermelden dat Bergeron had aangenomen, voor geval de ogen van de vrouw zouden merken dat het apparaat iets verschoven was.

'*Faites venir Janine – avec les robes. La facture aussi.*'

Ze ging rechtop staan. 'Nog een cognacje, monsieur Briggs?'

'*Merci bien.*' Bourne stak zijn glas naar voren; ze nam het aan en liep naar de bar. Jason wist dat het nog geen tijd was voor wat hij in het hoofd had; het zou spoedig zo ver zijn – zo gauw hij betaalde maar niet nu. Maar hij zou wel door kunnen gaan met het leggen van een fundament met de bedrijfsvoerende compagnon van Les Classiques. 'Die man, die Bergeron,' zei hij, 'zei u dat hij onder exclusief contract staat met u?'

Madame Lavier keerde zich om met het glas in de hand. 'O, ja. We vormen hier een hechte familie.'

Bourne nam de cognac aan, knikte om te danken en ging in een leunstoel zitten voor het bureau. 'Dat is een constructieve regeling,' zei hij zonder dat het ergens op sloeg.

De lange, magere verkoopster met wie hij eerst had gesproken kwam het kantoor binnen met een notaboek in de hand. Er werden snel instructies gegeven, getallen werden opgeschreven, de jurken werden bijeen gehaald en weer gescheiden terwijl het notaboek van hand verwisselde. Lavier hield het Jason voor ter inspectie. '*Voici la facture, monsieur,*' zei ze.

Bourne schudde zijn hoofd en wees daarmee de inspectie van de hand. '*Combien?*' vroeg hij.

'*Vingt-mille soixante francs, monsieur,*' antwoordde de compagnon van Les Classiques, terwijl ze op zijn reactie lette met de uitdrukking van een grote, waakzame vogel.

Er was geen reactie. Jason trok enkel vijf biljetten van vijfduizend franc te voorschijn en overhandigde haar die. Ze knikte en gaf ze op haar beurt door aan de slanke verkoopster die met glijdende pas het kantoor uitliep met de jurken.

'Alles zal worden ingepakt en hierheen worden gebracht met uw wisselgeld.' Lavier liep naar haar bureau en ging zitten. 'U bent dus op weg naar Cap Ferat. Het moet daar nu prachtig zijn.'

Hij had betaald; de tijd was aangebroken. 'Nog één nacht in Parijs voordat ik terugga naar de kleuterschool,' zei Jason en hij hief zijn glas op in een spottende toost op zichzelf.

'Ja, u had het erover dat uw vriendin erg jong is.'

'Ik zei een kind, en dat is ze. Ze is een goede kameraad maar ik geloof dat ik meer prijs stel op het gezelschap van rijpere vrouwen.'

'U moet erg dol op haar zijn,' wierp Lavier tegen, met een gebaar naar haar perfect gekapte haar, waarmee ze de vlijerij accepteerde. 'U koopt zulke magnifieke – en om u de waarheid te zeggen – erg prijzige dingen voor haar.'

'De prijs is gering vergeleken met wat er gebeurt wanneer ik haar haar gang laat gaan.'

'Ach, meneer.'

'Zij is mijn vrouw, mijn derde om juist te zijn en op de Bahama's moet een bepaalde schijn worden opgehouden. Maar dat heeft er allemaal niets mee te maken; mijn leven verloopt zoals het hoort.'

'Daarvan ben ik zeker, monsieur.'

'Nu ik het over de Bahama's heb, een paar minuten geleden kreeg ik een idee. Daarom vroeg ik u over Bergeron.'

'Wat is dat?'

'U vindt misschien dat ik wat hard van stapel loop; ik verzeker u dat ik dat niet doe. Maar wanneer ik een idee krijg dan werk ik dat graag wat verder uit... Aangezien Bergeron exclusief van u is hebt u er ooit aan gedacht om een filiaal te openen op de eilanden?'

'De Bahama's?'

'En verder naar het zuiden. In het Caribische gebied misschien.'

'Monsieur, Saint-Honoré zelf is vaak meer dan we aankunnen! Bouwland dat niet wordt bewerkt wordt meestal onvruchtbaar, zoals het gezegde gaat.'

'Het zou niet bewerkt hoeven worden; niet op de manier waaraan u denkt. Hier en daar een concessie, de ontwerpen exclusief, locale eigenaren tegen een percentage op franchise-basis. Alleen maar een of twee boetiekjes, die natuurlijk wel, voorzichtig, uitbreiden.'

'Daarvoor is behoorlijk wat kapitaal nodig, monsieur Briggs.'

'Sleutelgelden, in het begin. U zou het entree-honoraria kunnen noemen. Ze zijn hoog maar ze zijn te betalen. In de betere hotels en clubs hangt het er meestal van af hoe goed je de directies kent.'

'En die kent u?'

'Zeer goed. Ik zei het al, ik denk alleen maar wat door op mijn idee, maar volgens mij zit er wat in. Uw firmanaam zou een zekere distinctie hebben. Les Classiques, Parijs, Grand Bahama... Caneel Bay misschien.' Bourne dronk de rest van zijn cognac op. 'Maar u zult wel denken dat ik gek ben. Vergeet u het maar... Al heb ik weleens een paar dollar verdiend op risico's die zo maar bij me opkwamen.'

'Risico's?' Jacqueline Lavier raakte haar kapsel weer aan.

'Ideeën geef ik zo maar niet weg, madame. Gewoonlijk financier ik ze.'

'Ja, ik begrijp het. Zoals u al zei, er zit wel iets in het idee.'

'Ik geloof van wel. Ik zou natuurlijk graag willen zien wat voor overeenkomst u hebt getroffen met Bergeron.'

'Dat zou ik u kunnen tonen, monsieur.'

'Luistert u eens,' zei Bourne. 'Als u vrij bent laten we er dan bij een borrel en een dineetje eens over praten. Het is mijn enige avond in Parijs.'

'En u geeft de voorkeur aan het gezelschap van rijpere vrouwen,' vulde Jacqueline Lavier aan, terwijl opnieuw een glimlach door het masker brak, al barstte het witte ijs nu onder ogen die mee glimlachten.

'*C'est vrai, madame.*'

'Het kan wel geregeld worden,' zei ze en stak haar hand uit naar de telefoon.

De telefoon. Carlos.

Hij zou haar breken, dacht Bourne. Doden als dat moest. Hij moest de waarheid te weten komen.

Marie liep door de menigte naar de cel in het telefoongebouw aan de Rue Vaugirard. Ze had een kamer genomen in het Meurice, het koffertje achtergelaten aan de receptie en ze had alleen in de kamer gezeten gedurende precies tweeëntwintig minuten. Tot ze het niet meer kon verdragen. Ze had in een stoel tegenover een lege muur aan Jason zitten denken, aan de waanzin van de afgelopen acht dagen die haar had voortgedreven in een verstandsverbijstering die haar begrip volkomen te boven ging. Jason. Attente, angstaanjagende, verwarde Jason Bourne. Zo'n gewelddadige man. Maar toch, vreemd genoeg, zo meelevend. En op een afschuwelijke manier in staat zich te bewegen in een wereld die voor een gewoon iemand onvoorstelbaar was. Waar kwam hij toch vandáán, die geliefde van haar? Wie had hem geleerd zijn weg te zoeken door de donkere steegjes van Parijs, Marseille en Zürich... tot zelfs helemaal in het Verre Oosten misschien? Wat betekende het Verre Oosten voor hem? Hoe kende hij de talen? Wat voor talen waren het eigenlijk? Of taal?

Tao.

Che-sah.

Tam Quan.

Een andere wereld, een volkomen onbekende wereld voor haar. Maar ze kende Jason Bourne, of de man die Jason Bourne werd genoemd, en ze klampte zich vast aan het fatsoen waarvan ze zeker was dat hij het bezat. Mijn gód, wat hield ze van hem!

Ilich Ramirez Sanchez. Carlos. Wat betekende hij voor Jason Bourne?

Hou op! had ze tegen zichzelf geschreeuwd, alleen in de kamer. En toen had ze gedaan wat ze Jason zo vaak had zien doen; ze was opgesprongen van haar stoel alsof de fysieke beweging de nevels zou doen verdwijnen – of haar er doorheen liet breken.

Canada. Ze moest Ottawa zien te bereiken en proberen uit te vinden waarom de dood van Peter – zijn moord – zo geheimzinnig werd behandeld, zo obsceen! Het was onbegrijpelijk; ze verzette zich ertegen met heel haar hart. Want ook Peter was een fatsoenlijk mens en hij was vermoord door onfatsoenlijke mensen. Men moest haar vertellen waarom, anders zou ze zelf die dood – die moord – aan de kaak stellen. Ze zou het uitschreeuwen tegen de wereld die ze kende en roepen: 'Doe iets!'

En daarom had ze het Meurice verlaten, een taxi genomen naar de Rue Vaugirard en een gesprek met Ottawa aangevraagd. Nu wachtte ze buiten de cel met toenemende woede, een onaangestoken sigaret verfrommeld tussen haar vingers. Wanneer de bel overging had ze geen tijd om hem uit te drukken.

Hij ging over. Ze opende de glazen deur van de cel en ging naar binnen.

'Ben jij dat, Alan?'

'Ja,' klonk kort het antwoord.

'Alan, wat is er verdomme aan de hand? Peter werd vermoord en er is daarover met geen woord gerept in wat voor krant of radioprogramma dan ook! Volgens mij weet de ambassade het niet eens! Het is net of niemand er iets om geeft! Wat voeren jullie eigenlijk uit?'

'Wat ons gezegd wordt dat we moeten doen. En dat zul jij ook doen.'

'Wat? Dat was Péter! Hij was jouw vriend! Luister naar me, Alan...'

'Nee!' De onderbreking was ruw. 'Luister jij maar eens. Ga weg uit Parijs. Nu! Neem de eerstvolgende rechtstreekse vlucht hierheen. Als je problemen hebt lost de ambassade die wel op maar je mag alleen maar met de ambassadeur praten, heb je dat begrepen?'

'Nee!' riep Marie St. Jacques. 'Ik begrijp het niet! Peter werd vermoord en niemand trekt zich iets daarvan aan! Je praat alleen maar bureaucratische nonsens! Bemoei je er niet mee; bemoei je in hemelsnaam nóóit ergens mee!'

'Hou je erbuiten, Marie!'

'Hou je wáár buiten? Dat wil je me niet vertellen, is 't niet? Nou, je kunt maar beter...'

'Ik kan het niet!' Alan begon zachter te praten. 'Ik weet het niet. Ik vertel je alleen maar wat ik je moet vertellen.'

'Van wie?'

'Dat kun je me niet vragen.'

'Maar ik vráág het je!'

'Luister eens, Marie. Ik ben de afgelopen vierentwintig uur niet naar huis geweest. De laatste twaalf uur heb ik hier zitten wachten tot jij zou bellen. Probeer me te begrijpen, ik stel niet voor dat je naar huis moet komen. Dit is een opdracht van de regering.'

'Een ópdracht? Zonder uitleg?'

'Zo liggen de zaken nu eenmaal... Dit kan ik je wel vertellen. Ze willen jou uit de weg. Ze willen hem isoleren... Zo liggen de zaken.'

'Het spijt me, Alan! Zo liggen de zaken niét! Ik groet je!'

Ze smeet de hoorn op de haak en knelde toen meteen haar handen ineen om het beven tegen te gaan. *O, mijn god, ze hield zoveel van hem... en ze probeerden hem te vermoorden. Jason, mijn Jason. Ze willen je allemaal doden. Waarom?*

De onopvallend geklede man aan het schakelbord knipte het rode palletje om dat de lijnen blokkeerde en alle binnenkomende gesprekken op de bezettoon schakelde. Dat deed hij een of twee keer per uur, al was het alleen maar om zijn geest even rust te gunnen en het zinloze geklets uit te wissen dat hij de afgelopen minuten had moeten wauwelen. De noodzaak om alle conversatie af te breken beving hem meestal na een bijzonder saai gesprek, en zo'n gesprek had hij net gehad. De vrouw van een gedeputeerde probeerde de extravagant hoge prijs van een enkele aankoop voor haar man te verbergen door hem op te splitsen in verscheidene aankopen. Genóég! Hij moest even op adem komen.

Hij zag de ironie ervan in. Nog niet zovele jaren geleden hadden anderen aan telefooncentrales gezeten voor hém. In zijn bedrijven in Saigon en in de radiohutten van zijn uitgestrekte plantages in de Mekong Delta. En hier zat hij nu voor het schakelbord van iemand anders in de geparfumeerde omgeving van Saint-Honoré.

Hij hoorde lachen op de trap en keek omhoog. Jacqueline ging vroeg weg, ongetwijfeld met een van haar beroemde en van dikke portefeuilles voorziene cliënten. Jacqueline had ongetwijfeld talent om goud uit goed bewaakte mijnen te delven, zelfs diamanten van De Beers. Hij kon de man die bij haar was niet zien; hij liep aan de andere kant van Jacqueline, zijn hoofd vreemd opzij gedraaid.

Toen zag hij hem heel kort even wel; hun ogen raakten elkaar; voor een kort en explosief moment. De grijsharige centralist kon ineens geen adem meer krijgen. Voor een ongelooflijk moment stond de tijd stil, terwijl hij staarde naar een gelaat, een hoofd dat hij in jaren niet had gezien! En toen, bijna steeds in het donker, want ze hadden 's nachts gewerkt... waren 's nachts gestorven. O, mijn god, híj was het! Uit de nachtmerries waarin ze hadden geleefd – waren gestorven – van duizenden kilometers ver weg. Hij wás het!

De grijsharige man stond als in trance op van het schakelbord. Hij trok zijn koptelefoon af en liet die vallen. Hij kletterde op de grond terwijl het bord oplichtte met binnenkomende gesprekken die enkel beantwoord werden door korte zoemtonen. De man van middelbare leeftijd stapte van het platform af en zette snel een stap opzij naar een loopgang om beter naar Jacqueline Lavier te kunnen kijken en naar de geest die haar vergezelde. De geest die een moordenaar was – meer dan welke mannen die hij had gekend, een moordenaar. Ze zeiden dat het zou kunnen gebeuren maar hij had hen nooit geloofd; nú geloofde hij hen! Het was de man.

Hij zag hen beiden duidelijk. Zag hém. Ze liepen door de middengang naar de uitgang. Hij moest hen tegenhouden. Haar tegenhouden! Maar om naar buiten te rennen en te schreeuwen zou de dood betekenen. Een onmiddellijke dood, met een kogel in het hoofd.

Ze kwamen bij de deuren; hij trok ze open en liet haar voorgaan het trottoir op. De grijsharige man rende uit zijn schuilplaats te voorschijn, stak de dwarsgang over en liep naar het etalageraam. Buiten op straat had híj een taxi aangeroepen. Hij opende de deur en gebaarde naar Jacqueline om in te stappen. O, god! Ze ging mee!

De man op middelbare leeftijd keerde zich om en rende zo snel hij kon naar de trap. Hij kwam in botsing met twee verschrikte klanten en een verkoopster en duwde ze alle drie heftig opzij. Hij rende de trap op, over het balkon en de gang af naar de open studiodeur.

'René! René!' schreeuwde hij terwijl hij binnen stormde.

Bergeron keek stomverbaasd op van zijn tekenplank. 'Wat is er?'

'Die man bij Jacqueline! Wie is dat? Hoe lang is hij hier geweest?'

'O? Waarschijnlijk die Amerikaan,' zei de ontwerper. 'Hij heet Briggs – een vetgemest kalf. Hij heeft onze omzet vandaag flink omhooggestuwd.'

'Waar zijn ze naartoe?'

'Ik wist niet eens dat ze weg waren.'

'Ze is met hem vertrokken!'

'Onze Jacqueline weet hoe ze het aan moet leggen, niet? En ze is nog verstandig ook.'

'Ga naar hen op zoek! Zorg dat je haar te pakken krijgt!'

'Waarom?'

'Hij is op de hoogte! Hij zal haar doden!'

'Wat?'

'Hij is het! Ik zweer je dat hij het is! Die man is Caïn!'

15

'Die man is Caïn,' zei kolonel Jack Manning kortaf alsof hij tegenspraak verwachtte van tenminste drie van de vier burgers rond de conferentietafel in het Pentagon. Ieder van hen was ouder dan hij en ieder beschouwde zich als meer ervaren. Geen van hen wilde toegeven dat het leger inlichtingen had verkregen die zijn eigen organisatie niet had kunnen krijgen. Er was een vierde burger bij maar zijn mening telde niet mee. Hij was lid van een Controlecommissie van het Congres en in die hoedanigheid werd hij met achting behandeld, maar niet serieus genomen. 'Als we nu niets doen,' vervolgde Manning, 'zelfs met het risico dat we alles blootgeven wat we te weten zijn gekomen, dan zou hij weer door het net kunnen glippen. Elf dagen geleden was hij in Zürich. We zijn er zeker van dat hij daar nog is. En, mijne heren, het ís Caïn.'

'U beweert nogal wat,' zei de kalende, vogelachtige geleerde van de Nationale Veiligheidsraad terwijl hij het vel papier las met de samenvatting betreffende Zürich dat iedere deelnemer aan tafel had gekregen. Zijn naam was Alfred Gillette, hij was expert van de afdeling Personeelonderzoek en -evaluatie en hij werd door het Pentagon beschouwd als pienter, wraakgierig, en als iemand die vrienden had op hoge posten.

'Ik vind het buitengewoon vreemd,' voegde Peter Knowlton eraan toe, een van de directeuren van het Centrale Inlichtingen Bureau, een man van midden vijftig die nog steeds het uiterlijk had, zich gedroeg en zich kleedde als een afgestudeerde van een van de betere universiteiten van dertig jaar geleden. 'Volgens onze bronnen zat Caïn in Brussel, niet in Zürich, op dezelfde tijd – elf dagen geleden. Onze bronnen hebben het maar zelden mis.'

'Nou, daar beweert u wat,' zei de derde burger, de enige aan de tafel voor wie Manning werkelijk respect had. Hij was de oudste daar, een man die David Abbott heette, een vroeger Olympisch zwemmer met evenveel verstand als atletische bekwaamheid. Hij was nu achter in de zestig maar zijn houding was nog kaarsrecht, zijn geest was even scherp als hij altijd geweest was, al was zijn leeftijd af te lezen van een gelaat dat doorploegd was met lijnen van een leven waarover hij nooit zou praten. Hij wist waarover hij sprak, dacht de kolonel. Ofschoon hij momenteel lid was van het almachtige Comité van Veertig, was hij ook lid geweest van de CIA, vanaf de oorsprong ervan in de OSS. De Zwijgende Monnik van Geheime Operaties, die bijnaam had hij van zijn collega's gekregen in de inlichtingengemeenschap. 'In mijn tijd bij het Bureau,' vervolgde Abbott grinnikend, 'spraken de bronnen elkaar even vaak tegen als dat ze het met elkaar eens waren.'

'We hebben andere methoden voor verificatie, meneer Abbott,' zette de directeur door. 'Ik bedoel er niets mee, maar onze communicatieapparatuur werkt letterlijk direct.'

'Dat is apparatuur, geen verificatie. Maar ik zal het niet bestrijden – het ziet ernaar uit dat we het oneens zijn. Brussel of Zürich.'

'Aan de zaak voor Brussel kan niet worden getornd,' hield Knowlton strak vol.

'Laat eens horen,' zei de kalende Gillette en hij zette zijn bril recht. 'We kunnen altijd nog terugkeren naar het verslag van Zürich, het ligt hier voor ons. Ook ónze bronnen hebben iets bij te dragen, al is het niet in tegenspraak met Brussel of Zürich. Het gebeurde meer dan een halfjaar geleden.'

De zilverharige Abbott keek even naar Gillette. 'Een halfjaar geleden?

Ik kan me niet herinneren dat het NSC een halfjaar geleden iets heeft gerapporteerd over Caïn.'

'Het was niet helemaal bevestigd,' antwoordde Gillette. 'We proberen het Comité niet lastig te vallen met onbevestigde berichten.'

'Daar beweert u ook weer iets,' zei Abbott en hij hoefde dat niet nader te verklaren.

'Congreslid Walters,' kwam de kolonel tussenbeide, terwijl hij naar de man keek van de Controlecommissie, 'hebt u nog vragen voordat we verder gaan?'

'Reken maar,' sprak de waakhond van het Congres, uit de staat Tennessee, lijzig terwijl hij zijn intelligente ogen over de gezichten liet dwalen, 'maar aangezien dit iets nieuws voor mij is moeten jullie maar doorgaan dan weet ik waar ik moet beginnen.'

'Uitstekend, meneer,' zei Manning en hij knikte tegen Knowlton van de CIA. 'Hoe zit dat met Brussel, elf dagen geleden?'

'Er werd een man vermoord op de Place Fontainas, een sluikhandelaar in diamanten, tussen Moskou en het Westen. Hij werkte via een filiaal van Russolmaz, de Russische firma in Genève, die als makelaars optreden bij al dit soort aankopen. Wij weten dat dit een van de manieren is waarop Caïn aan fondsen komt.'

'Wat voor verband ligt er tussen de moord en Caïn?' vroeg de twijfelende Gillette.

'In de eerste plaats de methode. Het wapen was een lange naald, die rond het middaguur op een druk plein met de precisie van een chirurg werd ingeplant. Caïn heeft dat eerder gedaan.'

'Dat klopt helemaal,' stemde Abbott in. 'Zowat een jaar geleden was er een Roemeen in Londen, en maar een paar weken vóór hem was er nog eentje. In beide gevallen waren er aanwijzingen voor Caïn.'

'Aanwijzingen, maar geen bevestiging,' wierp kolonel Manning tegen. 'Dat waren politieke vluchtelingen van hoog niveau; de KGB kan het net zo goed gedaan hebben.'

'Of Caïn, en dan liepen de Russen veel minder risico,' redeneerde de man van de CIA.

'Of Carlos,' voegde Gillette eraan toe en hij begon luider te praten. 'Carlos en Caïn, geen van beiden trekken ze zich iets aan van ideologie; ze zijn allebei te huur. Waarom schrijven wij elke moord van een beetje gewicht altijd aan Caïn toe?'

'Wanneer we dat doen,' antwoordde Knowlton met duidelijk neerbuigende minzaamheid, 'dan komt dat omdat bronnen die het te weten zijn gekomen en die niet bekend zijn aan elkaar, dezelfde inlichtingen hebben gegeven. Aangezien de melders elkaar niet kennen zou je nauwelijks aan afspraken kunnen denken.'

'Het klinkt allemaal te gemakkelijk,' klaagde Gillette.

'Terug naar Brussel,' kwam de kolonel tussenbeide. 'Als het Caïn was, waarom zou hij dan een makelaar van Russolmaz vermoorden? Hij maakte gebruik van hem.'

'Een sluikhandelaar,' verbeterde de directeur van de CIA. 'En naar wat onze bronnen zeggen kan er een aantal redenen zijn. De man was een dief en waarom niet? De meeste van zijn klanten waren dat ook; ze konden moeilijk een aanklacht indienen. Misschien heeft hij Caïn bedonderd, als dat zo is, dan zou het zijn laatste transactie betekenen. Misschien is hij zo dwaas geweest om naar de identiteit van Caïn te gaan raden; de geringste verdenking in die richting zou de naald betekenen. Of misschien wilde Caïn eenvoudig al zijn recente sporen uitwissen. Hoe dan ook, de omstandigheden plus de bronnen wijzen er vrij duidelijk op dat het Caïn is geweest.'

'Er zal heel wat meer zijn wanneer ik Zürich uit de doeken doe,' zei Manning. 'Kunnen we nu overgaan tot de samenvatting?'

'Een ogenblikje, alstublieft.' David Abbott sprak terloops terwijl hij zijn pijp aanstak. 'Ik meen dat onze collega van Nationale Veiligheid iets zei over het voorval dat verband hield met Caïn en dat een halfjaar geleden plaatsvond. Misschien moeten we dat eerst horen.'

'Waarom?' vroeg Gillette, terwijl hij met ogen als van een uil vanachter een bril zonder montuur staarde. 'De tijdsfactor sluit elk verband uit, zowel met Brussel als met Zürich. Dat zei ik ook.'

'Ja,' stemde de vroegere formidabele Monnik van Geheime Operaties in. 'Maar ik dacht dat elke achtergrondinformatie van belang zou kunnen zijn. Zoals u ook al zei kunnen we de samenvatting weer oppakken; die ligt hier voor ons. Maar als het er geen betrekking op heeft, laten we dan maar doorgaan met Zürich.'

'Dank u, meneer Abbott,' zei de kolonel. 'U ziet dat elf dagen geleden, op de avond van 27 februari, vier mannen werden vermoord in Zürich. Een van hen was een bewaker op een parkeerterrein langs de rivier de Limmat; er mag worden aangenomen dat hij niets te maken had met activiteiten van Caïn maar dat hij erin betrokken raakte. Er werden twee anderen gevonden op de westelijke oever van de stad, zo te zien moorden die er niet mee in verband stonden, als het vierde slachtoffer er niet was. Hij houdt wel verband met de dode mannen in het steegje – ze maken alle drie deel uit van de onderwereld uit Zürich en München – en hij staat zonder twijfel in connectie met Caïn.'

'Dat is die Chernak,' zei Gillette, terwijl hij de samenvatting doorlas. 'Ik neem tenminste aan dat het Chernak is. Ik herken de naam en herinner me ergens een associatie met het dossier over Caïn.'

'Dat klopt,' antwoordde Manning. 'Hij dook voor het eerst op in een G2-rapport van achttien maanden geleden en kwam een jaar later weer te voorschijn.'

'Dat zou dan een halfjaar geleden zijn,' merkte Abbott zachtjes op en hij keek Gillette aan.

'Jawel, meneer,' ging de kolonel verder. 'Als er ooit gesproken kan worden over het schuim der aarde dan was het Chernak. Tijdens de oorlog werd hij als Tsjech gerekruteerd voor Dachau, een ondervrager die drie talen sprak en die even wreed was als welke bewaker van het kamp ook. Hij stuurde Polen, Slowaken en joden naar de douches na hen gefolterd te hebben, waarbij hij "incriminerende" informatie die de commandanten van Dachau wilden horen verzamelde – en verzon. Hij deed zijn uiterste best om bij zijn meerderen in een goed blaadje te komen, en de meest sadistische bewakers hadden de grootste moeite zijn daden te evenaren. Wat ze zich niet realiseerden was dat híj de húnne bijhield. Na de oorlog ontsnapte hij. Zijn benen werden verbrijzeld door een ongeruimde landmijn maar hij zag toch kans heel comfortabel in leven te blijven door wat hij in Dachau had afgedwongen. Caïn ontdekte hem en gebruikte hem als tussenpersoon bij de betalingen voor zijn moorden.'

'Wacht nou eens even!' kwam Knowlton energiek tussenbeide. 'We hebben het al eerder over deze Chernak gehad. Zoals u weet was het het Bureau die hem het eerst ontdekte; we zouden hem allang aan de kaak hebben gesteld wanneer Buitenlandse Zaken er niet tussen was gekomen namens verschillende machtige, anti-Russische ambtenaren in de regering in Bonn. U veronderstélt dat Caïn Chernak heeft gebruikt; u weet het niet zeker, evenmin als wij.'

'Nu wel,' zei Manning. 'Zeven en een halve maand geleden kregen we een tip over een man die een restaurant heeft dat Drei Alpenhäuser heet; er werd gezegd dat hij een tussenpersoon was tussen Caïn en Chernak. Wekenlang hebben we hem in de gaten gehouden maar er kwam niets uit; hij was een onbelangrijke figuur in de onderwereld van Zürich, meer niet... We zijn niet lang genoeg op zijn spoor gebleven.' De kolonel zweeg, tevreden dat alle ogen nu op hem waren gericht. 'Toen we hoorden dat Chernak was vermoord hebben we gegokt. Vijf nachten geleden verborgen twee van onze mensen zich in de Drei Alpenhäuser nadat het restaurant gesloten was. Ze kregen de eigenaar te pakken en beschuldigden hem ervan connecties te hebben met Chernak en samen te werken met Caïn; ze legden het er verschrikkelijk dik bovenop. U kunt zich voorstellen hoe verrast ze waren toen de man door de knieën ging, letterlijk op zijn knieën viel en smeekte om bescherming. Hij gaf toe dat Caïn in Zürich was de avond dat Chernak werd vermoord, dat hij Caïn zelfs gezien had die avond en dat ze het over Chernak hadden gehad. Op een erg negatieve manier.'

De militair zweeg opnieuw en in de stilte weerklonk een uitgerekt, zacht gefluit van David Abbott, die zijn pijp voor zijn doorgroefd gelaat hield. 'Nou, dáár zeg je me wat,' zei de Monnik zacht.

'Waarom werd er niets tegen het Bureau gezegd over die tip die u zeven maanden geleden kreeg?' vroeg Knowlton van de CIA grof.

'We kregen er geen bewijs voor.'

'Jullie niet; bij ons had dat anders kunnen zijn.'

'Dat is mogelijk. Ik heb toegegeven dat we niet lang genoeg op zijn spoor zijn gebleven. We hebben te weinig mensen; wie van ons kan er voor onbeperkte tijd blijven schaduwen als er niets uit komt?'

'We hadden samen kunnen werken als we het geweten hadden.'

'En wij hadden u de tijd kunnen besparen om dat dossier over Brussel aan te leggen als we op de hoogte waren gebracht.'

'Waar kwam die tip vandaan?' onderbrak Gillette ongeduldig en zijn ogen waren op Manning gericht.

'Die was anoniem.'

'Daar nam u genoegen mee?' Van het vogeltjesgezicht van Gillette was zijn verbazing af te lezen.

'Dat is een van de redenen waarom het oorspronkelijke toezicht beperkt bleef.'

'Ja, natuurlijk, maar wilt u beweren dat u nooit serieus die tip hebt nagetrokken?'

'Natuurlijk hebben we dat,' antwoordde de kolonel bits.

'Kennelijk zonder veel enthousiasme,' vervolgde Gillette boos. 'Is het nooit bij u opgekomen dat iemand in Langley of bij de Raad u had kunnen helpen, een leemte had kunnen vullen? Ik ben het met Peter eens. We hadden op de hoogte gebracht moeten worden.'

'Er is een reden waarom dat niet is gebeurd.' Manning haalde diep adem; in een minder militaire omgeving zou dat als een zucht kunnen worden uitgelegd. 'De informant maakte het duidelijk dat hij alle contact zou afbreken wanneer we een andere afdeling erbij zouden betrekken. Wij meenden dat we ons daaraan moesten houden, we hebben het al meer gedaan.'

'Wat zei u daar?' Knowlton legde het vel met de samenvatting neer en staarde de officier van het Pentagon aan.

'Dat is niets nieuws, Peter. Ieder van ons boort zo zijn eigen bronnen aan en beschermt die ook.'

'Dat weet ik wel. Daarom hebben jullie niets gehoord over Brussel. Beide informanten zeiden dat we het leger erbuiten moesten laten.'

Stilte. Doorbroken door de irritante stem van Alfred Gillette. 'Hoe vaak is dat "we hebben het al meer gedaan", kolonel?'

'Wat?' Manning keek naar Gillette maar hij was er zich van bewust dat David Abbott hen beiden scherp in de gaten hield.

'Ik zou graag willen weten hoe vaak u te horen hebt gekregen dat u niet over uw bronnen moet praten. Ik heb het over Caïn, natuurlijk.'

'Nogal vaak, geloof ik.'

'Gelooft u?'

'Meestal.'

'En jij, Peter? Hoe zit het met het Bureau?'

'Wij zijn altijd sterk beperkt geweest voor wat betreft grondige disseminatie.'

'Wat betekent dat nou weer, in godsnaam?' De onderbreking kwam van de deelnemer aan de vergadering van wie het het minst verwacht werd; het congreslid van de Controlecommissie. 'Begrijp me niet verkeerd, ik sta pas aan het begin. Ik wil alleen de taal kunnen verstaan.' Hij keerde zich tot de man van de CIA. 'Wat zei u daar, verdomme, nou net? Grondige wat?'

'Disseminatie, congreslid Walters – het dossier van Caïn staat er vol mee. We riskeerden het verlies van informanten wanneer we andere geheime diensten attent op hen maakten. Ik verzeker u, het is de normale praktijk.'

'Voor mij klinkt het net of u met een vaars bezig bent op de KI.'

'Met zowat dezelfde resultaten,' voegde Gillette eraan toe. 'Geen kruisbestuiving om het ras te verzwakken. En, omgekeerd, geen controle bij andere bronnen om te zoeken naar telkens terugkerende onjuistheden.'

'Mooi gezegd,' zei Abbott en uit zijn gerimpelde gelaat sprak waardering, 'maar ik weet niet zeker of ik u wel begrijp.'

'Volgens mij is het verdomde duidelijk,' antwoordde de man van de NSC terwijl hij naar kolonel Manning en naar Peter Knowlton keek. 'De twee meest actieve geheime diensten van het land hebben informatie over Caïn toegespeeld gekregen – de afgelopen drie jaar – en die informatie is niet uitgewisseld om te kijken of hij vals was. We hebben gewoonweg alle inlichtingen als bonafide feiten geaccepteerd, opgeslagen en als waar beschouwd.'

'Nou ja, ik doe al een hele tijd mee – misschien wel te lang, dat geef ik toe – maar ik hoor niets wat ik al niet eerder heb gehoord,' zei de Monnik. 'Inlichtingenbronnen zijn scherpzinnige mensen die zich goed indekken, ze houden hun contacten jaloers voor zich. Niemand doet het uit liefdadigheid, alleen maar om te verdienen en in leven te blijven.'

'Ik geloof dat u voorbijziet aan wat ik wil beweren.' Gillette zette zijn bril af. 'Ik heb al eerder gezegd dat ik ervan ben geschrokken dat er zoveel recente moordaanslagen aan Caïn zijn toegeschreven – híér aan Caïn zijn toegeschreven – terwijl er volgens mij aan de meest geroutineerde sluipmoordenaar van deze tijd – misschien van de hele geschiedenis – een betrekkelijk onbelangrijke rol wordt toebedacht. Volgens mij hebben we het mis. Ik geloof dat Carlos de man is op wie we ons moeten concentreren. Wat is er met Carlos gebeurd?'

'Ik vraag me af of dat wel juist is, Alfred,' zei de Monnik. 'De tijd van Carlos is voorbij, Caïn begint het over te nemen. De bestaande rangorde is aan het veranderen; er zwemt een nieuwe en, ik ben bang, een veel dodelijker haai rond in het water.'

'Daar kan ik het niet mee eens zijn,' zei de man van de Nationale Veiligheid, terwijl zijn uilenogen strak gericht waren op de achtenswaardige staatsman van de inlichtingengemeenschap. 'Neem me niet kwalijk, David, maar het komt me voor alsof Carlos zelf met dit comité aan het manipuleren is. Om de aandacht van zichzelf af te leiden en onze concentratie te richten op een onderwerp van minder belang. We spenderen al onze energie aan het achterna zitten van een tandeloze reuzenhaai terwijl de hamerhaai vrij rondzwemt.'

'Niemand ziet er aan Carlos voorbij,' wierp Manning tegen. 'Hij is gewoon niet zo actief als Caïn geweest is.'

'Misschien,' zei Gillette kil, 'is dat precies wat Carlos ons wil doen geloven. En, verdomme, we slikken het!'

'Kun je dat betwijfelen?' vroeg Abbott. 'De staat van dienst van Caïn is ontstellend lang.'

'Kan ik dat betwijfelen?' herhaalde Gillette. 'Dat is de vraag, is 't niet? Maar kan iemand van ons het zeker weten? Die vraag mag ook worden gesteld. We komen er nu achter dat zowel het Pentagon als de CIA letterlijk los van elkaar hebben gewerkt, zonder zelfs overleg te plegen betreffende de accuraatheid van hun bronnen.'

'Een gewoonte die in deze stad zelden wordt nagelaten,' zei Abbott geamuseerd.

Het congreslid van de Controlecommissie kwam opnieuw tussenbeide. 'Wat probeert u duidelijk te maken, meneer Gillette?'

'Ik zou meer informatie willen horen over ene Ilich Ramirez Sanchez. Dat is...'

'Carlos,' zei het congreslid. 'Dat herinner ik me van mijn huiswerk. Zo zo. Dank u. Gaat u verder, heren.'

Manning nam snel het woord. 'Kunnen we alstublieft terugkeren naar Zürich. Onze aanbeveling luidt dat we nu achter Caïn aan moeten gaan. We kunnen het doorgeven aan de onderwereld, gaan praten met elke informant die we hebben, om medewerking verzoeken van de politie in Zürich. We kunnen ons niet veroorloven nog een dag te verliezen. De man in Zürich ís Caïn!'

'Wat was het dan in Brussel?' vroeg Knowlton van de CIA, evenzeer namens zichzelf als namens iedereen rond de tafel. 'De methode was van Caïn, de informanten waren ondubbelzinnig. Wat was de opzet?'

'Duidelijk om jou verkeerde inlichtingen te verschaffen,' zei Gillette. 'En voordat we zo flink van leer gaan trekken in Zürich, stel ik voor dat ieder van u de dossiers over Caïn uitkamt en elke bron controleert die u is opgegeven. Laat uw posten in Europa elke informant binnenhalen die zo miraculeus naar voren stapte om inlichtingen te geven. Ik heb zo'n idee dat u iets zou ontdekken dat u niet zou verwachten; de vaardige Latijns-Amerikaanse hand van Ramirez Sanchez.'

'Omdat je zo aandringt om opheldering, Alfred,' kwam Abbott tussenbeide, 'waarom vertel je ons niet eens over dat onbevestigde voorval dat een halfjaar geleden plaatsvond. We schijnen nu vast te zitten; het zou kunnen helpen.'

Voor het eerst tijdens de vergadering leek de irriterende vertegenwoordiger van de Nationale Veiligheidsraad te aarzelen. 'We hoorden rond het midden van augustus van een betrouwbare bron in Aix-en-Provence dat Caïn onderweg was naar Marseille.'

'Augustus?' riep de kolonel uit. 'Marseille? Dat was Leland! Ambassadeur Leland is in Marseille neergeschoten. In augustus!'

'Maar Caïn vuurde dat geweer niet af. Het was een moord van Carlos; dat werd bevestigd. Sporen op de kogels kwamen overeen met vorige aanslagen, drie beschrijvingen van een onbekende man met donker haar op de derde en de vierde verdieping van het pakhuis aan de waterkant, die een tasje droeg. Er heeft nooit twijfel over bestaan dat Leland vermoord werd door Carlos.'

'In godsnaam,' bulderde de officier. 'Dat is nadat het gebeurd is, na de moord! Wie het dan ook gedaan heeft, maar er was een opdracht gegeven om Leland te doden, had u daar niet aan gedacht? Als we dat geweten hadden over Caïn dan hadden we Leland misschien kunnen beschermen. Hij stond onder militaire bescherming! Godverdomme, dan had hij nu nog kunnen leven!'

'Niet erg waarschijnlijk,' antwoordde Gillette rustig. 'Leland was er de man niet naar om in een bunker te gaan wonen. En gezien de manier waarop hij leefde had een vage waarschuwing geen enkel doel gehad. Bovendien, als we onze plannen hadden kunnen uitvoeren dan zou het waarschuwen van Leland het tegenovergestelde effect gehad hebben.'

'Hoe dan?' vroeg de Monnik scherp.

'Wacht maar tot je alles gehoord hebt. Onze bron moest contact opnemen met Caïn tussen middernacht en drie uur in de ochtend in de Rue Sarrasin op drieëntwintig augustus. Leland zou pas op de vijfentwintigste aankomen. Zoals ik al zei, als het geklopt had zouden wij Caïn te pakken hebben gekregen. Dat deed het niet; Caïn heeft zich niet laten zien.'

'En jouw bron stond erop dat hij alleen maar met jullie wilde samenwerken,' zei Abbott. 'Met uitsluiting van alle anderen.'

'Ja,' knikte Gillette in een vergeefse poging om zijn verlegenheid te verbergen. 'Volgens ons was het risico dat Leland liep weggenomen – en voor wat Caïn betreft bleek dat de waarheid te zijn – en waren de kansen om hem te pakken te krijgen groter dan ooit. We hadden eindelijk iemand gevonden die bereid was Caïn te identificeren. Zou iemand van u het anders gedaan hebben?'

Stilte. Dit keer onderbroken door het geslepen congreslid uit Tennessee.

'Godverdomme nog an toe... wat een stelletje zakkenwassers!'

Stilte, beëindigd door de bedachtzame stem van David Abbott. 'Mag ik u mijn compliment maken, meneer, dat u de eerste eerlijke man bent die het Congres ons heeft gestuurd? Het feit dat u niet overweldigd wordt door de verfijnde atmosfeer van deze hogelijk geheime omgeving, is niemand van ons ontgaan. Het werkt verfrissend.'

'Ik geloof niet dat het congreslid volledig begrijpt hoe gevoelig...'

'Och, hou je mond, Peter,' zei de Monnik. 'Ik geloof dat het congreslid iets wil zeggen.'

'Even maar,' zei Walters. 'Ik dacht dat u allemaal boven de eenentwintig was, ik bedoel, u lijkt ouder dan eenentwintig en als je zo oud bent word je verondersteld beter te weten. U wordt verondersteld in staat te zijn intelligente gesprekken te voeren, inlichtingen uit te wisselen en daarbij geheimhouding te respecteren en samen tot oplossingen te komen. In plaats daarvan praat u als een stelletje kwajongens die op een verrekte mallemolen springen en erom vechten wie de pluim van de bal mag trekken. Het is een verdomd rare manier om met belastinggeld om te springen.'

'U ziet het te eenvoudig,' onderbrak Gillette hem. 'U hebt het over een utopisch apparaat om gegevens te verzamelen. Zoiets bestaat niet.'

'Ik heb het over mensen met gezond verstand, meneer. Ik heb rechten gestudeerd en voordat ik in dit verdomde circus terechtkwam heb ik elke dag van mijn leven te maken gehad met steeds strikter wordende gradaties van geheimhouding. Wat is daaraan zo verdomd ongewoon?'

'En wat wilt u zeggen?' vroeg de Monnik.

'Ik eis een verklaring. Meer dan achttien maanden zit ik nu in dit comité van het congres dat zich bezighoudt met politieke moorden. Ik heb me door duizenden pagina's heen gewerkt die volstaan met namen en met twee keer zoveel veronderstellingen. Ik geloof niet dat er één veronderstelde samenzwering is of één veronderstelde moordenaar, of ik weet ervan. Die namen en die theorieën zijn al zowat twee jaar deel van me geworden totdat ik onderhand geloofde dat er niets meer te leren viel.'

'Volgens mij waren uw geloofsbrieven erg imponerend,' onderbrak Abbott hem.

'Dat dacht ik ook; daarom aanvaardde ik het voorzitterschap van de Controlecommissie. Ik dacht dat ik echt iets kon bijdragen maar nu ben ik daarvan niet zo zeker. Ik begin me opeens af te vragen wat ik nú aan het doen ben.'

'Waarom?' vroeg Manning een beetje angstig.

'Omdat ik hier naar u vieren heb zitten luisteren terwijl u een operatie beschrijft die al drie jaar aan de gang is, waar hele spionagenetwerken mee zijn gemoeid en informanten en de belangrijkste inlichtingenstations in heel Europa – en die zich allemaal concentreren op een moordenaar van wie de "staat van dienst" overweldigend is. Zeg ik dat min of meer juist?'

'Gaat u door,' antwoordde Abbott rustig, zijn pijp in de hand en met een bezielde uitdrukking op zijn gelaat. 'Hoe luidt uw vraag?'

'Wie is hij? Wie is die verdomde Caïn?'

16

De stilte duurde precies vijf seconden en in die tijd zwierven ogen langs ogen, verschillende kelen werden geschraapt en niemand bewoog zich in zijn stoel. Het was alsof men zonder te praten tot een besluit kwam: uitvluchten moesten vermeden worden. Congreslid Efrem Walters, via de Yale *Law Review* opgedoken uit de heuvels van Tennessee, kon niet met een kluitje in het riet worden gestuurd met luchtige omhaal van woorden die betrekking hadden op het esoterische gebied van clandestiene manipulaties. Gelul was er niet meer bij.

David Abbott legde zijn pijp op tafel en het zachte tikken vormde zijn inleiding. 'Hoe minder een man als Caïn in de openbaarheid wordt gebracht, hoe beter het voor iedereen is.'

'Dat is geen antwoord,' zei Walters. 'Maar ik neem aan dat u zo uw antwoord begint.'

'Dat is juist. Hij is een beroepsmoordenaar – dat wil zeggen een geoefend expert in ver uiteenlopende methoden om mensen van het leven te beroven. Die vakkennis is te koop en noch politiek noch wat voor persoonlijke beweegredenen dan ook, maken hem iets uit. Hij drijft zijn zaken enkel om winst te maken en zijn winst wordt steeds groter naarmate zijn reputatie toeneemt.'

Het congreslid knikte. 'Door dus die reputatie zoveel mogelijk verborgen te houden zorgt u dat hij geen gratis reclame krijgt.'

'Precies. Er lopen in deze wereld heel wat maniakken rond die te veel echte of ingebeelde vijanden hebben en die gemakkelijk Caïn in de arm zouden kunnen nemen als ze wisten dat hij bestond. Ongelukkig genoeg hebben al meer dan ons lief is dat gedaan; tot op heden kunnen achtendertig moorden rechtstreeks worden toegeschreven aan Caïn, en van zo'n twaalf tot vijftien wordt het vermoed.'

'Dat is zijn "staat van dienst"?'

'Ja. En we zijn aan de verliezende hand. Met elke nieuwe moord groeit zijn reputatie.'

'Een tijdlang hebben we niets van hem gehoord,' zei Knowlton van de CIA. 'Een paar maanden hebben we de laatste tijd gedacht dat hij zelf misschien slachtoffer was geworden. Er zijn een paar aannemelijke gevallen geweest waarin de moordenaars zelf zijn omgekomen; we dachten dat hij wellicht een van hen was.'

'Noem eens een voorbeeld?' vroeg Walters.

'Een bankier in Madrid die steekpenningen doorsluisde voor de Europolitan Corporation voor overheidsaankopen in Afrika. Op de Paseo de la Castellana werd hij vanuit een rijdende auto neergeschoten. Een chauffeur-lijfwacht schoot zowel de bestuurder als de schutter dood; een tijdje meenden we dat de schutter Caïn was.'

'Dat herinner ik me. Wie kan daarvoor hebben betaald?'

'Zowat elk bedrijf dat vergulde auto's en badornamenten wilde verkopen aan kant-en-klaardictators,' antwoordde Gillette.

'Wat verder? Wie verder?'

'Sjeik Moestafa Kalig in Oman,' zei kolonel Manning.

'Van hem werd gezegd dat hij omkwam bij een mislukte coup.'

'Dat is niet waar,' vervolgde de officier. 'Er was geen couppoging. Informanten van G2 hebben bevestigd dat Kalig niet populair was, maar de andere sjeiks zijn niet gek. Het coupverhaal was een dekmantel voor een moordaanslag die andere professionele moordenaars in verleiding zou kunnen brengen. Drie lastige onbeduidende figuren uit het officierenkorps werden geëxecuteerd om de leugen geloofwaardig te maken.

Een tijdje dachten we dat een van hen Caïn was; het tijdstip komt overeen met de tijd dat Caïn zich koest hield.'

'Wie zou Caïn betalen voor de aanslag op Kalig?'

'Dat hebben we ons keer op keer afgevraagd,' zei Manning. 'Het enige mogelijke antwoord kwam uit een bron die beweerde het te weten, maar we hebben het niet kunnen verifiëren. Hij zei dat Caïn het deed om te bewijzen dat het mogelijk was. Dat hij het kon. Oliesjeiks reizen met de beste lijfwachten van de hele wereld.'

'Er zijn tientallen andere incidenten,' zei Knowlton. 'Aannemelijke gevallen met een bepaalde samenhang waarin personen die zwaar bewaakt werden vermoord zijn en waarin bronnen te voorschijn kwamen die Caïn als dader aanwezen.'

'Ik begrijp het.' Het congreslid pakte het vel op met de samenvatting over Zürich. 'Maar ik begrijp ook dat u niet weet wie hij is.'

'Beschrijvingen spreken elkaar altijd tegen,' kwam Abbott tussenbeide. 'Caïn is blijkbaar een meester in het vermommen.'

'Ja, mensen hebben hem gezien, hebben met hem gesproken. Uw bronnen, de informanten, deze man in Zürich; niemand van hen zal wel in de openbaarheid durven komen te getuigen maar u hebt ze vast en zeker ondervraagd. U moet toch wel een of andere montagefoto gekregen hebben, íéts.'

'We hebben heel wat gevonden,' antwoordde Abbott, 'maar je kunt het geen samenhangende beschrijving noemen. Om te beginnen laat Caïn zich nooit bij daglicht zien. Hij spreekt 's avonds met mensen, in donkere vertrekken of in steegjes. Hij kan best eens als Caïn – met meer dan een persoon tegelijk hebben gesproken, maar niet zover wij weten. Men heeft ons verteld dat hij nooit staat, dat hij altijd zit – in een schaars verlicht restaurant, in een stoel in een hoek of in een geparkeerde auto. Soms heeft hij een dikke bril op, soms helemaal niet; bij de ene ontmoeting kan hij donker haar hebben, bij een andere wit of rood, of hij draagt een hoed.'

'Taal?'

'Daar weten we meer van,' zei de CIA-directeur, erop gebrand om te tonen dat de Firma ook onderzoek had gepleegd. 'Vloeiend Engels en Frans en verschillende Oosterse dialecten.'

'Dialecten? Wat voor dialecten? Moet je dan eerst de taal niet spreken?'

'Natuurlijk. De basis is Vietnamees.'

'Viet...?' Walters boog zich voorover. 'Waarom krijg ik nu de indruk dat ik iets begin te ontdekken waarover u me liever niets zou vertellen?'

'Omdat u waarschijnlijk heel gehaaid bent in het afnemen van een kruisverhoor, *counselor*,' Abbott ontstak een lucifer en stak zijn pijp aan.

'Behoorlijk op mijn qui vive,' gaf het congreslid toe. 'Wat is het dan?'

'Caïn,' zei Gillette, terwijl hij op een vreemde manier heel even naar David Abbott keek. 'We weten waar hij vandaan komt.'

'Waar vandaan?'

'Van Zuidoost-Azië,' antwoordde Manning, alsof hij met een mes werd gestoken. 'Zover we na kunnen gaan leerde hij de dialecten uit het binnenland om zich verstaanbaar te kunnen maken in het heuvelachtige gebied langs de grenswegen bij Cambodja en Laos en ook in het binnenland van Noord-Vietnam. Die informatie geloven we; het klopt.'

'Waarmee?'

'Operatie Medusa.' De kolonel pakte een grote, dikke envelop op die links van hem lag. Hij opende hem en haalde er een enkele map uit, van de verschillende die erin zaten; die legde hij voor zich neer. 'Dit is het dossier van Caïn,' zei hij en hij wees met een hoofdknik naar de open envelop. 'Dit is het materiaal van Medusa, alle aspecten ervan die op de een of andere manier op Caïn betrekking kunnen hebben.'

De man uit Tennessee leunde achterover in zijn stoel en een cynisch glimlachje speelde om zijn lippen. 'Weet u, mijne heren, ik ben kapot van die mooie titels die jullie verzinnen. Tussen haakjes, dit vind ik een hele goeie; heel sinister, heel dreigend. Volgens mij volgen jullie een cursus in dit soort zaken. Gaat u door, kolonel. Wat houdt die Medusa in?'

Manning keek even naar David Abbott en begon te spreken. 'Het was een clandestiene uitwas van het idee om de vijand op te sporen en te vernietigen, bestemd om tijdens de oorlog in Vietnam achter de vijandelijke linies te functioneren. Laat in de jaren zestig en in het begin van de jaren zeventig werden er eenheden gevormd uit Amerikaanse, Franse, Engelse, Australische vrijwilligers en ook uit mensen van het land zelf. Hun belangrijkste opdrachten lagen in het onderbreken van vijandelijke verbindingen en van aanvoerlijnen, het vinden van de juiste ligging van krijgsgevangenenkampen en, heel belangrijk, het vermoorden van dorpshoofden van wie bekend was dat ze met de communisten samenwerkten en bovendien van vijandelijke commandanten wanneer dat mogelijk was.'

'Het was een oorlog binnen een oorlog,' kwam Knowlton er tussen. 'Ongelukkig genoeg maakten raskenmerken en talen het deelnemen oneindig veel gevaarlijker dan, bijvoorbeeld, de Duitse en Nederlandse ondergrondse, of de Franse *Résistance* tijdens de Tweede Wereldoorlog. Daarom kon men bij het rekruteren uit de landsbevolking niet altijd even selectief te werk gaan als men zou willen.'

'Er bestonden tientallen van die eenheden,' vervolgde de kolonel 'met uiteenlopende soorten leden, van vroegere marinemensen die de kust goed kenden tot Franse plantage-eigenaars voor wie de enige hoop op teruggave van hun bezittingen lag in een Amerikaanse overwinning. Er waren Engelse en Australische zwervers bij die al jaren in Indo-China woonden, maar ook idealistische beroepsofficieren uit het Amerikaanse leger en functionarissen uit de inlichtingendiensten. Er zat, onvermijdelijk, ook nogal een flinke groep bij van beroepsmisdadigers. Voornamelijk smokkelaars – mannen die smokkelden in wapens, verdovende middelen goud en diamanten door het hele gebied van de Zuid-Chinese Zee. Dat waren wandelende encyclopedieën voor wat betreft nachtelijke landingen en wegen door het oerwoud. We gebruikten ook nogal wat ontsnapte gevangenen of voortvluchtigen uit Amerika. We hadden hun vakkennis nodig.'

'Dat is nogal een dwarsdoorsnede van vrijwilligers,' onderbrak het congreslid hem. 'Beroepsmensen van marine en leger, Engelse en Australische zwervers, Franse kolonialen en dievenbenden. Hoe kreeg u die ertoe om samen te werken?'

'Hebben is hebben, en krijgen is de kunst,' zei Gillette.

'Beloften,' ging de kolonel daar verder op in. 'Garanties dat een rang behouden kon blijven, promoties, strafkwijtschelding, flinke bedragen in contanten aan het einde van de rit, en in een aantal gevallen de kans om geld achterover te drukken... van de operatie zelf. Weet u, bij ieder van hen zat er wel een draadje los; daar hadden we begrip voor. We trainden hen in het geheim, gebruikten codes, transportmiddelen, hinderlagen en manieren om te doden – zelfs wapens waar het hoofdkwartier in Saigon niets vanaf wist. Zoals Peter al zei waren de risico's ongelooflijk groot want gevangenneming kwam altijd neer op foltering en executie; de prijs was hoog en ze hebben die betaald. De meeste mensen zouden hen een stelletje gekken hebben genoemd, maar het waren genieën wat betreft vernietiging en sluipmoord. Vooral sluipmoord.'

'Wat heeft het gekost aan mensen?'

'Operatie Medusa heeft meer dan negentig procent verliezen geleden. Maar dat zegt niet alles – tussen degenen die niet terugkwamen was er een aantal dat nooit de bedoeling had om terug te keren.'

'Uit dat stel dieven en voortvluchtigen?'

'Ja. Sommigen hebben er aanzienlijke bedragen gestolen van Medusa. We geloven dat Caïn een van die mensen is.'

'Waarom?'

'Zijn manier van werken. Hij heeft codes gebruikt, hinderlagen, manieren om te doden en om zich te verplaatsen die ontwikkeld zijn en geperfectioneerd zijn tijdens de training voor Medusa.'

'Maar, verdomme,' viel Walters hem in de rede, 'dan heb je toch zeker een rechtstreekse aanwijzing voor zijn identiteit. Het kan me niet schelen waar ze verstopt zitten – en ik weet verdomd goed dat jullie ze niet openbaar willen maken – maar ik neem toch aan dat er dossiers zijn aangelegd.'

'Die waren er ook en we hebben ze allemaal gelicht uit de geheime archieven, met inbegrip van dit materiaal hier.' De officier klopte op het dossier dat voor hem lag. 'We hebben alles bestudeerd, zijn met een fijne kam door lijsten heengelopen, hebben feiten in de computer gestopt – alles wat we maar konden bedenken. We zijn niet verder gekomen dan toen we begonnen.'

'Dat is niet te geloven,' zei het congreslid. 'Of het is ongelooflijk onbekwaam.'

'Helemaal niet,' protesteerde Manning. 'Denkt u eens aan die man;

denkt u eens aan wat we allemaal te verwerken hadden. Na de oorlog heeft Caïn zijn reputatie gevestigd in het grootste deel van Oost-Azië, vanaf helemaal in het noorden in Tokio, naar beneden door de Filippijnen, Maleisië en Singapore, met uitstapjes naar Hongkong, Cambodja, Laos en Calcutta. Zo'n tweeëneenhalf jaar geleden begonnen er sporadisch rapporten binnen te komen bij onze posten in Azië en bij de ambassades. Er was een sluipmoordenaar te huur; zijn naam was Caïn. Zeer professioneel, meedogenloos. Die rapporten begonnen alarmerend toe te nemen. Het leek erop dat Caïn betrokken was bij elke moord die in het nieuws kwam. Bronnen belden midden in de nacht de ambassades op of hielden attachés aan op straat, steeds met dezelfde inlichtingen. Het was Caïn, Caïn was de dader. Een moord in Tokio een auto opgeblazen in Hongkong; een karavaan met verdovende middelen in een hinderlaag gelokt in de Gouden Driehoek, een bankier doodgeschoten in Calcutta; een ambassadeur vermoord in Moulmein, een Russisch technicus of een Amerikaans zakenman gedood in de straten van Sjanghai zelf. Caïn zat overal, zijn naam werd gefluisterd door tientallen, betrouwbare informanten in elke inlichtingensector die van belang was. Maar niemand – niet één individu in het hele gebied van het Verre Oosten – wilde zich melden om ons een beschrijving te geven. Waar moesten we beginnen?'

'Maar had u, tegen die tijd, al niet vastgesteld dat hij bij Medusa was geweest?' vroeg de man uit Tennessee.

'Ja. Dat stond vast.'

'Kom dan toch, verdomme, te voorschijn met dat Medusa-dossier!'

De kolonel opende de map die hij uit het dossier van Caïn had gehaald. 'Dit zijn de lijsten van gesneuvelden. Onder de blanken uit het Oosten die uit operatie Medusa zijn verdwenen – en wanneer ik zeg verdwenen, dan bedoel ik zonder enig spoor na te laten – zitten de volgende mensen: drieënzeventig Amerikanen, zesenveertig Fransen, respectievelijk negenendertig en vierentwintig Australiërs en Engelsen en een geschat aantal van vijftig blanke, mannelijke rekruten die we uit de neutrale bevolking hebben gehaald in Hanoi en tijdens de operatie hebben getraind – de meesten van hen kenden we niet eens. Meer dan 230 mogelijkheden; hoevele daarvan zijn doodlopende steegjes? Wie leeft er nog? Wie is er dood? Zelfs wanneer we de naam te weten kwamen van elke man die het inderdaad overleefde, wie is hij dan nu? Wat is hij? We zijn zelfs niet zeker van Caïns nationaliteit. We geloven dat hij een Amerikaan is, maar er is geen bewijs voor.'

'Caïn vormt een van de bijkomstige punten die besloten liggen in onze voortdurende druk op Hanoi betreffende het opsporen van vermiste militairen,' verklaarde Knowlton. 'We stoppen deze namen voortdurend tussen de officiële lijsten.'

'En daaraan zitten ook haken en ogen,' voegde de legerofficier eraan toe. 'De contraspionagediensten van Hanoi hebben tientallen manschappen van Medusa aan het praten gekregen en terechtgesteld. Ze waren op de hoogte van de operatie en we hebben altijd rekening gehouden met de mogelijkheid van infiltratie. Hanoi wist dat de mensen van Medusa niet tot het officiële strijdende leger behoorden en dat ze geen uniformen droegen. We hielden er nooit officiële lijsten van bij.'

Walters stak zijn hand uit. 'Mag ik eens zien?' vroeg hij met een hoofdknik naar de vastgeniete vellen.

'Zeker.' De officier overhandigde ze aan het congreslid. 'U begrijpt natuurlijk dat die namen nog steeds strikt geheim zijn, net als de Medusa-operatie zelf.'

'Wie heeft dat beslist?'

'Het is een doorlopende order van de hoogste instantie, van elkaar opvolgende presidenten, die gebaseerd is op een aanbeveling van de Verenigde Chefs Staven. Hij is bevestigd door het Strijdkrachten Comité van de senaat.'

'Dat wil nogal wat zeggen, is 't niet?'

'Men vond het in het nationale belang,' zei de man van de CIA.

'In dat geval ga ik er niet tegenin,' stemde Walters in. 'Het spook van een dergelijke operatie zou de glorie van de Oude Glorie geen goed doen. Wij trainen nu eenmaal geen sluipmoordenaars, laat staan dat we ze loslaten.' Hij bladerde de vellen door. 'En ergens hierin zit er zo maar een sluipmoordenaar die we hebben getraind en losgelaten en die we nu niet meer kunnen vinden.'

'Volgens ons wel, ja,' zei de kolonel.

'U zegt dat hij zijn reputatie in Azië heeft gevestigd en later naar Europa is gegaan. Wanneer?'

'Ongeveer een jaar geleden?'

'Waarom? Heeft iemand enig idee?'

'Ik zou zeggen dat dat voor de hand ligt,' zei Peter Knowlton. 'Hij is te ver gegaan. Er is iets fout gelopen en hij voelde zich bedreigd. Hij was een blanke moordenaar tussen oosterlingen, op zich al een gevaarlijke zaak; het werd tijd voor hem om weg te trekken. God weet dat hij zijn reputatie voldoende had gevestigd; hij zou in Europa genoeg emplooi kunnen vinden.'

David Abbott schraapte zijn keel. 'Ik zou graag een andere mogelijkheid naar voren willen brengen, gebaseerd op iets wat Alfred zojuist heeft gezegd.' De Monnik zweeg even en knikte respectvol naar Gillette. 'Hij zei dat we gedwongen waren om ons te concentreren op een "tandeloze reuzenhaai terwijl de hamerhaai vrij rondzwemt", ik geloof dat hij zoiets zei maar ik kan de volgorde verkeerd hebben.'

'Ja,' zei de man van NSC. 'Ik had het over Carlos, natuurlijk. We moeten niet achter Caïn aan gaan. Carlos is onze man.'

'Natuurlijk. Carlos. De meest ongrijpbare moordenaar van deze tijd, een man van wie velen van ons werkelijk aannemen dat hij verantwoordelijk is geweest – op de een of andere manier – voor de meest tragische moordaanslagen van onze tijd. Je had groot gelijk, Alfred, en op een of andere manier had ik het bij het verkeerde eind. We kunnen ons niet veroorloven om Carlos te vergeten.'

'Dank je,' zei Gillette. 'Ik ben blij dat wat ik zei is doorgedrongen.'

'Dat is het. In elk geval bij mij. Maar je hebt me ook aan het denken gezet. Kun je je de verleiding voorstellen voor een man als Caïn, die opereerde in de broeihitte van een gebied dat stikte van de zwervers en de vluchtelingen en van regeringen die tot hun nek in de corruptie zaten? Hoe moet hij Carlos hebben benijd; wat moet hij jaloers zijn geweest op de wereld van Europa die zoveel vlotter was, zoveel lichter en luxueuzer. Hoe vaak zei hij niet tegen zichzelf: "Ik ben beter dan Carlos." Hoe kil dat soort kerels dan ook mogen zijn, hun ego's zijn enorm groot. Volgens mij ging hij naar Europa om een beter leven te krijgen... en om Carlos te onttronen. De pretendent, meneer, wil naar de kroon grijpen. Hij wil de beste zijn.'

Gillette staarde de Monnik aan. 'Dat is een interessante theorie.'

'En als ik u goed begrepen heb,' kwam het congreslid tussenbeide, 'dan zouden we Carlos kunnen vinden door achter Caïn aan te zitten.'

'Precies.'

'Ik geloof niet dat ik het kan volgen,' zei de CIA-directeur geïrriteerd. 'Waarom?'

'Twee hengsten in een wei,' antwoordde Walters. 'Dat wordt vechten.'

'Een kampioen staat niet zomaar zijn titel af.' Abbott pakte zijn pijp. 'Hij vecht als een razende om hem te behouden. Zoals het congreslid al zegt, we gaan door met het opsporen van Caïn maar we moeten ook op de uitkijk blijven voor andere sporen in het bos. En wanneer en indien we Caïn vinden dan moeten we misschien niet meteen ingrijpen. Wachten tot Carlos achter hem aankomt.'

'Dan beiden grijpen,' voegde de officier eraan toe.

'Erg duidelijk,' zei Gillette.

De vergadering was afgelopen, de deelnemers namen afscheid van elkaar. David Abbott stond bij de kolonel van het Pentagon die de pagina's van de Medusamap bijeen gaarde; hij had de lijsten met doden en vermisten vast en wilde die in de map leggen.

'Mag ik eens kijken?' vroeg Abbott. 'Wij hebben bij het Comité geen kopie.'

'Zo luidden de instructies die we kregen,' antwoordde de officier terwijl hij de vastgeniete vellen aan de oudere man gaf. 'Ik dacht dat die van u kwamen. Maar drie kopieën. Hier, op het Bureau en bij de Raad.'

'Ze waren ook van mij.' De zwijgzame Monnik glimlachte vriendelijk. 'Waar ik woon zitten te veel verdomde burgers.'

De kolonel keerde zich om om een vraag te beantwoorden van het congreslid uit Tennessee. David Abbott luisterde niet; in plaats daarvan liepen zijn ogen de kolommen met namen af; hij was verontrust. Een aantal namen was doorgehaald, men wist wat daarmee was gebeurd. Ze konden niet toestaan dat men ontdekte wat er gebeurd was. Nooit! Waar wás hij? Hij was de enige man in dat vertrek die de naam kende en hij kon zijn hart voelen bonzen toen hij aan het laatste vel kwam. De naam was er!

Bourne, Jason C. – Laatste post, voor zover bekend: Tam Quan.

Wat was er in godsnaam gebéúrd?

René gooide de hoorn op de telefoon die op zijn bureau stond; zijn stem was haast even onbeheerst als zijn gebaar. 'We hebben elk café, elk restaurant en elke bistro geprobeerd waar ze ooit weleens kwam!'

'Er is geen hotel in Parijs waar hij staat ingeschreven,' zei de grijsharige centralist, die bij een tweede toestel zat aan het tekenbord. 'Het is nu al meer dan twee uur geleden; ze kan wel dood zijn. Als ze dat niet is, mocht ze willen dat ze het was.'

'Ze kan hem maar tot op bepaalde hoogte iets vertellen,' bepeinsde Bergeron. 'Minder dan wij zouden kunnen; ze weet niets over de oude mannen.'

'Ze weet genoeg. Ze heeft Parc de Monceau gebeld.'

'Ze heeft boodschappen doorgegeven maar weet niet precies aan wie.'

'Ze weet waarom.'

'Dat weet Caïn ook, dat kan ik je verzekeren. En hij zou een kapitale blunder maken met Parc de Monceau.' De ontwerper boog zich voorover; op zijn krachtige onderarmen spanden zich de spieren terwijl hij zijn handen ineen kneep; zijn ogen waren gericht op de grijsharige man. 'Vertel me nog eens alles wat je je herinnert. Waarom weet je zo zeker dat hij Bourne is?'

'Dat weet ik niet. Ik zei dat hij Caïn was. Als jij zijn methoden juist hebt beschreven dan is hij de man.'

'Bourne is Caïn. We hebben hem gevonden via de dossiers over Medusa. Daarom werd jij aangenomen.'

'Dan is hij Bourne, maar het is niet de naam die hij gebruikte. Er waren natuurlijk een aantal mensen in Medusa die hun echte namen niet lieten gebruiken. Die kregen altijd een alias; zij hadden straflijsten. Dan is hij waarschijnlijk een van die mensen.'

'Waarom hij? Anderen zijn verdwenen. Jij verdween.'

'Ik zou kunnen zeggen omdat hij hier was in Saint-Honoré en dat moet genoeg zijn. Maar er is meer, veel meer. Ik heb hem aan het werk gezien. Ik was ingedeeld bij een opdracht die onder zijn commando stond; dat was een onvergetelijke ervaring en hem kon je ook nooit vergeten. Die man zou jouw Caïn kunnen zijn – het kan niet anders.'

'Vertel maar eens.'

'We sprongen 's nachts af in een sector die Tam Quan heette, ons doel was het terughalen van een Amerikaan, die Webb heette, uit krijgsgevangenschap van de Viet Cong. We wisten het niet maar de overlevingskansen waren miniem. Zelfs de vlucht vanuit Saigon was verschrikkelijk; op driehonderd meter winden met orkaankracht, het vliegtuig trilde alsof het uit elkaar zou vallen. Toch gaf hij ons bevel om te springen.'

'En dat deden jullie?'

'Zijn revolver was op ons gericht. De elementen konden we misschien nog overleven, maar niet een kogel in onze koppen.'

'Met hoevelen waren jullie?'

'Acht.'

'Jullie hadden hem kunnen overmeesteren.'

'Jij hebt hem niet gekend.'

'Ga door,' zei Bergeron geconcentreerd; onbeweeglijk aan zijn bureau.

'We hergroepeerden ons op de grond met z'n zevenen; we namen aan dat twee de sprong niet hadden overleefd. Het was een wonder dat ik nog leefde. Ik was de oudste en helemaal niet zo'n held maar ik kende de streek; daarom werd ik meegestuurd.' De man zweeg en schudde zijn hoofd bij de herinnering. 'Minder dan een uur later beseften we dat het een hinderlaag was. We werden twee nachten en een dag lang vastgehouden door vijandelijk vuur, we renden als hagedissen door het oerwoud... 's Nachts ging hij er alleen op uit, ondanks de explosies van mortieren en granaten. Om te doden. En altijd was hij weer terug voor zonsopgang om ons steeds maar dichter naar het basiskamp te dwingen. Volgens mij was dat toen je reinste zelfmoord.'

'Waarom deden jullie het? Hij moest jullie een reden geven; jullie waren van Medusa, geen soldaten.'

'Hij zei dat het de enige manier was om er levend uit te komen. We waren ver achter de linies; we hadden de voorraden nodig die we in het basiskamp konden vinden. Hij zei dat we het móésten veroveren. Als er iemand tegensputterde zou hij hem een kogel door zijn kop jagen, dat wisten we... De derde nacht veroverden we het kamp en we troffen de man die Webb heette meer dood dan levend aan. We vonden ook de twee vermiste leden van onze ploeg, springlevend en stomverbaasd over wat er was gebeurd. Een blanke en een Vietnamees; ze waren door de Cong betaald om ons in een hinderlaag te lokken – hem in een hinderlaag te lokken vermoed ik.'

'Caïn?'

'Ja. De Vietnamees zag ons het eerst en ontsnapte. Caïn schoot de blanke door zijn kop. Hij liep gewoon op hem toe en joeg hem een kogel door zijn hoofd.'

'Heeft hij jullie teruggekregen? Door de linies?'

'Vier van ons, ja, en de man die Webb heette. De anderen sneuvelden. Tijdens die afschuwelijke terugtocht heb ik begrepen waarom de geruchten waarschijnlijk waar waren – dat hij de best betaalde aanwinst was van Medusa.'

'In welke zin?'

'Hij was de koudste man die ik ooit heb gezien en volkomen onvoorspelbaar. Ik dacht toen dat het voor hem een vreemde oorlog was; hij was een volgeling van Savonarola, maar zonder religie, enkel zijn eigen, vreemde moraal waarvan hij zelf het middelpunt vormde. Iedereen was zijn vijand – vooral de leiders – en beide kanten lieten hem volkomen koud.' De man van middelbare leeftijd zweeg weer even. Zijn ogen waren gericht op het tekenbord en zijn gedachten duidelijk duizenden kilometers ver weg. 'Vergeet niet, Medusa zat vol met allerlei desperado's. Velen waren paranoïde in hun haat van de communisten. Vermoord een communist en Christus zal glimlachen – vreemde voorbeelden van de christelijke leer. Van anderen, zoals ik, waren fortuinen gestolen door de Viet Minh. De enige manier om iets terug te krijgen was als de Amerikanen de oorlog wonnen. Frankrijk had ons in de steek gelaten in Dien Bien Phu. Maar er waren er tientallen die inzagen dat er bij Medusa fortuinen te verdienen vielen. In hun patroontassen zat vaak vijftig- tot vijfenzeventigduizend dollar. Een koerier die op tien, vijftien reizen de helft afroomde, kon in Singapore of Kuala Lumpur met pensioen gaan, of zijn eigen drugsnetwerk beginnen in de Driehoek. Los van het extravagante soldij – en vaak het kwijtschelden van misdaden uit het verleden – waren de kansen ongelimiteerd. In deze groep heb ik die hele vreemde man thuisgebracht. Hij was een moderne piraat in de ware zin van het woord.'

Bergeron deed zijn handen van elkaar. 'Wacht eens even. Je gebruikte de uitdrukking "een opdracht die onder zijn commando stond". Er zaten militairen in Medusa, weet je zeker dat hij geen Amerikaans officier was?'

'Amerikaan zeker, maar beslist geen legerfiguur.'

'Waarom?'

'Hij haatte alles wat met militairen te maken had. Uit elke beslissing die hij nam bleek zijn minachting voor het hoofdkwartier in Saigon; volgens hem was het leger een stelletje dwazen en onbenullen. Hij kreeg op een gegeven moment per radio bevelen in Tam Quan. Hij brak de uitzending af en zei tegen een generaal van het regiment dat hij kon barsten. Zoiets zou een legerofficier nooit doen.'

'Tenzij hij van plan was zijn beroep eraan te geven,' zei de ontwerper. 'Net zoals Parijs jou in de steek heeft gelaten en jij zo goed mogelijk je eigen boontjes dopte, door van Medusa te stelen en door je eigen, nauwelijks vaderlandslievend te noemen zaakjes op te zetten, wanneer je maar kon.'

'Mijn land heeft mij verraden voordat ik haar verraden heb, René.'

'Laten we teruggaan naar Caïn. Je zei dat Bourne niet de naam was die hij gebruikte. Welke dan?'

'Ik weet het niet meer. Zoals ik al zei betekenden achternamen niet veel. Voor mij was hij gewoon "Delta".'

'Mekong?'

'Nee, het alfabet, geloof ik.'

'Alpha, Bravo, Charley... Delta,' zei Bergeron peinzend in het Engels. 'Maar bij veel operaties werd het codewoord "Charley" vervangen door... "Caïn", omdat "Charley" synoniem was geworden met de Cong. "Charley" werd "Caïn"!'

'Precies. Bourne ging dus een letter terug en nam de naam Caïn aan. Hij had ook "Echo" of "Foxtrot" of "Zoeloe" kunnen kiezen. Wat maakt dat voor verschil?'

'Hij koos met opzet Caïn! Het was symbolisch! Hij heeft het van het begin af gewild.'

'Wat van het begin af gewild?'

'Dat Caïn de plaats zou innemen van Carlos. Denk eens na. "Carlos" is Spaans voor Charles – Charley. Het codewoord "Caïn" kwam in de plaats voor "Charley" – Carlos. Hij was het vanaf het begin van plan. Caïn zou de plaats innemen van Carlos! En hij wilde dat Carlos het wist.'

'Wéét Carlos het?'

'Natuurlijk! Het wordt overal verteld, in Amsterdam en Berlijn, Genève en Lissabon, Londen en zelfs hier, in Parijs. Cam is beschikbaar; contracten kunnen worden afgesloten, zijn prijs ligt lager dan die van Carlos. Hij holt uit! Hij holt voortdurend de positie van Carlos uit.'

'Twee matadores in dezelfde ring. Er kan er maar eentje zijn.'

'Carlos zal dat zijn. We hebben die opgeblazen spreeuw in de val. Hij is ergens binnen twee uur van Saint-Honoré.'

'Maar waar?'

'Dat doet er niet toe. We vinden hem wel. Hij heeft per slot van rékening ons gevonden. Hij zal terugkeren, dat eist zijn verwaandheid. En dan zal de adelaar omlaag duiken en de spreeuw vangen. Carlos zal hem doden.'

De oude man schoof zijn ene kruk stevig onder zijn linkeroksel, trok het zwarte gordijn open en stapte de biechtstoel in. Hij voelde zich niet goed; de vale kleur van de dood lag op zijn gelaat en hij was blij dat de gedaante in het kloosterhabijt achter het doorzichtige gordijn hem niet duidelijk kon zien. De moordenaar zou hem misschien geen verder werk meer geven wanneer hij er te zwak uitzag om het uit te voeren; hij moest nu werk hebben. Er bleven nog maar twee weken over en hij had zijn verantwoordelijkheden. Hij sprak. 'Angelus domini.'

'Angelus domini, kind van God,' klonk het gefluister. 'Zijn uw dagen zonder ongemak?'

'Ze zijn bijna ten einde, maar ze worden comfortabel gemaakt.'

'Ja... Ik denk dat dit uw laatste opdracht zal zijn voor mij. Hij is echter zo belangrijk dat uw beloning vijfmaal zo groot zal zijn als gewoonlijk. Ik hoop dat u erdoor geholpen zult worden.'

'Dank u, Carlos. U weet het dus.'

'Ik weet het. Dit moet u voor mij doen en de informatie moet met u deze wereld verlaten. Er mag geen fout worden gemaakt.'

'Ik heb altijd accuraat gewerkt. Nu ik doodga zal ik nog steeds accuraat zijn.'

'Sterf in vrede, oude vriend. Het is gemakkelijker... U moet naar de Vietnamese ambassade gaan en daar vragen naar een attaché die Phan

Loc heet. Wanneer u met hem alleen bent zegt u hem: "Laat in maart 1968 Medusa, de Tam Quan-sector. Caïn was daar. Ook een ander." Hebt u dat?'

'"Laat in maart 1968 Medusa, de Tam Quan-sector. Caïn was daar. Ook een ander."'

'Hij zal u zeggen wanneer u terug moet komen. Het zal binnen een paar uur zijn.'

17

'Ik geloof dat het tijd wordt dat we eens praten over een *fiche confidentielle* uit Zürich afkomstig.'

'Mijn god...!'

'Ik ben niet de man naar wie jullie zoeken.'

Bourne pakte de hand van de vrouw vast, hield haar op haar plaats om te voorkomen dat ze weg zou lopen tussen de tafeltjes door van het druk bezochte, elegante restaurant in Argenteuil, dertig kilometer buiten Parijs. De pavane was voorbij, de gavotte ten einde. Ze waren alleen; het fluwelen compartiment vormde een kooi.

'Wie bént u?' Jacqueline Lavier vertrok haar gezicht terwijl ze probeerde haar hand los te rukken; onder de opmaak van haar hals zwollen de aderen op.

'Een rijke Amerikaan die op de Bahama's woont. Gelooft u dat niet?'

'Ik had het kunnen weten,' zei ze, 'geen creditcard, geen cheque... alleen contanten. U keek zelfs niet eens naar de rekening.'

'Of naar de prijskaartjes, daardoor kwam u op mij af.'

'Het was stom van me. De rijken kijken altijd naar de prijskaartjes, al is het alleen maar vanwege het genoegen zich daarvan niets aan te hoeven trekken.' Lavier keek rond terwijl ze sprak, op zoek naar een gangetje tussen de tafels, een kelner die ze zou kunnen ontbieden. Ze wilde ontsnappen.

'Doe dat niet,' zei Jason terwijl hij op haar ogen lette. 'Het zou dwaas zijn. Het zou voor ons beiden beter zijn wanneer we eens een gesprek hadden.'

De vrouw staarde hem aan en de brug van vijandig stilzwijgen werd nog benadrukt door het gedempte gepraat in het ruime, door kaarsen schemerig verlichte vertrek en door het nu en dan opklinken van zacht gelach van de tafeltjes in hun omgeving. 'Ik vraag het u opnieuw,' zei ze. 'Wie bent u?'

'De naam doet er niet toe. Hou het maar op de naam die ik u heb gegeven.'

'Briggs? Die is vals.'

'Dat was Larousse ook en die staat op de papieren van een huurauto die drie moordenaars heeft opgepikt aan de Valois-bank. Daar hebben ze gemist. Ook vanmiddag hebben ze gemist aan de Pont Neuf. Hij is ontsnapt.'

'O, god!' riep ze uit en ze probeerde weg te komen.

'Ik zei dat u dat niet moest dóén!' Bourne hield haar stevig vast en trok haar terug.

'En als ik ga schreeuwen, monsieur?' Het gepoederde masker vertoonde nu barsten van venijn, de helder rode lippenstift tekende de grauw van een in een hoek gedreven, oude rat.

'Dan schreeuw ik nog harder,' antwoordde Jason. 'Dan worden we er allebei uitgesmeten en wanneer we eenmaal buiten zijn geloof ik dat ik u beter de baas zal kunnen. Waarom zouden we niet praten?'

'Ik heb u niets te zeggen.'

'Dan zal ik wel beginnen. Misschien verandert u nog van gedachten.' Hij maakte zijn greep voorzichtig wat losser. De spanning bleef op haar bleke, gepoederde gelaat maar die nam af naarmate de druk van zijn vingers lichter werd. Ze wilde luisteren. 'U betaalde een prijs in Zürich. Dat deden wij ook. Kennelijk meer dan u. We zitten achter dezelfde man aan; we weten waarom wij hem willen hebben.' Hij liet haar los. 'Waarom wilt u hem?'

Ze zweeg bijna een halve minuut maar nam hem zonder iets te zeggen op met woedende maar ook angstige ogen. Bourne wist dat hij de vraag juist had gesteld; het zou een gevaarlijke fout zijn voor Jacqueline Lavier als ze nu niet zou praten. Het zou haar haar leven kunnen kosten wanneer er later nog vragen werden gesteld.

'Wie is "wij"?' vroeg ze.

'Een firma die zijn geld terug wil hebben. Een heleboel geld. Hij heeft het.'

'Heeft hij het dan niet verdiend?'

Jason wist dat hij voorzichtig moest zijn; hij werd verondersteld veel meer te weten dan hij wist. 'Laten we zeggen dat er een meningsverschil over bestaat.'

'Hoe kan dat nu? Hij heeft het verdiend of niet, daar tussenin ligt nauwelijks een mogelijkheid.'

'Het is mijn beurt,' zei Bourne. 'U hebt een vraag met een vraag beantwoord en die ben ik niet uit de weg gegaan. Laten we nu eens teruggaan. Waarom wilt u hem hebben? Waarom staat het telefoonnummer van een van de vooraanstaande winkels aan de Saint-Honoré op een *fiche* in Zürich?'

'Het was een correspondentieadres, monsieur.'

'Voor wie?'

'Bent u gek?'

'Goed, ik zal daar even aan voorbij gaan. We geloven trouwens dat we dat weten.'

'Onmogelijk!'

'Misschien wel, misschien niet. Het was dus een correspondentieadres... Om een man te doden?'

'Daar heb ik niets op te zeggen.'

'Maar toen ik het zojuist over een auto had probeerde u weg te lopen. Dat is wel degelijk iets zeggen.'

'Een volkomen natuurlijke reactie.' Jacqueline Lavier raakte de steel van haar wijnglas aan. 'Ik had het huren geregeld. Dat wil ik u wel vertellen omdat er geen bewijs is dat ik dat heb gedaan. Behalve dat weet ik niets over wat er is gebeurd.' Plotseling greep ze het glas stevig vast en haar gezichtsmasker werd een mengeling van in bedwang gehouden woede en angst. 'Wie zijn jullie?'

'Dat heb ik u gezegd. Een firma die zijn geld terug wil hebben.'

'U loopt in de weg! Verdwijn uit Parijs! Laat dit met rust!'

'Waarom zouden we? Wij vormen de partij die verlies lijdt; wij willen onze boeken weer op orde hebben. Daarop hebben we recht.'

'U hebt nergens recht op!' vlamde madame Lavier. 'U hebt de fout gemaakt en u zult ervoor betalen!'

'Fout?' Hij moest héél voorzichtig zijn. Het was er – vlak onder het harde oppervlak – de ogen van de waarheid waren zichtbaar onder het ijs. 'Toe nou! Diefstal is geen fout die door het slachtoffer wordt gemaakt.'

'De fout lag in uw kéúze, monsieur. U hebt de verkeerde man gekozen.'

'Hij heeft miljoenen gestolen in Zürich,' zei Jason. 'Maar dat weet u. Hij heeft miljoenen gestolen en als u denkt dat u hem die gaat afnemen – en dat is hetzelfde als ze van ons afnemen – dan hebt u het goed mis.'

'Wij willen geen geld!'

'Ik ben blij dat te horen. Wie is "wij"?'

'Ik dacht dat u zei dat u dat wist.'

'Ik zei dat we een vermoeden hadden. Genoeg om een man die Koenig heet te ontmaskeren in Zürich, d'Amacourt hier in Parijs. Als we besluiten om dat te doen zou dat weleens heel erg vervelend kunnen zijn, waar of niet?'

'Geld? Vervelend? Daar gáát het helemaal niet om. Jullie zijn grote stommelingen, jullie allemaal! Ik zal het nog maar eens zeggen. Verdwijn uit Parijs. Laat dit met rust! Het gaat jullie niets meer aan.'

'Wij vinden dat het buiten jullie competentie valt. Eerlijk gezegd geloven we niet dat jullie het aankunnen.'

'Niet áánkunnen?' herhaalde Lavier alsof ze haar oren niet geloofde.

'Precies.'

'Hebt u enig idee van wat u daar zégt? Over wie hébt u het?'

'Dat doet er niet toe. Als jullie je niet terugtrekken dan luidt mijn aanbeveling om duidelijk voor de dag te komen. Aanklachten verzinnen – die natuurlijk niet op ons herleid kunnen worden. Zürich ontmaskeren, de Valois. De Sûreté erbij halen, Interpol... alles en iedereen om op één man te gaan jagen – met z'n allen op één man.'

'U bent écht gek. En stom op de koop toe!'

'Helemaal niet. Wij hebben vrienden op heel belangrijke posten; wij zullen de inlichtingen het eerst krijgen. Wij zullen op de juiste tijd op de juiste plaats staan te wachten. Wij zullen hem te pakken krijgen.'

'U krijgt hem niet te pakken. Hij zal weer verdwijnen! Ziet u dat dan niet in? Hij is in Parijs en een heel netwerk van mensen die hij onmogelijk kan kennen kijkt naar hem uit. Hij is misschien een of twee keer ontsnapt, maar niet voor de derde keer! Hij zit nu in onze val!'

'Wij willen niet dat u hem in de val lokt. Dat is niet in ons belang.' Het moment was bijna gekomen, dacht Bourne. Ze moest tot ontbranding worden gebracht om zo de waarheid bekend te maken. 'Dit is ons ultimatum en we beschouwen u als verantwoordelijk voor het overbrengen – anders gaat u dezelfde weg op als Koenig en d'Amacourt. Staak uw jacht vanavond nog. Doet u dat niet dan gaan wij morgenvroeg meteen aan de slag. Les Classiques zal de meest bekende winkel worden in Saint-Honoré, maar niet voor de juiste mensen.'

Het gepoederde gelaat barstte open. 'Dat zou u niet durven! Wie bent u om zoiets te zeggen?'

Hij zweeg even en sloeg toen toe. 'Een groep mensen die niet zoveel ophebben met die Carlos van u.'

Jacqueline Lavier verstarde, haar ogen waren opengesperd en trokken de huid helemaal strak. 'U wéét het dus,' fluisterde ze. 'En u gelooft dat u tegen hem bent opgewassen? U gelooft dat u tegen Carlos opkunt?'

'Eerlijk gezegd, ja.'

'U bent waanzinnig! Je stelt geen ultimatum aan Carlos!'

'Ik heb het net gedaan.'

'Dan bent u zo goed als dood. Als u ook maar met iemand spreekt overleeft u de dag niet meer. Hij heeft overal mensen; ze zullen u op straat neerknallen.'

'Dat is mogelijk, als ze tenminste weten wie ze neer moeten knallen,' zei Jason. 'Dat vergeet u. Dat weet niemand. Maar zij weten wie u bent. En Koenig en d'Amacourt. Op het moment dat wij u ontmaskeren zou het met u zijn afgelopen. Carlos zou u niet langer meer kunnen aanhouden. Maar niemand kent mij.'

'U vergeet iets, monsieur. Ik ken u.'

'Daar maak ik me nog het minste zorgen om. Probeer me maar te vinden... nadat de schade is berokkend en voordat het besluit over uw eigen toekomst is gevallen. Dat zal niet lang duren.'

'Dit is waanzin. U komt zo maar uit het niets te voorschijn en u spreekt als een krankzinnige! Dat kunt u niet doen!'

'Stelt u een compromis voor?'

'Er valt over te praten, 'zei Jacqueline Lavier. 'Alles is mogelijk.'

'Bent u in een positie om daarover te praten?'

'Ik ben in een positie om het over te brengen... veel beter dan ik een ultimatum kan overbrengen. Anderen zullen het doorspelen aan de man die de beslissingen neemt.'

'We kunnen dus praten.'

Madame Lavier stemde in met ogen die om haar leven vochten. 'Laten we dan maar beginnen met wat voor de hand ligt.'

'En dat is?'

Nu. De waarheid.

'Wat betekent Bourne voor Carlos? Waarom zit hij achter hem aan?'

'Wat betekent Bourne...?' De vrouw zweeg, venijn en angst werden verdreven door een uitdrukking van opperste verbazing. 'Dat kunt ú vragen?'

'Ik zal het nog eens vragen,' zei Jason en hij hoorde de bonzende echo's in zijn borst. 'Wat betekent Bourne voor Carlos?'

'Hij is Caïn! Dat weet u net zo goed als wij. Hij was uw fout, uw keuze! U hebt de verkeerde man gekozen!'

Caïn. Hij hoorde de naam en de echo's barstten los in oorverdovende donderslagen. En met elke klap vlamde pijn door hem heen, bliksemflitsen schroeiden de een na de ander door zijn hoofd, zijn geest en zijn lichaam krompen ineen onder de stormloop van die naam. Caïn. Caïn! De nevelen waren er weer. De duisternis, de wind, de explosies.

Alpha, Bravo, Caïn, Delta, Echo, Foxtrot... Caïn, Delta. Delta, Caïn. Delta... Caïn.

Caïn betekent Charlie. Delta betekent Caïn!

'Wat is er? Is er iets met u?'

'Niets.' Bourne had zijn rechterhand over zijn linkerpols geschoven, greep die vast met vingers die zo stevig in zijn huid drukten dat hij dacht dat zijn huid zou barsten. Hij moest iets doen; hij moest het beven stoppen, het geluid verminderen, de pijn terugdringen. Hij moest zijn geest helder maken. De ogen van de waarheid staarden hem aan; hij kon ze niet ontwijken. Hij was er, hij was thuis en de kou deed hem rillen. 'Ga door,' zei hij en hij bedwong zijn stem in zoverre dat de woorden fluisterend uit zijn mond vielen; hij kon er niets aan doen.

'Bent u ziek? U ziet erg bleek en u bent...'

'Ik voel me prima,' viel hij haar kortaf in de rede. 'Ik zei, ga dóór.'

'Wat valt er u nog meer te vertellen?'

'Vertel alles maar. Ik wil het van u horen.'

'Waarom? Er is niets wat u niet weet. U hebt Caïn uitgekozen. U hebt Carlos opzijgezet; u denkt dat u hem nu opzij kunt zetten. U had toen ongelijk en dat hebt u nu weer.'

Ik zal je doden. Ik zal je bij je keel pakken en je laatste adem eruit wringen. Zeg het me! Zeg het me in godsnaam! Aan het einde ligt enkel mijn begin! Ik moet het weten!

'Dat doet er niet toe,' zei hij. 'Als u naar een compromis zoekt – al was het alleen maar om uw leven te redden – zeg me dan waarom we zouden moeten luisteren. Waarom is Carlos zo onverzettelijk... zo paranoïde... betreffende Bourne? Legt u me dat eens uit alsof ik het nog nooit had gehoord. Als u dat niet doet zullen die namen die niet genoemd horen te worden door heel Parijs de ronde doen en u bent tegen de middag dood.'

Jacqueline Lavier zat als verstard, haar gezicht net een albasten masker. 'Carlos zal Caïn tot de uiteinden der aarde achtervolgen om hem te doden.'

'Dat weten we. We willen weten waarom?'

'Dat moet hij wel. Kijk naar uzelf. Naar mensen als u.'

'Dat heeft geen zin. U weet niet wie wij zijn.'

'Dat hoef ik niet te weten. Ik weet wat u hebt gedaan.'

'Zeg het maar eens heel duidelijk.'

'Dat heb ik al. U koos Caïn boven Carlos, dat was uw fout. U koos de verkeerde man. U betaalde de verkeerde moordenaar.'

'De verkeerde... moordenaar.'

'U was de eerste niet, maar u zult wel de laatste zijn. De verwaande huichelaar zal hier in Parijs aan zijn einde komen, of er nu een compromis komt of niet.'

'We kozen de verkeerde moordenaar uit...' De woorden zweefden door de elegante, geparfumeerde atmosfeer van het restaurant. De oorverdovende donder trok weg, het onweer rommelde nog dreigend maar ver weg in de stormwolken; de nevelen trokken op en kringen van damp kolkten om hem heen. Iets begon er zichtbaar voor hem te worden en wat hij zag waren de omtrekken van een monster. Geen mythe, maar een monster. Nog een monster. Er waren er twee.

'Twijfelt u daar nog aan?' vroeg de vrouw. 'Bemoei u niet met Carlos. Laat hem Caïn maar te pakken nemen; gun hem zijn wraak.' Ze zweeg, haar beide handen zweefden even boven de tafel; moeder Rat. 'Ik beloof niets maar ik zal wél een goed woordje voor u doen, voor het verlies dat uw mensen hebben geleden. Het kan zijn... het kan, begrijpt u... dat uw moordopdracht misschien wordt uitgevoerd door degene die u op de eerste plaats had moeten kiezen.'

'Degene die we hadden moeten kiezen... Omdat we de verkeerde kozen.'

'Dat ziet u in, waar of niet, monsieur? Er moet Carlos worden vertéld dat u dat inziet. Misschien... heel misschien... zou hij begrip kunnen hebben voor uw verliezen als hij ervan overtuigd was dat u uw fout inzag.'

'Is dat uw compromis?' vroeg Bourne vlakweg, terwijl hij alle mogelijke moeite deed een rode draad te ontdekken.

'Alles is mogelijk. Uw bedreigingen zullen niets uithalen, dat kan ik u wel zeggen. Er zou alleen maar zonder enige zin gedood worden; en Carlos zou lachend staan toekijken. U zou niet één keer maar tweemaal verliezen.'

'Als dat waar is...' Jason slikte moeilijk en stikte bijna toen droge lucht de leemte vulde in zijn droge keel, 'dan zal ik mijn mensen moeten uitleggen waarom we... de... verkeerde... man kozen.' Hou op! Maak af wat je zegt. Beheers jezelf. 'Vertel me alles wat u weet over Caïn.'

'Met wat voor doel?' Lavier legde haar vingers gespreid op de tafel; haar helder rode nagellak tekende een wapen met tien spitsen. 'Als wij de verkeerde man gekozen hebben, dan hadden we niet de juiste informatie.'

'U hoorde dat hij de gelijke was van Carlos, niet? Dat zijn honorarium redelijker was, zijn organisatie compacter en omdat er minder tussenpersonen bij betrokken waren was het onmogelijk dat een moordopdracht kon worden nagetrokken. Is het niet zo?'

'Misschien.'

'Natuurlijk is het zo. Iedereen heeft dat te horen gekregen en het is allemaal gelogen. De kracht van Carlos ligt in zijn overal verspreide inlichtingenbronnen, onfeilbare inlichtingen. In zijn zorgvuldige systeem om de juiste man te bereiken op precies het juiste moment voor de aanslag.'

'Volgens mij zijn er zo te veel mensen bij betrokken. Er waren te veel mensen in Zürich, te veel hier in Parijs.'

'Allemaal blind, monsieur. Ieder van hen.'

'Blind?'

'Om het ronduit te zeggen, ik heb een aantal jaren deel uitgemaakt van de operatie en ik heb bij allerlei gelegenheden tientallen mensen ontmoet die er een onbelangrijke rol in hebben gespeeld – niemand heeft een belangrijke rol. Ik moet de eerste persoon nog tegenkomen die ooit met Carlos heeft gesproken, laat staan dat hij enig idee heeft wie hij is.'

'Dat is Carlos. Ik wil alles weten over Caïn. Wat u weet over Caïn.' Blijf je beheersen. Je kunt je niet afwenden. Kijk haar aan. Kijk haar aan!

'Waar moet ik beginnen?'

'Bij wat u het eerste te binnenschiet. Waar kwam hij vandaan?' Wend je niet af!'

'Zuidoost-Azië, natuurlijk.'

'Natuurlijk...' O, mijn god.

'Uit de Amerikaanse Medusa, dat weten we...'

Medusa! De wind, de duisternis, de lichtflitsen, de pijn... De pijn scheurde nu door zijn schedel; hij was niet waar hij was, maar waar hij geweest was. Een wereld ver weg in afstand en tijd. De pijn. O, mijn god! De pijn...

Tao!

Che-sah!

Tam-Quan!

Alpha, Bravo, Caïn... Delta. Delta... Caïn!

Caïn betekent Charley.

Delta betekent Caïn!

'Wat is er?' De vrouw keek angstig; ze monsterde zijn gezicht met zwervende ogen die zich in de zijne boorden. 'U transpireert. Uw handen beven. Krijgt u een aanval?'

'Die gaat snel voorbij.' Jason pakte een servet om zijn voorhoofd af te vegen.

'Het komt door de spanningen, niet?'

'Door de spanningen, ja... ga verder. Er is niet veel tijd; ik moet mensen zien te bereiken, besluiten moeten worden genomen. Uw leven is er daar waarschijnlijk eentje van. Terug naar Cam. U zegt dat hij uit de Amerikaanse... Medusa kwam.'

'*Les mercenaires du diable*,' zei Lavier. 'Dat was de bijnaam die de Franse kolonisten aan Medusa gaven – die er tenminste nog over waren. Nogal toepasselijk, vindt u niet?'

'Het doet er niet in het minst toe wat ik denk. Of wat ik weet. Ik wil horen wat ú denkt, wat ú weet over Caïn.'

'Uw aanval maakt u onbeschoft.'

'Mijn ongeduld maakt me ongeduldig! U zegt dat wij de verkeerde man gekozen hebben; als dat zo was dan hadden we onjuiste informatie. *Les mercenaires du diable*. Wilt u daarmee zeggen dat Caïn een Fransman is?'

'Helemaal niet, dat is een domme vraag. Ik noemde dat alleen maar om te laten zien hoe diep wij in Medusa waren doorgedrongen.'

'Met "wij" bedoelt u de mensen die voor Carlos werken?'

'Zo zou u het kunnen noemen.'

'Dan noem ik het zo. Als Caïn geen Fransman is, wat is hij dan?'

'Ongetwijfeld Amerikaan...'

O, mijn god!

'Waarom?'

'Alles wat hij doet riekt naar Amerikaanse brutaliteit. Hij trekt en duwt vrijwel zonder enige verfijning, trekt de eer aan zich waar hij helemaal geen eer behaalde en noemt slachtoffers de zijne met wie hij niets heeft te maken. Hij heeft de methoden en de connecties van Carlos bestudeerd als geen ander. We horen dat hij ze woord voor woord herhaalt tegenover toekomstige cliënten, waarbij hij zich meestal in de schoenen van Carlos plaatst om dwazen ervan te overtuigen dat hij het was en niet Carlos, die de moordopdrachten ontving en uitvoerde.' Lavier zweeg even. 'Ik heb iets aangeroerd, niet? Hij heeft hetzelfde gedaan met – met uw mensen – ja?'

'Misschien...' Jason pakte zijn eigen pols weer vast toen de uitspraken weer bij hem terugkwamen. Uitspraken die gedaan werden in antwoord in een verschrikkelijk spelletje.

Stuttgart. Regensburg. München. Twee moordaanslagen en een ontvoering, toegeschreven aan Baader. Betalingen uit Amerikaanse bron...

Teheran? Acht moordaanslagen. Toegeschreven aan verschillende bronnen – Khomeiny en PLO. *Beloning, twee miljoen. Zuidwestelijke sector van Rusland.*

Parijs...? Alle opdrachten zullen worden verstrekt via Parijs.

Opdrachten van wie?

Sanchez... Carlos.

'... altijd zo'n doorzichtig smoesje.'

Jacqueline Lavier had gesproken; hij had het niet verstaan. 'Wat zei u?'

'U herinnert het zich, ja? Hij gebruikte hetzelfde smoesje bij u – uw mensen. Zo krijgt hij zijn opdrachten.'

'Opdrachten?' Bourne spande de spieren van zijn maag tot de pijn hem terugvoerde naar de tafel, in het door kaarsen verlichte vertrek in Argenteuil. 'Hij krijgt dus opdrachten,' zei hij zonder dat het ergens op sloeg.

'En voert die uit met aanzienlijke bekwaamheid; niemand bestrijdt dat. Zijn lijst van slachtoffers is imposant. In vele opzichten is hij op Carlos na de beste – niet zijn gelijke, maar hij steekt ver uit boven de rangen van de *guerrilleros*. Hij is bijzonder vaardig, uiterst vindingrijk, een getraind, dodelijk wapen dat uit Medusa komt. Maar zijn verwaandheid, zijn leugens ten koste van Carlos, die zullen zijn ondergang zijn.'

'En daarom is hij dus Amerikaan? Of bent u zo bevooroordeeld? Ik heb een idee dat u van Amerikaans geld houdt, maar dat dat zowat hun enige exportproduct is dat u aanstaat.' *Bijzonder vaardig; uiterst vindingrijk; een getraind, dodelijk wapen... Port Noir, La Ciotat, Marseille, Zürich, Parijs. O, mijn god!*

'Vooroordeel heeft er niets mee te maken, monsieur. We zijn zeker van de identificatie.'

'Hoe kwam u daaraan?'

Lavier speelde met de steel van haar wijnglas, haar rood-gepunte wijsvinger lag eromheen gekruld. 'Een ontevreden man werd omgekocht in Washington.'

'Washington?'

'De Amerikanen zijn ook op zoek naar Caïn – al even intensief als Carlos, vermoed ik. Medusa is nooit in de openbaarheid gebracht en Caïn kon hen weleens op een afschuwelijke manier in verlegenheid brengen. Deze ontevreden man bekleedt een positie waardoor hij ons inlichtingen kon geven, met inbegrip van het Medusa-dossier. Het was een eenvoudige zaak om de namen in overeenstemming te brengen met die in Zürich. Eenvoudig voor Carlos, niet voor iemand anders.'

Té eenvoudig, dacht Jason, zonder te weten waarom die gedachte hem te binnen schoot. 'Ik begrijp het,' zei hij.

'En u? Hoe hebt u hem gevonden? Niet Caïn, natuurlijk, maar Bourne.'

Door de nevelen van zijn benarde toestand heen herinnerde Jason zich nog een uitspraak. Niet van hem, maar gedaan door Marie. 'Veel eenvoudiger,' zei hij. 'We betaalden hem het geld door middel van een uitgesteld deposito op één rekening en het overschot werd automatisch overgeheveld op een andere. De nummers zouden nagegaan kunnen worden; het is een middel om belastingen te ontwijken.'

'Caïn stond dat toe?'

'Hij wist het niet. Er was betaald voor die nummers... net zoals u voor andere nummers betaalde – telefoonnummers – op een *fiche*.'

'Mijn compliment.'

'Dat heb ik niet nodig, maar alles wat u weet over Caïn wel. Tot nu toe hebt u alleen maar een identificatie verklaard. Gaat u nu maar verder. Alles wat u weet over die man Bourne, alles wat u over hem hebt gehoord.' *Voorzichtig nu. Laat je stem niet zo gespannen klinken. Je bent gewoon bezig met het evalueren van feiten. Marie, dat zei jij. Lieve, lieve Marie. Godzijdank is zij hier niet bij.*

'Wat we over hem weten is niet volledig. Hij heeft kans gezien de meeste belangrijke dossiers zoek te maken, een les die hij ongetwijfeld van Carlos heeft geleerd. Maar niet alles; we hebben een vage schets kunnen maken. Voordat hij werd aangetrokken door Medusa was hij, naar men zegt, een Frans sprekend zakenman die in Singapore woonde en die een conglomeraat van Amerikaanse exporteurs vertegenwoordigde, van New York tot Californië. Het komt erop neer dat hij door het conglomeraat ontslagen werd en dat heeft toen geprobeerd hem uitgeleverd te krijgen naar Amerika voor een gerechtelijke vervolging; hij had honderdduizenden dollars van hen gestolen. In Singapore stond hij bekend als een zeer teruggetrokken levend iemand, erg machtig in smokkeloperaties en zeer meedogenloos.'

'Daarvóór,' onderbrak Jason haar, terwijl hij het zweet weer voelde uitbreken hoog op zijn voorhoofd. 'Vóór Singapore. Waar kwam hij vandaan?' *Voorzichtig! De beelden! O mijn god, hij kon de straten van Singapore zien. Prince Edward Road, Kim Chuan, Boon Tat Street, Maxwell, Cuscaden.*

'Dat zijn gegevens die niemand kan vinden. Er zijn enkel geruchten en die hebben niets te betekenen. Er wordt, bijvoorbeeld, beweerd dat hij een uit de Orde gestoten Jezuïet is die gek geworden is; nog een speculatie is dat hij een jong, vooruitstrevend bankier is geweest van een investeringsbank, die betrapt is op het verduisteren van geld, samen met verschillende banken in Singapore. Er is niets concreets, niets dat kan worden nagegaan. Vóór Singapore, niets.'

Je hebt het mis, er was heel veel. Maar niets daarvan maakt hiervan deel uit... Er is een leemte en die moet worden gevuld en jij kunt mij niet helpen. Niemand kan dat misschien; niemand moet dat, misschien.

'Tot dusver hebt u me nog niets opzienbarends verteld,' zei Bourne, 'niets wat in verband staat met de informatie waarnaar ik op zoek ben.'

'Dan weet ik niet wat u wilt! U stelt me vragen, dringt aan op details en wanneer ik met antwoorden kom dan verwerpt u die als niet ter zake dienende. Wat wilt u eigenlijk?'

'Wat weet u over Caïns... werk? Aangezien u aanstuurt op een compromis moet u mij een reden daartoe geven. Als onze inlichtingen niet kloppen dan zou dat moeten zijn betreffende dat wat hij gedaan heeft, waar of niet? Wanneer hoorde u voor het eerst over hem? Hoorde Carlos over hem? Snel nu!'

'Twee jaar geleden,' zei madame Lavier, verontrust door Jasons ongeduld, geïrriteerd, bang, 'begonnen er geruchten uit Azië te komen over een blanke die een dienst aanbood die wonderbaarlijk leek op die van Carlos. Hij werd al snel een industrie. Een ambassadeur werd vermoord in Moulmein; twee dagen later werd een zeer geacht politicus vermoord in Tokio, vlak voor een debat in de Diet. Een week daarna werd in Hongkong een hoofdredacteur van een krant opgeblazen in zijn auto en minder dan achtenveertig uur later werd in de straten van Calcutta een bankier neergeschoten. Daarachter overal Caïn. Altijd Caïn.' De vrouw zweeg en keek hoe Bourne reageerde. Hij reageerde niet. 'Begrijpt u het niet? Hij was overál. Hij snelde van de ene moordaanslag naar de andere en hij nam moordopdrachten zo snel aan dat hij wel zonder onderscheid te werk moest gaan. Hij was een man die erg veel haast had en hij bouwde zijn reputatie zo snel op dat zelfs de meest geblaseerde beroepslui ervan opschrokken. En niemand twijfelde eraan of hij een beroepsman was, Carlos het minst van allen. Er werd instructie gegeven: onderzoek die man, probeer alles te weten te komen wat je kunt. Want, ziet u, Carlos begreep wat niemand van ons begreep en binnen een jaar bleek dat hij gelijk had gehad. Er kwamen berichten van informanten in Manilla, Osaka, Hongkong en Tokio. Caïn ging zijn werkterrein verleggen naar Europa, zeiden ze; hij zou zelfs Parijs tot zijn basis maken. De uitdaging was duidelijk, de handschoen was geworpen. Caïn was erop uit om Carlos te vernietigen. Hij zou de níéuwe Carlos worden, zijn diensten zouden de enige diensten zijn die gevraagd werden door degenen die ze nodig hadden. Net als ú er naar vroeg, monsieur.'

'Moulmein, Tokio, Calcutta...' Jason hoorde de namen van zijn lippen vallen, fluisterend uit zijn keel komen. Opnieuw zweefden ze daar, rustend op de geparfumeerde lucht, schaduwen van een vergeten verleden. 'Manilla, Hongkong...'

'Die plaatsen en nog vele andere,' vervolgde Lavier. 'Dat was de fout van Caïn, is nog steeds zijn fout. Vele mensen kunnen van Carlos denken wat ze willen maar onder hen die hun voordeel hebben gevonden bij zijn vertrouwen en vrijgevigheid bestaat er loyaliteit. Zijn informanten en huurlingen zijn niet zo gemakkelijk te koop, al heeft Caïn het keer op keer geprobeerd. Men zegt dat Carlos snel en meedogenloos zijn oordeel vormt maar, zoals ze ook zeggen, beter een satan die je kent, dan een opvolger die onbekend is... Wat Caïn niet besefte – wat hij ook nu nog niet beseft – is dat Carlos zo'n enorme organisatie heeft opgezet. Toen Caïn naar Europa kwam wist hij niet dat zijn activiteiten doorzien werden in Berlijn, Lissabon, Amsterdam... helemaal tot in Oman.'

'Oman,' zei Bourne onwillekeurig. 'Sjeik Moestafa Kalig,' fluisterde hij, alsof hij tot zichzelf sprak.

'Nooit bewezen!' viel Lavier hem uitdagend in de rede. 'Een opzettelijk rookgordijn van verwarring. Dat contract had hijzelf verzonnen. Hij pochte dat hij een goed beschermd iemand had vermoord, dat niemand door die bewaking kon heendringen. Een leugen!'

'Een leugen,' herhaalde Jason.

'Er zijn zoveel leugens,' voegde madame Lavier er minachtend aan toe. 'Maar hij is niet gek. Hij liegt over zijn daden, maar hij overdrijft niet. Hij laat hier of daar iets weten, in de overtuiging dat het bij het doorvertellen wel overdreven zal worden tot een belangrijke prestatie. Hij daagt Carlos bij elke gelegenheid uit en stelt zichzelf op de voorgrond ten koste van de man die hij denkt te kunnen verdringen. Maar hij kan niet tegen Carlos op; hij accepteert opdrachten die hij niet kan uitvoeren. U bent daar een voorbeeld van, we hebben gehoord dat er nog verschillende anderen zijn. Men zegt dat hij daarom maandenlang ondergedoken is en mensen zoals u uit de weg is gegaan.'

'Mensen uit de weg gegaan...' Jason pakte zijn pols weer vast; het beven was weer begonnen, in de uithoeken van zijn schedel begon de verre donder weer te trillen. 'Daar bent u... zeker van?'

'Heel zeker. Hij was niet dood, hij was ondergedoken. Caïn heeft verschillende opdrachten verknoeid; dat was onvermijdelijk. Hij nam er te veel aan, binnen te korte tijd. Maar toch, telkens wanneer zoiets gebeurde liet hij op zo'n mislukte moordaanslag een spectaculaire aanslag volgen, waarom niemand had gevraagd. Hij koos dan een prominent iemand uit en vermoordde die. De ambassadeur die op reis was in Moulmein was een voorbeeld; niemand had opdracht gegeven tot zijn dood. Er waren twee anderen voor zover wij weten – een Russische commissaris in Sjanghai en niet zo lang geleden een bankier in Madrid...'

De woorden ontsnapten uit de helderrode lippen die zich jachtig bewogen in het benedendeel van het gepoederde masker naast hem. Hij hoorde ze; hij had ze al eerder gehoord. Hij had ze al eerder doorlééfd. Ze vormden niet langer meer schaduwen, maar herinneringen uit dat vergeten verleden. Beelden en werkelijkheid waren samengevloeid. Ze begon geen zin of hij kon hem afmaken en ze kon geen naam of stad of gebeurtenis noemen of hij voelde zich er onmiddellijk vertrouwd mee.

Ze zat te praten over... hem.

Alpha, Bravo, Caïn, Delta...

Caïn betekent Charlie en Delta betekent Caïn.

Jason Bourne was de sluipmoordenaar die Caïn genoemd werd.

Er bleef een laatste vraag, zijn kort-durende bevrijding uit de duisternis twee avonden geleden aan de Sorbonne. Marseille. 23 augustus.

'Wat gebeurde er in Marseille?' vroeg hij.

'Marseille?' Jacqueline Lavier deinsde terug. 'Hoe kón u? Wat voor leugens heeft men u verteld?'

'Vertel me alleen maar wat er gebeurd is.'

'U hebt het natuurlijk over Leland. De alomtegenwoordige ambassadeur wiens dood wél was besteld – waarvoor was betaald en waarvoor Carlos de opdracht had aanvaard.'

'En als ik u nu eens vertelde dat er mensen zijn die denken dat Caïn de verantwoordelijke man was?'

'Hij wilde dat iederéén dat zou denken! Dat was de zwaarste belediging voor Carlos – om hem zijn slachtoffer te ontfutselen. Betaling was voor Caïn niet belangrijk; hij wilde enkel de wereld – onze wereld – laten zien dat hij het eerst ter plekke kon zijn en het werk kon opknappen waarvoor Carlos was betaald... Maar hij heeft het zeker niet gedaan. Hij had niets te maken met de moord op Leland.'

'Hij was daar.'

'Hij werd in de val gelokt. In elk geval liet hij zich niet zien. Er zijn er die zeggen dat hij gedood werd, maar daar er geen lijk was geloofde Carlos het niet.'

'Hoe dacht men dat Caïn gedood werd?'

Madame Lavier wilde daar niet op ingaan en schudde haar hoofd met korte, snelle bewegingen. 'Twee mannen van de waterkant probeerden met de eer te gaan strijken, probeerden er betaald voor te krijgen. Eentje is er nooit meer teruggezien; men mag aannemen dat Caïn hem gedood heeft, als Caïn het wás. Het was schuim van de havens.'

'Wat was de hinderlaag?'

'De zogenáámde hinderlaag, monsieur. Ze beweerden dat ze er lucht van hadden gekregen dat Caïn met iemand een afspraak had in de Rue Sarrasin, een of twee nachten voor de moordaanslag. Ze beweren dat ze in de straat betrekkelijk onduidelijke boodschappen achterlieten en een man, van wie ze overtuigd waren dat het Caïn was, naar de pieren lokten, naar een vissersboot. Noch de treiler, noch de schipper zijn ooit teruggezien, dus misschien hadden ze gelijk. Maar er was geen bewijs, niet eens een behoorlijke beschrijving van Caïn die vergeleken kon worden met de man die werd weggelokt uit de Rue Sarrasin. Hoe dan ook, daar is het geëindigd.'

Fout. Daar is het begonnen. Voor mij.

'Ik begrijp het,' zei Bourne, 'maar onze inlichtingen zijn natuurlijk anders. Wij maakten een keuze op basis van wat we dachten te weten.'

'De verkéérde keuze, monsieur. Wat ik u heb verteld is de waarheid.'

'Ja, dat weet ik.'

'Is dat dus ons compromis?'

'Waarom niet?'

'*Bien.*' De vrouw bracht opgelucht het wijnglas naar haar lippen. 'U zult zien, zo zal het voor iedereen beter zijn.'

'Het... doet er nu eigenlijk niet meer toe.' Hij was nauwelijks te verstaan en dat wist hij. Wat zei hij? Wat had hij zojuist gezegd...? Het werd weer nevelig om hem heen, de donderslagen weerklonken luider; de pijn was teruggekeerd in zijn slapen.

'Ik bedoel... ik bedoel, net als u zegt, zo is het beter voor iedereen.' Hij kon de ogen van madame Lavier voelen – zíén – terwijl ze naar hem keken, hem nauwkeurig opnamen.

'Het is een redelijke oplossing.'

'Natuurlijk is het dat... Voelt u zich niet goed?'

'Ik zei u al dat het niets betekende, het gaat wel over.'

'Ik ben blij het te horen. Wilt u me nu even excuseren?'

'Nee!' Jason greep haar arm vast.

'*Je vous prie, monsieur.* Alleen maar even de dames-wc. Als u wilt kunt u buiten blijven wachten.'

'We zullen gaan. U kunt er op weg naar buiten even heengaan.' Bourne gaf de kelner een wenk dat hij wilde betalen.

'Zoals u wilt,' zei ze, terwijl ze hem monsterde.

Hij stond in de schemerachtige gang tussen de lichtbundels die omlaag straalden uit de verzonken lampen in het plafond. Tegenover hem lag de dames-wc, aangegeven door kleine schrijfletters in goud *FEMMES*. De *beau monde* – verbijsterend mooie vrouwen, knappe mannen – bleven voorbijlopen. Dit was hetzelfde wereldje als in Les Classiques. Jacqueline Lavier voelde zich er thuis.

Ze was al bijna tien minuten in de dames-wc, een feit dat Jason verontrust zou hebben als hij zich had kunnen concentreren op de tijd. Dat kon hij niet; hij stond in brand. Lawaai en pijn vraten aan hem, elke zenuw lag bloot, elk vezeltje van zijn lijf was gezwollen, dodelijk bevreesd dat het zou opensplijten. Hij staarde recht voor zich uit, met achter zich een verleden vol dode mensen. Het verleden lag in de ogen van de waarheid; die hadden hem ontdekt en hij had ze gezien. Caïn... Caïn... *Caïn!*

Hij schudde zijn hoofd en keek omhoog naar het zwarte plafond. Hij moest blijven functioneren, hij kon het zich niet veroorloven te blijven vallen, zich te blijven storten in de afgrond vol duisternis en harde wind. Er moesten besluiten worden genomen... Nee, die waren al genomen. Het ging er nu om ze uit te voeren.

Marie. Marie? O, mijn god, lieve schat, we hebben ons zo vergist!

Hij haalde diep adem en keek op zijn horloge; de chronometer die hij had ingeruild voor een dun, gouden sieraad dat toebehoorde aan een markies in het zuiden van Frankrijk. *Hij is bijzonder vaardig, uiterst vindingrijk...* In die waardering lag geen vreugde. Hij keek naar de dames-wc.

Waar bleef Jacqueline Lavier? Waarom kwam ze niet naar buiten? Wat won ze ermee door binnen te blijven? Hij had de tegenwoordigheid van geest gehad de ober te vragen of er een telefoon was in de dames-wc; de man had ontkennend geantwoord en op een cel naast de ingang gewezen. Madame Lavier was erbij geweest; ze begreep de vraag.

Er was een verblindende lichtflits. Hij strompelde achteruit, drukte zich tegen de muur met zijn handen voor zijn ogen. De pijn! O, god! Zijn ogen stonden in brand!

En toen hoorde hij de woorden die werden gesproken door het beleefde lachen heen van goedgeklede mannen en vrouwen die rustig door de gang wandelden.

'Ter herinnering aan uw diner bij Rogets, monsieur,' zei een opgewekte gastdame, terwijl ze een perscamera vasthield aan de verticale steun voor de flitser. 'De foto zal over enkele minuten klaar zijn. Met de complimenten van Roget.'

Bourne bleef verstard staan, in de wetenschap dat hij de camera niet kapot kon slaan, en een andere gedachte bestormde hem.

'Waarom ik?' vroeg hij.

'Uw verloofde verzocht erom, monsieur,' antwoordde het meisje en ze knikte naar de dames-wc. 'We spraken binnen met elkaar. U hebt geluk, zij is een bijzonder knappe vrouw. Ze vroeg me om u dit te geven.' De gastdame stak een gevouwen briefje naar voren; Jason nam het aan terwijl zij naar de ingang van het restaurant trippelde.

Uw ziekte maakt me ongerust, en ik weet zeker dat dat bij u ook het geval is, mijn pas verworven vriend. Misschien bent u wel wie u zegt dat u bent, maar misschien ook niet. Over ongeveer een halfuur zal ik het antwoord weten. Een telefoontje dat een meelevend dinergast heeft gepleegd en die foto is op weg naar Parijs. U kunt dat evenmin tegenhouden als u die mensen kunt tegenhouden die nu per auto op weg zijn naar Argenteuil. Als wij inderdaad een compromis gesloten hebben zal geen van beide feiten u hoeven verontrusten – zoals uw ziekte mij verontrust – en dan praten we opnieuw wanneer mijn metgezellen aankomen.

Men zegt dat Caïn een kameleon is, die in uiteenlopende vermommingen verschijnt, allemaal zeer overtuigend. Men zegt ook dat hij gemakkelijk tot geweld overgaat en driftaanvallen heeft. Dat zijn toch ziektes, of niet soms?

Hij rende de donkere straat in Argenteuil uit, achter het verdwijnende daklicht van de taxi aan, die sloeg de hoek om en verdween. Hij hield stil, zwaar hijgend, en keek naar alle kanten of er een andere was; tevergeefs. De portier van Rogets had hem gezegd dat het wel een kwartier kon duren voordat er een taxi kwam; waarom had monsieur er niet eerder een besteld? De val was uitgezet en hij was erin gelopen.

Daarginds! Een licht, een taxi. Hij begon te rennen. Hij moest hem tegenhouden; hij moest terug naar Parijs. Naar Marie.

Hij was weer in de doolhof, blindelings voortrennend, eindelijk wetend dat ontsnappen onmogelijk was. Maar hij zou alleen blijven rennen; op die beslissing zou hij nooit terugkomen. Er zou niet over worden gediscussieerd, geen twistgesprek zou erover zijn, geen geschreeuw over en weer – met argumenten die waren geworteld in liefde en onzekerheid. Want de zekerheid lag duidelijk vóór hem. Hij wist wie hij was... wat hij geweest was; hij was schuldig aan de misdaad die hem ten laste werd gelegd – de misdaad waarvan hij al verdacht werd.

Een uur of twee niets erover zeggen. Gewoon naar haar kijken, rustig praten over alles behalve over de waarheid. Liefhebben. En dan zou hij weggaan; zij zou nooit te weten komen wanneer en hij kon haar nooit vertellen waarom. Dat was hij haar schuldig; het zou een tijdje verschrikkelijk pijn doen maar die pijn zou uiteindelijk veel minder zijn dan de pijn die werd veroorzaakt door het stigma van Caïn.

Caïn!

Marie, Marie! Wat heb ik gedaan?

'Taxi! Taxi!'

18

Maak dat je wegkomt uit Parijs! Nu! Wat je ook aan het doen bent, houd ermee op en maak dat je wegkomt...! Dat is een opdracht van je regering... Ze willen dat je hier verdwijnt. Ze willen hem isoleren.

Marie drukte haar sigaret uit in de asbak op het nachtkastje en haar ogen vielen kort op het vier jaar oude nummer van *Time*. Even keerden haar gedachten terug naar dat afschuwelijke spelletje dat Jason haar had gedwongen te spelen.

'Ik luister niet!' zei ze hardop bij zichzelf en ze schrok van haar eigen stemgeluid in de lege kamer. Ze liep naar het raam, hetzelfde raam waarvoor hij had gestaan, angstig naar buiten kijkend en proberend haar begrip bij te brengen.

Ik moet bepaalde dingen weten... genoeg om een besluit te nemen... maar misschien niet alles. Een deel van me moet in staat zijn... om te vluchten, te verdwijnen. Ik moet tegen mezelf kunnen zeggen, wat er was is er nu niet meer en er bestaat een kans dat het er nooit was omdat ik het me niet herinner. Wat iemand zich niet kan herinneren bestond ook niet... voor hem niet.

'Mijn lieve, lieve schat. Laat ze je dit niet aandoen!' Haar hardop gesproken woorden deden haar niet opschrikken want het was of hij bij haar in de kamer stond te luisteren, wilde voldoen aan zijn eigen woorden, wilde vluchten, verdwijnen... met haar. Maar diep in haar hart wist ze dat hij dat niet kon doen; hij kon niet leven met een halve waarheid of met driekwart leugen.

Ze willen hem isoleren.

Wie waren zíj? Het antwoord lag in Canada en Canada was afgesneden, ook al een valstrik.

Jason had gelijk wat Parijs betrof; zij voelde het ook. Wat het dan ook was, het gebeurde hier. Als ze maar íémand konden vinden die de sluier kon oplichten en hem kon laten zien dat hij gemanipuleerd werd, dan zouden andere vragen onder ogen gezien kunnen worden en de antwoorden zouden hen niet meer dwingen tot zelfvernietiging. Als hij ervan overtuigd kon worden dat hij, wat voor vergeten misdaden hij ook had begaan, een pion was voor een veel ernstiger, enkelvoudige misdaad, dan zou hij kunnen vluchten, met haar kunnen verdwijnen. Alles was relatief. Wat de man die ze liefhad moest kunnen zeggen tot zichzelf, was niet dat het verleden niet meer bestond, maar dat het had bestaan, dat hij ermee kon leven, er zich bij kon neerleggen. Die rationalisatie had hij nodig, de overtuiging dat, wat hij ook was geweest veel minder erg was dan wat zijn vijanden de wereld wilden doen geloven, want anders zouden ze hem niet gebruiken. Hij was de zondebok, hij moest dood in plaats van iemand anders. Kon ze hem maar overtuigen... Als ze dat niet kon, zou ze hem verliezen. Zij zouden hem pakken. Zij zouden hem vermoorden.

Zíj.

'Wie zíjn jullie?' schreeuwde ze tegen het raam, tegen de lichten van Parijs daarbuiten.

'Wáár zijn jullie?'

Ze kon een koude windvlaag tegen haar gelaat voelen, het was zo overtuigend alsof de vensterruiten gesmolten waren en de avondlucht naar binnen stroomde. Het werd gevolgd door een dichttrekken van haar keel en even kon ze niet meer slikken... geen adem meer halen. Het ogenblik ging voorbij en ze kon weer ademen. Ze was bang; het was haar al eerder overkomen, bij hun eerste avond in Parijs toen ze was weggegaan uit het café om hem te zoeken op de trappen van het Cluny. Ze liep snel de Saint-Michel af toen het gebeurde: de koude wind, het zwellen van haar keel... op dat moment had ze geen adem kunnen krijgen. Ze dacht dat ze later wist waarom; op datzelfde moment had Jason, die verschillende straten verder in de Sorbonne was, een besluit genomen dat hij minuten later weer zou verwerpen – maar hij had het toen genomen. Hij was vastbesloten geweest niet naar haar terug te keren.

'Hou op!' riep ze uit, 'het is waanzin.' Ze keek ongerust op haar horloge. Hij was al meer dan vijf uur weg; waar was hij? Waar was hij?

Bourne stapte uit de taxi voor het verlopen elegante hotel in Montparnasse. Het komende uur zou het moeilijkste zijn van zijn leven – een leven dat vóór Port Noir een leemte was, daarna een nachtmerrie. De nachtmerrie zou voortduren maar hij zou er alleen in leven; hij hield te veel van haar om te vragen die samen met hem te doorleven. Hij zou wel een manier vinden om te verdwijnen en de bewijzen mee te nemen die haar met Caïn verbonden. Zo eenvoudig was dat; hij zou weggaan naar een afspraak die niet was gemaakt en niet meer terugkeren. En op een bepaald moment in dat komende uur zou hij haar een briefje schrijven:

Het is voorbij. Ik heb mijn pijlen gevonden. Ga terug naar Canada en zeg niets, ter wille van ons beiden. Ik weet waar ik je kan bereiken.

Dat laatste was niet eerlijk – hij zou haar nooit bereiken – maar die kleine gevleugelde hoop moest er zijn, al was het alleen maar om haar op een vliegtuig naar Ottawa te krijgen. Op den duur, met het verstrijken van de tijd, zou hun wekenlange samenzijn vervagen tot een geheim dat in het donker werd bewaard, een verborgen schat van korte, rijke momenten die nu en dan, op rustige ogenblikken, te voorschijn gehaald en aangeraakt konden worden. En dan niet meer, want het leven werd geleefd voor levende herinneringen; verborgen herinneringen raakten hun betekenis kwijt. Niemand wist dat beter dan hij.

Hij liep de hal door en knikte naar de conciërge die op zijn kruk achter de marmeren balie zijn krant zat te lezen. De man keek nauwelijks op, merkte alleen dat de indringer daar thuishoorde.

De lift kroop rommelend en kreunend naar de vijfde verdieping. Jason haalde diep adem en stak zijn hand uit naar het hek; boven alles zou hij scènes vermijden, er mocht geen verdenking worden gewekt door woorden of blikken. De kameleon moest een worden met zijn rustige deel van het woud, het deel waar geen wildsporen werden aangetroffen. Hij wist wat hij moest zeggen; hij had het zorgvuldig overwogen, net als het briefje dat hij zou schrijven.

'Het grootste deel van de nacht heb ik rondgezworven,' zei hij, terwijl hij haar in zijn armen hield, haar donkerrode haren streelde en haar hoofd op zijn schouder liet rusten... en pijn leed. 'Ik heb achter broodmagere verkoopsters aangezeten, naar opgewekte onzin zitten luisteren en koffie gedronken die vermomd was als slootwater. Les Classiques was tijdverspilling; het is er een dierentuin. De apen en de pauwen maken er een heel circus van, maar ik geloof niet dat iemand er echt iets weet. Er is een kleine kans, maar hij is misschien enkel een handige Fransman op zoek naar een Amerikaan die hij een poot kan uitdraaien.'

'Hij?' vroeg Marie, nu al rustiger.

'Een man die de telefooncentrale bedient,' zei Bourne en hij zette beelden van zich af van verblindende explosies en duisternis en harde wind, terwijl hij zich het gelaat voor de geest haalde dat hij niet kende en toch zo goed kende. Die man vormde enkel een afleidingsmanoeuvre; hij zette de beelden van zich af. 'Ik heb afgesproken dat ik hem rond middernacht zou ontmoeten bij de Bastringue aan de Rue de Hautefeuille.'

'Wat zei hij?'

'Heel weinig maar genoeg om mijn belangstelling te wekken. Ik zag hoe hij me aankeek terwijl ik vragen stelde. De zaak was vrij druk zodat ik tamelijk ongedwongen rond kon lopen en met de verkoopsters kon praten.'

'Vragen? Wat voor vragen heb je gesteld?'

'Alles wat ik maar kon bedenken. Voornamelijk over de directrice, of hoe ze dan ook genoemd mag worden. Als je nagaat wat er vanmiddag is gebeurd en als zij in directe verbinding staat met Carlos, dan zou ze nu vrijwel hysterisch moeten zijn. Ik heb haar gezien. Ze was dat niet; ze gedroeg zich alsof er niets was gebeurd, of ze alleen maar een goede dag had gehad in de winkel.'

'Maar zij wás een directe verbinding, zoals jij het noemde. d'Amacourt heeft dat verklaard. Het *fiche*.'

'Indirect. Zij krijgt een telefoontje en ze krijgt dan te horen wat ze moet zeggen als ze daarna zelf belt.' Jason bedacht dat die verzonnen beoordeling inderdaad op de werkelijkheid was gebaseerd. Jacqueline Lavier was zeker een indirecte verbinding.

'Je kon toch niet zo maar rondlopen en vragen stellen, zonder op te vallen,' wierp Marie tegen.

'Toch wel,' antwoordde Jason, 'als je een Amerikaans auteur bent die een artikel aan het schrijven is over Saint-Honoré voor een groot tijdschrift.'

'Dat is heel goed, Jason.'

'Het werkte. Niemand wil daarin ontbreken.'

'Wat ben je te weten gekomen?'

'Net als de meeste van dit soort zaken heeft Les Classiques zijn eigen cliëntèle, allemaal rijk, iedereen kent iedereen, met de gewone huwelijksintriges en het gebruikelijke overspel dat daarbij hoort. Carlos wist wat hij deed; het is daar een regelrechte telefoonbeantwoordingsdienst, maar niet een zoals in de gids voorkomt.'

'Hebben de mensen je dat verteld?' vroeg Marie terwijl ze zijn armen vasthield en op zijn ogen lette.

'Niet met zoveel woorden,' zei hij en hij voelde de schaduwen van haar ongeloof.

'Waarom heb je vanavond die afspraak bij Bastringue?'

'Hij kwam naar me toe toen ik wegging en zei iets heel vreemds.' Jason hoefde dit gedeelte van de leugen niet te verzinnen. Hij had minder dan een uur geleden de woorden gelezen op een briefje in een elegant restaurant in Argenteuil. 'Hij zei: "Misschien bent u wel wie u zegt dat u bent, maar misschien ook niet." Toen stelde hij voor om later iets te gaan drinken maar niet aan de Saint-Honoré.' Bourne zag haar twijfel wegtrekken. Het was hem gelukt; ze accepteerde de leugens. En waarom niet? *Bijzonder vaardig, uiterst vindingrijk*. Hij walgde niet van dat oordeel; hij was Caïn.

'Misschien is hij het wel, Jason. Je zei dat je er maar een nodig had; misschien is hij het wel!'

'We zullen zien.' Bourne keek op zijn horloge. Het aftellen voor zijn vertrek was begonnen; hij kon nu niet meer omkijken. 'We hebben nog bijna twee uur. Waar heb je het koffertje gelaten?'

'In het Meurice, daar heb ik een kamer.'

'Laten we die gaan halen en iets te eten zien te krijgen. Je hebt nog niet gegeten, is 't wel?'

'Nee...' Marie keek of ze iets niet begreep. 'Waarom laten we het koffertje niet waar het is? Het is daar volkomen veilig; we hoeven er ons geen zorgen over te maken.'

'Dat zouden we wel moeten doen als we hier gehaast zouden moeten vertrekken,' zei hij, bijna bruusk, terwijl hij naar het bureau liep. *Alles moest nu geleidelijk gebeuren, in woorden, in blikken in aanraking moest langzaam wat wrijving duidelijk worden. Niets alarmerends, niets bombastisch; een dergelijke tactiek zou ze doorzien. Alleen maar genoeg zodat ze later de waarheid zou begrijpen wanneer ze zijn woorden las. 'Het is voorbij. Ik heb mijn pijlen gevonden...'*

'Wat is er, schat?'

'Niets.' De kameleon glimlachte. 'Ik ben alleen maar moe en misschien een beetje teleurgesteld.'

'Goeie genade, waarom? Een man wil je vanavond laat vertrouwelijk ontmoeten, een man die een telefooncentrale bedient. Hij zou je op een spoor kunnen brengen! En je bent ervan overtuigd dat je het contact met Carlos gevonden hebt in die vrouw; zij moet je toch iets kunnen vertellen – of ze dat wil of niet. Op een of andere griezelige manier zou je volgens mij uitgelaten moeten zijn.'

'Ik weet niet zeker of ik het kan uitleggen,' zei Jason, terwijl hij in de spiegel naar haar keek. 'Dan zou je moeten begrijpen wat ik daar heb gevonden.'

'Wat je hebt gevonden?' Een vraag.

'Wat ik heb gevonden.' Een uitspraak. 'Het is een heel andere wereld,' vervolgde Bourne terwijl hij de fles whisky pakte en een glas, 'heel andere mensen. Een zachte en mooie wereld, frivool met kleine schijnwerpertjes en donker fluweel. Er wordt niets serieus genomen, behalve roddelpraatjes en zelfbevrediging. Ieder van die lichtzinnige mensen – met inbegrip van die vrouw – zou een contact met Carlos kunnen vormen zonder het ooit zelf te weten. Een man als Carlos zou van dergelijke mensen gebruik kunnen maken; iedereen in zijn plaats zou dat doen, ík ook... Dat heb ik gevonden. Het is nogal ontmoedigend.'

'En onredelijk. Wat jij ook gelooft, die mensen nemen hun beslissingen heel bewust. Die zelfbevrediging waar je het over had eist dat; ze denken na. En weet jij wat ik denk? Ik denk dat je écht moe en aan een borrel toe bent. Stel die zaak voor vanavond uit; je hebt genoeg meegemaakt voor één dag.'

'Dat kan ik niet doen,' zei hij scherp.

'Goed dan, je kunt het niet,' antwoordde ze afwerend.

'Het spijt me. Ik ben geïrriteerd.'

'Ja. Dat weet ik.' Ze liep naar de badkamer. 'Ik ga me opfrissen en dan kunnen we gaan... Schenk maar een stevig glas in, schat. Dat heb je nodig.'

'Marie?'

'Ja?'

'Probeer het te begrijpen. Wat ik daar heb gevonden verontrust me.'

'Terwijl jij aan het zoeken was zat ik te wachten, Jason. Zonder iets te weten. Dat was ook niet gemakkelijk.'

'Ik dacht dat je Canada zou bellen. Heb je dat niet gedaan?'

Ze bleef even staan. 'Nee,' zei ze. 'Het was te laat.'

De deur van de badkamer ging dicht; Bourne liep naar het bureau aan de andere kant van de kamer. Hij trok de la open, haalde er briefpapier uit, pakte een ballpoint en schreef de woorden: *Het is voorbij. Ik heb mijn pijlen gevonden. Ga terug naar Canada en zeg niets, ter wille van ons beiden. Ik weet waar ik je kan bereiken.*

Hij vouwde het vel op, stak het in de envelop en pakte zijn portefeuille. Hij haalde er zowel de Franse als de Zwitserse bankbiljetten uit, schoof die achter het opgevouwen briefje en sloot de envelop af. Hij schreef op de voorkant: *Marie.*

Hij wilde er zo verschrikkelijk graag aan toevoegen: *Mijn schat, mijn allerliefste schat.*

Hij deed het niet. Hij kon het niet doen.

De deur van de badkamer ging open. Hij stak de envelop in de zak van zijn colbert. 'Dat was vlug,' zei hij.

'Is dat zo? Ik dacht van niet. Wat ben je aan het doen?'

'Ik zocht een pen,' antwoordde hij terwijl hij de ballpoint oppakte. 'Als die kerel iets te vertellen heeft wil ik het kunnen opschrijven.'

Marie keek naar het lege glas. 'Je hebt je borrel niet genomen.'

'Ik heb het glas niet gebruikt.'

'O. Zullen we gaan?'

Ze wachtten in de gang op de rommelende lift; er hing tussen hen een gedwongen stilzwijgen, letterlijk onverdraaglijk. Hij pakte haar hand vast. Toen ze de aanraking voelde greep ze de zijne vast en staarde hem aan met ogen die hem zeiden dat haar zelfbeheersing op de proef werd gesteld en dat ze niet wist waarom. Onopvallende signalen waren verzonden en opgevangen, niet luid of storend genoeg om alarmsignalen te vormen maar ze waren er en zij had ze gehoord. Het maakte deel uit van het aftellen, onverbiddelijk, onherroepelijk, een voorspel op zijn vertrek.

O, mijn god, ik hou zoveel van je. Je staat naast me en we raken elkaar aan en ik ben aan het doodgaan. Maar jij kunt niet sterven met mij. Dat mag je niet. Ik ben Caïn.

'Het zal best lukken,' zei hij.

De metalen kooi kwam luidruchtig trillend omhoog naar zijn inspringende halteplaats. Jason trok het koperen hek open en vloekte toen plotseling binnensmonds.

'Och, verdomme, ik ben iets vergeten!'

'Wat?'

'Mijn portefeuille. Ik heb die vanmiddag in de bureaula achtergelaten in geval er moeilijkheden zouden zijn in Saint-Honoré. Wacht maar op me in de hal.' Hij duwde haar zachtjes door het hek en drukte met zijn vrije hand op de knop. 'Ik ben zo beneden.' Hij sloot het hek; de koperen tralies schoven tussen hem en haar verschrikte ogen. Hij keerde zich om en liep snel terug naar de kamer.

Binnen haalde hij de envelop uit zijn zak en zette die tegen de voet van de lamp op het nachtkastje. Hij keek erop neer met een ondraaglijke pijn.

'Vaarwel, mijn schat,' fluisterde hij.

Bourne wachtte in de motregen voor het hotel Meurice aan de Rue de Rivoli en keek naar Marie door de glazen deur van de ingang. Ze stond aan de receptie en ze had daar voor de ontvangst getekend van het koffertje dat haar over de balie was aangereikt. Ze vroeg nu kennelijk om haar rekening aan een verbaasde employé en wilde betalen voor een kamer die minder dan zes uur bezet was geweest. Het duurde twee minuten voordat de rekening werd overhandigd. Met tegenzin; gasten van het Meurice gedroegen zich niet zo. Parijs had een hekel aan dergelijke buitenissige bezoekers.

Marie liep het trottoir op en kwam bij hem staan in de schaduw en de nevelachtige motregen links van de luifel. Ze gaf hem het koffertje met een geforceerde glimlach op haar lippen; haar stem klonk of ze buiten adem was.

'Die man mocht mij niet. Ik weet zeker dat hij ervan overtuigd is dat ik die kamer heb gebruikt voor onoorbare praktijken.'

'Wat heb je tegen hem gezegd?' vroeg Bourne.

'Dat ik van plan was veranderd, meer niet.'

'Goed, hoe minder je zegt hoe beter. Je naam is geregistreerd. Bedenk maar een reden waarom je daar was.'

'Bedenken...? Moet ík een reden bedenken?' Haar glimlach was verdwenen toen zij hem in de ogen keek.

'Ik bedoel dat wij een reden zullen bedenken. Natuurlijk.'

'Laten we gaan.' Ze liepen naar de hoek; op straat was het verkeer rumoerig, de motregen was toegenomen, de nevel hing dichter, het zag ernaar uit dat het spoedig flink zou gaan regenen. Hij nam haar arm – niet om haar te leiden, niet eens uit beleefdheid – alleen maar om haar aan te raken. Er was zo weinig tijd.

Ik ben Caïn. Ik beteken de dood.

'Kunnen we niet wat langzamer lopen?' vroeg Marie scherp.

'Wat?' Jason besefte dat hij bijna holde; een paar seconden was hij weer in zijn doolhof geweest, had hij erdoorheen gerend, wankelend, voelend en toch zonder gevoel. Hij keek voor zich uit en vond een antwoord. Op de hoek stond een taxi bij een bonte krantenkiosk. 'Ik wil die taxi pakken,' zei Bourne zonder zijn pas te vertragen. 'Het gaat zo meteen gieten van de regen.'

Ze bereikten buiten adem de hoek, maar de taxi reed weg en sloeg de Rue de Rivoli in. Jason keek omhoog naar de nachtelijke hemel en voelde de regen neertrommelen op zijn gelaat; hij voelde zich hulpeloos. Hij keek naar Marie onder het felle licht van de kiosk. Ze kromp ineen onder de onverwacht neervallende bui. Nee. Ze kromp niet ineen; ze stond naar iets te staren... te staren met ogen vol ongeloof, dodelijk verschrikt. In doodsangst. Volkomen onverwacht schreeuwde ze het uit met vertrokken gelaat terwijl ze de vingers van haar rechterhand tegen haar mond drukte. Bourne greep haar beet en trok haar hoofd in de vochtige stof van zijn overjas; ze bleef maar schreeuwen.

Hij draaide zich om in een poging om de oorzaak van haar hysterie te ontdekken. Toen zag hij het en in die fractie van een halve seconde van ongeloof wist hij dat het aftellen plotseling was gestopt. Hij had de misdaad begaan die alles besliste; hij kon haar niet verlaten. Nu niet, nog niet.

Op de voorste richel van de kiosk lag een vroeg ochtendblad, met koppen die tintelden onder de lichtcirkels:

MOORDENAAR IN PARIJS
VROUW GEZOCHT VOOR MOORDEN IN ZÜRICH
VERDACHT BIJ VERMOEDELIJKE DIEFSTAL VAN MILJOENEN

Onder de schreeuwerige woorden stond een foto van Marie St. Jacques.

'Hou op!' fluisterde Jason, terwijl hij zijn lichaam gebruikte om haar gezicht verborgen te houden voor de nieuwsgierige kioskhouder en in zijn zak naar munten zocht. Hij gooide het geld op de toonbank, graaide twee kranten bijeen en duwde haar de donkere, kletsnatte straat op.

Nu waren ze beiden in de doolhof.

Bourne opende de deur en liet Marie naar binnen gaan. Ze stond roerloos naar hem te kijken, met een bleek en angstig gelaat, onregelmatig ademhalend, een hoorbare mengeling van vrees en woede.

'Ik zal een borrel voor je inschenken,' zei Jason en hij liep naar het bureau. Terwijl hij schonk dwaalden zijn ogen naar de spiegel en hij voelde een onweerstaanbare aandrang om het glas kapot te slaan, zo verachtelijk kwam zijn eigen spiegelbeeld hem voor. Wat had hij, godverdomme, gedáán? O, mijn god!

Ik ben Caïn. Ik beteken de dood.

Hij hoorde hoe haar adem stokte en keerde zich snel om, te laat om haar tegen te houden, te ver weg om een uitval te doen en dat afschuwelijke ding uit haar handen te rukken. O, mijn god, hij was het vergeten! Ze had de envelop gevonden en stond zijn briefje te lezen. Haar korte gil was een schroeiende, verschrikkelijke kreet van smart.

'Jason!'

'Alsjeblieft! Nee!' Hij rende weg van het bureau en greep haar vast. 'Het doet er niet toe! Het telt nu niet meer!' Hij schreeuwde hulpeloos, zag de tranen opwellen in haar ogen en langs haar wangen vallen. 'Luister naar me! Dat was straks, nu niet meer.'

'Je ging er vandoor! Mijn god, je wilde me verlaten!' Haar ogen stonden nietszeggend, twee blinde kringen van paniek. 'Ik wist het! Ik heb het gevoeld!'

'Ik heb gezorgd dat je het voelde!' zei hij terwijl hij haar dwong hem aan te kijken. 'Maar nu is het voorbij. Ik zal je niet in de steek laten. Luister naar me. Ik ga je niet verlaten!'

Ze schreeuwde opnieuw. 'Ik kon geen adem krijgen...! Het was zo koud!'

Hij trok haar naar zich toe en sloeg zijn armen om haar heen. 'We moeten opnieuw beginnen. Probeer het te begrijpen. Het is nu anders – en ik kan niets veranderen aan wat er was – maar ik zal je niet in de steek laten. Niet nu het zo is.'

Ze duwde met haar handen tegen zijn borst, haar betraande gelaat was naar achteren gebogen en ze smeekte: 'Waarom, Jason? Waarom?'

'Later. Niet nu. Zeg maar even helemaal niets. Hou mij maar vast; laat mij jou vasthouden.'

Minuten gingen voorbij, de hysterie trok weg en de omtrekken van de werkelijkheid werden weer scherper. Bourne leidde haar naar een stoel; ze bleef met de mouw van haar jurk hangen aan het gerafelde kantwerk. Ze glimlachten beiden terwijl hij naast haar knielde en haar hand zwijgend vasthield.

'Wat dacht je van die borrel?' vroeg hij eindelijk.

'Ik geloof van wel,' antwoordde ze en ze verstevigde even haar greep op zijn hand toen hij opstond. 'Het is al even geleden dat je die hebt ingeschonken.'

'Die zal niet verschalen.' Hij liep naar het bureau en kwam terug met twee glazen, halfvol met whisky. Ze pakte het hare aan. 'Voel je je al wat beter?' vroeg hij.

'Rustiger. Nog steeds verward... bang, natuurlijk. Misschien ook kwaad, ik weet het niet zeker. Ik ben te bang om daarover na te denken.' Ze dronk, sloot haar ogen en leunde achterover in haar stoel. 'Waarom heb je dat gedaan, Jason?'

'Omdat ik dacht dat ik het moest doen. Zo eenvoudig is dat antwoord.'

'En het is helemaal geen antwoord. Ik verdien meer dan dat.'

'Ja, dat is waar, en je krijgt het antwoord ook. Ik moet het nu doen omdat je het moet horen; je moet het begrijpen. Je moet jezelf beschermen.'

'Mezelf...?'

Hij stak zijn hand op om haar in de rede te vallen. 'Het komt straks. Alles, als je wilt. Maar het eerste wat we moeten doen is te weten komen wat er gebeurd is – niet met míj maar met jóú. Daar moeten we beginnen. Kun je dat?'

'De krant?'

'Ja.'

'Natuurlijk ben ik daarin geïnteresseerd,' zei ze met een flauwe glimlach.

'Hier.' Jason liep naar het bed waar hij de twee kranten op had laten vallen. 'We zullen ze samen lezen.'

'Geen spelletjes?'

'Geen spelletjes.'

Ze lazen zwijgend het lange artikel, een verhaal over dood en intrige in Zürich. Nu en dan stokte Maries adem, geschokt door wat ze las; andere keren schudde ze ongelovig haar hoofd. Bourne zei niets. Hij zag er de hand in van Ilich Sanchez Ramirez. Carlos zal Caïn tot de uiteinden van de aarde achtervolgen. Carlos zal hem doden. Marie St. Jacques kon worden opgeofferd, ze was niet meer dan een lokaas dat zou sterven in de val waarin Caïn gevangen zou worden.

Ik ben Caïn. Ik beteken de dood.

Het artikel bestond in feite uit twee artikelen – een vreemd mengelmoes van feiten en gissingen, wanneer geen bewijzen meer voorhanden waren werd verder gespeculeerd. In het eerste deel werd een employee van de Canadese regering beschuldigd, een vrouwelijke econoom, Marie St. Jacques. Ze was gezien op de plaatsen waar drie moorden waren gepleegd, haar vingerafdrukken waren bevestigd door de Canadese regering. Bovendien had de politie een hotelsleutel van het Carillon du Lac gevonden, die kennelijk verloren was tijdens de gewelddadige actie aan de Guisan Quai. Het was de sleutel van de kamer van Marie St. Jacques, aan haar overhandigd door een hotelemployé die zich haar goed herinnerde – die zich herinnerde dat ze hem voorkwam als een hotelgast die erg van streek was. Een laatste stuk bewijsmateriaal was een handwapen dat was aangetroffen, niet ver van de Steppdeckstrasse, in een steegje niet ver verwijderd van het toneel van twee andere moorden. Ballistisch onderzoek had het uitgewezen als het moordwapen en weer waren er vingerafdrukken, opnieuw bevestigd door de Canadese regering. Ze waren van de vrouw, Marie St. Jacques.

Op dit punt begon het artikel af te wijken van de feiten. Er was sprake van geruchten langs de Bahnhofstrasse dat er een diefstal van vele miljoenen dollars was gepleegd doordat er met een computer was gemanipuleerd bij een geheime rekening onder nummer, die toebehoorde aan een Amerikaanse corporatie, Treadstone Seventy-one genaamd. De bank werd ook genoemd; het was natuurlijk de Gemeinschaft. Maar al het andere was versluierd, vaag, meer speculatie dan feiten.

Volgens 'ongenoemde bronnen', had een mannelijk, Amerikaans persoon, die het juiste nummer bezat, miljoenen overgemaakt naar een bank in Parijs en had de nieuwe rekening toegewezen aan specifieke individuen die eigendomsrechten konden doen gelden. De toegewezen personen wachtten in Parijs en toen het geld was bijgeschreven haalden ze de miljoenen van de rekening en verdwenen. Het succes van de operatie werd toegeschreven aan het feit dat de Amerikaan de juiste nummers van de rekening in de Gemeinschaft in handen had gekregen, een truc die hij had kunnen uithalen door het geheim te achterhalen van de nummervolgorde van de bank, die samenhing met jaar, maand en dag van opening, de normale procedure voor vertrouwelijke rekeningen. Een dergelijke analyse kon alleen maar worden uitgevoerd door het toepassen van verfijnde computertechnieken en door een gedegen kennis van de gang van zaken bij de Zwitserse banken. In antwoord op vragen bevestigde een woordvoerder van de bank, Herr Walter Apfel, dat er een onderzoek aan de gang was naar zaken die betrekking hebben op de Amerikaanse firma, maar in overeenstemming met de Zwitserse wet, 'kon de bank verder geen commentaar meer geven. Aan niemand'.

Hier werd verklaard wat Marie St. Jacques ermee te maken had. Ze werd beschreven als een econoom die voor de regering werkte en die een zeer uitgebreide kennis bezat van de gang van zaken in het internationale bankwezen, terwijl ze daarbij een ervaren computerprogrammeur was. Zij werd verdacht van medeplichtigheid, omdat zonder haar deskundigheid de kolossale diefstal nooit gepleegd had kunnen worden. En er was een mannelijke verdachte; volgens berichten was zij in zijn gezelschap gezien in het Carillon du Lac.

Marie was het eerst klaar met het artikel en ze liet de krant op de grond vallen. Op het geluid keek Bourne naar haar vanaf de rand van het bed. Ze zat naar de muur te staren, met een vreemde, peinzende kalmte. Het was een reactie die hij het minst had verwacht. Hij las snel het artikel uit en voelde zich terneergeslagen en hopeloos – even kon hij zelfs geen woorden vinden. Toen kwam zijn stem terug en hij begon te praten.

'Leugens,' zei hij, 'en die zijn gemaakt vanwege mij, vanwege dat wat ik ben en wie ik ben. Als ze jou kunnen dwingen je over te geven, dan hebben ze mij. Het spijt me, het spijt me meer dan ik je ooit kan zeggen.'

Marie keek van de muur naar hem. 'Het zijn niet allemaal leugens, Jason.' zei ze. 'Er zit zoveel waarheid in dat het niet allemaal gelogen kan zijn.'

'Waarheid? Het enige dat waar is, is jouw aanwezigheid in Zürich! Je hebt nooit een revolver aangeraakt, je was nooit in een steegje bij de Steppdeckstrasse, je hebt je hotelsleutel niet verloren en je was helemaal niet in de Gemeinschaft.'

'Toegegeven, maar dat is niet de waarheid waar ik het over heb.'

'Wat is dan de waarheid?'

'De Gemeinschaft, Treadstone Seventy-one, Apfel. Die bestaan en het feit dat die genoemd werden – vooral de bevestiging van Apfel – is ongelooflijk. Zwitserse bankiers zijn voorzichtige mensen. Ze steken niet de draak met de wetten, niet op deze manier; de gevangenisstraffen zijn veel te zwaar. De wetten die betrekking hebben op de betrouwbaarheid van het bankwezen behoren tot de meest onschendbare in geheel Zwitserland. Apfel zou jaren de gevangenis in kunnen draaien om dat wat hij heeft gezegd, zelfs door maar te zinspelen op zo'n rekening, laat staan die met naam en toenaam te noemen. Tenzij hij opdracht kreeg om te zeggen wat hij heeft gezegd van een autoriteit die machtig genoeg is om tegen de wetten in te gaan.' Ze zweeg en haar ogen dwaalden weer naar de muur. 'Waarom? Waarom kwamen de Gemeinschaft of Treadstone of Apfel zelfs maar in het verhaal voor?'

'Dat zei ik je. Ze willen mij hebben en ze weten dat wij samen zijn. Carlos weet dat wij samen zijn. Als hij jou vindt, vindt hij mij.'

'Nee, Jason, hieraan kan Carlos niets doen. Je begrijpt wérkelijk de wetten in Zwitserland niet. Zelfs Carlos zou ze niet zo met voeten kunnen laten treden.' Ze keek naar hem maar haar ogen zagen hem niet; nevel belemmerde nu ook haar inwendige blik. 'Dit is niet één verhaal, het zijn er twee. Ze bestaan beide uit leugens en het eerste wordt in verband gebracht met het tweede door vage gissingen – gissingen die in de openbaarheid worden gebracht over een crisis bij een bank die nooit in de openbaarheid zouden kunnen komen tenzij, en niet eerder dan, een gedegen en vertrouwelijk onderzoek de feiten aan het licht zou brengen. En dat tweede verhaal – een duidelijk onjuiste verklaring dat er miljoenen werden gestolen van de Gemeinschaft – werd vastgeknoopt aan dat al even onjuiste verhaal dat ik word gezocht wegens het vermoorden van drie mannen in Zürich. Het werd eraan toegevoegd. Opzettelijk.'

'Verklaar dat, alsjeblieft, eens nader.'

'Het staat er, Jason. Geloof me maar als ik je dat zeg; het ligt hier voor onze neus.'

'Wat ligt daar?'

'Iemand probeert ons een boodschap te sturen.'

19

De grote personenwagen van het leger reed snel zuidwaarts langs de East River Drive van Manhattan en in zijn koplampen dwarrelden de laatste vlokken van een maartse sneeuwbui. De majoor die achterin zat was ingedut, zijn lange lichaam hing schuin in de hoek, zijn benen strekten zich dwars over de vloer uit. Op zijn schoot lag een aktetas en aan het handvat zat een dun nylon koord vast met een metalen klem; het koord zelf was door zijn rechtermouw geleid en liep binnen door zijn kleding naar zijn broekriem. Het beveiligingsmiddel was de afgelopen negen uur maar tweemaal verwijderd. Eenmaal bij het vertrek van de majoor uit Zürich en nog eens bij zijn aankomst op Kennedy Airport. Op beide plaatsen hadden echter beambten van de Amerikaanse regering de douanebeambten in de gaten gehouden – of juister gezegd, de aktetas nauwkeurig gevolgd. Men had hun niet gezegd waarom; ze hadden enkel opdracht gekregen om de inspecties nauwlettend te volgen en bij de geringste afwijking van de normale procedure – wat neerkwam op een ongewone belangstelling voor de aktetas – moesten ze ingrijpen. Zo nodig met wapens.

Er weerklonk een onverwacht, zacht gerinkel; de majoor opende onmiddellijk zijn ogen en hief zijn linkerhand op tot voor zijn gelaat. Het geluid kwam van een polswekker. Hij drukte het knopje op zijn horloge in en keek ingespannen op de tweede verlichte wijzerplaat van zijn horloge dat twee tijdzones aangaf. De eerste gaf de tijd in Zürich aan; de tweede in New York; de wekker was vierentwintig uur geleden afgesteld toen de officier zijn getelegrafeerde opdrachten had ontvangen. De uitzending zou over drie minuten volgen, dat wil zeggen, dacht de majoor, als ijzervreter even precies was als hij verwachtte van zijn ondergeschikten. De officier rekte zich uit, hield met moeite de aktetas in evenwicht en boog zich voorover om met de bestuurder te spreken.

'Sergeant, zet uw cryptofoon op veertien-dertig megahertz, wilt u?'

'Jawel, majoor.' De sergeant knipte twee schakelaars om op het radiopaneel onder het dashboard en draaide de kiesschijf toen op frequentie 1430. 'In orde, majoor.'

'Bedankt. Kan ik die microfoon helemaal tot achterin krijgen?'

'Ik weet het niet. Ik heb het nooit geprobeerd, meneer.' De bestuurder trok de kleine, plastic microfoon van zijn houder en trok het spiraalsnoer tot over de leuning van de voorbank.

'Het ziet ernaar uit van wel,' concludeerde hij.

Uit de luidspreker weerklonk luid gekraak omdat de stoorzender elektronisch de frequentie afzocht en stoorde. Het bericht zou binnen enkele seconden volgen. Dat deed het.

'Treadstone? Treadstone, meldt u, alstublieft.'

'Treadstone ontvangt,' zei majoor Gordon Webb. 'U kunt spreken. Gaat uw gang.'

'Waar bevindt u zich?'

'Ongeveer anderhalve kilometer ten zuiden van Triboro, East River Drive,' zei de majoor.

'U bent redelijk op tijd,' klonk de stem uit de luidspreker.

'Blij dat te horen. Mijn dag wordt er goed door, meneer.'

Even was het stil, de opmerking van de majoor werd blijkbaar niet geapprecieerd. 'Rijd naar een-vier-nul, Seventy-first East. Bevestig door herhaling.'

'Een-vier-nul, East Seventy-first.'

'Houd uw voertuig uit de omgeving weg. Nader te voet.'

'Begrepen.'

'Sluiten.'

'Sluiten.' Webb klikte de zendknop in zijn juiste stand en gaf de microfoon terug aan de bestuurder. 'Vergeet dat adres, sergeant. U bent een van de heel weinigen die dit kennen.'

'Begrepen, majoor. Er kwam uit dat ding toch niets anders dan gekraak. Maar aangezien ik niet weet waar dat is en deze kar niet wordt verondersteld er naartoe te gaan, waar wilt u afgezet worden?'

Webb glimlachte. 'Niet meer dan twee straten ervandaan. Ik zou in de goot in slaap vallen als ik verder zou moeten lopen.'

'Wat dacht u van de hoek van Lexington en Seventy-second?'

'Is dat twee straten lopen?'

'Niet meer dan drie.'

'Als het er drie zijn, ben jij weer gewoon soldaat.'

'Dan zou ik u later niet af kunnen halen, majoor. Deze opdracht wordt niet toevertrouwd aan soldaten.'

'U gaat uw gang maar, kapitein.' Webb sloot zijn ogen. Na twee jaar stond hij op het punt Treadstone Seventy-one zelf te zien. Hij wist dat hij zich nieuwsgierig zou moeten voelen; hij voelde niets. Hij voelde zich alleen maar moe, overbodig. Wat was er gebeurd?

Het voortdurende zoemen van de banden op het plaveisel eronder klonk hypnotiserend maar het ritme werd storend onderbroken door scherpe geluiden die niet bij cement en banden hoorden. De geluiden riepen herinneringen op naar lang geleden, van krijsende oerwoudgeluiden die verweven werden tot een enkele toon. En toen de nacht – die nacht – toen hij omringd werd door verblindende lichtflitsen en stotterende explosies, een teken voor hem dat hij op het punt stond te sterven. Maar hij was niet gestorven; een man had een wonder volbracht dat hem zijn leven had teruggeschonken... en de jaren gingen verder, maar die nacht, die dagen zou hij nooit kunnen vergeten. Wat was er verdomme gebeurd?

'We zijn er, majoor.'

Webb opende zijn ogen en zijn hand wiste het zweet af dat op zijn voorhoofd stond. Hij keek op zijn horloge, pakte zijn aktetas en greep de knop van het portier vast.

'Ik zal hier zijn tussen elf uur en halftwaalf, sergeant. Als u niet kunt parkeren blijft u dan maar rondrijden, dan vind ik u wel.'

'Jawel, majoor.' De bestuurder keerde zich om. 'Zou de majoor mij kunnen zeggen of we daarna nog een groot stuk moeten rijden?'

'Hebt u dan nog een vrachtje?'

'Toe, majoor. Ik ben aan u toegewezen totdat u me een andere opdracht geeft, dat weet u. Maar deze zwaarbepantserde karren gebruiken evenveel benzine als die Shermans van vroeger. Als we ver moeten kan ik beter bijtanken.'

'Het spijt me.' De majoor zweeg even. 'Goed dan. U zult toch te weten moeten komen waar het is, want ik weet het niet. We gaan naar een particulier vliegveld in Madison, New Jersey. Ik moet daar uiterlijk om één uur zijn.'

'Ik heb een vaag idee,' zei de bestuurder. 'Met halftwaalf wordt het een beetje krap aan, majoor.'

'Elf uur dan. En dank u.' Webb stapte uit, sloot het portier en wachtte tot de bruine auto weer was opgenomen in het verkeer op Seventy-second Street. Hij stapte van het trottoir af en liep naar het zuiden, naar Seventy-first.

Vier minuten later stond hij voor een goed onderhouden, oud herenhuis waarvan de conservatieve, welvarende stijl niet opviel tussen de andere in de met bomen omzoomde straat. Het was een rustige straat, een straat die aan geld deed denken – aan families die al heel lang rijk waren. Het was de enige plek in Manhattan waar niemand ooit zou vermoeden dat er een van de gevoeligste inlichtingenoperaties van het hele land was gevestigd. En tot twintig minuten geleden was majoor Gordon Webb een van maar acht of tien mensen in het land die wist dat die operatie bestond.

Treadstone Seventy-one.

Hij beklom de trap en was er zich van bewust dat de druk van zijn gewicht op de ijzeren roosters die lagen ingebed in de stenen onder hem, elektronische instrumenten in werking stelde die op hun beurt weer camera's aan het lopen brachten die zijn beeld op schermen in het huis deden verschijnen. Veel meer wist hij niet, behalve dan dat Treadstone Seventy-one altijd open was; het werkte vierentwintig uur per dag en het werd bemand door slechts enkele zorgvuldig uitgekozen mensen die niemand kende.

Hij bereikte de bovenste trede en drukte op de bel, een gewone bel voor een ongewone deur, dat kon de majoor zien. Het zware hout was vastgeklonken op een stalen plaat die erachter zat en de decoratieve motieven van ijzer vormden in werkelijkheid de klinknagels; de grote, koperen knop camoufleerde een thermisch plaatje dat een aantal stalen grendels in stalen openingen deed schieten zo gauw een menselijke hand hem aanraakte bij ingeschakeld alarm. Webb keek omhoog naar de ramen. Elke vensterruit, dat wist hij, was tweeëneenhalve centimeter dik en was bestand tegen de inslag van.30-kaliber kogels. Treadstone Seventy-one was een fort.

De deur ging open en de majoor glimlachte onwillekeurig tegen de gedaante die daar stond en die zo volkomen misplaatst leek te zijn. Ze was een kleine, elegant uitziende, grijsharige vrouw met zachte, aristocratische gelaatstrekken en een houding die een afkomst verried van geldadel. Haar stem bevestigde zijn beoordeling; het was een Boston-accent, gelouterd op de betere scholen voor jongedames en bij ontelbare polowedstrijden.

'Wat leuk dat u even langskomt, majoor. Jeremy schreef dat u dat misschien zou doen. Komt u binnen. Het is zo prettig om u weer te zien.'

'Het is ook fijn om u weer te ontmoeten,' antwoordde Webb terwijl hij de smaakvolle hal binnenstapte en hij maakte zijn opmerking af toen de deur dicht was, 'maar ik weet niet meer waar we elkaar eerder hebben ontmoet.'

De vrouw lachtte. 'Och, we hebben zó vaak samen gedineerd.'

'Met Jeremy?'

'Natuurlijk.'

'Wie is Jeremy?'

'Een toegewijde neef die tevens een boezemvriend van u is. Zo'n aardige jongeman; het is jammer dat hij niet bestaat.' Ze nam hem bij de elleboog terwijl ze de lange gang door liepen. 'Dat is allemaal bestemd voor buren die misschien net langs komen... Komt u maar mee, ze wachten al.'

Ze liepen onder een overwelfde gang door die opzij naar een grote woonkamer leidde; de majoor keek naar binnen. Bij de ramen aan de straatkant stond een vleugel met een harp ernaast; en overal – op de vleugel en op glimmende tafels die glansden onder gedempt lamplicht – stonden foto's in zilveren lijsten, herinneringen aan een verleden vol rijkdom en gratie. Zeilboten, mannen en vrouwen aan dek van oceaanschepen, verschillende portretten van militairen... en ja, twee kiekjes van iemand die te paard klaar zat voor een polowedstrijd. Het was een kamer die thuishoorde in een oud herenhuis langs deze straat.

Ze kwamen aan het einde van de gang; daar was een zware deur van mahoniehout, waarvan het basreliëf en het motief in ijzer deel uitmaakten van de versiering en onderdeel waren van de beveiliging. Als er een infrarode camera was dan kon Webb de plaats van de lens niet zien. De grijsharige vrouw drukte op een verborgen bel; de majoor kon een zacht gezoem horen.

'Uw vriend is er, heren. Hou op met poker spelen en ga aan het werk. Opschieten, Jezuïet.'

'Jezuïet?' vroeg Webb verbaasd.

'Een oud grapje,' antwoordde de vrouw. 'Het dateert van de tijd toen u waarschijnlijk nog knikkerde en kleine meisjes afsnauwde.'

De deur ging open en de bejaarde maar nog rechte gestalte van David Abbott werd zichtbaar. 'Blij u te zien, majoor,' zei de Monnik van Geheime Operaties, terwijl hij zijn hand uitstak.

'Fijn om hier te zijn, meneer.' Webb schudde de hand. Naast Abbott kwam nog een oudere man staan die er imponerend uitzag.

'Ongetwijfeld een vriend van Jeremy,' zei de man met een humoristische klank in zijn diepe stem. 'Het spijt me verschrikkelijk dat er geen tijd is om formeel kennis te maken, jongeman. Kom mee, Margaret. Er brand boven een heerlijk vuur.' Hij wendde zich tot Abbott. 'Je laat me wel weten wanneer je weggaat, David?'

'Ik verwacht dat het de normale tijd zal zijn voor mij,' antwoordde de Monnik. 'Ik zal die twee wel wijzen hoe ze jou moeten bellen.'

Toen pas besefte Webb dat er een derde man in de kamer was; hij stond in het halfduister aan het uiteinde en de majoor herkende hem onmiddellijk. Hij was Elliot Stevens, belangrijkste raadgever van de president van de Verenigde Staten – volgens sommigen zijn *alter ego*. Hij was vooraan in de veertig, slank, droeg een bril en uit zijn houding sprak een autoriteit zonder pretenties.

'... dat is prima.' De imponerende oudere man die geen tijd had gehad om zich voor te stellen had gesproken; Webb had hem niet gehoord omdat zijn aandacht was gevestigd op de raadgever van het Witte Huis. 'Ik wacht wel.'

'Tot de volgende keer,' vervolgde Abbott terwijl hij een vriendelijke blik richtte op de grijsharige vrouw. 'Bedankt, zuster Megg. Hou je habijt goed omlaag.'

'Je hebt nog steeds onreine gedachten, Jezuïet.'

Het stel ging weg en sloot de deur achter zich. Webb bleef even staan terwijl hij glimlachend zijn hoofd schudde. De man en de vrouw van één vier-nul, Seventy-one East hoorden thuis in de kamer aan de hal net zoals die kamer behoorde tot het oude herenhuis, alles deel uitmakend van de rustige, door bomen omzoomde straat waar geld woonde. 'U kent ze allang, is 't niet?'

'Een leven lang zou u wel kunnen zeggen,' antwoordde Abbott. 'Hij was een zeezeiler die we goed hebben kunnen gebruiken op de toevoerwegen in de Adriatische Zee voor de operaties van Donovan in Joegoslavië. Michailovitsj heeft eens gezegd dat hij zuiver op zijn lef zeilde en het slechtste weer naar zijn hand zette... en laat u niet bedotten door die minzaamheid van zuster Meg. Zij was een van de meisjes van Intrepid, een piranha met hele scherpe tanden.'

'Ze hebben heel wat meegemaakt.'

'Dat zal nooit bekend worden,' zei Abbott en hij sloot daarmee het onderwerp af. 'Ik wil u graag voorstellen aan Elliot Stevens. Ik geloof niet dat ik u hoef te vertellen wie hij is. Webb, Stevens. Stevens, Webb.'

'Dat lijkt wel een advocatenfirma,' zei Stevens vriendelijk terwijl hij de kamer doorliep en zijn hand uitstak. 'Prettig om kennis met u te maken, Webb. Goede reis gehad?'

'Ik had liever militair vervoer gehad. Ik heb de pest aan die verdomde luchtvaartmaatschappijen. Ik dacht dat een douanebeambte op Kennedy de voering van mijn koffer kapot zou gaan snijden.'

'U ziet er te fatsoenlijk uit in dat uniform,' lachte de Monnik. 'U bent duidelijk een smokkelaar.'

'Ik weet nog steeds niet zeker of ik begrijp waarom ik dat uniform moest dragen,' zei de majoor, terwijl hij zijn aktetas naar een lange serveertafel droeg, die tegen de muur stond, en het nylon koord losmaakte van zijn riem.

'U hoorde eigenlijk te weten,' antwoordde Abott, 'dat het vaak het allerveiligst is wanneer u zich heel opvallend aan het oppervlak beweegt. Een inlichtingenofficier van het leger die in het geheim rondneust in Zürich, juist in deze tijd, zou verdenking kunnen wekken.'

'Dan begrijp ik het ook niet,' zei de raadgever van het Witte Huis, terwijl hij naast Webb kwam staan aan de tafel en keek naar de manipulaties van de majoor met het nylon koord en het slot. 'Zou een opvallende aanwezigheid juist geen hele schrille alarmbellen doen rinkelen? Ik dacht dat het werken in het geheim ontdekking juist minder aannemelijk zou maken?'

'De reis van Webb naar Zürich was een routine-controle van het consulaat, die op de G2-schema's geantidateerd was. Niemand haalt er grapjes uit met dit soort reizen; ze zijn wat ze zijn en daarmee uit. Controle op nieuwe bronnen, het betalen van informanten. De Russen doen het regelmatig; ze geven zich niet eens moeite ze verborgen te houden. Dat doen wij ook niet, eerlijk gezegd.'

'Maar dat wás het doel van deze reis niet,' zei Stevens die het begon te begrijpen. 'Het voor de hand liggende verbergt dus wat niet voor de hand ligt.'

'Precies.'

'Kan ik helpen?' De raadgever van de president leek gefascineerd door de aktetas.

'Graag,' zei Webb. 'Trekt u het koord er maar doorheen.'

Stevens deed het. 'Ik dacht altijd dat het kettingen waren om de pols,' zei hij.

'Zo werden er te veel handen afgerukt,' verklaarde de majoor en hij glimlachte om de reactie van de man van het Witte Huis. 'Door het nylon loopt een stalen draad.' Hij maakte de aktetas los en zette hem open op tafel terwijl hij om zich heen keek naar de smaakvol gemeubileerde bibliotheek-herenkamer. Achter in de kamer waren een paar openslaande, glazen deuren die kennelijk toegang gaven tot een tuin, want door de dikke vensterruiten was vaag de omtrek zichtbaar van een hoge, stenen muur. 'Dit is dus Treadstone Seventy-one. Het is anders dan ik het me had voorgesteld.'

'Trek de gordijnen weer dicht alsjeblieft, Elliot,' zei Abbott. De raadgever van de president liep naar de openslaande glazen deuren en deed het. Abbott liep naar een boekenkast, trok het kastje daaronder open en stak zijn hand erin. Er klonk een zacht gezoem; de hele boekenkast kwam uit de muur en sloeg langzaam om naar links. Aan de andere kant bevond zich een elektronisch radioschakelpaneel, een van de meest ingewikkelde die Gordon Webb ooit had gezien. 'Had u zich meer zoiets voorgesteld?' vroeg de Monnik.

'Verrek...' De majoor floot zacht terwijl hij de knoppen bestudeerde, de wijzerplaten, kabelbundels en beeldschermen die in het paneel waren gebouwd. De commandoruimten van het Pentagon bevatten een veel uitgebreider instrumentarium, maar dit was in miniatuur gelijk aan de best uitgeruste inlichtingenposten.

'Ik zou ook fluiten,' zei Stevens die voor het zware gordijn stond. 'Maar meneer Abbott heeft mij al een privérondleiding gegeven. Dat is pas het begin. Nog vijf knoppen en dit ziet eruit als een SAC-basis in Omaho.'

'Diezelfde knoppen maken van deze kamer weer een elegante bibliotheek van een oud herenhuis.' De oude man stak zijn hand in het kastje; in enkele seconden stonden er op de plaats van het enorme paneel weer boekenplanken. Toen liep hij naar de boekenkast daarnaast, opende het kastje eronder en stak er zijn hand weer in. Het zoemen begon; de boekenkast gleed naar buiten en spoedig stonden er drie hoge archiefkasten. De Monnik haalde een sleutel te voorschijn en trok een archieflade open. 'Ik ben hiermee niet aan het pronken, Gordon. Wanneer we klaar zijn wil ik dat je deze doorkijkt. Ik zal je de schakelaar laten zien waarmee je de zaak weer op zijn plaats zet. Als je problemen hebt dan kan onze gastheer overal voor zorgen.'

'Waar moet ik naar zoeken?'

'Dat komt nog; nu wil ik eerst iets horen over Zürich. Wat ben je te weten gekomen?'

'Neemt u me niet kwalijk, meneer Abbott,' onderbrak Stevens hem. 'Misschien ben ik wat langzaam van begrip, maar dat komt omdat het allemaal nieuw voor me is. Maar ik dacht aan iets wat u zojuist zei over de reis van majoor Webb.'

'Wat dan?'

'U zei dat de reis op de G2-schema's geantidateerd was.'

'Dat klopt.'

'Waarom? Het duidelijk aanwezig zijn van de majoor moest in Zürich verwarring stichten, niet in Washington. Of wel soms?'

De Monnik glimlachte. 'Ik begrijp nu waarom de president u bij zich in de buurt houdt. We hebben er nooit aan getwijfeld dat Carlos via omkoping was binnengedrongen in een kringetje of twee of tien – in Washington. Hij weet de ontevreden mensen te vinden en biedt hun wat ze niet hebben. Een Carlos zou zonder dit soort mensen niet kunnen bestaan. U moet niet vergeten, hij verkoopt niet alleen de dood, hij verkoopt ook de geheimen van een land. Maar al te vaak aan de Russen, al was het alleen maar om hen te bewijzen hoe ondoordacht ze hebben gehandeld door hem eruit te gooien.'

'De president zou zoiets wel willen weten,' zei de raadgever. 'Het zou een verklaring zijn voor verschillende zaken.'

'Daarom bent u hier, waar of niet?' zei Abbott.

'Jazeker.'

'En het is een goede plaats om met Zürich te beginnen,' zei Webb, terwijl hij zijn aktetas meenam naar een leunstoel voor de archiefkasten. Hij ging zitten, stak zijn hand in een van de vakken van de tas die aan zijn voeten stond en haalde er een paar vellen papier uit. 'U twijfelt er misschien niet meer aan dat Carlos in Washington is doorgedrongen, maar ik kan het bewijzen.'

'Waar? Treadstone?'

'Daarvoor is geen onomstotelijk bewijs, maar het mag niet worden uitgesloten. Hij heeft het *fiche* gevonden. Hij heeft het veranderd. Hoe, dat kan ik alleen maar raden, maar ik weet wíé het heeft gedaan. Een man die Koenig heet. Tot drie dagen geleden stond hij aan het hoofd van de verificatieafdeling bij de Gemeinschaft Bank.'

'Drie dagen geleden? Waar is hij nu?'

'Dood. Een wat vreemd auto-ongeluk op een weg die hij zijn leven lang elke dag bereed. Hier is het politierapport; ik heb het laten vertalen.' Abbott nam de papieren aan en ging zitten. Elliott Stevens bleef staan; Webb ging verder. 'Er zit daar iets heel interessants in. Het vertelt ons niets dat we al niet weten, maar er zit een aanwijzing in die ik na zou willen lopen.'

'Wat dan?' vroeg de Monnik onder het lezen. 'Dit is een beschrijving van het ongeluk. De bocht, de snelheid van het voertuig dat duidelijk uitweek om een botsing te vermijden.'

'Het staat achteraan. Het vermeldt de moordpartij in de Gemeinschaft, waardoor wij twee weken geleden zijn wakker geschud.'

'Is dat zo?' Abbott draaide het blad om.

'Kijkt u maar. De laatste paar zinnen. Ziet u wat ik bedoel?'

'Niet helemaal,' antwoordde Abbott en hij fronste zijn wenkbrauwen. 'Hier staat alleen dat Koenig in dienst was bij de Gemeinschaft waar onlangs een moord plaatsvond... en dat hij getuige was geweest van de eerste schoten. Meer niet.'

'Volgens mij was er wél meer,' zei Webb. 'Iemand begon met een vraag te stellen maar daar werd niet op ingegaan. Ik zou weleens willen weten wie zijn rode potlood heeft gebruikt in de rapporten van de Zwitserse politie. Het zou de man van Carlos weleens kunnen zijn. We weten dat hij daar iemand heeft.'

De Monnik leunde achterover in zijn stoel en bleef bezorgd kijken. 'Stel dat je gelijk hebt, waarom was de hele passage dan niet weggelaten?'

'Te voor de hand liggend. De moord is inderdaad gepleegd, Koenig wás er getuige van. En de politieman die het onderzoek verrichtte en het rapport schreef, zou terecht kunnen vragen waarom.'

'Maar als hij had gespeculeerd op een verband, zou hij dan niet even verontrust zijn omdat die speculatie was weggelaten?'

'Dat hoeft niet. We hebben het over een bank in Zwitserland. Bepaalde terreinen zijn officieel onschendbaar, tenzij er harde bewijzen zijn.'

'Niet altijd. Ik heb begrepen dat u veel succes hebt gehad met de kranten.'

'Onofficieel. Ik heb een beroep gedaan op de ziekelijke sensatiezucht van de journalisten en heb Walther Apfel zover gekregen dat hij het gedeeltelijk bevestigd heeft – al heeft hem dat bijna het leven gekost.'

'Tussenvraag,' zei Elliott Stevens. 'Ik geloof dat hier het Witte Huis erbij betrokken raakt. Ik neem aan dat u met de kranten de Canadese vrouw bedoelt.'

'Niet helemaal. Dat verhaal was al bekend, we konden het niet tegenhouden. Carlos heeft contacten bij de politie in Zürich; zij maakten dat rapport bekend. Wij hebben het gewoon wat opgeblazen en verband gelegd tussen haar en een al even onwaar bericht over miljoenen die gestolen zijn van de Gemeinschaft.' Webb zweeg even en keek Abbott aan. 'Dat kan best eens waar zijn.'

'Dat kan ik niet geloven,' zei de Monnik.

'Ik wil het niet geloven,' antwoordde de majoor. 'Nooit.'

'Zou u dat nader willen verklaren?' vroeg de man van het Witte Huis, terwijl hij tegenover de legerofficier ging zitten. 'Ik moet dit heel precies weten.'

'Laat mij het maar uitleggen,' kwam Abbott tussenbeide toen hij de verbazing zag op het gezicht van Webb. 'Elliott is hier in opdracht van de president. Het gaat over de moord op het vliegveld in Ottawa.'

'Het is een afschuwelijke rotzooi,' zei Stevens ronduit. 'De eerste minister zei de president zo ongeveer dat we onze posten op Nova Scotia maar moesten inpakken. Hij is pisnijdig.'

'Hoe hebben ze het opgevat?' vroeg Webb.

'Heel slecht. Ze weten alleen dat een vooraanstaand econoom bij het ministerie van Financiën discreet geïnformeerd heeft naar een officieel niet bestaande Amerikaanse corporatie en dat hij daarvoor is vermoord. Om het nog erger te maken kreeg de Canadese inlichtingendienst te horen dat ze zich er niet mee moesten bemoeien; het was een zeer geheime Amerikaanse operatie.'

'Wie heeft dát verdomme gedaan?'

'Ik geloof dat ik hier en daar de naam IJzervreter heb horen noemen,' zei de Monnik.

'Generaal Crawford? Stomme zak... zo stom als het ijzeren achtereind van een varken!'

'Kunt u zich dat voorstellen?' kwam Stevens tussenbeide. 'Hún man wordt vermoord en wíj hebben het lef hun te zeggen zich er niet mee te bemoeien.'

'Hij had natuurlijk gelijk,' corrigeerde Abbott hem. 'Het moest heel snel gebeuren. De kraan moest direct worden dichtgedraaid en ze moesten zo geweldig schrikken dat verder alles stil kwam te liggen. Zo kreeg ik tijd om contact op te nemen met MacKenzie Hawkins – Mac en ik hebben samengewerkt in Birma; hij is met pensioen, maar ze luisteren naar hem en daar gaat het om, waar of niet?'

'Er moet ook op andere zaken worden gelet, meneer Abbott,' protesteerde Stevens.

'Die liggen op een ander niveau, Elliott. Wij werkezels opereren niet op dat niveau; wij hoeven geen tijd te besteden aan diplomatiek geschuif. Het is nodig, maar het gaat ons niet aan.'

'Maar het gaat de president wel aan, meneer. Het maakt deel uit van zijn werk als werkezel. En daarom moet ik terugkeren met een heel helder beeld.' Stevens keerde zich tot Webb. 'Mag ik het nu, alstublieft, nog eens horen. Wat hebt u precies gedaan en waarom? Wat voor rol hebben wij gespeeld betreffende die Canadese vrouw?'

'Aanvankelijk helemaal niks; dat was een zet van Carlos. Iemand op een hele hoge post bij de politie van Zürich wordt door Carlos betaald. Het was de politie in Zürich die het zogenaamde bewijsmateriaal verzon dat verband legde tussen haar en de moorden. En dat is belachelijk; zij is geen moordenares.'

'Goed, goed,' zei de raadgever. 'Dat was Carlos. Waarom deed hij het?'

'Om Bourne uit zijn tent te lokken. Die mevrouw St. Jacques en Bourne zijn samen.'

'En Bourne zou dan de sluipmoordenaar zijn die zichzelf Caïn noemt, klopt dat?'

'Ja,' zei Webb. 'Carlos heeft gezworen hem te vermoorden. Caïn zit Carlos overal in het vaarwater, in heel Europa en het Midden-Oosten. Maar we hebben geen foto van Caïn, niemand weet precies hoe hij eruitziet. Door dus een foto van de vrouw te publiceren – en ik zal je zeggen, die staat in elke krant daar – zou iemand haar kunnen zien. Als zij wordt gevonden bestaat de kans dat Caïn – Bourne – ook wordt gevonden. Carlos zal hen beiden vermoorden.'

'Goed. Nou, wat hebt ú gedaan?'

'Precies wat ik zei. Contact opgenomen met de Gemeinschaft en de bank ervan overtuigd dat ze moesten bevestigen dat de vrouw misschien – heel misschien – betrokken was bij een enorme diefstal. Het was niet gemakkelijk maar het was hun man Koenig die was omgekocht, niet een van onze mensen. Dat is een interne zaak; zij wilden die stil houden. Toen belde ik de kranten en verwees die naar Walther Apfel. Mysterieuze vrouw, moord, gestolen miljoenen; de redacteuren zogen het op.'

'Godverdomme, waaróm?' schreeuwde Stevens. 'U hebt een burger van een ander land gebruikt voor een Amerikaanse inlichtingenstrategie! Een hoge ambtenaar in dienst van een bevriende regering. Zijn jullie gek geworden? U hebt de toestand alleen maar verergerd. U hebt haar opgeofferd!'

'Dat is niet waar,' zei Webb. 'We proberen haar leven te redden. We willen het wapen van Carlos tegen hemzelf gebruiken.'

'Hoe?'

De Monnik stak zijn hand op. 'Voordat we daarop antwoord geven moeten we eerst terugkeren naar een andere vraag,' zei hij. 'Want het antwoord daarop geeft u misschien een aanwijzing hoe geheim de informatie moet blijven. Zojuist vroeg ik de majoor hoe de man van Carlos Bourne had kunnen vinden – het *fiche* had kunnen vinden waardoor Bourne werd geïdentificeerd als Bourne. Ik denk dat ik het weet maar ik wil graag dat hij het u vertelt.'

Webb boog zich voorover. 'De Medusa-dossiers.' zei hij kalm en met tegenzin.

'Medusa...?' De uitdrukking van Stevens maakte duidelijk dat hij in het Witte Huis al eerder vertrouwelijk was ingelicht over Medusa. 'Die dossiers zijn voorgoed opgeborgen,' zei hij.

'Correctie,' kwam Abbott tussenbeide. 'Er bestaat een origineel en twee kopieën en die liggen in de kluizen van het Pentagon, de CIA en de Nationale Veiligheidsraad. Slechts een beperkte groep heeft er toegang toe en ieder van hen behoort tot het hoogste niveau van zijn betreffende afdeling. Bourne kwam uit Medusa; een vergelijking van die namen met de dossiers van de bank zou zijn naam aan het licht brengen. Iemand heeft ze aan Carlos gegeven.'

Stevens staarde de Monnik aan. 'Beweert u dat Carlos... contacten heeft... met zulke mensen? Dat is een zeer ongewone beschuldiging.'

'Het is de enige verklaring,' zei Webb.

'Maar waarom zou Bourne zijn eigen naam gebruiken?'

'Dat was nodig,' antwoordde Abbott. 'Het was een hoogst belangrijk onderdeel van het hele beeld. Het moest volkomen echt zijn; alles moest helemaal echt overkomen. Alles.'

'Misschien begrijpt u het nu,' vervolgde de majoor. 'Door mevrouw St. Jacques te betrekken bij miljoenen die zogenaamd zijn gestolen van de Gemeinschaft Bank, zeggen we tegen Bourne dat hij voor de dag moet komen. Hij weet dat dat onjuist is.'

'Bourne moet voor de dag komen?'

'De man die Jason Bourne heet,' zei Abbott, terwijl hij opstond en langzaam naar de gesloten gordijnen toe liep, 'is een Amerikaans inlichtingenfunctionaris. Er bestaat geen Caïn, niet de Caïn waarin Carlos gelooft. Hij is lokaas, een val voor Carlos; dát is hij. Of wás hij.'

Even was het stil, toen zei de man van het Witte Huis: 'Ik geloof dat u dat maar eens moest uitleggen. De president moet het weten.'

'Ik neem aan van wel,' bepeinsde Abbott terwijl hij de gordijnen vaneen deed en afwezig naar buiten tuurde. 'Het is eigenlijk een onoplosbaar dilemma. Presidenten veranderen, verschillende mensen van verschillend karakter en met uiteenlopende smaak zitten er in het Witte Huis. Maar een inlichtingenstrategie op lange termijn verandert niet, niet eentje zoals deze. Maar een losse opmerking bij een glas whisky tijdens een conversatie wanneer de man geen president meer is, of een zelfverheerlijkende opmerking in memoires kan zo'n hele strategie de lucht inblazen. Er gaat geen dag voorbij of we maken ons zorgen over die mannen die het Witte Huis hebben overleefd.'

'Wilt u er alstublieft aan denken,' onderbrak Stevens hem, 'dat ik hier ben op bevel van déze president. Of u het ermee eens bent of niet doet niets ter zake. Hij heeft het wettige recht om dit te weten; en in zijn naam sta ik op dat recht.'

'Goed dan,' zei Abbott en hij bleef naar buiten turen. 'Drie jaar geleden hebben we een kunstje afgekeken van de Engelsen. We hebben een man gecreëerd die nooit heeft bestaan. U zult zich herinneren dat de Engelse inlichtingendienst voor de invasie in Normandië een lijk liet aanspoelen op de Portugese kust, in de wetenschap dat de documenten met zogenaamde inlichtingen over de plaats van de invasie die op het lijk werden aangetroffen, hun weg zouden vinden naar de Duitse ambassade in Lissabon. Er werd een leven verzonnen voor dat lijk; een naam, een rang van marineofficier. Scholen, training, reisdocumenten, rijbewijs, lidmaatschapskaarten van exclusieve clubs in Londen en een stuk of vijf privébrieven. Hier en daar in dat alles zaten aanwijzingen, vage zinspelingen en enkele heel directe, chronologische en geografische vermeldingen. Die wezen er allemaal op dat de invasie zou plaatsvinden op bijna tweehonderd kilometer afstand van de Normandische stranden, en zes weken verwijderd van de nagestreefde datum in juni. Nadat alles door Duitse agenten in heel Engeland was geverifieerd – nu en dan gecontroleerd en begeleid door MI5 – trapte het opperbevel in Berlijn erin en bracht ingrijpende veranderingen aan in zijn verdedigingswerken. Omdat veel daarvan mislukte werden duizenden en duizenden levens gespaard door die man die nooit heeft bestaan.'

'Dat verhaal ken ik,' zei de man van het Witte Huis. 'En?'

'Ons verhaal was een variant daarop,' zei de Monnik, terwijl hij vermoeid ging zitten. 'Creëer een bestaande man, een legende die snel bekendheid krijgt, die blijkbaar overal tegelijk is, die heel Zuidoost-Azië doorrent, overal Carlos de loef afsteekt. Overal waar iemand door onverklaarbare oorzaken stierf of wanneer een vooraanstaand persoon betrokken was bij een dodelijk ongeluk, daar was Caïn. Overal waar een moord werd gepleegd betrokken wij Caïn bij. Betrouwbare bronnen – betaalde informanten die bekendstonden om hun juiste gegevens – kregen zijn naam toegespeeld; ambassades, luisterposten, complete inlichtingendiensten kregen voortdurend rapporten voorgeschoteld die zich concentreerden op de zich snel uitbreidende activiteiten van Caïn. Zijn "slachtoffers" namen elke maand toe, soms leek het wel elke week. Hij was overal... en hij bestónd. Op elke mogelijke manier.'

'U bedoelt dat die Bourne bestond?'

'Ja. Hij heeft er maanden over gedaan om alles te weten te komen over Carlos, heeft elk dossier bestudeerd dat wij hadden, elke bekende of vermoede moordaanslag waarbij Carlos betrokken was. Hij heeft zorgvuldig de tactiek van Carlos bestudeerd, zijn manier van opereren, alles. Veel van dát materiaal is nog nooit aan het licht gekomen en dat zal het waarschijnlijk ook niet. Het is hoogst kritiek – regeringen en internationale syndicaten zouden elkaar naar de keel vliegen. Er was letterlijk niets dat Bourne niet wist dat bekend was – over Carlos. En dan zou hij zichzelf laten zien, altijd in een andere gedaante, altijd een andere taal spreken, met uitgelezen kringen van geharde misdadigers praten over zaken waarover alleen een beroepsmoordenaar zou spreken. Dan was hij weer verdwenen, verbijsterde en vaak angstige mannen en vrouwen achterlatend. Ze hadden Caïn gezien; hij bestond en hij was meedogenloos. Dat was het beeld dat Bourne overbracht.'

'Is hij zo dríé jaar ondergedoken geweest?' vroeg Stevens.

'Ja. Hij verhuisde naar Europa, de meest gehaaide blanke huurmoordenaar in Azië, die zijn vak had geleerd in de beruchte Medusa, en hij begon Carlos op zijn eigen terrein uit te dagen. En door dat te doen redde hij vier mannen die Carlos op het oog had, eiste de eer op voor anderen die Carlos had vermoord, bespotte hem bij elke gelegenheid... en probeerde steeds maar hem uit zijn tent te lokken. Hij heeft bijna drie jaar doorgebracht met het gevaarlijkste onwaarachtige leven te leven dat een man kan bedenken, het soort bestaan dat maar weinig mannen kennen. De meesten zouden er onderdoor zijn gegaan; en die mogelijkheid mag nooit worden uitgesloten.'

'Wat voor man is hij?'

'Een beroepsman,' antwoordde Gordon Webb. 'Iemand die de training had en de bekwaamheid, die begreep dat Carlos moest worden gevonden en moest worden tegengehouden.'

'Maar drie jáár...'

'Als u dat ongelooflijk voorkomt,' zei Abbott, 'dan hoort u te weten dat hij plastische chirurgie heeft ondergaan. Het was zoiets als een volkomen breken met het verleden, met de man die hij was om een man te worden die hij niet was. Ik geloof niet dat er een land is dat een man als Bourne kan vergelden wat hij heeft gedaan. Misschien is de enige manier wel hem de kans te geven te slagen en, verdomme, dat is nou net wat ik wil doen.' De Monnik zweeg precies twee seconden en voegde er toen aan toe: 'Als het Bourne ís.'

Het leek alsof Stevens een klap kreeg van een onzichtbare hamer. 'Wat zei u daar?' vroeg hij.

'Ik ben bang dat ik dit tot het laatste heb bewaard. Ik wilde dat u het hele beeld zou begrijpen voordat ik het gat ging beschrijven. Het ís misschien geen gat, we weten het gewoon niet. Er is te veel gebeurd dat we niet begrijpen, maar we weten het niet. Dat is de reden waarom er van andere niveaus uit absoluut niets tussen mag komen, geen diplomatieke goedpraterij die de strategie zou kunnen verraden. We zouden daarmee een man ter dood kunnen veroordelen. Als hij slaagt kan hij terugkeren naar zijn eigen leven, maar alleen anoniem, alleen wanneer zijn identiteit nooit bekend wordt gemaakt.

'Ik ben bang dat u dat nader moet verklaren,' zei de stomverbaasde raadgever van de president.

'Trouw, Elliott. Die is niet beperkt tot wat men meestal "brave mensen" noemt. Carlos heeft een heel leger opgebouwd van mannen en vrouwen die aan hem verknocht zijn. Ze kennen hem misschien niet, maar ze vereren hem. Wanneer Bourne zich bloot moet geven zal dat leger naar hem op zoek gaan en hem vermoorden. Maar, als hij Carlos te pakken kan krijgen – of Carlos in een val kan lokken zodat wij hem kunnen pakken – en dan kan verdwijnen, dan heeft hij het gehaald.'

'Maar u zegt dat hij misschien Bourne níét is!'

'Ik zei dat we het niet weten. Het wás Bourne in de bank, de handtekeningen klopten. Maar is het nu Bourne? De komende paar dagen zullen we het te weten komen.'

'Als hij te voorschijn komt,' voegde Webb er aan toe.

'Het is een delicate zaak,' vervolgde de oude man. 'Er zijn zoveel mogelijkheden. Als het Bourne niet is – of als hij is "omgekeerd" dan zou dat het telefoontje naar Ottawa kunnen verklaren, de moord op het vliegveld. Voor zover we na kunnen gaan was de specialistische kennis van de vrouw inderdaad gebruikt om het geld in Parijs op te nemen. Carlos hoefde alleen maar een paar inlichtingen in te winnen op het Canadese ministerie van Financiën. De rest zou kinderspel voor hem zijn. Vermoord haar contact, breng haar in paniek, isoleer haar en gebruik haar om Bourne te binden.'

'Hebt u haar enig bericht kunnen toespelen?' vroeg de majoor.

'Ik heb het geprobeerd, maar het is niet gelukt. Ik heb Mackins een man laten bellen die ook nauw samenwerkte met mevrouw St. Jacques een man die Alan zus-of-zo heette. Hij gaf haar opdracht direct terug te keren naar Canada. Ze heeft de hoorn opgehangen.'

'Verdomme!' viel Webb uit.

'Precies. Als we haar hierheen hadden kunnen krijgen waren we misschien veel te weten gekomen. Zij is de sleutel. Waarom is ze bij hem? Waarom is hij bij haar? Er klopt niets van.'

'En ik snap er nog minder van!' zei Stevens wiens verbazing begon te veranderen in woede. 'Als u de medewerking van de president wilt hebben – en ik beloof u niets – dan kunt u beter wat duidelijker zijn.'

Abbott wendde zich tot hem. 'Bourne is een halfjaar geleden verdwenen,' zei hij. 'Er is iets gebeurd; we weten niet zeker wat, maar we kunnen ons een vrij duidelijk beeld vormen. Hij liet Zürich weten dat hij op weg was naar Marseille. Later – toen het te laat was – begrepen we het. Hij was te weten gekomen dat Carlos een moordopdracht had aangenomen voor Howard Leland en Bourne probeerde hem tegen te houden... Hij verdween. Was hij vermoord? Had de spanning hem gebroken? Had hij... het opgegeven?'

'Dat kan ik niet accepteren,' onderbrak Webb hem. 'Dat wil ik niet accepteren.'

'Ik weet dat je dat niet wilt,' zei de Monnik. 'Daarom wil ik dat je dat dossier doorloopt. Jij kent zijn codes; ze zitten daar allemaal in. Kijk eens of je enige afwijkingen in Zürich kunt vinden.'

'Alstublieft!' viel Stevens hem in de rede. 'Wat dénkt u? U moet toch wel iets concreets hebben gevonden, iets waarop u een oordeel kunt baseren! Ik heb dat nodig, meneer Abbott. De president heeft dat nodig.'

'Ik wilde werkelijk dat ik dat had,' antwoordde de Monnik. 'Wat hebben we gevonden? Alles en niets... Twee jaar en tien maanden van de meest zorgvuldig geconstrueerde misleiding in onze geschiedenis. Elke afleidingsmanoeuvre werd gedocumenteerd, elke actie gedefinieerd en gerechtvaardigd. Alle mannelijke en vrouwelijke informanten, contacten, bronnen kregen gezichten, stemmen, verhalen die ze moesten vertellen. En elke maand, elke week een heel klein beetje dichter bij Carlos... Dan niets. Stilte. Een halfjaar in een vacuüm.'

'Nu niet meer,' wierp de man van de president tegen. 'Die stilte is verbroken. Door wie?'

'Dat is de vraag waarom alles draait, is 't niet? zei de oude man met vermoeid klinkende stem. 'Maanden van stilzwijgen en dan opeens een explosie van wilde, onbegrijpelijke activiteiten. De rekening leeggehaald, het *fiche* veranderd, miljoenen overgemaakt – naar het eruitziet gestolen. En vooral: mensen vermoord en hinderlagen gelegd voor andere mensen. Maar voor wie, dóór wie?'

De Monnik schudde vermoeid zijn hoofd. 'Wie ís die man die daar rondloopt?'

20

De grote auto stond tussen twee straatlantaarns geparkeerd, schuin tegenover de zware deuren met het ijzerbeslag van het oude herenhuis. Op de voorbank zat een chauffeur in uniform, zo'n bestuurder aan het stuur van zo'n wagen was in de door bomen omzoomde straat geen ongewoon gezicht. Wat echter wel ongewoon was, was het feit dat twee andere mannen zich in het halfduister hielden van de diepe achterbank en dat geen van beiden aanstalten maakte uit te stappen. In plaats daarvan hielden ze de ingang van het herenhuis in de gaten, overtuigd dat ze niet konden worden opgepikt door de infrarode bundel van een ronddraaiende camera.

Een man zette zijn bril recht, zijn ogen achter zijn dikke glazen waren die van een uil, duidelijk achterdochtig over het meeste dat ze zagen. Alfred Gillette, directeur van de afdeling Personeelonderzoek en -evaluatie voor de Nationale Veiligheidsraad, sprak: 'Wat is het bevredigend om erbij te kunnen zijn wanneer arrogantie in elkaar klapt. Nog beter als je zelf ervoor hebt gezorgd.'

‘Je hebt werkelijk een hekel aan hem, is ’t niet?’ zei Gillettes metgezel, een man met brede schouders in een zwarte regenjas wiens accent een Slavische taal ergens uit Europa verried.

‘Ik veracht hem. Hij vertegenwoordigt alles wat ik haat in Washington. De juiste scholen, huizen in Georgetown, boerderijen in Virginia, rustige samenkomsten in hun clubs. De klootzakken. Die superieure, opgeblazen heerschappen van Washington. Ze maken gebruik van de intelligentie van andere mannen, het werk van andere mannen en ze draaien dat allemaal in elkaar tot beslissingen waar hun handtekening onder staat. En als je er niet bijhoort maak je deel uit van die vormeloze massa, een “verrekte goeie staf”.’

‘Je overdrijft,’ zei de Europeaan, zijn ogen op het herenhuis gericht. ‘Je hebt het hier niet slecht gedaan. Anders zouden we nooit contact met jou hebben opgenomen,’

Gillette keek somber. ‘Dat komt omdat ik onmisbaar ben geworden voor allerlei mensen als David Abbott. Ik heb in mijn hoofd duizenden feiten die zij zich onmogelijk zouden kunnen herinneren. Het is gewoon gemakkelijker voor hen om mij daar neer te zetten waar de vragen opkomen, waar problemen moeten worden opgelost. Directeur van Personeelsonderzoek en -evaluatie! Die titel en die positie hebben ze voor mij gecreëerd. Weet je waarom?’

‘Nee, Alfred,’ antwoordde de Europeaan en hij keek op zijn horloge. ‘Dat weet ik niet.’

‘Omdat ze het geduld niet hebben uren te besteden aan het napluizen van resumés en dossiers. Ze dineren liever in Sans Souci, of doen gewichtig als ze voor senaatscommissies verschijnen, lezend van pagina’s die door anderen zijn geschreven – door die onzichtbare, ongenoemde “verdomd goeie stafleden”.’

‘Je bent een verbitterd man,’ zei de Europeaan.

‘Meer dan jij kunt weten. Een heel leven lang het werk doen wat die rotzakken zelf hadden moeten doen. En waarvoor? Voor een titel en zo nu en dan een lunch waar ze mijn hersens leegzuigen tussen de garnalencocktail en het vlees. Mannen als die arrogante David Abbott; ze stellen niets voor zonder mensen als ik.’

‘Onderschat de Monnik niet. Dat doet Carlos ook niet.’

‘Hoe zou hij dat kunnen? Hij weet niet eens waar hij moet zoeken. Alles wat Abbott doet is gehuld in geheimzinnigheid; niemand weet hoeveel fouten hij heeft gemaakt. En als er al fouten aan het licht komen dan krijgen mensen als ik de schuld.’

De Europeaan verplaatste zijn blik van het raam naar Gillette. ‘Je bent erg emotioneel, Alfred,’ zei hij kil. ‘Daar moet je voorzichtig mee zijn.’

De bureaucraat glimlachte. ‘Het speelt nooit een rol, ik geloof dat mijn werk voor Carlos dat bewijst. Laten we zeggen dat ik me gereed aan het maken ben voor een confrontatie die ik voor niets ter wereld zou willen missen.’

‘Een eerlijke uitspraak,’ zei de breedgeschouderde man.

'Hoe zit het met jou? Jij hebt mij gevonden.'

'Ik wist waar ik moest zoeken.' De Europeaan keek weer uit het raampje.

'Ik bedoel jóú. Het werk dat je doet. Voor Carlos.'

'Voor mij is het veel minder ingewikkeld. Ik kom uit een land waar ontwikkelde mannen promotie maken wanneer het toevallig naar de zin is van idioten die marxistische leuzen afraffelen. Ook Carlos wist waar hij moest zoeken.'

Gillette lachte en zijn nietszeggende ogen glinsterden bijna. 'We zijn dus eigenlijk helemaal niet zo verschillend. Zet Marx maar op de plaats van de hoge heren van de gevestigde orde aan de Oostkust en dan heb je een duidelijke overeenkomst.'

'Misschien,' stemde de Europeaan in terwijl hij weer op zijn horloge keek. 'Het kan nu niet lang meer duren. Abbott neemt altijd de pendelvlucht van middernacht, ieder uur van hem wordt in Washington bijgehouden.'

'Je weet zeker dat hij alleen naar buiten komt?'

'Dat doet hij altijd en hij zou zeker niet gezien willen worden met Elliott Stevens. Webb en Stevens zullen ook afzonderlijk weggaan; voor de mensen die worden opgeroepen is een tussenpoos van twintig minuten normaal.'

'Hoe hebben jullie Treadstone gevonden?'

'Dat was niet zo moeilijk. Jij hebt daartoe bijgedragen, Alfred; jij maakte deel uit van een verrekte goeie staf. Caïn kwam uit Medusa, dat heb jij ons verteld en als de vermoedens van Carlos juist zijn dan betekent dat de Monnik, dat wisten wij; het bracht hem in verband met Bourne. Carlos droeg ons op Abbott dag en nacht in de gaten te houden; er was iets fout gegaan. Toen de revolverschoten in Zürich doordrongen tot Washington werd Abbott onvoorzichtig. We zijn hem hierheen gevolgd. Het was enkel een kwestie van doorzetten.'

'Dat heeft jullie geleid naar Canada? Naar de man in Ottawa?'

'De man in Ottawa gaf zich bloot door te gaan zoeken naar Treadstone. Toen we ontdekten wie het meisje was lieten we het departement van Financiën in de gaten houden, zijn afdeling. Er kwam een telefoontje uit Parijs; zij was het en ze zei hem te gaan zoeken. We weten niet waarom, maar we vermoeden dat Bourne misschien probeert Treadstone te vernietigen. Als hij is omgekeerd is dat een manier om zich los te maken en het geld te houden. Het doet er niet toe. Deze departementale directeur van wie niemand buiten de Canadese regering ooit had gehoord werd opeens een probleem van de allerhoogste prioriteit. De telegraafdraden stonden roodgloeiend van de inlichtingenrapporten. Het betekende dat Carlos gelijk had; jíj had gelijk, Alfred. Caïn bestaat niet. Hij is een verzinsel, een valstrik.'

'Vanaf het begin,' hield Gillette vol. 'Dat heb ik je gezegd. Drie jaar lang valse rapporten, ongeverifieerde bronnen. Het was er allemaal!'

'Vanaf het begin,' mijmerde de Europeaan. 'Ongetwijfeld de knapste creatie van de Monnik... tot er iets gebeurde en de creatie zich tegen hem keerde.'

'Het wordt bevestigd doordat Stevens hier is. De president staat erop alles te weten.'

'Dat moet hij wel. In Ottawa zijn ze hardnekkig achterdochtig dat een departementsdirecteur van Financiën vermoord is door de Amerikaanse inlichtingendienst.' De Europeaan keerde zich af van het raampje en keek de bureaucraat aan. 'Denk erom, Alfred, we willen alleen maar weten wat er gebeurd is. Ik heb jou de feiten gegeven die wij te weten zijn gekomen; ze staan absoluut vast en Abbott kan ze niet ontkennen. Maar je moet ze naar voren brengen alsof jij ze onafhankelijk, via je eigen bronnen ontdekt hebt. Je bent verbijsterd. Je eist een verklaring; de hele inlichtingengemeenschap is voor de gek gehouden.'

'Dat is ook zo,' riep Gillette uit. 'Voor de gek gehouden en misbruikt. Niemand in Washington weet iets over Caïn, over Treadstone. Ik hoef daar niets te veinzen. Arrogante rotzakken!'

'Alfred,' waarschuwde de Europeaan terwijl hij in het halfduister zijn hand ophield, 'denk er wel goed aan voor wie je werkt. De bedreiging mag niet gebaseerd zijn op emotie maar op kille, beroepsmatige verontwaardiging. Hij zal onmiddellijk achterdochtig zijn; je moet snel die achterdocht wegnemen. Jíj bent de aanklager, niet hij.'

'Ik zal eraan denken.'

'Goed.' Autolichten weerkaatsten op het glas. 'Daar is de taxi voor Abbott. Ik zorg wel voor de chauffeur.' De Europeaan tastte naar rechts en duwde een schakelaar om onder de armleuning. 'Ik zit in mijn auto aan de overkant van de straat om te luisteren.' Hij sprak tegen de chauffeur. 'Abbott kan nu elk moment naar buiten komen. Je weet wat je moet doen.'

De chauffeur knikte. Beide mannen stapten gelijktijdig uit. De bestuurder liep om de motorkap heen alsof hij een rijke werkgever ging begeleiden naar de zuidzijde van de straat. Gillette keek toe door het achterraampje. De twee mannen bleven enkele seconden bij elkaar en gingen toen uiteen, de Europeaan liep op de naderende taxi af met opgeheven hand en een bankbiljet tussen zijn vingers. De taxi zou worden doorgestuurd; de man die hem had opgeroepen was van gedachten veranderd. De chauffeur was naar de noordkant van de straat gerend en stond nu verdekt opgesteld in de schaduwen van een trap, twee deuren van Treadstone Seventy-one vandaan.

Een halve minuut later trok de deur van het herenhuis de aandacht van Gillette. Er kwam licht naar buiten terwijl een ongeduldige David Abbott de deur uitkwam, links en rechts door de straat keek en zijn horloge raadpleegde, kennelijk geïrriteerd. De taxi was te laat en hij moest een vliegtuig halen. Abbott liep de trappen af en sloeg op het trottoir linksaf terwijl hij uitkeek naar de taxi die hij verwachtte. Binnen enkele seconden zou hij langs de chauffeur lopen. Dat gebeurde en beide mannen stonden ver buiten het bereik van de camera's.

Hij werd snel onderschept, even werd er vlug gesproken. Na enkele ogenblikken stapte een verwarde David Abbott in de grote wagen en de bestuurder verdween in het donker.

'Jíj!' zei de Monnik met een stem vol woede en walging. 'Jóú had ik helemaal niet verwacht.'

'Ik geloof niet dat je in een positie verkeert om zo neerbuigend te zijn... laat staan arrogant.'

'Wat heb je gedáán! Hoe kóm je erbij? Zürich. De Medusa-dossiers. Jij was het!'

'De Medusa-dossiers, ja. Zürich, ja. Maar het gaat er niet om wat ik heb gedaan; het gaat erom wat jij hebt uitgevoerd. We hebben onze eigen mensen naar Zürich gestuurd en hen verteld waar ze moesten zoeken. We hebben het gevonden. Zijn naam is Bourne, is 't niet? Hij is de man die jij Caïn noemt. De man die jij hebt verzonnen!'

Abbott hield zich in bedwang. 'Hoe heb je dit huis gevonden?'

'Gewoon doorzetten. Ik heb je laten volgen.'

'Jij hebt míj laten volgen? Wat dacht je, verdomme, wel dat je aan het doen was?'

'Ik probeer iets recht te zetten. Jij hebt feiten verdraaid, jij hebt gelogen. Wat dacht je wel dat jíj aan het doen was?'

'Verdomde idioot!' Abbott haalde diep adem. 'Waarom heb je dit gedaan? Waarom ben je zelf niet naar mij toegekomen?'

'Omdat je niets zou hebben gedaan. Jij hebt de hele inlichtingengemeenschap gemanipuleerd. Miljoenen dollars, duizenden manuren, leugens en verdraaide waarheden verteld aan ambassades en buitenposten over een moordenaar die helemaal niet bestond. O ik herinner me je woorden nog wel: wat een uitdaging voor Carlos. Wat was dat een onweerstaanbare val! Maar wij waren ook jouw pionnen en als een verantwoordelijk lid van de Nationale Veiligheidsraad heb ik daar enorm de pest over in! Wie heeft jullie tot god uitgeroepen zodat je de regels kon overtreden – nee, niet alleen de regels, de wet – en ons voor piet snot kon uitmaken?'

'Het kon niet anders,' zei de oude man vermoeid en zijn gelaat was in het gedempte licht een afgetobde massa rimpels. 'Hoevelen zijn er op de hoogte? Zeg me de waarheid.'

'Ik heb het voor me gehouden. Dat heb ik voor je overgehad.'

'Het is misschien niet genoeg. O, mijn god!'

'Het blijft misschien niet zo, punt uit,' zei de bureaucraat nadrukkelijk. 'Ik wil weten wat er gebeurd is met die geweldige strategie van jou. Hij lijkt als een kaartenhuis ineen te storten. Je bent Bourne kwijtgeraakt en je kunt hem niet meer vinden. Jouw Caïn is ervandoor gegaan met een fortuin dat voor hem in Zürich op een bank stond.'

Abbott zweeg even. 'Wacht eens even. Hoe weet je dat?'

'Door jou,' kwam het snelle antwoord van Gillette, van een voorzichtig man die de verraderlijke vraag doorhad. 'Ik moet zeggen dat ik je zelfbeheersing bewonderde toen die ezel van het Pentagon met zoveel kennis van zaken over de Operatie Medusa sprak... terwijl hij precies tegenover de man zat die hem had gecreëerd.'

'Dat is verleden tijd.' De stem van de oude man klonk nu vast. 'Daar had je niets te weten kunnen komen.'

'Laten we zeggen dat het vrij ongewoon was voor jou om niet iets te zéggen. Ik bedoel maar, wie wist er aan die tafel meer over Medusa dan jij? Maar je sprak er met geen woord over en dat bracht mij aan het denken. Daarom maakte ik grote bezwaren dat er zoveel aandacht werd besteed aan die moordenaar Caïn. Jij kon je niet weerhouden, David. Je moest met een aannemelijke verklaring komen waarom we Caïn moesten blijven zoeken. Jij betrok Carlos bij de jacht.'

'Het was de waarheid,' onderbrak Abbott.

'Dat was het zeker, jij wist wanneer je die moest gebruiken en ik wist wanneer ik hem kon ontdekken. Heel knap. Een slang die uit het hoofd van Medusa was getrokken en die was klaargemaakt voor een mythische rol. De uitdager springt in de ring om de kampioen uit zijn hoek te lokken.'

'Het klopte, het klopte vanaf het begin.'

'Waarom niet? Zoals ik al zei, het was heel knap, tot zelfs elke actie die tegen Caïn werd ondernomen door zijn eigen mensen. Wie kon beter die acties aan Caïn doorgeven dan die ene man in het Comité van Veertig die heeft gerapporteerd over elke vergadering betreffende geheime operaties. Jij hebt ons allemaal misbruikt!'

De Monnik knikte. 'Goed dan. Tot op zekere hoogte heb je gelijk, er is in zekere mate misbruik gemaakt – volgens mijn mening volkomen gerechtvaardigd – maar het is niet wat jij denkt. Er is afgeremd en er is tegenwicht uitgeoefend; dat gebeurt altijd, ik zou het niet anders willen. Treadstone bestaat uit een kleine groep mannen die tot de meest betrouwbare behoren in de regering. Ze behoren tot Leger G2 en tot de senaat, tot de CIA en marine-inlichtingendienst en nu, eerlijk gezegd, ook tot het Witte Huis. Als er van werkelijk misbruik sprake zou zijn, dan zou niet een van hen aarzelen een einde te maken aan de operatie. Niemand van hen heeft daar tot nu toe een aanleiding voor gezien en ik verzoek jou dringend om dat nu ook niet te doen.'

'Zou ik deel gaan uitmaken van Treadstone?'

'Je bént er nu al deel van.'

'Zo. Wat is er gebeurd? Waar is Bourne?'

'Ik wilde bij god dat we dat wisten. We zijn er zelfs niet zeker van dat het Bourne is.'

'Wáár ben je zelfs niet zeker van?'

'Zo. Wat is er gebeurd? Waar is Bourne?'

'Ik wilde bij god dat we dat wisten. We zijn er zelfs niet zeker van dat het Bourne is.'

'Wáár ben je zelfs niet zeker van?'

De Europeaan stak zijn hand uit naar de schakelaar op het dashboard en knipte hem om. 'Dat is het,' zei hij. 'Dat moesten we weten.' Hij keerde zich tot de chauffeur naast hem. 'Snel nu. Zorg dat je naast die trap komt. Denk eraan, als een van hen naar buiten komt dan heb je precies drie seconden voordat de deur dichtgaat. Werk snel.'

De man in uniform stapte als eerste uit; hij liep het trottoir op naar Treadstone Seventy-one toe. Aan een van de aangrenzende herenhuizen stond een echtpaar luidruchtig afscheid te nemen van hun gastheer; de chauffeur ging langzamer lopen, stak zijn hand in zijn zak voor een sigaret en hield stil om hem aan te steken. Hij was nu een chauffeur die zich verveelde en die zijn saaie wachttijd verdreef. De Europeaan keek toe, knoopte toen zijn regenjas los en trok er een lange, smalle revolver uit, waarvan de loop was verlengd door een geluidsdemper. Hij legde de veiligheidspal om, stak het wapen opnieuw in zijn holster, klom uit de auto en stak de straat over naar de grote wagen. De spiegels waren in de juiste hoek gezet; door in de blinde hoek te blijven kon hij bij zijn nadering door geen van beide mannen in de auto worden opgemerkt. De Europeaan bleef heel even stil bij de bagagebak, stak toen zijn hand uit en deed een snelle uitval naar het rechtervoorportier, trok dat open, wierp zich op de voorbank en stak zijn wapen over de rugleuning.

Alfred Gillettes adem stokte, zijn linkerhand ging snel omhoog naar de deurknop; de Europeaan knipte het slot om dat alle vier de portieren sloot. David Abbott bleef onbeweeglijk zitten en staarde naar de indringer.

'Goedenavond, Monnik,' zei de Europeaan. 'Iemand anders die naar ik hoor vaak een religieus habijt aantrekt, stuurt je zijn gelukwensen. Niet alleen vanwege Caïn maar ook vanwege je huishoudelijk personeel in Treadstone. De Zeezeiler, bijvoorbeeld. Eens een uitstekend spion.'

Gillette vond zijn stem terug; het was een mengeling van een schreeuw en een gefluister. 'Wat ís dit? Wie bént u?' riep hij uit, met geveinsde onwetendheid.

'Toe nou, beste vriend. Dat is niet nodig,' zei de man met het wapen. 'Ik kan aan de uitdrukking op het gezicht van meneer Abbott zien dat hij beseft dat zijn aanvankelijke twijfels over jou gerechtvaardigd waren. Je zou eigenlijk altijd moeten vertrouwen op je eerste instinct, is 't niet, Monnik...? Je had natuurlijk gelijk. We hebben weer een ontevreden man gevonden; ze komen met alarmerende snelheid uit je systeem te voorschijn. Hij gaf ons inderdaad de Medusa-dossiers en die leidden ons, inderdaad naar Bourne.'

'Wat?!' krijste Gillette. 'Wat zég je daar?'

'Jij verveelt me, Alfred. Maar je hebt altijd behoord tot een verrekte goeie staf. Jammer alleen dat je niet wist bij welke staf je moest blijven behoren; dat doet jouw soort nooit.'

'Jij...!' Gillette kwam met zijn hele lichaam van zijn zitplaats af, met vertrokken gelaat.

De Europeaan vuurde zijn wapen af, de droge kuch weerklonk kort in het verfijnde interieur van de wagen. De bureaucraat viel opzij, zijn lichaam zakte op de vloer ineen tegen het portier aan, zijn uilenogen stonden wijd opengesperd in de dood.

'Ik denk niet dat je om hem zult rouwen,' zei de Europeaan.

'Zeker niet,' zei de Monnik.

'Het is Bourne daarginds, weet je. Caïn is omgekeerd; hij heeft het opgegeven. De lange periode van stilte is voorbij. De slang van het hoofd van Medusa heeft besloten zelf op pad te gaan. Of misschien is hij wel omgekocht. Dat is ook mogelijk, waar of niet? Carlos koopt vele mensen om, die ene die nu aan uw voeten ligt, bijvoorbeeld.'

'Je komt van mij niets te weten. Probeer het maar niet.'

'We hoeven niets meer te ontdekken. We weten alles al. Delta, Carlos... Caïn. Maar de namen zijn nu niet meer belangrijk; dat waren ze eigenlijk nooit. Alleen de laatste afzondering moet nog plaatsvinden – het verwijderen van de man-monnik die de beslissingen neemt. Jij. Bourne zit in de val. Het is voorbij met hem.'

'Er zijn anderen die beslissingen nemen. Hij zal hen bereiken.'

'Als hij dat doet zullen ze hem meteen doden. Niets is er verachtelijker dan een man die verrader is geworden, maar voordat zo'n man voor de andere kant gaat werken moet er onweerlegbaar bewijs zijn dat hij in feite tot jouw zijde heeft behoord. Carlos heeft dat bewijs; hij wás van jullie, zijn oorsprong was al even geheim als alles in de Medusa-dossiers.'

De oude man fronste zijn wenkbrauwen; hij was bang, niet voor zijn leven maar voor iets wat oneindig belangrijk was. 'Je bent gek,' zei hij. 'Er bestaat geen bewijs.'

'Dat was de zwakke plek, jouw zwakke plek. Carlos werkt grondig; zijn tentakels reiken in allerlei verborgen hoeken. Je had een man nodig van Medusa, iemand die had bestaan en die was verdwenen. Je koos een man die Bourne heette omdat de omstandigheden van zijn verdwijning waren uitgewist, verwijderd uit elk bestaand dossier – of dat geloofde je. Maar je hebt niet gedacht aan de inlichtingendiensten van Hanoi zelf die in Medusa waren doorgedrongen. Op 25 maart 1968 werd Jason Bourne terechtgesteld door een Amerikaans Inlichtingenfunctionaris in het oerwoud van Tam Quan.'

De Monnik deed een uitval; er was niets anders meer over dan een laatste gebaar, een laatste weerstand. De Europeaan vuurde.

De deur van het herenhuis ging open. Vanuit het halfduister onder de trap glimlachte de chauffeur. De man van het Witte Huis werd uitgelaten door de Zeezeiler en de moordenaar wist dat dat betekende dat de eerste serie alarmtoestellen was uitgeschakeld. De tijdspanne van drie seconden kon verwaarloosd worden.

'Heel vriendelijk van u om even langs te komen,' zei de Zeezeiler terwijl ze handen schudden.

'Dank u zeer, meneer.'

Dat waren de laatste woorden die beide mannen spraken. De chauffeur legde aan boven de stenen leuning en haalde de trekker tweemaal over; de gedempte knallen gingen verloren in de geluiden van de grote stad. De Zeezeiler viel achterover naar binnen; de ander greep met klauwende handen naar zijn borst en viel tegen de deurpost aan. De chauffeur rende om de stenen leuning heen de trappen op en ving het lichaam van Stevens op voordat het de grond raakte. Met de kracht van een beer tilde de moordenaar de man van het Witte Huis op en smeet hem door de deur de hal in, voorbij de Zeezeiler. Toen draaide hij zich om naar de binnenrand van de zware, met staal bepantserde deur. Hij wist waar hij naar moest zoeken; hij vond het. Langs de bovenste kroonlijst liep een dikke kabel die in de muur verdween en die in dezelfde kleur was geverfd als de deurpost. Hij deed de deur gedeeltelijk dicht, hief zijn revolver op en schoot in de kabel. Het kuchje werd gevolgd door een uitbarsting van geknetter en vonken; de veiligheidscamera's waren uitgeschakeld, overal waren nu de beeldschermen uitgevallen.

Hij opende de deur om een teken te geven; het was niet nodig. De Europeaan stak snel de rustige straat over. In een paar seconden had hij de trap beklommen en stond hij binnen; hij keek rond in de hal en de gang – naar de deur aan het einde van de gang. Samen tilden de twee mannen een tapijt van de vloer van de hal op en de Europeaan sloot de deur tot het tapijt hem tegenhield; hij duwde staal en stof zo op elkaar dat er een spleet van vijf centimeter overbleef en de stalen veiligheidsgrendels op hun plaats bleven. Er kon geen tweede alarm worden gegeven.

Zwijgend gingen ze rechtop staan; als ze ontdekt zouden worden, dat wisten ze beiden, dan zou het nu snel gebeuren. Het begon met het geluid van een deur die boven werd geopend, gevolgd door voetstappen en woorden, gesproken door een beschaafde vrouwenstem, die de trap af zweefden.

'Schat! Ik heb net gemerkt dat die verrekte camera het begeven heeft. Zou je dat alsjeblieft even na willen kijken?' Even was het stil, toen sprak de vrouw opnieuw. 'Zou je het niet beter tegen David kunnen zeggen?' Weer die afgemeten stilte. 'Val de Jezuïet maar niet lastig, schat. Zeg het maar tegen David!'

Twee voetstappen. Stilte. Geruis van kleren. De Europeaan keek gespannen naar het trapgat. Een licht ging uit. David. Jezuïet... Monnik!

'Pák haar!' brulde hij tegen de chauffeur en hij draaide zich bliksemsnel om, zijn wapen gericht op de deur aan het einde van de gang.

De man in uniform rende de trap op. Er weerklonk een revolverschot; het kwam uit een krachtig wapen – ongedempt, met luide knal. De Europeaan keek op; de chauffeur hield zijn schouder vast, zijn jas zat vol bloed, zijn revolver stak naar voren en kuchte enkele malen langs de trap naar boven.

De deur aan het einde van de gang werd opengerukt, de majoor stond als vastgenageld met een dossiermap in zijn hand. De Europeaan vuurde tweemaal; Gordon Webb kromde naar achteren met opengereten keel en de papieren van het dossier dwarrelden achter hem aan. De man in de regenjas rende de trap op naar de chauffeur; boven hen, over de leuning, hing de vrouw met de grijze haren en het bloed droop uit haar nek en hoofd. 'Gaat het? Kun je je bewegen?' vroeg de Europeaan.

De chauffeur knikte. 'Dat rotwijf heeft mijn halve schouder eraf geschoten, maar ik speel het wel klaar.'

'Dat zul je wel moeten!' beval zijn meerdere, terwijl hij zijn regenjas uitrukte. 'Trek mijn jas aan. Ik wil de Monnik hier binnen hebben! Snel!'

'Verrek!'

'Carlos wil de Monnik hier binnen hebben!'

Met moeite trok de gewonde man de zwarte regenjas aan en ging op weg de trap af, langs de lijken van de Zeezeiler en de man van het Witte Huis. Voorzichtig, krimpend van de pijn, ging hij naar buiten en liep de voortrap af.

De Europeaan hield hem in het oog terwijl hij de deur openhield en verzekerde zich ervan dat de man zich voldoende kon bewegen voor zijn taak. Dat kon hij; hij was een gorilla van wie elke begeerte door Carlos werd vervuld. De chauffeur zou het lijk van David Abbott weer het herenhuis binnendragen en hij zou het ongetwijfeld ondersteunen alsof hij een ouder iemand die dronken was hielp, als er soms iemand toekeek in de straat; en dan zou hij op een of andere manier zijn bloeden lang genoeg weten te stelpen om het lichaam van Alfred Gillette de rivier over te rijden en het in een moeras te begraven. De mannen van Carlos konden zulke opdrachten uitvoeren; het waren allemaal gorilla's. Ontevreden gorilla's die in een enkele man hun leider hadden gevonden.

De Europeaan keerde zich om en liep de gang door; er was werk aan de winkel. De uiteindelijke afzondering van de man die Jason Bourne heette.

Het was meer dan hij had mogen verwachten; de blootliggende dossiers een ongelooflijke toegift. Er waren mappen bij die elke code bevatten en elke communicatiemethode die ooit waren gebruikt door de mythe die Caïn heette. Nu niet meer zo'n mythe, dacht de Europeaan, terwijl hij de papieren bijeenzocht. Het toneel lag klaar, de vier lijken lagen op hun plaatsen in de vredige, elegante bibliotheek. David Abbott lag achterover in een stoel, zijn dode ogen verschrikt opengesperd, Elliott Stevens lag aan zijn voeten; de Zeezeiler lag languit over de tafel aan de wand met een omgevallen whiskyfles in zijn hand, terwijl Gordon Webb op de vloer lag en zijn aktetas vasthad. Wat voor geweld er dan ook was gepleegd, het tafereel gaf te kennen dat het onverwacht was geweest; gesprekken die waren onderbroken door onverwachte revolverschoten.

De Europeaan liep rond met suède handschoenen aan en bestudeerde zijn kunstzinnige werk, want dat was het in werkelijkheid. Hij had de chauffeur weggestuurd, elke deurkruk afgeveegd, elke knop, elk glanzend houten oppervlak. Hij liep naar een tafel waarop een paar cognacglazen stonden op een zilveren dienblad, pakte er eentje vanaf en hield het tegen het licht; zoals hij had verwacht was het smetteloos. Hij zette het neer en haalde een klein, plat plastic etui uit zijn zak. Hij opende het en haalde er een strook doorzichtig plakband uit en die hield hij ook tegen het licht. Daar waren ze, zo scherp als foto's – want het waren foto's even onmiskenbaar als welke portretfoto ook.

Ze waren genomen van een glas sodawater dat verwijderd was uit een kantoor in de Gemeinschaft Bank in Zürich. Het waren de vingerafdrukken van Jason Bournes rechterhand.

De Europeaan pakte het cognacglas op en drukte met zijn geduldige, artistieke vaardigheid het plakband onder om de kelk en trok het er toen weer voorzichtig af. Weer hield hij het glas omhoog; de afdrukken waren, dof maar gaaf, duidelijk te zien tegen het licht van de schemerlamp.

De Europeaan droeg het glas naar een hoek van de parketvloer en liet het vallen. Hij knielde, bekeek de scherven, pakte er verschillende weg en veegde de rest onder het gordijn.

Zo was het genoeg.

21

'Later,' zei Bourne terwijl hij hun koffers op het bed gooide. 'We moeten maken dat we hier wegkomen.'

Marie zat in de leunstoel. Ze had het krantenartikel opnieuw gelezen, ze was volkomen geconcentreerd; ze ging er helemaal in op, meer en meer zeker van haar analyse.

'Ik heb gelijk, Jason. Iemand stuurt ons een boodschap!'

'We zullen er straks over praten; we zijn hier toch al te lang gebleven. Die krant ligt over een uur hier overal in het hotel en de ochtendbladen zijn misschien nog erger. Het is geen tijd voor bescheidenheid; jij valt op in de hal van een hotel en je bent in deze hal al door te veel mensen gezien. Pak je spullen.'

Marie ging staan maar bewoog zich verder niet. Ze dwong hem haar aan kijken. 'We zullen straks over verschillende zaken praten,' zei ze vastberaden. 'Je wilde me alleen laten, Jason, en ik wil weten waarom.'

'Ik heb je toch gezegd dat ik het je zou vertellen,' antwoordde hij, 'maar op dit moment wil ik hier wég! Pak je spullen, godverdomme!'

Ze knipperde met haar ogen, zijn plotselinge woede had uitwerking. 'Ja, natuurlijk,' fluisterde ze.

Ze namen de lift omlaag naar de hal. Naarmate de versleten marmeren vloer in zicht kwam kreeg Bourne steeds meer de indruk dat ze in een kooi zaten, zichtbaar voor iedereen en kwetsbaar; als de machine stopte zouden ze gevangen worden. Toen begreep hij waarom dat gevoel zo sterk was. Beneden aan de linkerkant was de receptiebalie; de conciërge zat erachter en rechts van hem lag op de balie een stapel kranten. Het waren exemplaren van hetzelfde boulevardblad dat Jason in zijn diplomatenkoffertje had gestopt. De conciërge zat er gretig in te lezen; verdiept in de laatste schandaaltjes.

'Loop maar rechtdoor,' zei Jason. 'Ga direct naar de deur. Ik kom buiten wel bij je.'

'O, mijn god...!' fluisterde ze toen ze de conciërge zag.

'Ik zal hem zo vlug mogelijk betalen.'

Het geluid van Maries hakken op de marmeren vloer was een afleiding die Bourne niet kon gebruiken. De conciërge keek op terwijl Jason recht voor hem ging staan en zijn uitzicht belemmerde.

'Ik heb veel haast,' zei hij in het Frans, 'ik moet vanavond naar Lyon rijden. Rond het bedrag maar af op vijfhonderd franc. Ik heb geen tijd gehad om fooien achter te laten.'

Dit had het gewenste effect. De conciërge telde de bedragen snel en gaf hem de rekening. Jason betaalde en bukte zich om de koffers op te pakken; hij keek op toen hij een verraste kreet hoorde slaken. De man staarde naar de stapel kranten aan zijn rechterkant en zijn ogen rustten op de foto van Marie St. Jacques. Hij keek naar de glazen deuren van de ingang; Marie stond op het trottoir. De conciërge richtte zijn verbaasde blik op Bourne; het verband was gelegd en de man was bezeten door plotselinge angst.

Jason liep snel naar de glazen deuren, stak zijn schouder naar voren om ze open te duwen en keek achterom naar de receptie. De conciërge stak zijn hand uit naar een telefoon.

'Kom op!' riep hij tegen Marie. 'Laten we een taxi zoeken!'

Ze vonden er een op de Rue Lecourbe, vijf straten van het hotel vandaan. Bourne kroop in de rol van de onervaren Amerikaanse toerist en gebruikte het houterige Frans dat hem zo'n goede diensten had bewezen bij de Valois-bank. Hij legde de bestuurder uit dat hij en zijn *petite amie* een dagje het centrum van Parijs uit wilden, ergens waar ze alleen konden zijn. Misschien had de bestuurder een idee.

Dat had de bestuurder. 'Er is een hotelletje buiten Issy-les-Moulineaux, dat la Maison Carrée heet,' zei hij. 'In Ivry sur Seine is er ook nog een. Het is strikt privé, monsieur. Of misschien de Auberge du Coin in Montrouge; die is beslist discreet.'

'Laten we het eerste maar nemen,' zei Jason. 'Hoe lang is het rijden?'

'Niet meer dan vijftien, twintig minuten, monsieur.'

'Goed.' Bourne wendde zich naar Marie en sprak zacht. 'Verander je haar. Trek het omhoog of duw het naar achteren, het kan me niet schelen wat, maar verander het. Zorg dat hij je niet ziet in zijn spiegeltje. Maak voort!'

Even later was het lange, kastanjebruine haar van Marie strak naar achteren getrokken tot een stevige knoet. Jason keek naar haar in het onzekere licht.

'Veeg je lippenstift weg. Alles.'

Ze pakte een papieren zakdoekje en deed het. 'Zo goed?'

'Ja. Heb je een wenkbrauwenpotlood?'

'Natuurlijk.'

'Maak je wenkbrauwen wat dikker; een klein beetje maar. Trek ze zowat een halve centimeter door; laat de uiteinden iets naar beneden lopen.' Opnieuw volgde ze zijn aanwijzingen op. 'Zo?' vroeg ze.

'Zo is het beter.' Het waren maar kleine veranderingen maar het effect was groot. Op een subtiele manier was ze veranderd van een lieflijk elegante, opvallende dame in een vrij strenge vrouw. Ze was nu tenminste op het eerste gezicht niet meer de vrouw van de krantenfoto en dat was het enige belangrijke.

'Wanneer we in Moulineaux komen,' fluisterde hij, 'dan stap je meteen uit. Laat de bestuurder je niet zien.'

'Daar is het al vrij laat voor, is 't niet?'

'Doe nou maar wat ik zeg.'

Luister naar mij. Ik ben een kameleon die Caïn heet en ik kan je vele dingen leren die ik je niet graag leer, maar op dit moment moet ik het doen. Ik kan mijn kleur veranderen zodat ik kan wegsmelten in elke soort oerwoud, ik kan meedraaien met elke wind door hem alleen maar te ruiken. Ik kan mijn weg vinden door het oerwoud van de natuur en door de jungle die de mens heeft gemaakt. Alpha, Bravo, Charlie, Delta... Delta betekent Charlie en Charlie betekent Caïn. Ik ben Caïn. Ik beteken de dood. En ik moet je vertellen wie ik ben en je dan kwijtraken.

'Schat, wat is er?'

'Hoezo?'

'Je zit me zo aan te kijken. Voel je je wel goed?'

'Het spijt me,' zei hij en richtte zijn blik op iets anders.

Ze kwamen aan bij het hotelletje. Rechts ervan lag een parkeerplaats die was afgezet met een houten hek; uit de met latwerk omzoomde ingang kwamen verschillende late dinergasten. Bourne boog zich voorover.

'Zet u ons maar af op de parkeerplaats,' zei hij zonder een verklaring te geven voor het vreemde verzoek.

'Zeker, monsieur,' zei de bestuurder; en haalde de schouders op, daarmee aangevend dat zijn passagiers inderdaad een voorzichtig stel vormden.

De regen was minder geworden, het was nu weer een nevelachtige motregen. De taxi reed weg. Bourne en Marie bleven in de schaduwen staan van het struikgewas opzij van het hotel tot hij uit het zicht was verdwenen. Jason zette de koffers op de vochtige grond. 'Wacht hier,' zei hij.

'Waar ga je naartoe?'

'Een taxi bellen.'

De tweede taxi reed hen naar het Montrouge-district. Deze chauffeur trok zich al heel weinig aan van het streng kijkende stel dat kennelijk uit de provincie kwam en dat waarschijnlijk op zoek was naar een goedkoop onderkomen. Als hij later al een krant pakte en een foto zag van een Frans-Canadese vrouw die betrokken was bij moord en diefstal in

Zürich, dan zou hij niet denken aan de vrouw op de achterbank.

De Auberge de Coin was heel anders dan men bij die naam zou verwachten. Het was geen typische dorpsherberg, maar een groot, plat gebouw van twee verdiepingen dat op een paar honderd meter van de grote weg lag. Het leek eigenlijk meer op de motels die in de hele wereld de buitenwijken van de grote steden verpesten; met hun commerciële instelling garanderen ze de anonimiteit van hun gasten. Het was niet moeilijk je tientallen wekelijkse afspraken voor te stellen, alleen al gebaseerd op foutieve registraties.

Ze gaven valse namen op aan de receptie en ze kregen een kamer waarin alle spullen die meer dan twintig franc waard waren spijkervast aan de vloer zaten en met schroeven met verzonken kop waren vastgemaakt aan glimmend formica. Er was echter wel iets positiefs; een ijsblokjesmachine in de hal. Ze wisten dat die werkte want ze konden hem horen. Met de deur dicht.

'Goed dan. Wie zou er ons een boodschap sturen?' vroeg Bourne terwijl hij een glas whisky ronddraaide in zijn hand.

'Als ik het wist zou ik me met hen in verbinding stellen,' zei ze. Ze zat aan het kleine bureau, met haar benen over elkaar geslagen op de stoel die achterstevoren stond, gespannen naar hem te kijken. 'Het zou te maken kunnen hebben met het feit dat jij op de vlucht bent.'

'Als het dat was zou het een valstrik zijn.'

'Het was geen val. Een man als Walther Apfel zou niet doen wat hij heeft gedaan om mee te werken aan een hinderlaag.'

'Daar zou ik maar niet zo zeker van zijn.' Bourne liep naar de enige, plastic leunstoel en ging zitten. 'Koenig deed dat wel; hij wees me nota bene in de wachtkamer aan.'

'Hij was een omgekochte handlanger, geen functionaris van de bank. Hij handelde alleen. Apfel kon dat niet.'

Jason keek op. 'Wat bedoel je?'

'De verklaring van Apfel moest worden goedgekeurd door zijn superieuren. Die werd afgelegd uit naam van de bank.'

'Als je dat zo zeker weet, laten we dan Zürich maar bellen.'

'Dat willen ze niet. Of ze weten het antwoord niet of ze kunnen het niet geven. De laatste woorden van Apfel luidden dat ze "verder geen commentaar meer konden geven. Aan niemand." Dat maakte ook deel uit van de boodschap. We moeten met iemand anders contact opnemen.'

Bourne nam een slok; hij had de alcohol nodig want het ogenblik naderde waarop hij het verhaal zou gaan vertellen van een moordenaar die Caïn heette. 'Bij wie zijn we nu weer terug?' vroeg hij. 'We zijn weer bij de valstrik.'

'Jij gelooft dat je weet wie het is, waar of niet?' Marie stak haar hand uit naar haar sigaretten op het bureau. 'Daarom wilde je weglopen, is 't niet?'

'Het antwoord op beide vragen is ja.' *Het ogenblik was gekomen. De boodschap kwam van Carlos! Ik ben Caïn en jij moet mij verlaten! Ik moet je kwijtraken. Maar eerst is er Zürich en dat moet je begrijpen.* 'Dat artikel werd gepubliceerd met de opzet om mij te vinden.'

'Dat zal ik niet tegenspreken,' kwam ze tussenbeide en ze verraste hem met die onderbreking. 'Ik heb tijd gehad om na te denken; ze weten dat het bewijsmateriaal vals is – zo overduidelijk vals dat het belachelijk is. De politie van Zürich verwacht nu vast en zeker dat ik contact zal opnemen met de Canadese ambassade...' Marie zweeg met de sigaret onaangestoken in haar hand. 'Mijn god, Jason, ze willen dat we dat doen!'

'Wie wil dat?'

'Wie er dan ook die boodschap stuurt. Ze weten dat ik niets anders kan doen dan de ambassade bellen om de bescherming te krijgen van de Canadese regering. Ik dacht daar niet aan omdat ik al héb gesproken met de ambassade, met, hoe heet hij ook al weer – Dennis Corbelier, en hij kon mij helemaal niets vertellen. Hij deed alleen wat ik hem gevraagd heb; er was niets anders. Maar dat was gisteren... Niet vandáág, niet déze avond.' Marie liep naar de telefoon op het nachtkastje.

Bourne stond snel op uit zijn stoel en onderschepte haar. Hij nam haar bij de arm. 'Niet doen,' zei hij vastberaden.

'Waarom niet?'

'Omdat je ongelijk hebt.'

'Ik heb gelijk, Jason! Laat me het je bewijzen...'

Bourne ging voor haar staan. 'Ik geloof dat je beter maar kunt luisteren naar wat ik te zeggen heb.'

'Nee!' schreeuwde ze uit en hij schrok ervan. 'Ik wil het niet horen. Nu niet!'

'Een uur geleden in Parijs was het het enige dat je wilde horen. Luister dan!'

'Néé! Een uur geleden ging ik dood! Jij had besloten weg te lopen. Zonder mij. En ik weet dat het zich steeds zal herhalen, tot er voor jou een eind aan komt. Je hoort woorden, je ziet beelden en er komen fragmenten van dingen bij je terug die je niet kunt begrijpen, maar omdat ze er zijn veroordeel je jezelf! Je zult jezelf blíjven veroordelen totdat iemand bewijst dat er anderen zijn die jou gebrúiken, die jou willen ópofferen, wat je ook bent geweest...! Maar er is hier ook iemand die jou wil helpen, ons wil helpen! Dat is de boodschap! Ik weet dat ik gelijk heb. Ik wil het je bewijzen. Láát me toch!'

Bourne pakte haar zwijgend bij de armen, keek haar aan. Keek naar haar lieflijke gezicht, vol pijn en vergeefse hoop, haar smekende ogen. Die afschuwelijke pijn vlamde weer door zijn hele lijf; ze zou het zelf zien en haar angst zou haar doen luisteren, doen begrijpen. Alles was nu voor hen verloren. *Ik ben Caïn...* 'Goed dan, je kunt bellen, maar je moet het op mijn manier doen.' Hij liet haar los en liep naar de telefoon; hij belde de receptie van de Auberge du Coin. 'Dit is kamer 341. Ik heb juist bericht gekregen van vrienden uit Parijs; ze komen hierheen om ons even op te zoeken. Hebt u een kamer voor hen hier op de gang...? Goed zo. Hun naam is Briggs, een Amerikaans echtpaar. Ik kom wel naar beneden om u vooruit te betalen en dan kunt u mij de sleutel geven... Prachtig. Dank u.'

'Wat doe je daar nu?'

'Ik wil je iets bewijzen,' zei hij. 'Geef me eens een jurk,' ging hij verder. 'De langste die je hebt.'

'Wat?'

'Als je wilt telefoneren dan moet je doen wat ik je zeg.'

'Je bent gek.'

'Dat heb ik al toegegeven,' zei hij en haalde een broek en een hemd uit zijn koffer. 'De jurk, alsjeblieft.'

Een kwartier later was de kamer van de heer en mevrouw Briggs klaar; hij lag zes deuren verder en in dezelfde gang tegenover drie-vier-een.

De kleren waren op de juiste manier gerangschikt.

Jason keerde terug naar hun kamer; Marie stond bij de telefoon.

'We zijn klaar.'

'Wat heb je gedaan?'

'Wat ik wilde doen; wat ik moest doen. Je kunt nu bellen.'

'Het is heel laat. Stel dat hij er niet is?'

'Ik denk van wel. Is hij er niet dan geven ze je zijn privénummer wel. Zijn naam stond op de lijst van telefoongesprekken in Ottawa; dat moest wel.'

'Ik neem aan van wel.'

'Dan hebben ze hem bereikt. Heb je nagedacht over wat ik je heb gezegd?'

'Ja, maar het doet er niet toe; het heeft er niets mee te maken. Ik weet dat ik gelijk heb.'

'We zullen zien. Zeg alleen maar datgene wat ik je heb gezegd. Ik zal hier naast je staan om mee te luisteren. Ga je gang.'

Ze pakte de hoorn op en draaide het nummer. Zeven seconden nadat ze verbonden was met de centrale van de ambassade was Dennis Corbelier aan het toestel. Het was kwart over een in de ochtend.

'Verrek nog an toe, waar zit jij?'

'Je verwachtte dus dat ik zou bellen?'

'Ik heb er verdomd lang op gewacht! De hele zaak staat hier op zijn kop. Ik heb hier zitten wachten vanaf vijf uur vanmiddag.'

'Dat heeft Alan ook. In Ottawa.'

'Welke Alan? Waar heb je het over? Waar zít je, verdomme?'

'Eerst wil ik weten wat je me te vertellen hebt.'

'Jou te vertéllen?'

'Je hebt een boodschap voor mij, Dennis. Hoe luidt die?'

'Hoe luidt wát? Wat voor boodschap?'

Het gezicht van Marie verbleekte. 'Ik heb niemand vermoord in Zürich. Ik zou niet...'

'Kom dan, verdomme,' viel de attaché haar in de rede, 'hier naartoe! We zullen je alle bescherming geven waartoe we in staat zijn. Hier kan niemand je ook maar iets doen!'

'Dennis, luister naar me! Je hebt daar zitten wachten tot ik zou bellen, waar of niet?'

'Ja, natuurlijk.'

'Iemand heeft je gezegd dat je moest wachten, is dat waar of niet?'

Stilte. Toen Corbelier weer sprak klonk zijn stem berustend. 'Ja, dat deed hij. Zij deden het.'

'Wat hebben ze je gezegd?'

'Dat jij onze hulp nodig hebt. Heel erg.'

Marie haalde weer adem. 'En zij willen ons helpen?'

'Met ons,' antwoordde Corbelier, 'wil je zeggen dat hij dus bij je is?' Het gezicht van Bourne was naast het hare, hij hield zijn hoofd schuin om mee te kunnen luisteren. Hij knikte.

'Ja,' antwoordde ze. 'We zijn samen, maar hij is even weg. Het is allemaal gelogen, dat hebben ze je toch zeker wel gezegd?'

'Ze zeiden alleen maar dat jij moest worden opgespoord, beschermd. Ze willen een auto sturen om je op te halen. Een van onze auto's. Van de Diplomatieke Dienst.'

'Wie zijn zij?'

'Ik ken ze niet bij naam; dat hoef ik ook niet. Ik weet hoe hoog ze zijn.'

'Hoe hoog?'

'Specialisten, FS-5. Veel hoger dan dat heb je niet.'

'Vertrouw je hen?'

'Mijn god, ja! Ze hebben me bereikt via Ottawa. Hun opdracht kwam van Ottawa!'

'Zijn ze nu op de ambassade?'

'Nee, ze zijn op posten in de stad.' Corbelier zweeg, hij was kennelijk geprikkeld. 'Verrek, Marie waar zít je?'

Bourne knikte weer, zij sprak. 'We zijn in de Auberge du Coin in Montrouge. Onder de naam Briggs.'

'Ik stuur die wagen meteen naar je toe.'

'Nee, Dennis!' protesteerde Marie terwijl ze naar Jason keek en zijn ogen haar zeiden zijn aanwijzingen op te volgen. 'Stuur er morgenvroeg een. Morgenvroeg direct – over vier uur, vanaf nu, als je wilt.'

'Dat kan ik niet doen! Het is voor jouw bestwil!'

'Je moet het doen; je begrijpt het niet. Hij is in een val gelokt om iets te doen en hij is opgeschrikt; hij wil weglopen. Als hij wist dat ik nu met jou belde zou hij al op de vlucht zijn. Geef me tijd. Ik kan hem overhalen om zichzelf over te geven. Nog maar enkele uren. Hij is verward maar in zijn hart weet hij dat ik gelijk heb.' Marie keek Bourne aan terwijl ze die woorden sprak.

'Wat voor rotzak is hij?'

'Een angstige rotzak,' antwoordde ze. 'Een die wordt gemanipuleerd.

Ik heb de tijd nodig. Geef me die.'

'Marie...?' Corbelier zweeg. 'Goed dan, morgenvroeg direct. Laten we zeggen... zes uur. En, Marie, ze willen je helpen. Ze kunnen je helpen.'

'Ik weet het. Welterusten.'

'Welterusten.'

Marie legde de hoorn erop. 'Nu gaan we afwachten,' zei Bourne. 'Ik weet niet wat jij wilt bewijzen. Hij belt natuurlijk de mensen van FS-5 en die komen natuurlijk hier naartoe. Wat dacht je anders? Hij heeft zo goed als toegegeven wat hij zal gaan doen, wat hij meent te moeten doen.'

'En die diplomatieke FS-5'ers zijn degenen die ons de boodschap sturen?'

'Volgens mij zullen ze ons brengen naar welke mensen het dan ook zijn. Of als degenen die de boodschap sturen te ver weg zijn zullen ze ons met hen in contact brengen. Ik werk mijn leven lang voor de regering, dit weet ik absoluut zeker.'

Bourne keek haar aan. 'Ik hoop dat je gelijk hebt, want om jouw leven gaat het mij. Als het bewijsmateriaal tegen jou in Zürich geen deel uitmaakt van een of andere boodschap, als het er door specialisten is ingebouwd om mij te vinden – als de politie in Zürich het gelóóft – dan ben ik inderdaad die dodelijk beangstigde man over wie je het had tegenover Corbelier. Niemand wil liever dan ik dat jij gelijk hebt. Maar ik geloof niet dat je dat hebt.'

Om drie minuten over twee flikkerden de lichten in de gang van het motel en gingen uit; het licht dat uit het trapgat scheen vormde nu de enige lichtbron. Bourne stond in het donker naast de deur van hun kamer, met zijn pistool in de hand, op de gang te letten door een spleet tussen de rand van de deur en de deurpost. Marie stond achter hem over zijn schouder te turen; geen van beiden zei iets.

De voetstappen klonken gedempt. Duidelijk, doelbewust beklommen twee stel schoenen voorzichtig de trap. Binnen enkele ogenblikken werden de gedaanten van twee mannen zichtbaar die opstegen uit het gedempte licht. Maries adem stokte onwillekeurig; Jason stak zijn hand over zijn schouder en greep ruw haar mond. Hij begreep het; zij had een van de twee mannen herkend, een man die ze nog maar een keer eerder had gezien. In de Steppdeckstrasse in Zürich, enkele minuten voordat een andere man haar terechtstelling had bevolen. Ze hadden de blonde man toen naar de kamer van Bourne gestuurd, de verspieder die opgeofferd kon worden was nu naar Parijs gebracht om het doelwit te vinden dat hij had gemist. In zijn linkerhand had hij een potlood-dunne zaklantaarn, in zijn rechterhand een revolver met een lange loop, die verdikt was door een geluiddemper.

Zijn metgezel was korter, wat meer gezet en hij liep bijna als een dier, met schouders en middel in perfecte harmonie met zijn benen. De revers van zijn overjas stonden rechtop, op zijn hoofd droeg hij een hoed met een smalle rand die zijn onzichtbare gezicht in de schaduw hield. Bourne staarde naar de man; er was iets aan hem dat hij kende, aan de gedaante, de manier van lopen, de manier waarop hij zijn hoofd hield. Wie was het? Wat wás het? Hij kende hem.

Maar er was geen tijd om daarover na te denken; de twee mannen naderden de deur van de kamer die gereserveerd was onder de naam van de heer en mevrouw Briggs. De blonde man liet het licht van zijn lantaarn schijnen op de nummers en zwaaide de bundel toen naar de kruk en het slot.

Wat nu volgde biologeerde hen door de doelmatigheid waarmee het werd uitgevoerd. De gedrongen man hield een sleutelbos in zijn rechterhand, hield hem in de lichtbundel en zocht met zijn vingers een bepaalde sleutel. In zijn linkerhand hield hij een wapen vast waarvan de vorm in het indirecte licht deed denken aan een zeer grote geluiddemper op een wapen van zwaar kaliber dat wel iets leek op de krachtige, Duitse *Sternlicht* Luger, het favoriete wapen van de Gestapo in de Tweede Wereldoorlog. Het kon door plaatstaal en beton dringen maar klonk niet harder dan een zacht kuchje. Ideaal om 's nachts staatsvijanden te arresteren in rustige wijken. Buurtbewoners merkten niets van de opschudding, zagen alleen 's morgens dat er iemand verdwenen was.

De gedrongen man stak de sleutel in het slot, draaide hem om zonder geluid en liet toen de loop van zijn wapen zakken tot aan het slot. Drie snelle kuchjes gingen vergezeld van drie lichtflitsen; het hout rond eventuele grendels versplinterde. De deur viel open; de twee moordenaars renden naar binnen.

Even was het nog stil, toen klonk er een uitbarsting van gedempte schoten en flitsten felle lichtstralen op uit de duisternis. De deur werd dichtgegooid; hij wilde niet dichtblijven en viel weer open terwijl er hardere geluiden van wild gegooi en gebots van binnen uit de kamer klonken. Eindelijk werd er een licht gevonden; het werd heel even aangeknipt, toen weer in felle woede uitgedraaid terwijl er een schemerlamp daverend op de vloer viel en glas kapotsprong. Een kreet van razernij klonk op uit de keel van een woedende man.

De twee moordenaars kwamen naar buiten rennen, hun wapens gereed om te schieten; ze waren voorbereid op een hinderlaag en begrepen niet dat er geen was. Ze bereikten de trap en renden naar beneden terwijl er ergens een deur werd geopend. Een gast tuurde knipperend met zijn ogen naar buiten, haalde zijn schouders op en ging weer naar binnen. Het werd weer stil in de donkere gang.

Bourne had zijn arm om Marie St. Jacques heengeslagen. Ze trilde en hield haar hoofd tegen zijn borst gedrukt, zacht snikkend, hysterisch in haar ongeloof. Hij liet de minuten verstrijken totdat het trillen minder werd en ze diep ademhaalde in plaats van te snikken. Langer kon hij niet meer wachten; ze moest het zelf zien. Ze moest het helemaal zien, het moest een onuitwisbare indruk op haar maken. Eindelijk moest ze het begrijpen. *Ik ben Caïn. Ik beteken de dood.*

'Kom op,' fluisterde hij.

Hij leidde haar de gang op en stuurde haar vastberaden naar de kamer die nu zijn niet te weerleggen bewijs vormde. Hij duwde de kapotte deur open en ze gingen naar binnen.

Ze stond roerloos, ondanks haar weerzin toch gebiologeerd door wat ze te zien kreeg. In een open doorgang aan de rechterkant was de vage gedaante zichtbaar van een vrouw in een lange jurk, het licht dat erachter scheen was zo gedempt dat alleen de omtrek zichtbaar was en dan alleen nog pas wanneer de ogen waren gewend aan de vreemde mengeling van duisternis en gloed. Het was de gedaante van een vrouw in een lange jurk en de stof bewoog zich zacht op en neer op de tocht van een openstaand raam.

Raam. Recht vooruit was een tweede gedaante, nauwelijks zichtbaar maar wel aanwezig en de omtrek ervan was een onduidelijke vlek die zich vaag aftekende tegen het lichtschijnsel van de autoweg in de verte. Ook die leek zich te bewegen, korte, plotselinge rukjes van stof – van armen.

'Mijn god,' zei Marie als aan de grond genageld. 'Draai het licht eens aan, Jason.'

'Die werken geen van alle,' antwoordde hij. 'Alleen maar twee schemerlampen; eentje hebben ze er gevonden.' Hij liep voorzichtig de kamer door en vond de lamp die hij zocht; hij lag op de vloer tegen de muur. Hij knielde en knipte hem aan; Marie huiverde.

Haar lange jurk was over de deuropening van de badkamer gespannen met stroken die van een gordijn waren gescheurd; hij golfde heen en weer op een onzichtbare bron van wind en hij zat vol met kogelgaten.

Het hemd en de broek van Bourne waren aan de overkant van de kamer vastgestoken op het raamkozijn, de vensterruiten naast beide mouwen waren kapot, de bries woei naar binnen en deed de stof heen en weer bewegen. De witte stof was op een stuk of vijf plaatsen doorboord, een schuinlopende streep van kogels over de borst.

'Dat is jouw boodschap,' zei Jason. 'Nu weet je wat het is. En nu geloof ik dat je maar beter eens kunt luisteren naar wat ik je te zeggen heb.'

Marie gaf geen antwoord. In plaats daarvan liep ze langzaam naar de jurk en bekeek die alsof ze niet geloofde wat ze zag. Plotseling keerde ze zich om, met glinsterende ogen en ingehouden tranen. 'Nee! Het klopt niet! Er is iets op een afschuwelijke manier niet in orde! Bel de ambassade op!'

'Wat?'

'Doe maar wat ik zeg. Nu meteen!'

'Hou op, Marie. Je moet het begrijpen.'

'Nee, godverdomme! Jíj moet het begrijpen. Zo zou het niet gebeuren. Zo zou het niet kunnen gebeuren.'

'Maar het is gebeurd.'

'Bel de ambassade! Gebruik die telefoon daar en bel nu op! Vraag naar Corbelier. In godsnaam, vlúg! Als ik voor jou iets beteken doe dan wat ik vraag.'

Bourne kon het haar niet weigeren. 'Wat moet ik tegen hem zeggen?' vroeg hij terwijl hij naar de telefoon liep.

'Zie eerst maar dat je hem krijgt! Daarvoor ben ik bang... O, god ik ben bang!'

'Wat is het nummer?'

Ze gaf het hem; hij draaide en moest eindeloos wachten voordat de centrale aannam. Toen dat eindelijk gebeurde was de telefoniste in paniek, haar woorden klonken beurtelings hard en zacht en waren nu en dan onverstaanbaar. Op de achtergrond kon hij geschreeuw horen, afgebeten bevelen die snel werden gegeven, in het Engels en in het Frans. Binnen een paar seconden hoorde hij waarom.

Dennis Corbelier, Canadees attaché, was om 1 uur 40 de trappen van de ambassade aan de Avenue Montaigne afgelopen en was door zijn keel geschoten. Hij was dood.

'Daar heb je het andere deel van de boodschap, Jason,' fluisterde Marie terwijl ze hem doodsbleek aanstaarde. 'En nu zul jij luisteren naar iets wat ik je ga zeggen. Want er is daar iemand die probeert jou te helpen. Er wérd een boodschap gestuurd, maar niet naar ons, niet naar mij. Alleen naar jou en alleen jij moest hem begrijpen.'

22

Een voor een arriveerden de vier mannen in het drukke Hiltonhotel aan Sixteenth Street in Washington, D.C.. Ieder liep naar een andere lift, ging ermee tot twee of drie verdiepingen boven of onder de etage waar hij moest zijn en liep via de trappen naar zijn bestemming. Er was geen tijd om een vergadering te beleggen buiten de grenzen van het Columbia District; zo'n crisis was er nog nooit voorgekomen. Dit waren de mannen van Treadstone Seventy-one – de overlevenden. De rest was dood, afgeslacht in een bloedbad aan een rustige, door bomen omzoomde straat in New York.

Twee van de gezichten waren bekend aan het grote publiek, het ene meer dan het andere. Het eerste behoorde aan de vrij oude senator uit Colorado, het tweede was dat van brigade-generaal I.A. Crawford – Irwin Arthur, bij zijn ondergeschikten bekend als de IJzervreter – erkend woordvoerder voor de inlichtingendienst van het leger en beschermer van de informatiebanken van G2. De andere twee mannen waren zo goed als onbekend, behalve binnen de wandelgangen van hun eigen operatiegebied. Een was een marineofficier van middelbare leeftijd, verbonden aan Information Control van het Vijfde Marinedistrict. De vierde en laatste man was een zesenveertig jaar oude veteraan van de CIA, een slanke man, één ingehouden brok woede, die met een stok liep. Zijn voet was afgeslagen door een granaat in Zuidoost-Azië; hij was indertijd infiltratieagent geweest van de Medusa-operatie. Zijn naam was Alexander Conklin.

Er was geen conferentietafel in de kamer; het was een normale, dubbele slaapkamer met de bekende tweepersoonsbed, een zitbank, twee leunstoelen en een salontafel. Het was een ongewone plek om zo'n belangrijke bespreking te houden; er stonden geen zoemende computers waarvan de donkere schermen oplichtten met groene letters, geen elektronische communicatieapparatuur die was verbonden met schakelborden in Londen, Parijs of Istanbul. Het was een normale hotelkamer waarin zich niets meer bevond dan de hersenen van de vier mannen die de geheimen van Treadstone Seventy-one bewaarden.

De senator zat aan het ene uiteinde van de bank, de marineofficier aan het andere. Conklin liet zich in een leunstoel zakken, waarbij hij zijn stijve been voor zich uitstrekte, de stok tussen zijn benen, terwijl brigade-generaal Crawford bleef staan met een rood gezicht waarop de kaakspieren klopten van woede.

'Ik heb contact gehad met de president,' zei de senator, terwijl hij over zijn voorhoofd wreef; uit zijn houding bleek dat hij weinig slaap had gehad. 'Ik moest wel; we spreken elkaar vanavond. Vertel me alles wat u kunt, ieder van u. Begint u maar, generaal. Wat is er in godsnaam gebeurd?'

'Majoor Webb zou worden opgehaald door zijn auto om elf uur op de hoek van Lexington en Seventy-second Street. Die tijd was goed afgesproken maar hij verscheen niet. Toen het halftwaalf was werd de bestuurder ongerust, vanwege de afstand naar het vliegveld in New Jersey. De sergeant herinnerde zich het adres voornamelijk omdat hem was verteld dat hij het moest vergeten, reed erheen en liep naar de deur. De veiligheidsgrendels waren geblokkeerd en de deur stond gewoon open; alle alarminrichtingen waren kortgesloten. Er lag bloed op de vloer van de hal en op de trap lag de dode vrouw. Hij liep de gang door naar de conferentiezaal en vond de lichamen.'

'Die man verdient onopvallend gepromoveerd te worden,' zei de marineofficier.'

'Waarom zegt u dat?' vroeg de senator.

Crawford antwoordde: 'Hij had de tegenwoordigheid van geest om het Pentagon op te roepen en er op te staan te spreken met de landelijke centrale van de geheime dienst. Hij gaf precies de frequentie op van de cryptofoon, de tijd en de plaats van de ontvangst en zei dat hij wilde spreken met degene die daarop had uitgezonden. Hij zei geen woord, tegen niemand, tot hij mij aan het apparaat kreeg.'

'Stop hem maar op de hogere krijgsschool, Irwin,' zei Conklin grimmig, terwijl hij zijn stok vasthield. 'Hij heeft meer verstand dan de meeste clowns die jullie daar hebben.'

'Dat is niet alleen onnodig, Conklin,' vermaande de senator, 'maar ook duidelijk beledigend. Gaat u, alstublieft door, generaal.'

Crawford keek de CIA-man aan. 'Ik heb kolonel Paul McClaren gebeld in New York, beval hem daar naartoe te gaan en helemaal niets te doen, totdat ik er zou zijn. Toen heb ik Conklin en George hier gebeld en we zijn er samen naartoe gevlogen.'

'Ik heb er een vingerafdrukkenploeg van de CIA bij gehaald in Manhattan,' voegde Conklin eraan toe. 'Eentje die we al eerder hebben gebruikt en die we kunnen vertrouwen. Ik heb hun niet gezegd waarnaar we zochten maar opdracht gegeven de hele ruimte af te zoeken en wat ze vonden alleen aan mij te geven.' De man van de CIA zweeg en wees toen met zijn stok naar de marineofficier. 'Toen gaf George hun zevenendertig namen, allemaal mensen van wie we wisten dat de afdrukken in de dossiers van de FBI voorkwamen. Ze vonden uiteindelijk dat ene stel afdrukken dat we niet verwachtten, niet wilden... niet geloofden.'

'Van Delta,' zei de senator.

'Ja,' bevestigde de marineofficier. 'De namen die ik opgaf waren die van iedereen – hoe weinig ze er misschien ook mee te maken hadden – die het adres van Treadstone misschien te weten zouden zijn gekomen, overigens ook al onze namen. Alle vingerafdrukken in het vertrek waren verwijderd, elk oppervlak; elke knop, elk glas – op een na. Het was een kapot cognacglas, maar een paar scherven in de hoek onder een gordijn, maar het was voldoende. De vingerafdrukken waren er: wijsvinger en middelvinger van de rechterhand.'

'U weet het absoluut zeker?' vroeg de senator langzaam.

'Vingerafdrukken liegen niet, meneer,' zei de officier. 'Ze zaten er en aan de scherven zat nog vochtige cognac. Buiten deze kamer is Delta de enige die bekend is met Seventy-first Street.'

'Kunnen we daarvan zeker zijn? De anderen hebben misschien iets gezegd.'

'Onmogelijk,' kwam de brigade-generaal tussenbeide. 'Abbott zou het nooit bekend gemaakt hebben en Elliott Stevens kreeg het adres pas toen hij een kwartier voordat hij daar kwam vanuit een telefooncel opbelde. Afgezien daarvan, zelfs wanneer we het ergste aannemen, zou hij nauwelijks om zijn eigen terechtstelling hebben gevraagd.'

'Hoe zit het met majoor Webb?' hield de senator aan.

'De majoor,' antwoordde Crawford, 'kreeg het adres uitsluitend van mij, per radio en nadat hij op Kennedy Airport was geland. U weet dat het een frequentie was van G2 en dat hij versluierd was. Vergeet u niet dat het hem ook het leven heeft gekost.'

'Ja, natuurlijk.' De oude senator schudde het hoofd. 'Het is ongelooflijk. Waaróm?'

'Ik zou graag een pijnlijk onderwerp naar voren willen brengen,' zei brigade-generaal Crawford. 'Ik was vanaf het begin al niet zo enthousiast over de kandidaat. Ik kon de redenering van David wel volgen en ik was het ermee eens dat hij ervoor in aanmerking kwam, maar zoals u zich zult herinneren, zou ik hem niet hebben gekozen.'

'Ik geloof niet dat we zoveel keuzemogelijkheden hadden,' zei de senator. 'We hadden een man – een man die er geschikt voor was zoals u zelf al zei – die bereid was voor onbepaalde tijd zijn identiteit op te geven, elke dag opnieuw zijn leven wilde riskeren en alle banden met zijn verleden wilde verbreken. Hoeveel van zulke mannen zijn er?'

'We hadden er een kunnen nemen die evenwichtiger was,' wierp de generaal tegen. 'Ik heb daar indertijd op gewezen.'

'U wees,' verbeterde Conklin, 'op uw eigen definitie van een evenwichtig man, en daarvan heb ik indertijd gezegd dat het een kruk was.'

'We zaten alletwee in Medusa, Conklin,' zei Crawford, boos maar redelijk. 'Jouw mening is niet alleenzaligmakend. Delta gedroeg zich tijdens de operaties voortdurend en openlijk vijandig tegenover zijn bevelvoerende officieren. Ik bevond me in een positie om dat gedragspatroon iets duidelijker te observeren dan u.'

'Meestal had hij alle recht om vijandig te zijn. Als jij meer tijd had doorgebracht bij de troepen in het veld en minder in Saigon, zou je dat hebben begrepen. Ik begreep het.'

'Misschien verrast het je,' zei de brigade-generaal en hij stak zijn hand op in een gebaar van overgave, 'maar ik praat de grove stommiteiten waarvan het wemelde in Saigon niet goed, dat zou niemand kunnen. Ik probeer een gedragspatroon te beschrijven dat zou kunnen leiden tot eergisteravond in Seventy-first Street.'

De ogen van de man van de CIA bleven op Crawford gericht; zijn vijandigheid verdween toen hij met zijn hoofd knikte. 'Het is niet gemakkelijk voor mij. Ik heb in zes sectoren met Delta samengewerkt, was met hem gestationeerd in Pnom-Penh, nog voordat de Monnik zelfs maar in de verste verte aan Medusa dacht. Na Pnom-Penh is hij nooit meer dezelfde man geweest; daarom sloot hij zich aan bij Medusa, daarom wilde hij Caïn worden.'

De senator boog zich naar voren op de bank. 'Ik heb erover gehoord, maar vertel het me nog maar eens. De president moet alles weten.'

'Zijn vrouw en twee kinderen werden gedood op een aanlegsteiger van de Mekong-rivier, gebombardeerd en beschoten door een toevallig overvliegend toestel – niemand weet van welke zijde – en dat is ook nooit ontdekt. Hij haatte die oorlog, haatte iedereen die erbij was betrokken. Hij is erdoor gebroken.' Conklin zweeg en keek op naar de generaal. 'En volgens mij hebt u gelijk, generaal. Hij is opnieuw gebroken. Hij had het in zich.'

'Wat had hij in zich?' vroeg de senator scherp.

'Die uitbarsting, volgens mij,' zei Conklin. 'De dam is doorgebroken. Hij had zijn eigen grenzen overschreden en de haat heeft de overhand gekregen. Het is niet moeilijk; je moet heel voorzichtig te werk gaan. Hij vermoordde die mannen, die vrouw, als een krankzinnige die amok maakt. Geen van hen verwachtte het, behalve misschien de vrouw die boven was en waarschijnlijk het geschreeuw hoorde... Hij is niet langer meer Delta. Wij hebben een mythe gecreëerd die Caïn heette, maar het is niet langer meer een mythe. Hij is het echt.'

'Na zovele maanden...' De senator liet zich achterover zakken op de bank en zijn stem stierf weg. 'Waarom is hij teruggekomen? Waar vandaan?'

'Van Zürich,' antwoordde Crawford. 'Webb was in Zürich en volgens mij is hij de enige die hem terug had kunnen brengen. Het "waarom" zullen we misschien nooit te weten komen, tenzij hij verwachtte ons daar allemaal aan te treffen.'

'Hij weet niet wie wij zijn,' wierp de senator tegen. 'Zijn enige contacten waren de Zeezeiler, zijn vrouw en David Abbott.'

'En Webb, natuurlijk,' voegde de generaal eraan toe.

'Natuurlijk,' stemde de senator in. 'Maar niet in Treadstone, zelfs hij niet.'

'Het zou niets uitmaken,' zei Conklin, terwijl hij opnieuw met zijn stok op het vloerkleed tikte. 'Hij weet dat er een raad van toezicht is; Webb zou hem hebben kunnen vertellen dat we er allemaal zouden zijn, redelijk kunnen verwachten dat dat het geval was. We hebben een heleboel vragen – vragen die een halfjaar beslaan en nu een paar miljoen dollar. Delta zou het als de volmaakte oplossing zien. Hij kon ons te pakken krijgen en verdwijnen. Geen sporen.'

'Waarom weet u dat zo zeker?'

'Omdat hij, ten eerste, daar was,' antwoordde de inlichtingenman, terwijl hij zijn stem verhief. 'We hebben zijn vingerafdrukken op een cognacglas dat niet eens was leeggedronken. En, ten tweede, is het een klassieke hinderlaag met een paar honderd variaties.'

'Zou u dat nader willen verklaren?'

'Je houdt je gedekt,' kwam de generaal tussenbeide, terwijl hij Conklin aankeek, 'tot je vijand het niet langer meer kan uithouden en zichzelf verraadt.'

'En wij zijn de vijand geworden? Zíjn vijand?'

'Dat is absoluut zeker nu,' zei de marineofficier. 'Delta is omgekeerd, om wat voor redenen dan ook. Het is meer gebeurd, godzijdank niet al te vaak. We weten wat we moeten doen.'

De senator boog zich opnieuw naar voren op de bank. 'Wat gaat u doen?'

'Zijn foto is nooit rondgestuurd,' legde Crawford uit. 'Dat zullen we nu gaan doen. Naar elk station en luisterpost, elke bron en iedere informant die we hebben. Hij moet ergens beginnen en hij zal beginnen met een plaats die hij kent, al is het alleen maar om zich een andere identiteit aan te schaffen. Hij zal geld uitgeven; hij zal worden ontdekt. Als hij gevonden wordt zullen de bevelen duidelijk zijn.'

'U zult hem direct arresteren?'

'We zullen hem doden,' zei Conklin eenvoudigweg. 'Een man als Delta arresteer je niet en je neemt ook niet het risico dat een andere regering dat doet. Niet met wat hij weet.'

'Dat kan ik de president niet vertellen! Er zijn nog wetten!'

'Niet voor Delta,' zei de man van de CIA. 'Hij staat buiten de wet. Hij is reddeloos verloren.'

'Reddeloos...'

'Dat is juist, senator,' kwam de generaal tussenbeide. 'Reddeloos verloren. Ik denk dat u de betekenis van dat gezegde kent. U zult het besluit moeten nemen om dat de president al of niet uit te leggen. Het zou misschien beter zijn om...'

'U moet alles nalopen,' viel de senator de officier in de rede. 'Ik heb afgelopen week met Abbott gesproken. Hij vertelde me dat er een strategie op gang was gebracht om Delta te bereiken. Zürich, de bank, het noemen van Treadstone; dat maakt er allemaal deel van uit, waar of niet?'

'Dat doet het en het is allemaal voorbij,' zei Crawford. 'Als het bewijsmateriaal aan Seventy-first Street nog niet voldoende voor u is, dan zou dat het moeten zijn. Delta heeft een duidelijk teken gekregen om zich bekend te maken. Dat heeft hij niet gedaan. Wat wilt u nog meer?'

'Ik wil absolute zekerheid hebben!'

'Ik wil hem dood hebben.' De woorden van Conklin, hoewel ze zacht werden uitgesproken, hadden het effect van een plotselinge, kille wind. 'Hij heeft niet alleen alle regels overtreden die we onszelf hebben opgelegd – hoe dan ook – maar hij is in de beerput gezonken. Hij stinkt; hij is Caïn. We hebben de naam Delta zo vaak gebruikt – zelfs niet Bourne, maar Delta – dat we volgens mij iets zijn vergeten. Gordon Webb was zijn broer. Zoek hem. Dood hem.'

Deel Drie

23

Het was tien minuten voor drie 's nachts toen Bourne op de receptie afliep van de Auberge du Coin en Marie meteen doorliep naar de uitgang. Jason was opgelucht toen hij zag dat er geen kranten op de balie lagen maar de nachtportier die erachter zat was van dezelfde soort als zijn voorganger in het centrum van Parijs. Hij was een kalende, gezette man die met zijn ogen half dicht achterover leunde in een stoel en die met gevouwen armen, in vermoeide neerslachtigheid de eindeloze nacht op zich af liet komen. Maar deze nacht, dacht Bourne, zou er eentje zijn die hij zich nog lang zou herinneren – afgezien van de schade op een kamer op de bovenverdieping die pas 's morgens ontdekt zou worden. Een nachtportier in Montrouge moest eigen transport hebben.

'Ik heb zojuist met Rouen gebeld,' zei Jason, met zijn handen op de balie, een boze man, woedend over gebeurtenissen in zijn privéleven waarover hij geen zeggenschap had. 'Ik moet nu meteen weg en ik moet een auto huren.'

'Waarom ook niet?' snoof de man terwijl hij uit zijn stoel kwam. 'Waaraan geeft u de voorkeur, monsieur? Een gouden koets of een magisch tapijt?'

'Pardon?'

'Wij verhuren kamers, monsieur, geen auto's.'

'Ik móét voor vanochtend in Rouen zijn.'

'Onmogelijk. Tenzij u een taxi vindt die gek genoeg is om u op dit uur te vervoeren.'

'Ik geloof niet dat u het begrijpt. Het zou me op aanzienlijke verliezen komen staan en me in een vervelende situatie doen belanden wanneer ik niet uiterlijk acht uur vanochtend op mijn kantoor ben. Ik ben bereid royaal te betalen...'

'Dan hebt u een probleem, monsieur.'

'Er zal toch wel iemand zijn hier die me zijn wagen zou willen lenen voor laten we zeggen... duizend, vijftienhonderd franc.'

'Duizend... vijftienhonderd, monsieur?' De halfgesloten ogen van de portier gingen open tot zijn huid strak stond. 'Contant, monsieur?'

'Natuurlijk. Mijn compagnon zou hem morgenavond terugbrengen...'

'Er is geen haast bij, monsieur.'

'Pardon? Er is natuurlijk eigenlijk geen reden waarom ik niet een taxi zou kunnen huren. Voor stilzwijgen kan worden betaald.'

'Ik zou niet eens weten waar ik er een vandáán moest halen, monsieur,' viel de portier hem hartstochtelijk overredend in de rede. 'Van de andere kant is mijn Renault misschien niet zo nieuw meer en misschien ook niet de snelste wagen op de weg, maar hij rijdt uitstekend, zelfs een prima karretje...'

De kameleon was weer van kleur veranderd, was opnieuw geaccepteerd voor iemand die hij niet was. Maar hij wist nu wie hij was en hij begreep het.

De dag was aangebroken. Maar er was geen warme kamer in een dorpsherberg, geen behang dat werd gespikkeld door het vroege licht dat door een raam viel, gefiltreerd door wuivende bladeren buiten. In plaats daarvan verspreidden de eerste stralen van de zon zich vanuit het oosten, als een kroon boven het Franse landschap, en beschenen ze de velden en heuvels van St. Germain-en-Laye. Ze zaten in de kleine auto die in de berm stond geparkeerd van een verlaten landweg en door de half open raampjes kringelde sigarettenrook naar buiten.

Hij was dat eerste relaas, drie weken geleden in Zwitserland, begonnen met de woorden: *Mijn leven begon een halfjaar geleden op een klein eiland in de Middellandse Zee dat Ile de Port Noir heette.*

Dit was hij begonnen met de rustige uitspraak: Ik sta bekend als Caïn.

Hij had alles verteld zonder iets weg te laten wat hij zich kon herinneren, met inbegrip van de verschrikkelijke beelden die in zijn geest waren losgebroken toen hij de woorden had gehoord, gesproken door Jacqueline Lavier in een door kaarsen verlicht restaurant in Argenteuil. Namen, gebeurtenissen, steden... moordaanslagen.

Medusa.

'Alles klopt. Er was niets bij wat ik niet wist, niets wat niet ergens achter in mijn hoofd zat en te voorschijn wilde komen. Het was de waarheid.'

'Het was de waarheid,' herhaalde Marie.

Hij keek haar gespannen aan. 'We hadden het mis, zie je dat niet?'

'Misschien. Maar we hadden ook gelijk. Jij had gelijk en ik had gelijk.'

'Waarover?'

'Over jou. Ik moet het opnieuw zeggen, rustig en logisch. Jij hebt je leven in de waagschaal gesteld voor mij nog voordat je mij kende; dat is geen beslissing van het soort man die jij beschrijft. Als die man heeft bestaan, dan bestaat hij nu niet meer.' Maries ogen pleitten, terwijl haar stem rustig bleef. 'Je hebt het zelf gezegd, Jason. "Wat een man zich niet kan herinneren, bestaat niet. Voor hem niet." Dat zie je nu tegenover je. Kun je je daarvan losmaken?'

Bourne knikte; het moment dat hij vreesde was aangebroken. 'Ja,' zei hij. 'Maar alleen. Niet met jou.'

Marie inhaleerde rook en keek hem aan terwijl haar hand trilde. 'Ik begrijp het. Dat is dus jouw besluit?'

'Dat moet het zijn.'

'Jij zult heldhaftig verdwijnen zodat er op mij geen smet rust?'

'Dat moet ik.'

'Ik dank je feestelijk, en wie denk jij verdomme wel dat je bent?'

'Wat?'

'Wie denk jij verdomme wie je bent?'

'Ik ben een man die Caïn heet. Ik word gezocht door regeringen – door de politie – van Azië tot Europa. Mensen in Washington willen me doden om wat ze denken dat ik weet; een moordenaar die Carlos heet wil me door mijn keel schieten om wat ik hem heb geflikt. Denk daar nou eens even over na. Hoe lang denk jij dat ik op de vlucht kan blijven voordat iemand van die legerscharen daar me ontdekt, me in de val lokt, me dóódt? Wil je zo je leven beëindigen?'

'Goeie god, nee!' schreeuwde Marie, met haar analytische geest kennelijk intens met iets bezig. 'Ik ben van plan vijftig jaar lang in een Zwitserse gevangenis weg te kwijnen, of opgehangen te worden voor zaken die ik nooit heb gedaan in Zürich!'

'Ik weet wel een manier om Zürich op te lossen. Ik heb daar over nagedacht, ik kan dat doen.'

'Hoe?' Ze duwde met een felle beweging haar sigaret uit in de asbak.

'Wat maakt dat in 's hemelsnaam nu voor verschil? Een bekentenis. Ik geef me over, ik weet het nog niet? maar ik kan het dóén! Ik kan jou je leven weer teruggeven. Dat móét ik doen!'

'Niet op die manier.'

'Waarom niet?'

Marie strekte haar hand uit naar zijn gelaat en haar stem klonk nu weer zacht, de snijdende klank was verdwenen. 'Omdat ik net weer heb bewezen dat ik gelijk heb. Zelfs de veroordeelde man– zo overtuigd van zijn eigen schuld – zou het moeten zien. De man die Caïn heet zou nooit doen wat jij zojuist hebt aangeboden. Voor niemand.'

'Ik bén Caïn.'

'Zelfs wanneer ik gedwongen zou zijn te accepteren dat je dat was, dan ben je het nu niet.'

'Dan zie je de feiten niet onder ogen.'

'Ik zie twee feiten onder ogen waaraan jij blijkbaar voorbij bent gegaan. Ik kan dat niet. Ze zullen me de rest van mijn leven bijblijven omdat ik verantwoordelijk ben. Twee mannen zijn op dezelfde, wrede manier gedood omdat ze stonden tussen jou en een boodschap die iemand jou probeerde te sturen. Via mij.'

'Je hebt de boodschap van Corbelier gezien. Hoeveel kogelgaten waren er? Tien, vijftien?'

'Dan werd hij gebruikt! Jij hebt hem gehoord over de telefoon en dat heb ik ook. Hij loog niet; hij probeerde ons te helpen. Zo niet jou dan in elk geval mij.'

'Het is... mogelijk.'

'Alles is mogelijk! Ik weet de antwoorden niet, Jason, ik weet alleen maar dat er dingen niet kloppen, dingen waarvoor geen verklaring bestaat, maar die wel verklaard zouden moeten worden. Jij hebt niet eenmaal een verklaring gegeven of een behoefte of neiging getoond voor wat jij beweert wat je misschien geweest bent! En zonder die dingen zou zo'n man niet kunnen bestaan. En jij zou hem niet kunnen zijn.'

'Ik ben hem.'

'Luister naar me. Je bent me ontzettend dierbaar, mijn schat, en dat zou me blind kunnen maken, dat weet ik. Maar ik weet ook een en ander over mezelf. Ik ben geen naïef hippie-meisje meer; ik heb mijn portie gezien van deze wereld en ik bekijk degenen tot wie ik me voel aangetrokken heel zorgvuldig. Misschien om te bevestigen wat ik graag mijn normen zou willen noemen – en het zíjn normen. Ze zijn van mij, van niemand anders.' Even zweeg ze en zette een stapje achteruit. 'Ik heb een man gefolterd zien worden – door zichzelf en door anderen – en hij geeft geen kik. Misschien schreeuw je in je binnenste, maar je belast er niemand mee, alleen jezelf. In plaats daarvan ben je aan het onderzoeken en het graven en probeer je het te begrijpen. En dat, beste Jason, is niet de houding van een koelbloedige moordenaar, evenmin als dat wat je voor mij hebt gedaan en nog wilt doen. Ik weet niet wat je vroeger bent geweest, of aan wat voor misdaden je schuldig bent, maar dat zijn niet de misdaden waar jij aan gelooft – of waaraan anderen jou willen doen geloven. Ik ken mezelf. Ik zou de man die jij zegt dat je bent niet kunnen liefhebben. Ik hou van de man die ik weet dat jij bent. Je hebt het net weer bevestigd. Geen moordenaar zou een aanbod doen zoals jij juist hebt gedaan. En dat aanbod, meneer, is met alle respect afgewezen.'

'Jij bent een verrekte idioot!' barstte Jason los. 'Ik kan jou helpen; jij kunt mij niet helpen! Laat in godsnaam nog íéts voor mij over!'

'Dat doe ik niet! Niet op die manier...!' Marie zweeg plotseling. Haar lippen gingen vaneen. 'Ik geloof dat ik het zojuist gedaan heb,' zei ze fluisterend.

'Wat gedaan hebt?' vroeg Bourne kwaad.

'Ons beiden iets heb gegeven.' Ze draaide zich weer naar hem toe. 'Ik heb het juist gezegd; het is er al een hele tijd geweest. "Waaraan anderen jou willen doen geloven...".'

'Waarover heb je het, verdomme?'

'Jouw misdaden... anderen willen jou doen geloven dat het jouw misdaden zijn.'

'Dat zijn ze. Ik heb ze begaan.'

'Wacht nou 'ns even. Stel dat ze wel zijn begaan maar niet door jou? Stel dat het bewijsmateriaal verzonnen is – even deskundig als het tegen mij werd verzonnen in Zürich – maar dat het slaat op iemand anders. Jason, je wéét niet wanneer je je geheugen hebt verloren.'

'Port Noir.'

'Toen ben je begonnen er een op te bouwen, je hebt het toen niet verloren. Vóór Port Noir; het zou zoveel verklaren. Het zou jou kunnen verklaren, de tegenstelling tussen jou en de man die men denkt dat je bent.'

'Je hebt ongelijk. Niets zou de herinneringen kunnen verklaren en de beelden – die bij me opkomen.'

'Misschien herinner je je alleen maar wat je is verteld,' zei Marie. 'Steeds en steeds en steeds maar weer. Tot er niets anders meer was. Foto's, geluidsopnamen, prikkels via gezicht en gehoor.'

'Wat jij beschrijft is een lopende, functionerende plant die een hersenspoeling heeft ondergaan. Dat ben ik niet.'

Ze keek hem aan en sprak zacht. 'Wat ik beschrijf is een intelligente man die erg ziek is en van wie de achtergrond overeenkomt met datgene waarnaar anderen zoeken. Weet je hoe gemakkelijk zo'n man gevonden kan worden? Ze liggen overal in ziekenhuizen, in privésanatoria en militaire hospitalen.' Ze zweeg even en vervolgde snel. 'Dat krantenartikel vertelde een andere waarheid. Ik kan redelijk goed omgaan met computers; iedereen met een baan als die van mij zou dat kunnen. Als ik zou moeten zoeken naar de verborgen elementen in een grafiek, dan weet ik hoe ik dat moet doen. Omgekeerd, als iemand op zoek zou zijn naar een man die lijdt aan geheugenverlies, wiens achtergrond specifieke vaardigheden bevat, talen, raskenmerken, dan zouden de medische databanken kandidaten kunnen leveren. God mag het weten, in jouw geval niet veel; misschien maar een paar, misschien zelf maar een. Maar ze zochten maar naar één man, meer hadden ze niet nodig.'

Bourne keek naar het landschap, terwijl hij probeerde de stalen deuren van zijn geest open te breken, probeerde om iets van die hoop te vinden die zij voelde. 'Jij zegt dus eigenlijk dat ik een gereproduceerde illusie ben,' verklaarde hij vlakweg.

'Dat is het uiteindelijke resultaat maar het is niet wat ik zeg. Ik beweer dat het mogelijk is dat je gemanipuleerd bent. Gebruikt. Het zou zoveel verklaren.' Ze raakte zijn hand aan. 'Je zegt dat er momenten zijn waarop dingen zich bij jou met geweld een weg naar buiten banen – tot je kop ervan uiteenbarst.'

'Woorden – plaatsen, namen – die brengen dingen op gang.'

'Jason, kan het dan niet zijn dat ze verkeerde dingen op gang brengen? De dingen die jou steeds maar weer zijn verteld, maar die je niet opnieuw kunt beleven. Je kunt ze niet duidelijk onderscheiden omdat ze jou níét zijn.'

'Ik betwijfel het. Ik heb gezien wat ik kan doen. Ik heb dat eerder gedaan.'

'Je zou ze gedaan kunnen hebben om andere redenen...! Godverdomme, ik ben voor mijn leven aan het vechten! Voor de levens van ons beiden...! Goed dan! Jij kunt denken en voelen. Denk dan nu, voel dan nu! Kijk me aan en zeg me dat je in jezelf hebt gekeken, in je gedachten en je gevoelens, en dat je er zonder enige twijfel van overtuigd bent dat je een moordenaar bent die Caïn heet! Als je dat kunt doen – wérkelijk kunt doen – breng me dan maar terug naar Zürich, neem van alles de schuld op je, verdwijn uit mijn leven! Maar als je dat niet kunt, blijf dan bij me en laat mij je helpen. En hou van me, in godsnaam. Hou van me, Jason.'

Bourne pakte haar hand vast; hij hield hem stevig zoals je dat deed bij een kind dat trilt van kwaadheid. 'Het is niet een kwestie van voelen of denken. Ik heb de rekening gezien bij de Gemeinschaft; de stortingen zijn al lang geleden begonnen. Ze kloppen met alle zaken die ik te weten ben gekomen.'

'Maar die rekening, die stortingen, zouden gisteren gefabriceerd kunnen zijn, of verleden week, of een halfjaar geleden! Alles wat je hebt gehoord en gelezen over jezelf zou deel kunnen uitmaken van een patroon dat is geweven door hen die willen dat jij de plaats inneemt van Caïn! Je bént Caïn niet, maar zij willen jou laten denken dat je het bent, willen anderen laten denken dat jij het bent! Maar er is daarginds iemand die weet dat je Caïn niet bent en hij probeert je dat duidelijk te maken... Ik heb ook mijn bewijs. Mijn minnaar leeft nog, maar twee vrienden zijn dood omdat ze zich bevonden tussen jou en degene die jou de boodschap stuurt, die probeert jouw leven te redden. Ze werden vermoord door dezelfde mensen die jou aan Carlos willen opofferen in plaats van Caïn... Eerder heb je gezegd dat alles in elkaar past. Dat was niet zo, Jason, maar dít wel! Het verklaart wie je bent.'

'Een hol omhulsel, niet eens eigenaar van de herinneringen die hij denkt te hebben? Met demonen die in zijn binnenste rondrennen en als razenden tegen de muren schoppen? Het is geen prettig vooruitzicht.'

'Het zijn geen demonen, schat. Ze maken deel uit van jou – woedend, razend, schreeuwend om eruit te komen omdat jij niet thuishoort in het omhulsel dat je hun hebt gegeven.'

'En als ik dat omhulsel vernietig, wat vind ik dan?'

'Veel dingen. Een paar goede, een paar slechte en veel dat gekwetst is. Maar Caïn zal daar niet zijn, dat beloof ik je. Ik geloof in jou, schat. Geef het alsjeblieft niet op.'

Hij hield zich op een afstand, hield een glazen wand tussen hen in. 'En als we het mis hebben? Helemaal mis? Wat dan?'

'Ga dan snel van me weg. Of dood me. Het kan me niet schelen.'

'Ik hou van je.'

'Ik weet het. Daarom ben ik niet bang.'

'Ik heb twee telefoonnummers gevonden in het kantoor van Lavier. Het eerste was in Zürich, het andere hier in Parijs. Met een beetje geluk kunnen ze me dat ene nummer leveren dat ik nodig heb.'

'New York? Treadstone?'

'Ja. Daar ligt het antwoord. Als ik Caïn niet ben weet iemand op dat nummer wie ik dan wel ben.'

Ze reden terug naar Parijs in de veronderstelling dat ze veel minder zouden opvallen tussen de mensenmassa's van een grote stad dan in een afgelegen dorpsherberg. Een man met blond haar die een bril droeg met zwaar montuur en een opvallende, maar streng kijkende vrouw, zonder opmaak en met haar haren strak naar achteren getrokken als een bloedserieuze studente aan de Sorbonne, vielen op Montmartre niet op. Ze namen een kamer in het Terrasse aan de Rue de Maistre en schreven zich in als een getrouwd stel uit Brussel.

In de kamer bleven ze even staan; woorden waren overbodig om uit te drukken wat ieder zag en voelde. Ze omhelsden elkaar, raakten elkaar aan, klemden zich aan elkaar vast en sloten de boze wereld buiten die hun vrede afwees, die hen naast elkaar deed balanceren op strakke koorden, hoog boven een donkere afgrond; als een van hen viel was dat het einde voor beiden.

Bourne kon nu meteen niet van kleur veranderen. Dat zou onecht zijn en voor gekunsteldheid was nu geen plaats. 'We moeten wat rusten,' zei hij. 'We moeten wat slapen. Het wordt vandaag een lange dag.'

Ze vrijden met elkaar. Teder, totaal in elkaar opgaand in het warme, gerieflijke bed. En er kwam een moment, een dwaas moment, dat ze ademloos moesten gaan verliggen en lachten. Het was een zachte lach, eerst zelfs een verlegen lach, maar ze begrepen het, ze waardeerden de dwaasheid die hoorde bij iets wat tussen hen heel diep was. Ze hielden elkaar nog steviger vast toen het moment verstreken was, steeds meer geconcentreerd op het wegvagen van de afschuwelijke geluiden en de verschrikkelijke beelden van een duistere wereld die hen deden rondtollen in de stormwinden. Ineens braken ze los uit die wereld en tuimelden in een veel betere, waar zonlicht en blauw water de plaats innamen van de duisternis. Ze renden er koortsachtig, furieus naartoe en doorbraken de barrière en vonden hem.

Uitgeput vielen ze in slaap, met hun vingers ineengestrengeld.

Bourne werd het eerst wakker en van beneden op straat drong het geluid van de claxons en de motoren uit het Parijse verkeer tot hem door. Hij keek op zijn horloge; het was tien over een in de middag. Ze hadden bijna vijf uur geslapen, waarschijnlijk minder dan ze nodig hadden, maar het was genoeg. Het zou echt een lange dag worden. Hij wist nog niet zeker wat ze gingen doen; hij wist alleen dat er twee telefoonnummers waren die hem een derde moesten opleveren. In New York.

Hij draaide zich naar Marie die naast hem nog in diepe slaap lag, haar gezicht – haar markante, lieflijke gezicht – lag schuin op de rand van het hoofdkussen, haar lippen vaneen, op centimeters van de zijne. Hij kuste haar en ze stak haar armen naar hem op, nog steeds met haar ogen dicht.

'Jij bent een kikker en ik zal een prins van je maken,' zei ze met een stem vol slaap. 'Of is het net andersom?'

'Het is net hoe je het bekijkt; het slaat nu niet op mij.'

'Dan zul je kikker moeten blijven. Spring eens wat rond, kikkertje. Laat me maar eens wat zien.'

'De kikker voelt er niet voor. Ik hup alleen maar wanneer ik vliegen te eten krijg.'

'Eten kikkers vliegen? Dat zal dan wel. Afschuwelijk, om van te rillen.'

'Vooruit, doe je ogen open. We moeten alletwee gaan rondspringen. We moeten op jacht gaan.'

Ze knipperde met haar ogen en keek hem aan. 'Op jacht naar wat?'

'Naar mij,' zei hij.

Vanuit een telefooncel aan de Rue Lafayette werd een nummer aangevraagd in Zürich door ene meneer Briggs. Bourne redeneerde dat Jacqueline Lavier geen tijd verloren zou hebben laten gaan om overal alarm te slaan; een van die alarmkreten moest zijn uitgegaan naar Zürich.

Toen hij het nummer hoorde antwoorden in Zwitserland, stapte Jason achteruit en gaf de hoorn over aan Marie. Ze wist wat ze moest zeggen.

Ze kreeg geen kans om het te zeggen. De internationale telefoniste in Zürich meldde zich.

'Het spijt ons, maar het nummer dat u hebt gebeld is niet langer meer aangesloten.'

'Gisteren nog wel,' zei Marie haastig. 'Dit is een noodgeval, juffrouw. Hebt u een ander nummer?'

'Het toestel is niet langer meer aangesloten, madame. Er is geen ander nummer.'

'Misschien heb ik het verkeerde nummer opgegeven. Het is dringend. Zou u mij de naam kunnen geven van de abonnee die dit nummer had?'

'Ik ben bang dat dat niet mogelijk is.'

'Ik zei u al; het is een noodgeval! Kan ik even met uw chef spreken?'

'Hij zou u ook niet kunnen helpen. Dit nummer komt niet voor in de openbare telefoongids. Goedemiddag, madame.'

De verbinding werd verbroken. 'Het is niet meer aangesloten,' zei ze.

'Het heeft te verdomde lang geduurd om daar achter te komen,' antwoordde Bourne terwijl hij de straat op en neer keek. 'Laten we maar maken dat we hier wegkomen.'

'Denk je dat ze het naar híér kunnen nagaan? Naar Parijs? Naar een openbare cel?'

'Een centrale kan binnen drie minuten worden vastgesteld, tot op het juiste district. Binnen vier minuten kunnen ze het aantal huizenblokken terugbrengen tot zes.'

'Hoe weet je dat?'

'Ik wilde dat ik je dat kon zeggen. Laten we gaan.'

Ze liepen snel binnen het onregelmatig vloeiende getij van het voetgangersverkeer tot ze aan de Boulevard Malesherbes kwamen, tien straten verder en aan een andere telefooncel met een andere centrale dan de vorige. Dit keer hoefden ze niet via telefonisten te werken; dit was Parijs. Marie stapte naar binnen met muntstukken in haar hand; ze was voorbereid.

Maar de woorden die over de lijn klonken kwamen haar zo verbazingwekkend voor: '*La résidence du Général Villiers. Bonjour...? Allô? Allô?*'

Even kon Marie geen woord uitbrengen. Ze staarde alleen maar naar de hoorn. '*Je m'excuse,*' fluisterde ze. '*Une erreur.*' Ze hing op.

'Wat is er aan de hand?' vroeg Bourne terwijl hij de glazen deur opentrok. 'Wat is er gebeurd? Wie was dat?'

'Het kan niet kloppen,' zei ze. 'Ik was net verbonden met het huis van een van de meeste gerespecteerde en invloedrijkste mannen in Frankrijk.'

24

'André Francois Villiers,' herhaalde Marie en ze stak een sigaret op. Ze waren teruggegaan naar hun kamer in het Terrasse om de zaken op een rijtje te zetten. 'Afgestudeerd aan Saint-Cyr, held van de Tweede Wereldoorlog, legendarisch verzetsman en, tot hun onenigheid over Algerije, de kroonprins van De Gaulle. Jason, het is gewoon niet te geloven dat je zo'n man in verband kunt brengen met Carlos.'

'Dat verband is er. Geloof me maar.'

'Het kán niet. Villiers komt uit een hele oude, deftige Franse familie, een familie die teruggaat tot de zeventiende eeuw. Tegenwoordig is hij een van de oudste gedeputeerden in de Assemblée Nationale – politiek gezien nog rechtser dan Karel de Grote, dat is zeker – maar op en top een militair van gezag en orde. Het is zoiets als Douglas MacArthur in verband brengen met een mafiafiguur. Het klópt niet.'

'Laten we dan eens kijken naar iets wat wel klopt. Waarom brak hij met de Gaulle?'

'Algerije. Begin jaren zestig maakte Villiers deel uit van de OAS – hij was een van de Algerijnse kolonels onder Salan. Zij verzetten zich tegen de overeenkomsten van Evian die Algerije onafhankelijk maakten, omdat ze geloofden dat het aan Frankrijk behoorde.'

'"De dolle kolonels van Algerije,"' zei Bourne, en zoals met zoveel woorden en uitdrukkingen wist hij niet waar ze vandaan kwamen.

'Zegt jou dat iets?'

'Het moet wel, maar ik weet niet wat het betekent.'

'Denk na,' zei Marie. 'Waarom zouden "de dolle kolonels" jou iets zeggen? Wat is het eerste waaraan je denkt? Vlug!'

Jason keek haar hulpeloos aan, toen kwamen er woorden te voorschijn. 'Bommen plaatsen... infiltraties. *Provocateurs*. Bestudeer die; bestudeer hun technieken.'

'Waarom?'

'Ik weet het niet.'

'Worden er besluiten gebaseerd op wat je te weten komt?'

'Ik denk van wel.'

'Wat voor besluiten? Wat besluit je?'

'Tweedracht.'

'Wat zegt je dat? Tweedracht?'

'Ik weet het niet! Ik kan niet denken!'

'Goed dan... goed. We komen er later weleens op terug.'

'We hebben geen tijd. Laten we teruggaan naar Villiers. Na Algerije, wat?'

'Op een of andere manier was er een verzoening met De Gaulle; Villiers was nooit direct betrokken geweest bij het terrorisme en hij had er door zijn staat van dienst als militair recht op. Hij keerde terug naar Frankrijk – werd er zelfs verwelkomd – een strijder voor een verloren, maar eerbare zaak. Hij kreeg zijn commando terug, klom op tot de rang van generaal, voordat hij de politiek inging.'

'Hij is dus een actief politicus?'

'Meer een woordvoerder. Een gerespecteerd staatsman. Hij is nog steeds een verstokt militarist, maakt zich nog steeds kwaad over de verzwakte militaire positie van Frankrijk.'

'Howard Leland,' zei Jason. 'Daar heb je je verbinding met Carlos.'

'Hoezo? Waarom?'

'Leland werd vermoord omdat hij zich mengde in de toenemende bewapening en de export van wapens van de Quai d'Orsay. Meer hebben we niet nodig.'

'Het is haast niet te geloven, zo'n man...' De stem van Marie stierf weg; ze herinnerde zich plotseling iets. 'Zijn zoon werd vermoord, zo'n vijf of zes jaar geleden. Zijn auto werd opgeblazen in de Rue du Bac. Het stond in alle kranten. Híj was de actieve politicus, een jong conservatief parlementslid die obstructie voerde als het om regeringsuitgaven ging, maar in feite erg populair. Hij was een charmante aristocraat.'

'Wie heeft hem vermoord?'

'Er werd gespeculeerd over communistische fanatici; hij heeft kans gezien om een wet tegen te houden die gunstig was voor de uiterst linkse vleugel. Nadat hij vermoord was verdween de eenheid in de tegenstand en kwam de wet erdoor. Er zijn er velen die menen dat Villiers daarom ontslag nam uit het leger en zich verkiesbaar stelde voor de *Assemblée*... Dat maakt het zo onwaarschijnlijk, zo tegenstrijdig. Per slot van rekening werd zijn zoon vermoord; je zou zeggen dat een beroepsmoordenaar wel de laatste zou zijn met wie hij iets te maken zou willen hebben.'

'Er is ook nog iets anders. Je zei dat hij weer terug mocht komen in Parijs omdat hij nooit diréct betrokken was geweest met het terrorisme...'

'Als hij het wel was,' kwam Marie tussenbeide, 'dan is het met de mantel van de liefde bedekt. Hartstochtelijke zaken die betrekking hebben op vaderland of bed worden hier met meer verdraagzaamheid bekeken. En hij was een echte held, vergeet dat niet.'

'Maar eens een terrorist, altijd een terrorist, dat moet jij niet vergeten.'

'Daar kan ik het niet mee eens zijn. Mensen veranderen.'

'Wat sommige zaken betreft niet. Niet een terrorist vergeet ooit hoe effectief hij is geweest; daarmee leeft hij.'

'Hoe zou jij dat weten?'

'Ik weet niet zeker of ik me dat op dit moment wil afvragen.'

'Doe het dan niet.'

'Maar ik ben zeker van Villiers. Ik ga contact met hem opnemen.' Bourne liep naar het nachtkastje en pakte het telefoonboek. 'Laten we eens kijken of hij hierin staat, of dat dat nummer geheim was. Ik moet zijn adres hebben.'

'Je bereikt hem nooit. Als hij een contact met Carlos is dan wordt hij bewaakt. Ze zullen je doden zo gauw ze je zien; ze hebben je foto, dat weet je toch?'

'Daar hebben ze niets aan. Ik zal niet degene zijn naar wie ze uitkijken... Hier staat het. Villiers, A. F. Parc de Monceau.'

'Ik kan het nog steeds niet geloven. Als dat mens Lavier alleen maar wist wie ze belde dan moet ze zich kapotgeschrokken zijn.'

'Of misschien was ze zo bang dat ze alles wilde doen.'

'Komt het jou niet vreemd voor dat ze dat nummer had gekregen?'

'Niet onder die omstandigheden. Carlos wil zijn blindgangers laten weten dat hij geen grapjes maakt. Hij wil Caïn pakken.'

Marie kwam overeind. 'Jason? Wat is een "blindganger"?'

Bourne keek haar aan. 'Ik weet het niet... Iemand die blindelings voor iemand werkt.'

'Blindelings? Zonder te zien?'

'Zonder te weten. Denkend dat hij iets doet terwijl hij in werkelijkheid met iets anders bezig is.'

'Ik begrijp het niet.'

'Laten we zeggen dat ik jou opdracht geef op een bepaalde straathoek uit te kijken naar een auto. De auto komt niet opdagen, maar het feit dat jij daar bent zegt iemand die op de uitkijk staat voor jou dat er iets anders is gebeurd.'

'Rekenkundig gezien een niet na te trekken boodschap.'

'Ja, ik geloof van wel.'

'Dat is dan in Zürich gebeurd. Walther Apfel was een blindganger. Hij maakte dat verhaal over de diefstal bekend zonder te weten wat hij in werkelijkheid zei.'

'En dat was?'

'Het is heel goed mogelijk dat jou werd verteld met iemand contact op te nemen.'

'Treadstone Seventy-one,' zei Jason. 'Zo komen we weer bij Villiers. Carlos vond me in Zürich via de Gemeinschaft. Dat betekent dat hij op de hoogte moest zijn met Treadstone; er bestaat alle kans dat Villiers dat ook is. Is het niet zo dan is er misschien een manier om hem te dwingen het voor ons na te gaan.'

'Hoe?'

'Zijn naam. Als hij alles betekent wat jij zegt dan heeft hij een hoge dunk van zijn naam. De eer-van-Frankrijk in verband gebracht met een zwijn als Carlos zou misschien uitwerking kunnen hebben. Ik zal dreigen naar de politie te lopen, naar de kranten.'

'Hij zal het gewoon ontkennen. Hij zal zeggen dat het bespottelijk is.'

'Laat hem maar. Het is het niet. Dat was zijn nummer op het kantoor van Lavier. Bovendien zal elke herroeping op dezelfde pagina verschijnen als zijn overlijdensbericht.'

'Je moet hem nog steeds zien te bereiken.'

'Dat lukt me wel. Ik ben gedeeltelijk een kameleon, weet je nog wel?'

De door bomen omzoomde straat in Parc de Monceau kwam hem bekend voor, maar niet in de zin dat hij er al eerder had gelopen. Het was meer de sfeer. Twee rijen goed onderhouden, stenen huizen, met glanzende deuren en ramen, glimmend metaal, geschrobde stenen trappen, de verlichte kamers die erachter lagen vol met hangplanten. Het was een straat met geld in een rijke buurt van de stad, en hij wist dat hij die eerder had gezien en dat dat toen iets had betekend.

Het was vijf over halfacht en al donker, de maartse avond was kil, de hemel was helder en de kameleon was correct gekleed voor de gelegenheid. Het blonde haar van Bourne was verborgen onder een pet, zijn nek ging schuil achter de kraag van een jasje dat op de rug de naam droeg van een bezorgdienst. Over zijn schouder liep een linnen band die vastzat aan een bijna lege tas; het was het einde van de route voor deze speciale bezorger. Hij moest nog twee of drie huizen hebben, misschien vier of vijf als hij dacht dat het nodig was; hij zou het gauw genoeg weten. De enveloppen waren eigenlijk helemaal geen enveloppen maar folders waarin reclame werd gemaakt voor de *Bateaux Mouche* die hij had weggehaald in de hal van een hotel. Hij zocht willekeurig verschillende huizen uit in de buurt van het woonhuis van generaal Villiers en stopte de folders in de brievenbussen. Zijn ogen namen alles op wat ze zagen en naar een ding was hij speciaal op zoek. Wat voor beveiligingsmaatregelen had Villiers getroffen? Wie beveiligde de generaal en hoevelen waren het er?

En omdat hij ervan overtuigd was geweest dat hij ofwel mannen in auto's zou aantreffen of mannen die op straat wachtliepen, was hij verrast helemaal niemand te zien. André Francois Villiers, militarist, woordvoerder voor zijn zaak en de belangrijkste verbindingsman met Carlos, had buiten zijn huis geen enkele veiligheidsmaatregel getroffen. Als hij beveiligd werd dan gebeurde dat uitsluitend van binnenuit. Gezien de enorme omvang van zijn misdaad was Villiers ofwel zo verwaand dat hij onvoorzichtig was geworden of hij was een verdomde idioot.

Jason beklom de trap van een aangrenzend huis; de deur van Villiers lag iets meer dan vijf meter van hem vandaan. Hij stopte de folder in de brievenbus en keek snel op naar de ramen van het huis van Villiers, op zoek naar een gelaat, een gestalte. Er was niemand.

De deur die zo dicht bij hem was ging plotseling open. Bourne bukte zich, stak zijn hand onder zijn jasje naar zijn revolver en bedacht dat *híj* de verdomde idioot was. Iemand die beter uitkeek dan hij had hem in de gaten gekregen. Maar de woorden die hij hoorde maakten hem duidelijk dat het niet zo was. Een man en een vrouw van middelbare leeftijd – een dienstbode in uniform en een man met een donker colbert aan – stonden in de open deur te praten.

'Zorg ervoor dat de asbakken schoon zijn,' zei de vrouw. 'Je weet hoezeer hij het land heeft aan asbakken die helemaal vol zitten.'

'Hij heeft vanmiddag gereden,' antwoordde de man. 'Dat wil zeggen dat ze nu vol zijn.'

'Maak ze maar schoon in de garage; je hebt er de tijd voor. Hij komt pas over een minuut of tien naar beneden. Hij hoeft pas om halfnegen in Nanterre te zijn.'

De man knikte en zette zijn kraag op terwijl hij de trap afliep. 'Tien minuten,' mompelde hij voor zich heen.

De deur ging dicht en de stilte keerde weer terug in de rustige straat. Jason ging rechtop staan met zijn hand op de trapleuning en keek toe hoe de man snel het trottoir afliep. Hij wist niet zeker waar Nanterre was, hij wist alleen dat het een voorstad was van Parijs. En als Villiers daar zelf naartoe reed en als hij alleen was, dan had het geen zin om een confrontatie nog langer uit te stellen.

Bourne schoof de draagband op zijn schouder en liep snel de traptreden af; op het trottoir sloeg hij linksaf. Tien minuten.

Jason keek toe door de voorruit toen de deur openging en veldmaarschalk André Francois Villiers zichtbaar werd. Hij was van gemiddelde grootte, een man met een brede borst van achter in de zestig, misschien voor in de zeventig. Hij was blootshoofds en hij had kortgeknipt, grijs haar en een nauwgezet verzorgde, witte sik. Zijn houding was onmiskenbaar die van een militair, zoals hij met zijn lichaam de omringende ruimte domineerde en er in binnendrong door onzichtbare wanden te doorbreken, die samenklapten wanneer hij zich bewoog.

Bourne staarde gefascineerd naar hem en vroeg zich af welke waanzin een man als hem de walgelijke wereld van Carlos had kunnen binnendrijven. Wat de redenen dan ook waren, ze moesten gegrond zijn want hij was een machtig man. En dat maakte hem gevaarlijk.

Villiers keerde zich om, hij zei iets tegen de dienstbode en keek op zijn polshorloge. De vrouw knikte en sloot de deur, terwijl de generaal snel de trappen afliep en om de motorkap van de grote wagen naar de kant van de bestuurder. Hij opende het portier en ging zitten, startte toen de motor en reed langzaam naar het midden van de straat. Jason wachtte tot de wagen aan de hoek was en rechtsaf sloeg; hij liet de Renault rustig optrekken en gaf toen gas. Hij was op tijd op het kruispunt om te zien hoe Villiers een straat verder opnieuw rechtsaf sloeg.

Het toeval had iets ironisch, een voorteken als je in zulke dingen geloofde. De route die generaal Villiers koos naar de buitenwijk Nanterre bevatte een stuk weg door een landelijk gebied, bijna hetzelfde als die in St. Germain-en-Laye waar Marie twaalf uur geleden Jason had gesmeekt niet op te geven – zijn leven niet en het hare niet. Er waren stukken weiland, velden die langzaam overgingen in zacht glooiende heuvels. Maar in plaats van het ochtendlicht werden ze beschenen door de kille, witte stralen van de maan. Bourne bedacht dat dit stuk eenzame weg een goede plek zou zijn om de generaal bij zijn terugkeer te onderscheppen.

Het viel Jason niet moeilijk de wagen op ongeveer 400 meter afstand te volgen en daarom werd hij erdoor verrast toen hij besefte dat hij de oude militair bijna had ingehaald. Villiers was plotseling langzamer gaan rijden en draaide nu een met grind bedekte oprijlaan in die plotseling in de bosrand zichtbaar was geworden. De parkeerplaats verderop was door schijnwerpers verlicht. In de weerkaatsing van het licht werd een bord zichtbaar dat aan twee kettingen van een dwarsbalk aan een hoge paal bungelde.

L'ARBALÈTE. De generaal had met iemand een afspraak om te eten in een afgelegen restaurant, niet in de voorstad Nanterre maar vlakbij. Buiten de bewoonde wereld.

Bourne reed de ingang voorbij en stopte op de rechterberm van de weg met de rechterkant van de auto een stuk in het struikgewas; hij moest nadenken... hij moest zich in bedwang houden. Er brandde een vuur in zijn binnenste; het wakkerde aan en verspreidde zich. Hij werd plotseling verteerd door een ongedachte mogelijkheid.

Gezien de schokkende gebeurtenissen – de enorme manier waarop Carlos de afgelopen nacht voor schut was gezet in het motel in Montrouge, was het heel goed mogelijk dat André Villiers naar een afgelegen restaurant was geroepen voor een spoedvergadering. Misschien zelfs met Carlos zélf. Als dat het geval was zou het gebouw bewaakt worden en de bewakers zouden een man van wie ze een foto in hun bezit hadden meteen neerschieten, zo gauw hij herkend werd. Aan de andere kant was een gelegenheid om een kleine kern die tot Carlos behoorde – misschien Carlos zelf wel – te observeren, een kans die hij wellicht nooit meer zou krijgen. Hij moest in l'Arbalète zien te komen. Hij voelde zich gedwongen om het risico te nemen. Wat voor risico dan ook! Het was waanzin! Hij was dan ook niet helemaal bij zijn volle verstand. Niet in de zin van een man die zijn geheugen nog had. Carlos. Zoek Carlos! In godsnaam, waarom?

Hij tastte naar de revolver in zijn broekriem; die zat stevig. Hij stapte uit en trok zijn overjas aan; het jasje met het opschrift op de rug werd erdoor bedekt. Hij pakte een hoed met een smalle rand van de voorbank, gemaakt van slappe stof zodat de hele rand schuin omlaag stond; zijn haren zouden erdoor worden bedekt. Hij voelde in zijn borstzak; daar zat de bril als hij hem nodig mocht hebben. Hij duwde voorzichtig het portier dicht en liep op de bossen af.

De gloed van de schijnwerpers die het restaurant verlichtten sijpelde door de bomen en werd met iedere paar meter helderder, naarmate er minder takken waren die het licht tegenhielden. Bourne bereikte de rand van het kleine stukje bos; de met grind bedekte parkeerplaats lag voor hem. Hij stond aan de zijkant van het rustieke restaurant, waar een rij van kleine ramen langs de hele lengte van het gebouw het mogelijk maakte de gedaanten achter het glas te zien, beschenen door kaarslicht. Toen werden zijn ogen getrokken naar de eerste verdieping, die zich niet over de hele lengte van het gebouw uitstrekte maar slechts tot halverwege; het achterste deel was een open terras. Het dichte gedeelte was echter gelijk aan de benedenetage. Een rij ramen, misschien wat groter, maar weer de een na de ander en weer verlicht door kaarsen. Gedaanten liepen heen en weer, maar ze verschilden van de dinergasten beneden.

Het waren allemaal mannen. Ze zaten niet maar stonden; ze bewogen zich op hun gemak, een glas in de hand. Het was onmogelijk op te maken hoeveel het er waren – meer dan tien, minder dan twintig, misschien.

Daar was *híj*, hij liep van de ene groep naar de andere en de witte sik fungeerde als een baken dat af en aan flitste, naarmate gedaanten die dichter bij de ramen stonden nu en dan het zicht erop ontnamen. Generaal Villiers was inderdaad naar Nanterre gereden voor een vergadering en de kans was groot dat het een bijeenkomst was die te maken had met het falen waardoor een man die Caïn heette in leven kon blijven.

De kans. Hoe lag die kans? Waar waren de bewakers? Hoeveel waren het er en waar stonden ze opgesteld? Bourne bleef net binnen de bosrand terwijl hij zich door zijwaarts te stappen een weg baande naar de voorkant van het restaurant, zachtjes de takken opzij boog, voorzichtig zijn voeten optilde over de bodembegroeiing heen. Hij bleef roerloos staan uitkijken naar mannen die in het struikgewas verborgen waren of in de schaduwen van het gebouw. Hij zag er geen. Hij liep dezelfde weg weer terug, ging verder tot hij aan de achterzijde van het restaurant kwam.

Een deur ging open, een felle lichtbundel viel naar buiten en in het schijnsel ervan stond een man in een wit jasje. Even bleef hij staan, kromde zijn handen en stak een sigaret op. Bourne keek naar links, naar rechts en boven naar het terras. Er was niemand te zien. Als daar een bewaker gestationeerd was, zou hij gealarmeerd zijn door het plotselinge licht op drie meter onder de bijeenkomst. Buiten stonden geen bewakers. De bescherming zou – zoals het zeker ook het geval was in het huis van Villiers in Parc Monceau – in het gebouw zelf te vinden moeten zijn.

Er verscheen een andere man in de deuropening, ook met een wit jasje aan maar bovendien met een koksmuts op. Zijn stem klonk kwaad, zijn Frans was doorspekt met de keelklanken van het Gasconse dialect. 'Terwijl jij hier staat te niksen, werken wij ons in het zweet! De dienkar met gebak is half leeg. Ga die vullen. Nú, rotzak!'

De gebakskelner draaide zich om en haalde zijn schouders op. Hij drukte zijn sigaret uit, ging weer naar binnen en trok de deur achter zich dicht. Het licht verdween, alleen het maanlicht bleef, voldoende om het terras te beschijnen. Daar was niemand, geen bewaker liep heen en weer voor de brede, dubbele deuren die toegang gaven tot de zaal daarachter.

Carlos. Zoek Carlos. Strik Carlos. Caïn betekent Charlie, en Delta betekent Caïn.

Bourne schatte de afstand en overwoog de hindernissen. Hij stond op nog geen vijftien meter van de achterkant van het gebouw, zo'n drie en een halve, tot vier meter onder de balustrade die rond het terras liep. In de buitenmuur zaten twee openingen van luchtkokers, uit beiden kwam wat damp, en daarnaast liep een regenpijp die tot aan de balustrade reikte. Als hij tegen die pijp omhoog kon klimmen en de punt van zijn schoen in de onderste opening kon krijgen, dan zou hij houvast kunnen krijgen aan de balustrade en zich op het terras kunnen trekken. Maar niets van dat alles was mogelijk als hij zijn overjas droeg; hij trok hem uit, legde hem op de grond met de hoed met slappe rand erbovenop en trok de bodembegroeiing eroverheen. Toen zette hij een stap buiten de bosrand en rende zo geluidloos mogelijk het grind over naar de regenpijp.

In de schaduw trok hij aan het geribbelde metaal; het zat stevig vast. Hij stak zijn armen op zo hoog hij kon, sprong omhoog, greep de pijp vast, drukte zijn voeten tegen de muur en begon de ene voet boven de andere te zetten tot zijn linkervoet op gelijke hoogte was met de eerste opening. Zich vasthoudend schoof hij zijn voet in het gat en duwde zich verder omhoog tegen de pijp op. Hij bevond zich op bijna een halve meter van de balustrade; een keer afzetten met zijn voet en hij kon het onderste gat in de balustrade bereiken.

Beneden hem vloog de deur open, een witte lichtstrook schoot over het grind tot in het bos. Er kwam een gedaante naar buiten wankelen, zwaaiend met zijn armen om het evenwicht te bewaren, gevolgd door de krijsende kok met zijn witte koksmuts.

'Klootzak! Je bent bezopen, de hele kloteavond al! Gebak over de hele vloer van de eetzaal... alles één grote troep. Donder op, je krijgt nog geen *sou!*'

De deur werd dichtgetrokken met het definitief klinkende geluid van een grendel. Jason hield zich vast aan de pijp. Zijn armen en enkels deden pijn en het zweet gutste van zijn voorhoofd. Beneden hem strompelde de man achteruit, met zijn rechterhand voortdurend obscene gebaren makend naar zijn verdwenen baas. Zijn glazige ogen zwierven omhoog langs de muur tot ze Bourne in het gezicht keken. Jason hield zijn adem in terwijl ze elkaar zo aankeken. De man staarde, knipperde met zijn ogen en staarde nog eens. Hij schudde zijn hoofd, sloot zijn ogen en sperde ze daarna wijd open om iets te zien waarvan hij niet zeker wist of het er wel was. Hij liep achteruit, zette een wankele pas opzij en daarna vooruit, kennelijk concluderend dat de verschijning halverwege de muur het resultaat was van zijn ingespannen werk. Hij zwaaide de hoek van het gebouw om, een man die weer vrede had met zichzelf nu hij de dwaasheid had verworpen die zijn ogen dachten te zien.

Bourne haalde weer adem en drukte zijn lichaam opgelucht tegen de muur. Dat duurde maar even; de pijn in zijn enkel was gezakt tot in zijn voet en hij begon kramp te krijgen. Hij zette zich af, greep met zijn rechterhand een ijzeren staaf vast die deel uitmaakte van de balustrade, bracht bliksemsnel zijn linkerhand van de regenpijp omhoog tot die ook houvast vond aan de staaf. Hij perste zijn knieën tegen de goot en trok zich langzaam omhoog tot zijn hoofd boven de rand van het terras uitstak. Niemand te zien. Hij zwaaide zijn rechterbeen op de rand en pakte met zijn rechterhand de smeedijzeren bovenrand vast. Toen hij in evenwicht was zwaaide hij zijn lichaam over de balustrade.

Hij stond op het terras dat in de lente en in de zomermaanden werd gebruikt als buitenrestaurant. Het was een betegelde vloer waarop plaats was voor tien of vijftien tafeltjes. In het midden van de muur die de binnenruimte afscheidde van het terras bevonden zich de brede, dubbele deuren die hij vanuit het bos had gezien. De gedaanten in de zaal stonden nu roerloos stil en Jason vroeg zich heel even af of er misschien een alarm had weerklonken – of ze op hem stonden te wachten. Hij bleef onbeweeglijk staan met zijn hand op zijn revolver; er gebeurde niets. Hij hield zich in de schaduw terwijl hij op de muur afliep. Toen hij daar was perste hij zijn rug tegen het hout en schuifelde voorzichtig naar de eerste deur tot zijn vingers de stijl aanraakten. Langzaam hief hij zijn hoofd op tot de vensterruit op de hoogte was van zijn ogen en keek naar binnen.

Wat hij zag biologeerde hem en het was ook een beetje beangstigend. De mannen stonden in het gelid – drie aparte rijen, vier man per rij – tegenover André Villiers die hen toesprak. Dertien mannen waren het en twaalf van hen stonden niet gewoon, ze stonden ook nog in de houding. Het waren oude mannen, maar niet alleen maar oude mannen; het waren oude soldaten. Geen van hen droeg een uniform maar wel droegen ze versierselen op hun borst, de kentekenen van het regiment boven de onderscheidingen voor dapperheid en rang. Als deze mannen tot Carlos behoorden dan had de moordenaar niet alleen hulptroepen in het hele land, maar ze waren ook buitengewoon gevaarlijk. Want dit waren geen gewone mannen; dit waren geharde beroepssoldaten. Hij moest zich al heel erg vergissen, dacht Bourne, als daar in die zaal niet een enorme hoeveelheid ervaring verzameld was en zich mannen met vergaande invloed bevonden.

De dolle kolonels van Algerije, wat er van hen nog over was? Mannen die werden gemotiveerd door herinneringen aan een Frankrijk dat niet langer meer bestond, een wereld die voorbij was en die was vervangen door een wereld die zij slap en nietszeggend vonden. Zulke mannen konden een overeenkomst sluiten met Carlos, al was het alleen maar vanwege de geheime macht die ze erdoor in handen kregen. Toeslaan. Aanvallen. Terugtrekken en verspreiden. Beslissingen over leven en dood zoals ze vroeger namen, opnieuw mogelijk gemaakt door een macht die in dienst kon worden gesteld van een zaak waarvan zij weigerden te geloven dat hij niet langer levensvatbaar was. Eens terrorist, altijd terrorist en sluipmoord vormde de rauwe kern van terrorisme.

De generaal verhief zijn stem; Jason probeerde de woorden door het glas heen te verstaan. Ze werden duidelijker.

'... onze aanwezigheid zal voelbaar worden, onze doelstelling begrepen. We houden samen stand en we doen dat onwrikbaar; men zal naar ons luisteren! Ter nagedachtenis van allen die gevallen zijn – onze wapenbroeders – die hun leven hebben gegeven voor de roem van Frankrijk. We zullen ons geliefde vaderland ertoe dwingen hen te gedenken en in hun naam sterk te blijven en niemands knecht te zijn! Zij die ons tegenstand bieden zullen kennismaken met onze woede. Daarin zijn wij een. Wij bidden de Almachtige God dat zij die ons zijn voorgegaan vrede hebben gevonden, want wij kennen nog steeds de strijd... Heren. Op onze Vrouwe. Ons Frankrijk.'

Er klonk gemompelde instemming terwijl de oude soldaten kaarsrecht in de houding bleven staan. En toen klonk er een andere stem, de eerste vijf woorden werden alleen gezongen en bij het zesde viel de rest van de groep in.

Allons enfants de la patrie,
Le jour de gloire est arrivé...

Bourne keerde zich af, hij was misselijk van wat hij in die zaal zag en hoorde. Vernietig, in de naam van eer en roem; de dood van gevallen kameraden eist nog meer doden. Het is noodzakelijk; en als er een overeenkomst met Carlos voor nodig is, dan zij dat zo.

Wat maakte hem zo van streek? Waarom werd hij zo ineens overspoeld door die gevoelens van woede en doelloosheid? Wat wekte die walging op die hij zo sterk voelde? En toen wist hij het. Hij haatte een man als André Villiers, verachtte de mannen in die zaal. Het waren allemaal oude mannen die oorlog wilden, die de levens van mannen opofferden... van de jonge mannen.

Waarom kwamen die nevelen weer opzetten in zijn geest? Waarom voelde hij ineens die pijn weer? Hij had geen tijd voor vragen, hij was niet sterk genoeg om ze in hem toe te laten. Hij moest ze uit zijn geest bannen en zich concentreren op André Francois Villiers, krijger en krijgsheer, die een zaak diende uit het verleden maar wiens verbond met een sluipmoordenaar de dood opriep voor het heden.

Hij zou de generaal in een hinderlaag lokken. Hem breken. Alles te weten komen van hem wat hij wist en hem waarschijnlijk doden. Mannen als Villiers roofden het leven van de jonge mannen. Ze verdienden niet te leven. Ik ben weer in mijn doolhof en de wanden zitten vol scherpe punten. O, mijn god, wat doen die pijn.

Jason klom in het donker over de balustrade en liet zich naar de regenpijp zakken, terwijl elke spier hem pijn deed. Pijn moest ook worden uitgebannen. Hij moest een verlaten stuk weg zien te vinden in het maanlicht en een handelaar in de dood in de val lokken.

25

Bourne wachtte in zijn Renault, tweehonderd meter ten oosten van de ingang naar het restaurant; de motor liep en hij was klaar om snel voor Villiers uit te rijden, zo gauw hij hem zag vertrekken. Verschillende anderen waren al vertrokken, allen in afzonderlijke auto's. Samenzweerders hingen hun band niet aan de grote klok en deze oude mannen waren samenzweerders in de meest ware zin van het woord. Wat voor onderscheidingen ze dan ook hadden verdiend, ze hadden die ingeruild voor de dodelijke bondgenootschap met het wapen van een sluipmoordenaar en diens organisatie. Leeftijd en vooringenomenheid hadden hen van elke rede beroofd zoals zij hun leven hadden doorgebracht met het roven van levens... van jonge mensen.

Wat was het toch? Waarom laat het me niet met rust? In mijn binnenste zit een afschuwelijk beest dat los probeert te breken, me probeert te doden, geloof ik. De angst en het schuldgevoel zwiepen door me heen... maar waarvoor en waarom weet ik niet. Waarom zouden die gerimpelde oude mannen zulke gevoelens oproepen van angst en schuldgevoel... en walging?

Ze betekenden oorlog. Ze betekenden dood. Op de grond en vanuit de lucht. Vanuit de lucht... vanuit de lucht. Help me, Marie. Help me in godsnaam!

Daar was hij. De koplampen zwaaiden de oprijlaan af, in het lange, zwarte chassis weerkaatste het schijnsel van de schijnwerpers. Jason hield zijn eigen lichten gedoofd toen hij wegreed uit de schaduwen. Hij reed snel de weg af tot aan de eerste bocht, waar hij de koplampen ontstak en het gaspedaal helemaal indrukte. Op de heenweg had hij een verlaten stuk weg uitgekozen en dat lag ongeveer drie kilometer verderop; hij moest daar snel zijn.

Het was tien over elf en net als drie uur eerder liepen de velden in een lange helling over in de heuvels, en alles baadde in het licht van de maartse maan die nu midden in de hemel stond. Hij kwam op het uitgekozen stuk; het was geschikt. De berm was breed en grensde aan een stuk weiland en dat betekende dat beide auto's van de weg af geparkeerd konden worden. Het eerste doel was echter Villiers tot stoppen te dwingen. De generaal was oud maar niet zwak; als de tactiek verdacht was zou hij uitwijken over het gras en snel wegrijden. Het kwam allemaal op het juiste tijdstip voor actie aan en op een onverwachte handeling die er volkomen overtuigend moest uitzien.

Bourne draaide de Renault honderdtachtig graden, wachtte tot hij de koplampen zag in de verte, gaf toen plotseling vol gas terwijl hij het stuurwiel heftig van links naar rechts wrong. De auto slingerde over de weg – een chauffeur die de macht over het stuur was verloren, geen rechte lijn meer kon aanhouden maar die toch snel bleef doorrijden.

Villiers kon niets anders doen; hij ging langzamer rijden terwijl Jason als een waanzinnige op hem af kwam racen. Toen de twee wagens nauwelijks tien meter van een botsing af waren draaide Bourne abrupt het stuur naar links, remde terwijl hij dat deed en raakte met gierende banden in een slip. Hij kwam stil te staan met het raampje open en hij verhief zijn stem in een vage kreet. Geen gil en geen schreeuw; het zou het stemgeluid kunnen zijn van een man die ziek was of dronken, maar het klonk in geen geval dreigend. Hij kletste zijn hand op de rand van het open raampje en was stil, voorovergezakt op de bank met zijn revolver op zijn schoot.

Hij hoorde het portier van Villiers' wagen opengaan en loerde door het stuurwiel. De oude man was zo te zien niet gewapend; hij leek nergens op verdacht en alleen maar opgelucht dat een botsing was vermeden. De generaal liep door de stralenbundel van de koplampen naar het linkerraampje van de Renault, zijn geroep klonk bezorgd, zijn Frans klonk bevelend.

'Wat heeft dit te betekenen? Wat denkt u wel dat u doet? Is er iets met u?' Zijn handen grepen de rand van het raampje vast.

'Met mij niet, maar met u wel,' antwoordde Bourne in het Engels en hij stak zijn revolver omhoog.

'Wat...' De adem van de oude man stokte en hij ging rechtop staan. 'Wie bent u en wat betekent dit?'

Jason stapte uit de Renault en hield zijn linkerhand uitgestrekt boven de loop van het wapen. 'Ik ben blij dat uw Engels vloeiend is. Loop naar uw auto terug. Rij hem van de weg af.'

'En als ik weiger?'

'Dan schiet ik u nu meteen dood. Er is niet veel voor nodig om me te provoceren.'

'Komen deze woorden van de Rode Brigade? Of van de Parijse afdeling van Baader-Meinhof?'

'Waarom? Als ze dat deden, zou u dan een tegenbevel kunnen geven?'

'Ik spuug op hen! En op u!'

'Niemand heeft ooit getwijfeld aan uw moed, generaal. Loop naar uw wagen.'

'Het is geen kwestie van moed!' zei Villiers, zonder zich te bewegen. 'Het is een kwestie van logica. U zult niets bereiken wanneer u mij doodt en nog minder wanneer u mij kidnapt. Mijn bevelen liggen vast, ze zijn volkomen duidelijk voor mijn staf en mijn gezin. De Israëli's hebben absoluut gelijk! Er kan niet worden onderhandeld met terroristen. Gebruik je wapen maar, stuk vullis! Of maak dat je hier wegkomt!'

Jason keek gespannen naar de oude soldaat; hij voelde zich ineens heel erg onzeker, maar hij zou zich niet voor de gek laten houden. Het zou zichtbaar moeten zijn in de woedende ogen die hem aanstaarden. Eén naam die bedekt was met drek, gekoppeld aan een andere naam overladen met de hoogste onderscheidingen van zijn vaderland, zou een ander soort uitbarsting veroorzaken, dat moest zichtbaar zijn in de ogen.

'Daarstraks in dat restaurant zei u dat Frankrijk niemands knecht mocht zijn. Maar een generaal van Frankrijk werd wel iemands knecht. Generaal André Villiers, koerier voor Carlos... contactman van Carlos, soldaat van Carlos, knecht van Carlos.'

De woedende ogen werden opengesperd maar niet op een manier die Jason verwachtte. De woede ging plotseling vergezeld van haat, geen angst, geen hysterie, maar diepe, onverzoenlijke walging. De rug van Villiers' hand schoot omhoog, in een zwaai vanuit zijn heup en de mep tegen de wang van Bourne was fel, accuraat en pijnlijk. Hij werd gevolgd door een klap met de vlakke hand grof, beledigend, en de kracht ervan deed Jason achteruit deinzen. De oude man kwam hem na, werd tegengehouden door de loop van de revolver, maar hij was onbevreesd en werd niet weerhouden door het wapen, bezeten als hij was door het toedienen van de afstraffing. De klappen volgden elkaar op en ze werden gegeven door een man die buiten zichzelf was.

'Zwijn!' schreeuwde Villiers. 'Vuil, verachtelijk zwijn! Vullis!'

'Ik ga schieten! Ik schiet u dood! Hou op!' Maar Bourne kon de trekker niet overhalen. Hij werd teruggedrongen in de kleine auto, zat met zijn schouders tegen het dak geperst. De oude man bleef aanvallen met zwaaiende handen, omhoog en omlaag.

'Dood me maar als je kunt, als je dúrft! Vullis! Drek!'

Jason wierp zijn revolver op de grond en stak zijn armen omhoog om de aanval van Villiers af te weren. Zijn linkerhand schoot naar voren en greep de rechterpols van de oude man vast, toen pakte hij zijn linkerpols en hield de linkeronderarm tegen die als een slagzwaard neerdaalde. Hij wrong ze beide heftig en dwong Villiers daardoor naar zich toe zodat de oude soldaat beweginglooos moest blijven staan; hun gezichten waren op slechts centimeters van elkaar en de borst van de oude man ging hijgend op en neer.

'Wilt u mij zeggen dat u níét de man van Carlos bent? Ontkent u het?'

Villiers duwde zich naar voren en probeerde zich los te rukken uit de greep van Bourne. Zijn brede borst ramde tegen die van Jason aan. 'Ik veracht je! Béést!'

'Godverdomme, ja of nee?'

De oude man spuugde Bourne in het gelaat, het vuur in zijn ogen was niet gedoofd, tranen welden erin op. 'Carlos vermoordde mijn zoon,' zei hij fluisterend. 'Hij vermoordde mijn enige zoon in de Rue du Bac. Het leven van mijn zoon werd opgeblazen met vijf staven dynamiet in de Rue du Bac!'

Jason verminderde langzaam de druk van zijn vingers. Hij haalde moeizaam adem en sprak zo rustig als hij kon.

'Rij uw auto in de wei en blijf daar. We moeten praten, generaal. Er is iets gebeurd waar u niets van weet en we kunnen beiden maar beter te weten zien te komen wat het is.'

'Bestáát niet! Onmogelijk! Dat zou niet kunnen!'

'Het is gebeurd,' zei Bourne die met Villiers op de voorbank zat van de grote auto.

'Er is een ongelooflijke vergissing begaan! U weet niet wat u zegt!'

'Geen vergissing en ik weet wat ik zeg want ik heb het nummer zelf gevonden. Het is niet alleen het juiste nummer, het is ook een prachtige dekmantel. Geen normaal mens zou verband leggen tussen u en Carlos, zeker niet gezien de dood van uw zoon. Is het algemeen bekend dat hij een prooi was van Carlos?'

'Ik zou graag willen dat u dat anders uitdrukt, monsieur.'

'Het spijt me. Dat meen ik.'

'Algemeen bekend? Bij de Sûreté absoluut zeker. Bij de militaire inlichtingendienst en Interpol zo goed als zeker. Ik heb de rapporten gelezen.'

'Wat stond erin?'

'Men nam aan dat Carlos een dienst bewees aan zijn vroegere, radicale vrienden. In zoverre zelfs dat hij hun toestond zich in het geheim verantwoordelijk te verklaren voor de daad. U moet weten dat er politieke motieven achter zaten. Mijn zoon werd opgeofferd, hij moest dienen als voorbeeld voor anderen die zich verzetten tegen de fanatici.'

'Fanatici?'

'De extremisten vormen een valse coalitie met de socialisten, ze doen beloften die ze niet van plan zijn na te komen. Mijn zoon begreep dat, stelde het aan de kaak en ontwierp wetten om het verbond te blokkeren. Daarom werd hij vermoord.'

'Bent u daarom met vervroegd pensioen gegaan uit het leger en hebt u zich verkiesbaar gesteld?'

'Uit diepe overtuiging. Gewoonlijk zet de zoon het werk voort van de vader...' De oude man zweeg, zijn afgetobde gelaat werd verlicht door de maan. 'In deze zaak was het de erfelijke plicht van de vader om het werk van de zoon voort te zetten. Hij was geen militair en ik geen politicus, maar explosieven en wapens zijn voor mij geen onbekende zaken. Zijn doelstellingen zijn door mij gevormd, zijn filosofie was een afspiegeling van de mijne en om die zaken is hij vermoord. Mijn besluit stond vast. Ik zou onze overtuigingen de politieke arena invoeren en zijn vijanden zouden met mij te maken krijgen. De soldaat was klaar voor hen.'

'Meer dan één soldaat, krijg ik de indruk.'

'Wat bedoelt u?'

'Die mannen daarstraks in het restaurant. De zagen eruit of de helft van alle Franse legers onder hen had gediend.'

'Zo was het ook, monsieur. Ze stonden vroeger bekend als de verbolgen jonge commandanten van Saint-Cyr. De republiek was corrupt, het leger onmachtig, de Maginot-linie een lachertje. Als er op tijd naar hen was geluisterd, zou Frankrijk niet zijn gevallen. Ze werden de leiders van het Franse verzet; in heel Europa en Afrika vochten ze tegen de moffen en tegen Vichy.'

'Wat doen ze nu?'

'De meesten leven van hun pensioen en velen zijn nog helemaal vol van het verleden. Ze bidden tot de Maagd dat het nooit zal worden herhaald. Maar er zijn te veel gebieden waar ze het al zien gebeuren. Het leger is op het tweede plan geschoven. In de Assemblée hollen communisten en socialisten de macht van de strijdkrachten steeds verder uit. Het apparaat van Moskou opereert zoals te verwachten valt; het is in geen tientallen jaren veranderd. Een vrije maatschappij is rijp om geïnfiltreerd te worden en, zodra dat is gebeurd, gaan de veranderingen door totdat de samenleving er totaal anders uitziet. Overal wordt samengezworen; dat kan niet ongestraft zo doorgaan.'

'Er zijn er die zoiets op zich nogal extreem zouden noemen.'

'Waarvoor? Voortbestaan? Kracht? Eer? Zijn die begrippen voor u te anachronistisch?'

'Ik geloof van niet. Maar ik kan me voorstellen dat er in hun naam veel schade wordt veroorzaakt.'

'Onze overtuigingen lopen uiteen en ik heb geen zin om daarover te redetwisten. U hebt mij gevraagd over mijn metgezellen en ik heb u een antwoord gegeven. Laten we het nu, alstublieft, weer hebben over die ongelooflijk verkeerde inlichtingen van u. Het is afschuwelijk. U weet niet hoe het voelt om een zoon te verliezen, een zoon te verliezen aan de dood.'

De pijn keert weer bij me terug en ik weet niet waarom. Pijn en leegte, een vacuüm in de hemel... vanuit de hemel. Dood in en vanuit de hemel. Mijn god, het doet pijn. Het. Wat is het?

'Ik kan met u meevoelen,' zei Jason en hij knelde zijn handen ineen om het plotselinge trillen tegen te gaan. 'Maar het klopt.'

'Het klopt geen moment! Zoals u zei zou niemand bij zijn juiste verstand verband leggen tussen mij en Carlos, dat zwijn van een moordenaar nog het minst van allen. Het is een risico dat hij niet zou nemen. Het is ondenkbaar.'

'Precies. En daarom wordt u gebruikt; het is ondenkbaar. U bent de perfecte schakel om definitieve instructies door te geven.'

'Onmogelijk! Hoe?'

'Iemand aan uw telefoon staat in rechtstreekse verbinding met Carlos. Er worden codes gebruikt, bepaalde woorden gesproken om die persoon aan het toestel te krijgen. Waarschijnlijk wanneer u er niet bent, mogelijk ook wanneer u er bent. Neemt u zelf de telefoon aan?'

Villiers fronste zijn wenkbrauwen. 'Eigenlijk doe ik dat niet. Niet dat nummer. Er zijn te veel mensen die ik moet vermijden en ik heb een geheim nummer.'

'Wie neemt hem dan aan?'

'Meestal de huishoudster, of haar man die deels als butler dient en deels als chauffeur. Hij was mijn chauffeur gedurende mijn laatste jaren in het leger. Als zij er niet zijn, mijn vrouw natuurlijk. Of mijn secretaris die vaak op mijn kantoor in huis werkt; hij is twintig jaar mijn adjudant geweest.'

'Wie verder nog?'

'Er is verder niemand.'

'Dienstboden?'

'Geen in vaste dienst; als we ze nodig hebben huren we ze voor gelegenheden. De rijkdom van Villiers zit meer in de naam dan in geld op de banken.'

'Werksters?'

'Twee. Ze komen tweemaal per week en het zijn niet altijd dezelfde.'

'U kunt uw chauffeur en uw adjudant maar beter eens wat nauwkeuriger bekijken.'

'Belachelijk! Hun loyaliteit staat buiten kijf.'

'Dat was die van Brutus ook en Caesar stond hoger in rang dan hij.'

'Dat kunt u niet menen...'

'Verdomd als ik het niet meen! En u kunt dat maar beter geloven. Alles wat ik u heb verteld is waar.'

'Maar u hebt me eigenlijk nog niet zoveel verteld, is 't wel? Uw naam, bijvoorbeeld.'

'Dat is niet nodig. Het zou alleen maar nadelig voor u zijn wanneer u die kende.'

'Hoezo dan?'

'In het haast ondenkbare geval dat ik het mis heb over de verbindingsschakel – en die mogelijkheid bestaat nauwelijks.'

De oude man knikte op de manier zoals oude mannen dat kunnen bij het perplex herhalen van woorden die ze haast niet kunnen geloven. Zijn doorgroefde gelaat ging in het maanlicht op en neer.

'Een man zonder naam lokt me 's nachts onderweg in een val, bedreigt me met een revolver en spreekt een walgelijke beschuldiging uit – een aanklacht, zo smerig, dat ik hem zou kunnen vermoorden – en hij verwacht dat ik hem op zijn woord geloof. Het woord van een man zonder naam, met een gezicht dat ik niet ken en met als enige geloofsbrieven de verklaring dat Carlos jacht op hem maakt. Zegt u me eens waarom ik zo'n man zou moeten geloven?'

'Omdat,' antwoordde Bourne, 'hij geen reden zou hebben om naar u te komen wanneer hij níét geloofde dat het de waarheid was.'

Villiers staarde Jason aan. 'Nee, er is een betere reden. Zojuist hebt u mij het leven geschonken. U wierp uw wapen neer, u gebruikte het niet. U had het kunnen doen. Gemakkelijk. In plaats daarvan gaf u er de voorkeur aan mij te smeken met u te praten.'

'Ik geloof niet dat ik heb gesmeekt.'

'Het lag in uw ogen, jongeman. Het ligt altijd in de ogen. En vaak in de stem, maar dan moet je goed luisteren. Smeken kan worden geveinsd, woede niet. Die is of wel echt of hij is gemaakt. Uw woede was echt... en de mijne ook.' De oude man gebaarde naar de kleine Renault die tien meter verder stond in de wei. 'Rijd u maar achter me aan naar Parc de Monceau. We zullen verder spreken op mijn kantoor. Ik zou op mijn leven kunnen zweren dat u het mis hebt betreffende beide mannen maar, zoals u al zei, Caesar werd ook verblind door valse aanhankelijkheid. En hij was inderdaad hoger in rang dan ik.'

'Als ik dat huis binnenloop en iemand herkent mij dan ben ik dood. En u ook.'

'Mijn secretaris is kort na vijven vanmiddag vertrokken en de chauffeur, zoals u hem noemt, gaat altijd voor tienen naar zijn kamer om er eindeloos televisie te kijken. Wacht u maar buiten dan ga ik binnen even controleren. Als alles normaal is kom ik u halen; als dat niet zo is zal ik terugkomen en wegrijden. Dan volgt u mij opnieuw. Ik zal ergens stoppen en dan kunnen we verder praten.'

Jasons ogen waren op het gezicht van Villiers gericht terwijl hij sprak. 'Waarom wilt u dat ik met u meega naar Parc de Monceau?'

'Waar anders? Ik geloof in het schokeffect van de onverwachte confrontatie. Een van de mannen ligt in zijn bed naar de televisie te kijken op een kamer op de tweede verdieping. En er is nog een reden. Ik wil dat mijn vrouw hoort wat u te zeggen hebt. Zij is een oude soldatenvrouw en zij heeft voelhoorns voor zaken die een officier te velde vaak ontgaan. Ik ben op haar inzichten gaan vertrouwen; misschien herkent zij een gedragspatroon wanneer zij naar u luistert.'

Bourne moest de woorden uitspreken. 'Ik lokte u in de val door iets voor te geven; u kunt mij in de val lokken door iets anders voor te geven. Hoe weet ik dat Parc de Monceau geen val is?'

De oude man aarzelde geen moment. 'U hebt het woord van een generaal van Frankrijk, en meer hebt u niet. Als het niet goed genoeg is voor u dan moet u uw revolver pakken en maken dat u wegkomt.'

'Het is goed genoeg,' zei Bourne. 'Niet omdat het het woord is van een generaal, maar omdat het het woord is van een man wiens zoon werd vermoord in de Rue du Bac.'

De terugrit naar Parijs kwam Jason veel langer voor dan de heenrit. Hij werd weer belaagd door beelden, beelden die hem het zweet deden uitbreken. En pijn, die begon in zijn slapen en omlaagvlamde door zijn borst om een harde prop te vormen in zijn maag – felle scheuten die bleven komen tot hij het wel zou kunnen uitschreeuwen.

Dood in de hemel... vanuit de hemel. Geen duisternis maar verblindend zonlicht. Geen winden die mijn lichaam verder de duisternis in smakken, maar in plaats daarvan stilte en de stank van het oerwoud en... rivieroevers. Stilte, gevolgd door het krijsen van vogels en het gierende geloei van machines. Vogels... machines... in het verblindende zonlicht uit de hemel vallend. Explosies. Dood. Van de jonge mannen.

Hou op! Hou je stuur vast! Concentreer je op de weg maar denk niet na! Nadenken is te pijnlijk en je weet niet waarom.

Ze reden de door bomen omzoomde straat van Parc de Monceau in. Villiers reed honderd meter voor hem uit en hij had een probleem dat enkele uren geleden niet bestond; er stonden nu heel wat meer auto's in de straat en hij had moeite met parkeren.

Er was echter een vrij grote plek aan de linkerkant, schuin tegenover het huis van de generaal; beide auto's zouden erin passen. Villiers stak zijn hand uit het raampje en gebaarde Jason om achter hem te parkeren.

En toen gebeurde het. Zijn ogen werden aangetrokken door een licht in een deuropening en ze concentreerden zich plotseling fel op de gedaanten in het schijnsel. Het herkennen van een van de gedaanten kwam zo onverwacht en hij hoorde daar zo volstrekt niet thuis dat hij merkte dat hij naar zijn revolver in zijn riem tastte.

Was hij toch in de val gelokt? Was het woord van een generaal van Frankrijk dan waardeloos geweest?

Villiers was bezig zijn grote wagen te parkeren. Bourne keerde zich snel om en keek naar alle kanten; niemand kwam er op hem af, niemand naderde doelbewust zijn auto. Het was géén val. Het was iets anders, het maakte deel uit van iets waarvan de oude militair niets wist.

Want aan de overkant van de straat en op de trap voor het huis van Villiers stond een vrij jonge vrouw – een opvallend knappe vrouw – in de deuropening. Ze stond snel te praten, met kleine, bezorgde gebaren, tegen een man die op de bovenste trede stond en die bleef knikken alsof hij instructies ontving. Die man was de grijsharige, gedistingeerde centralist uit Les Classiques. De man wiens gezicht Jason zo goed kende en toch niet kende. Het gelaat dat weer andere beelden had opgeroepen... beelden die even heftig en even pijnlijk waren als die welke hem het afgelopen halfuur hadden verscheurd in de Renault.

Maar er was een verschil. Dit gezicht bracht de duisternis weer terug en de stormachtige winden in de nachtelijke hemel, explosies die elkaar snel opvolgden, geluiden van stotterend geweervuur waarvan de echo's weergalmden door de talloze tunnels van het oerwoud.

Bourne maakte met moeite zijn blik los van de deur en keek door de voorruit naar Villiers. De generaal had zijn koplampen gedoofd en stond op het punt uit te stappen. Jason liet de koppeling opkomen en reed langzaam vooruit tot hij contact kreeg met de bumper van de grote wagen. Villiers keerde zich snel om op de voorbank.

Bourne deed zijn eigen koplampen uit en knipte het plafondlichtje aan. Hij hief zijn hand op – met de palm omlaag – en hief hem toen weer tweemaal op om de oude soldaat te beduiden dat hij moest blijven waar hij was. Villiers knikte en Jason knipte het lichtje uit.

Hij keek weer naar de deuropening. De man was een trede lager gaan staan, bleef daar nog staan bij een laatste opdracht van de vrouw. Bourne kon haar nu duidelijk zien. Ze was midden of achter in de dertig, met kort donker haar, modieus gekapt, dat een door de zon gebruind gelaat omlijstte. Ze was een rijzige vrouw, statig eigenlijk met haar goed gevormde figuur en haar ronde borsten die werden geaccentueerd door de glanzende nauwsluitende stof van een lange witte jurk die haar gebruinde huidskleur deed uitkomen. Als ze deel uitmaakte van het huis dan had Villiers dat wel gezegd en dat betekende dat ze er niet thuishoorde. Ze was een bezoekster die wist wanneer ze naar het huis van de oude man kon komen; dat zou passen in de strategie van los van elkaar staande verbindingspersonen. En dat betekende dat ze een contact had in het huis van Villiers. De oude man moest haar kennen, maar hoe goed? Het antwoord luidde: kennelijk niet goed genoeg.

De grijsharige centralist knikte nog een keer, ging de trap af en liep snel de straat uit. De deur ging dicht en het licht van de oude rijtuiglantaarns bleef schijnen op de verlaten traptreden en de glanzend zwarte deur met het koperen beslag.

Waarom zeiden die trappen en die deur hem niets? Beelden. Werkelijkheid die niet werkelijk was.

Bourne stapte uit de Renault; hij hield de ramen in de gaten en keek of er een gordijn bewoog; niets. Hij liep snel naar de auto van Villiers; het raampje van het voorportier was omlaag gedraaid, het gezicht van de generaal keek omhoog met dikke wenkbrauwen die nieuwsgierig opgetrokken waren.

'Wat bent u in 's hemelsnaam aan het doen?'

'Daarginds, bij uw huis,' zei Jason terwijl hij neerhurkte op het plaveisel. 'Hebt u gezien wat ik ook zag?'

'Ik geloof van wel. En?'

'Wie was die vrouw? Kent u haar?'

'Ik zou warempel zeggen van wel. Zij is mijn vrouw.'

'Uw vrouw?' Angstige verbazing was zichtbaar op Bournes gelaat. 'Ik dacht dat u zei... Ik dacht dat u zei dat ze een oude vrouw was. Dat u wilde dat ik naar haar luisterde omdat u door de jaren heen geleerd had haar oordeel te respecteren. Te velde, zei u. Dat hebt u gezegd.'

'Niet precies zo. Ik zei dat ze de vrouw was van een oude soldaat. En ik respecteer inderdaad haar oordeel. Maar zij is mijn tweede vrouw – mijn veel jongere, tweede vrouw – maar even toegewijd als mijn eerste die acht jaar geleden gestorven is.'

'O, mijn god...'

'Laat u niet in de war brengen door dat verschil in leeftijd. Ze is er trots op en gelukkig om de tweede madame Villiers te zijn. Ze is voor mij een grote hulp geweest in de Assemblée.'

'Het spijt me,' fluisterde Bourne. 'Mijn god, het spijt me.'

'Wat zegt u? Omdat u haar voor iemand anders aanzag? Dat doen de mensen wel meer, ze is een opvallend knap meisje. Ik ben erg trots op haar.' Villiers opende het portier terwijl Bourne rechtop ging staan. 'Wacht u hier maar,' zei de generaal, 'dan ga ik naar binnen om te controleren; als alles normaal is zal ik de deur openen en u een teken geven. Als het niet zo is dan kom ik terug naar de auto en dan rijden we weg.'

Bourne bleef roerloos voor Villiers staan en verhinderde de oude man een stap vooruit te zetten. 'Generaal, ik moet u iets vragen. Ik weet niet zeker hoe, maar ik moet het doen. Ik heb u gezegd dat ik uw nummer heb gevonden op een contactadres dat door Carlos wordt gebruikt. Ik heb u niet gezegd waar, alleen maar dat het bevestigd was door iemand die toegaf berichten te wisselen met contactpersonen van Carlos.' Bourne haalde diep adem en zijn ogen rustten even op de deur aan de overkant van de straat. 'Nu moet ik u een vraag stellen en ik zou graag willen dat u goed nadenkt voordat u antwoord geeft. Koopt uw vrouw kleren in een winkel die Les Classiques heet?'

'In Saint-Honoré?'

'Ja.'

'Toevallig weet ik dat ze dat niet doet.'

'Bent u daar zeker van?'

'Heel zeker. Niet alleen heb ik nog nooit een rekening gezien van die mensen, maar ze heeft me ook gezegd hoezeer ze een hekel heeft aan hun ontwerpen. Mijn vrouw is goed op de hoogte van zaken die de mode betreffen.'

'O, mijn god.'

'Wat?'

'Generaal, ik kan dat huis niet binnengaan. Wat u daar ook aantreft, ik kan er niet binnengaan.'

'Waarom niet? Wat praat u nou?'

'De man op de trap die met uw vrouw stond te praten. Hij komt van het contactadres; het is Les Classiques. Hij is een contactpersoon van Carlos.'

Het bloed trok weg uit het gelaat van André Villiers. Hij keerde zich om en staarde over de met bomen omzoomde straat naar zijn huis, naar de glanzend zwarte deur en het koperen beslag waarin het licht van de oude rijtuiglantaarns weerkaatste.

De bedelaar met het door pokken geschonden gelaat krabde aan zijn baardstoppels, trok zijn versleten baret af en stommelde door de bronzen deuren van het kerkje in Neuilly-sur-Seine.

Hij liep het uiterst rechtse pad af, nagestaard door de afkeurende blikken van twee priesters. Beide geestelijken waren geschokt; dit was een rijke parochie en ondanks bijbelse compassie had rijkdom toch wel degelijk zijn privileges. Een van die privileges was het vasthouden aan een zekere status van kerkbezoeker – ter stichting van de andere kerkbezoekers – en deze oudere, haveloze zwerver paste nauwelijks in dat beeld.

De bedelaar deed een zwakke poging tot een kniebuiging, ging in een bank zitten in de tweede rij, sloeg een kruis en knielde neer, zijn hoofd gebogen in gebed terwijl hij met zijn rechterhand de linkermouw van zijn overjas terugduwde. Om zijn pols zat een horloge dat enigszins in tegenspraak was met de rest van zijn kleding. Het was een duur horloge, een digitaal met grote en helder leesbare cijfers. Hij zou nooit zo dwaas zijn om dit bezit van de hand te doen want het was een geschenk van Carlos. Hij was eens vijfentwintig minuten te laat geweest voor de biecht en zijn weldoener was erdoor ontsteld geweest; als enig excuus kon hij aanvoeren dat hij geen accuraat uurwerk bezat. Bij hun volgende afspraak had Carlos het door het doorzichtige gordijntje geschoven dat de zondaar scheidt van de gewijde biechtvader.

Het was op de minuut af de afgesproken tijd. De bedelaar stond op en liep naar de tweede biechtstoel aan de rechterkant. Hij schoof het gordijn opzij en ging er binnen.

'Angelus Domini.'

'Angelus Domini, kind van God.' De gefluisterde woorden van achter de zwarte stof klonken nors. 'Zijn uw dagen zonder ongemak?'

'Ze worden gemakkelijk gemaakt...'

'Goed dan,' viel het silhouet hem in de rede. 'Wat komt u me brengen? Mijn geduld begint op te raken. Ik betaal duizenden – honderdduizenden francs – voor onbekwaamheid en mislukking. Wat is er in Montrouge gebeurd? Wie was er verantwoordelijk voor de leugens die er kwamen uit de ambassade in Montaigne? Wie heeft daar naar geluisterd?'

'De Auberge du Coin was een hinderlaag, alleen geen dodelijke. Het is moeilijk om te weten te komen wat het precies was. Als de attaché die Corbelier heet leugens herhaalde dan zijn onze mensen er zeker van dat hij zich er niet van bewust was. Hij werd bedrogen door de vrouw.'

'Hij werd bedrogen door Caïn! Bourne trekt elke bron na, geeft overal verkeerde informatie zodat de bron zich blootgeeft en die ontmaskering bevestigt. Maar waarom? Tegenover wie? We weten nu wat en wie hij is maar hij geeft niets door aan Washington. Hij weigert voor de dag te komen.'

'Ik zou een antwoord aan de hand kunnen doen,' zei de bedelaar, 'en dan zou ik vele jaren terug moeten gaan, maar het is mogelijk dat hij geen inmenging wenst van zijn meerderen. De Amerikaanse inlichtingendienst heeft ook zo zijn weifelachtige autocraten die zelden elkaar alles vertellen. In de dagen van de koude oorlog kon je geld verdienen door inlichtingen drie tot vier keer te verkopen aan dezelfde posten. Misschien wacht Caïn af tot hij vindt dat er maar een gedragslijn te volgen is, geen uiteenlopende strategieën waarover degenen die boven hem staan eerst nog moeten praten.'

'Ouderdom heeft uw gevoel voor intrige niet aangetast, oude vriend. Daarom heb ik op u een beroep gedaan.'

'Of misschien,' vervolgde de bedelaar, 'is hij werkelijk overgelopen. Het is eerder gebeurd.'

'Ik geloof van niet, maar dat doet er niet toe. Washington gelooft dat hij is overgelopen. De Monnik is dood, in Treadstone zijn ze allemaal dood. De achtergelaten sporen wijzen Caïn aan als de moordenaar.'

'De Monnik?' vroeg de bedelaar. 'Een naam uit het verleden; hij opereerde in Berlijn, in Wenen. Wij kenden hem goed en wij zijn nog gezond omdat we hem van een afstand kenden. Daar ligt uw antwoord, Carlos. De Monnik werkte altijd zo dat hij de aantallen tot zo weinig mogelijk kon terugbrengen. Hij opereerde in de veronderstelling dat zijn kringen geïnfiltreerd werden, gecompromitteerd. Hij moet Caïn opdracht hebben gegeven om alleen aan hem te rapporteren. Dat zou de verklaring kunnen zijn voor de verwarring in Washington, voor het halfjaar van stilzwijgen.'

'Zou het die van ons ook verklaren? Een halfjaar lang is er geen woord gevallen, geen activiteit geweest.'

'Een aantal mogelijkheden. Ziekte, uitputting, teruggehaald voor nieuwe training. Zelfs om verwarring te zaaien bij de vijand. De Monnik heeft een hele kathedraal vol met trucjes.'

'Maar voordat hij stierf zei hij tegen een van onze mensen dat hij niet wist wat er gebeurd was. Dat hij er zelfs niet zeker van was dat de man Caïn was.'

'Wie was die man van ons?'

'Een man die Gillette heette. Hij was onze man maar dat had Abbott niet kunnen weten.'

'Weer een mogelijke verklaring. De Monnik had een instinct voor zulke mensen. Men zei in Wenen dat David Abbott zelfs Christus nog zou wantrouwen bij de vermenigvuldiging van het brood, en op zoek zou gaan naar een bakkerij.'

'Het kan zijn. Uw woorden maken mij weer wat geruster; u zoekt naar dingen waar anderen aan voorbijzien.'

'Ik heb veel ervaring; ik was vroeger een bekend man in het vak. Ongelukkigerwijs heb ik het geld verbrast.'

'Dat doet u nog.'

'Een losbol, meer kan ik er niet van zeggen.'

'U kunt mij kennelijk nog meer zeggen.'

'U hebt een scherp oog, Carlos. Wij zouden elkaar vroeger hebben moeten kennen.'

'Nu bent u arrogant.'

'Altijd. U weet dat ik weet dat u op elk gewenst moment mijn leven kunt uitblazen, daarom moet ik waardevol zijn. En niet alleen met woorden die gebaseerd zijn op ervaring.'

'Wat hebt u mij te vertellen?'

'Dit heeft misschien niet veel waarde maar het is iets. Ik heb fatsoenlijke kleren aangetrokken en ik heb een dag doorgebracht in de Auberge du Coin. Er was daar een man, een dikke man – die door de Sûreté is ondervraagd en die ze hebben laten gaan – met ogen die niet helemaal betrouwbaar waren en die te veel transpireerde. Ik heb een praatje met hem gemaakt en hem een officiële pas van de NAVO laten zien die ik in de vroege jaren vijftig heb gemaakt. Het blijkt dat hij het verhuren van een auto heeft geregeld, om drie uur gisterochtend. Aan een blonde man in gezelschap van een vrouw. De beschrijving klopt met de foto uit Argenteuil.'

'Een huurauto?'

'Kennelijk. De auto zou binnen een dag worden teruggebracht door de vrouw.'

'Dat gebeurt nooit.'

'Natuurlijk niet, maar het werpt wel een vraag op, is 't niet? Waarom zou Caïn de moeite nemen om op die manier aan een auto te komen?'

'Om zo snel mogelijk zo ver mogelijk weg te komen.'

'In dat geval heeft de informatie inderdaad geen waarde,' zei de bedelaar. 'Maar er zijn toch zoveel manieren om onopvallend sneller te reizen. En Bourne zou nauwelijks een inhalige nachtportier kunnen vertrouwen; die zou gemakkelijk uit kunnen zijn op een beloning van de Sûreté. Of van iemand anders.'

'Wat wilt u zeggen?'

'Ik ben van mening dat Bourne die auto zou kunnen hebben genomen met als enig doel om iemand hier in Parijs te volgen. Zo hoeft hij niet rond te hangen in het openbaar waar hij gezien zou kunnen worden, geen huurauto's die kunnen worden nagegaan, geen krampachtig zoeken naar taxi's die je nooit kunt krijgen. In plaats daarvan gewoon de nummerborden verwisselen en een onopvallende, zwarte Renault in de drukke straten. Waar zou je met zoeken moeten beginnen'?'

Het silhouet keerde zich om. 'Dat mens Lavier,' zei de moordenaar zachtjes. 'En ieder ander die hij wantrouwt in Les Classiques. Het is de enige plaats waar hij kan beginnen. Zij moeten geschaduwd worden en binnen enkele dagen – misschien uren – zal er een onopvallende zwarte Renault worden aangetroffen en hij zal gevonden zijn. Hebt u een complete beschrijving van de auto?'

'Tot aan de drie deuken toe in de linkerachterbumper.'

'Goed zo. Zeg het tegen alle oude mannen. Kam de straten af, de garages, de parkeerplaatsen. Degene die hem vindt zal nooit meer hoeven te werken.'

'Nu u het daarover hebt...'

Een envelop werd tussen de strakke rand van het gordijn geschoven en het blauwe vilt van het kozijn. 'Als uw theorie juist blijkt te zijn kunt u dit als een aanbetaling beschouwen.'

'Ik héb gelijk, Carlos.'

'Waarom bent u daar zo zeker van?'

'Omdat Caïn doet wat u zou doen, wat ik gedaan zou hebben vroeger. Hij moet worden gerespecteerd.'

'Hij moet worden gedood,' zei de moordenaar. 'Er is een zekere overeenkomst in de tijd. Over een paar dagen zal het de vijfentwintigste maart zijn. Op 25 maart, 1968, werd Jason Bourne terechtgesteld in het oerwoud van Tam Quan. Nu, jaren later – bijna op de dag af – wordt er jacht gemaakt op een andere Jason Bourne en de Amerikanen zijn er al evenzeer op gebrand om hem te doden als wij. Ik vraag me af wie van ons dit keer de trekker zal overhalen.'

'Maakt het iets uit?'

'Ik wil hem hebben,' fluisterde het silhouet. 'Hij was nooit echt en dat is de misdaad die hij tegen mij heeft begaan. Zeg tegen de oude mannen dat ze het door moeten geven aan Parc de Monceau wanneer iemand hem vindt maar laten ze niets doen. Blijf hem volgen maar doe niets! Ik wil hem levend hebben op de vijfentwintigste maart. Op 25 maart zal ik hem zelf ombrengen en zijn lijk bij de Amerikanen afleveren.'

'Het bericht zal onmiddellijk worden doorgegeven.'
'Angelus Domini, kind van God.'
'Angelus Domini,' zei de bedelaar.

26

De oude soldaat wandelde zwijgend naast de jongere man langs het door de maan verlichte pad in het Bois de Boulogne. Geen van beiden sprak want er was al te veel gesproken – toegegeven, aangevochten, ontkend en opnieuw bevestigd. Villiers moest nadenken en analyseren, hij moest dat wat hij had gehoord accepteren of heftig verwerpen. Zijn leven zou veel beter te dragen zijn wanneer hij woedend kon terugslaan, de leugen kon ontmaskeren en weer bij zinnen kon komen. Maar hij kon dat niet ongestraft doen, hij was soldaat en het lag niet in zijn aard om zich af te keren.

Er stak te veel waars in de jongeman. Het lag in zijn ogen, in zijn stem, in elk gebaar waarmee hij om begrip vroeg. De man zonder naam loog niet. Het uiteindelijke verraad school in het huis van Villiers. Het verklaarde zoveel waaraan hij voorheen nooit had durven twijfelen. Een oude man met tranen in de ogen.

Voor de man zonder geheugen viel er weinig te veranderen of te verzinnen, de kameleon hoefde niet op te treden. Zijn verhaal klonk overtuigend omdat het belangrijkste deel op waarheid was gebaseerd. Hij moest Carlos vinden, te weten komen wat de moordenaar wist. Als hij daar niet in slaagde, zou er geen leven meer voor hem zijn. Verder zou hij niets zeggen. Er werd niet gesproken over Marie St. Jacques, of het Ile de Port Noir, of een boodschap die was verstuurd door een onbekende persoon of personen, of een wandelend, hol omhulsel dat wel of niet iemand kon zijn die hij was of niet was – die er niet eens zeker van kon zijn of de flarden herinneringen die hij bezat echt de zijne waren. Hierover werd niet gesproken.

In plaats daarvan vertelde hij alles wat hij wist over de sluipmoordenaar die Carlos heette. Die kennis was zo enorm uitgebreid dat Villiers hem onder het relaas verbaasd zat aan te kijken, omdat hij informatie herkende die strikt geheim was, omdat hij werd opgeschrikt door nieuwe verontrustende feiten die overeenstemden met allerlei bestaande theorieën maar die hem nog nooit eerder zo helder uiteengezet waren. Vanwege zijn zoon had de generaal toegang gekregen tot de meest geheime dossiers over Carlos in zijn land en niets in die dossiers kon tippen aan de opsomming van feiten die de jongere man gaf.

'Die vrouw met wie u sprak in Argenteuil, de vrouw die mijn huis belt, die aan u toegaf een koerierster te zijn...'

'Haar naam is Lavier,' viel Bourne hem in de rede.

De generaal zweeg even. 'Dank u... Zij doorzag u; zij liet een foto van u maken.'

'Ja.'

'Daarvóór hadden ze geen foto?'

'Nee.'

'Net zoals u dus Carlos najaagt, zo jaagt hij op zijn beurt op u. Maar u hebt geen foto; u kent enkel twee koeriers, van wie er eentje bij mijn huis was.'

'Ja.'

'Die met mijn vrouw stond te praten.'

'Ja.'

De oude man wendde zich af. De periode van stilzwijgen was begonnen.

Ze kwamen aan het einde van het pad waar een klein meertje lag. Het was omzoomd door wit grind en om de drie tot vijf meter stonden banken die een kring vormden rond het water zoals een erewacht een graf van zwart marmer omgeeft. Ze liepen naar de tweede bank. Villiers verbrak het stilzwijgen.

'Ik wil wel even gaan zitten,' zei hij. 'Naarmate je ouder wordt, wordt je uithoudingsvermogen er niet beter op. Dat brengt me vaak in verlegenheid.'

'Dat hoeft het helemaal niet,' zei Bourne, terwijl hij naast hem ging zitten.

'Dat hoeft het helemaal niet,' stemde de generaal in, 'maar dat doet het wel.' Hij zweeg even en voegde er rustig aan toe: 'Vaak in het gezelschap van mijn vrouw.'

'Dat is niet nodig,' zei Jason.

'U begrijpt me verkeerd.' De oude man wendde zich tot de jongere. 'Ik praat niet over het bed. Er zijn eenvoudig tijden dat ik de behoefte voel wat kalmer aan te doen – vroeg weggaan bij een dineetje, me verontschuldigen bij weekeinden aan de Middellandse Zee, of een paar dagen skiën in Gstaad afslaan.'

'Ik geloof niet dat ik het helemaal begrijp.'

'Mijn vrouw en ik zijn vaak gescheiden. Op verschillende manieren leven we helemaal onze eigen levens en zijn we, natuurlijk, wel geïnteresseerd in wat de ander doet.'

'Ik begrijp het nog steeds niet.'

'Moet ik mezelf nog verder in verlegenheid brengen?' vroeg Villiers. 'Wanneer een oude man een zeer knappe, jonge vrouw vindt die graag haar leven met hem deelt, dan zijn bepaalde dingen begrijpelijk, andere niet zo gemakkelijk. Maar er zijn altijd twijfels.' De oude militair zweeg een tijdje; wat hij te zeggen had was voor hem niet gemakkelijk. 'Zal ze haar toevlucht nemen tot een minnaar?' vervolgde hij zachtjes. 'Verlangt ze naar een jonger, steviger lichaam, een lichaam dat dezelfde behoeften heeft als zijzelf? Als ze dat doet dan kan men dat accepteren – zelfs met opluchting, geloof ik – en hopen dat ze in godsnaam discreet zal zijn. Een staatsman die door zijn vrouw wordt bedrogen verliest zijn kiezers sneller dan eentje die nu en dan dronken is; het betekent dat hij niet langer meer de overhand heeft... Er zijn ook andere zorgen. Maar wanneer een bepaalde, belangrijke twijfel gegrond blijkt te zijn, dan moet daaraan wat worden gedaan. En dat is wanneer zij deel uitmaakt van een plan. Vanaf het begin.'

'U hebt het dus gevoeld?' vroeg Jason rustig.

'Gevoelens zijn geen werkelijkheid!' viel de oude soldaat fel uit. 'Ze mogen niet meespelen wanneer je het terrein verkent.'

'Waarom vertelt u me dit dan?'

Villiers boog zijn hoofd achterover en liet het toen weer naar voren vallen, terwijl hij zijn ogen op het water gericht hield. 'Er zou een eenvoudige verklaring kunnen zijn voor wat wij beiden vanavond zagen. Ik hoop vurig dat die er is en ik zal haar alle kans bieden om die reden te geven.' De oude man zweeg weer. 'Maar in mijn hart weet ik dat die er niet is. Ik wist het op hetzelfde moment dat u me vertelde over Les Classiques. Ik keek naar mijn huisdeur aan de overkant van de straat en opeens werden er een heleboel dingen pijnlijk duidelijk. De afgelopen twee uur heb ik advocaat van de duivel gespeeld, en het heeft geen zin daarmee door te gaan. Mijn zoon was er voordat die vrouw er was.'

'Maar u zei dat u vertrouwde op haar oordeel. Dat ze u enorm heeft geholpen.'

'Dat is waar. Weet u, ik wilde haar vertrouwen, snakte ernaar haar te vertrouwen. Jezelf overtuigen dat je gelijk hebt is de gemakkelijkste zaak van de hele wereld. En het wordt makkelijker met de jaren.'

'Wat werd u allemaal duidelijk?'

'Juist die hulp die ze me gaf, juist dat vertrouwen dat ik in haar stelde.' Villiers wendde zich om en keek Jason aan. 'U bezit een buitengewoon grote kennis over Carlos. Ik heb die dossiers zorgvuldiger bestudeerd dan wie ook, want ik zou er meer dan wie ook voor over hebben als ik mee kon maken dat die man werd gepakt en terechtgesteld met mij alleen als vuurpeloton. Maar hoe dik ze ook zijn, er staat in die dossiers nog niet de helft van wat u weet. Toch concentreert u zich volledig op zijn moordopdrachten, op de manieren waarop hij zijn aanslagen pleegt. U ziet voorbij aan een andere zijde van Carlos. Hij verkoopt niet alleen zijn wapen, hij verkoopt ook staatsgeheimen.'

'Dat weet ik,' zei Bourne. 'Het is niet de zijde...'

'Bijvoorbeeld,' vervolgde de generaal, alsof hij Bourne niet had gehoord. 'Ik heb toegang tot geheime documenten die betrekking hebben op de militaire en nucleaire veiligheid van Frankrijk. Diezelfde toegang hebben ook misschien vijf man – alle vijf ver boven elke verdenking verheven. Toch komen we vervloekt regelmatig tot de ontdekking dat Moskou dit heeft ontdekt, Washington dat, Peking weer iets anders.'

'Besprak u die zaken met uw vrouw?' vroeg Bourne verbaasd.

'Natuurlijk niet. Telkens wanneer ik dergelijke papieren meeneem naar huis, dan worden ze in een kluis gelegd, op mijn kantoor. Niemand mag die kamer binnengaan, tenzij ik erbij ben. Er is maar één ander iemand die een sleutel heeft, één ander iemand die weet waar de schakelaar voor de alarminstallatie zit. Mijn vrouw.'

'Volgens mij zou dat even gevaarlijk zijn als het bespreken van het materiaal. Beide zouden haar onder dwang ontnomen kunnen worden.'

'Er was een reden. Ik ben op een leeftijd waarop het onverwachte dagelijks gebeurt; leest u de overlijdensberichten maar eens na. Als er iets met mij zou gebeuren dan heeft zij instructies om de Conseiller Militaire te bellen, naar mijn kantoor te gaan en bij die kluis te blijven totdat het personeel van de inlichtingendienst arriveert.'

'Waarom zou ze niet gewoon bij de deur kunnen blijven staan?'

'Mensen die zo oud zijn als ik overlijden weleens aan hun bureau.' Villiers sloot zijn ogen. 'Zij was het al die tijd. Het ene huis, de enige plaats, die niemand voor mogelijk zou houden.'

'Weet u het zeker?'

'Meer dan ik mezelf durf toe te geven. Zij was degene die met alle geweld wilde trouwen. Ik heb herhaaldelijk ons leeftijdsverschil naar voren gebracht, maar zij wilde er niets van horen. Het ging om de jaren samen, zei ze, niet om de jaren tussen onze geboortedata. Ze bood aan een overeenkomst te tekenen waarin ze afstand deed van alle aanspraken op de nalatenschap van Villiers, en daar wilde ik natuurlijk niets van horen, want het was een bewijs van haar toewijding aan mij. Het gezegde past precies: hoe ouder hoe gekker... Toch waren er altijd twijfels, bij de korte reisjes, de onverwachte scheidingen.'

'Onverwacht?'

'Zij heeft belangstelling voor vele zaken die voortdurend haar aandacht vragen. Een Frans-Zwitsers Museum in Grenoble, een kunstgalerie in Amsterdam, een monument voor de Résistance in Boulogne-sur-Mer, een idioot congres over oceanografie in Marseille. Daarover hebben we een forse ruzie gehad. Ik had haar in Parijs nodig; er waren diplomatieke ontvangsten waar ik naartoe moest en ik wilde haar naast me hebben. Ze wilde niet blijven. Het leek of ze opdrachten kreeg om hier en daar en ergens anders te zijn op een bepaald moment.'

Grenoble – nabij de Zwitserse grens, een uur van Amsterdam. Boulogne-sur-Mer – aan Het Kanaal, een uur van Londen. Marseille... Carlos.

'Wanneer was dat congres in Marseille?' vroeg Jason.

'Verleden jaar augustus. Tegen het einde van de maand.'

'Op 26 augustus, om vijf uur in de namiddag, werd ambassadeur Howard Leland vermoord aan de waterkant in Marseille.'

'Ja, dat weet ik,' zei Villiers. 'U had het er al eerder over. Ik rouw over het heengaan van de man, niet over zijn inzichten.' De oude soldaat zweeg; hij keek Bourne aan. 'Mijn Gód,' fluisterde hij. 'Zij moest bij hem zijn. Carlos ontbood haar en ze ging naar hem toe. Ze gehoorzaamde.'

'Zover ben ik nooit gegaan,' zei Jason. 'Ik zweer het u, ik dacht dat ze een contactadres vormde – een contact dat verder niets wist. Zover ben ik nooit gegaan.'

Plotseling klonk er uit de keel van de oude man een kreet op – fel en vol folterende pijn en haat. Hij sloeg zijn handen voor zijn gezicht en zijn hoofd boog zich weer achterover in het maanlicht, en hij huilde.

Bourne bewoog zich niet; hij kon niets doen. 'Het spijt me,' zei hij.

De generaal hervond zijn zelfbeheersing. 'Mij ook,' antwoordde hij ten slotte. 'Vergeeft u me.'

'Er valt niets te vergeven.'

'Ik geloof van wel. We zullen er verder niet meer over praten. Ik zal doen wat ik doen moet.'

'En dat is?'

De soldaat ging rechtop op de bank zitten met opeengeklemde kaken. 'Dat kunt u vragen?'

'Ik moet het vragen.'

'Wat zij heeft gedaan komt neer op het doden van het kind van mij dat zij niet heeft gedragen. Ze deed alsof zijn aandenken haar dierbaar was. Maar ze was en is medeplichtig aan zijn moord. En al die tijd heeft ze een tweede verraad gepleegd tegen het land dat ik mijn leven lang heb gediend.'

'U gaat haar doden?'

'Ik ga haar doden. Ze zal me de waarheid vertellen en ze zal sterven.'

'Ze zal alles ontkennen wat u zegt.'

'Ik betwijfel het.'

'Dat is waanzin!'

'Jongeman, meer dan een halve eeuw lang heb ik de vijanden van Frankrijk in de val gelokt en gedood, zelfs wanneer het Fransen waren. De waarheid moet aan het licht komen.'

'Wat meent u dat ze zal doen? Rustig naar u zitten luisteren en toegeven dat ze schuldig is?'

'Ze zal niets rustig doen. Maar ze zal het toegeven: ze zal het uitschreeuwen.'

'Waarom zou ze dat doen?'

'Omdat ze in de gelegenheid zal zijn om mij te doden wanneer ik haar beschuldig. Wanneer ze dat probeert dan heb ik mijn uitleg, waar of niet?'

'Dat risico zou u lopen?'

'Ik moet het lopen.'

'Stel dat ze dat niet probeert, dat ze niet probeert u te doden?'

'Dat zou dan een andere uitleg zijn,' zei Villiers. 'In dat onwaarschijnlijke geval dan zou ik op mijn flanken letten als ik u was, monsieur.' Hij schudde zijn hoofd. 'Het zal niet gebeuren. Dat weten we alletwee, ik nog veel beter dan u.'

'Luistert u eens naar mij,' drong Jason aan. 'U zegt dat uw zoon het belangrijkst is. Denk aan hem! Ga achter de moordenaar aan niet achter de medeplichtige. Zij betekent voor u een afschuwelijke wonde, maar hij vormt een grotere wond. Pak de man die uw zoon vermoordde! Uiteindelijk zult u ze beiden te pakken krijgen. Roep haar niet ter verantwoording: nog niet! Gebruik wat u weet tegen Carlos. Laten we samen op hem gaan jagen. Niemand is ooit zo dicht bij hem geweest.'

'U vraagt meer dan ik kan geven,' zei de oude man.

'Niet wanneer u aan uw zoon denkt. Wel wanneer u aan uzelf denkt! Maar niet wanneer u aan de Rue du Bac denkt!'

'U bent uitzonderlijk wreed, monsieur.'

'Ik heb gelijk en dat weet u.'

Een wolk dreef voorbij, hoog in de nachtelijke hemel, en dekte even het licht van de maan af. Het was volslagen donker; Jason huiverde. De oude soldaat sprak en er klonk berusting uit zijn stem.

'Ja, u hebt gelijk,' zei hij. 'Uitzonderlijk wreed en uitzonderlijk gelijk. De moordenaar, niet de hoer moet worden tegengehouden. Hoe zullen we samenwerken, samen op jacht gaan?'

Bourne sloot even gerustgesteld zijn ogen. 'U moet niets doen. Carlos moet heel Parijs naar mij afstropen. Ik heb zijn mannen gedood, een contactadres blootgelegd, een contact ontdekt. Ik ben te dicht bij hem. Tenzij we het beiden mis hebben zal uw telefoon meer en meer gaan rinkelen. Daar zal ik voor zorgen.'

'Hoe?'

'Ik zal eens gaan praten met een zestal employés van Les Classiques. Verschillende verkoopsters, Jacqueline Lavier, misschien Bergeron en zeker die man aan de telefooncentrale. Zij zullen praten. En dat zal ik ook. Die telefoon van u zal als een dolle gaan rinkelen.'

'Maar ik dan? Wat moet ik doen?'

'Blijft u thuis. Zeg maar dat u zich niet goed voelt. En telkens wanneer die telefoon overgaat dan blijft u in de buurt van wie hem dan ook opneemt. Luister naar het gesprek, probeer er codes uit te halen, ondervraag de bedienden naar wat er tegen hen werd gezegd. U zou zelfs mee kunnen luisteren. Als u iets hoort is dat fijn maar dat is waarschijnlijk niet het geval. Wie er ook belt die zal weten dat u er bent. Zo zult u toch het doorgeven van berichten verstoren. En afhankelijk van waar uw vrouw staat...'

'...de hoer staat,' onderbrak de oude soldaat hem.

'... in de hiërarchie van Carlos, kunnen we hem misschien dwingen zich bloot te geven.'

'Opnieuw: hoe?'

'Zijn verbindingslijnen zullen verbroken worden. Er wordt geknoeid met zijn veilige, door niemand verdachte contactadres. Hij zal een ontmoeting eisen met uw vrouw.'

'Hij zou nauwelijks bekendmaken waar hij zit.'

'Haar moet hij het wel vertellen!' Bourne zweeg toen er een andere gedachte bij hem opkwam. 'Als er maar stevig genoeg geknoeid wordt zal er dat ene telefoontje komen of die ene persoon die u niet kent die naar uw huis komt en kort daarna zal uw vrouw tegen u zeggen dat ze ergens naartoe moet. Wanneer dat gebeurt dan staat u erop dat ze een nummer achterlaat waar u haar kunt bereiken. Dring daar op aan; u probeert haar niet tegen te houden maar u móét haar kunnen bereiken. Zeg maar iets tegen haar – gebruik de relatie die zij heeft ontwikkeld. Zeg maar dat het een hoogst vertrouwelijke militaire zaak is waarover u niet zonder toestemming kunt praten. Dan wilt u het met haar bespreken, voordat u een beslissing neemt. Daar zal ze meteen intrappen.'

'Waar dient het toe?'

'Ze zal u zeggen waar ze is. Misschien waar Carlos is. En als het Carlos niet is, dan zeker anderen die dichter bij hem staan... Dan neemt u contact met mij op. Ik zal u een hotel opgeven en een kamernummer. De naam waaronder ik sta ingeschreven stelt niets voor, die kunt u vergeten.'

'Waarom zegt u mij uw echte naam niet?'

'Omdat dat, wanneer u die ooit zou noemen – bewust of onbewust – uw dood zou zijn.'

'Ik ben niet seniel.'

'Nee, dat bent u niet. Maar u bent een man die verschrikkelijk is gekwetst. Ik geloof dat niemand zo kan worden gekwetst. U mag dan uw leven riskeren; ik doe dat niet.'

'U bent een vreemd man, monsieur.'

'Ja... als ik er niet ben wanneer u belt dan neemt een vrouw de telefoon aan. Zij zal weten waar ik ben. We zullen een methode afspreken voor berichten.'

'Een vrouw?' De generaal schrok. 'U hebt niets verteld over een vrouw, of over wie dan ook.'

'Er is verder niemand. Zonder haar zou ik niet meer in leven zijn. Carlos maakt jacht op ons beiden; hij heeft geprobeerd ons alletwee te doden.'

'Weet zij van mij af?'

'Ja. Zij is degene die zei dat het niet waar kon zijn. Dat u niet in verband kon worden gebracht met Carlos. Ik dacht van wél.'

'Misschien ontmoet ik haar nog weleens.'

'Niet erg waarschijnlijk. Totdat Carlos is gepakt – als hij gepakt kan worden – mogen wij niet samen worden gezien. U zeer zeker niet. Daarna, als er nog een daarna komt, dan wilt u misschien niet met ons worden gezien. Met mij. Ik zeg het u openhartig.'

'Dat begrijp ik en ik respecteer dat. Hoe dan ook, dank die vrouw namens mij. Dank haar omdat ze meent dat ik geen deel kon uitmaken van Carlos.'

Bourne knikte. 'Kunt u er zeker van zijn dat uw geheime nummer niet wordt afgeluisterd?'

'Absoluut zeker. Het wordt regelmatig gecontroleerd; dat worden alle telefoons die bij de *Conseiller* op de geheime lijst staan.'

'Telkens wanneer u een telefoontje van mij verwacht, neemt u de hoorn op en schraapt u tweemaal uw keel. Dan weet ik dat u het bent.

Als u om een of andere reden niet kunt praten, zeg me dan dat ik 's morgens uw secretaris moet bellen. Ik zal u dan binnen tien minuten terugbellen. Wat is het nummer?'

Villiers gaf het hem. 'Uw hotel?' vroeg de generaal.

'Het Terrasse. Rue de Maistre, Montmartre. Kamer 420.'

'Wanneer gaat u beginnen?'

'Zo snel mogelijk. Vandaag, in de middag.'

'Jaag als een wolvenhorde,' zei de oude soldaat en hij boog zich voorover als een commandant die zijn officieren instructies geeft.

'Sla snel toe!'

27

'Ze was zó charmant, ik móét gewoon iets voor haar doen,' riep Marie in uitbundig Frans door de telefoon. 'Ook voor die aardige jongeman; hij heeft me zó geholpen. Ik kan u zeggen dat de jurk een *succès fou* was! Ik ben zó dankbaar.'

'Uit uw beschrijving, madame,' antwoordde de beschaafde mannenstem aan de centrale van Les Classiques, 'weet ik zeker dat u Janine en Claude bedoelt.'

'Ja, natuurlijk. Janine en Claude, nu weet ik het weer. Ik zal hun beiden een briefje schrijven met een bewijs van mijn erkentelijkheid. Zou u misschien hun achternamen weten? Ik bedoel maar, het zou een beetje lomp zijn wanneer ik op de enveloppen alleen maar kan schrijven "Janine" en "Claude". Dan lijkt het net of je briefjes stuurt aan bedienden, vindt u niet? Zou u het Jacqueline kunnen vragen?'

'Dat is niet nodig, madame. Ik ken ze. En staat u me toe te zeggen dat madame even gevoelig is als genereus. Janine Dolbert en Claude Oreale.'

'Janine Dolbert en Claude Oreale,' herhaalde Marie terwijl ze Jason aankeek. 'Is Janine niet getrouwd met die aardige pianist?'

'Ik dacht niet dat mademoiselle Dolbert met iemand getrouwd is.'

'Och, natuurlijk. Ik dacht aan iemand anders.'

'Mag ik u vragen, madame, ik heb úw naam niet gehoord.'

'Wat dom van me!' Marie hield de hoorn van zich af en verhief haar stem. 'Schat! Je bent al terug en nog wel zo gauw! Wat heerlijk. Ik bel net met die lieve mensen in Les Classiques....Ja, nu meteen schat. Ze trok de hoorn weer dichterbij. 'Dank u héél hartelijk. U bent zó aardig voor mij geweest.' Ze hing op. 'Hoe deed ik dat?'

'Als je ooit ophoudt met economie,' zei Jason, terwijl hij de telefoongids van Parijs doorbladerde, 'dan moet je verkoopster worden. Ik geloofde elk woord dat je zei.'

'Waren de beschrijvingen juist?'

'Tot op elk uitstekend bot en elke slappe pols. Goed gevonden, van die pianist.'

'Ik dacht eraan dat de telefoon op naam van haar man zou staan als ze getrouwd was...'

'Dat staat hij niet,' onderbrak Bourne haar. 'Hier is het, Dolbert, Janine, Rue Losserand.' Jason schreef het adres op.

'Oreale, dat is met een O, denk je niet? Niet met Au.'

'Ik denk het.' Marie stak een sigaret op. 'Ga je werkelijk naar hun huis?'

Bourne knikte. 'Als ik hen in Saint-Honoré zou oppikken zou Carlos het in de gaten hebben.'

'En die anderen dan? Lavier, Bergeron, en wie dat ook is aan de telefoon.'

'Morgen. Eerst gaat het om de grondzee.'

'De wat?'

'Ik moet ze allemaal aan het praten krijgen. Rondrennen en dingen zeggen die niet gezegd mogen worden. Tegen sluitingstijd zal er de hele winkel door worden gekletst door Dolbert en Oreale. De andere twee pak ik vanavond wel; die bellen Lavier en de man aan de centrale. Zo krijgen we de eerste schokgolf en daarna de tweede. De telefoon van de generaal zal vanmiddag gaan rinkelen. Tegen morgenochtend zal de paniek compleet zijn.'

'Twee vragen,' zei Marie terwijl ze opstond van de rand van het bed en naar hem toeliep. 'Hoe krijg je die twee mensen uit Les Classiques in de tijd dat de winkel open is? En wat voor mensen neem je vanavond?'

'Niemand leeft er in de diepvries,' antwoordde Bourne terwijl hij op zijn horloge keek. 'Zeker niet in de *haute couture*. Het is nu kwart over elf; tegen de middag ben ik in de flat van Dolbert en dan zal ik de huisbewaarder vragen haar op haar werk te bellen. Hij zal haar zeggen dat ze meteen naar huis moet komen. Er is een dringend, zeer persoonlijk probleem dat ze maar beter zelf kan oplossen.'

'Wat voor probleem?'

'Dat weet ik niet, maar wie heeft er nu geen problemen?'

'Je gaat hetzelfde doen met Oreale?'

'Waarschijnlijk nog doeltreffender.'

'Je bent een schurk, Jason.'

'Ik ben dooderstig,' zei Bourne en zijn vinger gleed weer langs een rij namen. 'Hier is hij. Oreale, Claude Giselle. Rue Racine. Hem bereik ik tegen drieën. Als ik klaar ben rent hij meteen terug naar de Saint-Honoré om daar te gaan schreeuwen.'

'En die andere twee? Wie zijn zij?'

'Hun namen krijg ik wel van Dolbert of van Oreale of van beiden. Zij zullen het niet weten, maar zij zullen me de tweede schokgolf verschaffen.'

Jason stond in de schaduw van een portiek in de Rue Losserand. Hij stond op vijf meter van de ingang naar de kleine flat van Janine Dolbert waar enkele ogenblikken geleden een verbaasde en rijkere *surin-*

tendant een welbespraakte vreemdeling ter wille was geweest door mademoiselle Dolbert op haar werk te bellen en te zeggen dat er een heer in een grote auto met chauffeur al twee keer langs was geweest en naar haar had gevraagd. Hij was er weer; wat moest de *surintendant* doen?

Een kleine, zwarte taxi stopte aan de stoeprand en een opgewonden, broodmagere Janine Dolbert sprong er letterlijk uit. Jason verliet snel het portiek en onderschepte haar op het trottoir, slechts een meter van de ingang.

'Dat was snel,' zei hij, terwijl hij haar elleboog aanraakte. 'Wat leuk om u weer eens te zien. U hebt mij onlangs zo goed geholpen.'

Janine Dolbert staarde hem aan en haar lippen gingen verbaasd vaneen toen ze hem herkende. 'U. De Amerikaan,' zei ze in het Engels. 'Monsieur Briggs, is 't niet? Bent u degene die...?'

'Ik heb tegen mijn chauffeur gezegd dat hij een uurtje vrij moest nemen. Ik wilde even rustig met u alleen spreken.'

'Met mij? Waarover zouden wij nu moeten spreken?'

'Weet u dat niet? Waarom bent u dan zo snel hierheen gekomen?'

De wijd uitstaande ogen onder het kort gekapte haar staarden hem als gefixeerd aan, haar bleke gelaat leek nog bleker in het zonlicht. 'Bent u dan, misschien, van het Huis van Azur?' vroeg ze voorzichtig.

'Zou kunnen.' Bourne pakte haar elleboog wat steviger vast. 'En?'

'Ik heb afgeleverd wat ik beloofd had. Er komt niets meer, dat hadden we afgesproken.'

'Weet u dat zeker?'

'Doe niet zo idioot! U kent de Parijse *haute couture* niet. Iemand zal woedend worden op iemand anders en rotopmerkingen maken in uw eigen studio. Wat een vreemde afwijkingen! En als de herfstcollectie uitkomt, en u loopt te pronken met de helft van Bergerons ontwerpen, hoe lang denkt u dan dat ik in Les Classiques kan blijven? Ik ben op een na het hoogste meisje bij Lavier, een van de weinigen die in haar kantoor mogen komen. Zorgt u maar liever voor me zoals u hebt beloofd. In een van uw winkels in Los Angeles.'

'Laten we een stukje gaan wandelen,' zei Jason, terwijl hij haar zacht voortduwde. 'Je hebt de verkeerde man, Janine. Ik heb nog nooit over het Huis van Azur gehoord en ik heb niet de geringste belangstelling voor gestolen ontwerpen – behalve wanneer ik kan gebruiken wat ik daarover weet.'

'O, mijn god...!'

'Blijf doorlopen.' Bourne pakte haar arm vast. 'Ik zei dat ik met u wilde praten.'

'Waarover? En wat wilt u van mij? Hoe bent u aan mijn naam gekomen?' De woorden kwamen nu snel achtereen, de zinnen tuimelden over elkaar. 'Ik ben vroeg gaan lunchen en ik moet nu meteen terug; we hebben het vandaag erg druk. Toe nou, u doet mijn arm zeer.'

'Het spijt me.'

'Zoals ik al zei; het was dwaasheid. Een leugen. We hebben geruchten gehoord in de zaak. Ik stelde u op de proef – dát deed ik. Ik stelde u op de proef!'

'U klinkt heel overtuigend. Dat zal ik accepteren.'

'Ik ben trouw aan Les Classiques. Ik ben altijd trouw geweest.'

'Dat is een mooie eigenschap, Janine. Ik bewonder mensen die trouw zijn. Ik zei laatst nog tegen die... hoe heet hij...? die aardige man aan de centrale. Hoe héét hij nu ook alweer? Ik ben het vergeten.'

'Philippe,' zei de verkoopster, overgedienstig in haar angst. 'Philippe d'Anjou.'

'Juist. Dank u.' Ze kwamen aan een nauw, hobbelig steegje tussen twee gebouwen. Jason gidste haar daarin. 'Laten we hier even blijven staan, gewoon even rustig van de straat af. Maakt u zich geen zorgen, u zult niet te laat komen. Ik heb maar een paar minuutjes van uw tijd nodig.' Ze liepen tien passen het steegje in. Bourne bleef staan; Janine Dolbert hield haar rug stijf tegen een stenen muur gedrukt. 'Sigaret?' vroeg hij en hij haalde een pakje uit zijn zak.

'Dank u, graag.'

Hij stak hem voor haar aan en zag dat haar hand trilde. 'Zo wat rustiger?'

'Ja... Nee, eigenlijk niet. Wat wilt u, monsieur Briggs?'

'Om te beginnen heet ik niet Briggs, maar ik denk dat u dat weet.'

'Dat weet ik niet! Moest ik dat soms weten?'

'Ik was ervan overtuigd dat de eerste verkoopster van Lavier u dat gezegd zou hebben.'

'Monique?'

'Achternamen gebruiken, alstublieft. Nauwgezetheid is belangrijk.'

'Brielle dan,' zei Janine terwijl ze nieuwsgierig haar wenkbrauwen fronste. 'Kent zij u?'

'Waarom vraagt u haar dat niet?'

'Zo u wilt. Wat ís er toch, monsieur?'

Jason schudde zijn hoofd. 'U weet het écht niet, is het wel? Driekwart van de mensen bij Les Classiques werkt met ons samen en een van de intelligentste is niet eens in vertrouwen genomen. Het is natuurlijk mogelijk dat iemand dacht dat u een risico vormde; dat komt wel voor.'

'Wát komt voor? Wat voor risico? Wie bént u?'

'Daar is nu geen tijd voor. De anderen kunnen u dat wel vertellen. Ik ben hier omdat wij nog nooit een rapport van u hebben ontvangen en toch spreekt u de hele dag met de allerbeste klanten.'

'U moet duidelijker zijn, monsieur.'

'Laten we zeggen dat ik de woordvoerder ben voor een groep mensen – Amerikaans, Frans, Engels. Nederlands – die langzaam het net dichttrekken rond een moordenaar die in elk van onze landen politieke en militaire leiders heeft vermoord.'

'Vermoord? Militaire, politieke...' Janines mond viel open, de as brak van haar sigaret en viel op haar starre hand. 'Wat ís dit toch? Waar hébt u het over? Ik weet daar helemaal niets van!'

'Ik kan alleen maar mijn verontschuldigingen aanbieden,' zei Bourne zacht, oprecht. 'Men had al verschillende weken geleden contact met u moeten opnemen. Het spijt me; het moet een hele schok voor u zijn.'

'Het is een schok, monsieur,' fluisterde de verkoopster en haar achterover gebogen lichaam verstrakte; ze zag eruit als een gekromde, glanzende rietstengel tegen de stenen muur. 'U praat over zaken die ik helemaal niet begrijp.'

'Maar ík begrijp het nu wel,' onderbrak Jason haar. 'Niets hebben we van u, over wie dan ook gehoord. Nu is het duidelijk.'

'Voor mij is het dat niet.'

'We zijn Carlos aan het insluiten. De sluipmoordenaar die bekend staat als Carlos.'

'Carlos?' De sigaret viel uit de hand van Dolbert, nu was ze echt bang.

'Hij is een van uw meest regelmatige klanten, alles wijst daarop. We hebben nu nog acht man die we verdenken. Een van de komende dagen zal de val dichtklappen en we zijn alle mogelijke voorzorgsmaatregelen aan het nemen.'

'Voorzorgsmaatregelen...?'

'Er bestaat altijd gevaar voor gijzelaars, dat weten we allemaal. We houden er rekening mee dat er geschoten zal worden maar het zal tot een minimum beperkt blijven. Het belangrijkste probleem zal Carlos zelf zijn. Hij heeft gezworen dat hij zich nooit levend zal laten pakken; hij loopt over straat met op scherp gestelde explosieven aan zijn lijf die, naar men aanneemt, krachtiger zijn dan een bom van duizend pond. Maar daarmee weten we wel weg. We zullen overal scherpschutters hebben; een goed gericht schot in het hoofd en alles is voorbij.'

'*Une seule balle...*'

Plotseling keek Bourne op zijn horloge. 'Ik heb u lang genoeg opgehouden. U moet terug naar de winkel en ik moet mijn post weer gaan innemen. Denk erom, als u mij buiten ziet, dan kent u mij niet. Als ik Les Classiques binnenkom dan behandelt u mij net als iedere rijke cliënt. Behalve wanneer u een klant hebt gezien van wie u denkt dat hij onze man zou kunnen zijn; dan vertelt u het mij onmiddellijk... Nogmaals, het spijt me dat dit zo is gelopen. Het was een gebrek in de communicatie, meer niet. Zoiets gebeurt.'

'*Un défaut...?*'

Jason knikte, keerde zich abrupt om en begon snel het steegje uit te lopen naar de straat. Hij bleef staan en keek even om naar Janine Dolbert. Ze hing half bewusteloos tegen de muur; voor haar was de elegante wereld van de *haute couture* veranderd in een dol geworden draaimolen.

Philippe d'Anjou. De naam zei hem niets, maar Bourne kon het niet helpen. Hij bleef hem bij zichzelf herhalen, probeerde zich een beeld voor de geest te halen... omdat het gezicht van de grijsharige telefonist zulke gewelddadige voorstellingen opriep van duisternis en lichtflitsen. *Phi-*

lippe d'Anjou. Niets. Helemaal niets. Toch was er iets geweest, iets dat Jasons maag beknelde, zijn spieren tot strakke bundels verhardde tot een plat vlak van samengetrokken, keihard vlees... door de duisternis.

Hij zat naast het raam en de deur van een koffiezaakje aan de Rue Racine, klaar om op te staan en te vertrekken zodra hij de gedaante van Claude Oreale zag verschijnen bij de voordeur van het oude gebouw aan de overzijde van de straat. Zijn kamer was op de vijfde verdieping, in een flat die hij deelde met twee andere jongemannen en die alleen maar bereikt kon worden door een versleten, hoekige trap te beklimmen. Als hij kwam, was Bourne er zeker van dat hij niet zou komen aanwandelen.

Want Claude Oreale, die zo druk had staan praten met Jacqueline Lavier op een andere trap in Saint-Honoré, had via de telefoon van een hospita zonder tanden te horen gekregen dat hij als de sodemieter terug moest komen naar de Rue Racine om een einde te maken aan het geschreeuw en het kapotslaan van meubilair in zijn flat op de vijfde verdieping. Als hij dat niet deed zou ze binnen tien minuten de gendarmes roepen. Tien minuten, meer niet.

Hij haalde het in acht. Zijn tengere figuur, gehuld in een pak van Pierre Cardin – met de slip van zijn colbertje fladderend in de harde wind waar hij tegenin moest – werd zichtbaar toen hij vanuit de uitgang van de Metro de stoep op rende, twee straten terug. Hij ging botsingen uit de weg met de behendigheid van een veldloper die uit vorm is maar die wel is getraind door het Ballet Russe. Zijn magere hals stak zowat een decimeter vooruit op zijn in vest gehulde borst en zijn lange, donkere haren wapperden als manen achter hem aan. Hij kwam bij de ingang en greep de leuning vast, sprong de trappen op en stortte zich de donkere hal in.

Jason liep snel het koffiezaakje uit en rende de straat over. Binnen haastte hij zich naar de oude trap en begon de krakende treden te beklimmen. Vanaf de overloop op de vierde verdieping kon hij het bonzen op de deur boven hem horen.

'*Ouvrez. Ouvrez! Vite, nom de Dieu...!*' Oreale zweeg want het stilzwijgen in de kamer was meer beangstigend dan wat ook.

Bourne beklom de rest van de treden tot hij Oreale kon zien tussen de spijlen van de leuning en de vloer. Het tengere lichaam van de verkoper stond tegen de deur geperst, met zijn handen met uitgespreide vingers aan weerszijden, zijn oor tegen het hout, zijn gelaat rood aangelopen. Terwijl Jason de overloop op stormde schreeuwde hij in het ambtelijke Frans dat hij achter uit zijn keel liet komen: 'Sûreté! Blijf staan waar u staat, jongeman. Laten we het vooral rustig houden. We hebben u en uw vrienden in de gaten gehouden. We weten alles over die donkere kamer.'

'Nee!' riep Oreale. 'Ik heb er niets mee te maken, dat zweer ik...! Donkere kamer?'

Bourne hief zijn hand op. 'Rustig aan. Schreeuw niet zo!' Hij volgde zijn bevelen onmiddellijk op door over de leuning te buigen en naar beneden te kijken.

'U kunt er mij niet bij betrekken!' vervolgde de verkoper. 'Ik heb er niets mee te maken! Ik heb ze keer op keer gezegd dat ze met alles op moesten houden! Op een kwade dag is het hun dood. Verdovende middelen zijn voor idioten...! Mijn god, wat is het stil. Ik denk dat ze dood zijn!'

Jason ging weer rechtop staan en keerde zich om van de leuning. Hij liep met opgeheven handpalmen naar Oreale toe. 'Ik zei toch dat u stil moest zijn,' fluisterde hij ruw. 'Ga naar binnen en hou je mond! Dit was allemaal bedoeld voor dat ouwe wijf beneden.'

De verkoper stond als aan de grond genageld; zijn paniek stokte even in sprakeloze hysterie. 'Wat?'

'U hebt een sleutel,' zei Bourne. 'Doe open en ga naar binnen.'

'De grendel zit erop,' antwoordde Oreale. 'Op zulke momenten zit altijd de grendel erop.'

'Verdomde idioot, we moesten contact met je opnemen! We moesten je hierheen zien te krijgen zonder dat iemand wist waarom. Doe die deur open. Snel!'

Als een doodsbenauwd konijntje frutselde Claude Oreale in zijn zak en vond de sleutel. Hij ontsloot de deur en duwde die open zoals een man dat zou doen die een opslagruimte binnengaat vol verminkte lijken. Bourne duwde hem voor de deuropening, stapte naar binnen en sloot de deur.

Voor zover hij de flat kon zien, gaf die een heel andere indruk dan het gebouw zelf. De vrij grote woonkamer stond vol elegante, dure meubelen, en tientallen kussens van rood en geel fluweel lagen verspreid op banken, stoelen en de vloer. Het leek een erotische kamer, een luxueus toevluchtsoord temidden van puinhopen.

'Ik heb maar een paar minuten,' zei Jason. 'Alleen maar tijd voor zaken.'

'Zaken?' vroeg Oreale met een dodelijk verschrikte uitdrukking. 'Die... die donkere kamer? Wát voor donkere kamer?'

'Vergeet 't maar. Je had een veel beter zaakje lopen.'

'Wat voor zaakje?'

'We hebben bericht gekregen uit Zürich en we willen dat je dat doorgeeft aan je vriendin Lavier.'

'Madame Lavier? Mijn vriendin?'

'We kunnen de telefoon niet vertrouwen.'

'Wat voor telefoon? Het bericht? Wát voor bericht?'

'Carlos heeft gelijk.'

'Carlos? Welke Carlos?'

'De sluipmoordenaar.'

Claude Oreale schreeuwde. Hij hield zijn hand voor zijn mond, beet op de knokkel van zijn wijsvinger en riep: 'Wat zegt u nou?'

'Hou je stil!'

'Waarom zegt u dat tegen mij?'

'Jij bent nummer vijf. We rekenen op jou.'

'Wát vijf? Waarvoor?'

'Om Carlos te helpen te ontsnappen aan de val. Het net wordt aangehaald. Morgen, overmorgen, misschien de dag daarna. Hij moet wegblijven; moet absoluut wegblijven. Ze zullen de zaak omsingelen, met scherpschutters op elke drie meter. Het zal een moordend kruisvuur zijn; als hij daar in zit zou het een bloedbad kunnen worden. Jullie allemaal. Dood.'

Oreale schreeuwde opnieuw; zijn knokkel zag rood. 'Wilt u daarmee ophouden! Ik weet niet waarover u het hebt! U bent een maniak en ik wil geen woord meer horen – ik héb helemaal niets gehoord. Carlos, kruisvuur... bloedbaden! Mijn god, ik stik... ik moet lucht hebben!'

'U zult geld krijgen. Een heleboel, volgens mij. Lavier zal je dankbaar zijn. d'Anjou ook.'

'd'Anjou. Hij veracht me! Hij noemt me een pauw en hij beledigt me bij elke gelegenheid.'

'Dat is camouflage, natuurlijk. Hij vindt je eigenlijk erg aardig – misschien meer dan je weet. Hij is nummer zes.'

'Wat stellen die nummers voor? Hou op met in nummers te praten!'

'Hoe kunnen we anders onderscheid maken tussen jullie, opdrachten verstrekken? We kunnen geen namen gebruiken.'

'Wie kan dat niet?'

'Wij allemaal die voor Carlos werken.'

De kreet was oorverdovend en van Oreales vinger druppelde nu het bloed. 'Ik wíl niet luisteren! Ik ben couturier, kunstenaar!'

'Jij bent nummer vijf. Je doet precies wat wij je zeggen of je ziet dit zwoele hol van je hier nooit meer terug.'

'Aunghunn!'

'Hou op met dat geschreeuw! We waarderen jou wel; we weten dat jullie allemaal onder spanning werken. Tussen haakjes, we vertrouwen de boekhouder niet.'

'Trignon?'

'Alleen voornamen. Versluiering is belangrijk.'

'Pierre dan. Hij is een rotvent. Hij laat ons privételefoontjes betalen.'

'Volgens ons werkt hij voor Interpol.'

'Interpol?'

'Als dat zo is zouden jullie allemaal voor tien jaar de bak ingaan. Jou zouden ze daar levend verslinden, Claude.'

'Aunghunn!'

'Hou je bek! Laat Bergeron maar weten wat wij denken. Hou Trignon in de gaten, vooral de komende twee dagen. Kijk uit wanneer hij om wat voor reden dan ook de zaak uitgaat. Het zou kunnen betekenen dat de val dichtklapt.' Bourne liep naar de deur met zijn hand in zijn zak. 'Ik moet nu terug en jij ook. Vertel de nummers een tot en met zes alles wat ik je heb gezegd. Het is zeer belangrijk dat het bekend raakt.'

Oreale schreeuwde opnieuw, alweer hysterisch. 'Nummers! Altijd númmers! Wat voor nummer? Ik ben een kunstenaar, geen nummer!'

'Je zult niet eens een gezicht meer hebben tenzij je daar even snel terugkeert als je hierheen bent gekomen. Neem contact op met Lavier, d'Anjou, Bergeron. Zo vlug je kunt. Dan de anderen.'

'Wélke anderen?

'Vraag het nummer twee maar.'

'Twee?'

'Dolbert. Janine Dolbert.'

'Janine. Zij ook?'

'Precies. Zij is twee.'

De verkoper zwaaide wild met zijn armen boven zijn hoofd in hulpeloos protest. 'Dit is waanzin! Ik begrijp er niets van!'

'Je leven hangt ervan af, Claude,' zei Jason rustig. 'Wees er zuinig op... Ik zal aan de overkant van de straat blijven wachten. Ga hier over precies drie minuten weg. En blijf van de telefoon af; ga hier alleen maar weg en ga terug naar Les Classiques. Als je hier binnen drie minuten niet weg bent zal ik terug moeten komen.' Hij trok zijn hand uit zijn zak. Hij had zijn revolver vast.

Oreale perste alle lucht uit zijn longen en zijn gezicht zag asgrauw toen hij naar het wapen staarde.

Bourne opende zelf de deur en vertrok.

De telefoon op het nachtkastje ging over. Marie keek op haar horloge; het was kwart over acht en even voelde ze een steek van acute angst. Jason had gezegd dat hij om negen uur zou bellen. Hij was na donker uit La Terrasse vertrokken om een verkoopster te onderscheppen die Monique Brielle heette. De tijdplanning klopte precies en kon alleen in noodgeval worden onderbroken. Was er iets gebeurd?

'Is dit kamer 420?' vroeg een diepe mannenstem over de lijn.

Marie voelde zich plots opgelucht; de man was André Villiers. De generaal had laat in de middag gebeld om Jason te zeggen dat er paniek was ontstaan in Les Classiques; zijn vrouw was niet minder dan zes keer aan de telefoon geroepen, binnen anderhalf uur. Maar hij had niet een keer iets belangrijks kunnen vernemen, zo gauw hij de telefoon had opgepakt was het serieuze gesprek vervangen door onschuldig gebabbel.

'Ja,' zei Marie. 'Dit is 420.'

'Neemt u me niet kwalijk, we hebben nog niet eerder met elkaar gesproken.'

'Ik weet wie u bent.'

'Ik weet ook dat u er bent. Mag ik zo vrij zijn om te zeggen: dank u?'

'Ik begrijp het. Niets te danken.'

'Ter zake. Ik bel vanuit mijn kantoor en er zit op deze lijn natuurlijk geen ander toestel. Zeg tegen onze wederzijdse vriend dat de crisis is toegenomen. Mijn vrouw heeft zich op haar kamer teruggetrokken, zegt dat ze zich duizelig voelt, maar ze is kennelijk niet zo ziek dat ze de telefoon niet kan beantwoorden. Verschillende keren, net als eerst, heb ik de hoorn opgepakt en kwam ik er achter dat ze op hun hoede waren voor elke storing. Telkens heb ik me vrij nors verontschuldigd door te zeggen dat ik op een gesprek zat te wachten. Eerlijk gezegd ben ik er niet zo zeker van of mijn vrouw wel overtuigd was maar ze verkeert natuurlijk niet in een positie om aan me te twijfelen. Ik zal ronduit praten, mademoiselle. Er begint een onuitgesproken wrijving tussen ons te ontstaan en onder het oppervlak is die heftig. Moge God mij kracht geven.'

'Ik kan u alleen maar vragen om het doel voor ogen te houden,' viel Marie hem in de rede. 'Denk aan uw zoon.'

'Ja,' zei de oude man zacht. 'Mijn zoon. En de hoer die zich voordoet alsof ze zijn herinnering in ere houdt... het spijt me.'

'Dat geeft niets. Ik zal aan mijn vriend overbrengen wat u me hebt verteld. Hij belt me binnen een uur op.'

'Een ogenblikje,' onderbrak Villiers haar. 'Er is nog iets. Het is de reden waarom ik u moest bellen. Twee keer toen mijn vrouw aan het apparaat was betekenden de stemmen iets voor me. De tweede stem herkende ik; er schoot me meteen een gezicht te binnen. Hij zit aan de centrale in Saint-Honoré.'

'Ik weet zijn naam. Wat is er met de eerste?'

'Het was vreemd. Ik kende de stem niet, er hoorde geen gezicht bij, maar ik begreep waarom hij daar was. Het was een vreemde stem, een half gefluisterd bevel, een echo van zichzelf. Het was het bevel dat me opviel. Weet u, die stem was niet in gesprek met mijn vrouw; hij had een bevel gegeven. Op het moment dat ik de hoorn oppakte kwam er natuurlijk verandering in; een tevoren afgesproken teken voor een snel afscheid, maar er bleef iets hangen. Wat er bleef hangen, zelfs in de toon, dat kent iedere soldaat; hij gebruikt het om iets te benadrukken. Ben ik duidelijk?'

'Ik geloof van wel,' zei Marie met medeleven. Als ze dat wat de oude man liet doorschemeren goed begreep, dan moest hij onder ondraaglijke spanning staan.

'U kunt er zeker van zijn, mademoiselle,' zei de generaal, 'dat het dat zwijn van een moordenaar was.' Villiers zweeg; zijn ademhaling was hoorbaar en de woorden die volgden klonken langgerekt, als van een sterke man die op het punt van huilen staat. 'Hij gaf... instructies... aan... mijn... vrouw.' De stem van de oude soldaat stokte. 'Vergeeft u mij het onvergeeflijke. Ik heb het recht niet u te belasten.'

'U hebt wel degelijk het recht,' zei Marie die zich plotseling gealarmeerd voelde. 'Wat er nu gebeurt moet verschrikkelijk pijnlijk voor u zijn, dubbel zo erg omdat u niemand hebt om mee te praten.'

'Ik praat met u, mademoiselle. Dat hoorde ik niet te doen maar ik doe het wel.'

'Ik wilde dat we konden blijven praten. Ik wilde dat een van ons bij u kon zijn. Maar dat is niet mogelijk en ik weet dat u dat begrijpt. Probeert u het, alstublieft, vol te houden. Het is verschrikkelijk belangrijk dat er geen verband wordt gelegd tussen u en onze vriend. Het zou u uw leven kunnen kosten.'

'Ik geloof dat ik misschien mijn leven al heb verloren.'

'*Ça, c'est absurde,*' zei Marie scherp, een opzettelijke klap in het gezicht van de oude soldaat. '*Vous êtes un soldat! Arrêtez ça immédiatement!*'

'*C'est l'institutrice qui corrige le mauvais élève. Vous avez bien raison.*'

'*On dit que vous êtes un géant. Je le crois.*' Het was stil op de lijn; Marie hield haar adem in. Toen Villiers sprak haalde ze weer adem.

'Onze wederzijdse vriend is te benijden. U bent een opmerkelijke vrouw.'

'Helemaal niet. Ik wil alleen dat mijn vriend bij me terugkeert. Daaraan is niets opmerkelijks.'

'Misschien niet. Maar ik zou ook graag uw vriend zijn. U hebt een oude man eraan herinnerd wie en wat hij is. Of wie en wat hij eens was en opnieuw moet proberen te worden. Ik dank u opnieuw.'

'Niets te danken... mijn vriend.' Marie legde de hoorn op, diep ontroerd en ook erg ongerust. Ze was er niet van overtuigd dat Villiers de komende vierentwintig uur alleen aankon en als dat zo was dan zou de moordenaar weten hoe diep ze waren doorgedrongen in zijn stellingen. Hij zou iedere contactpersoon in Les Classiques opdracht geven uit Parijs te vluchten en te verdwijnen. Of er zou een bloedbad plaatsvinden in de Saint-Honoré en dat zou op hetzelfde neerkomen.

Als dat gebeurde zou er geen antwoord komen, geen adres in New York, geen bericht dat ontcijferd kon worden, geen afzender die kon worden opgespoord. De man van wie ze hield zou worden terugverwezen naar zijn doolhof. En hij zou haar verlaten.

28

Bourne zag haar op de hoek, onder het schijnsel van de straatlantaarns, naar het kleine hotel lopen waar ze woonde. Monique Brielle, de eerste verkoopster van Jacqueline Lavier, was een hardere, peziger versie van Janine Dolbert. Hij herinnerde zich dat hij haar in de winkel had gezien. Ze had iets zelfverzekerds, ze stapte voort als een vrouw die wist wat ze deed, die verzekerd was van haar eigenwaarde. Nauwelijks van haar stuk te brengen. Jason kon zich voorstellen dat zij de eerste verkoopster was van Lavier. Hun ontmoeting zou kort zijn, de inhoud van het bericht moest haar schrik aanjagen en ze moest de dreiging die erin lag doorhebben. Het was tijd om de tweede schokgolf op gang te brengen. Hij bleef roerloos staan en liet haar voorbijlopen op de stoep, met hielen die krijgshaftig klikten op het plaveisel. Het was niet druk in de straat maar hij was ook niet verlaten; er liepen misschien zes mensen in de buurt. Het zou nodig zijn om haar te isoleren en haar dan buiten gehoorafstand te voeren van iemand die de woorden misschien zou kunnen opvangen, want het zou voor elke koerier een risico betekenen als die woorden werden afgeluisterd. Hij haalde haar in op minder dan tien meter van de hotelingang; hij paste zijn tempo aan bij het hare en bleef aan haar zij.

'Neem direct contact op met Lavier,' zei hij in het Frans terwijl hij recht voor zich uit bleef kijken.

'Pardon? Wat zei u? Wie bent u, monsieur?'

'Niet stilhouden! Door blijven lopen. Voorbij de ingang.'

'Weet u dan waar ik woon?'

'Er is maar heel weinig wat wij niet weten.'

'En als ik recht naar binnen loop? Er is een portier...'

'Lavier is er ook,' onderbrak Bourne haar. 'U zult uw baan verliezen en u zult er in heel Saint-Honoré geen meer vinden. En ik ben bang dat zoiets nog het minste zal zijn van uw problemen.'

'Wie bént u?'

'Niet uw vijand.' Jason keek haar aan. 'Zorg dat dat zo blijft.'

'U. De Amerikaan! Janine... Claude Oreale!'

'Carlos,' vulde Bourne aan.

'Carlos? Wat is dit voor waanzin? De hele middag, niets anders dan Carlos! En nummers! Iedereen heeft een nummer waarvan niemand nog ooit heeft gehoord! En gepraat over hinderlagen en mannen met wapens! Het is gekheid!'

'Het gebeurt. Blijf lopen. Alstublieft! Voor uw eigen bestwil.'

Ze bleef lopen, maar haar tred was minder zeker, haar lichaam was strak, een stramme marionet die niet zeker wist hoe haar touwtjes liepen. 'Jacqueline heeft met ons gepraat,' zei ze geëmotioneerd. 'Ze heeft ons gezegd dat het allemaal waanzin was, dat men – u – eropuit was om Les Classiques te ruïneren. Dat een van de andere huizen u betaald moet hebben om ons te ruïneren!'

'Wat had u anders verwacht dat zij zou zeggen?'

'U bent een gehuurde provocateur! Ze heeft ons de waarheid verteld!'

'Heeft ze u ook gezegd dat u uw mond moest houden? Niets van dit alles tegen iemand moest zeggen?'

'Natuurlijk!'

'En vooral,' ging Jason verder alsof hij haar niet had gehoord, 'niet naar de politie lopen, iets wat onder de omstandigheden het meest logische zou zijn. Eigenlijk het enige zou zijn.'

'Ja, natuurlijk...'

'Niet natuurlijk,' wierp Bourne tegen. 'Luister, ik ben alleen maar een koerier, waarschijnlijk niet eens zoveel hoger dan u. Ik ben hier niet om u te overtuigen, ik ben er om een bericht door te geven. We hebben Dolbert op de proef gesteld; we hebben verkeerde informatie aan haar doorgegeven.'

'Janine...?' De verbazing van Brielle begon over te gaan in totale verbijstering. 'De dingen die ze zei klonken ongelooflijk! Even ongelooflijk als het hysterische geschreeuw van Claude. Wat hij allemaal niet zei! Maar wat zij zei was net het tegengestelde van wat hij zei.'

'Dat weten we; het was met opzet gedaan. Ze heeft met Azur gepraat.'

'Het Huis van Azur?'

'Ondervraag haar morgen maar. Confronteer haar ermee.'

'Waarmee?'

'Doe dat nu maar. Het zou er verband mee kunnen houden.'

'Waarmee?'

'De valstrik. Azur kan best samenwerken met Interpol.'

'Interpol? Valstrikken? Dit is dezelfde waanzin! Niemand weet waarover u het hebt.'

'Lavier weet het wel. Neem direct contact met haar op.' Ze kwamen bij een zijstraat; Jason raakte haar arm aan. 'Ik laat u hier op de hoek achter. Ga terug naar uw hotel en bel Jacqueline. Zeg haar dat het veel erger is dan we dachten. Alles begint in te storten. Het ergste van alles is dat er iemand is omgekeerd. Dolbert niet, niemand van het verkooppersoneel, maar iemand die hoger staat. Iemand die alles weet.'

'Omgekeerd? Wat betekent dat?'

'Er is een verrader in Les Classiques. Zeg haar dat ze op moet passen. Voor iedereen. Als ze dat niet doet zou het voor ons allemaal het einde kunnen betekenen.' Bourne liet haar arm los, stapte van het trottoir af en stak de straat over. Aan de overkant zag hij een portiek waar hij snel in ging staan.

Hij keek voorzichtig om de hoek naar de plek waar hij haar had achtergelaten. Monique was al halverwege de hoek van de straat en het hotel; ze rende op de ingang af. De eerste paniek van de tweede schokgolf was op gang gebracht. Het werd tijd om Marie te bellen.

'Ik maak me zorgen, Jason. Hij wordt erdoor verscheurd. Aan de telefoon begon hij bijna te huilen. Wat gaat er in hem om wanneer hij naar haar kijkt? Wat moet hij wel voelen en denken?'

'Hij speelt het wel klaar,' zei Bourne terwijl hij vanuit zijn glazen cel naar het verkeer keek op de Champs Elysées en wenste dat hij wat meer vertrouwen voelde betreffende André Villiers. 'Als hij dat niet doet dan heb ik hem vermoord. Ik wil dat niet op mijn geweten hebben maar daar komt het dan wel op neer. Ik had mijn verrekte mond moeten houden en haar zelf moeten aanpakken.'

'Dat had je niet kunnen doen. Je hebt d'Anjou op de trap gezien; je had niet naar binnen kunnen gaan.'

'Ik had iets kunnen bedenken. We zijn het er al over eens, ik red me overal uit – op een manier die me helemaal niet aanstaat.'

'Maar je doet toch iets! Je bent paniek aan het zaaien en je dwingt de mensen die Carlos' opdrachten uitvoeren zich bloot te geven. Iemand moet die paniek tegenhouden en zelfs jij hebt gezegd dat je dacht dat Jacqueline Lavier niet hoog genoeg was. Jason, je zult iemand te zien krijgen en dan zul je het weten. Je zult hem te pakken krijgen! Echt waar!'

'Ik hoop het; mijn god, ik hoop het van harte! Ik weet precies wat ik doe, maar zo nu en dan...' Bourne zweeg. Hij wilde het liever niet zeggen maar hij moest het – tegen haar moest hij het zeggen. 'Ik kom in verwarring. Ik voel me net alsof ik in tweeën gespleten ben, het ene deel van me zegt: "Red jezelf," het andere deel... God sta me bij... beveelt me: "Pak Carlos."'

'Dat ben je al vanaf het begin aan het doen, waar of niet?' zei Marie zacht.

'Carlos kan me niks schelen!' schreeuwde Jason en hij wiste het zweet af dat op zijn voorhoofd was verschenen; hij was er zich tevens van bewust dat hij het koud had. 'Ik word er gek van,' voegde hij eraan toe en hij wist niet zeker of hij die woorden hardop had gesproken of alleen maar in zichzelf.

'Schat, kom terug.'

'Wat?' Bourne keek naar de telefoon en hij was er opnieuw niet zeker van of hij uitgesproken woorden had gehoord of dat hij ze had willen horen en dat ze er daarom waren. *Het begon weer. Er waren dingen en toch waren ze er niet. Buiten was de hemel donker, buiten bij een telefooncel aan de Champs Elysées. Eerst was hij zo helder geweest, zo helder, zo verblindend. En heet, niet koud. Met krijsende vogels en gierende metaalflitsen...*

'Jason!'

'Wat is er?'

'Kom terug. Schat, kom alsjeblieft terug.'

'Waarom?'

'Je bent moe. Je hebt rust nodig.'

'Ik moet naar Trignon toe. Pierre Trignon. Hij is de boekhouder.'

'Doe dat morgen maar. Hij kan best tot morgen wachten.'

'Nee. De kapiteins dragen de verantwoording.' *Wat zei hij nu? Kapiteins. Soldaten. Gedaanten die in paniek op elkaar inliepen. Maar het kon helemaal niet anders. De kameleon was een... provocateur.*

'Luister naar me,' zei Marie en ze sprak indringend. 'Er is iets met je aan de hand. Het is al eerder gebeurd; dat weten we allebei, schat. En als het gebeurt dan moet je ophouden, dat weten we ook. Kom terug naar het hotel. Alsjeblieft.'

Bourne sloot zijn ogen, het zweet begon al op te drogen, de geluiden van het verkeer buiten de cel verdrongen de krijsende geluiden in zijn oren. Hij kon de sterren zien in de koude, nachtelijke hemel. Het was voorbij, wat het dan ook was geweest.

'Het gaat weer. Echt waar, ik ben weer in orde. Even een paar beroerde momenten, meer niet.'

'Jason?' Marie sprak langzaam en dwong hem te luisteren. 'Waardoor zijn ze ontstaan?'

'Ik weet het niet.'

'Je hebt net dat meisje Brielle gezien. Zei die iets tegen jou? Iets dat je aan iets anders deed denken?'

'Ik weet het niet zeker. Ik had het er te druk mee te bedenken wat ik zelf moest zeggen.'

'Denk na, schat!'

Bourne sloot zijn ogen in een poging het zich te herinneren. Was er iets geweest? Iets wat terloops was uitgesproken of zo snel dat het op dat moment verloren was gegaan? 'Ze noemde me een *provocateur*,' zei Jason en hij begreep niet waarom dat woord hem te binnen schoot. 'Maar dat ben ik dan ook, waar of niet? Dat ben ik aan het doen.'

'Ja,' stemde Marie in.

'Ik moet ervandoor,' vervolgde Bourne. 'Trignon woont helemaal niet ver hiervandaan. Ik wil vóór tienen bij hem zijn.'

'Wees voorzichtig.' Marie sprak alsof ze met haar gedachten ergens anders was.'

'Dat zal ik zijn. Ik hou van je.'

'Ik geloof in jou,' zei Marie St. Jacques.

Het was een rustige straat en de gebouwen die erlangs lagen bestonden uit dat vreemde mengelmoes van winkels en flats zoals je die vond in het centrum van Parijs; overdag was het er vol mensen, 's avonds was het er verlaten.

Jason vond het kleine flatgebouw dat in de telefoongids stond vermeld als het huis waar Pierre Trignon woonde. Hij liep de nette, spaarzaam verlichte hal in. Rechts bevond zich een rij koperen brievenbussen en onder elke zat een gerasterd cirkeltje waardoor een bezoeker moest spreken om zich bekend te maken. Jason schoof met zijn vinger langs de namen die onder de gleuven stonden gedrukt. M. PIERRE TRIGNON – 42. Hij drukte tweemaal op het kleine, zwarte knopje; tien seconden later kwam er gekraak uit het luidsprekertje.

'Oui?'

'Monsieur Trignon, s'il vous plaît?'

'Ici.'

'Télégramme, monsieur. Je ne peux pas quitter ma bicyclette.'

'Télégramme? Pour moi?'

Pierre Trignon was niet een man die vaak telegrammen kreeg; dat bleek uit zijn verbaasde toon. De rest van zijn woorden was nauwelijks verstaanbaar, maar een vrouwenstem op de achtergrond klonk dodelijk verschrikt en associeerde telegrammen met allerlei afschuwelijke rampen.

Bourne wachtte buiten de matglazen deur die naar het trappenhuis van de flat leidde. Binnen enkele ogenblikken hoorde hij het snelle geklepper van voetstappen naderbij komen toen er iemand, kennelijk Trignon, de trappen af kwam stormen. De deur zwaaide open en onttrok Jason aan het oog; een kalende, vrij dikke man, met overbodige bretels die plooien trokken in het vlees onder een uitpuilend wit hemd, liep naar de rij brievenbussen en hield stil bij nummer 42.

'Monsieur Trignon?'

De dikke man keerde zich snel om; op zijn blote-billengezicht lag een hulpeloze uitdrukking. 'Een telegram! Een telegram voor mij,' riep hij uit. 'Hebt u een telegram voor mij?'

'Ik moet me verontschuldigen voor de list, Trignon, maar het was voor uw eigen bestwil. Ik dacht niet dat u ondervraagd zou willen worden waar uw vrouw en uw gezin bij waren.'

'Ondervraagd?' riep de boekhouder uit, met dikke, vooruitstekende lippen en verschrikte ogen. 'Ik? Waarover? Wat betekent dit? Waarom komt u hier naar mijn huis? Ik heb nog nooit iets tegen de wet gedaan!'

'U werkt in Saint-Honoré? Voor een zaak die Les Classiques heet?'

'Dat klopt. Wie bent u?'

'Als u er de voorkeur aan geeft kunnen we wel naar mijn kantoor gaan,' zei Bourne.

'Wie bént u?'

'Ik ben rechercheur voor het Bureau voor Belastingen en Accijnzen, afdeling Fraude en Oplichting. Komt u maar mee, mijn dienstauto staat buiten.'

'Buiten? Meekomen...? Ik heb geen colbert aan, geen jas! Mijn vrouw. Ze zit boven te wachten tot ik een telegram kom brengen. Een telegram!'

'U kunt er haar een sturen als u dat wilt. Komt u maar mee. Ik ben hier al de hele dag mee bezig en ik wil die zaak afsluiten.'

'Alstublieft, monsieur,' protesteerde Trignon. 'Ik sta er niet op om ergens heen te gaan! U zei dat u vragen had. Stelt u uw vragen maar en laat mij dan weer naar boven gaan. Ik wil niet meegaan naar uw kantoor.'

'Het kan wel een paar minuten duren,' zei Jason.

'Ik zal mijn vrouw wel bellen en zeggen dat het een vergissing was. Het telegram is voor de oude Gravet: hij woont hier op de begane grond en hij kan nauwelijks lezen. Ze zal het wel begrijpen.'

Madame Trignon begreep het niet maar haar schrille tegenwerpingen werden tot zwijgen gebracht door een nog schrillere monsieur Trignon.

'Ziet u wel,' zei de boekhouder toen hij terugkeerde van de brievenbus, zijn spaarzame haren op zijn kale schedel geplakt door het zweet. 'We hoeven nergens naartoe te gaan. Wat betekenen nou een paar minuten in het leven van een man? Die televisieprogramma's worden over een maand of twee toch herhaald... Wat heeft dit nu in 's hemelsnaam te betekenen, monsieur? Mijn boeken zijn in orde, perfect in orde! Ik kan natuurlijk niet instaan voor het werk van de accountant. Dat is een aparte firma. Hij vormt een aparte firma. Eerlijk gezegd heb ik hem nooit gemogen: hij vloekt nogal, als u begrijpt wat ik bedoel. Maar ja, wie ben ik om zoiets te zeggen?' Trignon stak zijn handen naar voren, met de palmen omhoog; zijn gezicht was samengeknepen in een onderdanige glimlach.

'Om te beginnen,' zei Bourne, met voorbijzien van de tegenwerpingen, 'moet u de stadsgrenzen van Parijs niet overschrijden. Als u om wat voor reden dan ook, privé of beroepsmatig, dat moet doen moet u het mij laten weten. Ik zeg het u maar eerlijk dat het niet zal worden toegestaan.'

'Nu maakt u toch zeker grapjes, monsieur.'

'Dat doe ik toch zeker niet.'

'Ik heb geen enkele reden om Parijs te verlaten – en ik heb er ook het geld niet voor – maar het is ongelooflijk dat u zoiets tegen mij zegt. Wat heb ik gedaan?'

'Het Bureau zal morgenvroeg uw boeken in beslag nemen. Weest u daar op voorbereid.'

'In beslag nemen... Waarom? Voorbereid op wat?'

'Betalingen aan zogenaamde leveranciers van wie de rekeningen gefraudeerd zijn. De goederen zijn nooit ontvangen – dat was ook nooit de bedoeling – en de betalingen zijn, in plaats daarvan, gezonden naar een bank in Zürich.'

'Zürich? Ik weet niet waarover u het hebt! Ik heb geen cheques voor Zürich uitgeschreven.'

'Niet rechtstreeks, dat weten we. Maar hoe gemakkelijk was het niet voor u om ze uit te schrijven voor niet bestaande firma's, het geld te betalen en dan telegrafisch over te maken naar Zürich.'

'Elke rekening wordt geparafeerd door madame Lavier! Ik betaal niets op eigen initiatief!'

Jason zweeg en fronste zijn wenkbrauwen. 'Nu maakt u grapjes,' zei hij.

'Ik zweer het u! Dat is de regel van het huis. U kunt het iedereen vragen! Les Classiques betaalt geen *sou* zonder dat daartoe opdracht is gegeven door madame.'

'U beweert dus dat u uw opdrachten rechtstreeks van haar krijgt?'

'Maar natuurlijk!'

'Van wie krijgt zij haar opdrachten?'

Trignon grijnsde. 'Ze zeggen weleens van God zelf, als het al niet andersom is. Dat is natuurlijk een grapje, monsieur.'

'Ik hoop dat u ook serieus kunt zijn. Wie zijn de eigenlijke eigenaars van Les Classiques?'

'Het is een groep partners, monsieur. Madame Lavier heeft vele rijke vrienden; die hebben geïnvesteerd in haar bekwaamheden. En, natuurlijk, in de talenten van René Bergeron.'

'Komen die partners regelmatig bijeen? Stippelen ze een politiek uit? Brengen ze misschien bepaalde firma's naar voren waarmee zaken moeten worden gedaan?'

'Dat zou ik niet weten, monsieur. Iedereen heeft natuurlijk vrienden.'

'Misschien hebben we ons op de verkeerde mensen geconcentreerd,' onderbrak Bourne hem. 'Het is heel goed mogelijk dat er van u en van madame Lavier – als de twee die rechtstreeks te maken hebben met de financiën van iedere dag – misbruik wordt gemaakt.'

'Misbruik waarvoor?'

'Om in het geheim geld naar Zürich over te maken. Op de rekening van een van de meest boosaardige moordenaars in Europa.'

Trignon kromp ineen en zijn dikke buik trilde terwijl hij steun zocht tegen de muur. 'Wat vertelt u nú in godsnaam?'

'Bereidt u maar voor. Vooral u. U schreef de cheques uit, niemand anders.'

'Uitsluitend na goedkeuring!'

'Hebt u ooit de goederen vergeleken met de rekeningen?'

'Dat is mijn werk niet!'

'Het kwam er dus op neer dat u betalingen verrichtte voor leveringen die u nooit hebt gezien.'

'Ik zie nooit iets! Enkel rekeningen die geparafeerd zijn. Alleen daarop betaal ik!'

'U kunt ze maar beter allemaal opzoeken. U en madame Lavier doen er goed aan om in uw dossiers alles op te zoeken waaraan u houvast kunt hebben. Want het zal aan u beiden – vooral aan u ten laste worden gelegd.'

'Ten laste worden gelegd? Wat dan wel?'

'Er bestaat geen specifieke dagvaarding, maar laten we het noemen medeplichtigheid aan meervoudige manslag.'

'Meervoudige...?'

'Sluipmoord. De rekening in Zürich staat op naam van een moordenaar die Carlos heet. U, Pierre Trignon, en uw huidige werkneemster, madame Lavier, zijn rechtstreeks betrokken bij de financiering van de meest gezochte moordenaar in Europa. Ilich Ramirez Sanchez. Alias Carlos.'

'Aughhhh...!' Trignon gleed op de vloer van de hal met starende ogen en onherkenbaar vertrokken, opgezwollen gelaatstrekken. 'De hele middag...' fluisterde hij. 'Mensen die rondrenden, hysterische groepjes in de gangen, mensen die mij vreemd aankeken, die langs mijn kantoortje kwamen en hun hoofden omdraaiden. O, mijn god.'

'Als ik u was zou ik geen moment verliezen. Het zal gauw ochtend zijn en daarmee breekt voor u waarschijnlijk de moeilijkste dag van uw leven aan.' Jason liep naar de voordeur en hield stil met zijn hand op de kruk. 'Het ligt niet op mijn weg om u te adviseren, maar als ik u was zou ik direct naar madame Lavier gaan. Begint u maar samen aan uw verdediging, meer blijft er voor u waarschijnlijk niet over. Openbare beslaglegging is niet uitgesloten.'

De kameleon trok de deur open en stapte naar buiten en de koude avondlucht voelde bijtend aan op zijn gezicht.

Pak Carlos. Strik Carlos. Caïn betekent Charlie en Delta betekent Caïn.

Fout!

Zoek een nummer in New York. Zoek Treadstone. Zoek de betekenis van een bericht. Achterhaal de afzender.

Achterhaal Jason Bourne.

Zonlicht stroomde door het glas-in-lood-raam terwijl de gladgeschoren oude man in het wat ouderwetse pak zich door het looppad van de kerk in Neuilly-sur-Seine haastte. De rijzige priester die bij de kaarsenstandaard stond zag hem en dacht hem eerder gezien te hebben. Even dacht de geestelijke dat de man hem bekend voorkwam maar hij kon niet nagaan waar hij hem gezien kon hebben. Gisteren was er een haveloze bedelaar geweest, zowat even groot, zowat even... Nee, de schoenen van deze oude man blonken, zijn witte haren waren keurig gekamd en het pak was van goede kwaliteit, al was het wat ouderwets.

'Angelus Domini,' zei de oude man, terwijl hij de gordijnen van de biechtstoel vaneen schoof.

'Genoeg!' fluisterde de gedaante in silhouet achter het gaas. 'Wat bent u in Saint-Honoré te weten gekomen?'

'Niet veel bijzonders maar ik heb respect gekregen voor zijn werkwijze.'

'Is er een patroon uit op te maken?'

'Als dat er is dan is het onregelmatig. Hij kiest mensen uit die absoluut niets weten en sticht door hen verwarring. Ik zou willen voorstellen verder niets meer te doen via Les Classiques.'

'Natuurlijk,' stemde het silhouet in. 'Maar wat denkt hij te bereiken?'

'Buiten de verwarring?' vroeg de oude man. 'Volgens mij wil hij wantrouwen kweken tussen diegenen die wel iets weten. Het meisje Brielle heeft het gezegd. Ze zei dat ze van de Amerikaan tegen Lavier moest zeggen dat er een "verrader" in huis was, een bewering die absoluut onjuist is. Wie van hen zou dat durven? De afgelopen nacht was waanzinnig, dat weet u. De boekhouder, Trignon, is doorgedraaid. Wachtte tot twee uur in de ochtend voor het huis van Lavier en viel haar letterlijk op het lijf toen ze terugkeerde van het hotel waar Brielle woont, schreeuwend en gillend op straat.'

'Lavier zelf heeft zich niet veel beter gedragen. Ze was nauwelijks zichzelf toen ze in Parc de Monceau kwam; er is haar gezegd dat ze dat niet meer moet doen. Niemand moet daar nog op bezoek gaan... nooit meer. Nóóit.'

'We hebben het bericht ontvangen. De weinigen van ons die het nummer kennen zijn het vergeten.'

'Zorg daarvoor.' Het silhouet bewoog zich plotseling; het gordijntje rimpelde. 'Natuurlijk om wantrouwen te zaaien! Dat volgt op de verwarring. Het is nu absoluut zeker. Hij zal de contactpersonen opzoeken, proberen inlichtingen uit hen los te krijgen en als er eentje praat levert hij hem over aan de Amerikanen en gaat door met de volgende. Maar hij zal zijn contacten alleen leggen; dat maakt deel uit van zijn ego. Hij is werkelijk waanzinnig. En bezeten.'

'Hij kan dan wel beide zijn,' wierp de oude man tegen, 'maar hij gaat ook professioneel te werk. Hij zal er zeker voor zorgen dat de namen worden doorgegeven aan zijn superieuren voor het geval hij niet slaagt. Of u hem dus te pakken krijgt of niet, zíj zullen worden gearresteerd.'

'Zij zullen dood zijn,' zei de moordenaar. 'Maar Bergeron niet. Hij is veel te waardevol. Zeg hem dat hij naar Athene moet gaan; hij weet wel naar wie.'

'Moet ik aannemen dat ik de plaats ga innemen van Parc de Monceau?'

'Dat zou onmogelijk zijn. Maar voorlopig gaat u mijn uiteindelijke beslissingen overbrengen aan iedereen die het aangaat.'

'En de eerste persoon met wie ik contact opneem is Bergeron. Naar Athene.'

'Ja.'

'Lavier en de koloniaal d'Anjou zijn dus ten dode opgeschreven?'

'Ze zijn ten dode opgeschreven. Lokaas blijft zelden in leven en zo zal het hun ook vergaan. U kunt nog een bericht overbrengen, aan de twee ploegen die Lavier en d'Anjou schaduwen. Zeg hun dat ik hen in de gaten zal houden – voortdurend. Er mogen geen fouten worden gemaakt.'

Het was de beurt van de oude man om even te zwijgen en daardoor om aandacht te vragen. 'Ik heb het beste voor het laatst bewaard, Carlos. Anderhalf uur geleden is de Renault gevonden in een garage in Montmartre. Hij is daar gisteravond binnengebracht.'

In de stilte kon de oude man de langzame, bedachtzame ademhaling horen van de gedaante achter het gordijntje. 'Ik neem aan dat u maatregelen hebt getroffen om hem te schaduwen – zelfs nu, op dit moment – en te volgen – zelfs nu, op dit moment.'

De man die eens een bedelaar was, lachte zacht. 'In overeenstemming met uw laatste aanwijzingen heb ik de vrijheid genomen om een vriend in de arm te nemen, een vriend met een goed lopende auto. Hij heeft op zijn beurt weer een beroep gedaan op drie kennissen en samen werken ze in vier ploegen van elk zes uur op straat buiten de garage. Ze weten natuurlijk van niets, behalve dan dat ze op elk uur van de dag of de nacht de Renault moeten volgen.'

'Ik ben in u niet teleurgesteld.'

'Dat kan ik me niet veroorloven... En aangezien Parc de Monceau was uitgeschakeld kon ik hun alleen maar mijn eigen telefoonnummer geven en dat is, zoals u weet, in een groezelig cafeetje in het Quartier. De eigenaar en ik waren vroeger vrienden, vroeger toen we het nog goed hadden. Ik zou hem elke vijf minuten kunnen bellen of er nog berichten waren en hij zou nooit tegenstribbelen. Ik weet hoe hij aan het geld kwam om met zijn zaak te beginnen en wie hij ervoor heeft moeten vermoorden.'

'U hebt juist gehandeld, u bent waardevol.'

'Toch is er een probleem, Carlos. Aangezien niemand van ons meer met Parc de Monceau kan bellen, hoe kan ik u dan bereiken? Voor het geval ik dat moet. Laten we zeggen voor de Renault bijvoorbeeld.'

'Ja, ik ben me bewust van dat probleem. Bent u zich ervan bewust wat voor last u op uw schouders wilt nemen?'

'Ik zou het veel liever niet doen. Ik hoop alleen maar dat u, wanneer alles voorbij is en Caïn dood is, zult terugdenken aan mijn verdiensten en het nummer zult veranderen in plaats van mij te doden.'

'U kijkt werkelijk vooruit.'

'Vroeger kon ik zo alleen maar in leven blijven.'

De moordenaar fluisterde zeven cijfers. 'U bent de enige man in de wereld die dit nummer heeft. Het kan natuurlijk niet worden nagegaan.'

'Natuurlijk. Wie zou nu verwachten dat een oude bedelaar het heeft?'

'Elk uur brengt u dichter bij een beter leven. Het net wordt aangehaald; elk uur brengt hem dichter bij een van meerdere valstrikken. Caïn zal worden gepakt en zijn lijk zal worden teruggespeeld naar de warhoofden van strategen die hem hebben geschapen. Ze rekenden op een monsterachtig groot ego en dat hebben ze gekregen. Uiteindelijk was hij enkel een marionet, een marionet die kon worden opgeofferd. Iedereen wist dat, behalve hij.'

Bourne nam de telefoon aan. 'Ja?'

'Kamer 420?'

'Spreekt u maar, generaal.'

'Er komen geen telefoongesprekken meer. Men neemt geen contact meer met haar op, in elk geval niet per telefoon.'

'Wat bedoelt u?'

'Onze bedienden waren niet thuis en de telefoon ging tweemaal over. Beide malen vroeg ze of ik wilde opnemen. Ze kon nu echt niet praten.'

'Wie belden er?'

'De apotheker met een recept en een journalist die om een interview verzocht. Geen van beiden had ze kunnen weten.'

'Kreeg u de indruk dat ze probeerde u van het spoor te brengen door de telefoontjes door u te laten aannemen?'

Villiers zweeg even en toen hij antwoordde klonk er woede in zijn stem. 'Die indruk had ik, maar erg subtiel was het niet want ze zei dat ze misschien in de stad ging lunchen. Ze zei dat ze een tafel had gereserveerd in het George Cinque en dat ik haar daar kon bereiken als ze besloot te gaan.'

'Als ze dat doet wil ik daar eerder zijn.'

'Ik zal het u melden.'

'U zei dat ze niet langer meer wordt opgebeld. "In elk geval geen contact per telefoon," meen ik dat u zei. Bedoelde u daar iets mee?'

'Ja. Een halfuur geleden kwam er een vrouw hier. Mijn vrouw wilde haar eerst niet ontmoeten maar ze heeft het toch gedaan. Ik zag maar heel even haar gezicht, in de salon maar dat was genoeg. De vrouw was in paniek.'

'Beschrijft u haar eens.'

Villiers deed het.

'Jacqueline Lavier,' zei Jason.

'Dat dacht ik al. Zoals ze eruitzag zou ik zeggen dat de wolvenhorde met groot succes zijn werk heeft verricht; het was duidelijk dat ze geen oog had dichtgedaan. Voordat mijn vrouw haar meenam naar de bibliotheek zei ze mij dat het een oude vriendin was die moeilijkheden had met haar huwelijk. Een dwaze leugen; op haar leeftijd bestaan er in een huwelijk geen crises meer, enkel aanvaarding en afpersing.'

'Ik begrijp niet dat ze naar uw huis is gekomen. Het risico is te groot. Het klopt niet... Tenzij ze het op eigen initiatief heeft gedaan omdat ze wist dat er verder niet meer gebeld mocht worden.'

'Daar heb ik ook aan gedacht,' zei de militair. 'Daarom kreeg ik zin om even op straat te gaan wandelen. Mijn adjudant liep met me mee – een bevende, oude man die een wandelingetje maakt onder het wakend oog van een begeleider. Maar mijn ogen waren ook waakzaam. Lavier werd geschaduwd. Vier huizen verder zaten twee mannen in een auto die was uitgerust met een mobilofoon. Die mannen hoorden in de straat niet thuis. Het was te zien aan hun gezichten, de manier waarop ze mijn huis in de gaten hielden.'

'Hoe weet u dat zij niet met hen was meegekomen?'

'Wij wonen in een rustige straat. Toen Lavier hier aankwam zat ik in de zitkamer koffie te drinken en ik hoorde haar de trap oplopen. Ik liep naar het raam en zag nog net een taxi wegrijden. Ze kwam in een taxi; ze werd gevolgd.'

'Wanneer is ze weggegaan?'

'Ze is nog hier. En die mannen zijn nog buiten.'

'In wat voor auto zitten ze?'

'Citroën. Grijs. De eerste drie letters van het nummerbord zijn NYR.'

'Vogels in de lucht, achter een contact aan. Waar komen de vogels vandaan?'

'Pardon. Wat zei u?'

Jason schudde zijn hoofd. 'Ik weet het niet zeker. Doet er niet toe... Ik ga proberen naar u toe te komen voordat Lavier vertrekt. Wilt u doen wat u kunt om me te helpen? Komt u maar tussenbeide in het gesprek, zeg dat u even met uw vrouw moet spreken. Dring er bij haar "oude vriendin" op aan dat ze blijft; verzin maar iets, als u maar kunt zorgen dat ze blijft.'

'Ik zal mijn best doen.'

Bourne legde de hoorn op en keek naar Marie die bij het raam stond aan de andere kant van de kamer. 'Het werkt. Ze beginnen elkaar te wantrouwen. Lavier ging naar Parc de Monceau en ze werd gevolgd. Ze beginnen wantrouwen te koesteren tegen hun eigen mensen.'

'"Vogels in de lucht",' zei Marie. 'Wat bedoelde je?'

'Ik weet het niet; het is niet belangrijk. Er is geen tijd.'

'Ik geloof dat het wel belangrijk is, Jason.'

'Niet nu.' Bourne liep naar de stoel waarop hij zijn overjas en zijn hoed had gelegd. Hij trok snel de jas aan, zette de hoed op, liep naar het bureau en trok de la open om er zijn revolver uit te halen. Hij keek er even nadenkend naar. De beelden waren er weer, het verleden dat helemaal van hem was, en toch niet compleet. Zürich. De Bahnhofstrasse en het Carillon du Lac; de Drei Alpenhäuser en de Löwenstrasse; een smerig pension aan de Steppdeckstrasse. Van dat alles was de revolver een symbool want die had hem in Zürich bijna het leven gekost.

Maar dit was Parijs. En alles wat in Zürich op gang was gebracht was nu volop in beweging.

Pak Carlos. Strik Carlos. Caïn betekent Charlie en Delta betekent Caïn.

Fout! Godverdomme, fout!

Zoek Treadstone! Zoek een bericht! Bestemd voor een man!

29

Jason bleef helemaal in het hoekje zitten van de achterbank toen de taxi de straat indraaide in Parc de Monceau waar Villiers woonde. Hij bekeek zorgvuldig alle auto's langs de trottoirrand; er stond geen grijze Citroën, geen nummerbord was er met de letters NYR.

Maar Villiers was er wel. De oude soldaat stond op de stoep, vier huizen van zijn eigen woning af.

Twee mannen... in een auto vier huizen verder. Villiers stond nu waar die auto had gestaan, het was een teken.

'*Arrêtez, s'il vous plaît,*' zei Bourne tegen de bestuurder. '*Le vieux là-bas. Je veux parler avec lui.*' Hij draaide het raampje omlaag en boog zich voorover. '*Monsieur?*'

'In het Engels,' antwoordde Villiers terwijl hij naar de taxi toe liep, een oude man die door een vreemdeling te hulp werd geroepen.

'Wat is er gebeurd?' vroeg Jason.

'Ik kon hen niet ophouden.'

'Hen?'

'Mijn vrouw is vertrokken met dat mens Lavier. Ik bleef echter erop hameren dat ze een telefoontje van mij moest verwachten in het George Cinque. Het was een uiterst belangrijke zaak en ik had haar advies nodig.'

'Wat zei ze?'

'Dat ze er niet zeker van was of ze wel in het George Cinque zou zijn. Dat haar vriendin erop stond een priester te bezoeken in Neuilly-sur-Seine, in de kerk van het Heilig Sacrament. Ze zei dat ze zich verplicht voelde met haar mee te gaan.'

'Hebt u tegengestribbeld?'

'Nogal. En voor het eerst in ons leven samen, sprak ze uit wat ik zelf dacht. Ze zei: "Als je mijn gangen wilt nagaan, André, waarom bel je dan de parochie niet? Ik weet zeker dat iemand mij zal kennen en me aan een telefoon zal roepen." Stelde ze me op de proef?'

Bourne probeerde na te denken. 'Misschien. Iemand zou haar daar zien, daar zou ze zeker voor zorgen. Maar haar aan een telefoon roepen zou iets heel anders kunnen zijn. Wanneer zijn ze vertrokken?'

'Nog geen vijf minuten geleden. De twee mannen in de Citroën reden achter haar aan.'

'Zijn ze met uw auto gegaan?'

'Nee. Mijn vrouw heeft een taxi genomen.'

'Ik ga erheen,' zei Jason.

'Ik dacht al dat u dat zou willen,' zei Villiers. 'Ik heb het adres van de kerk opgezocht.'

Bourne liet een biljet van vijftig franc vallen over de rugleuning van de voorbank. De bestuurder pakte het. 'Het is belangrijk voor mij om zo snel mogelijk in Neuilly-sur-Seine te komen,' zei Jason, 'bij de kerk van het Heilig Sacrament. Weet u waar dat is?'

'Maar natuurlijk, monsieur. Het is de mooiste parochie in het district.'

'Als u er snel bent levert dat nog eens vijftig franc op.'

'We zullen vliegen op de wieken van de heilige engelen, monsieur!'

Ze vlogen en het vluchtplan legde het meeste verkeer op hun weg in de knoop.

'Daar zijn de torens van het Heilig Sacrament, monsieur,' zei de triomfantelijke bestuurder, twaalf minuten later, terwijl hij naar drie hoog oprijzende torens wees door de voorruit. 'Een minuutje nog, misschien twee als die idioten die niet op de weg thuishoren het toestaan...'

'Rijdt u maar langzamer,' viel Bourne hem in de rede en hij keek niet naar de kerktorens maar naar een auto die verschillende wagens verder voor hem uit reed. Ze waren een hoek omgeslagen en bij het draaien had hij hem gezien; het was een grijze Citroën met twee mannen voorin.

Ze kwamen bij een verkeerslicht; de auto's stopten. Jason liet het tweede biljet van vijftig franc op de voorbank vallen en opende het portier. 'Ik ben zo weer terug. Als het licht op groen springt rijdt u langzaam vooruit dan spring ik erin.'

Bourne stapte uit, bleef gebukt en rende tussen de wagens door tot hij de letters zag. NYR; de cijfers die erop volgden waren 768, maar op dit moment betekenden ze niet veel. De taxichauffeur had zijn geld verdiend.

Het licht sprong op groen en de rij auto's zette zich in beweging als een lang insect dat zijn schaaldelen samentrok. De taxi kwam naast hem rijden; Jason opende het portier en stapte in. 'U doet uw werk goed,' zei hij tegen de bestuurder.

'Ik weet niet zo best wat voor werk ik aan het doen ben.'

'Een liefdeskwestie. De verleider moet op heterdaad worden betrapt.'

'In de kérk, monsieur? Ik kan de wereld niet meer bijhouden.'

'Het verkeer anders wel,' zei Bourne. Ze naderden de laatste hoek voor de kerk van het Heilig Sacrament. De Citroën sloeg de hoek om en er was maar een wagen tussen hem en de taxi in, waarin de passagiers niet te onderscheiden waren. Er zat Jason iets dwars. De twee mannen schaduwden te openlijk, veel te opvallend. Het was net of de handlangers van Carlos iemand in die taxi wilden laten weten dat ze er waren.

Natuurlijk! De vrouw van Villiers was in die taxi. Met Jacqueline Lavier. En de twee mannen in de Citroën wilden de vrouw van Villiers laten weten dat ze achter haar zaten.

'Daar is het Heilig Sacrament,' zei de bestuurder en hij reed de straat in waar de kerk oprees in tweederangs middeleeuwse pracht, temidden van een zorgvuldig verzorgd gazon, waar cementpaden doorheen liepen en waarop overal beelden stonden. 'Wat zal ik doen, monsieur?'

'Ga daar maar staan,' droeg Jason hem op terwijl hij naar een opening wees in een rij geparkeerde auto's. De taxi met de vrouw van Villiers en Jacqueline Lavier hield stil bij een pad dat werd bewaakt door een betonnen heilige. De opvallend knappe vrouw van Villiers stapte het eerst uit en stak haar hand uit naar Jacqueline Lavier, die asgrauw op het trottoir verscheen. Ze droeg een grote zonnebril met oranje montuur en een witte tas, maar ze was niet elegant meer. Haar hoog opgewerkte kapsel van met zilver doorschoten haar viel recht en verward omlaag langs de wangen van haar gezicht dat eruitzag als een wit dodenmasker, en haar kousen waren aan flarden. Ze stond op minstens honderd meter van hem vandaan maar Bourne dacht dat hij bijna haar onregelmatige snakken naar adem kon horen dat gepaard ging met de aarzelende bewegingen van die eens zo koninklijke gedaante, die nu het zonlicht instapte.

De grijze Citroën was de taxi voorbijgereden en was nu bezig te parkeren. Geen van beide mannen stapte uit, maar een dunne, metalen roe waarop het zonlicht weerkaatste, begon uit de kofferruimte omhoog te komen. De radioantenne werd in werking gesteld en er zouden codes worden verzonden via een geheime frequentie. Jason was gebiologeerd, niet door het zien en het weten van wat er gebeurde, maar door iets anders. Er kwamen woorden in hem op, hij wist niet waarvandaan, maar ze waren er.

Delta aan Almanak, Delta aan Almanak. Wij gaan er niet op in. Herhaal, negatief, vader.

Almanak aan Delta. U zult gehoorzamen zoals bevolen. Afbreken, afbreken. Dat is definitief.

Delta aan Almanak. Jij bent definitief, vader. Sodemieter maar op. Delta uit, toestel beschadigd.

Plotseling was alles weer donker om hem heen, de zon was verdwenen. Er waren geen kerktorens die naar de hemel reikten; in plaats daarvan zag hij zwarte vormen van onregelmatig gebladerte dat huiverde onder het licht van regenboogkleurige wolken. Alles was in beweging, alles was in bewéging; hij moest met de beweging meebewegen. Stil blijven staan betekende de dood! Ga lopen! Ga in godsnaam lopen!

En stel ze buiten gevécht. Een voor een. Kruip dichterbij, onderdruk de angst – de afschuwelijke angst – en verklein het aantal. Meer hoefde je niet te doen! Verklein het aantal! Dat had de Monnik duidelijk gemaakt! Mes, draad, knie, duim; je kent de kwetsbare punten. De dodelijke punten.

De dood is een brokje statistiek voor de computers. Voor jou betekent het leven.

De Monnik.

De Monnik?

Daar was het zonlicht weer, het verblindde hem even zoals hij daar zat met zijn voet op het trottoir en zijn blik rustend op de grijze Citroën op honderd meter van hem af. Maar hij was moeilijk te zien; waarom was het zo moeilijk? Nevel, mist... geen duisternis nu, maar ondoordringbare mist. Hij had het heet; nee, hij had het koud. Koud! Hij bracht met een ruk zijn hoofd omhoog en wist opeens weer waar hij was en wat hij deed. Zijn gezicht was tegen het raampje aangedrukt geweest; het glas was beslagen door zijn adem.

'Ik stap even uit,' zei Bourne. 'Blijft u maar hier.'

'De hele dag als u wilt, monsieur.'

Jason zette de kraag van zijn overjas op, duwde zijn hoed naar voren en zette zijn bril op met het dikke montuur. Hij liep naast een echtpaar naar een kraampje met religieuze artikelen en maakte zich van hen los door achter een moeder en een kind te gaan staan aan de toonbank. Hij had een goed uitzicht op de grijze Citroën; de taxi die naar Parc de Monceau was geroepen stond er niet meer, kennelijk weggestuurd door de vrouw van Villiers. Bourne vond het van haar een vreemde beslissing; zo gemakkelijk waren taxi's niet te krijgen.

Drie minuten later was de reden duidelijk... en niet geruststellend. De vrouw van Villiers kwam de kerk uitstappen; ze liep snel en haar rijzige, statige gestalte trok bewonderende blikken van de voorbijgangers. Ze liep recht op de Citroën af, sprak rechtstreeks tegen de mannen die voorin zaten en opende toen het achterportier.

De handtas. Een witte handtas! De vrouw van Villiers droeg de handtas die slechts enkele minuten geleden geklemd had gezeten in de handen van Jacqueline Lavier. Ze ging achter in de Citroën zitten en trok het portier dicht. De motor van de grote wagen werd gestart, het gaspedaal werd een paar maal ingedrukt om snel te kunnen wegrijden. Toen de auto zich in beweging zette werd de glimmende, metalen roe die de antenne was van het voertuig korter en korter en verdween in zijn voetstuk.

Waar was Jacqueline Lavier? Waarom had ze haar handtas aan de vrouw van Villiers gegeven? Bourne zette een of twee stappen en hield toen stil, gewaarschuwd door zijn instinct. Een valstrik? Als Lavier werd gevolgd zouden diegenen die haar volgden ook kunnen worden geschaduwd – en niet door hem.

Hij keek de straat in, lette nauwkeurig op de voetgangers op de stoep, toen op elke auto, elke bestuurder en passagier, op zoek naar een gezicht dat hier niet thuishoorde, zoals Villiers had gezegd dat de twee mannen in de Citroën niet thuishoorden in Parc de Monceau.

Alles trok ongestoord voorbij, er waren geen ronddwalende ogen, geen handen in te grote zakken. Hij was te voorzichtig; Neuilly-sur-Seine was geen valstrik voor hem. Hij liep van de toonbank vandaan en sloeg een pad in naar de kerk.

Hij hield stil, zijn voeten plotseling onwrikbaar op het plaveisel. Er kwam een priester uit de kerk, een priester in een zwart pak een stijve, witte boord en een zwarte hoed die zijn gezicht gedeeltelijk afdekte. Hij had hem eerder gezien, nog niet lang geleden. Weken, dagen... uren, misschien. Waar was het? Waar? Hij kende hem! Het zat in de manier van lopen, in de manier waarop hij zijn hoofd hield, in de brede schouders die zich bewogen in perfecte harmonie met zijn lichaam. Hij was een man met een wapen! Waar was het toch?

Zürich? Het Carillon du Lac? Twee mannen die zich een weg baanden naar hem toe door de menigte, met de dood in hun zakken. Een droeg er een goudgerande bril; die was het niet. Die man was dood. Was het die andere man in het Carillon du Lac? Of op de Guisan Quai? Een beest dat grommend, met wijd open ogen aan het verkrachten was? Was hij het? Of iemand anders. Een man met een donkere jas aan, in de gang van de Auberge du Coin, waar de lichten gedoofd waren en enkel het schijnsel uit het trapgat de valstrik verlichtte. Een omgekeerde valstrik waar die man zijn wapen had afgevuurd op vormen waarvan hij dacht dat het mensen waren. Was dát die man?

Bourne wist het niet, hij wist alleen dat hij die priester eerder had gezien, maar niet als priester. Als een man met een revolver.

De moordenaar in het donkere pak van een geestelijke kwam aan het einde van het cementpad en sloeg rechtsaf bij het voetstuk van de betonnen heilige; zijn gezicht was even zichtbaar in het zonlicht. Jason verstijfde; de huid. De huid van de moordenaar was donker, niet gebruind door de zon maar van oorsprong. Een Latijnse huid waarvan de teint generaties geleden was gevormd door voorouders die aan of rond de Middellandse Zee woonden. Voorouders die waren geëmigreerd over de aardbol... over de zee.

Bourne stond als verlamd door dat wat hij ineens heel zeker wist. Hij stond te kijken naar Ilich Ramirez Sanchez.

Pak Carlos. Strik Carlos. Caïn betekent Charlie en Delta betekent Caïn.

Jason rukte de voorkant van zijn jas open en zijn rechterhand pakte de greep vast van de revolver in zijn riem. Hij begon over het trottoir te rennen, botste op tegen de ruggen en borsten van wandelaars, duwde met zijn schouders een straatverkoper opzij, stortte zich langs een bedelaar die in een vuilnisbak stond te graaien... De bédelaar! De hand van de bedelaar schoot naar zijn zak; Bourne keerde zich bliksemsnel om en zag nog net de loop van een revolver te voorschijn komen uit de versleten jas, blinkend in het zonlicht. De bedelaar was gewapend! Zijn magere hand hief het wapen op met vaste ogen en zekere greep. Jason wierp zich de straat op en stuiterde van de zijkant van een kleine auto af. Boven zich en om zich heen hoorde hij de zwiepende geluiden van de kogels, die de lucht met verbijsterende beslistheid doorboorden. Van onzichtbare mensen op het trottoir weerklonken schrille kreten van pijn. Bourne dook tussen twee auto's door en rende door het verkeer heen naar de overkant van de straat. De bedelaar holde weg; een oude man met staalgrijze ogen verdween rennend in de menigte en uit het gezicht.

Pak Carlos. Strik Carlos. Caïn betekent...!

Jason keerde zich weer om en stortte zich weer vooruit, werkte zich naar voren, duwde alles wat in de weg stond opzij, rende in de richting van de moordenaar. Hij hield stil, buiten adem, en verwarring en woede rezen op in zijn borst, alle pijnscheuten doorboorden weer zijn slapen. Waar was hij? Waar was Carlos? En toen zag hij hem; de moordenaar was achter het stuur van een grote, zwarte wagen gaan zitten. Bourne holde het verkeer weer in, beukte op motorkappen en kofferruimten terwijl hij zich als een waanzinnige een weg baande naar de moordenaar. Plotseling werd hij tegengehouden door twee auto's die op elkaar waren gebotst. Hij spreidde zijn handen uit op een glimmende chroomstrip en sprong zijdelings over de verwrongen bumpers. Hij hield weer stil, met ogen die pijnlijk brandden bij wat ze zagen, en hij wist dat het geen zin had om door te gaan. Hij was te laat. De grote, zwarte wagen had een onderbreking gevonden in het verkeer en Ilich Ramirez Sanchez reed snel weg.

Jason liep weer naar de overkant terwijl het schrille krijsen van politiefluitjes overal de aandacht opeiste. Voetgangers hadden schampwonden opgelopen, ernstige wonden, dodelijke wonden; een bedelaar met een revolver had op hen geschoten.

Lavier! Bourne begon weer hard te lopen, terug naar de kerk van het Heilig Sacrament. Hij kwam aan het cementpad onder aan de betonnen heilige, sloeg linksaf en rende naar gebeeldhouwde deuren onder de bogen en aan het hoofd van de marmeren trappen. Hij vloog de trappen op en liep de gothische kerk binnen; voor hem stonden standaards met flakkerende kaarsen, lichtstralen met ineenlopende kleuren vielen door de glas-in-lood-ramen hoog in de donkere, stenen muren. Hij liep het middenpad door en bekeek de kerkgangers, zoekend naar met zilver doorschoten haar en een masker van een gezicht, opgebouwd uit witte vlakken.

Jacqueline Lavier was nergens te zien en toch was ze niet weggegaan; ze was nog ergens in de kerk. Jason keerde zich om en keek het looppad langs; langs de kaarsenstandaards liep rustig een lange priester. Bourne zocht zich een weg naar opzij via een rij banken, kwam uit op het rechterlooppad en onderschepte de priester. 'Neemt u me niet kwalijk, Eerwaarde,' zei hij. 'Ik ben bang dat ik iemand ben kwijtgeraakt.'

'Niemand raakt er verloren in het huis van God, meneer,' antwoordde de geestelijke glimlachend.

'Haar geest mag dan niet verloren zijn, als ik de rest van haar niet vind zal ze het erg vervelend vinden. Er is iets voorgevallen in haar zaak. Bent u hier allang, Eerwaarde?'

'Ik ben hier voor onze parochianen die hulp nodig hebben, ja. Ik ben hier al bijna een uur.'

'Enkele minuten geleden zijn hier twee vrouwen binnengekomen. Een van hen was erg lang, erg opvallend, met een lichtgekleurde mantel en ik dacht een donkere hoofddoek. De andere was wat ouder, niet zo groot en duidelijk een beetje van streek. Hebt u hen toevallig gezien?'

De priester knikte. 'Ja. Op het gelaat van de oudere vrouw lag verdriet, ze zag bleek en bedroefd.'

'Weet u waar ze naartoe zijn gegaan? Ik geloof dat haar jongere vriendin al weg is.'

'Een toegewijde vriendin mag ik wel zeggen. Ze begeleidde de arme vrouw naar de biechtstoel en hielp haar naar binnen. Het zuiveren van de ziel geeft ons allen kracht tijdens benarde tijden.'

'Naar de biechtstoel?'

'Ja, de tweede van rechts. Ik mag eraan toevoegen dat ze een mededogend biechtvader heeft. Een pater die hier op bezoek is uit het aartsdiocees van Barcelona. Ook een opmerkelijk man; het spijt me te moeten zeggen dat dit zijn laatste dag is. Hij keert terug naar Spanje...' De lange priester fronste zijn wenkbrauwen. 'Is dat niet vreemd! Ik dacht dat ik een paar minuten geleden Pater Manuel zag vertrekken. Misschien heeft hij even een vervanger. Hoe dan ook, de lieve dame is in goede handen.'

'Daar ben ik zeker van,' zei Bourne. 'Dank u, Eerwaarde. Ik zal op haar wachten. Jason liep het pad verder af naar de rij biechtstoelen; zijn ogen waren gericht op de tweede, waar een smalle strook witte stof duidelijk maakte dat er iemand in zat; er werd een ziel gereinigd. Hij liep naar de voorste bank, knielde erin neer en keek langzaam schuin over zijn schouder naar achter in de kerk.

De lange priester stond in de ingang, zijn aandacht was gericht op het tumult in de straat. Buiten was het huilen van sirenes hoorbaar die vanuit de verte langzaam dichterbij kwamen.

Bourne stond op en liep naar de tweede biechtstoel. Hij schoof het gordijn opzij en keek naar binnen en zag daar wat hij verwachtte te zien. Alleen de manier waarop was nog een vraag.

Jacqueline Lavier was dood; haar lichaam lag naar voren gezakt en opzij gerold, gesteund door de bidstoel; het masker van haar gelaat lag naar boven gekeerd, haar dode ogen staarden opengesperd naar het plafond. Haar mantel hing open en de stof van haar jurk was doordrenkt met bloed. Het wapen was een lange, smalle briefopener die boven haar linkerborst in haar lichaam was gestoten. Haar vingers waren gekromd om het handvat, haar gelakte nagels hadden dezelfde kleur als het bloed.

Aan haar voeten lag een handtas – niet de witte tas die ze in haar handen hield geklemd tien minuten geleden, maar een modieuze Yves St. Laurent-tas, die hooghartige initialen waren in het leer gestempeld, een wapenschild van de *haute couture*. De reden was Jason duidelijk. Daarin zaten papieren die dit tragische geval van zelfmoord zouden identificeren, deze overspannen vrouw die zozeer gebukt ging onder haar verdriet dat ze zich van het leven had beroofd terwijl ze om absolutie verzocht in de ogen van God. Carlos werkte grondig, briljant grondig.

Bourne sloot het gordijn en liep van de biechtstoel vandaan. Van ergens hoog in de toren begonnen de klokken voor het Angelus helder te luiden.

De taxi zwierf doelloos door de straten van Neuilly-sur-Seine. Jason zat achterin bliksemsnel na te denken.

Het had geen enkele zin te wachten, het kon hem zelfs zijn kop kosten. Strategieën veranderen naarmate de omstandigheden anders worden, en de omstandigheden hadden een dodelijke wending genomen. Jacqueline Lavier was gevolgd en haar dood was onvermijdelijk, maar ergens klopte het toch niet. Het was te snel; ze was nog steeds waardevol. Toen begreep Bourne het. Ze was niet vermoord omdat ze Carlos ontrouw was geweest, eerder omdat ze hem niet had gehoorzaamd. Ze was naar Parc Monceau gegaan, dat was haar onvergeeflijke fout.

Hij kende nog een contactpersoon in Les Classiques, een grijsharige centralist die Philippe d'Anjou heette; zijn gezicht riep beelden op van geweld en duisternis, verblindende lichtflitsen en oorverdovend lawaai. Hij had deel uitgemaakt van Bournes verleden, daar was Jason zeker van en daarom moest de opgejaagde man voorzichtig zijn; hij kon niet weten wat die man voor hem betekende. Maar hij was een contactpersoon en ook hij zou geschaduwd worden, net zoals Lavier geschaduwd was geweest, ook al lokaas voor een andere valstrik, dat moest worden opgeruimd zodra de val was dichtgeklapt.

Waren zij de enige twee? Waar waren de anderen? Een naamloze, onbekende verkoper, misschien, die helemaal geen verkoper was maar iemand anders? Een leverancier die uren doorbracht in de Saint-Honoré, bezig met het werk voor de *haute couture* maar met een andere bestemming die veel belangrijker was voor hem. Of voor haar. Of de gespierde ontwerper, René Bergeron, wiens bewegingen zo lenig waren en... vloeiend.

Bourne verstijfde plotseling; hij drukte zijn nek achterover in de kussens van de taxi waarin hij weer reed en een recente herinnering werd op gang gebracht. Bergeron. De donkere huidskleur, de brede schouders die nog beter uitkwamen door de opgerolde mouwen... schouders die meedeinden met een smal middel, waaronder sterke benen zich snel bewogen, als die van een dier, van een kat.

Was het mogelijk? Waren de andere gissingen enkel spoken, samengestelde fragmenten van bekende beelden waarvan hij zich had ingebeeld dat ze het beeld van Carlos vormden? Zat de moordenaar – zonder dat zijn contactpersonen het wisten – diep in zijn eigen organisatie, om van daaruit elke actie te kunnen beheersen, op touw te zetten? Was het Bergeron?

Hij moest telefoneren, nu meteen. Meteen! Elke verloren minuut bracht hem een minuut verder van het antwoord vandaan en te veel minuten zouden hem het antwoord kunnen doen ontglippen. Maar hij kon zelf niet bellen; de opeenvolging van gebeurtenissen was te snel geweest, hij moest op de achtergrond blijven, zijn eigen informatie voor zich houden.

'Stopt u bij de eerste telefooncel die u ziet,' zei hij tegen de bestuurder die nog steeds onder de indruk was van de chaos bij de kerk van het Heilig Sacrament.

'Zoals u wilt, monsieur. Maar misschien heeft monsieur er begrip voor, ik had me allang moeten melden aan onze hoofdpost. Al heel lang geleden!'

'Ik heb er begrip voor.'

'Daar is een telefoon!'

'Goed. Stopt u hier maar.'

De rode telefooncel waarvan de ongewone glazen ruitjes glinsterden in het zonlicht zag er van buiten uit als een groot poppenhuis en stonk binnen naar urine. Bourne draaide het nummer van het Terrasse, stopte de munten erin en vroeg naar kamer 420. Marie nam op.

'Wat is er gebeurd?'

'Ik heb nu geen tijd om dat te vertellen. Ik wil dat je Les Classiques belt en naar René Bergeron vraagt. d'Anjou zal wel aan de centrale zitten; verzin maar een naam en zeg hem dat je geprobeerd hebt Bergeron te bereiken via het geheime nummer van Lavier, het afgelopen uur of zo. Zeg dat het dringend is, dat je hem moet spreken.'

'Als hij aan het toestel komt, wat moet ik dan zeggen.'

'Ik denk niet dat dat zal gebeuren, maar als het zo is dan leg je gewoon de hoorn op. En als d'Anjou weer aan het toestel komt dan vraag je hem wanneer Bergeron weer wordt terugverwacht. Ik bel je over drie minuten terug.'

'Schat, is alles goed met je?'

'Ik heb een uiterst godsdienstige ervaring gehad. Ik vertel je daar later wel over.'

Jason bleef op zijn horloge kijken en de minuscule sprongetjes van de dunne, delicate secondewijzer kwamen hem tartend langzaam voor. Op dertig seconden begon hij zelf af te tellen en hij schatte de hartslag waarvan hij de echo waarnam in zijn keel op ongeveer tweeëneenhalf per seconde. Met tien seconden begon hij te draaien, met vier gingen de munten erin en op min-vijf seconden sprak hij met de centrale in het Terrasse. Marie nam de hoorn op zo gauw de telefoon overging.

'Hoe ging het?' vroeg hij. 'Ik dacht dat je misschien nog aan het praten was.'

'Het was een hele korte conversatie. Ik denk dat d'Anjou iets vermoedde. Misschien heeft hij wel een lijst met namen van mensen die een geheim nummer hebben, ik weet het niet. Maar hij klonk wat aarzelend, alsof hij op zijn hoede was.'

'Wat zei hij?'

'Monsieur Bergeron is op zakenreis langs de landen van de Middellandse Zee. Hij is vanmorgen vertrokken en hij wordt pas over enkele weken terugverwacht.'

'Het is mogelijk dat ik hem zojuist heb gezien op zo'n twaalfhonderd kilometer van de Middellandse Zee.'

'Waar?'

'In de kerk. Als het inderdaad Bergeron was, dan gaf hij de absolutie met de punt van een zeer scherp instrument.'

'Waarover heb je het toch?'

'Lavier is dood.'

'O, mijn god! Wat ga je nu doen?'

'Met een man praten die ik, geloof ik, vroeger gekend heb. Als die hersenen in zijn hoofd heeft dan zal hij luisteren. Hij staat op de nominatie om vermoord te worden.'

30

'd'Anjou.'

'Delta? Ik vroeg me al af wanneer... ik geloof dat ik jouw stem overal zou herkennen.'

Hij had het gezegd! De naam was uitgesproken! De naam die niets voor hem betekende en toch op een of andere manier, alles. d'Anjou kende hem. Philippe d'Anjou maakte deel uit van het verleden dat was weggezakt in zijn herinnering! Delta. Caïn betekent Charlie en Delta betekent Caïn! Delta. Delta. Delta! Hij had deze man gekend en deze man kende het antwoord! Alpha, Bravo, Caïn, Delta, Echo, Foxtrot...

Medusa!

'Medusa,' zei hij zachtjes, terwijl hij de naam herhaalde die als een zwijgende kreet in zijn oren suisde.

'Parijs is geen Tam Quam, Delta. Wij hebben geen schulden meer te vereffenen. Verwacht geen betaling meer. We werken nu voor verschillende opdrachtgevers.'

'Jacqueline Lavier is dood. Carlos heeft haar vermoord in Neuilly-sur-Seine, nog geen halfuur geleden.'

'Vergeet het maar. Twee uur geleden stond Jacqueline op het punt

Frankrijk te verlaten. Ze heeft me zelf gebeld vanaf Orly. Ze gaat met monsieur Bergeron mee...'

'Op een zakenreis door de landen van de Middellandse Zee?'

d'Anjou zweeg even. 'Die dame aan het toestel die naar René vroeg... dat dacht ik al. Het verandert niets. Ik heb met haar gesproken. Ze belde vanaf Orly.'

'Dat moest ze natuurlijk zeggen. Klonk ze alsof ze zichzelf helemaal meester was?'

'Ze was van streek en niemand weet beter waarom dan jij. Je bent hier aardig te keer gegaan, Delta. Of Caïn. Of hoe je jezelf nu ook mag noemen. Natuurlijk was ze zichzelf niet meester. Daarom gaat ze ook een tijdje weg.'

'Daarom is ze dood. Jij bent de volgende.'

'Wat je de afgelopen vierentwintig uur hebt uitgehaald, dat was echt iets voor jou. Dit wat je nu probeert, niet.'

'Zij werd geschaduwd; jij wordt ook geschaduwd. Elke minuut in de gaten gehouden.'

'Als dat zo is dan is het voor mijn eigen veiligheid.'

'Waarom is Lavier dan dood?'

'Ik geloof niet dat ze dat is.'

'Zou zij zelfmoord plegen?'

'Nooit.'

'Bel de pastorie maar van de kerk van het Heilig Sacrament in Neuilly-sur-Seine. Vraag maar naar een vrouw die zelfmoord pleegde tijdens het biechten. Je hebt er niets bij te verliezen. Ik bel je wel terug.'

Bourne legde de hoorn op en verliet de cel. Hij stapte van de stoeprand af en keek uit naar een taxi. Het volgende gesprek met Philippe d'Anjou zou hij van minstens tien straten verder voeren. De man van Medusa zou niet gemakkelijk te overtuigen zijn en zolang hij dat nog niet was ging Jason niet het risico lopen dat elektronische apparatuur zelfs maar de buurt ontdekten van waaruit hij belde.

Delta? Ik geloof dat ik jouw stem overal zou herkennen... Parijs is geen Tam Quan. Tam Quan... Tam Quan, Tam Quan! Caïn betekent Charlie en Delta betekent Caïn. Medusa!

Hou op! Denk niet aan zaken waaraan... je niet kunt denken. Concentreer je op het héden. Nu. Jijzelf. Niet wat anderen zeggen dat je bent – zelfs niet wat je zelf misschien denkt dat je bent. Alleen het nu. En het nu is een man die antwoorden voor jou heeft.

We werken voor verschillende opdrachtgevers...

Dat was de sleutel.

Zeg het me! Zeg het me, in godsnaam! Wie is het? Wie is mijn opdrachtgever, d'Anjou?

Een taxi zwaaide in zijn richting en stopte gevaarlijk dicht voor zijn knieschijven. Jason opende het portier en klom erin. 'Place Vendôme,' zei hij. Hij wist dat dat vlak bij Saint-Honoré was. Hij moest zo dicht mogelijk in de buurt zijn om de strategie te kunnen uitvoeren die hem nu snel duidelijk voor de geest kwam staan. Hij was in het voordeel; hij moest dat voordeel uitbuiten voor twee doeleinden. d'Anjou moest ervan worden overtuigd dat degenen die hem schaduwden zijn scherprechters waren. Maar wat die mannen niet konden weten was dat een ander hén zou volgen.

Op de Vendôme was het even druk als steeds, het verkeer even waanzinnig als altijd. Bourne zag op een hoek een telefooncel en stapte uit de taxi. Hij ging de cel binnen en belde Les Classiques; het was veertien minuten geleden sinds hij had gebeld uit Neuilly-sur-Seine.

'd'Anjou?'

'Een vrouw pleegde zelfmoord terwijl ze aan het biechten was, meer weet ik niet.'

'Toe nou, daar zou jij het niet bij laten zitten... daar zou Medusa het niet bij laten zitten.'

'Geef me even tijd om de centrale uit te schakelen.' De lijn viel ongeveer vier seconden uit. d'Anjou kwam terug. 'Een vrouw van middelbare leeftijd, met wit doorschoten haar, dure kleding en een handtas van St. Laurent. Daarmee heb ik tienduizend vrouwen in Parijs beschreven. Hoe kan ik weten dat jij niet een van hen te pakken hebt gekregen, vermoord en op basis daarvan dit telefoontje pleegt?'

'Ja, natuurlijk. Ik droeg haar als een piëta de kerk binnen, terwijl het bloed van haar open stigmata op het looppad droop. Wees redelijk, d'Anjou. Laten we nou beginnen met wat voor de hand ligt. De handtas was niet van haar; ze had een witte, leren handtas. Ze zou toch zeker geen reclame maken voor een concurrerende zaak?'

'Dat versterkt dus wat ik geloof. Het was Jacqueline Lavier niét.'

'Het is een bewijs voor wat ik beweer. De papieren in die handtas identificeerden haar als iemand anders. Het lichaam zal snel worden opgeëist; niemand legt enig verband met Les Classiques.'

'Omdat jij dat zegt?'

'Nee. Omdat het de methode is die Carlos bij vijf moordaanslagen die ik kan noemen heeft gebruikt.' Hij kon dat ook. Dat was het beangstigende. 'Er wordt een man vermoord, de politie gelooft dat hij een bepaald persoon is, zijn dood is een raadsel, de moordenaars zijn onbekend. Dan ontdekken ze dat hij iemand anders is maar tegen die tijd is Carlos in een ander land en is er weer een moordopdracht uitgevoerd. Lavier was een variant op die methode, meer niet.'

'Woorden, Delta. Je hebt nooit veel gezegd, maar als je dat deed had je nooit moeite de woorden te vinden.'

'En als jij over drie of vier weken in Saint-Honoré zou zijn – maar dat zul je niet – dan zou je zien hoe het afliep. Een vliegtuigongeluk of een boot die vergaat op de Middellandse Zee. Lichamen die onherkenbaar zijn verbrand of helemaal verdwenen zijn. Maar de identiteit van de doden wordt duidelijk vastgesteld. Lavier en Bergeron. Maar er is er maar eentje echt dood, madame Lavier. Monsieur Bergeron heeft geluk gehad – meer dan jij ooit zult weten. Bergeron is weer aan het werk. En wat jou betreft, jij bent een cijfertje in de statistiek van het lijkenhuis in Parijs.'

'En jij?'

'Volgens het plan ben ik ook dood. Ze verwachten me via jou te pakken te krijgen.'

'Logisch. Wij zijn beiden uit Medusa, dat weten ze – Carlos weet dat. We moeten ervan uitgaan dat jij me hebt herkend.'

'En jij mij?'

d'Anjou zweeg. 'Ja,' zei hij. 'Zoals ik je al zei, we werken nu voor verschillende opdrachtgevers.'

'Daarover wil ik met je praten.'

'Er wordt niet gepraat, Delta. Maar vanwege vroeger – voor wat jij voor ons allemaal hebt gedaan in Tam Quan – moet je de raad opvolgen van iemand uit Medusa. Maak dat je wegkomt uit Parijs want anders ben jij de dode over wie je het net had.'

'Dat kan ik niet doen.'

'Je zou het moeten doen. Als ik de kans heb zal ik zelf de trekker overhalen en er goed voor betaald krijgen.'

'Dan zal ik je die kans geven.'

'Neem me niet kwalijk, maar dat vind ik belachelijk.'

'Jij weet niet wat ik wil of hoeveel ik zou willen riskeren om het te krijgen.'

'Wat je ook wilt, je zult er risico's voor nemen. Maar je vijand zal echt gevaar lopen. Ik ken jou, Delta. En ik moet terug naar mijn centrale. Ik zou je best een goede jacht willen wensen maar...'

Dit was het moment om het enige wapen te gebruiken dat hij nog over had, de enige bedreiging die d'Anjou aan het toestel zou kunnen houden. 'Waar moet je nu je instructies vandaan halen, nu Parc de Monceau niet meer kan worden gebruikt?'

De spanning werd nog verscherpt door het stilzwijgen van d'Anjou. Toen hij antwoordde gebeurde dat fluisterend. 'Wat zei je daar?'

'Weet je dat ze daarom werd vermoord? Daarom zul jij ook vermoord worden. Zij ging naar Parc de Monceau en daarom is ze dood. Jij bent al in Parc de Monceau geweest en daarom zul jij ook sterven. Carlos kan zich niet meer veroorloven jou aan te houden; je weet gewoon te veel. Waarom zou hij een dergelijke opzet in gevaar brengen? Hij zal jou gebruiken om mij te strikken, dan jou vermoorden en een ander Les Classiques beginnen. Als de ene man van Medusa tegen de andere: twijfel je daaraan nog?'

Het stilzwijgen duurde nu langer en het was ook dieper. Het was duidelijk dat de oudere man van Medusa zich het een en ander zat af te vragen. 'Wat wil je van me? Behalve mijzelf. Je hoort te weten dat gijzelaars geen zin hebben. Toch daag je me uit, verbaas je me met wat je weet. Ik beteken niets voor jou, of ik nu dood of levend ben, wat wil je dan?'

'Informatie. Als jij die hebt dan vertrek ik vanavond nog uit Parijs en noch jij, noch Carlos zullen ooit meer iets van mij horen.'

'Wat voor informatie?'

'Je zult liegen als ik er je nu naar vroeg. Dat zou ik ook doen. Maar als ik je zie dan zul je me de waarheid zeggen.'

'Met een strop om mijn nek?'

'Midden tussen de mensen?'

'Mensen? Overdag?'

'Over een uur. Voor het Louvre. Bij de trappen. Waar de taxi's staan.'

'Het Louvre? Mensenmassa's? Informatie waarvan jij denkt dat ik hem bezit en waardoor jij weg zult gaan...? Je kunt niet echt van me verwachten dat ik over mijn opdrachtgever zal praten.'

'Niet de jouwe. De mijne.'

'Treadstone?'

Hij wist het! Philippe d'Anjou kende het antwoord! Kalm blijven. Laat niet merken dat je erop gebrand bent.

'Eenenzeventig,' vulde Jason aan. 'Gewoon een simpele vraag en dan zal ik verdwijnen. En als jij mij het antwoord geeft – de waarheid – dan geef ik jou daar iets voor terug.'

'Wat zou ik nou van jou willen hebben? Behalve jouzelf?'

'Informatie waardoor je misschien in leven blijft. Het is geen garantie maar geloof me nu maar als ik je zeg dat je hem nodig hebt om in leven te blijven. Parc de Monceau, d'Anjou.'

Opnieuw was het stil. Bourne zag in zijn geest de grijsharige, vroegere man van Medusa naar zijn centrale staren, terwijl de naam van het rijke district in Parijs steeds luider door zijn hoofd galmde. Parc de Monceau betekende de dood, dat wist d'Anjou even zeker als hij ervan overtuigd was dat de dode vrouw in Neuilly-sur-Seine Jacqueline Lavier was.

'Wat voor informatie is dat dan wel?' vroeg d'Anjou.

'De identiteit van jouw opdrachtgever. Een naam en voldoende bewijsmateriaal om die in een envelop te sluiten en aan een notaris te geven die hem voor de rest van jouw levensdagen moet bewaren. Maar hij moet opdracht hebben om de envelop te openen en de inhoud bekend te maken als je leven gewelddadig zou eindigen, zelfs als dat in een ongeluk is. Dat is je bescherming, d'Anjou.'

'Ik begrijp het,' zei de man van Medusa zacht. 'Maar je zegt dat ik word geschaduwd.'

'Zorg voor dekking,' zei Jason. 'Zeg ze de waarheid maar. Je moet een nummer bellen, is 't niet?'

'Ja, er is een nummer, een man.' De stem van de oudere man klonk wat hoger van verbazing.

'Bel hem maar, zeg hem maar precies wat ik zei... behalve over die ruil, natuurlijk. Zeg maar dat ik contact met jou heb gezocht, dat ik je wil ontmoeten. Over een uur zal ik voor het Louvre zijn. De waarheid.'

'Je bent gek.'

'Ik weet wat ik doe.'

'Dat deed je meestal... Je spant je eigen valstrik, je organiseert je eigen executie.'

'En in dat geval zul jij rijkelijk worden beloond.'

'Of zelf worden terechtgesteld als het zo is als jij zegt.'

'Laten we eens kijken of dat zo is. Op een of andere manier zul je mij wel zien, neem dat rustig van mij aan. Zij hebben mijn foto; ze zullen weten wanneer ik contact zoek. Beter een situatie die je beheerst dan een waarin je alles op je af moet laten komen.'

'Nu hoor ik Delta weer,' zei d'Anjou. 'Die spant zijn eigen valstrik niet; die gaat niet voor het vuurpeloton staan en vraagt niet om een blinddoek.'

'Nee, dat doet hij niet,' stemde Bourne in. 'Je hebt geen keus d'Anjou. Een uur. Voor het Louvre.'

Het succes van elke valstrik ligt in zijn fundamentele eenvoud. De tegengestelde valstrik moet, vanwege die ene complicatie, snel worden uitgevoerd en nog eenvoudiger zijn.

De woorden schoten hem te binnen terwijl hij in de taxi wachtte in Saint-Honoré, een straat van Les Classiques vandaan. Hij had de chauffeur gevraagd om hem tweemaal rond het blok te rijden, een Amerikaanse toerist wiens vrouw aan het winkelen was in de *haute couture*-buurt. Vroeg of laat zou ze wel uit een van de zaken komen en dan zou hij haar zien.

Wat hij ontdekte waren de wachtposten van Carlos. De antenne in het voetstuk van rubber op de grote, zwarte wagen vormde zowel het bewijs als de waarschuwing voor het gevaar. Hij zou zich veiliger voelen wanneer die zender buiten werking was gesteld maar dat was onmogelijk. Het alternatief was misleidende informatie. Op een bepaald moment gedurende de komende drie kwartier zou Jason zijn best doen ervoor te zorgen dat via die radio een verkeerd bericht werd verzonden. Vanuit zijn verborgen opstelling op de achterbank bestudeerde hij de twee mannen in de auto aan de overkant. Als er iets was dat hen deed opvallen tussen honderd andere mannen zoals zij in de Saint-Honoré dan was het het feit dat ze niet met elkaar praatten.

Philippe d'Anjou kwam naar buiten lopen met een grijze deukhoed op zijn grijze haren. Zijn blikken zwierven over de straat en daaraan zag Bourne dat de vroegere man van Medusa zich had ingedekt. Hij had een nummer gebeld; hij had zijn verbazingwekkende informatie doorgegeven; hij wist dat er mannen waren in een auto die hem zouden volgen.

Een taxi die kennelijk per telefoon was besteld hield stil aan de stoeprand. d'Anjou sprak met de chauffeur en ging erin zitten. Aan de overkant steeg een antenne dreigend op uit zijn voetstuk; de jacht was begonnen.

De grote wagen reed achter de taxi van d'Anjou aan; dat was de bevestiging waarop Jason wachtte. Hij boog zich voorover en sprak tegen de bestuurder. 'Ik ben het vergeten,' zei hij geïrriteerd. 'Ze heeft gezegd dat ze vanmorgen in het Louvre zou zijn en vanmiddag zou gaan winkelen. Verrek, ik ben al een halfuur te laat. Wilt u me, alstublieft, naar het Louvre brengen?'

'*Mais oui, monsieur, Le Louvre.*'

Twee keer tijdens de korte rit naar de monumentale voorgevel die uitzag over de Seine haalde de taxi van Jason de zwarte wagen in maar werd daarna op zijn beurt weer ingehaald. Bourne was zo dichtbij dat hij in de gelegenheid was precies datgene te zien wat hij wilde zien. De man naast de bestuurder sprak voortdurend in de microfoon die hij in zijn hand hield. Carlos verzekerde er zich van dat alle scherpe pieken in zijn val goed vastzaten: anderen naderden ook het terrein waar de terechtstelling zou plaatsvinden.

Ze kwamen aan de enorme ingang van het Louvre. 'Ga maar achter die andere taxi's staan,' zei Jason.

'Maar zij wachten op een vrachtje, monsieur. Ik heb al een passagier; ú bent mijn passagier. Ik zal u naar de...'

'Doet u nu maar wat ik zeg,' zei Bourne en hij liet een biljet van vijftig franc op de voorbank vallen.

De bestuurder sloot aan bij de rij. De zwarte wagen stond twintig meter verder rechts; de man aan de radio had zich omgedraaid en keek uit het linkerachterraampje. Jason volgde zijn blik en zag wat hij verwachtte te zullen zien. Een paar honderd meter naar het westen op het enorme plein stond een grijze auto, de wagen die Jacqueline Lavier en de vrouw van Villiers had gevolgd naar de kerk van het Heilig Sacrament, en die later snel was weggereden uit Neuilly-sur-Seine, nadat zij Lavier had begeleid naar haar laatste biecht. De antenne zakte in zijn voetstuk weg. Rechts hield de handlanger van Carlos niet langer meer de microfoon vast. De antenne van de zwarte wagen verdween ook; er was contact gelegd, visueel contact had het bevestigd. Vier man. Het waren de scherprechters van Carlos.

Bourne concentreerde zich op de mensenmenigte voor de ingang van het Louvre en hij zag onmiddellijk de elegant geklede d'Anjou. Hij liep langzaam, behoedzaam op en neer bij het grote blok wit graniet dat aan de linkerkant langs de trappen lag.

Nú. Het was tijd om de misleidende informatie te geven.

'Rij weg uit de rij,' beval Jason.

'Wát, monsieur?'

'Tweehonderd franc als u precies doet wat ik zeg. Rij weg en ga voor in de rij staan, dan draai je tweemaal naar links en je rijdt terug naar de volgende oprit.'

'Ik begrijp het niet, monsieur!'

'Dat hoef je niet. Driehonderd franc.'

De chauffeur draaide naar rechts en reed naar de kop van de rij, daar gooide hij het stuur om en reed met zijn taxi naar links, naar de rij geparkeerde auto's. Bourne trok de revolver uit zijn riem, klemde hem tussen zijn knieën en controleerde de geluiddemper door de cilinder vast te draaien.

'Waar wilt u heen, monsieur?' vroeg de verbaasde chauffeur toen ze de oprit naderden die weer naar de ingang van het Louvre leidde.

'Langzaam rijden!' zei Jason. 'Die grote, grijze wagen daar, die met zijn neus naar de uitgang naar de Seine staat. Zie je die?'

'Maar natuurlijk.'

'Rij er langzaam naar rechts omheen.' Bourne gleed naar de linkerkant van de achterbank en draaide het raampje omlaag, waarbij hij zijn hoofd en het wapen verborgen hield. Beide zou hij binnen enkele seconden laten zien.

De taxi naderde de achterbak van de grote wagen en de bestuurder draaide het stuurwiel weer. Ze waren op gelijke hoogte. Jason stak zijn hoofd en zijn wapen uit het raampje. Hij mikte op het rechterachterraampje van de grijze wagen en vuurde, vijf kuchjes die vlak na elkaar kwamen, het glas verbrijzelden en de twee mannen in paniek brachten die zich, tegen elkaar schreeuwend, snel op de vloer lieten zakken voor de voorbank en beneden de onderkant van de raampjes. Maar ze hadden hem gezien. Dat was de misleidende informatie.

'Maak dat je hier wegkomt!' riep Bourne tegen de dodelijk verschrikte bestuurder, terwijl hij driehonderd franc op de voorbank wierp en zijn zachte vilthoed vastklemde in de ruimte voor het achterraam. De taxi schoot vooruit naar de gewelfde onderdoorgang van het Louvre.

Nú.

Jason gleed weer terug over de achterbank, opende het portier en liet zich op het wegdek van keistenen rollen, onderwijl zijn laatste instructies schreeuwend naar de chauffeur: 'Maak dat je hier wegkomt als je in leven wilt blijven!'

De taxi spoot weg, met razende motor en schreeuwende chauffeur. Bourne dook tussen twee geparkeerde auto's door, buiten het zicht van de grijze wagen, kwam langzaam overeind en gluurde door de raampjes. De mannen van Carlos handelden snel en professioneel; ze lieten geen moment verloren gaan om de achtervolging in te zetten. Ze hadden de taxi in het zicht en in die taxi was hun prooi. De man achter het stuur schakelde de versnelling in en de wagen schoot vooruit terwijl zijn metgezel de microfoon hanteerde en de antenne weer omhoogkwam. Er werden bevelen geschreeuwd naar de andere grote wagen die dichterbij de stenen trappen stond. De snel rijdende taxi sloeg de straat in die langs de Seine liep, de grote, grijze wagen zat er vlak achter. Ze kwamen op een paar meter langs Jason en de uitdrukkingen op de gezichten van de twee mannen zeiden alles. Ze hadden Caïn in hun vizier, de val was dichtgeklapt en binnen enkele minuten zouden ze hun loon hebben verdiend.

De tegengestelde valstrik moet, vanwege die ene complicatie, snel worden uitgevoerd en nog eenvoudiger zijn...

Binnen enkele minuten... Hij had maar heel even de tijd als alles zo verliep als hij had voorzien. d'Anjou! Het contact had zijn rol gespeeld – zijn onbelangrijke rol – en kon worden opgeofferd – net zoals Jacqueline Lavier opgeofferd was.

Bourne rende tussen de twee auto's vandaan naar de zwarte wagen; hij stond nog geen vijftig meter verder. Hij kon de twee mannen zien; ze liepen op Philippe d'Anjou af die nog steeds op en neer wandelde voor de marmeren treden. Een goedgericht schot van een van beide mannen en d'Anjou zou dood zijn, en met hem zou Treadstone Seventy-one verdwijnen. Jason rende harder, met zijn hand in zijn jas, zijn vingers om de zware revolver geklemd.

De handlangers van Carlos waren op nog maar enkele meters afstand en ze haastten zich nu zelf ook want de terechtstelling moest snel geschieden, de veroordeelde moest worden neergemaaid voordat hij begreep wat er gebeurde.

'Medusa!' brulde Bourne en hij wist niet waarom hij die naam schreeuwde in plaats van d'Anjous eigen naam. 'Medusa, Medúsa!'

Het hoofd van d'Anjou kwam met een ruk omhoog, dodelijke schrik stond op zijn gelaat te lezen. De bestuurder van de zwarte wagen had zich bliksemsnel omgedraaid en zijn wapen was op Jason gericht, terwijl zijn metgezel doorliep naar d'Anjou, met zijn revolver mikkend op de vroegere man van Medusa. Bourne dook naar rechts, de revolver uitgestrekt in zijn rechterhand, ondersteund door zijn linker. Hij vuurde onder het vallen en hij had goed gericht; de man die d'Anjou naderde werd achterover geworpen terwijl zijn verstijfde benen doorknikten in ogenblikkelijke verlamming; hij zakte op de straatkeien ineen. Twee inslagen ploften uiteen boven Jasons hoofd en de kogels sloegen achter hem in metaal. Hij liet zich naar links rollen met zijn revolver alweer gericht op de tweede man. Hij haalde de trekker tweemaal over; de bestuurder slaakte een kreet en het bloed spatte uiteen over zijn gezicht terwijl hij viel.

Hysterie maakte zich meester van de mensenmenigte. Mannen en vrouwen schreeuwden, ouders wierpen zich over hun kinderen heen, anderen renden de trappen op en de deuren van het Louvre in terwijl bewakers naar buiten probeerden te komen. Bourne ging staan en keek uit naar d'Anjou. De oudere man had zich achter het blok van wit graniet geworpen en zijn hoekige lichaam kroop nu onhandig en in doodsangst uit zijn schuilplaats te voorschijn. Jason holde door de menigte in paniek heen, schoof de revolver in zijn riem en duwde de hysterische lichamen vaneen die zijn weg versperden naar de man die hem de antwoorden kon verschaffen. Treadstone! Treadstone!

Hij bereikte de grijsharige man van Medusa. 'Sta op!' beval hij. 'Laten we maken dat we hier wegkomen!'

'Delta...! Dat was een man van Carlos! Ik ken hem, ik heb hem gebruikt! Hij ging mij vermoorden!'

'Ik weet het! Kom op! Snel! De anderen zullen terugkomen; die gaan ons zoeken. Kom óp!'

Bourne zag in zijn ooghoeken een zwarte vlek. Hij keerde zich bliksemsnel om en duwde d'Anjou instinctmatig omlaag terwijl snel achtereen vier schoten weerklonken uit een revolver die werd vastgehouden door een donkere figuur die naast de rij taxi's stond. Stukken graniet en marmer spatten rond hen heen alle kanten op. Hij was het! De brede, gespierde schouders die zich soepel bewogen, het smalle middel dat extra uitkwam in een nauwsluitend zwart pak... het donker gekleurde gelaat omgeven door een witte, zijden sjaal onder de smalgerande, zwarte hoed. Carlos!

Pak Carlos! Strik Carlos! Caïn betekent Charlie en Delta betekent Caïn!

Fout!

Zoek Treadstone! Zoek een bericht! Bestemd voor een man! Zoek Jason Bourne!

Hij werd gek! Vage beelden uit het verleden liepen ineen met de afschuwelijke werkelijkheid van het heden en maakten hem waanzinnig. De deuren van zijn geest gingen open en dicht, vlogen open en sloegen dreunend dicht; het ene moment stroomde er licht naar buiten, het volgende moment was alles donker. De pijn kwam weer terug in zijn slaap met felle, bonkende geluiden van oorverdovende donderslagen. Hij ging achter de man in het zwarte pak aan met de witte, zijden sjaal rond zijn gezicht. Toen zag hij de ogen en de loop van de revolver, drie zwarte kringen die op hem werden gericht als zwarte lazerstralen. Bergeron...? Was het Bergeron? Wás hij het? Of Zürich... of... Geen tijd!

Hij maakte een schijnbeweging naar links en dook toen naar rechts, uit de vuurlinie. Kogels spatten op steen en na elke explosie klonk het fluiten van afketsende kogels. Jason liet zich onder een geparkeerde auto rollen; tussen de wielen door kon hij de zwarte gedaante weg zien rennen. De pijn bleef, maar de donder hield op. Hij kroop de straatkeien op, ging staan en holde terug naar de trappen van het Louvre.

Wat had hij gedaan? d'Anjou was weg! Hoe was dat gebeurd? De omgekeerde valstrik was helemaal geen valstrik geweest! Zijn eigen strategie was tegen hemzelf gebruikt en dat had de enige man die hem de antwoorden kon verschaffen de kans gegeven ervandoor te gaan. Hij had de handlangers van Carlos gevolgd, maar Carlos was hém gevolgd! Vanaf Saint-Honoré. Het was allemaal voor niets geweest; een hol en misselijk gevoel maakte zich van hem meester.

En toen hoorde hij de woorden die gesproken werden vanachter een auto vlakbij. Philippe d'Anjou kwam behoedzaam te voorschijn.

'Het lijkt erop of Tam Quan nooit ver weg is. Waar zullen we heengaan, Delta? Hier kunnen we niet blijven.'

Ze zaten in een door een gordijn afgeschut compartiment in een druk café aan de Rue Visage, een obscuur straatje in Montmartre. d'Anjou nam een slokje van zijn dubbele cognac en zijn stem klonk zacht en peinzend.

'Ik ga terug naar Azië,' zei hij. 'Naar Singapore of Hongkong of misschien zelfs wel naar de Seychellen. Frankrijk is nooit zo goed voor me geweest; nu is het levensgevaarlijk.'

'Misschien hoef je helemaal niet te gaan,' zei Bourne en hij slikte zijn whisky door die zich warm in zijn maag nestelde en hem een weldadige rust bezorgde. 'Als jij mij vertelt wat ik weten wil dan geef ik jou...' Hij zweeg, ineens weer gepakt door de twijfel; nee, hij zou het zeggen. 'Dan geef ik jou de identiteit van Carlos.'

'Ik ben er niet in het minst in geïnteresseerd,' antwoordde de vroegere man van Medusa. 'Ik zal je vertellen wat ik weet. Waarom zou ik iets achterhouden? Het is duidelijk dat ik niet naar de autoriteiten zal lopen, maar als ik informatie heb die jou zou kunnen helpen om Carlos te pakken, dan zou de wereld een stuk veiliger voor mij zijn, waar of niet? Maar ik wil er persoonlijk niets mee te maken hebben.'

'Je bent niet eens nieuwsgierig?'

'Nuchter bekeken, misschien wel, want aan je uitdrukking kan ik zien dat ik stomverbaasd zal moeten staan. Stel dus je vragen maar en breng me dan in verbazing.'

'Stomverbaasd zul je staan.'

Zonder de minste waarschuwing sprak d'Anjou rustig de naam uit. 'Bergeron?'

Jason zat onbeweeglijk; sprakeloos staarde hij naar de oudere man. d'Anjou ging verder. 'Keer op keer heb ik het overdacht. Telkens wanneer we met elkaar praten kijk ik hem aan en ik vraag het me af. Maar telkens weer verwerp ik die gedachte.'

'Waarom?' viel Bourne hem in de rede, want hij weigerde toe te geven dat de man van Medusa het bij het juiste eind had.

'Luister, ik ben er niet zeker van, mijn gevoel zegt me alleen maar dat het niet kan. Misschien omdat ik van Bergeron meer over Carlos ben te weten gekomen dan van wie ook. Hij is geobsedeerd door Carlos; hij heeft al jaren voor hem gewerkt en hij is er reusachtig trots op dat hij in vertrouwen wordt genomen. Maar volgens mij praat hij té veel over hem.'

'Het ego dat spreekt via de tweede identiteit die hij heeft aangenomen?'

'Het is mogelijk, neem ik aan, maar het klopt niet met de uitgebreide voorzorgsmaatregelen die Carlos neemt. Ik weet het natuurlijk niet zeker, maar ik betwijfel of Bergeron het is.'

'Jij noemde de naam. Ik niet.'

d'Anjou glimlachte. 'Jij hoeft je nergens zorgen over te maken, Delta. Stel je vragen maar.'

'Ik dacht dat Bergeron het was. Het spijt me.'

'Dat hoeft niet want hij kan het best zijn. Ik zei je al, voor mij maakt het niets uit. Over een paar dagen ben ik weer in Azië, waar de franc of de dollar of de yen het sterkste is. Wij mensen van Medusa hebben altijd onze weg wel kunnen vinden, waar of niet?'

Jason wist niet zeker waarom maar het afgetobde gelaat van André Villiers kwam hem voor de geest. Hij had zich voorgenomen zoveel mogelijk voor de oude soldaat te weten te komen. Die kans zou hij niet meer krijgen.

'Wat voor positie neemt de vrouw van Villiers in?'

De wenkbrauwen van d'Anjou gingen omhoog. 'Angélique?' vroeg hij. 'Maar je noemde Parc de Monceau toch immers? Hoe...?'

'De details zijn nu niet belangrijk.'

'Voor mij zeker niet,' stemde de man van Medusa in.

'Hoe zit het met haar?' drong Bourne aan.

'Heb je haar goed bekeken?' vroeg d'Anjou. 'Haar huid?'

'Ik ben er dicht genoeg bij geweest. Ze is gebruind. Erg groot en erg gebruind.'

'Ze houdt haar huid zo. De Rivièra, de Griekse Eilanden, Costa de Sol, Gstaad; ze houdt haar zonnebaden goed bij.'

'Het staat haar goed.'

'Het is ook een handig trucje. Het dekt haar echte identiteit. Er bestaat voor haar geen bleke herfst- of winterkleur, haar gezicht of armen of haar hele lange benen zijn nooit zonder kleur. Die aantrekkelijke teint van haar huid is er altijd omdat hij er hoe dan ook steeds zou zijn. Met of zonder Saint-Tropez of de Costa Brava of de Alpen.'

'Waar heb je het over?'

'Men neemt wel aan dat de opvallend knappe Angélique Villiers Parisienne is, maar dat is ze niet. Ze is Spaanse. Venezolaanse om het precies te zeggen.'

'Sanchez,' fluisterde Bourne. 'Ilich Ramirez Sanchez.'

'Precies. De weinige mensen die over zulke dingen praten, zeggen dat zij de volle nicht is van Carlos, zijn minnares sinds haar veertiende jaar. Men fluistert – onder dat hele kleine groepje mensen – dat zij de enige persoon ter wereld is om wie hij iets geeft, behalve om zichzelf dan.'

'En Villiers wordt gemanipuleerd zonder dat hij het weet?'

'Woorden van Medusa, Delta?' d'Anjou knikte. 'Ja, Villiers wordt gemanipuleerd. De rechtstreekse lijn die Carlos briljant heeft bedacht naar vele van de meeste geheime afdelingen van de Franse regering, met inbegrip van de dossiers over Carlos zelf.'

'Briljant bedacht,' zei Jason en hij dacht aan iets. 'Omdat het ondenkbaar is.'

'Volledig.'

Bourne boog zich voorover en ging abrupt op een ander onderwerp over. 'Treadstone,' zei hij en zijn beide handen klemden zich om het glas dat voor hem stond. 'Vertel me eens over Treadstone Seventy-one.'

'Wat kan ík jou nu vertellen?'

'Alles wat zij weten. Alles wat Carlos weet.'

'Ik geloof niet dat ik dat kan. Ik vang dingen op, probeer ze aan elkaar te passen, maar behalve voor wat betreft Medusa word ik nauwelijks geraadpleegd.'

'Wat heb je opgevangen? Wat heb je aaneengepast?'

'Wat ik gehoord heb en wat ik aaneen heb gepast klopten niet altijd met elkaar. Maar de voor de hand liggende feiten waren duidelijk.'

'Zoals, bijvoorbeeld?'

'Toen ik zag dat jij het was, wist ik het. Delta had een lucratieve overeenkomst afgesloten met de Amerikanen. Opnieuw een lucratieve overeenkomst, misschien van een andere soort dan de eerste.'

'Zeg dat, alsjeblieft, eens wat duidelijker.'

'Tien jaar geleden was, volgens de geruchten uit Saigon, de ijskoude Delta het best betaalde Medusa-lid van allemaal. Jij was in elk geval de meest bekwame die ík kende en daarom nam ik aan dat je het onderste uit de kan had gehaald. Maar je moet er nog veel meer uitgehaald hebben met wat je nu aan het doen bent.'

'En dat is? Voor zover jij hebt gehoord?'

'Voor zover wij het weten. Het werd in New York bevestigd. De Monnik bevestigde het voordat hij stierf, dat heb ik in elk geval gehoord. Het klopte vanaf het begin met het patroon.'

Bourne bleef zijn glas vasthouden en vermeed de ogen van d'Anjou. De Monnik. *De Monnik. Niet vragen. De Monnik is dood, wie of wat hij dan ook geweest is. Hij doet nu niet ter zake.* 'Ik herhaal,' zei Jason, 'wat ben ik, volgens hen, aan het doen?'

'Toe nou, Delta, ik ben degene die ervandoor gaat. Het heeft geen zin om...'

'Alsjeblieft,' viel Bourne hem in de rede.

'Goed dan. Je stemde erin toe deze Caïn te worden. Deze zogenaamde moordenaar met een eindeloze lijst van moordopdrachten die nooit hebben bestaan, allemaal perfect zijn opgebouwd en bevestigd door allerlei betrouwbare bronnen. Doel: Carlos uitdagen – "aan alle kanten zijn positie uithollen," zo noemde Bergeron het – om lagere prijzen te rekenen dan hij, om overal zijn mislukkingen rond te vertellen en nadruk te leggen op je eigen superioriteit. Dat was jouw overeenkomst met de Amerikanen.'

In de donkere hoeken van Jasons geest begonnen zonnestralen van hoop op te lichten. In de verte gingen deuren open maar ze waren nog te ver weg en nog slechts gedeeltelijk open. Maar er blonk licht waar het eerst volslagen duister was geweest.

'De Amerikanen zijn dus...' Bourne maakte de uitspraak niet af en hoopte angstig gekweld dat d'Anjou dat voor hem zou doen.

'Ja,' zei de man van Medusa. 'Treadstone Seventy-one. De meest geheim gehouden afdeling van de Amerikaanse inlichtingendienst sedert de *Consular Operations* van Buitenlandse Zaken. Een schepping van dezelfde man die Medusa heeft opgebouwd. David Abbott.'

'De Monnik,' zei Jason zacht, instinctmatig, en in de verte ging weer een deur gedeeltelijk open.

'Natuurlijk. En wie zou hij anders uitkiezen om de rol te spelen van Caïn, dan de man van Medusa die bekend stond als Delta? Ik zei het al, op het moment dat ik je zag wist ik het.'

'Een rol...' Bourne zweeg en het zonlicht werd helderder, warm maar niet verblindend.

d'Anjou boog zich voorover. 'Op dit punt klopte, natuurlijk, datgene wat ik hoorde en wat ik aaneenpaste niet meer met elkaar. Men zei dat Jason Bourne de opdracht aannam om redenen waarvan ik wist dat ze niet waar waren. Ik was erbij, zij niet; zij konden het niet weten.'

'Wat zeiden ze? Wat heb je gehoord?'

'Dat je een man was van de Amerikaanse inlichtingendienst, misschien een legerofficier. Kun je je dat voorstellen? Jíj. Delta! De man die zoveel verachting had voor zoveel zaken en boven alles voor de meeste Amerikaanse dingen. Ik heb Bergeron gezegd dat het onmogelijk was maar ik denk niet dat hij me geloofde.'

'Wat heb je hem verteld?'

'Wat ik geloofde. Wat ik nog steeds geloof. Het ging niet om geld – je zou het nooit, om hoeveel geld dan ook, gedaan hebben – het moest iets anders zijn. Volgens mij deed je het om dezelfde reden als zovele anderen tien jaar geleden met Medusa meededen. Om ergens een schone lei te maken, om terug te kunnen keren naar iets wat je eerder bezat, waarvan je was afgesloten. Ik weet het natuurlijk niet en verwacht ook niet dat jij het zult bevestigen, maar volgens mij was dat het.'

'Je kunt best gelijk hebben,' zei Jason met ingehouden adem, terwijl de koele bries van opluchting door de nevelen woei. *Het klopte. Er werd een bericht verstuurd. Dit zou het kunnen zijn. Zoek het bericht! Zoek de afzender! Treadstone!*

'En zo zijn we weer terug,' vervolgde d'Anjou, 'bij de verhalen over Delta. Wie was hij? Wat was hij? Die beschaafde, vreemd rustige man die zo'n dodelijk wapen kon maken van zichzelf in het oerwoud. Die zelf tot het uiterste ging en anderen dwong tot het uiterste te gaan zonder aanwijsbare oorzaak. We hebben het nooit begrepen.'

'Dat werd ook nooit gevraagd. Is er nog iets anders wat je me kunt vertellen...? Weten ze waar dat Treadstone precies ligt?'

'Zeker. Ik heb het van Bergeron gehoord. Een groot huis in New York City, aan East Seventy-first Street. Nummer een-drie-negen. Klopt dat niet?'

'Mogelijk... Nog iets?'

'Alleen wat jij kennelijk al weet en waarvan ik moet toegeven dat ik niet weet wat het betekent.'

'En dat is?'

'Dat de Amerikanen denken dat jij bent overgelopen. Liever gezegd: dat ze Carlos willen doen geloven dat ze denken dat jij bent overgelopen.'

'Waarom?' *Hij kwam dichterbij. Hierin lag het!*

'Er gaat een verhaal over een lange periode van stilzwijgen, een halfjaar om precies te zijn. Die samenvallen met een tijd waarin Caïn niet actief is geweest. Plus gestolen geld, maar voornamelijk het stilzwijgen.'

Dat was het. Het bericht. Het stilzwijgen. De maanden in Port Noir. De waanzin in Zürich, de krankzinnige gebeurtenissen in Parijs. Niemand kon daaruit opmaken wat er gebeurd was. Men zei hem te voorschijn te komen. Terug te komen. Je had gelijk, Marie, mijn schat, mijn liefste schat. Je had vanaf het begin gelijk!

'Verder niets?' vroeg Bourne en hij probeerde het ongeduld dat in zijn stem klonk te beheersen, nu hij vóór alles erop gebrand was terug te keren naar Marie.

'Meer weet ik niet, maar je moet het goed begrijpen, ik kreeg nooit zoveel te horen. Ik werd erbij gehaald vanwege mijn kennis van Medusa – en het werd vastgesteld dat Caïn uit Medusa kwam maar ik heb nooit deel uitgemaakt van de vertrouwelingen van Carlos.'

'Je zat er dicht genoeg bij. Dank je.' Jason legde wat bankbiljetten op tafel en begon over de bank naar het uiteinde van de tafel te glijden.

'Er is nog één ding,' zei d'Anjou. 'Ik weet niet zeker of het hier iets mee te maken heeft, maar ze weten dat je niet Jason Bourne heet.'

'Wat?'

'Vijfentwintig maart. Weet je nog, Delta? Over twee dagen is het dat en de datum is voor Carlos erg belangrijk. Hij heeft het doorgegeven. Hij wil op de vijfentwintigste jouw lijk. Hij wil het die dag bij de Amerikanen afleveren.'

'Wat probeer je me te vertellen?'

'Op vijfentwintig maart 1968 werd Jason Bourne in Tam Quan terechtgesteld. Jij hebt hem terechtgesteld.'

31

Zij opende de deur en even bleef hij naar haar staan kijken, naar de grote, bruine ogen die over zijn gezicht dwaalden, ogen die bang waren maar toch ook nieuwsgierig. Ze wist het. Niet het antwoord, maar dat er een antwoord was en dat hij was teruggekomen om haar te vertellen wat het was. Hij liep de kamer in; zij sloot de deur.

'Het is gebeurd,' zei ze.

'Het is gebeurd.' Bourne keerde zich om en stak zijn armen naar haar uit. Ze kwam naar hem toe en ze omarmden elkaar en de stilte van die omhelzing zei meer dan welke gesproken woorden ook. 'Jij had gelijk,' fluisterde hij ten slotte met zijn lippen tegen haar zachte haren. 'Er is nog heel veel wat ik niet weet – misschien nooit te weten kom – maar jij had gelijk. Ik ben Caïn niet omdat er geen Caïn bestaat en ook nooit heeft bestaan. Niet de Caïn over wie ze praten; die was er nooit. Hij is een mythe die is geschapen om Carlos uit zijn tent te lokken. Ik ben die schepping. Een man uit Medusa die Delta genoemd werd stemde erin toe een leugen te worden die Caïn wordt genoemd. Ik ben die man.'

Ze boog zich achterover maar bleef hem vasthouden. '"Caïn betekent Charlie...".' Ze zei de woorden rustig.

'"En Delta betekent Caïn",' maakte Jason de zin af. 'Dat heb je mij horen zeggen?'

Marie knikte. 'Ja. Op een nacht in die kamer in Zwitserland schreeuwde je dat uit in je slaap. Carlos heb je nooit genoemd; alleen maar Caïn... Delta. Ik zei je er iets over in de ochtend maar je ging er niet op in. Je keek alleen maar uit het raam.'

'Omdat ik het niet begreep. Dat doe ik nog niet maar ik aanvaard het. Het verklaart zoveel.'

Ze knikte weer. 'De *provocateur*. De codewoorden die je gebruikt, de vreemde uitdrukkingen, de beelden. Maar waarom? Waarom jij?'

'"Om ergens een schone lei te maken." Zo zei hij het.'

'Wie zei dat?'

'd'Anjou.'

'De man op de trap in Parc de Monceau? De centralist?'

'De man van Medusa. Ik heb hem gekend in Medusa.'

'Wat zei hij?'

Bourne vertelde het haar. Terwijl hij dat deed kon hij in haar de opluchting zien die hij zelf ook had gevoeld. Haar ogen lichtten op en in haar hals klopte een slagader alsof pure vreugde lag te wachten om uit haar keel te ontsnappen. Het leek wel of ze haast niet kon wachten tot hij klaar was, zodat ze hem weer in haar armen kon houden.

'Jason!' riep ze uit, terwijl ze haar handen om zijn gelaat legde. 'Schat, mijn schat! Mijn vriend is bij me teruggekomen! Alles is zoals we het wisten, zoals we het aanvoelden!'

'Niet helemaal alles,' zei hij en hij raakte haar wang aan. 'Voor jou ben ik Jason, voor mij Bourne, want dat is de naam die ik heb gekregen en die ik moet gebruiken omdat ik geen andere heb. Maar het is niet mijn naam.'

'Een verzonnen naam?'

'Nee, hij was echt. Ze zeggen dat ik hem heb gedood op een plaats die Tam Quan heet.'

Ze haalde haar handen van zijn gezicht en liet ze op zijn schouders glijden, zonder hem los te laten. 'Er moet een reden voor zijn geweest.'

'Dat hoop ik. Ik weet het niet. Misschien is dat de lei die ik probeer schoon te maken.'

'Het doet er niet toe,' zei ze terwijl ze hem losliet. 'Het is verleden tijd, tien jaar geleden. Het komt er nu alleen maar op aan dat jij contact legt met de mensen in Treadstone omdat zij proberen jou te bereiken.'

'd'Anjou zei dat er wordt rond verteld dat ik volgens de Amerikanen ben overgelopen. Een halfjaar lang niets over mij gehoord, miljoenen weggehaald uit Zürich. Ze moeten wel denken dat ik de duurste misrekening ben die ze ooit hebben gemaakt.'

'Je kunt uitleggen wat er gebeurd is. Je hebt je overeenkomst niet willens en wetens verbroken; van de andere kant kun je niet verder gaan. Dat is onmogelijk. Al de training die ze je hebben gegeven stelt niets voor voor jou. Er bestaan enkel fragmenten van – beelden en uitdrukkingen die je nergens mee in verband kunt brengen. Mensen die je verondersteld wordt te kennen en die je niet kent. Het zijn gezichten zonder namen, die ergens zijn of iets zijn zonder dat je weet waarom.'

Bourne trok zijn jas uit en haalde het pistool uit zijn broekriem. Hij bekeek de cilinder – het lelijke, geperforeerde verlengstuk van de loop, dat de harde knal van een schot gegarandeerd terugbracht tot een kuchje. Hij voelde zich misselijk worden. Hij liep naar de commode, legde het wapen erin en duwde de la dicht. Even bleef hij de knoppen vasthouden en zwierven zijn ogen naar de spiegel, naar het gespiegelde gezicht zonder naam.

'Wat moet ik hun zeggen?' vroeg hij. 'Hier spreekt Jason Bourne. Ik weet natuurlijk dat dat mijn naam niet is omdat ik een man heb gedood die Jason Bourne heet, maar dat is de naam die jullie mij hebben gegeven... Het spijt me, heren, maar onderweg naar Marseille is er iets met me gebeurd. Ik heb iets verloren – niet iets van materiële waarde – alleen maar mijn geheugen. Nu begrijp ik dat we een overeenkomst hebben, maar ik weet niet meer wat die is, op krankzinnige kreten na als *Pak Carlos!* en *Strik Carlos!* en zoiets dat Delta Caïn is, en dat Caïn verondersteld wordt Charlie te vervangen, en dat Charlie in werkelijkheid Carlos is. Dat soort zaken, en misschien doen ze jou denken dat ik mijn geheugen terug heb. Je zou zelfs bij jezelf kunnen zeggen: "We hebben hier een eersteklas klootzak. Laten we die een jaar of twintig opsluiten in een zwaar bewaakte gevangenis. Hij heeft ons niet alleen belazerd maar erger nog, hij kon ons weleens ernstig in verlegenheid brengen".' Bourne draaide zich om van de spiegel en keek Marie aan. 'Ik maak geen grapjes. Wat moet ik zeggen?'

'De waarheid,' antwoordde ze. 'Die zullen ze accepteren. Ze hebben je een bericht gestuurd; ze proberen je te bereiken. Wat dat halfjaar betreft kun je Washburn telegraferen in Port Noir. Hij heeft een dossier bijgehouden – een uitvoerig, gedetailleerd dossier.'

'Hij geeft misschien geen antwoord. Wij hadden ook een overeenkomst. Omdat hij mij weer in elkaar heeft gezet zou hij een derde krijgen van wat er uit Zürich kwam, zonder dat het naar hem was terug te voeren. Ik heb hem een miljoen dollar gestuurd.'

'Denk je dat zoiets hem zou weerhouden jou te helpen?'

Jason zweeg even. 'Hij kan misschien niet eens zichzelf helpen. Hij heeft een probleem; hij is een dronkaard. Geen drinker. Een dronkaard. Van het ergste soort; hij weet het en hij vindt het fijn. Hoe lang kan hij leven met een miljoen dollar? Of wat nog belangrijker is, hoe lang denk je dat die piraten van de waterkant hem zullen laten leven zo gauw ze dat weten?'

'Je kunt in elk geval bewijzen dat je daar bent geweest. Een halfjaar lang ben je ziek geweest, geïsoleerd. Je stond met níémand in contact.'

'Hoe kunnen de mensen van Treadstone dat zeker weten? Van hun standpunt uit ben ik een wandelende encyclopedie van officiële geheimen. Dat móést ik zijn anders kon ik niet doen wat ik heb gedaan. Hoe kunnen ze er zeker van zijn dat ik niet met de verkeerde mensen heb gepraat?'

'Zeg hun dat ze mensen naar Port Noir moeten sturen.'

'Die zullen daar worden ontvangen met niet begrijpende blikken en stilzwijgen. Ik ben midden in de nacht van dat eiland weggegaan terwijl de halve waterkant achter me aanzat met bootshaken. Als iemand daar enig geld heeft losgekregen van Washburn dan zal hij het verband zien en de andere kant uitlopen.'

'Jason, ik weet niet waar je naartoe wilt! Je hebt je antwoord, het antwoord dat je aan het zoeken bent geweest sinds die ochtend dat je in Port Noir ontwaakte. Wat wil je nog meer?'

'Ik wil voorzichtig zijn, meer niet!' zei Bourne geïrriteerd. 'Ik wil "bezinnen voordat ik begin" en verrekte zeker zijn dat ik "niet over een nacht ijs ga" en "de moeder van de porseleinkast zijn en niet als een dolle stier erdoorheen banjeren!" Moet je kijken wat me nu te binnen schiet!' Hij stond te schreeuwen; hij zweeg.

Marie liep de kamer door en ging voor hem staan. 'Heel goed. Maar dat is het niet, of wel soms? Voorzichtig zijn, bedoel ik.'

Jason schudde zijn hoofd. 'Nee, dat is het niet,' zei hij. 'Bij elke stap ben ik bang geweest, bang van de dingen die ik te weten ben gekomen. Nu, aan het einde, ben ik banger dan ooit. Als ik Jason Bourne niet ben, wie ben ik dan echt? Wat heb ik daar achtergelaten? Is dat bij je opgekomen?'

'Met alles wat eraan vastzit, schat. Op een bepaalde manier ben ik banger dan jij. Maar ik geloof niet dat we ons daardoor moeten laten tegenhouden. Ik wilde bij god dat we dat konden, maar ik weet dat het onmogelijk is.'

De attaché in de Amerikaanse ambassade aan de Avenue Gabriel liep het kantoor van de eerste secretaris in en sloot de deur. De man aan het bureau keek op.

'Bent u er zeker van dat hij het is?'

'Ik weet alleen maar zeker dat hij de sleutelwoorden heeft gebruikt,' zei de attaché, terwijl hij met een archiefkaart met rode rand naar het bureau liep. 'Hier is het identificatieteken,' vervolgde hij en hij gaf de kaart aan de eerste secretaris. 'Ik heb de woorden die hij heeft gebruikt gecontroleerd en als dat identificatieteken klopt dan zou ik zeggen dat hij de echte is.'

De man achter het bureau bestudeerde de kaart. 'Wanneer gebruikte hij de naam Treadstone?'

'Pas nadat ik hem ervan had overtuigd dat hij geen man van de Amerikaanse inlichtingendienst te spreken zou krijgen tenzij hij me een verrekte goede reden gaf. Volgens mij dacht hij dat ik van mijn stokje zou gaan toen hij zei dat hij Jason Bourne was. Toen ik hem alleen maar vroeg wat ik voor hem kon doen leek hij niet verder meer te kunnen, bijna alsof hij de hoorn op de haak wilde gooien.'

'Zei hij niet dat er een bericht was verspreid dat hij terug moest komen?'

'Daar wachtte ik op maar hij had het er niet over. Volgens die korte schets van tien woorden over hem – "Inlichtingenman met grote praktijkervaring. Mogelijk overgelopen of gevangengenomen door vijand" – had hij alleen maar het woord "terugroepen" hoeven gebruiken en dan hadden we op dezelfde golflengte gezeten. Dat deed hij niet.'

'Dan is hij misschien niet echt.'

'De rest klopt wel. Hij zei wél dat Washington meer dan een halfjaar naar hem op zoek is. Toen gebruikte hij de naam Treadstone. Hij was van Treadstone; dat moet de bom voorstellen. Hij zei me ook om de codewoorden "Delta", "Caïn" en "Medusa" door te geven. De eerste twee staan op het identificatieteken, die heb ik gecontroleerd... Ik weet niet wat Medusa betekent.'

'Ik begrijp hier helemaal niets van,' zei de eerste secretaris. 'Ik heb alleen maar opdracht om als de sodemieter naar de verbindingsafdeling te lopen, het hele cryptofoon-verkeer met Langley vrij te maken en via een versluierde lijn te praten met zo'n spionnenvanger die Conklin heet. Van hem heb ik wel gehoord: een gemene rotzak die tien of twaalf jaar geleden zijn poot is kwijtgeraakt in Vietnam. Hij drukt hele rare knopjes in bij de CIA. Hij heeft ook het toezicht gehad op de zuiveringen en daarom denk ik dat hij typisch een man is die ze liever niet los op straat hebben lopen, op zoek naar een baan. Of een uitgever.'

'Wie denkt u dat Bourne is?' vroeg de attaché. 'Ik heb nog nooit zo'n verbeten maar ongeorganiseerde mensenjacht meegemaakt in al die acht jaar dat ik uit Amerika weg ben.'

'Iemand die ze heel dringend willen hebben.' De eerste secretaris stond op van zijn bureau. 'Bedankt voor wat u gedaan hebt. Ik zal Washington rapport uitbrengen dat u het uitstekend behandeld hebt. Wat gebeurt er nu verder? Ik neem aan dat hij u geen telefoonnummer heeft gegeven.'

'Absoluut niet. Hij wilde over een kwartier terugbellen maar ik heb de drukbezette bureaucraat gespeeld. Ik heb hem gezegd over een uur of zo terug te bellen. Dan is het na vijven en dan zouden we nog een uur of twee kunnen winnen omdat ik dan aan het eten ben.'

'Ik weet het niet. We kunnen niet riskeren hem nu kwijt te raken. Ik zal Conklin het plan laten maken. Hij heeft hierbij de touwtjes in handen. Niemand doet er iets wat Bourne aangaat zonder dat hij het goedkeurt.'

Alexander Conklin zat achter het bureau in zijn kantoor met witgekalkte muren in Langley, Virginia, en luisterde naar de man van de ambassade in Parijs. Hij was ervan overtuigd; het was Delta. De verwijzing naar Medusa vormde het bewijs want het was een naam die alleen Delta maar zou kennen. De rotzak! Hij speelde de vastgelopen agent, want zijn beheerders in Treadstone reageerden niet op de juiste codewoorden – welke die dan ook waren – omdat de doden niet konden spreken. De rotzak!

Dood de beheerders, dan houdt de jacht vanzelf op. Elke jacht. Hoeveel mensen hadden het niet al eerder gedaan? dacht Alexander Conklin. Hijzelf ook. Er was een beheerder geweest in de heuvels van Huong Khe, een maniak die waanzinnige bevelen gaf, een zekere dood voor tientallen teams van Medusa, bezig met een zinloze jacht. Een jonge inlichtingenofficier, Conklin genaamd, was teruggeslopen naar basiskamp Kilo met een Noord-Vietnamees geweer van Russische makelij, en had twee kogels afgevuurd op het hoofd van een maniak. Er was getreurd en er werden strengere veiligheidsmaatregelen genomen... maar de jacht was gestaakt.

Op de oerwoudpaden van basiskamp Kilo waren echter vingerafdrukken gevonden op glasscherven. Scherven met afdrukken die de sluipschutter onweerlegbaar identificeerden als een westerse rekruut van Medusa zelf. Zulke scherven waren ook aangetroffen in Seventy-first Street, maar de moordenaar wist dat niet – Delta wist dat niet.

'Op een bepaald punt vroegen we ons ernstig af of hij echt was,' zei de eerste secretaris van de ambassade en hij ratelde verder alsof hij het abrupte zwijgen vanuit Washington wilde opvullen. 'Een ervaren agent zou tegen de attaché hebben gezegd dat hij moest kijken of er een identificatieteken was maar dat deed deze man niet.'

'Vergeten, zeker,' antwoordde Conklin en hij richtte zijn gedachten alweer op dat onmenselijke raadsel dat werd gevormd door Delta-Caïn. 'Wat voor afspraken zijn er gemaakt?'

'Aanvankelijk stond Bourne erop om over een kwartier terug te bellen, maar ik heb de man onder mij opdracht gegeven om tijd te rekken. Hij zou, bijvoorbeeld, de etenstijd kunnen gebruiken...' De man van de ambassade zorgde er goed voor dat de CIA-man in Washington zou beseffen hoe scherpzinnig zijn bijdragen wel waren geweest. Dat zou zo een goede minuut doorgaan; Conklin had vaak genoeg meer varianten gehoord dan hem lief was.

Delta. Waarom was hij overgelopen? De waanzin van zijn opdracht moest zijn hersenen hebben aangetast en enkel zijn instincten voor overleving hebben overgelaten. Hij deed al te lang mee; hij wist dat ze hem vroeg of laat zouden vinden en vermoorden. Een alternatief bestond er eenvoudig niet; hij moest dat hebben begrepen vanaf het moment dat hij overliep – of knakte – of wat het dan ook was. Hij kon zich nergens meer verbergen; over de hele wereld werd hij gezocht. Hij zou nooit kunnen weten wie er uit de schaduwen te voorschijn zou komen en een eind zou maken aan zijn leven. Het was iets waarvan ze allemaal goed doordrongen waren, het enige en meest overtuigende argument tegen omkeren. Er moest dus een andere oplossing worden gezocht; in leven blijven. De bijbelse Caïn was de eerste die broedermoord pleegde. Had de legendarische naam hem op die onzalige gedachte gebracht, de strategie uitgestippeld? Was het zo eenvoudig? Het was werkelijk de perfecte oplossing. Vermoord ze allemaal, vermoord je broer!

Webb was er niet meer, de Monnik was er niet meer, de Zeezeiler en zijn vrouw... wie kon er de instructies tegenspreken die Delta had ontvangen, omdat alleen deze vier instructies aan hem doorgaven? Hij had de miljoenen van de bank gehaald en ze verdeeld zoals hem was opgedragen. Aan ontvangers die van niets wisten en die, naar hij aannam, een wezenlijk deel uitmaakten van de strategie van de Monnik. Delta kon immers niet twijfelen aan de Monnik? De schepper van Medusa, het genie dat hem erbij had gehaald en hem had geschapen. Caïn.

De perfecte oplossing. Het enige dat nodig was om helemaal overtuigend te zijn, was de dood van een wapenbroeder om wie plichtmatig moest worden gerouwd. Het officiële oordeel zou luiden: Carlos had Treadstone geïnfiltreerd en vernietigd. De moordenaar had gewonnen, Treadstone was opgegeven. De rótzak!

'... dus dacht ik eigenlijk direct al dat het plan van u zou moeten komen.' De eerste secretaris in Parijs was klaar. Hij was een dwaas maar Conklin had hem nodig; hij moest een bepaalde melodie te horen krijgen terwijl er een andere werd gespeeld.

'U hebt juist gehandeld,' zei een functionaris in Langley met respect. 'Ik zal onze mensen hier laten weten hoe goed u het hebt behandeld. U had absoluut gelijk, we hebben tijd nodig maar Bourne beseft dat niet. En dat kunnen we hem ook niet vertellen, zodat het moeilijk wordt... We kunnen niet worden afgeluisterd, mag ik daarom iets zeggen?'

'Natuurlijk.'

'Bourne staat onder druk. Hij is... vastgehouden... gedurende een lange periode. Begrijpt u mij?'

'De sovjets?'

'Tot in de Loebjanka toe. Hij werd losgelaten als dubbelspion. U weet wat ik bedoel?'

'Jazeker. Moskou denkt dat hij nu voor hen werkt.'

'Dat denken ze inderdaad.' Conklin zweeg even. 'En wij weten het niet zeker. Er gebeuren gekke dingen in de Loebjanka.'

De eerste secretaris floot zacht. 'Da's niet zo mooi. Hoe gaat u dat vaststellen?'

'Met uw hulp. Maar de graad van geheimhouding is zo hoog dat hij zelfs boven het niveau van de ambassadeur zelf ligt. U bent ter plaatse; hij heeft contact met u opgenomen. U kunt die voorwaarde accepteren of niet, dat moet u zelf weten. Als u het doet zou er volgens mij weleens een aanbeveling kunnen komen recht uit het Witte Huis.

Conklin kon horen hoe in Parijs de adem even stokte.

'Ik zal natuurlijk alles doen wat ik kan. Zegt u het maar.'

'U hebt het al gedaan. We willen tijd met hem rekken. Wanneer hij terugbelt praat u zelf met hem...'

'Natuurlijk,' onderbrak de man van de ambassade hem.

'Zeg hem dat u de codewoorden hebt doorgegeven. Dat Washington een personeelsfunctionaris van Treadstone per militair transport laat overvliegen. Zeg dat Washington wil dat hij zich gedekt houdt en dat hij wegblijft bij de ambassade; elke toegangsweg wordt in de gaten gehouden. Vraag hem dan of hij rugdekking wenst en als hij ja zegt, dan vraagt u waar hij die mensen wil treffen. Maar stuur nog niemand; wanneer u weer met mij spreekt dan zal ik contact hebben gehad met iemand aan uw kant. Dan zal ik u een naam noemen en een signaal dat u hem kunt geven.'

'Een signaal?'

'Visuele identificatie. Iets of iemand die hij kan herkennen.'

'Een van uw mensen?'

'Ja, ik geloof dat het zo het beste is. Het heeft geen zin om, buiten u, de ambassade erbij te betrekken. Het is zelfs van het grootste belang dat we dat niet doen, en u moet dus alle gesprekken die u hierover voert buiten de normale telefoonregistratie houden.'

'Daar kan ik voor zorgen,' zei de eerste secretaris. 'Maar hoe kunt u, door één gesprek dat ik met hem ga voeren, te weten komen of hij een dubbelspion is?'

'Omdat het er niet één zal zijn maar eerder een stuk of tien.'

'Tien?'

'Precies. Uw instructies aan Bourne – van ons, via u – luiden dat hij zich elk uur per telefoon bij u moet melden om het feit te bevestigen dat hij nog vrij rondloopt. Tot de laatste maal, want dan vertelt u hem dat de functionaris van Treadstone in Parijs is aangekomen en hem zal ontmoeten.'

'Wat bereiken we daarmee?' vroeg de man van de ambassade.

'Hij zal zich blijven verplaatsen... als hij niet aan onze kant staat. We weten dat er in Parijs een stuk of vijf Russische "slapende agenten" zijn van wie we de telefoons kunnen afluisteren. Als hij met Moskou samenwerkt is de kans groot dat hij tenminste een van die telefoons gebruikt. We zullen het in de gaten houden. En als het zo blijkt te zijn dan zult u, volgens mij, voor de rest van uw leven terugdenken aan die keer dat u de hele nacht op de ambassade bent gebleven. De carrière van een beroepsdiplomaat komt aardig in de lift wanneer hij een aanbeveling krijgt van de president. In uw geval kunt u, natuurlijk, al niet veel hoger meer gaan...'

'Toch wel hoger, meneer Conklin,' viel de eerste secretaris hem in de rede.

Het gesprek was voorbij; de man van de ambassade zou terugbellen nadat hij Bourne had gesproken. Conklin stond op uit zijn stoel en hinkte de kamer door naar een grijze archiefkast die tegen de muur stond. Hij ontsloot de bovenste la. Daarin lag een map met een verzegelde envelop die de namen bevatte van mensen op wie in noodgevallen een beroep kon worden gedaan en de plaatsen waar ze bereikt konden worden. Het waren eens loyale mannen geweest, die om de een of andere reden niet meer officieel door Washington betaald konden worden. In alle gevallen was het noodzakelijk geweest hen uit de openbaarheid te laten verdwijnen, ze ergens anders onder te brengen met een nieuwe identiteit, waarbij degenen die andere talen vloeiend spraken vaak door de medewerking van buitenlandse regeringen in het betreffende land een staatsburgerschap kregen. Ze waren eenvoudig verdwenen.

Zij waren de paria's, de mannen die de wet hadden overtreden in dienst van hun land, die vaak doodden in het belang van hun land. Maar hun land kon zich hun officiële bestaan niet veroorloven; hun dekmantels waren weggenomen, hun daden bekend geraakt. Toch kon nog een beroep op hen worden gedaan. Voortdurend werd geld doorgesluisd naar rekeningen buiten de kritische blikken van de overheid, betalingen volgens bepaalde afspraken.

Conklin nam de envelop mee naar zijn bureau en trok de geparafeerde plakband van de omslag; hij zou opnieuw worden verzegeld en opnieuw worden geparafeerd. Er was een man in Parijs, een toegewijd man, die promotie had gemaakt via het officierskader van de legerinlichtingendienst, een luitenant-kolonel toen hij nog pas vijfendertig was. Op hem kon worden gerekend; hij had gevoel voor wat belangrijk was voor een land. Hij had een links-gezind cameraman gedood in een dorp bij Hue, een tiental jaren geleden.

Drie minuten later had hij de man aan de telefoon, zonder dat het gesprek werd geregistreerd of opgenomen. De vroegere officier kreeg een naam op en ontving een korte uiteenzetting over een geval van een man die was overgelopen, die in het geheim naar de Verenigde Staten was gevlogen, en die daar alle beheerders van de strategie had uitgemoord.

'Een dubbelspion?' vroeg de man in Parijs. 'Moskou?'

'Nee, niet de Russen,' antwoordde Conklin want hij besefte dat er als Bourne om rugdekking zou vragen, gesprekken tussen de twee mannen zouden plaatsvinden.

'Het was een geheime opdracht op lange termijn om Carlos te strikken.'

'De sluipmoordenaar?'

'Precies.'

'U mag dan zéggen dat het Moskou niet is, maar mij overtuigt u daarmee niet. Carlos is in Novgorod opgeleid en volgens mij is hij nog steeds een moordenaar voor de KGB.'

'Misschien. Details mag ik u niet geven, maar laat het voldoende zijn wanneer ik zeg dat wij ervan overtuigd zijn dat onze man werd omgekocht; hij heeft een paar miljoen gekregen en wil een onbelast paspoort.'

'Hij vermoordde dus de beheerders en Carlos wordt als de schuldige aangewezen en dat betekent niets anders dan dat hij opnieuw een moordopdracht met succes heeft uitgevoerd.'

'Precies. We willen hem aan de lijn houden, hem laten denken dat hij veilig terug kan komen. Het liefst zouden we een bekentenis hebben, hoe die dan ook zal luiden, en daarom kom ik naar Parijs toe. Maar het allerbelangrijkste is om hem voorgoed tot zwijgen te brengen. Er zijn te veel mensen op te veel plaatsen gecompromitteerd omdat ze hem hebben gemaakt tot wat hij is. Kunt u hulp bieden? Er zit een bonus aan vast.'

'Met plezier. En die bonus kunt u houden. Ik haat dit soort klootzakken. Ze vernietigen hele spionagenetwerken.'

'Het moet absoluut waterdicht gebeuren; hij is een van de besten. Ik zou aan willen raden hulp erbij te halen, op zijn minst één man.'

'Ik heb hier een man van de Saint-Gervais, die vijf andere waard is. Hij is te huur.'

'Neem hem maar. Dit zijn de bijzonderheden: de beheerder in Parijs weet nergens van, maar hij staat in contact met Bourne en hij vraagt misschien om rugdekking voor hem.'

'Ik zal er rekening mee houden,' zei de vroegere inlichtingenofficier. 'Gaat u maar door.'

'Op het ogenblik is er niet veel meer. Ik vertrek vanaf het vliegveld Andrews. Ik verwacht in Parijs te zijn in elk geval tussen tien uur en een uur, lokale tijd. Ik wil Bourne ontmoeten binnen een uur of zo daarna, en morgenochtend weer terug zijn in Washington. Het is krap, maar zo moet het nu eenmaal gebeuren.'

'Zo zal het dan ook gebeuren.'

'De man die van niets weet in de ambassade is de eerste secretaris. Zijn naam is...'

Conklin gaf de resterende details en daarna spraken de beide mannen een eenvoudige code af voor hun eerste contact in Parijs. Codewoorden die de CIA-man duidelijk zouden maken of er nog problemen waren wanneer ze met elkaar spraken. Conklin legde de hoorn op. Alles was in beweging gezet precies op de manier zoals Delta zou verwachten dat het zou verlopen. De erfgenamen van Treadstone zouden handelen volgens het boekje en het boekje was heel duidelijk waar het strategieën en strategen betrof die waren mislukt. Ze moesten worden opgelost, afgesneden, geen enkel officieel verband mocht worden toegegeven. Mislukte strategieën en strategen brachten Washington in verlegenheid. En vanaf het bedrieglijke begin had Treadstone Seventy-one elke belangrijke groepering in de Amerikaanse inlichtingenwereld, en verschillende buitenlandse regeringen, gebruikt, misbruikt en gemanipuleerd. Als er al overlevenden waren, zouden die op grote afstand worden gehouden.

Dat alles wist Delta, en omdat hijzelf Treadstone had vernietigd, zou hij de voorzorgsmaatregelen waarderen, ze voorzien, gealarmeerd worden als ze niet werden genomen. En wanneer hij ermee werd geconfronteerd zou hij met geveinsde woede en gemaakt verdriet reageren op het bloedbad in Seventy-first Street. Alexander Conklin zou heel geconcentreerd luisteren en zoeken naar oprechtheid, of zelfs naar een vage, redelijk klinkende uitleg, maar hij wist dat hij geen van beide te horen zou krijgen.

Abnormale glassplinters konden niet op eigen beweging de Atlantische Oceaan oversteken en zich dan verstoppen onder een zwaar gordijn in een oud herenhuis in Manhattan en vingerafdrukken waren een juister bewijs dat iemand ter plaatse was geweest dan een foto. Daarmee kon op geen enkele manier worden geknoeid.

Conklin zou twee minuten luisteren naar wat Delta zou weten te verzinnen. Hij zou luisteren en dan zou hij de trekker overhalen.

32

'Waarom doen ze dat?' zei Jason terwijl hij in het drukke café naast Marie ging zitten. Hij had het vijfde telefoongesprek gevoerd, vijf uur nadat hij voor het eerst contact had opgenomen met de ambassade. 'Ze willen me in beweging houden. Ze dwingen me in beweging te blijven en ik weet niet waarom.'

'Je dwingt jezelf daartoe,' zei Marie. 'Je had die gesprekken vanuit de kamer kunnen voeren.'

'Nee, dat is niet waar. Om een of andere reden willen ze dat ik dat weet. Telkens wanneer ik bel vraagt die rotzak me waar ik nu ben, of ik op "veilig gebied" ben. Verdomde stomme uitdrukking, "veilig gebied". Maar hij zegt nog iets. Hij zegt me dat elk contact gelegd moet worden vanuit een andere plaats, zodat niemand binnen of buiten de ambassade het telefoonnummer of het adres zou kunnen natrekken waarop ik bel. Ze willen me niet binnen de ambassade hebben, maar ze willen wel weten waar ik uithang. Ze willen me hebben, maar ze zijn bang voor me; het klopt niet!'

'Is het niet mogelijk dat je je die dingen verbeeldt? Niemand heeft ook maar iets gezegd dat daarop wijst.'

'Dat hoefden ze niet te doen. Het zit 'm in wat ze niet verteld hebben. Waarom hebben ze me niet gezegd dat ik meteen naar de ambassade moest komen? Ze hadden me dat kunnen bevelen. Daar zou niemand mij iets kunnen doen, het is Amerikaans grondgebied. Dat deden ze niet.'

'De straten worden in de gaten gehouden; dat vertelden ze je.'

'Weet je, dat heb ik aangenomen – blindelings – tot zowat een halve minuut geleden toen het me ineens inviel. Door wie? Wie houdt er de straten in de gaten?'

'Carlos natuurlijk. Zijn mensen.'

'Dat weet jij en dat weet ik – dat mogen we tenminste aannemen maar *zíj* weten dat niet. Ik mag dan geen flauw idee hebben wie ik ben, maar ik weet verdomde goed wat er de afgelopen vierentwintig uur met me is gebeurd. Dat weten *zíj* niet.'

'Zij konden dat ook aannemen, nietwaar? Ze hadden onbekende mannen in auto's kunnen zien, of mannen die daar te lang en te opvallend rondhingen.'

'Carlos is veel slimmer. En er zijn veel manieren waarop een bepaald voertuig snel binnen de poorten van een ambassade kan komen. Mariniers zijn overal getraind in zulke zaken.'

'Ik geloof je.'

'Maar dat deden ze niet; ze suggereerden het niet eens. In plaats daarvan houden ze me aan het lijntje, laten ze me spelletjes spelen. Verdomme, waaróm?'

'Je hebt het zelf gezegd, Jason. Ze hebben al een halfjaar niets van jou gehoord. Ze zijn heel erg voorzichtig.'

'Waarom op deze manier? Als ze me eenmaal binnen de poort hebben kunnen ze doen wat ze willen. Zij zijn de baas over mij. Ze kunnen een feestje voor me bouwen of me in een cel smijten. In plaats daarvan willen ze me niet aanraken, maar ze willen me ook niet kwijtraken.'

'Ze wachten op die man die komt overvliegen vanuit Washington.'

'Waar kan ik nou beter op die man wachten dan in de ambassade?' Bourne duwde zijn stoel achteruit. 'Er zit iets niet goed. Laten we maken dat we hier wegkomen.'

Alexander Conklin, erfgenaam van Treadstone, had er precies zes uur en twaalf minuten over gedaan om de Atlantische Oceaan over te steken. Om terug te keren zou hij de eerste Concorde-verbinding uit Parijs nemen in de ochtend, om halfacht, Washington tijd, op Dulles aankomen en om negen uur in Langley zijn. Als iemand hem probeerde te bellen of zou vragen waar hij die nacht geweest was, zou een behulpzame majoor van het Pentagon een misleidend antwoord geven. En aan een eerste secretaris aan de ambassade in Parijs zou worden duidelijk gemaakt dat hij als hij ooit zou zeggen ook maar een woord te hebben gewisseld met de man van Langley, gedegradeerd zou worden tot attaché op de laagste sport van de ladder en naar een nieuwe post zou worden gestuurd in Terra del Fuego. Dat was zeker.

Conklin liep recht naar een rij openbare telefoons aan de muur en belde de ambassade. De eerste secretaris had duidelijk het gevoel dat hij heel wat had bereikt.

'Alles loopt volgens plan, Conklin,' zei de man van de ambassade en het weglaten van het eerder gebruikte meneer was een teken van gelijkheid. De CIA-man was nu in Parijs en ze stonden nu op hetzelfde terrein. 'Bourne is gespannen. Tijdens ons laatste gesprek vroeg hij een paar keer waarom we hem geen opdracht gaven zich bij de ambassade te melden.'

'Deed hij dat?' Eerst was Conklin verrast; toen begreep hij het. Delta deed zich voor als een man die niets afwist van de gebeurtenissen aan Seventy-first Street. Als ze hem hadden gezegd naar de ambassade te komen zou hij ervandoor zijn gegaan. Hij wist wel beter; er mocht geen officieel verband bestaan. Op Treadstone rustte een vloek, het was een strategie die in diskrediet was geraakt, hoogst gênant voor iedereen. 'Hebt u er de nadruk op gelegd dat de straten in de gaten werden gehouden?'

'Natuurlijk. Toen vroeg hij mij wie dat dan wel deden. Kunt u zich dat voorstellen?'

'Ik wel. Wat hebt u gezegd?'

'Dat hij dat net zo goed wist als ik en dat ik, alles in ogenschouw genomen, vond dat zulke zaken maar beter niet over de telefoon konden worden besproken.'

'Heel goed.'

'Dat vond ik eigenlijk ook.'

'Wat zei hij daarop? Legde hij er zich bij neer?'

'Op een vreemde manier wel. Hij zei "Ik snap het", meer niet.'

'Veranderde hij van gedachte en vroeg hij om rugdekking?'

'Hij bleef dat weigeren. Zelfs toen ik erop aandrong.' De eerste secretaris zweeg even. 'Hij wil niet worden geschaduwd, is 't wel?' vroeg hij vertrouwelijk.

'Nee, dat wil hij niet. Wanneer verwacht u zijn volgende gesprek?'

'Over ongeveer een kwartier.'

'Zeg hem maar dat de functionaris van Treadstone is aangekomen.'

Conklin haalde de kaart uit zijn zak; hij was zo gevouwen dat het betreffende gebied zichtbaar was en de weg ernaartoe was met blauwe inkt aangegeven. 'Zeg hem dat de afspraak is vastgesteld op halftwee, aan de weg tussen Chevreuse en Rambouillet, tien kilometer ten zuiden van Versailles, op het Cimetière de Noblesse.'

'Halftwee, weg tussen Chevreuse en Rambouillet... het kerkhof. Zal hij weten hoe hij daar moet komen.'

'Hij is er al eerder geweest. Als hij zegt dat hij een taxi zal nemen, zeg hem dan dat hij de normale voorzorgsmaatregelen moet nemen en de taxi na de rit moet wegsturen.'

'Zal dat niet vreemd lijken? Ik bedoel voor de chauffeur. Het is een vreemde tijd om een kerkhof te bezoeken.'

'Ik zei dat u "hem dat moet vertellen". Hij neemt natuurlijk geen taxi.'

'Natuurlijk,' zei de eerste secretaris snel, zich herstellend door het overbodige naar voren te brengen. 'Omdat ik uw man hier nog niet heb gebeld, zal ik hem dan nu niet bellen en hem zeggen dat u bent aangekomen?'

'Dat zal ik wel doen. Hebt u zijn nummer nog?'

'Ja, natuurlijk.'

'Verbrand het,' beval Conklin. 'Voordat u er uw vingers aan brandt. Ik bel u over twintig minuten terug.'

De trein denderde voorbij in de onderste regionen van de Métro en de trillingen waren voelbaar door het perron heen. Bourne hing de hoorn op van de openbare telefoon aan de betonnen muur en staarde even naar het toestel. Ergens, ver achter in zijn geest, was weer een deur gedeeltelijk opengegaan, het licht was te ver weg, te zwak om binnen te kunnen kijken. Maar er waren beelden. Aan de weg naar Rambouillet... door een gewelfde poort van ijzeren vlechtwerk... een langzaam oplopende heuvel met wit marmer. Kruisen – groot, nog groter, mausolea – en overal beelden. La Cimetière de Noblesse. Een kerkhof, maar veel meer dan een rustplaats voor de doden. Een contactplaats, maar zelfs meer dan dat. Een plaats waar gesprekken werden gevoerd... temidden van begrafenissen en bij het neerlaten van lijkkisten. Twee mannen, in donkere pakken, net zoals de mensen daar gekleed gingen, die zich tussen de begrafenisgangers bewogen en de woorden wisselden die ze tegen elkaar moesten zeggen.

Er was een gezicht, maar het was vaag, onduidelijk; hij zag enkel de ogen. En dat onduidelijke gelaat en die ogen hadden een naam. David... Abbott. De Monnik. De man die hij kende en toch niet kende. Schepper van Medusa en van Caïn. En nu zelf dood, zelf ergens deel uitmakend van een kerkhof.

Jason knipperde een paar keer met zijn ogen en schudde zijn hoofd alsof hij de plotselinge nevels wilde afschudden. Hij keek even naar Marie die vijf meter van hem af tegen de muur stond; ze moest de mensen op het perron bekijken, zoeken naar iemand die hem misschien in de gaten hield. Dat deed ze niet; ze keek zelf naar hem met een bezorgde blik in haar ogen. Hij knikte om haar gerust te stellen; het was voor hem geen slecht moment. Er waren beelden bij hem opgekomen. Hij was op dat kerkhof geweest. Op de een of andere manier zou hij het herkennen. Hij liep naar Marie toe; ze keerde zich om en liep naast hem naar de uitgang.

'Hij is er,' zei Bourne. 'Treadstone is er. Ik moet hem bij Rambouillet ontmoeten. Op een kerkhof.'

'Wat spookachtig. Waarom een kerkhof?'

'Dat moet mij geruststellen.'

'Mijn god, hoe dan?'

'Ik ben er eerder geweest. Ik heb daar mensen ontmoet... een man daar. Door het te noemen als de plaats van ontmoeting – een ongewoon punt – vertelt Treadstone mij dat hij echt is.'

Ze gaf hem en arm terwijl ze de trappen naar de straat beklommen. 'Ik wil met je meegaan.'

'Het spijt me.'

'Je kunt mij er niet buiten laten!'

'Ik moet wel omdat ik niet weet wat ik daar zal aantreffen. En als het niet is wat ik verwacht dan wil ik iemand hebben op wie ik kan terugvallen.'

'Schat, dat heeft geen zin! Ik word gezocht door de politie. Als die me vinden sturen ze me op het eerste het beste vliegtuig terug naar Zürich; dat zei je zelf. Wat heb jij nou aan me als ik in Zürich zit?'

'Jij niet. Villiers. Hij vertrouwt ons, hij vertrouwt jou. Je kunt hem bereiken wanneer ik bij zonsopgang niet terug ben of jou niet heb gebeld met een verklaring waarom. Hij kan een boel lawaai maken en daar is hij waarachtig wel aan toe. Hij is de enige reserve op wie we terug kunnen vallen, de enige. Om het nog preciezer uit te drukken, zijn vrouw is dat – via hem.'

Marie knikte, ze legde zich neer bij die logica. 'Hij is eraan toe,' stemde ze in. 'Hoe ga je naar Rambouillet?'

'We hebben een auto, weet je nog wel? Ik zal jou naar het hotel brengen en dan ga ik naar de garage.'

Hij stapte in de lift van de parkeergarage in Montmartre en drukte op de knop voor de vierde verdieping. Met zijn gedachten was hij op een kerkhof ergens tussen Chevreuse en Rambouillet, op een weg waarover hij was gereden, maar hij had er geen idee van wanneer of met welk doel.

Daarom wilde hij er nu naartoe rijden en zorgen dat hij geruime tijd voor het afgesproken tijdstip daar was. Als de beelden die bij hem opkwamen niet volledig verwrongen waren dan was het een enorm kerkhof. Waar precies binnen die hectaren van graven en beelden was de plek waar ze elkaar zouden ontmoeten? Hij zou zorgen dat hij er om één uur was en dat zou hem een halfuur geven om op de paden op en neer te lopen en uit te kijken naar een stel koplampen of een teken. Er zouden hem wel meer dingen te binnen schieten.

De liftdeur gleed schrapend open. De etage stond voor driekwart vol met geparkeerde auto's, de rest was leeg. Jason probeerde zich te herinneren waar hij de Renault had geparkeerd; het was in een hoek, een eind van de lift vandaan, maar was het naar rechts of naar links? Hij begon aarzelend naar links te lopen, de lift was aan zijn linkerkant geweest toen hij verschillende dagen geleden de auto had gebracht. Hij bleef staan, toen het logisch vervolgen van die gedachte hem plotseling de weg wees. De lift was aan zijn linkerkant geweest toen hij was binnengereden, niet nadat hij de auto had geparkeerd; toen was hij schuin aan zijn rechterhand geweest. Hij keerde zich met een abrupte beweging om. met zijn gedachten bij een weg tussen Chevreuse en Rambouillet.

Of het nu kwam omdat hij onverwacht rechtsomkeert maakte of omdat zijn schaduw onervaren was dat wist Bourne niet en dat kon hem ook weinig schelen. Wat het dan ook was, dat moment redde zijn leven, dat wist hij zeker. Het hoofd van een man dook weg achter het dak van een auto in het tweede looppad aan zijn rechterkant; die man had hem in de gaten gehouden. Een ervaren schaduw zou zijn blijven staan, met een sleutelbos die hij zogenaamd van de vloer had opgeraapt, of hij had een ruitenwisser gecontroleerd en was dan weggelopen. Het enige dat hij niet zou doen was wat deze man deed; riskeren gezien te worden door weg te duiken.

Jason bleef gewoon doorlopen en zijn gedachten hielden zich bezig met deze nieuwe ontwikkeling. Wie was die man? Hoe had men hem ontdekt? En toen waren beide antwoorden zo duidelijk, zo voor de hand liggend dat hij zich wel voor zijn kop kon slaan. De nachtportier in de Auberge du Coin!

Carlos had grondig gehandeld, zoals hij altijd alles grondig deed. Hij had elke mislukking tot in details geanalyseerd. En een van die details was een nachtportier die dienst had tijdens een mislukte actie. Zo'n man moest kritisch worden bekeken en daarna ondervraagd; moeilijk zou het niet zijn. Het laten zien van een mes of een pistool zou meer dan voldoende zijn. De trillende lippen van de nachtportier zouden inlichtingen uitbraken, en het leger van Carlos zou opdracht krijgen zich door de stad te verspreiden, elke wijk opgedeeld in sectoren, op jacht naar een bepaalde zwarte Renault. Een minutieus onderzoek maar niet onmogelijk, vergemakkelijkt door een chauffeur die niet de moeite had genomen nummerborden te verwisselen. Hoeveel uren achtereen was de garage al geschaduwd? Hoeveel man waren erbij betrokken? Binnen, buiten? Hoe snel zouden er anderen komen? Zou Carlos komen?

Die vragen waren niet belangrijk. Hij moest weg zien te komen. Hij kon misschien de auto laten schieten maar dan zou hij zo afhankelijk zijn van maatregelen die hij moest improviseren, dat hij erdoor gehinderd zou worden; hij had transport nodig en hij had het nu nodig. Geen taxi zou om één uur in de ochtend een vreemdeling naar een kerkhof aan de buitenrand van Rambouillet brengen en er was geen tijd meer om erop te rekenen dat hij een auto op straat zou kunnen stelen.

Hij bleef staan en haalde sigaretten en lucifers uit zijn zak; toen ontstak hij een lucifer, hield zijn handen eromheen en draaide zijn hoofd scheef om de vlam te beschermen. Vanuit zijn ooghoek kon hij een schaduw zien – vierkant, gedrongen; de man had zich opnieuw laten zakken, nu achter de kofferruimte van een auto in de buurt.

Jason liet zich door de knieën zakken, draaide naar links en wierp zich uit het looppad tussen twee nabij staande auto's in; hij brak zijn val met zijn handpalmen en de hele manoeuvre geschiedde in stilte. Hij kroop om de achterwielen van de auto aan zijn rechterkant heen, snel bewegend met armen en benen, door het smalle paadje tussen de voertuigen, als een spin die over zijn web scharrelde. Nu was hij achter de man; hij kroop op zijn knieën vooruit naar het looppad, schoof zijn gezicht langs het gladde metaal en gluurde langs een koplamp. De zwaargebouwde man stond rechtop, volledig zichtbaar. Hij was duidelijk ontdaan want hij bewoog zich aarzelend dichter naar de Renault toe, nu weer gebukt en glurend door de voorruit. Wat hij zag beangstigde hem nog meer; er was niets, niemand. Hij snakte naar lucht, ademde toen hoorbaar diep in om snel te kunnen rennen. Men was hem te snel af geweest. Hij wist het maar was niet van plan op de gevolgen te blijven wachten – en dat zei Bourne nog iets. De man was ingelicht over de bestuurder van de Renault, hij wist dat hij gevaarlijk was. Hij begon naar de uitrit te hollen.

Nú. Jason sprong op en rende recht vooruit het looppad over, tussen de auto's door naar het tweede pad, haalde de hollende man in, wierp zich op diens rug en smeet hem op de betonnen vloer. Hij hield de dikke nek van de man in een ijzeren greep, smakte de abnormaal grote schedel op het cement en duwde de vingers van zijn linkerhand in de oogkassen van de man.

'Je hebt precies vijf seconden om me te zeggen wie er buiten staat,' zei hij in het Frans, en hij herinnerde zich het verwrongen gelaat van een andere Fransman in een lift in Zürich. Toen waren er buiten ook mensen geweest, mannen die hem wilden doden, in de Bahnhofstrasse. 'Zeg het me! Nú!'

'Een man, één man. Meer niet!'

Bourne verslapte zijn greep op de nek en duwde zijn vingers verder in de ogen. 'Waar?'

'In een auto,' hijgde de man. 'Geparkeerd aan de overkant. Mijn god, je laat me stikken! Je maakt me blind!'

'Nog niet. Als ik beide doe zul je het wel merken. Wat voor auto?'

'Buitenlands merk. Ik weet het niet. Italiaans, geloof ik. Of Amerikaans. Ik wéét het niet. Toe nou! Mijn ogen!'

'Kleur!'

'Donker! Groen, blauw, heel donker. O, mijn gód!'

'Jij bent een man van Carlos, waar of niet?'

'Wie?'

Jason rukte opnieuw en drukte weer harder. 'Je hebt me wel verstaan! Jij bent van Carlos!'

'Ik ken geen Carlos. Wij bellen een man; er is een nummer. Meer niet.'

'Is hij gebeld?' De man gaf geen antwoord; Bourne duwde zijn vingers dieper. 'Zeg het me!'

'Ja. Ik móést het doen.'

'Wanneer?'

'Een paar minuten geleden. De openbare telefoon op de tweede etage. Mijn god! Ik kan niet meer zien!'

'Jawel, dat kun je wel. Sta op!' Jason liet de man los en trok hem overeind. 'Loop naar die wagen. Snel!' Bourne duwde de man weer tussen de geparkeerde auto's naar het looppad waar de Renault stond. De man keerde zich om en protesteerde hulpeloos.

'Je hebt me gehoord. Schiet op!' schreeuwde Jason.

'Ik verdien maar een paar franc.'

'Dan kun je er nu voor rijden.' Bourne duwde hem opnieuw in de richting van de Renault.

Even later kwam de kleine, zwarte wagen de helling van de uitrit af rijden, naar een glazen hokje toe waar maar een bediende zat met een kasregister. Jason zat achterin en hij hield zijn revolver tegen de gekneusde nek van de man. Bourne schoof een bankbiljet en zijn op datum gestempelde kaartje uit het raampje; de bediende pakte beide aan.

'Rijden!' zei Bourne. 'Je doet precies wat ik je zei!'

De man drukte de gaspedaal in en de Renault reed met een vaart de uitrit af naar buiten. Hij maakte met gierende banden een dubbele draai op straat en stopte plotseling voor een donkergroene, Amerikaanse Chevrolet. Achter hen ging er een portier open, gevolgd door rennende voetstappen.

'*Jules! Que se passe-t-il? C'est toi qui conduise?*' In het open raampje doemde een gedaante op.

Bourne hief zijn revolver op en richtte de loop op het gezicht van de man. 'Zet twee stappen achteruit,' zei hij in het Frans. 'Meer niet, precies twee. En dan sta je stil.' Hij klopte op het hoofd van de man die Jules heette. 'Stap uit. Langzaam.'

'We moesten u alleen maar volgen!' protesteerde Jules terwijl hij op straat stapte. 'U volgen en rapporteren waar u naartoe ging!'

'Jullie gaan het nog beter doen,' zei Bourne en hij stapte uit de Renault en nam zijn kaart van Parijs mee. 'Jullie gaan mij ernaartoe rijden. Een stukje. Stap in jullie eigen auto, alletwee!'

Een kilometer of zeven buiten Parijs, op de weg naar Chevreuse, kregen beide mannen bevel om uit te stappen. Het was een donkere, slecht verlichte, hobbelige provinciale weg. De laatste vijf kilometer waren ze geen winkels, huizen, gebouwen of telefooncellen voorbijgekomen.

'Wat was dat nummer dat jullie moesten bellen?' wilde Jason weten. 'Lieg niet. Dan maak je het alleen maar erger.'

Jules gaf het hem. Bourne knikte en klom achter het stuur van de Chevrolet.

De oude man zat, gehuld in zijn versleten overjas, in het half-duister van het lege hokje naast de telefoon. Het kleine restaurant was gesloten en hij zat daar door toedoen van een vriend van vroeger tijden, de betere tijden. Hij bleef kijken naar het toestel aan de muur en vroeg zich af wanneer het zou overgaan. Het was slechts een kwestie van tijd en als het rinkelde dan zou hij op zijn beurt opbellen en dan zouden de betere tijden voorgoed terugkeren. Hij zou de enige man zijn in Parijs die in verbinding stond met Carlos. De oude mannen zouden het elkaar toefluisteren en hij zou weer gerespecteerd worden.

Het schelle gerinkel van de bel weerklonk uit het toestel en de echo's weerkaatsten van de muren van het verlaten restaurant. De bedelaar kwam uit zijn hokje en rende naar de telefoon terwijl zijn hart bonsde van verwachting. Dat was het signaal. Caïn zat in de val! De dagen van geduldig afwachten nog slechts een inleiding tot het goede leven. Hij pakte de hoorn van de haak.

'Ja?'

'Je spreekt met Jules!' riep de stem buiten adem.

Het gelaat van de oude man werd vaalbleek en het bonzen van zijn hart klonk zo luid dat hij nauwelijks de verschrikkelijke dingen kon verstaan de hem werden verteld. Maar hij had genoeg gehoord.

Hij was ten dode opgeschreven.

Wit-hete explosies voegden zich bij het heftige trillen dat zijn lichaam beving. Er was geen lucht, enkel wit licht en oorverdovende uitbarstingen die vanuit zijn borst naar zijn hoofd stuwden.

De bedelaar zonk neer op de vloer en het snoer van de hoorn die hij nog steeds in zijn hand hield ging strak staan. Hij staarde naar het afschuwelijke instrument dat die verschrikkelijke woorden overbracht.

Wat kon hij doen? Wat moest hij in hemelsnaam dóén?

Bourne liep het pad af tussen de graven en dwong zich om alle gedachten uit zijn hoofd te bannen, zoals Washburn hem lang, heel lang geleden in Port Noir had opgedragen. Als hij ooit een spons moest zijn, dan was het nu; de man van Treadstone moest het begrijpen. Met alle concentratie die hij op kon brengen probeerde hij wijs te worden uit datgene wat in zijn herinnering verborgen lag, de betekenis te begrijpen van de beelden die zonder waarschuwing bij hem naar boven kwamen. Wat voor overeenkomst ze dan ook hadden, hij had die niet verbroken; hij was niet omgekeerd, of weggelopen... Hij liep kreupel; zo eenvoudig was dat.

Hij moest die man van Treadstone vinden. Waar kon hij zijn, binnen die omheinde hectaren van stilzwijgen? Waar verwachtte hij dat híj zou zijn? Jason was lang voor één uur op het kerkhof aangekomen omdat de Chevrolet een stuk sneller was dan de versleten Renault. Hij was voorbij de poort gereden, een paar honderd meter verder langs de weg, was de berm opgereden en had de auto redelijk verdekt geparkeerd. Toen hij terugliep naar de poort was het gaan regenen. Het was een kille regen, een maartse regen, maar wel rustig, de stilte werd er nauwelijks door verstoord.

Hij kwam langs een groepje graven binnen een afgeschoten stuk grond dat omgeven was door een laag hek; in het midden rees een albasten kruis op bijna twee meter boven de grond. Hij bleef er even voor stilstaan. Was hij hier eerder geweest? Ging er in de verte weer een deur voor hem open? En toen wist hij het weer. Het was niet deze bepaalde groep graven, niet het lange albasten kruis en ook niet het lage hek. Het was de regen! *Een onverwachte bui. Groepen begrafenisgangers die in donkere kledij rond een open graf stonden, het openklappen van paraplu's. En twee mannen die elkaar troffen, paraplu's die elkaar raakten, korte, rustig gemompelde verontschuldigingen, terwijl een lange, bruine envelop van eigenaar verwisselde, van zak tot zak, onopgemerkt door de begrafenisgangers.*

Er was nog iets. Een beeld dat werd opgeroepen door een ander beeld, twee beelden die elkaar versterkten, nog maar pas geleden waargenomen. Regen die van wit marmer afliep; geen kille, lichte regen maar een stortbui die kletterde tegen de muur van een glimmend, wit oppervlak... en zuilen... rijen zuilen aan alle kanten, het evenbeeld in miniatuur van een beroemd gebouw uit de oudheid.

Aan de andere kant van de heuvel! Bij de poort! Een wit mausoleum, het Parthenon op verkleinde schaal. Hij was er nog geen vijf minuten geleden langsgekomen, had er naar gekeken zonder het te zien. Dáár was die bui opeens losgebarsten, daar hadden twee paraplu's elkaar geraakt en was een envelop afgegeven. Hij keek op de verlichte wijzerplaat van zijn horloge. Het was veertien minuten over één; hij begon terug te hollen over het pad. Hij had nog tijd; hij had nog tijd om de koplampen van een auto te zien, of het ontsteken van een lucifer of...

De lichtbundel van een zaklantaarn. Die scheen onder aan de heuvel en hij bewoog zich op en neer, zo nu en dan gericht op de poort alsof de eigenaar bang was dat er iemand zou verschijnen. Bourne voelde een bijna onbedwingbare aandrang om tussen de rijen graven en beelden door te rennen en zo hard hij kon roepen. *Hier ben ik! Ik ben het. Ik begrijp jullie bericht. Ik ben teruggekomen! Ik moet jullie zoveel vertellen... en er is zoveel wat jullie mij moeten vertellen!*

Maar hij schreeuwde niet en hij holde niet. Hij moest boven alles zijn zelfbeheersing bewaren, want wat hij nu voelde was zo onbedwingbaar. Hij moest de indruk wekken volledig bij zijn positieven te zijn – voor zover dat kon binnen de grenzen van wat hij zich herinnerde. Hij begon in de kille, lichte regen de heuvel af te lopen, terwijl hij bedacht dat hij inderhaast vergeten was een zaklantaarn mee te nemen.

De zaklantaarn. Er was iets vreemds met die bundel, zo'n honderdvijftig meter onder hem. Hij bewoog zich met korte, verticale bewegingen, alsof hij iets benadrukte... alsof de man die hem vasthield nadrukkelijk tegen iemand stond te praten.

Dat stond hij ook. Jason dook ineen en gluurde door de regen heen; zijn ogen werden getroffen door een felle, flikkerende weerkaatsing van het licht die opflitste telkens wanneer de bundel een voorwerp raakte dat ervoor stond. Hij rende gebukt naar voren, kwam in enkele seconden zo'n dertig meter dichterbij terwijl hij zijn ogen gericht hield op de bundel en op de vreemde weerkaatsing. Nu kon hij duidelijk zien; hij hield stil en dacht na. Er stonden twee mannen, eentje die de zaklantaarn vasthield en een die een geweer vasthad met een korte loop, een wapen van solide staal dat Bourne maar al te goed kende. Op een afstand van tien meter kon het een man bijna twee meter de lucht in blazen. Het was hoogst ongebruikelijk voor een personeelsfunctionaris uit Washington om zo'n wapen ter beschikking te hebben.

De lichtbundel schoot naar de zijkant van het witte mausoleum; de gedaante die het krachtige geweer met de korte loop vasthield trok zich snel terug en glipte achter een pilaar op een meter of zeven van de man met de zaklantaarn.

Jason wist wat hem te doen stond. Misschien was er wel een verklaring voor het dodelijke wapen maar op hem zou het niet worden gebruikt. Geknield schatte hij de afstand en zocht hij naar plekken waar hij zowel gezichtsdekking als vuurdekking zou hebben. Hij ging op weg, veegde de regen van zijn gezicht en tastte naar de revolver in zijn broekriem die hij niet zou kunnen gebruiken, dat wist hij.

Hij rende van de ene grafsteen naar de andere, van beeld naar beeld, en bleef rechts aanhouden en daarna weer geleidelijk naar links tot hij bijna een halve cirkel had beschreven. Hij stond tot op drie meter van het mausoleum. De man met het moordwapen stond bij de linkerhoekpilaar, binnen de korte zuilengang om uit de regen te blijven. Hij stond zijn wapen te strelen alsof het een voorwerp was van seksuele lust, hij brak de kamer open en kon zich niet weerhouden erin te gluren. Met een obsceen gebaar streelde hij met zijn handpalm over de patronen die erin zaten.

Nú. Bourne kroop tussen de grafstenen vandaan en duwde zich op handen en voeten over het natte gras tot hij binnen twee meter afstand van de man was. Hij veerde op, een geluidloze, dodelijke panter die slijk voor zich uitwierp en zijn ene hand uitgestrekt hield naar de loop van het geweer, de andere naar het hoofd van de man. Hij bereikte beide, greep beide vast, de loop in de vingers van zijn linkerhand, de haren van de man in zijn rechterhand. Het hoofd knikte naar achteren, de keel stond strak, het geluid dat eruit kwam klonk gedempt. Hij smakte het hoofd uit volle macht tegen het witte marmer; de heftige ademstoot die erop volgde betekende een zware hersenschudding. De man zakte ineen en Jason liet hem steunen tegen de muur zodat het bewusteloze lichaam zonder geluid op de vloer gleed tussen de zuilen. Hij fouilleerde de man, haalde een.357-Magnum-revolver uit een leren holster dat in zijn jasje was genaaid, een vlijmscherp schubmes uit een schede aan zijn riem en een kleine.22-revolver uit een enkelholster. Niets ervan kwam uit een CIA-arsenaal; dit was een huurmoordenaar, een wandelende wapenkamer.

Breek zijn vingers. De woorden schoten Bourne weer te binnen, ze waren uitgesproken door een man met een goudomrande bril in een grote wagen die snel de Steppdeckstrasse uitreed. Dat was geen zinloos geweld. Jason pakte de rechterhand van de man en boog de vingers naar achteren totdat hij ze hoorde kraken; hetzelfde deed hij met de linkerhand, terwijl hij de mond van de man blokkeerde door zijn elleboog tussen zijn tanden te rammen. Op het geluid van de vallende regen na was het doodstil en geen van beide handen konden nog voor een wapen of als wapen worden gebruikt, de wapens zelf schoof hij buiten bereik in de schaduwen.

Jason ging staan en keek voorzichtig om de zuil heen. De functionaris van Treadstone liet de lichtbundel nu schuin naar beneden op de grond schijnen. Het was het stationaire signaal, het baken dat een verdwaalde vogel de weg naar huis moest wijzen; het zou ook iets anders kunnen betekenen, de volgende minuten moesten dat duidelijk maken. De man keerde zich naar de poort en zette aarzelend een stap alsof hij dacht iets gehoord te hebben en voor het eerst zag Bourne de stok en merkte hij het mank lopen op. De functionaris van Treadstone Seventy-one liep kreupel... net zoals hij kreupel was.

Jason rende terug naar de eerste grafsteen, verborg zich erachter en gluurde om de marmeren rand heen. De man van Treadstone keek nog steeds naar de poort. Bourne keek op zijn horloge; het was 1.27 uur. Er was nog tijd over. Hij duwde zich van het graf vandaan, holde gebukt weg tot hij uit het zicht was, kwam toen weer rechtop en rende langs de halve cirkel terug tot hij weer boven op de heuvel was. Hij bleef even staan tot zijn ademhaling en zijn hartslag weer enigszins normaal waren en pakte toen een doosje lucifers uit zijn zak. Hij beschermde het tegen de regen, haalde er een lucifer uit en ontstak die.

'Treadstone?' zei hij, net luid genoeg om gehoord te worden.

'Delta!'

Caïn betekent Charlie en Delta betekent Caïn. Waarom gebruikte de man van Treadstone de naam Delta in plaats van die van Caïn? Delta maakte geen deel uit van Treadstone; hij was verdwenen met Medusa. Jason begon de heuvel af te lopen, terwijl de kille regen hem in het gezicht sloeg en zijn hand instinctief onder zijn colbertje tastte naar de revolver in zijn riem.

Hij liep het stuk gazon op voor het witte mausoleum. De man van Treadstone hinkte naar hem toe, bleef staan en hief zijn lantaarn op; de felle lichtstraal deed Bourne zijn ogen dichtknijpen en zijn hoofd afwenden.

'Het is lang geleden,' zei de manke functionaris terwijl hij de lantaarn liet zakken. 'Mijn naam is Conklin, voor het geval je dat vergeten was.'

'Dank je. Dat was ik. Dat is maar een van de dingen.'

'Een van welke dingen?'

'Die ik vergeten ben.'

'Maar deze plek heb je je toch nog herinnerd. Ik dacht wel dat je dat zou doen. Ik heb de verslagen van Abbott gelezen; hier hebben jullie elkaar voor het laatst ontmoet, heb jij voor het laatst iets in ontvangst genomen. Tijdens een staatsbegrafenis van een of andere minister, is 't niet?'

'Ik weet het niet. Daar moeten we het eerst over praten. Jullie hebben een halfjaar niets van mij gehoord. Daar is een verklaring voor.'

'O ja? Laat maar eens horen.'

'Ik kan het het eenvoudigst uitdrukken door te zeggen dat ik ben neergeschoten, gewond, en dat die verwondingen een ernstige... disharmonie hebben veroorzaakt. Ontwrichting is misschien nog een beter woord.'

'Klinkt niet slecht. Wat wil het zeggen?'

'Ik raakte mijn geheugen kwijt. Volkomen. Ik heb meer dan vijf maanden doorgebracht op een eiland in de Middellandse Zee – ten zuiden van Marseille – zonder te weten wie ik was of waar ik vandaan kwam. Er is daar een dokter, een Engelsman die Washburn heet, die er een medisch dossier van heeft bijgehouden. Hij kan bevestigen wat ik je vertel.'

'Daar ben ik van overtuigd,' zei Conklin knikkend. 'En ik durf te wedden dat het enorme dikke dossiers zijn. Verrek, je hebt er genoeg voor betaald.'

'Wat bedoel je?'

'Wij hebben ook een dossier. Een bankfunctionaris in Zürich, die dacht dat hij door Treadstone op de proef werd gesteld, heeft anderhalf miljoen Zwitserse francs overgemaakt naar Marseille waar ze werden opgenomen door iemand die niet op te sporen was. Bedankt voor die naam.'

'Dat maakt deel uit van wat jullie zullen moeten begrijpen. Ik wist het niet. Hij had mijn leven gered, me weer in elkaar gezet. Ik was zowat lijk toen ik bij hem werd binnengebracht.'

'Jij besloot dus dat een dikke miljoen dollar een mooi rond bedrag voor zoiets voorstelde, is 't niet? Met dank geschonken uit het budget van Treadstone.'

'Ik zei je toch, ik wíst het niet. Treadstone bestond toen niet voor mij; in vele opzichten doet het dat nog niet.'

'Ik was het vergeten. Je verloor je geheugen. Hoe noemde je het ook alweer? Ontwrichting?'

'Ja, maar het zegt nog niet genoeg. Het woord is amnesie.'

'Laten we het maar op ontwrichting houden. Maar je was kennelijk toch niet zo ontwricht of je vond je weg recht naar Zürich en recht naar de Gemeinschaft.'

'Er zat een 35-millimeterfilm langs operatieve weg ingeplant bij mijn heup.'

'Die zat er zeker; jij stónd daarop. Enkelen van ons begrepen waarom. Het is de beste verzekering die je je voor kunt stellen.'

'Ik weet niet waarover je het hebt. Begríjp je dat dan niet?'

'Jazeker. Jij vond die dia met enkel een nummer erop en je nam meteen de naam Jason Bourne maar aan.'

'Zo gebéúrde het niet! Elke dag leek ik er iets bij te leren, stap voor stap, de ene onthulling na de andere. Een receptionist in een hotel noemde me Bourne; ik hoorde de naam Jason pas op de bank.'

'Waar je precies wist wat je moest doen,' viel Conklin hem in de rede. 'Geen enkele aarzeling. Erin en eruit met vier miljoen.'

'Washburn vertelde me wat ik moest doen.'

'Toen verscheen er een vrouw op het toneel die nou toevallig net een financiële tovenares was en die vertelde je hoe je de rest moest wegstoppen! En daarvóór vermoordde je Chernak in de Löwenstrasse en drie man die wíj niet kenden maar van wie we wel dachten dat ze jou verdomd goed kenden. En hier in Parijs opnieuw eentje doodgeschoten in een geldwagen. Nog een compagnon? Elk spoor heb je afgesneden, elk verdomde spoortje. Tot er nog maar een ding voor je te doen viel. En jij – jij klootzak – jij deed het nog ook.'

'Wil je nou naar me lúísteren! Die kerels probeerden me te vermoorden; ze hebben al vanaf Marseille jacht op me gemaakt. Behalve dat weet ik écht niet waarover je praat...! Nu en dan komen er dingen bij me terug. Gezichten, straten, gebouwen; soms alleen maar beelden die ik niet thuis kan brengen, maar waarvan ik weet dat ze iets betekenen, ik weet alleen niet wat. En namen – namen zijn er wel maar dan weer geen gezichten. Godverdomme! Ik lijd aan amnesie! Dat is de waarheid!'

'Een van die namen is toch toevallig niet Carlos?'

'Jazeker, en dat weet jij! Daar gaat het nou net om; jij weet er veel meer van dan ík! Ik kan wel duizend feiten over Carlos opnoemen maar ik weet niet waaróm. Ik kreeg te horen dat ik een overeenkomst had met Treadstone van een man die nu alweer halverwege Azië zit, een man die voor Carlos werkte. Hij zegt dat Carlos het weet. Dat Carlos me steeds dichter op de hielen zat, dat jullie hadden rondverteld dat ik was overgelopen. Hij begreep die strategie niet en ik kon het hem niet zeggen. Jullie dachten dat ik was overgelopen omdat jullie niets meer van mij hoorden en ik kon jullie niet bereiken omdat ik niet wist wie jullie waren! Ik weet nog stééds niet wie jullie zijn!'

'Of de Monnik, neem ik aan.'

'Ja, ja... de Monnik. Hij heette Abbott.'

'Heel goed. En de Zeezeiler? Je herinnert je de Zeezeiler toch nog wel? En zijn vrouw?'

'Namen. Jawel, ze zijn er wel. Geen gezichten.'

'Elliott Stevens?'

'Niets.'

'Of... Gordon Webb?' Conklin sprak de naam zacht uit.

'Wat?' Bourne voelde de schok in zijn borst, toen een stekende, vlammende pijn die door zijn slapen naar zijn ogen trok. *Zijn ogen stonden in brand! Brand! Explosies en duisternis, stormwinden en pijn... Almanak aan Delta! Afbreken, afbreken! U zult gehoorzamen zoals bevolen. Afbreken!* 'Gordon...' Jason hoorde zijn eigen stem maar hij klonk ver weg, weggevoerd op de wind. Hij sloot zijn ogen, de ogen die zo brandden en probeerde de nevelen van zich af te duwen. Toen opende hij zijn ogen weer en was helemaal niet verbaasd te zien dat de revolver van Conklin op zijn hoofd was gericht.

'Ik weet niet hoe je het hebt gedaan, maar je deed het. Het enige dat je nog moest doen, en dat heb je gedaan! Je kwam terug naar New York en je hebt ze allemaal neergeschoten. Je hebt ze afgeslacht, jij rotzak. Ik wilde, bij god, dat ik je mee terug kon nemen en je op een elektrische stoel kon krijgen, maar dat kan ik niet en daarom doe ik het enige dat me nog overblijft. Ik zal je zelf neerknallen.'

'Ik ben het laatste halfjaar niet in New York geweest. Daarvoor weet ik het niet, maar niet in het laatste halfjaar.'

'Leugenaar! Waarom heb je het niet wérkelijk gedaan zoals het hoort? Waarom heb je die verrekte stunt van jou niet zo ingericht dat je ook nog naar de begrafenissen had kunnen gaan? Die van de Monnik was pas eergisteren; je zou een heleboel oude vrienden hebben ontmoet! En die van je bróér! Mijn god nog aan tóé! Je had zijn vrouw kunnen begeleiden door het middenpad van de kerk! Misschien zelfs wel de grafrede kunnen houden, dat zou pas een goeie geweest zijn! Dan had je tenminste nog iets goeds kunnen zeggen over de broer die je vermoord hebt!'

'Broer...? Hou óp! Hou in 's hemelsnaam op!'

'Waarom zou ik dat doen? Caïn leeft! Wij hebben hem gevormd en hij is tot leven gekomen!'

'Ik ben Caïn niet. Hij heeft nooit bestaan! Ik heb nooit bestaan!'

'Je wéét het dus! Leugenaar! Schurk!'

'Doe die revolver weg. Ik zeg je, steek hem weg.'

'Vergeet het maar. Ik heb bij mezelf gezworen dat ik je twee minuten zou geven omdat ik wilde horen wat je zou verzinnen. Nou, ik heb het gehoord en het stinkt. Wie gaf jóú het recht? We lijden allemaal verliezen; dat hoort bij het werk en als je dat verdomde werk niet aanstaat dan donder je op! Als je niet meer terug kunt komen dan maak je dat je verdwijnt; ik dacht dat je daarmee bezig was en ik was bereid om je te laten gaan, om de anderen te overtuigen dat ze je met rust moesten laten! Maar nee, je kwam terug en je richtte je wapen op ons!'

'Nee! Dat is niet waar!'

'Vertel dat de mensen van het lab maar, die acht glasscherven hebben met twee afdrukken erop. Middelvinger en wijsvinger, rechterhand. Jij was daar en je hebt vijf mensen afgeslacht! Jij – samen met hén – trokken je revolvers – meervoud – en knalden ze neer! Perfecte organisatie. Strategie die fout was gelopen. Verschillende hulzen, meerdere kogels, infiltratie. Treadstone is opgeruimd en jij loopt als vrij man weg!'

'Nee, je vergist je! Het was Carlos! Niet ik, Carlos. Als wat jij zegt heeft plaatsgevonden aan Seventy-first Street dan was hij het! Hij is op de hoogte! Zij zijn op de hoogte! Een groot huis aan Seventy-first Street, nummer een-honderd negenendertig. Dat weten ze!'

Conklin knikte, met omfloerste ogen en de walging die erin lag was door de regen heen in het onzekere licht te zien. 'Zo perfect,' zei hij langzaam. 'De man om wie de strategie is gebouwd vernietigt die door het op een akkoordje te gooien met het doelwit. Wat heb je behalve die vier miljoen nog gekregen? Heeft Carlos zijn meute die achter jou aanzat teruggefloten? Jullie tweeën vormen een prachtstel!'

'Dat is waanzin!'

'En het klopt,' maakte de man van Treadstone de zin af. 'Maar acht mensen die in leven waren kenden dat adres vóór halfacht, afgelopen vrijdagavond. Vijf van hen werden gedood en wij zijn de andere drie. Als Carlos erachter is gekomen dan is er maar een persoon die het hem verteld kan hebben. Jij!'

'Hoe kón ik dat nu? Ik wist het niet. Ik weet het nóg niet!'

'Je hebt het net gezegd.' De linkerhand van Conklin pakte zijn stok steviger vast; het ging vooraf aan het afvuren van zijn revolver, zijn kreupele voet moest steun hebben.

'Niet dóén!' schreeuwde Bourne, maar hij wist dat hij vergeefs pleitte; terwijl hij schreeuwde draaide hij zich om zijn as naar links en zijn rechtervoet schoot uit naar de hand die het wapen omklemde. *Che-sah!* was het onbekende woord dat als een geluidloze kreet weergalmde in zijn hoofd. Conklin viel achterover, struikelend over zijn stok, terwijl hij ongericht in de lucht vuurde. Jasons voet kwam opnieuw aanzwaaien, nu zijn linker en laag over de grond; als een hamer kwam hij tegen het wapen terecht dat uit de hand vloog die het vasthield.

Conklin rolde over de grond, zijn ogen gericht op de achterste zuilen van het mausoleum, in de verwachting van een explosie die zijn aanvaller de lucht in zou werpen. Nee! De man van Treadstone rolde zich weer om zijn as! Nu naar rechts, dodelijke schrik op zijn gelaat, zijn rollende ogen gericht op... Er was nóg iemand!

Bourne kromp ineen en dook schuin achteruit op het moment dat vier schoten snel achtereen weerklonken en drie kogels fluitend afketsten en tot buiten gehoorsafstand wegtolden. Jason liet zich om en om en om rollen, terwijl hij de revolver uit zijn riem trok. Hij zag de man in de regen; een gedaante in silhouet die oprees boven een grafsteen. Hij vuurde tweemaal; de man zakte ineen.

Op drie meter afstand lag Conklin over het gras te wentelen met beide handen als een razende de grond aftastend naar het staal van zijn wapen. Bourne sprong op en holde op hem af; hij knielde naast de man van Treadstone, greep met zijn ene hand zijn natte haren vast en duwde met zijn andere de loop van zijn revolver tegen Conklins schedel. Vanaf de achterste zuilen van het mausoleum weerklonk een langgerekte, ontstellende kreet. Hij nam voortdurend, spookachtig in volume toe en hield toen op.

'Dat was jouw huurmoordenaar,' zei Jason en hij rukte het hoofd van Conklin opzij. 'Treadstone heeft een paar hele vreemde werkkrachten aangenomen. Wie was die andere man? Heb je ze soms uit de cellen van de ter dood veroordeelden gehaald?'

'Hij was een beter man dan jij ooit bent geweest,' antwoordde Conklin, en zijn stem klonk moeizaam: de regen glinsterde op zijn gelaat in het licht van de lantaarn die twee meter verder op de grond lag. 'Dat zijn ze allemaal. Ze hebben allemaal evenveel verloren als jij hebt verloren, maar ze zijn nooit overgelopen. We kunnen op hen rekenen.'

'Wat ik ook zeg, je zult me nooit geloven. Je wilt me niet geloven!'

'Omdat ik weet wat je bent, wat je gedáán hebt! Je hebt net de hele zaak bevestigd! Je kunt me vermoorden maar ze krijgen jou wel te pakken. Jij behoort tot het ergste soort. Jij denkt dat je speciale behandeling verdient! Dat heb je altijd al gedaan! Ik heb je gezien na Phnom-Penh – iedereén had daar verliezen geleden maar dat telde voor jou niet mee! Jij telde alleen maar, alleen maar jíj! Toen al in Medusa! Geen regels voor Delta! Dat is een beest dat alleen maar wil doden. En dat is het soort wat omkeert! Nou, ik heb ook verlies geleden, maar ik ben nooit overgelopen. Schiet op! Dood me maar! Dan kun je teruggaan naar Carlos. Maar wanneer ik niet terugkom, dan zullen ze het weten! Ze zullen achter jou aankomen en ze zullen niet rusten totdat ze je te pakken hebben gekregen. Vooruit! Schiet dan!'

Conklin lag te schreeuwen maar Bourne hoorde hem nauwelijks. In plaats daarvan had hij twee woorden gehoord en de pijnscheuten priemden weer door zijn slapen. *Phnom-Penh! Phnom-Penh. Dood in de he-*

mel, dood vanuit de hemel. Dood voor de jonge mannen. Krijsende vogels en gierende machines en de geur van de dood uit het oerwoud... en een rivier. Hij was weer verblind, stond weer in brand.

Onder hem had de man van Treadstone zich losgewerkt. Zijn kreupele gedaante kroop in paniek rond, tastend en met zijn handen door het natte gras zwaaiend. Jason knipperde met zijn ogen en probeerde zijn positieven weer bij elkaar te krijgen. Toen wist hij opeens dat hij zijn revolver moest richten en schieten. Conklin had zijn wapen gevonden en hief het op! Maar Bourne kon de trekker niet overhalen.

Hij dook naar rechts, rolde over de grond in de richting van de marmeren zuilen van het mausoleum. Conklins schoten waren slecht gericht, de kreupele man was niet in staat zijn been steun te geven en juist te mikken. Toen hield het schieten op en Jason kwam overeind met zijn gezicht tegen de gladde, natte stenen. Hij liet zijn blik ronddwalen, met opgeheven revolver; hij moest die man doden want die man zou hem doden, Marie doden, verband leggen tussen hen beiden en Carlos.

Conklin hinkte zielig op de poort af en keerde zich voortdurend met opgeheven revolver om; zijn doel was een wagen die op de weg stond. Bourne hief zijn wapen op en kreeg de kreupele gedaante in zijn vizier. Een fractie van een seconde en het zou voorbij zijn, zijn vijand van Treadstone zou dood zijn en met die dood zou de hoop terugkeren, want er waren nog redelijke mensen in Washington.

Hij kon het niet; hij kon de trekker niet overhalen. Hij liet de revolver zakken en bleef hulpeloos naast de marmeren zuil staan terwijl Conklin in zijn wagen klom.

De auto. Hij moest terug naar Parijs. Er was een manier. Die was er de hele tijd geweest. Zíj was er geweest!

Hij klopte op de deur, zijn gedachten draaiden als dol geworden, analyseerden feiten, namen ze op en verwierpen ze weer zo snel ze hem invielen – er werd een plan ontwikkeld. Marie herkende het kloppen; ze opende de deur.

'Mijn god, moet je jóú zien! Wat is er gebeurd?'

'Geen tijd,' zei hij terwijl hij op de telefoon afrende aan de andere kant van de kamer. 'Het was een valstrik. Ze zijn ervan overtuigd dat ik ben overgelopen en me aan Carlos heb verkocht.'

'Wát?'

'Ze zeggen dat ik afgelopen vrijdag naar New York ben gevlogen. Dat ik daar vijf mensen heb vermoord... onder wie een broer van me.' Jason sloot heel even zijn ogen. 'Er was een broer – ís een broer. Ik weet het niet. Ik kan er nu niet over denken.'

'Je bent Parijs niet uitgeweest! Dat kun je bewijzen!'

'Hoe? Acht, tien uur, meer zou ik niet nodig hebben gehad. En acht of tien uur die ik niet kan verklaren, dat is alles wat zíj nu nodig hebben. Wie zal er die getuigenverklaring afleggen?'

'Dat zal ik doen. Ik ben bij jou geweest!'

‘Ze denken dat jij in het complot zit,’ zei Bourne, terwijl hij de hoorn oppakte en begon te draaien. ‘De diefstal, het overlopen, Port Noir, de hele santenkraam. Volgens hen speel jij met mij onder één hoedje. Carlos heeft dit in elkaar gezet tot het laatste stukje van een vingerafdruk toe. Verrek! Dat heeft hij mooi voor elkaar gekregen!’

‘Wat ga je doen? Wie ga je bellen?’

‘Onze reserve, weet je nog wel? De enige die we hebben. Villiers. De vróúw van Villiers. Zij is het die we hebben moeten. We gaan haar pakken, we zullen haar breken, al moet ze op honderd pijnbanken komen te liggen. Maar dat zal niet nodig zijn; ze zal geen tegenstand bieden omdat ze niet kan winnen... Godverdomme, waarom antwoordt hij niet?’

‘Zijn privételefoon staat in zijn kantoor. Het is drie uur in de ochtend. Hij is waarschijnlijk...’

‘Daar is hij! Generaal! Bent u het?’ Jason moest het vragen; de stem aan de lijn klonk vreemd rustig maar het was niet de rust van onderbroken slaap.

‘Ja, ik ben het, mijn jonge vriend. Ik moet me verontschuldigen voor het oponthoud. Ik was boven bij mijn vrouw.’

‘Over haar bel ik juist. We moeten iets doen. Nú. Alarmeer de Franse inlichtingendienst, Interpol en de Amerikaanse ambassade, maar zeg hen om niets te doen totdat ik haar heb ontmoet, met haar heb gesproken. We moeten praten.’

‘Ik ben bang van niet, meneer Bourne... Ja, ik ken uw naam, mijn vriend. Wat praten met mijn vrouw betreft, echter, dat is helaas onmogelijk. Want ziet u, ik heb haar vermoord.’

33

Jason staarde naar de muur van de hotelkamer, naar het fluweelbehang met de verschoten patronen die in spiralen in elkaar overliepen in zinloze bochten van versleten stof. ‘Waarom?’ sprak hij rustig in het toestel. ‘Ik dacht dat u het begrepen had.’

‘Ik heb het geprobeerd, mijn vriend,’ zei Villiers met een stem waarop woede noch verdriet nog vat hadden. ‘De hemel weet dat ik het geprobeerd heb, maar ik kon het niet helpen. Ik bleef maar naar haar kijken... en dan zag ik de zoon die zij niet heeft gedragen achter haar, vermoord door dat zwijn die haar leidsman was. Mijn hoer was de hoer van iemand anders... de hoer van het beest. Het kon niet anders zijn en ik heb de bevestiging gekregen dat het ook niet anders was. Ik denk dat ze in mijn ogen zag hoe gekrenkt ik was want dat gevoel kon ik werkelijk niet verborgen houden.’ De generaal zweeg, de herinnering deed hem nu pijn. ‘Ze zag er niet alleen de krenking in maar ook de waarheid. Ze zag dat ik op de hoogte was. Wat zij was, wat ze al die jaren die we samen hebben doorgebracht geweest was. Uiteindelijk gaf ik haar de kans die ik haar wilde geven, zoals ik u zei.'

'Om u te doden?'

'Ja. Het was niet moeilijk. Tussen onze bedden staat een nachtkastje met een pistool in de la. Ze lag op haar bed als de 'Maja' van Goya, prachtig in al haar arrogantie, mij minachtend terwijl de gedachten door mijn hoofd tolden. Ik trok de la open om een luciferboekje te pakken en liep terug naar mijn stoel en mijn pijp. De la liet ik open zodat de greep van het pistool duidelijk zichtbaar was.

Het was mijn stilzwijgen, denk ik, en het feit dat ik mijn ogen niet van haar kon afhouden, dat haar dwong mijn aanwezigheid te erkennen, en zich vervolgens op mij te concentreren. De spanning tussen ons was zodanig toegenomen dat er maar heel weinig gezegd hoefde worden om de sluisdeuren open te breken, en – God sta me bij – ik zei het. Ik hoorde mezelf vragen: "Waarom heb je dat gedaan?" Daarna werd het een complete beschuldiging. Ik noemde haar een hoer, de hoer die mijn zoon had vermoord.

Lange tijd staarde ze me aan, wendde toen haar ogen even af naar de openstaande la en het pistool... en de telefoon. Ik stond op, de as in mijn pijp was roodgloeiend... *chauffé au rouge*. Ze zwaaide haar benen van het bed, stak beide handen in de open la en pakte het pistool. Ik hield haar niet tegen, maar ik moest haar eigen lippen de woorden horen spreken, ik moest de aanklacht tegen mezelf horen en ook tegen haar... Wat ik hoorde zal me bijblijven tot aan mijn dood, want mijn eer en de eer van mijn zoon waren in stand gebleven. Wij zullen niet worden beschimpt door degenen die minder hebben gegeven dan wij. Nóóit.'

'Generaal...' Bourne schudde zijn hoofd, niet in staat om nog helder te denken en wetend dat hij de seconden moest vinden om zijn gedachten weer te ordenen. 'Generaal, wat is er gebeurd? Ze gaf u mijn naam. Hóé? Dat moet u mij vertellen. Alstublíéft.'

'Met genoegen. Ze zei dat u een onbetekenende gangster was die de plaats wilde innemen van een reus. Dat u een dief was die uit Zürich kwam, een man die door zijn eigen mensen verstoten was.'

'Zei ze ook wie die mensen waren?'

'Als ze dat heeft gedaan dan heb ik het niet gehoord. Ik was doof en blind in mateloze woede. Maar u hoeft voor mij niet te vrezen. Het is afgelopen, mijn leven is voorbij met een telefoontje.'

'Néé!' schreeuwde Jason. 'Doet u dat niet! Niet nu.'

'Ik moet het doen.'

'Alstublieft! Neem geen genoegen met de hoer van Carlos. Pak Carlos! Strik Carlos!'

'En verachting oogsten voor mijn naam door net zo te liegen als die hoer? Omdat ik gemanipuleerd ben door de snol van dat beest?'

'Godverdomme, denk dan toch aan uw zóón! Vijf staven dynamiet in de Rue du Bac!'

'Laat hem met rust. Laat mij met rust. Het is voorbij.'

'Het is níét voorbij! Luister naar mij! Geef me héél even, meer vraag ik niet.' In Jasons hoofd schoten de beelden in dolle vaart langs zijn ogen, opeen botsend en elkaar verdringend. Maar deze beelden hadden zin. Een doel. Hij kon de hand van Marie op zijn arm voelen, die hem stevig vastpakte en op een of andere manier zijn lichaam verankerde met de werkelijkheid. 'Heeft iemand het schot gehoord?'

'Er was geen schot. Men heeft tegenwoordig een verkeerd idee over de *coup de grâce*. Ik geef de voorkeur aan de oorspronkelijke betekenis. Om een einde te maken aan het lijden van een gewonde kameraad of een gerespecteerde vijand. Hij wordt niet gebruikt voor een hoer.'

'Wat bedoelt u? U zei dat u haar had gedood.'

'Ik heb haar gewurgd en haar ogen gedwongen in de mijne te kijken terwijl haar adem uit haar lichaam werd geperst.'

'Het is een overwinning voor háár wanneer u nu met alles ophoudt! Ziet u dat dan niet? Carlos wint! Zij heeft u gebroken! En met alles wat u aan verstand kon opbrengen hebt u haar alleen maar de keel afgeknepen! En u durft te praten over veráchting? U vraagt alleen maar om verachting: er is niets anders over dan verachting!'

'Waarom dringt u zo aan, monsieur Bourne?' vroeg Villiers vermoeid. 'Ik verwacht van u geen liefdadigheid, van niemand. Laat me alleen maar met rust. Ik leg me neer bij wat er is gebeurd. U bereikt er niets mee.'

'Dat zal ik wel als ik u maar zover krijg dat u naar me luistert! Pak Carlos, strik Carlos! Hoe vaak moet ik dat nog zeggen? Hij is de man die u moet hebben! Met hem is alles afgerond! En hij is ook de man die ik moet hebben! Zonder hem ben ik dood. Zijn wíj dood. Luister in godsnaam toch naar mij!'

'Ik zou u graag helpen, maar ik zie niet in hoe ik dat kan. Of zal, als u dat liever hebt.'

'U kunt het wel.' De beelden werden helderder! Hij wist waar hij was en waarheen hij wilde! De zin en het doel werden weer een. 'Keer de valstrik om! Ga daar weg zonder iets te hebben aangeraakt, met alles precies op zijn plaats!'

'Ik begrijp het niet. Hoe kan ik dat doen?'

'U hebt uw vrouw niet vermoord. Dat heb ík gedaan!'

'Jason!' riep Marie, terwijl ze zich vastklampte aan zijn arm.

'Ik weet wat ik doe,' zei Bourne. 'Voor het eerst weet ik wat ik doe. Het is gek, maar volgens mij heb ik het vanaf het begin geweten.'

Het was rustig in Parc de Monceau; de straten lagen verlaten, een paar portieklampen glommen in de koude, miezerige regen en alle ramen langs de rij keurige dure huizen waren donker, behalve in de residentie van André Francois Villiers, legende van Saint-Cyr en van Normandië, lid van Frankrijks Assemblée Nationale... moordenaar van zijn vrouw. De ramen in de voorgevel boven en links van het portiek vertoonden een vaag lichtschijnsel. Het was de slaapkamer waarin de meester van het huis de meesteres van het huis had gedood, waar een oud soldaat, gefolterd door zijn herinneringen, het leven had geperst uit de hoer van een moordenaar.

Villiers had nergens mee ingestemd; hij was te verdoofd geweest om antwoord te geven. Maar Jason had zijn thema erin gehamerd, de boodschap met zoveel nadruk telkens maar weer herhaald tot de woorden als echo's hadden geklonken over de telefoon. Pak Carlos! Neem geen genoegen met de hoer van de moordenaar! Pak de man die je zoon heeft vermoord! Die vijf staven dynamiet in een auto heeft aangebracht in de Rue du Bac en de laatste nakomeling van het geslacht Villiers heeft weggenomen. Dat is de man die u moet hebben! Pak hem!

Pak Carlos. Strik Carlos. Caïn betekent Charlie en Delta betekent Caïn. Het was hem zo duidelijk. Het kon niet anders. Aan het einde lag het begin – zoals het begin hem nu duidelijk voor ogen stond. Om te blijven leven moest hij de moordenaar pakken; als hij daarin niet zou slagen was hij ten dode opgeschreven. En ook Marie St. Jacques zou geen leven meer hebben. Ze zou geruïneerd worden, gevangen gezet, misschien gedood, voor een geloofsdaad die een liefdesdaad was geworden. Ze droeg het merkteken van Caïn en als ze er niet meer was bracht ze niemand in verlegenheid. Ze was een flesje nitroglycerine in gevaarlijk wankel evenwicht, midden in een onbekend munitiedepot. Gebruik een net. Verwijder haar. Een kogel in het hoofd neutraliseert haar explosieve gedachten. Ze mag niet worden gehoord!

Er was zoveel dat Villiers moest begrijpen en zo weinig tijd om uitleg te geven, want de toelichting zelf werd beperkt door een herinnering die niet bestond en door de momentele geestesgesteldheid van de oude soldaat. Er moest een delicaat evenwicht worden gevonden bij de uiteenzetting, grenzen moesten worden vastgesteld voor wat betreft de tijd en de dingen die de generaal op dit moment moest doen. Jason begreep dat; hij ging een man, die zijn eer stelde boven alles, vragen om schaamteloos te liegen. Voordat Villiers zoiets zou doen moest het doel boven alles eervol zijn.

Pak Carlos!

Er was een tweede ingang in het huis van de generaal, op de begane grond, rechts van de trap en achter een hek waar boodschappen werden afgeleverd voor de keuken die beneden lag. Villiers had toegezegd dat hij het hek en de deur open zou laten. Bourne had zich niet de moeite gegeven de oude soldaat te vertellen dat het er weinig toe deed; dat hij, hoe dan ook, in het huis zou komen, dat een zekere mate van schade deel moest uitmaken van zijn plan. Maar eerst was er het risico dat het huis van Villiers in de gaten zou worden gehouden; Carlos had goede redenen om dat te laten doen en even goede redenen om het juist na te laten. Alles welbeschouwd zou de moordenaar kunnen besluiten om zo ver mogelijk bij Angélique Villiers uit de buurt te blijven en geen kans te lopen dat een van zijn mannen kon worden opgepikt en zo een bewijs zou vormen voor zijn verbinding, de verbinding met Parc de Monceau. Van de andere kant was de dode Angélique zijn nicht en minnares... de enige persoon op aarde om wie hij iets geeft. Philippe d'Anjou.

d'Anjou! Natuurlijk zou er bewaking zijn – twee man, of tien man! Als d'Anjou Frankrijk was uitgekomen zou Carlos het ergste aannemen; als de man van Medusa daar niet in was geslaagd zou de moordenaar het ergste weten. De koloniaal zou gebroken worden en elk woord dat hij met Caïn had gewisseld zou bekend raken. Waar? Waar waren de mannen van Carlos? Het was vreemd, dacht Jason, maar als er op deze bepaalde nacht geen enkele bewaking was in Parc de Monceau dan had zijn hele strategie niet de minste zin.

Er was bewaking. In een grote wagen – dezélfde auto die twaalf uur eerder met vol gas onder de gewelfde poorten van het Louvre was doorgereden, dezelfde twee mannen – moordenaars die als reserves fungeerden voor andere moordenaars. De auto stond twintig meter verderop in de straat aan de linkerkant en hij had een vrij zicht op het huis van Villiers. Maar was dat alles, die twee mannen die ineengedoken op de bank zaten, met waakzame, oplettende ogen? Bourne kon het niet opmaken; aan beide zijden van de straat stonden auto's geparkeerd. Hij dook ineen in de schaduwen van het hoekhuis, schuin tegenover de twee mannen in de stilstaande wagen. Hij wist wat er gedaan moest worden maar hij was er niet zeker van hoe. Hij had een afleiding nodig die alarmerend genoeg was om de handlangers van Carlos aan te trekken, zichtbaar genoeg om eventuele anderen te voorschijn te brengen van waar ze dan ook verborgen konden zitten in de straat of op een dak of achter een raam zonder licht.

Brand. Het viel hem zomaar in. Onverwacht, niet te dicht bij het huis van Villiers maar ook weer niet te ver verwijderd en voldoende opzien barend om de hele rustige, verlaten, met bomen omzoomde straat in opschudding te brengen. Opschudding... sirenes; explosieven... explosies. Het was mogelijk. Het was enkel een kwestie van de juiste benodigdheden.

Bourne kroop achteruit vanaf het hoekhuis de zijstraat in en rende zonder geluid te maken naar het dichtstbijzijnde portiek; daar trok hij zijn overjas en colbertje uit. Toen trok hij zijn hemd uit en scheurde de stof in de lengte vaneen; hij trok zijn beide jassen weer aan, zette de kraag op en knoopte de overjas dicht, met het hemd onder zijn arm. Hij tuurde door de nachtelijke regen naar de auto's in de straat. Hij had benzine nodig maar dit was Parijs en de meeste tanks zouden afgesloten zijn. De meeste, maar niet allemaal – ergens in de rij auto's moest er eentje staan met een onafgesloten benzinetank.

En toen zag hij wat hij nodig had vlak voor zich op het trottoir, vastgelegd met een ketting aan een ijzeren hek. Het was een motorfiets met een brandstoftank die opbolde tussen het zadel en de handvatten van het stuur. Het was niet waarschijnlijk dat hij afgesloten zou zijn. Acht liter benzine was iets anders dan veertig; het risico van diefstal moest worden afgewogen tegen de opbrengst en acht liter benzine was nauwelijks een boete van vijfhonderd franc waard.

Jason liep op de motorfiets af. Hij keek de straat door; er was niemand te zien. Hij legde zijn hand op de benzinetank en draaide de dop om; hij ging gemakkelijk los. Nog beter: het gat was vrij groot en de tank was bijna vol. Hij schroefde de dop weer vast; hij was nog niet zover dat hij zijn hemd kon onderdompelen. Hij had nog een stuk gereedschap nodig.

Hij vond het op de volgende hoek, bij een afvoergoot. Een gedeeltelijk losliggende straatkei, die was losgewoeld door een legioen onvoorzichtige autorijders die daar over de stoeprand waren gereden. Hij werkte hem helemaal los door met zijn hak in de gleuf te stampen tussen de steen en de stoeprand. Hij nam hem op, pakte er nog een kleiner stukje bij en liep terug naar de motor, het kleine stuk in zijn broekzak, de grote kei in zijn hand. Hij wikte de steen... testte zijn arm. Hij was goed – beide waren goed.

Drie minuten later trok hij zijn doordrenkte hemd langzaam uit de benzinetank; de dampen vermengden zich met de regen en benzine droop van zijn handen. Hij wikkelde de stof rond de keisteen, draaide de mouwen er kruiselings omheen en bond ze stevig aaneen zodat het projectiel goed bleef zitten. Hij was klaar.

Hij sloop terug naar de hoek van het huis dat aan de straat van Villiers lag. De twee mannen in de wagen zaten nog ineengedoken op de voorbank en hun aandacht was nog steeds gevestigd op het huis van Villiers. Achter de auto stonden drie andere wagens, een kleine Mercedes, een donkerbruine limousine en een Bentley. Precies aan de overkant van waar Jason stond, achter de Bentley, stond een huis van witte steen, waarvan de ramen waren gevat in glanzend zwart geverfde kozijnen. Het licht van een lamp in de hal scheen gedeeltelijk door de erkerramen aan beide zijden van de toegangstrap. Het linkervertrek was duidelijk een eetkamer, want hij kon stoelen zien en een lange tafel in het vage lichtschijnsel dat nog werd weerkaatst in een rococo buffetspiegel. De ramen van die kamer, met hun magnifieke uitzicht op die typische, rijke Parijse straat, waren geschikt voor zijn doel.

Bourne haalde de kleine steen uit zijn zak; hij was een heel stuk kleiner dan de kei in het met benzine doordrenkte hemd maar hij was groot genoeg. Hij werkte zich voorzichtig om de hoek van het huis heen, haalde zijn arm naar achteren en wierp de steen zo ver hij kon over en voorbij de grote wagen.

Het geluid van het neerkomen weergalmde door de rustige straat en er volgde nog een gebonk daarna toen de steen over het dak van een auto heen rolde en op straat terechtkwam. De twee mannen in de wagen vlogen omhoog. De man naast de bestuurder opende zijn portier, zijn voet schoot naar buiten en hij had een revolver in zijn hand. De bestuurder draaide het raampje omlaag en knipte toen zijn koplampen aan. Het uitstralende licht weerkaatste verblindend van het metaal en het chroom van de auto ervoor. Het was een stomme reactie en het diende enkel om aan te geven hoe zenuwachtig de mannen waren die in het Parc de Monceau waren gestationeerd.

Nú. Jason rende de straat over terwijl hij de twee mannen in de gaten hield die hun handen voor hun ogen hielden in een poging om door het felle, weerkaatste licht heen te kijken. Hij bereikte de kofferruimte van de Bentley met de straatkei onder zijn arm, een luciferdoosje in zijn linkerhand en een bosje lucifers in zijn rechterhand. Hij hurkte, ontstak de lucifers, legde de kei op de grond en pakte hem toen op bij een losse mouw. Hij hield de brandende lucifers onder de met benzine doordrenkte stof; hij vlamde onmiddellijk op.

Hij kwam snel omhoog, zwaaide de steen naar achteren aan de mouw, sprong de stoeprand over en wierp zijn projectiel uit alle macht naar het uitstekende bouwsel van de erkerramen, terwijl hij om de hoek van het huis heen rende toen de kei zijn doel vond.

Het gerinkel van kapotspringend glas vormde een plotselinge onderbreking van de stilte in de door regen overgoten straat. Bourne rende naar links de smalle laan over, toen weer terug naar het blok waarin het huis van Villiers lag en vond daar de duisternis weer die hij nodig had. Het vuur verspreidde zich, aangewakkerd door de wind van het kapotte raam en opspringend in de opbollende gordijnen. Binnen een halve minuut vormde de kamer een vlammende oven; het vuurschijnsel werd nog vergroot door de enorme buffetspiegel. Kreten klonken op, in de buurt sprong licht aan achter de ramen, toen ook verderop in de straat; een minuut ging voorbij en de chaos nam toe. De deur van het vlammende huis werd opengerukt en er verschenen gedaanten – een oudere man in een nachthemd, een vrouw in negligé en met één pantoffel aan – beiden in paniek.

Nog meer deuren gingen open, meer gedaanten kwamen te voorschijn, uit hun slaap midden in de chaos geworpen, en enkele gestalten renden naar de in vlammen gehulde residentie – een buurman verkeerde in moeilijkheden. Jason rende schuin het kruispunt over, een van de hollende gedaanten in een snel groeiende menigte; hij bleef staan waar hij pas enkele minuten geleden ook had gestaan, bij het hoekhuis en hield zich roerloos in een poging om de handlangers van Carlos te ontdekken.

Hij had gelijk gehad; de twee mannen waren niet de enige bewakers in Parc de Monceau. Er stonden nu vier man, dicht opeen bij de auto, snel en zacht te praten. Nee, vijf. Er kwam er nog een de stoep oplopen. Hij voegde zich bij de vier.

Hij hoorde sirenes. Ze werden luider en kwamen dichterbij. De vijf mannen waren gealarmeerd. Er moest een beslissing worden genomen; ze konden niet allemaal blijven waar ze waren. Misschien moest er rekening worden gehouden met strafbladen.

Ze waren het eens. Een man zou er blijven, de vijfde man. Hij knikte en stak snel de straat over naar de kant waar het huis van Villiers lag. De anderen stapten in de wagen en terwijl er snel een brandweerwagen de straat in kwam rijden trok de grote wagen op uit zijn parkeerplaats en accelereerde weg, in tegengestelde richting aan het rode gedrocht.

Een hindernis bleef er over: de vijfde man. Jason keek om de hoek en zag hem halverwege tussen de hoek en het huis van Villiers. Nu kwam het aan op het juiste moment en de verrassing. Bourne begon met lange passen te draven, net als de mensen die op de brand afliepen, omkijkend over zijn schouder naar de hoek, gedeeltelijk achteruit lopend, een gedaante die niet opviel in het patroon om hem heen, zij het dat hij een andere richting uitliep. Hij liep de man voorbij; hij was niet opgemerkt – maar dat zou hij wél als hij door bleef lopen naar de deur op de benedenetage van het huis van Villiers en die opende. De man keek alle kanten op, beduusd, in verwarring, bang misschien door het feit dat hij nu de enige bewaker was in de straat. Hij stond voor een laag hek; nog een poortje, nog een benedeningang naar een ander deftig huis in Parc de Monceau.

Jason bleef staan, zette twee snelle stappen in de richting van de man, draaide toen om zijn as met zijn evenwicht op zijn linkervoet; zijn rechtervoet schoot omhoog naar de maag van de vijfde man en stompte hem achteruit over het ijzeren hek. De man schreeuwde terwijl hij in het smalle, cementen gangetje viel. Bourne sprong over het hek met de knokkels van zijn rechterhand strak gespannen, de hakken van beide voeten naar voren gericht. Hij kwam op de borst van de man terecht, brak zijn ribben door de stoot en ramde zijn knokkels in de keel van de man. De handlanger van Carlos bleef slap liggen. Hij zou pas weer tot bewustzijn komen lang nadat iemand hem naar het ziekenhuis had laten brengen. Jason fouilleerde de man; hij droeg maar één revolver, in een holster op zijn borst. Bourne haalde hem eruit en stak hem in de zak van zijn overjas. Hij zou hem aan Villiers geven.

Villiers. De weg was vrij.

Hij klom de trap op naar de tweede verdieping. Halverwege naar boven kon hij een streepje licht zien onder de slaapkamerdeur; daarachter bevond zich een oude man die zijn enige hoop vormde. Als hij ooit in zijn leven – het herinnerde en het niet herinnerde overtuigend moest zijn, dan was dat nu. En zijn overtuiging was ook echt – er was nu geen plaats voor de kameleon. Alles wat hij geloofde was op één feit gebaseerd. Carlos moest achter hem aan komen. Het was de waarheid. Het was de valstrik.

Hij bereikte de overloop en draaide linksaf naar de deur van de slaapkamer. Even bleef hij staan in een poging om de echo in zijn borst kwijt te raken; hij begon luider te worden en het gebonk kwam sneller achtereen. Gedeelte van de waarheid, niet alles. Niet liegen, alleen maar iets weglaten. Hij stapte naar binnen.

Een overeenkomst... een contract... met een groep mannen van eer – die achter Carlos aan zaten. Meer hoefde Villiers niet te weten; dat moest hij accepteren. Hij mocht niet te horen krijgen dat hij te maken had met iemand die zijn geheugen was verloren want uit dat verlies zou een eerloos man te voorschijn kunnen komen. De legende van Saint-Cyr, Algerije en Normandië zou dat niet accepteren; niet nu, op deze plaats, aan het einde van zijn leven.

Mijn god, wat een wankel evenwicht! De streep tussen geloof en ongeloof was zo dun... even dun als hij was voor het lijk met een andere naam dan Jason Bourne.

Hij opende de deur en liep naar binnen, in de privéhel van een oude man. Buiten, achter de gordijnen, loeiden de sirenes en schreeuwden de mensen. Toeschouwers in een onzichtbare arena, die het onbekende bespotten, zich niet bewust van de raadselachtige oorzaak.

Jason sloot de deur achter zich en bleef roerloos staan. Het ruime vertrek was vol schaduwen, het enige licht was een lamp op het nachtkastje. Hij wilde dat hij niet hoefde zien wat hij nu onder ogen kreeg. Villiers had een bureaustoel met een hoge rugleuning door de kamer gesleept en zat aan de voet van het bed te staren naar de dode vrouw die op het dekbed lag. Het gebruinde hoofd van Angélique Villiers rustte op het hoofdkussen, haar wijd open ogen puilden uit hun kassen. Haar hals was opgezwollen en het vlees zag paarsachtig rood, de geconcentreerde kneuzing had zich over haar hele nek uitgebreid. Haar lichaam lag nog verwrongen, in tegenstelling tot het hoofd dat recht lag, het kronkelde zich nog in een wilde worsteling, haar lange, naakte benen lagen uitgestrekt, ze lag op haar heup in een aan flarden gescheurd negligé en haar borsten puilden tussen de zijde uit – zelfs in haar dood nog sensueel. Er was geen poging gedaan om de hoer onder te dekken.

De oude soldaat zat erbij als een onthutst kind dat gestraft wordt voor een onbetekenende daad, omdat de zin van de misdaad was ontsnapt aan het redelijk verstand van zijn kwelgeest en misschien ook aan het zijne. Hij richtte zijn blik met moeite van de dode vrouw op Bourne. 'Wat is er buiten gebeurd?' vroeg hij met monotone stem.

'Uw huis werd door kerels in de gaten gehouden. Vijf mannen van Carlos. Ik heb wat verderop brand gesticht; er is niemand gewond. Op één man na zijn alle mannen vertrokken; die heb ik buiten gevecht gesteld.'

'U bent erg vindingrijk, monsieur Bourne.'

'Ik ben vindingrijk,' gaf Jason toe. 'Maar ze zullen terugkomen. Het vuur zal worden geblust en dan komen ze terug; eerder, als Carlos doorkrijgt wat er werkelijk is gebeurd en ik denk dat dat het geval zal zijn. Als dat zo is dan zal hij hier iemand naar binnen sturen. Zelf komt hij natuurlijk niet, maar een van zijn gangsters. Als die man u aantreft... en haar... dan zal hij u doden. Carlos verliest haar maar hij wint toch nog. Hij wint voor de tweede maal; hij heeft u gebruikt via haar en uiteindelijk vermoordt hij u. Hij is vrij man maar u bent dood. Mensen kunnen de conclusies trekken die ze willen maar ik geloof niet dat ze erg vleiend zullen zijn.'

'U zegt het allemaal heel precies. Overtuigd van de juistheid van uw veronderstelling.'

'Ik weet waarover ik praat. Ik zou liever niet zeggen wat ik nu ga zeggen, maar er is geen tijd om rekening te houden met uw gevoelens.'

'Ik heb geen gevoelens meer. Zeg maar wat u wilt.'

'Uw vrouw heeft u verteld dat ze Française was, is 't niet?'

'Ja. Uit het Zuiden. Haar familie kwam uit Loures Barouse, bij de Spaanse grens. Ze kwam jaren geleden naar Parijs. Woonde hier bij een tante. Wat wil dat zeggen?'

'Hebt u ooit haar familie ontmoet?'

'Nee.'

'Zijn ze niet bij uw trouwen geweest?'

'Alles welbeschouwd, vonden we het maar beter hen niet uit te nodigen. Het verschil in onze leeftijden zou hen maar verontrust hebben.'

'Hoe zit het met de tante hier in Parijs.'

'Ze stierf voordat ik Angélique ontmoette. Wat heeft dit allemaal voor zin?'

'Uw vrouw was geen Française. Ik betwijfel het zelfs of er een tante in Parijs bestond en haar familie kwam niet uit Loures Barouse, al had de Spaanse grens er wel iets mee te maken. Die zou veel kunnen verbergen, veel kunnen uitleggen.'

'Wat bedoelt u?'

'Zij was Venezolaanse. Een volle nicht van Carlos en vanaf haar veertiende jaar zijn minnares. Ze vormden een team, al jarenlang. Men heeft mij verteld dat zij de enige persoon ter wereld was om wie hij iets gaf.'

'Een hoer.'

'Het werktuig van een moordenaar. Ik vraag me af hoe vaak ze de weg heeft vrijgemaakt voor een moordaanslag. Hoeveel waardevolle mannen er dood zijn door haar toedoen.'

'Ik kan haar niet tweemaal vermoorden.'

'U kunt haar gebruiken. Haar dood gebruiken.'

'De waanzin waarover u sprak?'

'Het is alleen maar waanzin wanneer u uw leven vergooit. Carlos wint de pot; hij gaat door met zijn revolver te gebruiken... en zijn staven dynamiet... en u bent enkel nog een brokje statistiek. Weer een slachtoffer dat kan worden bijgeschreven op een lange lijst van gedistingeerde lijken. Dát is waanzin.'

'En wat u zegt is redelijk? U neemt de schuld op u voor een misdaad die u niet hebt begaan? Voor de dood van een hoer? Opgejaagd voor een moord die u niet hebt begaan?'

'Dat maakt er deel van uit. Het essentiële deel, in feite.'

'Praat tegen mij niet over waanzin, jongeman. Ik smeek u, ga weg. Wat u mij zojuist hebt verteld geeft mij de kracht om de Almachtige God onder ogen te komen. Als er ooit een dood gerechtvaardigd was dan was het die van haar en door mijn hand. Ik zal Christus in de ogen kijken en het zweren.'

'U hebt uzelf dus afgeschreven,' zei Jason en hij zag voor het eerst dat een wapen de jaszak van de oude man deed uitpuilen.

'Ik zal niet terechtstaan, als u dat bedoelt.'

'Aha, dat is volmaakt, generaal! Carlos had zelf niets beters kunnen bedenken! Hij hoeft niet eens zijn eigen revolver te gebruiken. Maar de belangrijke mensen zullen weten dat hij het deed; hij was er de oorzaak van.'

'De belangrijke mensen zullen niets weten. *Une affaire de coeur... une grave maladie*. Ik heb niets te maken met wat moordenaars en dieven zeggen.'

'En als ik de waarheid eens zou zeggen? Zou zeggen waarom u haar vermoordde?'

'Wie zou er naar u luisteren? Als u al in leven zou zijn om iets te zeggen. Ik ben niet gek, monsieur Bourne. U bent voor meer op de vlucht dan voor Carlos alleen. Er wordt door velen jacht op u gemaakt. Dat hebt u mij eigenlijk al verteld. U wilde mij uw naam niet zeggen... voor mijn eigen veiligheid, beweerde u. Wanneer en als dit voorbij gaat, zo zei u, dan zou ik er misschien geen prijs op stellen samen met u te worden gezien. Dat zijn niet de woorden van een man die algemeen wordt vertrouwd.'

'U hebt mij vertrouwd.'

'Ik zei u waarom,' zei Villiers en hij richtte zijn blik even op zijn dode vrouw. 'Het lag in uw ogen.'

'De waarheid?'

'De waarheid.'

'Kijk me dan nu eens aan. De waarheid is er nog steeds. Op die weg naar Nanterre zei u mij dat u zou luisteren naar wat ik te zeggen had omdat ik u uw leven had geschonken. Ik probeer het u opnieuw te schenken! U kunt ongedeerd en vrij hier weggaan, u kunt doorgaan met op te komen voor de zaken die volgens u belangrijk voor u zijn, belangrijk waren voor uw zoon. U kunt winnen...! Begrijpt u me niet verkeerd, mijn bedoelingen zijn niet nobel. Als u blijft leven en doet wat ik u vraag dan is dat de enige manier waarop ik in leven kan blijven, de enige manier waarop ik ooit mijn vrijheid zal terugkrijgen.'

De oude soldaat keek op. 'Waarom?'

'Ik heb u verteld dat ik Carlos nodig had omdat me iets was afgenomen – iets wat ik in mijn leven heel erg nodig heb, mijn redelijke verstand – en dat hij daarvan de oorzaak was. Dat is de waarheid – ik geloof dat het de waarheid is – maar het is niet de hele waarheid. Er zijn andere mensen bij betrokken, sommige van hen fatsoenlijk, andere niet, en ik had met hen een overeenkomst om Carlos te pakken te krijgen, Carlos in de val te lokken. Maar er is iets gebeurd dat ik niet kan verklaren – ik zal het ook niet proberen – en nu denken die mensen dat ik hen heb verraden. Zij denken dat ik het op een akkoordje heb gegooid met Carlos, dat ik miljoenen van hen heb gestolen en anderen heb vermoord die mijn verbindingen met hen vormden. Ze hebben overal mensen uitstaan en die hebben bevel mij te doden. U had gelijk: ik ben voor meer op de vlucht dan voor Carlos alleen. Ik word opgejaagd door mensen die ik niet ken en die ik niet kan ontdekken. Alles volkomen ten onrechte... Ik heb de dingen niet gedaan die ik volgens hen gedaan zou hebben, maar niemand wil er naar me luisteren. Ik heb geen verdrag gesloten met Carlos; u weet dat ik dat niet heb gedaan!'

'Ik geloof u. Niets hoeft me tegen te houden om ten gunste van u iemand op te bellen. Dat ben ik u schuldig.'

'Hoe? Wat gaat u zeggen? "De man die ik ken als Jason Bourne heeft geen verdrag gesloten met Carlos. Ik weet dit omdat hij mij duidelijk maakte wie de minnares van Carlos was, en die vrouw was mijn echtgenote, de echtgenote die ik heb gewurgd om mijn naam niet te schande te maken! Ik sta op het punt de Sûreté te bellen en mijn misdaad te bekennen – ofschoon ik hen natuurlijk niet zal zeggen waarom ik haar heb gedood. Of waarom ik mezelf zal gaan doden."... Is het dat, generaal? Gaat u dat zeggen?'

De oude man keek Bourne zwijgend aan omdat hij de fundamentele tegenspraak duidelijk inzag. 'Dan kan ik u dus niet helpen.'

'Goed zo. Prachtig! Carlos wint de pot! Zij wint! U verliest. Uw zoon verliest. Ga uw gang maar! Bel de politie maar en steek dan verdomme de loop van uw revolver in uw mond en schiet uw verrekte kop aan flarden! Ga uw gáng! Dat wilt u immers! Uzelf buiten gevecht stellen. Voor iets anders deugt u niet meer! U bent een oude, oude man die alleen maar medelijden met zichzelf heeft! God weet dat u Carlos niet aankunt! Dat u de man niet aankunt die vijf staven dynamiet gebruikte in de Rue du Bac en uw zoon vermoordde!'

De handen van Villiers begonnen te beven; het beven plantte zich voort naar zijn hoofd. 'Doe dat niet. Ik zeg u, doe dat niet.'

'Bedoelt u dat u mij een bevel geeft? De kleine oude man, met de grote koperen knopen vaardigt een bevél uit? Nou, vergeet het maar! Ik accepteer geen bevelen van mensen als u! Jullie zijn een stelletje bedriegers! Jullie zijn erger dan al die mensen die jullie aanvallen; die hebben tenminste het lef om uit te voeren wat ze zeggen dat ze zullen gaan doen! Dat doet u niét. Een windbuil bent u. Een windbuil die woorden gebruikt om uzelf in slaap te sussen. Ga maar liggen en stérf, oude man! Maar geef mij geen bevelen!'

Villiers trok zijn handen uiteen en schoot op uit zijn stoel, bevend over heel zijn gefolterde lichaam. 'Ik zei het u. Hou op!'

'Wat u zegt interesseert mij niet. Ik had gelijk, de eerste keer dat ik u ontmoette. U bent deel van Carlos. Toen u leefde was u zijn knecht en u zult zijn knecht zijn in uw dood.'

Het gelaat van de oude soldaat vertrok van pijn. Hij trok zijn revolver uit zijn zak, met een pathetisch gebaar maar met een levensechte dreiging. 'Ik heb in mijn tijd heel wat mannen gedood. In mijn beroep was het onvermijdelijk, vaak ontstellend. U wil ik nu niet doden, maar ik zal het moeten wanneer u geen rekening houdt met mijn wensen. Laat me met rust. Verlaat dit huis.'

'Dat is geweldig. U denkt precies hetzelfde als Carlos. Als u mij vermoordt is de bank voor hem!' Jason zette een stap vooruit en hij was zich bewust van het feit dat het de eerste beweging was die hij had gemaakt sinds hij de kamer was binnengekomen. Hij zag hoe Villiers zijn ogen opensperde. De revolver trilde, zijn schaduw bewoog zich op de muur. Slechts een hele lichte druk en de haan zou naar voren schieten, de kogel zijn doelwit vinden. Want ondanks de waanzin van het moment, had de hand die het wapen omklemde een leven lang staal in zijn greep gehad; hij zou onbeweeglijk zijn als het moment er was. Als het ten minste kwam. Dat was het risico dat Bourne moest nemen. Zonder Villiers was er niets; de oude man moest dat begrijpen. Hij schreeuwde plotseling: 'Vooruit! Schiet. Vermoord me. Volg de bevelen op van Carlos! U bent soldaat! U hebt uw bevelen gekregen. Voer ze dan uit!'

Het beven in de hand van Villiers nam toe, de knokkels waren wit terwijl de revolver omhoog kwam en de loop werd gericht op het hoofd van Bourne. En toen hoorde Jason het gefluister opstijgen uit de keel van een oude man.

'"*Vous êtes un soldat... arrêtez... arrêtez!*"'

'Wat?'

'Ik ben soldaat. Iemand heeft dat pas tegen mij gezegd, iemand die u heel dierbaar is.' Villiers sprak kalm. 'Ze deed een oude krijger, tot zijn schande, eraan denken wie hij was... wie hij geweest was. "*On dit que vous êtes un géant. Je le crois.*" Ze had het fatsoen, de goedheid om ook dat tegen mij te zeggen. Men had haar verteld dat ik een reus was en zij geloofde dat. Ze had ongelijk – Almachtige god, ze had ongelijk – maar ik zal het proberen.' André Villiers liet het wapen zakken; er lag waardigheid in die overgave. De waardigheid van een soldaat. Een reus. 'Wat wilt u dat ik doe?'

Jason haalde weer adem. 'Dwing Carlos om achter mij aan te komen. Maar niet hier, niet in Parijs. Zelfs niet in Frankrijk.'

'Waar dan?'

Jason bleef zijn eigen gedachtegang volgen. 'Kunt u me het land uitkrijgen? Ik moet u vertellen dat ik gezocht word. Mijn naam en signalement is nu bekend bij elke grensbeambte in Europa.'

'Volkomen ten onrechte?'

'Volkomen ten onrechte.'

'Ik geloof u. Er zijn manieren. De Conseiller Militaire heeft zijn methodes en die zullen doen wat ik hen vraag.'

'Met een valse identiteit? Zonder hen te vertellen waarom?'

'Mijn woord is voldoende. Dat heb ik verdiend.'

'Nog een vraag. Die assistent over wie u sprak. Vertrouwt u hem, vertrouwt u hem écht?'

'Ik vertrouw hem mijn leven toe. Meer dan wie ook.'

'Ook het leven van een ander? Iemand van wie u terecht zei dat ze mij zeer dierbaar is?'

'Natuurlijk. Waarom? U gaat alleen reizen?'

'Dat moet ik wel. Ze zal me nooit laten gaan.'

'Dan zult u haar iets moeten vertellen.'

'Dat zal ik ook. Dat ik hier in Parijs ben ondergedoken, of in Brussel, of Amsterdam. Steden waar Carlos opereert. Maar zij moest verdwijnen; onze auto was ontdekt in Montmartre. De mannen van Carlos zijn op zoek in elke straat, elke flat, elk hotel. U werkt nu met mij samen; uw assistent zal haar meenemen naar een plaats in Frankrijk waar ze veilig zal zijn. Dat zal ik haar vertellen.'

'Dan nog een vraag. Wat gebeurt er als u niet terugkomt?'

Bourne probeerde zijn stem niet smekend te laten klinken. 'In het vliegtuig zal ik tijd hebben. Ik zal alles opschrijven wat er is gebeurd, alles wat ik mij... herinner. Ik zal het u toesturen en dan beslist u. Samen met haar. Zij heeft u een reus genoemd. Neem het juiste besluit. Bescherm haar.'

'"*Vous êtes un soldat... arrêtez*!" Ik geef u mijn woord. Er zal haar niets overkomen.'

'Meer vraag ik niet.'

Villiers wierp de revolver op het bed. Hij kwam terecht tussen de verwrongen, naakte benen van de dode vrouw; de oude soldaat kuchte abrupt, verachtelijk en hij hervond zijn houding. 'Aan het werk nu, mijn jonge wolvenhorde,' zei hij en hij vertoonde weer zijn autoriteit, een beetje onhandig nog, maar heel duidelijk. 'Wat voor plan hebt u?'

'Om te beginnen staat u op het punt om in te storten, helemaal verdoofd door de schok. U bent als een robot die in het donker rondloopt, en u volgt aanwijzingen die u niet kunt begrijpen maar die u moet gehoorzamen.'

'Dat verschilt niet zoveel van de werkelijkheid, vindt u niet?' viel Villiers hem in de rede. 'Voordat een jongeman met de waarheid in zijn ogen me dwong naar hem te luisteren. Maar hoe ben ik in die zogenaamde staat geraakt? En waarom?'

'Alles wat u weet – alles wat u zich herinnert – is dat er een man uw huis binnendrong tijdens de brand en u met zijn revolver op het hoofd sloeg; u viel bewusteloos neer. Toen u weer bijkwam trof u uw vrouw dood aan, gewurgd, met een briefje naast haar lichaam. Wat er in dat briefje staat, dat heeft u gek gemaakt.'

'En wat zou dat dan wel zijn?' vroeg de oude soldaat voorzichtig.

'De waarheid,' zei Jason. 'De waarheid die niemand van u te weten mag komen. Wat zij betekende voor Carlos en Carlos voor haar. De moordenaar die het briefje schreef liet een telefoonnummer achter en zei dat u de bevestiging kon krijgen van wat hij heeft geschreven. Zo gauw u gehoord had wat u wilde horen kon u het briefje vernietigen en de moord rapporteren op uw eigen manier. Maar omdat hij u de waarheid heeft verteld – omdat hij de hoer heeft gedood die zo'n groot aandeel had in de dood van uw zoon daarom wil hij dat u een geschreven bericht doorgeeft.'

'Aan Carlos?'

'Nee. Hij zal wel iemand sturen.'

'Godzijdank. Ik weet niet zeker of ik het wel zou kunnen doen als ik wist dat hij het was.'

'Hij zal het bericht in handen krijgen.'

'Wat staat er in?'

'Ik zal het voor u opschrijven; u kunt het aan de man geven die hij stuurt. Het moet zorgvuldig in elkaar zitten, zowel in wat het zegt als in wat het verzwijgt.' Bourne keek naar de dode vrouw, naar de zwelling rond haar hals. 'Hebt u alcohol in huis?'

'Om te drinken?'

'Nee. Voor massage. Parfum is ook goed.'

'Ik weet zeker dat er wat massage-alcohol in het medicijnkastje is.'

'Zou u het even voor me willen pakken? Ook graag een handdoek.'

'Wat gaat u doen?'

'Mijn handen op de plaats leggen waar de uwe zaten. Je weet nooit, al denk ik niet dat iemand aan u zal twijfelen. Terwijl ik dat doe moet u de mensen bellen die me hier weg moeten helpen. Ik moet op weg zijn voordat u de tussenpersoon van Carlos belt en lang voordat u de politie belt. Zij zouden de vliegvelden onder bewaking stellen.'

'Ik kan de zaak rekken tot zonsopgang, lijkt me zo. De schok waarin een oude man verkeert, zoals u al zei. Niet veel langer dan dat. Waar gaat u naartoe?'

'New York. Krijgt u dat voor elkaar? Ik heb een pas waarin staat dat ik een man ben die George Washburn heet. Een goede vervalsing.'

'Dat maakt mijn werk gemakkelijker. U reist als diplomaat. U zult aan beide zijden van de oceaan vrijuit kunnen in- en uitstappen.'

'Als Engelsman? De pas is Brits.'

'Iemand die voor de NAVO reist. Via de kanalen van de Conseiller; u maakt deel uit van een Engels-Amerikaans team dat militaire onderhandelingen voert. Wij zijn u ter wille bij een snelle terugkeer naar de Verenigde Staten voor verdere instructies. Het gebeurt vaker en het is voldoende om u snel langs de inklaringsposten te krijgen.'

'Goed. Ik heb de vertrektijden nagekeken. Er is een vlucht om zeven uur in de ochtend, Air France naar Kennedy.'

'Ik zorg dat u er plaats in krijgt.' De oude man zweeg even, hij was nog niet klaar. Hij zette een stap in Jasons richting. 'Waarom New York? Waarom bent u er zeker van dat Carlos u naar New York zal volgen?'

'Twee vragen, met verschillende antwoorden,' zei Bourne. 'Ik moet hem afleveren op de plek waar hij mij als schuldige aanwees voor het vermoorden van vier mannen en een vrouw die ik niet kende... en een van die mannen was me heel dierbaar, maakte deel van mij uit, geloof ik.'

'Ik begrijp u niet.'

'Ik weet niet zeker of ik het zelf begrijp. Er is geen tijd meer. Het zal allemaal voorkomen in wat ik in het vliegtuig voor u zal opschrijven. Ik moet bewijzen dat Carlos op de hoogte was. Een huis in New York.

Waar het allemaal gebeurd is; ze moeten het begrijpen. Hij was ervan op de hoogte. Gelooft u mij nu maar.'

'Dat doe ik. De tweede vraag dan. Waarom zal hij achter u aan gaan?'

Jason keek opnieuw naar de dode vrouw op het bed. 'Instinct, misschien. Ik heb de enige persoon ter wereld gedood om wie Carlos iets geeft. Als zij iemand anders was en Carlos had haar vermoord, dan zou ik hem over de halve wereld najagen tot ik hem had gevonden.'

'Hij is misschien praktischer. Ik geloof dat u me dat wilde zeggen.'

'Er is nog iets,' antwoordde Jason en hij wendde zijn blik af van Angélique Villiers. 'Hij heeft niets te verliezen en alles te winnen. Niemand weet hoe hij eruitziet maar hij kent mij van gezicht. Hij kent alleen mijn geestesgesteldheid niet. Hij heeft me afgesneden, me geïsoleerd, me veranderd in iemand die nooit zo was bedoeld. Misschien heeft hij te veel succes gehad; misschien ben ik gek, waanzinnig. Háár vermoorden was in elk geval een waanzinnige daad. Mijn bedreigingen zijn ongerijmd. Ben ik misschien nog ongerijmder dan dat? Een irrationeel man, een krankzinnige man, is een man die in paniek verkeert. Hij kan buiten gevecht worden gesteld.'

'Is uw bedreiging dan irrationeel? Kunt u buiten gevecht worden gesteld?'

'Ik weet het niet zeker. Ik weet alleen dat ik geen andere keus heb.'

Dat had hij niet. Uiteindelijk was alles toch nog zoals in het begin. Pak Carlos. Strik Carlos. Caïn betekent Charlie en Delta betekent Caïn. De man en de mythe waren eindelijk in elkaar versmolten, beelden en werkelijkheid ineengelopen. Er was geen andere manier.

Tien minuten waren voorbijgegaan sinds hij Marie had gebeld, tegen Marie had gelogen en de kalme berusting in haar stem had gehoord en geweten had wat die betekende; ze had tijd nodig om na te denken. Ze had hem niet geloofd, maar ze geloofde in hem; ook zij had geen andere keus. En hij kon haar pijn niet verlichten; er was geen tijd voor geweest, er was geen tijd. Alles was nu in beweging gebracht nu Villiers beneden een nummer voor spoedgevallen aan het bellen was bij de Conseiller Militaire van Frankrijk en maatregelen trof dat een man met een valse pas als diplomaat uit Parijs kon vertrekken. Over minder dan drie uur zou een man boven de Atlantische Oceaan zweven, op weg naar de gedenkdag van zijn eigen terechtstelling. Het was de sleutel; het was de valstrik. Het was de laatste ongerijmde daad en die dag zou door waanzin worden beheerst.

Bourne stond bij het bureau; hij legde de pen neer en herlas de woorden die hij had geschreven op het briefpapier van een dode vrouw. Het waren de woorden die een gebroken, verwarde oude man over de telefoon moest herhalen tegen een onbekende tussenpersoon die het papier zou opeisen en het aan Ilich Ramirez Sanchez zou geven.

Ik heb die hoer van jou gedood en jij bent nog niet van mij af. Er zijn eenenzeventig straten in het oerwoud. Een oerwoud dat even dicht is als Tam Quan, maar er loopt een pad dat je gemist hebt, een kelderkluis waar je niets van wist – net zoals je niets over mij wist op de dag van mijn terechtstelling, tien jaar geleden. Er was een man die dat wel wist en die heb je gedood. Het doet er niet toe. In die kluis liggen documenten die mij mijn vrijheid zullen geven. Dacht je soms dat ik Caïn was geworden zonder die laatste beschermende zekerheid? Washington zal me niet aan durven raken! Het lijkt passend dat Caïn, op de datum van Bournes dood, zich in bezit zal stellen van die papieren die hem van een heel lang leven zullen verzekeren. Jij hebt Caïn voorbestemd voor de dood. Nu doe ik hetzelfde met jou. Ik zal terugkeren en dan kun je je weer bij je hoer voegen.
Delta

Jason liet het briefje op het bureau vallen en liep naar de dode vrouw toe. De alcohol was droog, de gezwollen hals was klaar voor de behandeling. Hij bukte zich en spreidde zijn vingers uit en plaatste zijn handen op de plek waar de handen van een ander zich hadden bevonden.

Waanzin.

34

Vroeg daglicht spoelde over de torens van de kerk in Levallois-Perret in het noordwesten van Parijs. De maart-ochtend was koud, mist had de plaats ingenomen van de nachtelijke regen. Ze hadden hun gebeden gepreveld of begonnen daarmee. Daarna zou de kostbare slaap zich over hen ontfermen voordat ze de geestdodende daglichturen probeerden door te komen. Tussen de oude vrouwen liepen sjofel geklede mannen – de meeste ook oud, andere erbarmelijk jong – met hun overjassen dichtgehouden en warmte zoekend in de kerk. Ze klemden flessen vast in hun zakken en stelden de kostbare vergetelheid nog even uit. Er lag nog een hele dag voor hen.

Een oude man liep gehaast en zonder te aarzelen de trappen op en verdween door de deuren. Op zijn doorgroefde, vaalbleke gelaat lag tegenzin te lezen – misschien zelfs angst; hij haastte zich langs de flakkerende kaarsen en via het linkerlooppad van de kerk naar voren. Het was een vreemd uur voor een kerkganger om te biechten; toch liep die oude bedelaar rechtstreeks naar de eerste biechtstoel, schoof de voorhang opzij en gleed naar binnen.

'Angelus Domini...'

'Hebt u het bíj u?' klonk de fluisterende vraag en het silhouet van de priester achter het gordijn trilde van woede.

'Ja. Hij duwde het in mijn hand als een man die verdoofd was, hij huilde en zei me dat ik moest maken dat ik wegkwam. Hij heeft het briefje van Caïn aan hem verbrand en zegt dat hij alles zal ontkennen als er ook maar een woord van bekend raakt.' De oude man schoof het stuk papier onder het gordijntje door.

'Hij heeft haar briefpapier gebruikt...' Het gefluister van de moordenaar brak af, een hand in silhouet ondersteunde een hoofd in silhouet, en een onderdrukte kreet van smart was even hoorbaar achter het gordijn.

'Ik hoop toch dat u vooral niet vergeet, Carlos,' smeekte de bedelaar, 'dat de boodschapper niet verantwoordelijk is voor het nieuws dat hij brengt. Ik had kunnen weigeren ernaar te luisteren, weigeren om het u te brengen.'

'Hoe? Waaróm...?'

'Lavier. Hij is haar gevolgd naar Parc de Monceau en toen hen beiden naar de kerk. Ik heb hem gezien in Neuilly-sur-Seine toen ik uw rugdekking was. Dat heb ik u verteld.'

'Ik weet het. Maar waaróm? Hij had haar op honderd andere manieren kunnen gebruiken! Tegen mij! Waarom dit?'

'Het staat in zijn briefje. Hij is krankzinnig geworden. Hij heeft te zeer onder druk gestaan, Carlos. Dat gebeurt; ik heb het zien gebeuren. Een man die als dubbelspion werkt, die zonder centrale moet werken; hij heeft niemand meer die zijn oorspronkelijke opdracht kan bevestigen. Beide kanten willen hem dood zien. Hij staat zozeer onder spanning dat hij misschien niet eens meer weet wie hij is.'

'Hij weet het.' De gefluisterde woorden klonken langgerekt door de onderdrukte woede. 'Door te tekenen met de naam Delta laat hij me weten dat hij het weet. We weten beiden waar dat vandaan komt, waar hij vandaan komt!'

De bedelaar zweeg even. 'Als dat waar is dan is hij nog steeds gevaarlijk voor u. Hij heeft gelijk. Washington zal hem niet aanraken. Ze zullen hem misschien niet erkennen maar ze zullen hun beulen teruggroepen. Misschien worden ze wel gedwongen om hem een paar gunsten te bewijzen, in ruil voor zijn stilzwijgen.'

'De documenten waarover hij het had?' vroeg de moordenaar.

'Ja. Vroeger – in Berlijn, Praag, Wenen – heetten ze *definitieve betalingen*. Bourne noemt ze *definitieve bescherming* – een klein verschil. De documenten waren opgemaakt tussen een hoofdbronbeheerder en de infiltrant, ze moesten gebruikt worden voor geval een strategie mislukte, de beheerder gedood was en er voor de agent geen andere weg openstond. Het was niet iets wat op het lesrooster stond in Novgorod want de sovjets hadden zulke voorzieningen niet. Maar overlopers van de sovjets stonden erop.'

'Ze waren dus belastend?'

'Dat moesten ze tot op zekere hoogte zijn. Over het algemeen op het terrein van degenen die gemanipuleerd werden. Niemand mocht in verlegenheid worden gebracht; dat zou het einde betekenen van een carrière. Maar dat hoef ik u niet te vertellen. U hebt die techniek briljant gebruikt.'

'"Eenenzeventig straten in het oerwoud..."' zei Carlos; hij las het op van het papier in zijn hand, en zijn gefluister klonk ijselijk kalm. '"Een oerwoud dat even dicht is als Tam Quan."... Dit keer zal de terechtstelling plaatsvinden op de juiste tijd. Jason Bourne zal dít Tam Quan niet levend verlaten. Wat voor naam hij dan ook heeft, Caïn zal dood zijn en Delta zal sterven voor wat hij heeft gedaan. Angélique! Je kunt op mij rekenen!' De bezwerende toon stierf weg en de gedachten van de moordenaar keerden snel weer terug naar praktischer zaken. 'Had Villiers enig idee wanneer Bourne zijn huis had verlaten?'

'Hij wist het niet. Ik zei het u al, hij was nauwelijks bij zijn volle verstand, even verward als toen hij telefoneerde.

'Het maakt niets uit. De eerste vluchten naar de Verenigde Staten zijn een uur geleden al vertrokken. Een daarvan heeft hij genomen. Ik zal ook in New York zijn en dit keer zal ik niet missen... Ik zal mijn mes voor hem klaar hebben, met vlijmscherp lemmet. Ik zal zijn gezicht afstropen; de Amerikanen krijgen hun Caïn terug zonder gezicht! Deze Bourne mogen ze houden, deze Delta, of wat voor naam ze ook voor hem willen gebruiken.'

De blauwgestreepte telefoon ging over op het bureau van Alexander Conklin. Het was een gedempte toon en juist dat gematigde geluid verleende het een spookachtige nadruk. De blauwgestreepte telefoon was de rechtstreekse verbinding van Conklin met de computerruimten en de informatiebank. Er was niemand in het kantoor om het gesprek aan te nemen.

De CIA-functionaris kwam plotseling gehaast het vertrek binnenhinken, gehinderd door de stok die hij de nacht tevoren had gekregen van een G2-officier van SHAPE in Brussel, toen hij daar militair transport had geëist naar Andrews Field in Virginia. Hij smeet de stok woedend de kamer door en liep wankelend op de telefoon af. Hij had bloeddoorlopen ogen door gebrek aan slaap en hij haalde hijgend adem; de man die verantwoordelijk was voor het ontbinden van Treadstone was de uitputting nabij. Hij had via de versluieringsapparatuur in verbinding gestaan met een tiental afdelingen van geheime operaties – in Washington en in Europa – in een poging om de waanzin van de afgelopen vierentwintig uur weer te herstellen. Elk brokje informatie dat hij uit de dossiers had kunnen vissen had hij doorgegeven aan elke post in Europa, overal agenten langs de lijn Parijs-Londen-Amsterdam gealarmeerd. Bourne leefde en betekende gevaar; hij had geprobeerd zijn beheerder uit Washington te doden; hij kon zich overal bevinden, binnen tien uur van Parijs. Alle vliegvelden en spoorwegstations moesten bewaakt worden, alle ondergrondse netten moesten in werking komen. Zoek hem! Dood hem!

'Ja?' Conklin zocht steun aan het bureau en pakte de hoorn op.

'Met Paneel Twaalf spreekt u,' klonk een efficiënte mannenstem. 'We hebben misschien iets gevonden. Buitenlandse Zaken heeft er tenminste geen registratie van.'

'Wát, in 's hemelsnaam?'

'De naam die u ons vier uur geleden hebt gegeven. Washburn.'

'Wat is daarmee?'

'Ene George P. Washburn is zonder grenscontrole uit Parijs vertrokken en is met een Air France-toestel vanmorgen zonder controle in New York binnengekomen. Washburn is een vrij veel voorkomende naam; hij zou gewoon een zakenman kunnen zijn met connecties maar er verscheen een identificatieteken op het scherm en omdat het een diplomatieke status van NAVO was, hebben we navraag gedaan bij Buitenlandse Zaken. Die hebben nooit van hem gehoord. Er is niemand die Washburn heet betrokken bij lopende NAVO-onderhandelingen met de Franse regering, van geen van de lidstaten.'

'Hoe kon hij dan, verdomme, reizen zonder grenscontrole? Wie heeft hem die diplomatieke status gegeven?'

'Dat hebben we Parijs gevraagd; het was niet gemakkelijk. Er is kennelijk voor gezorgd door de Conseiller Militaire. Die laten niet veel los.'

'De Conseiller? Sinds wanneer klaren die ónze mensen uit?'

'Het hoeven "onze" mensen niet te zijn of "hun" mensen; het kan iedereen zijn. Gewoon een beleefd gebaar van het gastland en het was een Frans vliegtuig. Het is een manier om een behoorlijke plaats te krijgen in een toestel dat is volgeboekt. Overigens, het paspoort van Washburn was niet eens Amerikaans. Het was Brits.'

Er is een dokter, een Engelsman die Washburn heet... Hij was het! Het was Delta en de Conseiller van Frankrijk had met hem samengewerkt! Maar waarom New York? Wat was er voor hem in New York? En welke hooggeplaatste persoon in Parijs zou Delta van dienst zijn? Wat had hij hun verteld? O, mijn god! Hoevéél had hij hun verteld?

'Hoe laat is het toestel binnengekomen?' vroeg Conklin.

'Tien uur zevenendertig vanmorgen. Iets meer dan een uur geleden.'

'Goed,' zei de man die zijn voet was kwijtgeraakt in Medusa en hij schoof pijnlijk om het bureau heen in zijn stoel. 'U hebt gevonden wat ik zocht en nu wil ik dit van de banden geveegd hebben. Poets het uit. Alles wat u mij hebt gegeven. Is dat duidelijk?'

'Begrepen, meneer. Uitgepoetst, meneer.'

Conklin legde de hoorn neer. New York. New Yórk? Niet Washington, maar New York! Er bestond niets meer in New York. Delta wist dat. Als hij achter iemand aanzat in Treadstone – als hij achter hém aanzat – dan zou hij een rechtstreekse vlucht naar Dulles hebben genomen. Wat was er in New York?

En waarom had Delta met opzet de naam Washburn gebruikt? Hij had net zo goed zijn strategie openlijk bekend kunnen maken; hij wist dat die naam vroeg of laat ontdekt zou worden... Laat... Nadat hij binnen de poorten was! Delta maakte bekend aan wat er nog over was van Treadstone dat hij in een sterke positie verkeerde. Hij was in staat om niet alleen de hele Treadstone-operatie bloot te geven maar hij kon nog god weet hoeveel verder gaan. Hele spionagenetwerken had hij gebruikt als Caïn, luisterposten en nepconsulaten die niet meer waren dan elektronische spionagestations... zelfs het bloedige spook van Medusa... Zijn connectie binnen de Conseiller was het bewijs voor Treadstone hoe ver hij het had geschopt. Het betekende dat niets hem kon weerhouden, als hij invloed had binnen zo'n intieme groep strategen. Verdomme, waarván weerhouden? Wat voor zin had het? Hij had de miljoenen en had voorgoed kunnen onderduiken!

Conklin schudde zijn hoofd, hij wist het weer. Er was een tijd geweest waarop hij Delta had kunnen laten onderduiken; twaalf uur geleden had hij hem dat toegesnauwd op een kerkhof buiten Parijs. Een man kon niet alles verdragen, en niemand wist dat beter dan Alexander Conklin, eens een van de beste agenten in de buitendienst van de inlichtingenwereld. Eens kwam er een eind aan; dat hij nog leefde was een schijnheilige banaliteit die triviaal en bitter werd met het verstrijken van de tijd. Het hing af van wat je vroeger was, wat je werd met je handicap. Er kwam een eind aan... Delta was níét ondergedoken. Hij was teruggekeerd met waanzinnige uitspraken, waanzinnige eisen... een krankzinnige tactiek waar geen enkele ervaren inlichtingenman ooit aan zou denken. Want hoeveel explosieve informatie hij ook bezat, wat voor hoge connecties hij ook had, geen man bij zijn volle verstand keerde terug in een mijnenveld dat omsingeld was door zijn vijanden. Wat voor afpersingsmogelijkheden je ook achter de hand had, die zouden je niet terug kunnen brengen...

Geen man bij zijn volle verstand. Bij zijn volle verstand. Conklin boog zich langzaam voorover in zijn stoel.

Ik ben Caïn niet. Die heeft nooit bestaan. Ik heb nooit bestaan! Ik was niet in New York... Het was Carlos! Niet ik, Carlos! Als wat jij zegt is gebeurd aan Seventy-first Street, dan was hij het! Hij is op de hoogte!

Maar Delta was in het herenhuis geweest aan Seventy-first Street. Vingerafdrukken – middelvinger en wijsvinger rechterhand. En nu was er een verklaring voor de manier waarop hij was gekomen: Air France, onder dekking van de Conseiller... Feit: Carlos had niet op de hoogte kunnen zijn.

Er komen dingen bij me terug... gezichten, straten, gebouwen. Beelden die ik niet thuis kan brengen... Ik ken wel duizend feiten over Carlos, maar ik weet niet waarom!

Conklin sloot zijn ogen. Er was een zin, een eenvoudig code-zinnetje dat in het begin van Treadstone gebruikt was. Hoe luidde het? Het kwam van Medusa... Caïn betekent Charlie en Delta betekent Caïn. Dat was het. Caïn betekent Carlos. Delta-Bourne werd de Caïn die als lokvogel moest dienen voor Carlos.

Conklin opende zijn ogen. Jason Bourne moest de plaats innemen van Ilich Ramirez Sanchez. Dat was de hele strategie van Treadstone Seventy-one. Het was de hoeksteen van heel de constructie van bedrog, de misleidende gezichtshoek die Carlos vanuit zijn positie in hun vizier zou brengen.

Bourne. Jason Bourne. De totaal onbekende man, een naam die een decennium lang begraven was, een menselijk wrak, tien jaar geleden achtergelaten in een oerwoud. Maar hij hád bestaan; ook dat was deel van de strategie.

Conklin zocht tussen de dossiers op zijn bureau tot hij vond wat hij wilde hebben. Er stond geen opschrift op, alleen maar een letter en twee cijfers, gevolgd door een zwarte *X*, wat aangaf dat dit het enige dossier was waarin de oorsprong van Treadstone voorkwam. *T-71 X*. De geboorte van Treadstone Seventy-one.

Hij opende het, bijna bang om dat te zien wat hij wist dat erin stond.

Datum van terechtstelling. Tam Quan sector. 25 maart...

Conklins blik dwaalde naar de kalender op zijn bureau.

24 maart.

'O, mijn god,' fluisterde hij en hij greep naar de telefoon.

Dokter Morris Panov liep door de dubbele deuren van de psychiatrische afdeling van Bethesda's Naval Hospital en naderde de verpleegstersbalie. Hij glimlachte tegen de hulpverpleegster in uniform die archiefkaarten stond te sorteren onder de strenge blik van de hoofdzuster naast haar. Het jonge meisje in opleiding had kennelijk een archiefkaart van een patiënt verkeerd opgeborgen – misschien wel een patiënt zelf – en haar bazin zag toe dat dit niet meer zou voorkomen.

'Laat je niet van de wijs brengen door Annies zweep,' zei Panov tegen het geagiteerde meisje. 'Achter die kille, onmenselijke ogen verbergt zich een hart van je reinste graniet. Eigenlijk is ze twee weken geleden ontsnapt van de vijfde verdieping maar we zijn allemaal bang om het verder te vertellen.'

Het hulpverpleegstertje giechelde en de zuster schudde wanhopig haar hoofd. Op het bureau achter de balie ging een telefoon over.

'Wil jij dat, alsjeblieft, even aannemen, kind,' zei Annie tegen het jonge meisje. Het verpleegstertje knikte en liep naar het bureau toe. De zuster wendde zich tot Panov. 'Dokter Mo, hoe kan ik hen nu ooit iets aan hun verstand brengen terwijl jij hier rondloopt?'

'Met liefde, beste Annie. Met liefde. Maar zorg dat je je fietsketting bij de hand hebt.'

'Jij bent onverbeterlijk...'

Plotseling beseften de zuster en Panov dat hij werd omgeroepen, de hulpverpleegster stond opgewonden te spreken in de microfoon op het bureau.

'Dokter Panov, alstublieft. Telefoon voor...'

'Ik ben dokter Panov,' fluisterde de psychiater als een samenzweerder tegen het meisje. 'Niemand mag dat weten. Annie Donovan daar is in werkelijkheid mijn moeder uit Polen. Wie is het?'

Het verpleegstertje staarde naar het identiteitsplaatje van Panov op diens witte jas. Ze knipperde met haar ogen en antwoordde: 'Een meneer Alexander Conklin, meneer.'

'O?' Panov was verrast. Alex Conklin was vijf jaar lang een onregelmatige patiënt geweest tot ze het er beiden over eens waren dat hij niet veel beter meer kon worden aangepast dan hij was – en dat was niet zo heel veel. Er waren er zoveel en je kon zo weinig voor hen doen. Wat Conklin dan ook wilde, het moest vrij ernstig zijn, anders had hij hem wel gebeld op zijn praktijk en niet in het Bethesda. 'Waar kan ik dit gesprek aannemen, Annie?'

'Kamer Een,' zei de zuster en ze wees naar de andere kant van de hal. 'Die is leeg. Ik zal het gesprek wel laten overzetten.'

Panov liep naar de deur; hij begon zich ongerust te voelen.

'Ik heb snel een paar antwoorden nodig, Mo,' zei Conklin met geforceerde stem.

'Ik ben niet zo goed in snel antwoord geven, Alex. Waarom kom je vanmiddag niet even bij me langs?'

'Het is niet voor mij. Het is iemand anders. Misschien.'

'Geen spelletjes alsjeblieft. Ik dacht dat we dat al gehad hadden.'

'Geen spelletjes. Dit is een Vier-Nul-spoedgeval en ik heb hulp nodig.'

'Vier-Nul? Dan kun je beter een van je eigen mensen erbij halen. Zover ben ik nooit ingewijd geweest.'

'Ik kan dat niet. Zo beperkt moet het blijven.'

'Fluister dan maar liever tegen God.'

'Mo, toe! Ik hoef alleen maar een bevestiging te krijgen voor bepaalde mogelijkheden, de rest kan ik zelf wel aaneenpassen. En ik kan geen vijf seconden verliezen. Er loopt misschien een man rond die op het punt staat geesten neer te knallen, iedereen van wie hij denkt dat het een geest is. Hij heeft al hele echte, hele belangrijke mensen vermoord en ik ben er niet zeker van of hij dat weet. Help me, help hém!'

'Als ik kan. Zeg het maar.'

'Er is een man geplaatst in een zeer wankele situatie, van maximale spanning voor een lange periode en al die tijd in afwachting van een hoogst belangrijke actie. De man zelf dient als lokaas – heel zichtbaar, heel negatief, onder voortdurende druk om het zichtbaar te houden. De opzet is om een doelwit naar buiten te lokken dat hetzelfde is als het lokaas, door het doelwit ervan te overtuigen dat het lokaas een bedreiging vormt en om het doelwit zo uit zijn tent te lokken... Kun je me volgen?'

'Tot dusver,' zei Panov. 'Je zegt dat er voortdurend druk wordt uitgeoefend op het lokaas om een negatief, hoogst zichtbaar beeld te vormen. In wat voor omgeving heeft hij geopereerd?'

'Zo gewelddadig als je je maar voor kunt stellen.'

'Hoelang?'

'Drie jaar.'

'Mijn god,' zei de psychiater. 'Zonder onderbreking?'

'Geen enkele. Vierentwintig uur per dag, 365 dagen per jaar. Drie jaar. Iemand die niet zichzelf is.'

'Wanneer worden ze bij jullie, godverdomme, eens wijzer? Zelfs gevangenen in de ergste kampen konden zichzelf zijn, met anderen praten die zichzelf waren.' Panov zweeg, zich bewust van zijn eigen woorden en de bedoeling van Conklin. 'Daar gaat het om, is 't niet?'

'Ik weet het niet zeker,' antwoordde de inlichtingenman. 'Het is onduidelijk, verwarrend, zelfs in tegenspraak. Wat ik wil vragen is dit. Zou zo'n man onder dergelijke omstandigheden kunnen gaan geloven... dat hij het lokaas is, de karakteristieke kenmerken gaan aannemen, zich zodanig gaan inleven in de verzonnen voorgeschiedenis dat hij gaat geloven dat hij het is?'

'Het antwoord daarop ligt voor de hand. Natuurlijk zou hij dat kunnen. Het is een ondraaglijk, langdurig optreden dat alleen maar kan worden volgehouden wanneer het geloven deel gaat uitmaken van zijn dagelijkse werkelijkheid. De acteur staat steeds op het toneel in een stuk dat geen einde heeft. Dag in, dag uit, nacht in, nacht uit.' De dokter zweeg opnieuw en vervolgde toen voorzichtig: 'Maar dat is eigenlijk jouw vraag niet, is 't wel?'

'Nee,' antwoordde Conklin. 'Ik ga nog een stap verder. Verder dan het lokaas. Dat moet ik; het is het enige dat zin heeft.'

'Wacht eens even,' viel Panov hem fel in de rede. 'Je kunt op dat punt maar beter ophouden want ik ga geen blinde diagnose bevestigen. Want daar wil jij naartoe. Vergeet het maar, Charley. Dan geef ik jou de vrije hand en daarvoor wil ik niet verantwoordelijk zijn – met of zonder honorarium.'

' "Vergeet het maar... Charley." Waarom zei je dat, Mo?'

'Wat bedoel je, waarom zei ik dat? Het is een uitdrukking. Ik hoor hem voortdurend. Jonge knapen in vieze blauwe spijkerbroeken op een straathoek; tippelaarsters in mijn stamkroegen.'

'Hoe weet jij waar ik naartoe wil?' vroeg de man van de CIA.

'Omdat ik de boeken heb moeten bestuderen en jij loopt er vrij lomp overheen. Je staat op het punt om een klassiek geval te beschrijven van paranoïde schizofrenie met meerdere persoonlijkheden. Het gaat niet alleen om jouw man die de rol overneemt van het lokaas, maar het lokaas zelf die zijn identiteit overbrengt op die van de man waar hij achteraan zit. Het doelwit. Daar wil jij naartoe, Alex. Je staat me te vertellen dat jouw man drie mensen is; zichzelf, lokaas en doelwit. En ik herhaal. Vergeet het maar, Charley. Ik ga niets wat daarop ook maar in de verte lijkt bevestigen zonder een uitgebreid onderzoek. Daarmee zou jij rechten krijgen die je niet mag hebben: drie redenen om iemand koud te maken. Vergeet het!'

'Ik vraag je niet om iets te bevestigen! Ik wil alleen maar weten of het mogelijk is. In godsnaam, Mo, er loopt een kerel rond met een wapen, die getraind is om te doden, die mensen vermoordt van wie hij beweert dat hij ze niet kent, maar met wie hij drie jaar lang heeft samengewerkt! Hij ontkent dat hij op een bepaalde tijd op een bepaalde plaats is geweest terwijl zijn eigen vingerafdrukken bewijzen dat hij er was! Hij zegt dat er beelden bij hem bovenkomen – gezichten die hij niet thuis kan brengen, namen die hij heeft gehoord maar hij weet niet waar. Hij beweert dat hij nooit het lokaas is geweest; hij is het nooit geweest! Maar dat was hij wel! Dat is hij! Is het mogelijk? Dat is het enige dat ik wil weten! Zouden de spanning en de tijd en de druk waaronder hij elke dag staat hem zo kunnen breken? In drie stukken?'

Panov hield even zijn adem in. 'Het is mogelijk,' zei hij zacht. 'Als je feiten kloppen dan is het mogelijk. Meer zeg ik niet, want er zijn te veel andere mogelijkheden.'

'Dank je.' Conklin zweeg. 'Een laatste vraag. Stel dat er een datum was die belangrijk was in dat schijndossier, het dossier van het lokaas.'

'Je zult wat preciezer moeten zijn.'

'Goed dan. Het was de datum waarop de man wiens identiteit door het lokaas werd aangenomen, werd gedood.'

'Die stond dus vanzelfsprekend niet in dat schijndossier, maar was wel bekend aan jullie man. Zeg ik dat zo goed?'

'Ja, hij kende hem. Laten we zeggen dat hij daar was. Zou hij het zich herinneren?'

'Niet als het lokaas.'

'Maar als een van de andere twee?'

'Aangenomen dat het doelwit er ook van op de hoogte was of dat hij het had bekendgemaakt door overdracht, ja.'

'Er is ook een plaats waar de strategie werd uitgewerkt, waar het lokaas werd geschapen. Als onze man in de omgeving van die plaats zou zijn en de overlijdensdatum was dichtbij, zou hij er dan door worden aangetrokken? Zou het in zijn geest naar boven komen en belangrijk voor hem worden?'

'Als het te maken had met de oorspronkelijk plaats van zijn dood, omdat het lokaas daar werd geboren, dan is het mogelijk. Het zou ervan afhangen wie hij op dat moment was.'

'Stel dat hij het doelwit was?'

'En de plaats kende?'

'Ja, omdat een ander deel van hem die moest kennen.'

'Dan zou hij ertoe worden aangetrokken. Het zou een onderbewuste dwang vormen.'

'Waarom?'

'Om het lokaas te doden. Hij zou iedereen doden die hij te zien krijgt maar het belangrijkste doel zou het lokaas zijn. Hijzelf.'

Alexander Conklin legde de hoorn weer op de haak; zijn voet die hij niet meer had klopte, zijn gedachten waren zo verward dat hij zijn ogen moest sluiten om ze weer enigszins op orde te brengen. Hij had ongelijk gehad in Parijs... op een kerkhof buiten Parijs. Hij had een man willen doden om de verkeerde redenen, omdat hij de juiste niet kende. Hij had met een krankzinnige te maken. Het was een kwaal die bij zo'n man niet verklaard kon worden door twintig jaar training, maar die te begrijpen was als je dacht aan het verdriet en het verlies, de nooit eindigende golven van geweld... die uiteindelijk allemaal doelloos bleken te zijn. Niemand wist er iets zeker. Alles was onbegrijpelijk. Ene Carlos zou vandaag in de val lopen en gedood worden en een ander zou zijn plaats innemen. Waarom hebben we dat gedaan... David?

David. Eindelijk spreek ik je naam uit. We waren eens vrienden, David... Delta. Ik kende je vrouw en je kinderen. We dronken weleens een borrel samen en aten een paar keer samen op verafgelegen posten in Azië. Jij was de beste functionaris van Buitenlandse Zaken in het Oosten en iedereen wist dat. De nieuwe politiek zou helemaal om jou gaan draaien, de politiek die we op het punt stonden te gaan uitvoeren. En toen gebeurde het. De dood vanuit de hemel in de Mekong... Je liep over, David. We leden allemaal verliezen, maar slechts een van ons werd Delta. In Medusa. Zo goed kende ik je ook weer niet – een borrel en een paar keer eten leiden nog niet tot een hechte vriendschap – maar weinigen van ons worden beesten. Dat werd jij wel, Delta.

En nu moet je sterven. Niemand kan zich jou nog langer veroorloven. Niemand van ons.

'Wilt u ons, alstublieft, alleen laten,' zei generaal Villiers tegen zijn assistent, terwijl hij tegenover Marie St. Jacques ging zitten in het café in Montmartre. De assistent knikte en liep naar een tafeltje dat een meter of drie verwijderd was van het compartiment; hij zou wel weggaan maar hij bleef waakzaam. De uitgeputte oude soldaat keek Marie aan. 'Waarom stond u erop dat ik hierheen zou komen? Hij wilde u buiten Parijs hebben. Ik heb hem mijn woord gegeven.'

'Buiten Parijs en buitenspel,' zei Marie, geroerd door het zien van het afgetobde gelaat van de oude man. 'Het spijt me. Ik wil u niet opnieuw tot last zijn. Ik heb het nieuws gehoord over de radio.'

'Waanzin,' zei Villiers en hij pakte de cognac op die zijn assistent voor hem had besteld. 'Drie uur bij de politie en de ene afschuwelijke leugen na de andere, om een man te veroordelen voor een misdaad die ik alleen had begaan.'

'De beschrijving klopte, was griezelig juist. Iedereen zou hem herkennen.'

'Hij gaf hem zelf aan mij. Hij zat voor de spiegel van mijn vrouw en zei me wat ik moest vertellen. Hij zei dat het zo alleen maar kon. Carlos zou alleen overtuigd kunnen worden wanneer ik naar de politie zou gaan en ze op zijn spoor zou zetten. Hij had natuurlijk gelijk.'

'Hij had gelijk,' stemde Marie in, 'maar hij is niet in Parijs, of in Brussel, of in Amsterdam.'

'Pardon?'

'Ik wil dat u me vertelt waar hij naartoe is.'

'Dat heeft hij u zelf verteld.'

'Hij loog tegen mij.'

'Hoe kunt u daar zeker van zijn?'

'Omdat ik weet wanneer hij me de waarheid vertelt. Want ziet u, we luisteren er beiden naar.'

'U beiden...? Ik geloof niet dat ik u begrijp.'

'Dat had ik ook niet gedacht; ik was er zeker van dat hij u dat niet had verteld. Toen hij over de telefoon tegen mij loog, die dingen zo aarzelend uitsprak, in de wetenschap dat ik wist dat het leugens waren, toen kon ik het niet begrijpen. Ik zag de samenhang niet tot ik het nieuws over de radio hoorde. Dat over u en een ander bericht. Dat signalement... zo compleet, zo volledig, tot zelfs het litteken op zijn linkerslaap. Toen wist ik het. Hij was niet van plan om in Parijs te blijven, of binnen zevenhonderd kilometer van Parijs. Hij ging ver weg – waar dat signalement niet veel zou betekenen – waar Carlos naartoe kon worden gelokt en kon worden afgeleverd aan de mensen met wie Jason zijn overeenkomst had. Klopt het?'

Villiers zette zijn glas neer. 'Ik heb mijn woord gegeven. U moet buiten Parijs in veiligheid worden gebracht. Ik begrijp de dingen niet die u vertelt.'

'Dan zal ik proberen om duidelijker te zijn,' zei Marie terwijl ze zich naar voren boog. 'Er was nog een bericht over de radio, dat u kennelijk niet hebt gehoord omdat u bij de politie was, of buiten bereik van een radio. Er zijn twee mannen gevonden vanmorgen, die waren doodgeschoten op een kerkhof in de buurt van Rambouillet. Een was een huurmoordenaar die men kende uit Saint-Gervais. De ander bleek een vroegere Amerikaanse inlichtingenofficier te zijn die in Parijs woont, een man van vele tegenstellingen die de keus had gekregen om ontslag te nemen uit het leger of voor een krijgsraad te verschijnen.'

'Wilt u zeggen dat die gebeurtenissen ermee te maken hadden?' vroeg de oude man.

'Jason kreeg opdracht van de Amerikaanse ambassade om naar dat kerkhof te gaan om daar een man te ontmoeten die was komen overvliegen uit Washington.'

'Wáshington?'

'Ja. Hij had een overeenkomst met een klein groepje van de Amerikaanse inlichtingendienst. Ze hebben hem afgelopen nacht proberen te vermoorden; ze denken dat ze hem moeten vermoorden.'

'Mijn god, waarom?'

'Omdat ze hem niet kunnen vertrouwen. Ze weten niet wat hij gedaan heeft of waar hij een hele tijd lang is geweest en hij kan het hun niet vertellen.' Marie zweeg en sloot even kort haar ogen. 'Hij weet niet wie hij is. Hij weet niet wie zij zijn; en de man uit Washington huurde afgelopen nacht andere mannen om hem te doden. Die man wilde niet luisteren; ze denken dat hij hen heeft verraden, miljoenen van hen heeft gestolen, mensen heeft vermoord van wie hij nog nooit heeft gehoord. Dat heeft hij niet. Maar hij kan ook geen afdoende antwoorden geven. Hij is een man die zich alleen maar fragmenten van dingen herinnert en elk fragment betekent een veroordeling voor hem. Hij lijdt aan bijna volledige amnesie.'

Opperste verbazing stond te lezen op het doorgroefde gelaat van Villiers en in zijn ogen was de pijn zichtbaar van de herinnering. '"Alles volkomen ten onrechte..." Dat zei hij tegen mij. "Ze hebben overal mensen... met opdracht om mij op het eerste gezicht te doden. Ik word opgejaagd door mensen die ik niet ken en niet kan zien. Alles volkomen ten onrechte."'

'Volkomen ten onrechte,' benadrukte Marie, terwijl ze over de tafel heen de arm van de oude man aanraakte. 'En ze hebben inderdaad overal mensen die opdracht hebben om hem op het eerste gezicht te doden. Waarheen hij ook gaat, hij zal er worden opgewacht.'

'Hoe zullen ze dan weten waar hij heen gaat?'

'Hij zal het hun zeggen. Dat maakt deel uit van zijn strategie. En wanneer hij dat doet zullen ze hem vermoorden. Hij loopt in zijn eigen val.'

Villiers zweeg enige tijd, in de ban van zijn schuldgevoelens. Ten slotte zei hij fluisterend: 'Godallemachtig. Wat heb ik gedaan?'

'Wat u dacht dat juist was. Waarvan hij u had overtuigd dat het juist was. U hoeft u geen verwijten te maken. En hem ook niets te verwijten.'

'Hij zei dat hij alles zou gaan opschrijven wat er met hem was gebeurd, alles dat hij zich herinnerde... Wat moet dat een pijnlijk verhaal voor hem zijn geweest. Ik kan gewoon niet wachten tot ik die brief krijg, mademoiselle. Wij kunnen niet wachten. Ik moet alles weten wat u me kunt vertellen. Nu.'

'Wat kunt u doen?'

'Naar de Amerikaanse ambassade gaan. Naar de ambassadeur. Nu. Alles.'

Marie St. Jacques trok langzaam haar hand terug terwijl ze achterover leunde in het compartiment, haar donkerrode haar afstekend tegen de rugleuning. Haar ogen stonden afwezig, omfloerst door tranen. 'Hij vertelde me dat zijn leven voor hem begon op een eilandje in de Middellandse Zee dat Ile de Port Noir heette...'

De minister van Buitenlandse Zaken liep woedend het kantoor binnen van de directeur van *Consular Operations*, de afdeling van het ministerie die zich bezighield met heimelijke activiteiten. Hij liep de kamer door naar het bureau van de stomverbaasde directeur die ging staan bij het zien van die machtige man, met een uitdrukking van schrik en verbijstering.

'Excellentie...? Ze hebben mij niets doorgegeven van uw bureau, meneer. Ik zou direct naar boven zijn gekomen.'

De minister van Buitenlandse Zaken smakte een notitieblok op het bureau van de directeur. Op het eerste blad stond een rij namen geschreven met de brede halen van een viltstift.

Bourne
Delta
Medusa
Caïn
Carlos
Treadstone

'Wat is dit?' vroeg de minister. 'Wat heeft dit, verdomme, te betekenen?'

De directeur van Cons-Op boog zich over zijn bureau. 'Ik weet het niet, meneer. Het zijn namen, natuurlijk. Een code voor het alfabet – de letter D – en een verwijzing naar Medusa; dat staat nog op de geheime lijst, maar ik heb erover gehoord. En ik neem aan dat de "Carlos" betrekking heeft op de huurmoordenaar; ik wilde dat we meer van hem afwisten. Maar ik heb nog nooit gehoord over "Bourne" of "Caïn" of "Treadstone".'

'Komt u dan maar eens mee naar mijn kantoor en luistert u daar naar een band met een telefoongesprek dat ik zojuist heb gevoerd met Parijs en dan hoort u er alles over!' ontplofte de minister van Buitenlandse Zaken. 'Er staan uiterst vreemde zaken op die band, met inbegrip van moorden in Ottawa en Parijs, en een paar hoogst ongewone transacties die onze eerste secretaris aan de Montaigne heeft gevoerd met een man van de CIA. Er is ook keihard gelogen tegen de autoriteiten van buitenlandse regeringen, tegen onze éígen inlichtingendiensten en tegen de Europese pers – zonder de voorkennis of de toestemming van Buitenlandse Zaken! Er is misleiding gepleegd over de gehele wereld en daarbij is er misleidende informatie verspreid in meer landen dan mij lief is. We laten onder de meest vertrouwelijke diplomatieke dekking een Canadese vrouw hierheen vliegen, een econome voor de regering in Ottawa, die gezocht wordt voor moord in Zürich. We worden gedwongen om asiel te verlenen aan iemand die op de loop is voor de politie, om de wet te ontduiken omdat we mooi in het schip zitten wanneer die vrouw de waarheid vertelt! Ik wil weten wat er aan de hand is. Schrap alles op uw agenda en daarmee bedoel ik alles. U gaat de hele verdere dag en de hele nacht als het nodig is doorbrengen met deze zaak boven de grond te brengen. Er loopt een man rond die niet weet wie hij is maar die meer geheime informatie in zijn hoofd meedraagt dan tien steriele computers!'

Pas na middernacht vond de uitgeputte directeur van Consular Operations het verband; bijna was hij het misgelopen. De eerste secretaris van de ambassade in Parijs was bedreigd met onmiddellijk ontslag en had toen de naam gegeven van Alexander Conklin. Maar Conklin was nergens te vinden. Hij was met een militair straalvliegtuig uit Brussel in Washington aangekomen in de ochtend, maar hij was om 1.22 uit Langley weggegaan, zonder een telefoonnummer achter te laten – niet eens een nummer waar hij voor spoedgevallen bereikbaar was. En van wat de directeur had gehoord over Conklin was dat een onverklaarbaar verzuim. De man van de CIA stond algemeen bekend als een 'haaiendoder'; onder zijn leiding werden er over de gehele wereld acties uitgevoerd die betrekking hadden op gevallen waarbij men vermoedde dat er verraad of overlopen naar de vijand in het spel waren. Er waren te veel mensen op te veel posten die op elk moment van de dag zijn instemming of afkeuring nodig hadden. Het was niet logisch dat hij die verbinding twaalf uur lang zou verbreken. Wat ook ongewoon was, was het feit dat hij geen lijsten van telefoongesprekken had bijgehouden; er bestonden er geen voor de afgelopen twee dagen, en de CIA had heel strenge regels voor dat soort lijsten. Alle bewegingen moesten kunnen worden nagegaan en worden verantwoord, dat was de nieuwe strategie van de nieuwe regering. Maar de directeur van Cons-Op was iets te weten gekomen: Conklin was verbonden geweest aan Medusa.

Onder bedreiging van maatregelen van de kant van Buitenlandse Zaken had de directeur geëist dat hij op een computerscherm via een gesloten circuit een volledig relaas kreeg voorgeschoteld van Conklins activiteiten van de afgelopen vijf weken. Het Bureau had dat met tegenzin overgezonden en de directeur had twee uur lang voor het scherm gezeten en de operateurs in Langley opdracht gegeven om de band net zo lang te laten lopen tot hij hen zei ermee op te houden.

Zesentachtig logische relaties waren er opgeroepen, waar het woord Treadstone in voorkwam, maar er was niets uitgekomen. Toen keerde de directeur terug naar de mogelijkheden; er was een man in het leger die hij buiten beschouwing had gelaten omdat hij bekend stond om zijn antipathie tegen de CIA. Maar Conklin had hem twee weken geleden, binnen twaalf minuten tweemaal gebeld. De directeur belde zijn bronnen in het Pentagon en vond wat hij zocht: Medusa.

Brigade-generaal Irwin Arthur Crawford, de hoogste officier op dat moment die de leiding had over de informatiebanken van de inlichtingendienst, van het leger, voorheen commandant van Saigon, en daar verbonden aan clandestiene operaties – nog steeds geheim. Medusa.

De directeur pakte de hoorn van de telefoon in de conferentiekamer: die lijn ging buiten de centrale om. Hij belde het huis van de generaal in Fairfax en toen de bel voor de vierde maal overging nam Crawford op. De man van Buitenlandse Zaken maakte zich bekend en vroeg of de generaal misschien zou willen terugbellen naar Buitenlandse Zaken om op die manier geverifieerd te kunnen worden.

'Waarom zou ik dat doen?'

'Het gaat om een zaak die met Treadstone te maken heeft.'

'Ik bel u terug.'

Dat deed hij binnen achttien seconden en binnen de volgende twee minuten had de directeur een indruk gegeven van wat Buitenlandse Zaken wist.

'U vertelt me daar niets wat wij niet weten,' zei de generaal. 'Er is hier vanaf het begin een beheerscomité voor geweest en het Witte Huis heeft binnen een week na instelling een voorlopig inzicht gekregen. Ons operatiedoel rechtvaardigde die procedure, daar kunt u van verzekerd zijn.'

'Ik wil me best laten overtuigen,' antwoordde de man van BZ. 'Heeft dit te maken met die kwestie in New York van een week geleden? Elliott Stevens, die Majoor Webb en David Abbott? Waar de omstandigheden, laten we zeggen, er heel anders gingen uitzien?'

'U was op de hoogte van die verandering?'

'Ik sta aan het hoofd van Cons-Op, generaal.'

'Ja, dan klopt het... Stevens was niet getrouwd; de rest begreep het. We gaven de voorkeur aan roofmoord. Het antwoord luidt bevestigend.'

'Ik snap het... Jullie man Bourne is gistermorgen in New York aangekomen.'

'Ik weet het. Wij weten het – dat wil zeggen Conklin en ik. Wij zijn de erfgenamen.'

'Hebt u contact gehad met Conklin?'

'Ik heb het laatst met hem gesproken rond één uur vanmiddag. Niet geregistreerd. Daar stond hij op, eerlijk gezegd.'

'Hij is weggegaan uit Langley. Hij kan nergens worden bereikt.'

'Dat weet ik ook. Probeert u niet... Met alle respect, zegt u de minister maar dat hij zich terugtrekt. U ook. Zorg dat u er niet bij betrokken raakt.'

'We zíjn erbij betrokken, generaal. We laten de Canadese vrouw overvliegen onder diplomatieke dekking.'

'Waarom in 's hemelsnaam?'

'We werden daartoe gedwongen; zij dwong ons dat af.'

'Houdt u haar dan geïsoleerd. Dat móét u doen! Wij zullen ons wel met haar bezighouden, wij zullen verantwoordelijk zijn.'

'Ik geloof dat u dat maar beter iets nader kunt verklaren '

'We hebben te maken met een krankzinnige. Een paranoïde schizofreen. Hij is een wandelend vuurpeloton; hij zou tien onschuldige mensen kunnen doden met één salvo, één explosie in zijn eigen hoofd en hij zou niet eens weten waarom.'

'Hoe weet u dat?'

'Omdat hij al gemoord heeft. Dat bloedbad in New York verleden week – dat was híj. Hij heeft Stevens gedood, de Monnik, Webb vooral Webb – en twee anderen van wie u nog nooit hebt gehoord... We begrijpen het nu. Hij was inderdaad niet verantwoordelijk maar dat kan aan de zaak niets veranderen. Laat hem aan ons over. Aan Conklin.'

'Verleden week? Bourne?'

'Ja. We hebben bewijzen. Vingerafdrukken. Ze zijn door het Bureau bevestigd. Hij was het.'

'Jullie man, zou vingerafdrukken hebben achtergelaten?'

'Inderdaad.'

'Dat is onmogelijk,' zei de man van BZ.

'Wat?'

'Vertelt u me eens, hoe bent u aan die conclusie van waanzin gekomen? Die paranoïde schizofrenie, of hoe u die ook noemt?'

'Conklin heeft met een psychiater gesproken – een van de besten een specialist op het gebied van inzinkingen onder spanning. Alex beschreef de voorgeschiedenis en die was geweldddadig. De dokter bevestigde onze vermoedens, de vermoedens van Conklin.'

'Hij bevestigde die?' vroeg de directeur, stomverbaasd.

'Ja.'

'Gebaseerd op wat Conklin zei? Op wat hij dacht te weten?'

'Een andere uitleg is er niet. Laat hem aan ons over. Hij is ons probleem.'

'U bent een stomme idioot, generaal. U had zich bij uw informatiebanken moeten houden of misschien bij een antiek kanonnetje.'

'Dat neem ik u hoogst kwalijk.'

'U kunt doen wat u wilt. Als u gedaan hebt wat ik denk dat u gedaan hebt dan zijn er mensen die u nog veel meer kwalijk zullen nemen.'

'Leg dat eens uit,' zei Crawford bitter.

'U hebt niet te maken met een krankzinnige, of met waanzin, of met een of andere verrekte paranoïde schizofrenie, en volgens mij weet u daar net zo weinig van af als ik. U hebt te maken met een man die zijn geheugen kwijt is, een man die er al een halfjaar achter probeert te komen wie hij is en waar hij vandaan komt. En uit een opgenomen telefoongesprek dat wij hier hebben maken we op dat hij dat probeerde te vertellen – het Conklin probeerde duidelijk te maken, maar dat Conklin niet wilde luisteren. Niemand van jullie wilde luisteren... Jullie sturen een man uit met een geheime opdracht, drie jaar lang – drie jaar – om Carlos uit zijn tent te lokken, en toen de strategie mislukte, toen namen jullie maar meteen het ergste aan.'

'Amnesie...? Nee, u hebt ongelijk! Ik heb met Conklin gesproken; hij heeft wel geluisterd. U begrijpt het niet; we wisten beiden...'

'Ik wil zijn naam niet horen!' viel de directeur van Consular Operations hem in de rede.

De generaal zweeg even. 'We hebben beiden... Bourne... gekend, jaren geleden. Ik denk dat u weet waar vandaan; u hebt me de naam opgelezen. Hij was de meest vreemde man die ik ooit heb ontmoet, als iemand in die ploeg bijna paranoïde was, dan was hij het. Hij voerde operaties uit – nam risico's – die geen man met zijn volle verstand zou accepteren. Toch vroeg hij nooit om beloning. Zo vol zat hij met haat.'

'En dat maakte hem rijp voor het gekkenhuis, tien jaar later?'

'Zeven jaar,' verbeterde Crawford. 'Ik heb geprobeerd te voorkomen dat hij werd uitgekozen voor Treadstone. Maar de Monnik zei dat hij de beste was. Daar kon ik niets tegenin brengen, niet waar het zijn ervaring betrof. Maar ik heb mijn tegenwerpingen wel gemaakt. Psychologisch gezien was hij een grensgeval; wij wisten waarom. Ik heb gelijk gekregen. Daar blijf ik bij.'

'U blijft nergens bij, generaal. U kunt straks echt ijzer gaan vreten. Want de Monnik had gelijk. Jullie man is de beste, met of zonder geheugen. Hij komt Carlos afleveren, hij komt hem zo bij jullie op de stoep deponeren. Dat wil zeggen, dat gaat hij doen tenzij jullie Bourne eerst vermoorden.' De directeur hoorde Crawford even scherp inademen, precies dat waarvoor hij bang was geweest. 'U kunt Conklin niet bereiken, is 't wel?' vroeg hij.

'Nee.'

'Hij is ondergedoken, is 't niet? Heeft zijn eigen maatregelen getroffen, in het geheim betalingen gedaan via derden en vierden die elkaar niet kennen, niemand kent de bron, en alle verbindingen met het Bureau en met Treadstone zijn uitgewist. En nu hebben mannen die Conklin niet kent foto's in handen, mannen die hij nog niet zou herkennen, al overvielen ze hem op straat. U hoeft mij niets te vertellen over vuurpelotons. Dat van jullie staat klaar en u weet niet waar. Maar het is voorbereid, zes geweren zijn klaar om te worden afgevuurd wanneer de veroordeelde man in het vizier komt. Zo luidt toch ongeveer het scenario?'

'U verwacht toch niet dat ik daarop antwoord geef?' vroeg Crawford.

'Dat hoeft u niet. U spreekt met Consular Operations; ik heb dat al eerder meegemaakt. Maar over één ding had u gelijk. Dit is inderdaad úw probleem; u moet nu de bal spelen. We willen niets met jullie te maken hebben. Dat ga ik de minister adviseren. BZ kan zich niet veroorloven te weten wie u bent. Beschouw dit gesprek maar als niet geregistreerd.'

'Begrepen.'

'Het spijt me,' zei de directeur en hij meende het want hij had de wanhoop gehoord in de stem van de generaal. 'Soms gaat alles zomaar de lucht in.'

'Ja. Dat hebben we in Medusa geleerd. Wat gaat u met het meisje doen?'

'We weten nog niet eens wat we met jullie gaan doen.'

'Dat is gemakkelijk. Eisenhower op de topconferentie. "Wat voor U2's?" Wij zullen wel meespelen; geen voorlopig inzicht. Niets... Wij kunnen het meisje wel van de lijst van verdachten in Zürich krijgen.'

'We zullen het haar zeggen. Misschien helpt dat wel. We zullen links en rechts verontschuldigingen moeten aanbieden; met haar zullen we proberen een heel royale regeling te treffen.'

'Weet u het zéker?' onderbrak Crawford hem.

'Over die regeling?'

'Nee. De amnesie. Bent u absoluut zeker?'

'Ik heb zeker wel twintig keer naar die band geluisterd, haar stem gehoord. Ik ben nog nooit in mijn leven zo zeker geweest. Tussen haakjes, ze is enkele uren geleden al aangekomen. Ze is in het Pierre-hotel, onder bewaking. We zullen haar morgen naar Washington brengen nadat we besloten hebben wat we moeten doen.'

'Wacht eens even.' De stem van de generaal klonk luider. 'Niet morgen! Is zij hier...? Kunt u zorgen dat ik met haar kan praten?'

'Graaf dat graf van u nog niet dieper, generaal. Hoe minder namen ze kent, hoe beter. Ze was bij Bourne toen hij de ambassade belde; ze weet dat de eerste secretaris bestaat en nu onderhand ook dat Conklin er is. Misschien wordt hij zelf wel de woestijn ingestuurd. Blijf er maar buiten.'

'En u zei me net dat wij het verder moesten spelen.'

'Niet op deze manier. U bent een fatsoenlijk man; dat ben ik ook. Wij zijn beroepsmensen.'

'U begrijpt het niet! We hebben foto's, ja, maar die zijn misschien niet te gebruiken. Ze zijn drie jaar oud en Bourne is veranderd, drastisch veranderd. Daarom is Conklin erbij – waar weet ik niet maar hij is er. Hij is de enige die hem heeft gezien, maar het was donker en het regende. Zij is misschien onze enige kans. Ze is samen geweest met hem – is wekenlang met hem opgetrokken, zij ként hem. Het is mogelijk dat zij hem zou herkennen voordat iemand anders dat doet.'

'Nu begrijp ik het echt niet.'

'Ik zal het u uitleggen. Een van de vele talenten die Bourne bezit, is zijn vaardigheid in het veranderen van zijn voorkomen, samen te smelten met een menigte mensen of met een bosje bomen – daar te zijn waar je hem niet kunt zien. Als het waar is wat u zegt dan zou hij zich dat niet herinneren, maar we hadden vroeger in Medusa een woord daarvoor. Zijn mensen noemden hem toen... een kameleon.'

'Dat is uw Caïn, generaal.'

'Het was onze Delta. Er was niemand zoals hij... En daarom kan het meisje helpen. Nu. Geef mij toestemming! Laat me met haar praten.'

'Als we u toestemming geven dan erkennen we uw bestaan. Ik geloof niet dat we dat kunnen doen.'

'In godsnaam, net zei u dat wij fatsoenlijke mensen waren! Zijn we dat wel? We kunnen zijn leven redden! Misschien. Als zij bij mij is en we vinden hem dan kunnen we hem daaruit halen!'

'Dáár? Staat u nu te beweren dat u precies weet waar hij zal opduiken?'

'Ja.'

'Hoezo?'

'Omdat hij nergens anders naartoe zou gaan.'

'En de tijd?' vroeg de ongelovige directeur van Consular Operations. 'Weet u ook wannéér hij daar zal zijn?'

'Ja. Vandaag. Het is de datum van zijn eigen terechtstelling.'

35

Rockmuziek schetterde met een blikkerig geluid uit de transistorradio, terwijl de langharige bestuurder van de gele taxi op de maat met zijn hand op het stuurwiel sloeg en zijn kaken bewoog. De taxi kwam langzaam vooruit in oostelijke richting over de Seventy-first Street; hij zat vast in de file die begon aan de uitrit aan East River Drive. Scheldwoorden klonken op wanneer de motoren van de stilstaande auto's raasden en wagens schoten met een schok vooruit om dan weer ineens te stoppen op centimeters van de bumpers van hun voorgangers. Het was kwart voor negen in de ochtend en het onvermijdelijke piekuur had bezit genomen van New Yorks straten.

Bourne drukte zich helemaal in de hoek van de achterbank en staarde van onder de rand van zijn hoed en door de donkere glazen van zijn zonnebril naar de met bomen omzoomde straat. Hij was daar gewéést; het was allemaal onuitwisbaar. Hij had er over de trottoirs gelopen, had de portieken gezien en de winkelpuien en de muren, bedekt met klimop – zo ongewoon voor de grote stad en toch zo passend bij deze straat. Hij had al eerder opgekeken en al eerder de daktuinen gezien en had die in verband gebracht met een deftige tuin, verschillende straten verder in de richting van het park, achter een stel elegante, openslaande deuren, achter in een groot... gecompliceerd... vertrek. Dat vertrek was in een hoog, smal gebouw van bruine, ruwe steen, met een kolom van brede glas-in-lood-ramen die vier verdiepingen hoog oprezen boven de begane grond. Ramen die waren beglaasd met dik glas dat zowel binnen als buiten het licht weerkaatste in nauw merkbare flitsen van paars en blauw. Antiek glas, misschien, sierglas... kogelvrij glas. Een oud herenhuis met een massieve buitentrap. Vreemde trappen waren het, ongewone treden, waarvan het oppervlak doorsneden werd met zwarte randen die boven de steen uitstaken en die degene die afdaalde beschermden tegen de elementen. Schoenen die erlangs omlaaggingen zouden niet uitglijden op ijs of sneeuw... en het gewicht van iedereen die ze beklom zou binnen elektronische schakelaars in werking stellen.

Jason kende dat huis, wist dat ze het naderden. De echo in zijn borst begon sneller te klinken en luider toen ze langs het blok reden waaraan het lag. Hij zou het elk moment te zien kunnen krijgen en terwijl hij zijn pols vasthield wist hij opeens waarom Parc de Monceau hem zo bekend was voorgekomen. Dat kleine deel van Parijs leek heel erg op dit korte stukje van de oostzijde van Manhattan. Afgezien van een heel enkel, wat slordig onderhouden bordes, of een witgekalkte gevel die er niet thuishoorde, waren het huizenblokken die precies op elkaar leken.

Hij dacht aan André Villiers. Hij had alles opgeschreven wat hij zich kon herinneren, vanaf de tijd dat hij weer een geheugen had, in een dictaatcahier dat hij haastig had gekocht op het vliegveld Orly. Vanaf het eerste moment, toen een levende, met kogels doorzeefde man zijn ogen had geopend in een vochtig, smerig kamertje op Ile de Port Noir, via de angstaanjagende onthullingen van Marseille, Zürich en Parijs – vooral Parijs, waar het spook van een moordenaarsmantel om zijn schouders was gehangen, waar hij zich een ervaren moordenaar had getoond. Wat voor normen je ook aanlegde, het was een bekentenis, vernietigend in wat het niet kon verklaren en in wat het beschreef. Maar het was de waarheid zoals hij die kende, maar die na zijn dood oneindig meer ontlastend zou zijn dan daarvoor. In de handen van André Villiers zou die informatie goed worden gebruikt; voor Marie St. Jacques zouden de juiste beslissingen worden genomen. Die wetenschap gaf hem de vrijheid die hij nu nodig had. Hij had de blaadjes in een envelop gestoken en die verzonden naar Parc de Monceau vanaf Kennedy Airport. Tegen de tijd dat hij Parijs bereikte zou hij leven of dood zijn; hij zou Carlos doden of Carlos zou hem doden. Ergens langs die straat die zo leek op een straat, duizenden kilometers hier vandaan – zou een man achter hem aankomen, wiens schouders zich in harmonie bewogen met een paar slanke heupen. Dat was het enige waarvan hij absoluut zeker was; hij zou hetzelfde doen. Ergens langs die straat...

Daar was het! Dáár stond het en de ochtendzon weerkaatste van de zwartglanzende deur en het glimmend koperen beslag, het drong door de dikke glas-in-lood-ramen die oprezen als een brede kolom van glanzend, paarsachtig blauw en zo de decoratieve pracht benadrukten van het glas, maar die niets zeiden van zijn weerstandsvermogen tegen de inslagen van krachtige geweren en automatische wapens van zwaar kaliber. Hij was híér, en hij wist niet hoe het kwam – emoties – maar zijn ogen begonnen te tranen en er kwam een brok in zijn keel. Hij had het ongelooflijke gevoel dat hij was teruggekeerd naar een plaats die deel van hem uitmaakte, evenzeer als zijn lichaam of wat er nog restte van zijn geest. Geen tehuis; bij het kijken naar dat elegante herenhuis voelde hij zich niet direct behaaglijk en rustig. Maar hij voelde iets anders – een overweldigende sensatie van – terugkeer. Hij was teruggekeerd naar het begin, hét begin, zowel punt van uitgang als schepping, zwarte nacht en openspringend ochtendgloren. Hij voelde zich gegrepen door iets; hij knelde zijn pols strakker vast en probeerde wanhopig de bijna onweerstaanbare aandrang tegen te gaan om uit de taxi te springen en over de straat te hollen naar dat monsterlijke, zwijgende bouwwerk van ruwe steen en donkerblauw glas. Hij wilde de treden oprennen en met zijn vuist tegen de zware, zwarte deur hameren.

Laat me erin! Ik ben er! Jullie moeten me binnenlaten! Begrijp je dat dan niet?

IK BEN BINNEN!

Beelden verschenen voor zijn ogen; bonkende geluiden denderden in zijn oren. Een scherpe, kloppende pijn bleef opvlammen aan zijn slapen. Hij bevond zich in een donker vertrek – díé kamer – en staarde naar een scherm, naar andere, innerlijke beelden die aan- en uitflitsten in snelle, verblindende opeenvolging.

Wie is hij? Snel. Je bent te laat! Je bent dood. Waar is deze straat?

Wat betekent die voor jou? Wie ontmoette je daar? Wat? Goed. Hou het eenvoudig; zeg zo weinig mogelijk. Hier is een lijst: acht namen. Welke van hen zijn contactpersonen? Snel! Hier is er nog een. Vergelijking in manieren van moorden. Welke zijn de jouwe...? Nee, nee, nee! Delta zou zoiets kunnen doen, Caïn niet. Je bent een man die Bourne heet. Jason Bourne! Je bent weer teruggegleden. Probeer het nog eens. Concentreer je! Wis al het andere uit. Veeg het verleden weg. Het bestaat voor jou niet. Jij bent enkel wat je hier bent, hier werd!

O, mijn god. Marie had het gezegd.

Misschien weet je alleen maar wat je is verteld... Telkens en telkens en telkens maar weer. Tot er niets anders was... Dingen die je zijn verteld... maar die je niet opnieuw kunt beleven... omdat ze geen deel uitmaken van jou.

Het zweet droop van zijn gezicht en stak in zijn ogen terwijl hij zijn vingers in zijn pols perste, in een poging om de geluiden en de lichtflitsen uit zijn geest te verdrijven. Hij had Carlos geschreven dat hij terugkeerde om verborgen documenten op te halen die hem toebehoorden... 'laatste beschermende zekerheid'. Toen hij dat schreef had hij het een zwakke zin gevonden; hij had hem bijna doorgehaald omdat hij een belangrijker reden wilde opgeven om naar New York te vliegen. Toch had zijn instinct hem gezegd het te laten staan; het maakte deel uit van zijn verleden... op een of andere manier. Nu begreep hij het. In dat huis lag zijn identiteit. Zijn identitéít. En of Carlos nu achter hem aankwam of niet, hij moest die vinden. Hij móést!

Plotseling kwam het hem waanzinnig voor! Hij schudde zijn hoofd heftig heen en weer in een poging om die aandrang de baas te worden, om de kreten te doen verstommen die overal om hem heen opklonken – kreten die uit zijn mond kwamen, zijn stem. *Vergeet Carlos. Vergeet de valstrik. Ga dat huis in! Daar lag het; daar lag het begin! Hou op!*

Het was een griezelige ironie. In dat huis lag geen laatste, beschermende zekerheid, enkel een laatste verklaring voor hemzelf. En zonder Carlos had het geen zin. De mensen die jacht op hem maakten wisten dat maar zagen eraan voorbij; ze wilden hem dood hebben vanwege dat. Maar hij was er zo dichtbij... hij moest het vinden. Het was er.

Bourne keek op; in het achteruitkijkspiegeltje ontmoette hij de ogen van de langharige bestuurder. 'Migraine,' zei Jason kortaf. 'Rij maar om dit blok heen. Weer terug hier naartoe. Ik ben wat vroeg voor mijn afspraak. Ik zal u wel zeggen waar ik uit wil stappen.'

'Het is uw portemonnee, meneer.'

Het herenhuis lag nu achter hem, het was snel gepasseerd in een onverwachte, korte onderbreking in het verkeer. Bourne draaide zich om op de bank en keek ernaar door het achterraampje. De verbijstering werd minder, de paniekerige beelden en geluiden stierven weg. Slechts de pijn bleef over maar ook die zou verminderen, dat wist hij. Het waren enkele uitzonderlijke minuten geweest. Prioriteiten waren omgedraaid; dwangmatigheid was in de plaats gekomen van redelijkheid, de aantrekkingskracht van het onbekende was even zo sterk geweest dat hij bijna zijn zelfbeheersing had verloren. Hij mocht het niet opnieuw laten gebeuren; de valstrik op zich was alles. Hij moest dat huis weer zien; hij moest het weer bestuderen.

Hij had de hele dag voor zich om te werken, om zijn strategie bij te slijpen, zijn tactiek voor de nacht, maar hij moest alles nu voor een tweede keer, en rustiger, opnemen. In de loop van de dag zou hij die verkenningen moeten herhalen, van dichterbij. De kameleon in hem zou weer aan het werk worden gezet.

Zestien minuten later was het duidelijk dat het niet langer iets uitmaakte wat hij dan ook verder had willen verkennen. Plotseling was niets meer zoals het geweest was, alles was veranderd. Het verkeer in de straat reed langzamer en dat was een verdere complicatie. Voor het herenhuis stond een verhuiswagen geparkeerd; mannen in overalls stonden sigaretten te roken en koffie te drinken en de tijd te rekken voordat ze aan het werk moesten. De zware, zwarte deur stond open en een man in een groen jasje, met het embleem van de verhuisfirma boven zijn linkerborstzak, stond in de hal met een klembord in zijn hand. Treadstone zou worden leeggehaald! Over een paar uur zou het helemaal leeg zijn, enkel een omhulsel! Dat kon niet! Ze moesten ermee ophouden!

Jason boog zich voorover met geld in zijn hand; de pijn was verdwenen uit zijn hoofd, nu was alles in beweging. Hij moest Conklin zien te bereiken in Washington. Niet later – niet wanneer alle schaakstukken op hun plaats stonden – maar nu direct! Conklin moest hun zeggen ermee op te houden! Zijn hele strategie was gebaseerd op duisternis... altijd duisternis. De lichtbundel van een zaklantaarn die eerst uit het ene steegje flitste, dan uit een ander, dan tegen donkere muren en omhoog naar lichtloze ramen. Alles precies afgestemd, snel, flitsend bewegend van de ene positie naar de andere. Een moordenaar zou bij nacht naar een stenen gebouw worden gelokt. Bij nácht. Het zou 's nachts gebeuren! Niet nu!

'Hé, meneer!' riep de bestuurder door het open raampje.

Jason bukte zich. 'Wat is er?'

'Ik wilde u even bedanken. Dit maakt mijn...'

Spét! Over zijn schouder heen! Gevolgd door een kuchje dat het begin vormde van een kreet. Bourne staarde naar de bestuurder, naar de stroom bloed die plotseling boven het linkeroor van de man uitgolfde. De man was dood, gedood door een kogel die bestemd was voor zijn passagier, afgevuurd vanuit een raam ergens aan die straat.

Jason liet zich vallen, sprong toen naar links, en draaide naar de trottoirrand. Vlak achter elkaar volgden nog twee schoten, het eerste verdween in de zijkant van de taxi, het tweede deed het asfalt uiteenspatten. Het was niet te geloven! Hij was al ontdekt voordat de jacht was begonnen! Carlos was ter plekke. Geïnstalleerd! Hij of een van zijn mannen hadden zich meester gemaakt van een hooggelegen punt, een raam of een dak van waar af de hele straat in de gaten kon worden gehouden. Toch was het waanzinnig om een moordenaar in een raam of op een dak de kans te laten lopen een onschuldig iemand te doden; de politie zou komen, de straat zou worden afgezet, zelfs een omgekeerde valstrik zou moeten worden opgegeven. En Carlos was niet waanzinnig! Het klopte niet. Maar Bourne had er ook de tijd niet voor om daarover na te denken; hij moest uit die valstrik zien te komen... de omgekeerde valstrik. Hij moest bij die telefoon zien te komen. Carlos was hier! Aan de deur van Treadstone! Hij had hem hierheen gebracht. Had hem werkelijk hierheen gebracht! Het was zijn bewijs!

Hij stond op en begon te rennen; hij werkte zich zigzaggend tussen de groepen voetgangers door. Hij bereikte de hoek en sloeg rechtsaf, de telefooncel stond vijf meter verder, maar hij vormde tevens een doelwit. Die kon hij niet gebruiken.

Aan de overkant van de straat lag een delicatessenwinkeltje met een klein, rechthoekig bord boven de deur. TELEFOON. Hij stapte van de stoeprand af en begon weer te hollen waarbij hij de voortsnellende auto's moest ontwijken. Een van hen zou het werk kunnen doen dat Carlos voor zichzelf had gereserveerd. Ook dat was een griezelige ironie.

'Het Centrale Inlichtingen Bureau, meneer, is in feite een organisatie die feiten verzamelt,' zei de man aan het toestel neerbuigend. 'Het soort activiteiten dat u beschrijft vormen maar een heel klein deel van ons werk en, eerlijk gezegd, zijn ze buiten proporties opgeblazen door films en verkeerd ingelichte schrijvers.'

'Godverdomme, luister naar me!' zei Jason, terwijl hij in de drukke winkel het mondstuk van de hoorn afschermde met zijn hand. 'Zeg me alleen maar waar Conklin is. Het is een noodgeval!'

'Zijn kantoor heeft het u al gezegd, meneer. Meneer Conklin is gistermiddag weggegaan en wordt aan het einde van de week terugverwacht. Aangezien u meneer Conklin kent weet u ook dat hij in dienst een verwonding heeft opgelopen. Hij gaat vaak voor therapie...'

'Wilt u nu óphouden! Ik heb hem in Parijs ontmoet – buiten Parijs – twee nachten geleden. Hij is van Washington overgevlogen om mij te ontmoeten.'

'Wat dat betreft,' viel de man van Langley hem in de rede, 'toen u op dit toestel werd overgezet, hebben we dat al nagegaan. Er is niets geregistreerd waaruit blijkt dat meneer Conklin het afgelopen jaar het land heeft verlaten.'

'Dan is het geheimgehouden! Hij was er!'

'Volgens onze inlichtingen is dat onmogelijk meneer.'

'U wilt codewoorden horen,' zei Bourne wanhopig. 'Die heb ik niet. Maar iemand die samenwerkt met Conklin zal de woorden herkennen. Medusa, Delta, Caïn... Treadstone! Iemand móét die herkennen!'

'Niemand herkent ze. Dat heeft men u al gezegd.'

'Dan was dat iemand die niet op de hoogte is. Er zijn mensen die het wel weten. Gelooft u me nou!'

'Het spijt me. Ik weet werkelijk...'

'Niet ophangen!' Er was nog een manier; iets wat hij niet graag deed maar er was geen andere uitweg. 'Vijf of zes minuten geleden ben ik in de Seventy-first Street uit een taxi gestapt. Iemand ontdekte me en probeerde me neer te schieten.'

'Neer... te schieten?'

'Ja. De bestuurder sprak tegen mij en ik bukte om te luisteren. Die beweging heeft mijn leven gered, maar de bestuurder is dood met een kogel in zijn hoofd. Dat is de waarheid en ik weet dat u zoiets na kunt gaan. Controleer het maar. Dat is het beste advies dat ik u kan geven.'

Even was het stil aan de Washington kant van de lijn. 'Aangezien u naar meneer Conklin hebt gevraagd – u gebruikte in elk geval zijn naam – zal ik dit natrekken. Waar kan ik u bereiken?'

'Ik blijf aan de lijn. Dit gesprek loopt via een internationale creditcard. In Frankrijk uitgegeven, op naam van Chambord.'

'Chambord? U zei...'

'Tóé nou.'

'Ik ben zo terug.'

Het wachten duurde ondraaglijk lang en het werd nog verergerd door een nors kijkende chassidische jood die kwaad naar hem staarde met muntstukken in zijn ene hand en een broodje in zijn andere en kruimels in zijn touwachtige slordige baard. Een minuut later was de man van Langley weer aan de lijn en hij klonk kwaad in plaats van welwillend.

'Ik geloof dat dit het einde is van ons gesprek, meneer Bourne of Chambord, of hoe u zich ook noemt. We hebben contact gehad met de politie in New York; er is in Seventy-first Street niets voorgevallen wat klopt met uw beschrijving. En u had gelijk. Wij hebben inderdaad manieren om dingen te controleren. Ik herinner u er aan dat er wetten bestaan betreffende zulke telefoongesprekken en dat er strenge straffen op staan. Ik groet u, meneer.'

Er klonk een klik; de hoorn was opgelegd. Bourne staarde ongelovig naar de kiesschijf. Een halfjaar lang hadden de mensen in Washington naar hem gezocht, hadden hem willen doden voor het stilzwijgen dat ze niet konden begrijpen. En nu hij zich meldde – hun dat ene doelwit aanbood dat de zin vormde van zijn verbintenis van drie jaar – nu werd hij het bos ingestuurd. Ze wilden nog steeds niet luisteren...! Maar die man hád geluisterd. En hij was teruggekomen aan het toestel en had een moord ontkend die pas enkele minuten geleden had plaatsgevonden. Het bestond niet... het was waanzínnig. Het was gebeúrd!

Jason legde de hoorn weer op de haak en kwam in verleiding om uit de drukke winkel weg te vluchten. In plaats daarvan liep hij kalm naar de deur, verontschuldigde zich terwijl hij tussen de rijen mensen doorliep die aan de toonbank stonden, en hield hij zijn ogen gericht op de etalageruit om de mensenmenigte in de gaten te houden op het trottoir. Buiten trok hij zijn overjas uit, hing die over zijn arm en verving de zonnebril door de bril met het dikke montuur. Kleine wijzigingen, maar ze waren voldoende voor wat hij nu vlug even ging doen. Hij stak snel het kruispunt over naar Seventy-first Street.

Aan de overkant ging hij op de hoek bij een groepje voetgangers staan die op het groene licht wachtten. Hij draaide zijn hoofd naar links, met zijn kin op zijn borst geduwd. Het verkeer reed door maar de taxi was weg. Hij was van het toneel verwijderd met de precisie van een chirurgische ingreep, een verziekt, kwaadaardig orgaan dat uit het lichaam was gesneden terwijl de belangrijke functies weer op gang waren gebracht. Het liet zien met hoeveel precisie een ervaren sluipmoordenaar opereerde, die precies wist wanneer hij snel zijn mes moest gebruiken.

Bourne keerde zich snel om en begon de andere kant uit te lopen, naar het zuiden. Hij moest een winkel vinden; hij moest zijn huid weer veranderen. De kameleon was ongeduldig.

Marie St. Jacques was woedend, terwijl ze aan het andere einde van de kamer bleef staan, tegenover brigade-generaal Irwin Arthur Crawford, in de suite in het Pierre-hotel. 'U wilde niet luisteren!' zei ze beschuldigend. 'Niemand van jullie wilde luisteren. Hebt u enig idee wat u hem hebt aangedaan?'

'Maar al te goed,' antwoordde de officier en zijn verontschuldiging bleek uit die bevestiging, niet uit zijn stem. 'Ik kan slechts herhalen wat ik u al heb verteld. We wisten niet waarnaar we moesten luisteren. Het verschil tussen schijn en werkelijkheid lag buiten ons begripsvermogen, kennelijk ook buiten het zijne. En als hij het al niet begreep, waarom wij dan wel?'

'Hij is zeven maanden lang bezig geweest om schijn en werkelijkheid, zoals u dat noemt, bij elkaar te brengen! En jullie konden alleen maar mensen op hem afsturen om hem te vermoorden! Hij probeerde het jullie duidelijk te maken. Wat voor mensen zíjn jullie eigenlijk?'

'We hebben onze fouten, juffrouw St. Jacques. We hebben onze fouten maar we zijn ook fatsoenlijk. Het aftellen van de tijd is begonnen en ik wil hem redden als ik kan, als wíj het kunnen.'

'Mijn god, ik word misselijk van jullie!' Marie zweeg, ze schudde haar hoofd en vervolgde op zachter toon. 'Ik zal alles doen wat u vraagt, dat weet u. Kunt u die Conklin bereiken?'

'Ik ben er zeker van. Ik ga op de trappen van dat huis staan tot hij niets anders kan doen dan contact met mij opnemen. Maar misschien hoeven we ons om hem niet druk te maken.'

'Carlos?'

'Misschien anderen.'

'Wat bedoelt u?'

'Ik zal het u onderweg uitleggen. Het enige belangrijke is nu voor ons om Delta te bereiken.'

'Jason?'

'Ja. De man die u Jason Bourne noemt.'

'En hij heeft vanaf het begin bij uw organisatie gehoord,' zei Marie. 'Er waren geen leien die moesten worden schoongeveegd, geen betalingen of kwijtscheldingen waarover moest worden onderhandeld?'

'Geen enkele. Op den duur zult u alles te horen krijgen maar nu is het daar de tijd niet voor. Ik heb maatregelen getroffen dat u in een onopvallende auto schuin tegenover het huis zult zitten. We hebben een verrekijker voor u; u kent hem nu beter dan wie ook. Misschien ziet u hem. Ik bid God dat dat zo zal zijn.'

Marie liep snel naar de kast en haalde haar mantel eruit. 'Hij zei me op een avond dat hij een kameleon was...'

'Hij herinnerde zich dat?' onderbrak Crawford haar.

'Herinnerde zich wat?'

'Niets. Hij bezat het talent om zonder te worden opgemerkt zich in een moeilijke situatie te begeven en er weer uit te komen. Dat is alles wat ik bedoelde.'

'Wacht eens even.' Marie liep op de man van het leger af en haar ogen waren plotseling weer vast op de zijne gericht. 'U zegt dat we Jason moeten bereiken, maar er is een betere manier. Laat hem naar ons toekomen! Naar mij. Zet mij maar op de trap van dat huis! Hij zal míj zien, met mij contact opnemen!'

'En zo, wie daar dan ook zit, twee doelwitten bezorgen?'

'U kent uw eigen man niet, generaal. Ik zei "met mij contact opnemen". Hij zal iemand sturen, een man of een vrouw op straat geld geven om mij een boodschap te brengen. Ik ken hem. Dat zal hij doen! Het is de zekerste manier!'

'Ik kan dat niet toestaan.'

'Waarom niet? Al het andere hebt u stom gedaan! Blindelings! Doe dit ene nu eens met verstand!'

'Dat kan ik niet. Het zou zelfs problemen kunnen oplossen waarvan u niet het minste besef hebt, maar ik kan het niet doen.'

'Zeg mij maar eens waarom!'

'Als Delta gelijk heeft, als Carlos achter hem aan is gekomen en in de straat is, dan is het risico te groot. Carlos weet hoe u eruitziet. Hij zal u doden.'

'Dat risico ben ik bereid te nemen.'

'Ik niet. Ik zou graag de indruk willen wekken dat ik namens mijn regering spreek, wanneer ik dat zeg.'

'Eerlijk gezegd is dat volgens mij niet het geval.'

'Laat het dan aan anderen over. Zullen we nu maar gaan?'

'Administratie Algemene Dienst,' klonk de eentonige stem van een ongeïnteresseerde telefoniste.

'Meneer P. Petrocelli, alstublieft,' zei Alexander Conklin met gespannen stem, terwijl hij zich het zweet van het voorhoofd veegde op zijn plaats bij het raam met de telefoonhoorn in zijn hand. 'Snel graag.'

'Iedereen heeft haast...' De woorden werden afgebroken en ervoor in plaats kwam het overgaan van een toestel.

'Petrocelli, Administratie, afdeling Verhuizingen.'

‘Wat zijn jullie aan het dóén?’ ontplofte de man van de CIA, zijn brute manier van vragen als wapen gebruikend.

Even was het stil. ‘Op dit moment luister ik naar een of andere getikte die een stomme vraag stelt.’

‘Nou, luister dan nog maar even. Mijn naam is Conklin, Centraal Inlichtingen Bureau, Vier-Nul-status. Je weet toch zeker wel wat dat betekent?’

‘Ik heb nog nooit iets begrepen van wat die lui van jullie de laatste tien jaar gezegd hebben.’

‘Dan kun je maar beter dit begrijpen. Het heeft me bijna een uur gekost maar ik heb net gebeld met de voorman-expeditie van een verhuisfirma hier in New York. Hij zei dat hij een opdracht had die door u was ondertekend om alle meubelen weg te halen uit een herenhuis aan Seventy-first Street. 191 om het precies te zeggen.’

‘Ja, die herinner ik me wel. Wat is er mee?’

‘Wie gaf u die opdracht? Dat zijn onze zaken. Wij hebben er onze uitrusting verleden week uitgehaald maar we hebben niet – ik herhaal níét – gevraagd om verder iets te doen.’

‘Wacht eens even,’ zei de bureaucraat. ‘Ik heb die opdracht gezien. Ik bedoel, ik heb hem gelezen voordat ik hem tekende; ik ben altijd nieuwsgierig naar wat jullie doen. De opdracht kwam rechtstreeks van Langley op een voorrangslijst.’

‘Wie in Langley?’

‘Als je even wacht dan zal ik het je zeggen. Ik heb een kopie in mijn dossier; het ligt hier op mijn bureau.’ Gekraak van papier klonk over de lijn. Het hield op en Petrocelli was er weer. ‘Hier heb ik het, Conklin. Ga maar bij je eigen administratiemensen kankeren.’

‘Ze wisten niet wat ze deden. Trek die opdracht in. Bel de verhuizers en zeg dat ze maken dat ze daar wegkomen! Nu!’

‘Je kunt de pot op, speurneus.’

‘Wat?’

‘Als je een geschreven prioriteitsverzoek op mijn bureau kunt krijgen voor drie uur vanmiddag dan wordt het misschien – heel misschien – morgenochtend in behandeling genomen. Dan zetten we alles weer terug.’

‘Alles terúgzetten?’

‘Precies. Jullie zeggen ons dat we het eruit moeten halen en wij halen het eruit. Jullie vertellen ons dat we het weer terug moeten zetten en wij zetten het weer terug. Wij moeten ons ook aan methodes en procedures houden, net als jullie.’

‘Die uitrustingsstukken – alles – was uitgeleend! Het was, het ís, geen operatie van het bureau.’

‘Waarom bel je mij dan? Wat heb jij er dan mee te maken?’

‘Ik heb geen tijd om het uit te leggen. Zorg alleen maar dat die mensen daar opdonderen. Bel New York en zorg dat ze er wegkomen! Dat is een Vier-Nul-opdracht.’

'Al maak je er honderdvier van dan kun je nog steeds de pot op... Luister 'ns, Conklin, we weten alletwee dat jij gedaan kunt krijgen wat je wilt als ik krijg wat ik nodig heb. Doe het op de juiste manier. Volgens het boekje.'

'Ik kan het bureau er niet bij betrekken!'

'Dan ga je er mij ook niet verder bij betrekken.'

'Die mensen moeten maken dat ze wegkomen! Ik zeg je...' Conklin zweeg; zijn ogen waren gericht op het herenhuis aan de overzijde van de straat en zijn gedachten stonden ineens stil. Een lange man in een zwarte overjas was de trappen opgelopen; hij keerde zich om en bleef roerloos voor de open deur staan. Het was Crawford. Wat deed hij nou? Wat deed hij hier? Was hij helemaal gek geworden? Dat was waanzin! Hij vormde een stilstaand doelwit; de valstrik kon te vroeg dichtklappen!

'Conklin? Conklin...?' De stem zweefde omhoog uit de hoorn terwijl de man van de CIA hem oplegde.

Conklin wendde zich tot een korte, gedrongen man die twee meter verderop aan het raam naast het zijne stond. In de grote hand van de man rustte een geweer met een telescoopvizier op de loop vastgemaakt. Alex kende de naam van de man niet en hij wilde die ook niet kennen; hij had er genoeg voor betaald om daarmee niet belast te hoeven worden.

'Ziet u die man daar beneden met de zwarte overjas aan, die naast de deur staat?' vroeg hij.

'Ik zie hem. Het is niet de man naar wie we uitkijken. Hij is te oud.'

'Ga naar hem toe en zeg hem dat er een kreupele man aan de overkant van de straat is die hem wil spreken.'

Bourne liep de winkel in tweedehands kleren aan Third Avenue uit en bleef even staan voor de smerige etalageruit om goed op te nemen wat hij zag. Hij kon het ermee doen; alles paste bij elkaar. De gebreide, zwarte wollen muts die tot op het midden van zijn voorhoofd over zijn hoofd was getrokken; het gekreukte en verstelde soldatenjasje was hem verschillende maten te groot, het rood-geruite, flanellen hemd, de wijde, flodderige kaki broek en de zware werkschoenen met de dikke rubberzolen en de grote, ronde teenstukken hoorden allemaal bij elkaar. Hij moest alleen nog een manier van lopen vinden die bij de kleren paste. Het lopen van een sterk man, niet al te snel van begrip, wiens lichaam al tekenen vertoonde van een leven lang hard werken, wiens geest verzoend was met de dagelijkse onvermijdelijkheid van sjouwerswerk en die aan het einde van zijn slaven zijn beloning zocht in een paar flesjes bier.

Die manier van lopen zou wel bij hem terugkomen; hij had hem al eerder gebruikt. Ergens. Maar voordat hij zijn verbeelding aan het werk zette moest hij eerst opbellen; hij zag een telefooncel verderop, waarin een verfomfaaide gids aan een ketting hing onder de metalen richel. Hij begon te lopen, zijn benen bewogen zich automatisch wat stijver, hij liet zijn voeten zwaar neerkomen op het plaveisel, zijn armen hingen plomp langs zijn lichaam en hij hield zijn vingers enigszins uit elkaar en gekromd door jaren van hard werk. Een starre, verveelde uitdrukking op zijn gelaat zou later komen. Nu niet.

'Belkins Verhuizingen en Opslag,' kondigde een telefoniste aan, ergens in de Bronx.

'Mijn naam is Johnson,' zei Jason, ongeduldig maar vriendelijk. 'Ik heb een probleem en ik hoop dat u me kunt helpen. Ik was op weg naar het huis van een vriend van me aan Seventy-first Street een vriend die onlangs is gestorven, jammer genoeg – om iets op te halen dat ik hem had uitgeleend. Toen ik er aankwam stond uw verhuiswagen voor het huis. Het is erg vervelend maar ik geloof dat uw mensen mijn eigendom mee zullen nemen. Is er iemand met wie ik kan praten?'

'Dat zou een voorman-expeditie moeten zijn, meneer.'

'Mag ik zijn naam, alstublieft?'

'Jazeker. Murray. Murray Schumach. Ik verbind u door.'

Twee klikjes, en toen een lang gonzen aan de lijn.

'Schumach.'

'Meneer Schumach?'

'Klopt.'

Bourne herhaalde zijn pijnlijke verhaal. 'Ik kan natuurlijk gemakkelijk een brief krijgen van mijn advocaat, maar het betreffende voorwerp heeft weinig of geen waarde...'

'Wat is het?'

'Een vishengel. Geen dure, maar eentje met zo'n ouderwetse werphaspel, zo een die niet elke vijf minuten in de war raakt.'

'Ja, ik weet wat u bedoelt. Ik vis aan Sheepshead Bay. Zulke haspels maken ze tegenwoordig niet meer. Volgens mij ligt het aan het metaal.'

'Volgens mij hebt u gelijk, meneer Schumach. Ik weet precies in welke kast hij hem had opgeborgen.'

'Och, verrek, een vishengel. Praat u daar maar even met een kerel die Dugan heet, hij is de opzichter van dat karwei. Zeg hem maar namens mij dat u hem kunt meenemen, maar u zult er wel voor moeten tekenen. Als hij tegensputtert, zeg hem dan maar dat hij mij van buitenaf even moet bellen; de telefoon is daar afgesloten.'

'Ene meneer Dugan. Hartelijk dank, meneer Schumach.'

'Verdomme, dat karwei bezorgt ons vandaag al heel wat last.'

'Pardon?'

'Niks. Een of andere idioot belde ons om te zeggen dat we daar op moesten donderen. En we hadden een vaste opdracht met gegarandeerde, contante betaling. Haast niet te geloven, wel?'

Carlos. Jason kon het best geloven.

'Het is niet gemakkelijk, meneer Schumach.'

'Succes met vissen,' zei de man van Belkins.

Bourne liep naar het westen langs de Seventieth Street, richting

Lexington Avenue. Drie straten verder naar het zuiden vond hij waarnaar hij zocht; een winkel die surplusgoederen van leger en marine verkocht. Hij ging naar binnen.

Acht minuten later stond hij weer op straat met vier bruine, gewatteerde dekens en zes brede canvas riemen met metalen gespen. In de zakken van zijn soldatenjack zaten twee gewone wegtoortsen. Ze hadden daar op de toonbank gelegen en ze zagen eruit als iets wat ze niet waren en riepen beelden op die zijn herinnering niet los wilde laten, naar een tijdstip in het verleden toen alles nog betekenis en zin had. En woede. Hij zwaaide de spullen over zijn linkerschouder en schuifelde in de richting van de Seventy-first Street. De kameleon was op weg naar het oerwoud, een oerwoud dat even dicht was als het Tam Quan dat hij zich niet herinnerde.

Het was 10.48 toen hij de hoek bereikte van het met bomen omzoomde huizenblok waarin de geheimen van Treadstone Seventy-one lagen. Hij ging weer terug naar het begin – zijn begin – en de angst die hij voelde was niet de angst voor fysieke pijn. Daarop was hij voorbereid, elke zenuw stond gespannen, ieder spier was gereed; zijn knieën en voeten, handen en ellebogen waren wapenen, zijn ogen waren als alarmbellen die verbonden waren aan struikeldraden en die onmiddellijk signalen zouden uitsturen naar die wapenen. Zijn angst zat veel dieper. Hij stond op het punt het huis binnen te gaan waar hij geboren was en hij was doodsbenauwd voor wat hij daar zou kunnen vinden – zich daar zou kunnen herinneren.

Hou op! Het is de valstrik. Caïn betekent Charlie en Delta betekent Caïn!

Het verkeer was aanzienlijk minder druk geworden, het spitsuur was voorbij. In de straten heerste een weldadige rust nu de vroege ochtend voorbij was. Voetgangers slenterden, ze haastten zich niet. Chauffeurs reden op hun gemak met korte, geïrriteerde grimassen om de verhuiswagen in plaats van met woedende claxons. Jason stak met het groene licht over naar de kant van Treadstone, het hoge, smalle gebouw van bruine, ruwe stenen en dik blauw glas dat vijftig meter verderop langs de straat lag.

Met dekens en riemen over zijn schouder liep een, nu al vermoeide, niet al te snuggere werkman achter een deftig gekleed paar naar Treadstone Seventy-one.

Toen hij onder aan de trappen stond droegen twee gespierde kerels, een neger en een blanke een met een deken bedekte harp de deur uit. Bourne bleef staan en riep naar boven, zijn woorden wat aarzelend, zijn uitspraak grof.

'Hé! Waar is Dugan?'

'Wat had je, g'domme, gedacht?' antwoordde de blanke man, terwijl hij zijn hoofd omdraaide. 'Die zit op z'n reet.'

'Die tilt niks zwaarders op dan z'n klembord, man,' voegde de neger eraan toe. 'Hij is een hogere beambte, waar of niet, Joey?'

'Hij is een zakkenwasser, dat is-ie. Wat heb je daar?'

'Schumach heeft me gestuurd,' zei Jason. 'Hij wilde nog iemand hebben om hier te helpen en dacht dat jullie dit spul nodig hadden. Zei me da 'k 't moest brengen.'

'Murray de matser!' lachte de neger. 'Ben jij nieuw, man? Ik heb jou nooit eerder gezien. Ben jij stukwerker?'

'Ja.'

'Breng die rotzooi maar naar de hogere beambte,' gromde Joey, terwijl hij de trappen af begon te lopen. 'Dan kan hij het tóéwijzen, hoe vind je dat, Pete? Tóéwijzen, vind je dat niet iets?'

'Om je te bescheuren, Joey. Jij bent een wandelend woordenboek.'

Bourne liep over de bruinachtige rode trappen, langs de afdalende verhuizers, naar de deur. Hij stapte naar binnen en zag aan de rechterkant de gebogen trap en de lange, smalle gang die voor hem lag die zo'n tien meter verder uitkwam op een deur. Hij had die trappen duizend keer beklommen en nog eens duizenden keren die gang op en neer gelopen. Hij was weer terug en een overweldigend angstgevoel maakte zich van hem meester. Hij begon de smalle, donkere gang door te lopen; in de verte kon hij zonnestralen zien vallen door een paar openslaande glazen deuren. Hij naderde het vertrek waar Caïn was geboren. Die kamer. Hij pakte de riemen op zijn schouder steviger vast en probeerde het beven tegen te gaan.

Marie boog zich voorover op de achterbank van de gepantserde regeringsauto met de verrekijker voor haar ogen. Er was iets gebeurd; ze wist niet zeker wat, maar ze kon het wel raden. Een paar minuten geleden was een korte, gedrongen man langs de trap gelopen van het herenhuis; toen hij de generaal naderde had hij zijn pas ingehouden en kennelijk iets tegen hem gezegd. De man was toen verder de straat afgelopen en Crawford was achter hem aangegaan.

Ze hadden Conklin gevonden.

Het was een kleine stap als het waar was wat de generaal had gezegd. Gehuurde gangsters, onbekend aan hun opdrachtgever en hij onbekend aan hen. Gehuurd om een man te doden... alles volkomen ten onrechte! O, god, wat haatte ze hen allen! Stomme kerels, die niet voor zichzelf dachten! Die speelden met de levens van andere mensen, terwijl ze zo weinig wisten en dachten dat ze zoveel wisten.

Ze hadden niet geluisterd! Ze luisterden nooit, totdat het te laat was, en dan alleen neerbuigend en dringend herinnerend aan wat had kunnen gebeuren – als zaken waren zoals ze leken te zijn, wat ze niet waren. Het bederf kwam door blindheid, de leugens door koppigheid en onbehagen. Breng de machtigen niet in verlegenheid, de napalm maakte alles duidelijk.

Marie stelde de verrekijker scherper. Een man van Belkins liep op de traptreden af, met dekens en riemen over zijn schouder; hij liep achter een paar bejaarde mensen, kennelijk bewoners van een van de huizen die een wandelingetje maakten. De man in het soldatenjack en met de zwarte, wollen muts op was stil blijven staan; hij begon te praten tegen twee andere verhuizers die een driehoekig voorwerp de deur uitdroegen.

Wat was het? Er was iets... iets vreemds. Ze kon het gezicht van de man niet zien; hij stond met de rug naar haar toe, maar er was iets met de nek, de manier waarop hij zijn hoofd hield... wat was het? De man begon de trap te beklimmen, een afgestompte man, al moe voordat zijn werkdag was begonnen... een slonzige man. Marie liet de verrekijker zakken; ze was te gespannen, te zeer bereid om dingen te zien die er niet waren.

O, god, mijn lieveling, mijn Jason. Waar ben je? Kom naar me toe. Laat me je vinden. Lever me niet over aan deze blinde, onnadenkende kerels. Laat ze mij jou niet afnemen.

Waar was Crawford? Hij had beloofd haar op de hoogte te zullen houden van alles wat er gebeurde, alles. Ze had er geen doekjes om gewonden. Ze vertrouwde hem niet, geen van hen; ze vertrouwde hun intelligentie niet en sloeg die ook niet hoog aan. Hij had haar beloofd... waar wás hij?

Ze sprak tegen de bestuurder. 'Zou u het raampje omlaag kunnen draaien. Het is hier om te stikken.'

'Het spijt me, juffrouw,' antwoordde de in burger geklede militair. 'Maar ik zal de airconditioning wel voor u aanzetten.'

De raampjes en deuren werden bediend door knoppen die alleen de bestuurder kon bedienen. Ze zat in een tombe van metaal en glas in een zonovergoten, door bomen omzoomde straat.

'Ik geloof er geen woord van!' zei Conklin, terwijl hij kwaad door de kamer terughinkte naar het raam. Hij leunde tegen het kozijn terwijl hij naar buiten keek; zijn linkerhand hield hij voor zijn gezicht en zijn tanden raakten de knokkel van zijn wijsvinger. 'Geen sodemieter!'

'Je wilt het niet geloven, Alex,' wierp Crawford tegen. 'De oplossing is zoveel eenvoudiger. Hij klopt en hij is veel eenvoudiger.'

'Jij hebt die band niet gehoord. Jij hebt Villiers niet horen praten!'

'Ik heb de vrouw gehoord; meer had ik niet nodig. Ze zei dat wij niet wilden luisteren... dat jij niet wilde luisteren.'

'Dan liegt ze!' Moeizaam keerde Conklin zich van het raam af.

'Verrek, natuurlijk liegt ze! Waarom zou ze dat niet doen? Ze hoort bij hem. Ze zal alles doen om de zaak voor hem in het reine te brengen!'

'Je hebt ongelijk en dat weet je. Het feit dat hij hier is bewijst dat jij ongelijk hebt, bewijst dat ik ongelijk had om aan te nemen wat jij zei.'

Conklin hijgde zwaar en zijn rechterhand trilde terwijl hij zijn stok vastklemde. 'Misschien... misschien moeten we, misschien...' Hij maakte de zin niet af maar keek Crawford hulpeloos aan.

'Zouden we het bij deze oplossing moeten laten?' vroeg de officier zacht. 'Je bent moe, Alex. Je hebt verschillende dagen geen bed gezien;

je bent uitgeput. Ik geloof niet dat ik dat heb gehoord.'

'Nee.' De man van de CIA schudde zijn hoofd, met gesloten ogen en walging op zijn gelaat. 'Nee, jij hebt het niet gehoord en ik heb het niet gezegd. Ik zou alleen, verdomme, weleens willen weten hoe we het aan moeten pakken.'

'Dat weet ik wel,' zei Crawford en hij liep naar de deur en trok die open. 'Wilt u even binnenkomen?'

De gedrongen man kwam de kamer in en zijn ogen schoten naar het geweer dat tegen de muur stond. Hij keek de twee mannen taxerend aan. 'Wat is er?'

'De oefening is afgelast,' zei Crawford. 'Dat hebt u, denk ik, al wel door.'

'Wat voor oefening? Ik werd gehuurd om hem te beschermen.' De gangster keek naar Alex. 'Bedoelt u dat ik u niet langer meer hoef te beschermen?'

'U weet precies wat wij bedoelen,' kwam Conklin tussenbeide. 'Alle signalen worden ingetrokken, alle voorwaarden.'

'Wat voor voorwaarden? Ik weet niets over voorwaarden. Ik weet precies wat ik volgens mijn contract moet doen. Ik beveilig u, meneer.'

'Goed, prima,' zei Crawford. 'Wat we nu nog moeten weten is wie er verder hier nog betrokken zijn bij zijn beveiliging.'

'Wie verder waar?'

'Buiten deze kamer, dit gebouw. In andere vertrekken, op straat, in auto's misschien. We móéten het weten.'

De gedrongen man liep op het geweer af en pakte het op. 'Ik ben bang, heren, dat u het niet goed begrijpt. Ik werd gehuurd op een individuele basis. Als er nog anderen zijn aangenomen dan weet ik daar niets van.'

'U kent ze wél!' schreeuwde Conklin. 'Wie zijn zij? Wáár zijn ze?'

'Ik heb er geen idee van... meneer.' De beleefde gangster hield het geweer in de elleboog van zijn rechterarm, de loop schuin op de vloer gericht. Hij bracht hem misschien vijf centimeter omhoog, niet meer dan dat, met een haast onmerkbare beweging. 'Als u mijn diensten niet verder meer nodig hebt, dan ga ik maar.'

'Kunt u hen bereiken?' viel de generaal hem in de rede. 'We zullen u goed betalen.'

'Ik ben al goed betaald, meneer. Het zou verkeerd zijn om geld aan te nemen voor een dienst die ik niet kan bewijzen. En het heeft geen zin om hiermee nog verder te gaan.'

'Daar buiten staat het leven van een man op het spel!' schreeuwde Conklin.

'Dat staat het mijne ook,' zei de gangster en hij liep naar de deur met zijn wapen nog wat hoger gericht. 'Ik groet u, heren.' Hij liet zichzelf uit.

'Verdomme!' bulderde Alex terwijl hij zich weer naar het raam keerde en zijn stok daarbij tegen een radiator kletterde. 'Wat doen we nu?'

'Om te beginnen moeten we die verhuizers zien kwijt te raken. Ik weet niet wat voor rol die spelen in jouw strategie, maar ze staan nu alleen maar in de weg.'

'Dat kan ik niet. Ik heb het al geprobeerd. Ik had er niets mee te maken. Onze administratie nam het van ons over toen wij de uitrusting eruit lieten halen. Ze zagen dat er een operatiebasis werd gesloten en ze zeiden tegen Algemene Dienst als de sodemieter alles eruit te halen.'

'Met weloverwogen spoed,' zei Crawford met een knikje. 'De Monnik heeft zijn handtekening gezet voor die uitrusting; daardoor staat het Bureau erbuiten. Die verklaring zit in zijn dossier.'

'Dat zou mooi zijn als we vierentwintig uur hadden. We weten niet eens of we wel vierentwintig minuten hebben.'

'We zullen hem toch moeten vinden. Er zal een onderzoek komen van de senaat. Met gesloten deuren, hoop ik... Laat de straat afsluiten.'

'Wat?'

'Je hoorde wat ik zei, laat de straat afsluiten. Roep de politie erbij, zeg ze dat ze alles af moeten sluiten!'

'Via het Bureau? Dit is een binnenlandse aangelegenheid!'

'Dan zal ík het doen. Via het Pentagon, via de Gecombineerde Chefs Staven als het moet. We staan hier maar uitvluchten te verzinnen terwijl het voor onze neus ligt! Ontruim de straat, sluit hem af, haal er een wagen met luidsprekers bij. Zet haar erin. Zet haar aan de microfoon! Laat haar maar zeggen wat ze wil, laat ze zo hard schreeuwen als ze wil. Ze had gelijk. Hij zal naar háár toe komen!'

'Weet je wel wat je zegt?' vroeg Conklin. 'Er zullen vragen worden gesteld. Kranten, televisie, radio. Alles zal bekend raken. In de openbaarheid komen.'

'Dat weet ik goed,' zei de generaal. 'En ik weet ook dat zij daarvoor zal zorgen als dit misloopt. Misschien doet ze het toch wel, wat er ook gebeurt, maar ik zou toch liever proberen een man te redden die ik niet mocht, met wie ik het niet eens was. Maar ik heb hem vroeger gerespecteerd en ik geloof dat ik hem nu nog meer respecteer.'

'En die andere man dan? Als Carlos daar werkelijk is, dan gooi je de poorten voor hem open. Dan help je hem te ontsnappen.'

'Wij hebben Carlos niet gemaakt. Wij hebben Caïn gemaakt en we hebben misbruik van hem gemaakt. We hebben hem zijn geest en zijn herinnering ontnomen. We zijn hem wat schuldig. Ga naar beneden de vrouw halen. Ik ga opbellen.'

Bourne liep de ruime bibliotheek binnen waar het zonlicht door de brede, elegante openslaande glazen deuren stroomde aan het uiteinde van het vertrek. Achter de vensterruiten lagen de hoge muren van de tuin... hij was omgeven door voorwerpen waar hij slechts met pijn in het hart naar kon kijken; hij kende ze en toch kende hij ze niet. Ze vormden droomfragmenten – vast, aanraakbaar en voelbaar, gebruiksvoorwerpen – helemaal niet iets wat in lucht oploste. Een lange dientafel waar whisky werd geschonken, gemakkelijke, leren stoelen waarin mannen zaten te praten, boekenplanken waarop boeken stonden en andere dingen – verborgen dingen – die te voorschijn kwamen wanneer er op een knop werd gedrukt. Het was een vertrek waarin een mythe werd geboren, een mythe die als een wervelwind door Zuidoost-Azië was geraasd en die in Europa uiteen was gespat.

Hij zag de langwerpige, buisvormige uitstulping in het plafond en de duisternis daalde neer, gevolgd door lichtflitsen en beelden op een scherm en stemmen die in zijn oor schreeuwden.

Wie is hij? Snel. Je bent te laat! Je bent dood! Waar is deze straat? Wat betekent die voor jou? Wie ontmoette je daar...? Vergelijking in manieren van moorden. Welke zijn de jouwe? Nee...! Je bent Delta niet, je bent jezelf niet...! Je bent enkel wat je hier bent, hier werd!

'Hé! Wie ben jij, verdomme?' De vraag werd hem toegeschreeuwd door een grote man met een rood gezicht die in een leunstoel naast de deur zat, met een klembord op zijn knieën. Jason was hem glad voorbij gelopen.

'Bent u Dugan?'

'Ja.'

'Schumach heeft mij gestuurd. Zei dat u nog iemand nodig had.'

'Waarvoor? Ik heb er al vijf en dit verdomde huis heeft gangen die zo nauw zijn dat je er haast niet door kunt komen. Ze zitten nou boven op elkaar.'

'Ik weet het niet. Schumach heeft me gestuurd, meer weet ik niet. Hij zei me dat ik dit spul moest brengen.' Bourne liet de dekens en de riemen op de vloer vallen.

'Stuurt Murray nieuwe rotzooi? Ik bedoel, dit is nieuw spul.'

'Ik weet het...'

'Het is goed, ik wéét het al! Schumach heeft je gestuurd. Vraag Schumach maar.'

'Dat kunt u niet. Hij zei dat ik u moest zeggen dat hij naar Scheepshead ging. Vanmiddag is-ie terug.'

'O, geweldig! Hij gaat mooi vissen en laat mij met de rotzooi zitten... Jij bent een nieuwe zakkenwasser. Ben je stukwerker?'

'Ja.'

'Mooie meneer is die Murray. Zakkenwassers, daar heb ik nou net nog behoefte aan. Twee eigengereide stoethaspels en nou nog vier zakkenwassers.'

'Wilt u dat ik hier begin? Ik kan hier beginnen.'

'Nee, kloteklapper! Zakkenwassers beginnen helemaal boven wist je dat nog niet? Da's verder weg, *capisce*?'

'Ja, ik *capisce*.' Jason bukte zich om de dekens en de riemen te pakken.

'Laat die rotzooi maar hier, die heb je niet nodig. Ga naar boven, bovenste verdieping en begin maar met alles wat van hout is. Zo zwaar als je maar kunt dragen en ik wil geen vakbonden-gezeik van jou horen.'

Bourne nam een draai op de overloop van de eerste verdieping en klom de smalle trap op naar de tweede alsof hij werd aangetrokken door een magnetische kracht die hij niet begreep. Hij werd getrokken naar een andere kamer, hoog in het herenhuis, een kamer die zowel de troost inhield van het alleen zijn als de frustratie van de eenzaamheid. De overloop boven was donker, er brandde geen licht en nergens viel er zonlicht door vensters. Hij bereikte de bovenste trede en bleef even staan. Welke kamer was het? Er waren drie deuren, twee aan de linkerkant van de gang en een aan de rechterkant. Hij begon langzaam naar de tweede deur links te lopen die nauwelijks zichtbaar was in het duister. Dat was het; daar kwamen in het donker gedachten bij hem op... herinneringen die hem kwelden, pijn deden. Zonlicht en de stank van een rivier en van het oerwoud... gierende machines in de hemel, die krijsend omlaag doken. O, mijn god, dat deed pijn!

Hij legde zijn hand op de kruk, draaide die om en opende de deur. Duisternis, maar niet helemaal. Aan het uiteinde van de kamer was een raampje waarvoor een zwart scherm was neergetrokken dat het wel bedekte maar niet helemaal. Hij kon een smalle streep zonlicht zien, zo smal dat het nauwelijks tussen scherm en kozijn doorkwam. Hij liep ernaartoe, naar die smalle, onbestemde streep zonlicht.

Er schuurde iets! Er schuurde iets in het donker! Hij draaide zich met een ruk om, doodsbang voor de illusies waardoor zijn geest werd gekweld... Maar het was geen illusie! Er flitste iets door de lucht, als de weerkaatsing van een diamant, licht dat flitste van staal.

Een mes vlijmde op zijn gezicht af.

'Ik zou u wel dood willen wensen voor wat u hebt gedaan,' zei Marie terwijl ze naar Conklin staarde. 'En ik walg van die gedachte.'

'Dan kan ik u niets zeggen,' antwoordde de man van de CIA en hij hinkte de kamer door naar de generaal. 'Er hadden andere beslissingen genomen kunnen worden – door u en door hem.'

'Was dat wel zo? Waar had hij moeten beginnen? Toen die man probeerde hem te doden in Marseille? In de Rue Sarracin? Toen ze jacht op hem maakten in Zürich? Toen ze op hem schoten in Parijs? En al die tijd wist hij niet waarom. Wat had hij moeten doen?'

'Voor de dag komen! Te voorschijn komen, godverdomme!'

'Dat heeft hij gedaan. En toen hij dat deed probeerde u hem te doden.

'U was erbij! U was bij hem. U had een geheugen!'

'Aannemende dat ik geweten had waarheen ik moest gaan, zou u naar mij hebben geluisterd?'

Conklin keek haar recht in de ogen. 'Ik weet het niet,' antwoordde hij, verbrak toen het contact tussen hen beiden en keerde zich weer naar Crawford. 'Hoever zijn we?'

'Washington belt me binnen tien minuten terug.'

'Maar wat gaan ze doen?'

'Ik weet nog niet zo zeker of je dat wel wilt horen. Bemoeienis van de federale regering met het handhaven van de verordeningen van gemeentelijke en staatswetten. Daar moet toestemming voor worden verkregen.'

'Verdomme!'

'Kijk eens!' De man van het leger boog zich plotseling naar het raam. 'De vrachtwagen rijdt weg.'

'Iemand heeft het voor elkaar gekregen,' zei Conklin.

'Wie?'

'Ik kom er wel achter.' De man van de CIA hinkte naar de telefoon, op tafel lagen snippers papier, haastig genoteerde telefoonnummers. Hij koos er een uit en draaide. 'Geef me Schumach... alstublieft... Schumach? U spreekt met Conklin, CIA. Van wie hoorde u dat u ermee op moest houden?'

De stem van de voorman-expeditie klonk door het halve vertrek. 'Wat ophouden? Sodemieter op! Dat is ons karwei en wij gaan het afmaken! Als je het mij vraagt ben jij een halve gare...'

Conklin klapte de hoorn erop. 'Verdomme... *godverdomme*!' Zijn hand trilde toen hij de hoorn vastklemde. Hij pakte hem op en begon weer te draaien. 'Petrocelli. Verhuizingen,' beval hij. 'Petrocelli? Conklin opnieuw.'

'Je was ineens weg? Wat is er gebeurd?'

'Geen tijd. Doe me een plezier. Die prioriteitsopdracht van onze administratie. Wie heeft die getekend?'

'Wat bedoel je, wie heeft die getekend? De grote baas die altijd tekent. McGivern.'

Conklins gelaat verbleekte. 'Daar was ik al bang voor,' fluisterde hij terwijl hij de hoorn liet zakken. Hij wendde zich tot Crawford en zijn hoofd trilde onder het spreken. 'De opdracht voor Algemene Dienst was getekend door een man die twee weken geleden met pensioen is gegaan.'

'Carlos...'

'O, mijn god!' riep Marie. 'De man die de dekens droeg, de riemen! De manier waarop hij zijn hoofd hield en zijn nek. In een hoek naar rechts. Hij was het! Wanneer hij hoofdpijn heeft dan houdt hij zijn hoofd naar rechts. Jason! Hij is naar binnen gegaan.'

Alexander Conklin ging weer voor het raam staan en zijn ogen waren gericht op de glimmend zwarte deur aan de overkant van de straat. Hij was dicht.

De hand! De huid... de donkere ogen in de smalle lichtstraal. Carlos!

Bourne rukte zijn hoofd naar achteren en het vlijmscherpe lemmet sneed nog net door de huid onder zijn kin; het bloed dat eruit welde stroomde over de hand die het mes vasthield. Hij trapte met gestrekte rechtervoet, raakte zijn onzichtbare aanvaller in de knieschijf, draaide zich toen om zijn as en smakte zijn linkerhak in de lies van de man. Carlos keerde zich om en het mes schoot weer naar voren vanuit het donker, recht op hem af en dit keer in een rechte lijn in de richting van zijn maag. Jason sprong omhoog, legde zijn polsen over elkaar, maakte een hakkende beweging naar beneden en blokkeerde de donkere arm die een verlenging vormde van het heft. Hij wrong zijn vingers naar binnen, klemde zijn handen samen, zette de onderarm vast tussen zijn bebloede kin en hals en wrong de arm schuin omhoog. Het mes sneed door de stof van zijn jack en raakte even de bovenkant van zijn borst. Bourne dwong de arm met een draaiende beweging omlaag, draaide de pols om die hij nu vasthad, smakte zijn schouder tegen het lichaam van de moordenaar en rukte opnieuw toen Carlos opzij viel en zijn evenwicht verloor, met zijn arm half uit de kom getrokken.

Jason hoorde het mes op de vloer kletteren; hij wierp zich in de richting van het geluid terwijl hij tegelijkertijd naar de revolver in zijn riem tastte. Hij bleef haken aan de stof; hij liet zich op de vloer rollen, maar niet snel genoeg. Het stalen teenstuk van een schoen ramde tegen de zijkant van zijn hoofd – zijn slaap – en schokgolven schoten door hem heen. Hij rolde weer verder, sneller en sneller, tot hij met een klap tegen de muur belandde; hij veerde omhoog tot hij op een knie steunde en probeerde te zien in het bijna totale donker en de zwenkende, duistere schaduwen. Even viel het smalle streepje licht van het raam op de huid van een hand; hij deed een uitval in die richting met handen die nu enkel klauwen waren en armen die fungeerden als stormrammen. Hij greep de hand vast, forceerde hem naar achteren en brak de pols. Een kreet klonk door de kamer.

Een kreet en het holle, dodelijke kuchen van een revolverschot. Bourne voelde in zijn linkerbovenborst een ijskoude, vlijmende pijn, de kogel bleef steken ergens bij zijn schouderblad. Krimpend van pijn dook hij ineen, sprong weer op en ranselde de moordenaar met het wapen tegen de muur op, boven een meubelstuk met scherpe randen. Carlos rukte zich los en opnieuw werden er twee gedempte schoten ongericht afgevuurd. Jason dook naar links, kreeg zijn revolver los en richtte die op de geluiden in het donker. Hij vuurde en de explosie daverde, zonder resultaat. Hij hoorde de deur dichtklappen; de moordenaar was de gang op gevlucht.

Terwijl Bourne naar de deur kroop probeerde hij genoeg lucht in zijn longen te krijgen. Hij bereikte de deur, maar zijn instinct beval hem opzij ervan te blijven en zijn vuist met geweld tegen het hout van de onderkant te smakken. Wat volgde was je reinste, afschuwelijke nachtmerrie. Een korte stoot uit een automatisch wapen weerklonk, het houten paneel vloog in splinters en scherpe houtfragmenten zoefden de kamer door. Zo gauw het wapen zweeg hief Jason zijn eigen revolver en vuurde schuin door de deur; de vuurstoot werd herhaald. Bourne draaide weg en drukte zijn rug tegen de muur. Er waren nu twee mannen op centimeters van elkaar vandaan die niets anders wilden dan elkaar doden. *Caïn betekent Charlie en Delta betekent Caïn. Pak Carlos. Strik Carlos. Dood Carlos!*

En toen waren ze niet langer meer centimeters van elkaar af. Jason hoorde rennende voetstappen, toen de geluiden van een afbrekende trapleuning terwijl een lichaam de trappen afdenderde. Carlos rende naar beneden; het zwijn had hulp nodig; hij was gewond. Bourne veegde het bloed van zijn gezicht, van zijn keel en ging voor de restanten van de deur staan. Hij trok hem open en liep de smalle gang in met zijn wapen voor zich uit. Moeizaam en in pijn zocht hij zich een weg naar de donkere trap. Plotseling hoorde hij beneden geschreeuw.

'Verrek, wat ga je doen, man? Pete! Pete!'

Twee kuchende schoten weerklonken.

'Joey! Joey!'

Weer een schot; ergens beneden vielen met een luide bons lichamen op de vloer.

'Jezus! Jezus, Moeder van...!'

Weer metaalachtige kuchjes, gevolgd door een schorre doodskreet. Er was een derde man gedood.

Wat had die derde man gezegd? *Twee eigengereide stoethaspels en nu nog vier zakkenwassers*. De verhuiswagen was het werk van Carlos! De moordenaar had twee handlangers meegebracht – de eerste drie zakkenwassers die als stukwerkers waren aangenomen. Drie gewapende mannen en hij had enkel zijn revolver. En hij zat gevangen op de bovenste verdieping van het herenhuis. Maar Carlos was nog binnen. Binnen. Als hij eruit kon komen dan zou Carlos in de val zitten! Als hij eruit kon komen. Eruit!

Aan de voorkant van de gang zat een raam, afgedekt door een zwart gordijn. Jason strompelde er naartoe, terwijl hij zijn hand aan zijn nek hield en zijn schouder kromde om de pijn in zijn borst wat te verminderen. Hij rukte het gordijn van zijn roede; het raam was klein en ook hier bestond het glas uit dikke, prismatische blokken waar paars en blauw licht doorheen viel. Het was onbreekbaar en het kozijn was vastgeschroefd; het zou onmogelijk zijn ook maar een ruitje te doorbreken. En toen dwaalden zijn ogen naar beneden, naar de Seventy-first Street. De verhuiswagen was weg! Iemand moest ermee weggereden zijn... een van Carlos' handlangers! Dan waren er nog twee. Twéé man, geen drie. En hij bevond zich op hooggelegen terrein; dat gaf altijd voordelen.

Met vertrokken gezicht en half gebukt liep Bourne naar de eerste deur aan zijn linkerkant; die lag gelijk met het boveneinde van de trap. Hij opende de deur en stapte naar binnen. Voor zover hij kon zien was het een gewone slaapkamer, lampen, zwaar meubilair, schilderijen aan de muren. Hij greep de dichtstbijzijnde staande lamp, rukte het snoer uit de muur en droeg hem de kamer uit naar de trapleuning. Hij hief hem boven zijn hoofd en slingerde hem naar beneden; toen van beneden het geluid van splinterend glas en van metaal weerklonk zette hij een stap terug. Opnieuw daverde er een vuurstoot, kogels doorboorden het plafond en tekenden hun pad af in het pleisterwerk. Jason schreeuwde en liet de schreeuw langzaam overgaan in een kreet en vervolgens in een langgerekt, wanhopig weeklagen, en toen was het stil. Voorzichtig schuifelend ging hij achter de leuning staan. Hij wachtte. Stilte.

Het gebeurde. Hij kon de langzame, voorzichtige voetstappen horen; de moordenaar had op de overloop gestaan van de eerste verdieping. De voetstappen kwamen dichterbij, klonken duidelijker; op de donkere muur verscheen een zwakke schaduw. Nu. Bourne sprong te voorschijn uit zijn schuilplaats en vuurde viermaal, snel achter elkaar op de gedaante op de trap; een lijn van kogelgaten en opwellend bloed verscheen schuin over de kraag van de man. De moordenaar draaide om zijn as, brulde van woede en pijn, zijn nek boog naar achteren en zijn lichaam bolderde de trappen af tot het, met het gezicht naar boven stil bleef liggen, languit over de drie onderste treden. Zijn handen omklemden een dodelijk, licht machinegeweer met een stang en schoudersteun als kolf.

Nú. Jason rende naar het begin van de trap en vloog omlaag, vasthoudend aan de leuning in een poging zijn wankele evenwicht te bewaren. Hij kon geen moment verspillen, er zou misschien helemaal geen tijd meer zijn. Als hij die eerste verdieping wilde bereiken dan moest hij het nu doen, direct na de dood van de handlanger. En terwijl hij over het lijk heen sprong wist Bourne dat het een handlanger was; Carlos was het niet. De man was lang en zijn huid was blank, heel blank, zijn gelaatstrekken Noord-Europees, helemaal niet Latijns.

Jason rende de gang van de eerste verdieping in; hij hield zich in de schaduwen, bleef dicht tegen de muur. Hij hield stil, luisterde. Van afstand weerklonk een scherp gekras, een kort schuren, beneden. Hij wist wat hem nu te doen stond. De moordenaar was op de benedenverdieping. En het geluid was niet opzettelijk gemaakt; het was niet hard genoeg geweest of lang genoeg van duur om te doen denken aan een valstrik. Carlos was gewond – een in elkaar getrapte knieschijf of een gebroken pols kon hem zodanig uit zijn concentratie brengen dat hij tegen een stuk meubilair stootte, of met een wapen in de hand langs de muur schuurde en zo even zijn evenwicht verloor, net zoals Bourne moeite had het zijne te bewaren. Het was precies wat hij moest weten.

Jason liet zich op zijn hurken zakken en kroop terug naar de trap, naar het lijk dat daar op de treden lag uitgespreid. Hij moest even rusten; zijn krachten ebden weg, hij verloor te veel bloed. Hij probeerde de huid boven aan zijn keel opeen te knijpen en de wond in zijn borst dicht te drukken, zolang hij het bloeden maar kon stelpen. Het was vergeefs; om in leven te blijven moest hij zien dat hij wegkwam uit het herenhuis, weg van de plaats waar Caïn was geboren. Hij kwam weer wat op adem, stak zijn hand uit en werkte het automatische wapen los uit de handen van de dode man. Hij was klaar.

Hij was stervende en hij was gereed. *Pak Carlos. Strik Carlos... Dood Carlos!* Naar buiten komen kon hij niet; de tijd werkte tegen. Hij zou te veel bloed verloren hebben voordat hij hier weg kon komen. Het einde was het begin: Caïn betekent Carlos en Delta betekent Caïn. Slechts één kwellende vraag bleef er over; wie was Delta? Het deed er niet toe. Dat lag nu achter hem; spoedig zou het donker zijn, geen gewelddadig donker maar een vredig... hij zou verlost zijn van die vraag.

En met zijn dood zou Marie vrij zijn. Fatsoenlijke mensen zouden daar voor zorgen, onder leiding van een man in Parijs wiens zoon was vermoord in de Rue du Bac, wiens leven was verwoest door de hoer van de moordenaar. Binnen de komende paar minuten, wist Jason, terwijl hij zonder geluid de patroonhouder controleerde in het automatische wapen, zou hij zijn belofte aan die man waarmaken, zou hij de overeenkomst nakomen die hij had met mannen die hij niet kende. Door beide te doen had hij het bewijs geleverd. Jason Bourne was op deze dag eens gestorven; hij zou opnieuw sterven maar hij zou Carlos met zich meenemen. Hij was gereed.

Hij liet zich zakken tot hij voorover lag en kroop op handen en ellebogen naar het uiteinde van de trap. Hij kon het bloed onder zich ruiken; de zoete, weeë geur die in zijn neusgaten drong bracht hem het besef bij van de realiteit. Hij had niet veel tijd meer. Hij bereikte de bovenste trede, trok zijn benen onder zich en tastte in zijn zak naar een van de wegtoortsen die hij had gekocht in de winkel voor surplus militaire goederen aan Lexington Avenue. Nu wist hij waarom hij die aandrang had gevoeld om ze te kopen. Hij was weer terug in het vergeten Tam Quan, vergeten op die heldere, verblindende lichtflitsen na. De toortsen hadden dat fragment van zijn herinnering weer opgeroepen; ook nu zouden ze een oerwoud verlichten.

Hij wond de met was doordrenkte lont los uit de kleine opening in de kop van de toorts, stak hem tussen zijn tanden en beet het koord stuk om zo de lont terug te brengen tot iets meer dan een centimeter. Hij stak zijn hand in zijn andere zak en haalde er een plastic aansteker uit; hij duwde die tegen de toorts terwijl hij beide in zijn linkerhand klemde. Toen werkte hij de stang met de steun van het wapen in zijn rechterschouder en duwde de gebogen metaalstrook in de stof van zijn met bloed doordrenkte legerjack; het zat stevig. Hij strekte zijn benen uit en begon als een slang de laatste traptreden af te dalen, zijn hoofd omlaag, voeten naar boven gericht en met zijn rug langs de muur schurend.

Hij bereikte het midden van de trap. Stilte, duisternis, alle lichten waren uitgedraaid... Lichten? Licht? Waar waren de zonnestralen die hij nog maar enkele minuten geleden in de gang had gezien? Ze hadden gestraald door een paar glazen deuren aan het uiteinde van de kamer – die kamer – aan de overzijde van de gang maar hij zag er nu enkel nog maar duisternis. De deur was gesloten; de deur onder hem, de enige andere deur in de hal, was ook dicht en de plaats was zichtbaar door een dun streepje licht onder aan de drempel. Carlos dwong hem een keuze te maken. Achter welke deur? Of paste de moordenaar een nog betere strategie toe? Stond hij in het donker van de smalle gang zelf?

Bourne voelde een felle pijnscheut in zijn schouderblad, toen welde er bloed op dat het flanellen hemd onder zijn jack doordrenkte. Weer een waarschuwing: er was nog maar heel weinig tijd.

Hij zette zich schrap tegen de muur en richtte het wapen op de dunne spijlen van de trapleuning, naar beneden in de duisternis van de gang. Nú! Hij haalde de trekker over. De stotterende explosies reten de spijlen uiteen, de leuning viel en de kogels sloegen in de muren en in de deur onder hem. Hij liet de trekker los, liet zijn hand onder de gloeiend hete loop glijden en greep de plastic aansteker met zijn rechterhand; de toorts bleef in zijn linkerhand. Hij drukte op de aansteker; een vlammetje verscheen en hij hield dat tegen de korte lont. Hij hield zijn hand weer aan de trekker, haalde die over en schoot beneden zich alles aan stukken. Een glazen kroonluchter viel ergens kletterend op de vloer; het gegier van ketsende kogels vervulde de duisternis. En toen – *licht!* Verblindend licht toen de toorts ging branden, het oerwoud in gloed zette, de bomen en de muren verlichtte, de verborgen paden en de mahoniehouten gangen. De stank van de dood en het oerwoud omringde hem overal en hij was daar.

Almanak aan Delta, Almanak aan Delta! Afbreken, afbreken!

Nooit. Niet nu. Niet nu het einde er was. Caïn betekent Carlos en Delta betekent Caïn. Strik Carlos. Dood Carlos!

Bourne kwam overeind, met zijn rug tegen de muur, de toorts in zijn linkerhand, het vuurspuwende wapen in zijn rechter. Hij stortte zich omlaag, het met tapijt beklede struikgewas in, trapte de deur die hij voor zich had open, versplinterde zilveren lijsten en sporttrofeeën die van tafels en richels de lucht invlogen. De bomen in. Hij bleef staan; er was niemand in dat rustige, geluiddichte, elegante vertrek. Niemand op het oerwoudpad.

Hij draaide zich bliksemsnel om en sprong de gang weer in terwijl hij de muren besproeide met een lange vuurstoot. Niemand.

De deur aan het uiteinde van de smalle, donkere gang. Daarachter lag de kamer waar Caïn was geboren. Waar Caïn zou sterven, maar niet alleen.

Hij hield op met vuren, verplaatste de toorts naar zijn rechterhand onder het wapen en tastte in zijn zak naar de tweede toorts. Hij trok hem te voorschijn, wond opnieuw de lont weer af en stak hem tussen zijn tanden; dit keer beet hij het koord door tot op enkele millimeters van het punt waar het vastzat aan de brandkop. Hij duwde de eerste toorts ertegenaan; de explosie van licht was zo verblindend dat het pijn deed aan zijn ogen. Met moeite hield hij beide toortsen in zijn linkerhand en liep met half dichtgeknepen ogen op de deur af.

Hij stond open, aan de kant waar het slot zat liep een smalle spleet van boven naar beneden. De moordenaar wilde hem een handje helpen, maar terwijl Jason naar die deur keek wist hij instinctmatig een ding daarover dat Carlos niet wist. Het maakte deel uit van zijn verleden, deel van de kamer waar Caïn was geboren. Hij liet zijn rechterhand zakken, terwijl hij het wapen tussen zijn onderarm en zijn heup knelde en pakte de deurkruk vast.

Nú. Hij duwde de deur vijftien centimeter open en slingerde de toortsen naar binnen. Een lange, stotterende vuurstoot uit een stengun galmde door de kamer, door het hele huis en duizend gedempte geluiden vormden een aanhoudend akkoord daarbij, terwijl stromen kogels zich vastgroeven in een loden schild, met daarachter een stalen plaat in de deur.

Het vuren hield op, een laatste houder was leeg. Nú. Bourne trok bliksemsnel zijn hand weer aan de trekker, smakte zijn schouder tegen de deur en sprong naar binnen, in kringen om zich heen schietend terwijl hij over de grond rolde en zijn benen tegen de wijzers van de klok zwaaide. Er werd in het wildeweg teruggeschoten en Jason zocht met zijn wapen naar de bron ervan. Een woedend gebrul steeg op uit een donkere hoek aan de andere kant van het vertrek; tegelijkertijd realiseerde Bourne zich dat de gordijnen waren dichtgetrokken en het zonlicht tegenhielden dat op de glazen deuren viel. Maar waar kwam dan al dat licht vandaan... fel licht dat de sissende verblinding van de toortsen nog vergrootte? Het overweldigde hem, bracht explosies teweeg in zijn hoofd, felle pijnscheuten in zijn slapen.

Het schérm! Het enorme scherm was omlaaggetrokken uit zijn uitstulpende bergplaats in het plafond, strak tot op de vloer getrokken en het brede oppervlak van glimmend zilver vormde een witheet schild van ijskoud vuur. Hij stortte zich achter de lange serveertafel en zocht dekking achter een koperen bar; hij kwam overeind en rukte aan de trekker, weer een vuurstoot – een laatste vuurstoot. Zijn laatste houder was leeg. Hij wierp het wapen aan de kolf de kamer door naar de gedaante in witte overall en een witte, zijden sjaal die van zijn gezicht was gezakt.

Dat gezicht! Hij kende het! Hij had het eerder gezien! Waar... waar? Was het Marseille? Ja... nee! Zürich? Parijs? Ja én nee! Toen, op dat moment in het verblindende, trillende licht, wist hij dat het gezicht aan de andere zijde van de kamer aan velen bekend was, niet alleen aan hem. Maar waarvan? Wáár? Zoals zovele andere zaken wist hij het zonder het te weten. Maar hij kende het wél! Hij kon alleen de naam niet vinden!

Hij liet zich achterover vallen achter de dienbar. Schoten volgden, twee... drie en de tweede kogel doorboorde de spieren van zijn linkeronderarm. Hij trok de revolver uit zijn riem; hij had nog drie schoten over. Een daarvan moest zijn doelwit vinden, Carlos. Er moest een schuld worden betaald in Parijs, een opdracht moest worden uitgevoerd, zijn geliefde zou veel veiliger zijn wanneer de moordenaar dood was. Hij haalde de aansteker uit zijn zak, ontstak hem en hield hem onder een droogdoek die aan de bar hing. De stof vlamde op; hij pakte hem vast en gooide hem naar rechts terwijl hij naar links dook. Carlos vuurde op de brandende doek en Bourne draaide zich op zijn knieën, richtte zijn wapen en haalde tweemaal de trekker over.

De gedaante knikte ineen maar viel niet. In plaats daarvan dook hij in elkaar en sprong toen als een witte panter schuin naar voren, met uitgestrekte handen. Wat ging hij dóén? Toen wist Jason het. De moordenaar greep de rand van het enorme, zilveren scherm vast, rukte het los van zijn metalen roe in het plafond en trok het uit alle macht omlaag.

Het zweefde neer over Bourne, belemmerde zijn uitzicht en verdrong al het andere uit zijn geest. Hij schreeuwde het uit toen het glinsterende zilver over hem neerdaalde, plotseling meer bevreesd daarvoor dan voor Carlos of voor welk ander menselijk wezen ook. Het vervulde hem met doodsangst, met blinde woede en het deed zijn geest in stukken uiteenspatten; voor zijn ogen langs flitsten beelden en woedende stemmen schreeuwden in zijn oren. Hij hief zijn revolver op en vuurde op het afschuwelijke doodskleed. Toen hij er wild met zijn handen naar graaide en de ruwe, zilveren stof wegduwde, begreep hij het. Hij had zijn laatste schot afgevuurd, zijn laatste. Net als de mythe die Caïn heette kende Carlos van zien en horen elk bestaand wapen; hij had de schoten geteld.

De moordenaar doemde boven hem op en de revolver in zijn hand was op Jasons hoofd gericht. 'Jouw executie, Delta. Op de afgesproken dag. Voor alles wat je hebt gedaan.'

Bourne kromde zijn rug en rolde met een heftige beweging naar rechts; hij wilde in elk geval in beweging zijn wanneer hij stierf! Schoten weerklonken in het glinsterende vertrek, hete naalden vlijmden langs zijn hals, doorboorden zijn benen, sneden omhoog naar zijn middel. Rollen, róllen!

Plotseling hield het schieten op en in de verte kon hij aanhoudend gebonk horen, kapotslaan van hout en staal, steeds luider, steeds doordringender. Uit de donkere gang buiten de bibliotheek weerklonk een laatste, oorverdovend gekraak, gevolgd door geroep en geren van mannen en nog verder, ergens in de onzichtbare buitenwereld het aanhoudende gehuil van sirenes.

'Hier! Hier is hij!' riep Carlos.

Het was waanzin! De moordenaar wees de indringers de weg naar hem, naar hem toe! Gezond verstand verkeerde in waanzin, niets ter wereld was nog zoals het zijn moest!

De deur werd met geweld opengesmeten door een lange man in een zwarte overjas; er was nog iemand bij hem maar Jason kon niet meer duidelijk zien. Nevels rolden voor zijn ogen, vormen en geluiden werden vaag, verward. Hij rolde weg in de ruimte. Weg... weg.

Maar toen zag hij het enige dat hij niet wilde zien. Stramme schouders die bewogen in harmonie met een smal middel vlogen de kamer uit en de vaag verlichte gang door. Carlos. Zijn kreet had de valstrik doen openspringen! Hij had hem omgekeerd! In de chaos had hij zijn belagers in de val gelokt. Hij ontsnapte!

'Carlos...' Bourne wist dat men hem niet kon horen; uit zijn bloedende keel klonk enkel gefluister. Hij probeerde het opnieuw, dwong het geluid uit zijn maag naar boven. 'Híj is het. Het is... Carlos!'

Verwarring heerste alom, er werden vergeefs commando's geschreeuwd, bevelen werden ontsteld ingeslikt. En toen zag hij duidelijk een gedaante. Een man hinkte op hem af, een kreupele die geprobeerd had hem te doden op een kerkhof buiten Parijs. Er was niets over! Jason dwong zich op zijn zij en kroop naar de sissende, verblindende toorts. Hij greep hem vast en hield hem voor zich uit als een wapen, gericht op de moordenaar met een stok.

'Kom maar op! Kom maar óp! Ik zal je ogen uitbranden! Je denkt dat je me kunt vermoorden, maar dat zal je niet lukken. Ik zal jou vermoorden! Ik zal je ogen uitbranden!'

'Je begrijpt het niet,' klonk de bevende stem van de kreupele die hem had willen doden. 'Ik ben het, Delta. Ik ben Conklin. Ik had ongelijk.'

De toorts verschroeide zijn handen, zijn ogen...! *Waanzin. De explosies weerklonken nu overal om hem heen, verblindend, oorverdovend, onderbroken door gekrijs uit het oerwoud dat weergalmde bij elke explosie.*

Het oerwoud! Tam Quan! De vochtige, hete stank hing overal maar ze hadden het doel bereikt! Het basiskamp was veroverd! Een ontploffing aan zijn linkerkant; hij kon hem zien! Hoog boven de grond, hangend tussen twee bomen, de spijlen van een bamboe kooi. De gedaante daarbinnen bewoog zich. Hij leefde! Zie dat je daar komt, klim naar hem toe!

Van zijn rechterzij weerklonk een kreet. Hijgend, kuchend in de rook, hinkte een man naar het dichte struikgewas, een geweer in zijn hand. Hij was het, het licht viel op het blonde haar, een voet die was gebroken bij een parachutesprong. De rotzak! Een stuk drek dat met hen had getraind, samen met hen de kaarten had bestudeerd, met hen naar het noorden was gevlogen... terwijl hij al die tijd een valstrik voor hen spande! Een verrader met een radio die de vijand precies vertelde waar ze moesten zoeken in dat ondoordringbare oerwoud dat gevormd werd door Tam Quan.

Het was Bourne! Jason Bourne. Verrader, stuk drek!

Pak hem! Laat hem de anderen niet bereiken! Dood hem! Dood Jason Bourne! Hij is je vijand! Vuur!

Hij was niet gevallen! Het hoofd dat verbrijzeld was bestond nog. Het kwam op hem af! Wat gebeurde er? Waanzin. Tam Quan...

'Kom met ons mee,' zei de hinkende gedaante die uit het oerwoud de restanten binnenliep van dat eens zo elegante vertrek. Díé kamer. 'Wij zijn jouw vijanden niet. Kom met ons mee.'

'Donder óp!' Bourne deed weer een uitval, nu terug naar het gevallen scherm. Het was zijn asiel, zijn doodskleed, de deken die over een man wordt gegooid bij zijn geboorte, een bekleding voor zijn doodskist. 'Jij bent mijn vijand! Ik zal jullie allemaal te pakken krijgen! Het kan me niets schelen, het maakt niets meer uit! Begrijpen jullie dat niet!? Ik ben Delta! Caïn betekent Charlie en Delta betekent Caïn! Wat willen jullie nog meer van mij? Ik was het en ik wás het niet! Ik ben het en ik bén het niet! Rótzakken, rótzakken! Kom maar op! Dichterbij!'

Er weerklonk een andere stem, een diepere stem, rustiger, minder indringend. 'Haal haar erbij. Breng haar hierheen.'

Ergens in de verte bereikten de sirenes een hoogtepunt en toen hielden ze op. Duisternis kwam aanrollen in golven die Jason meevoerden, hoog de donkere lucht in, om hem dan weer omlaag te slingeren, met een smak in een afgrond van gewelddadig water. Hij kwam terecht in een eeuwigheid van gewichtloosheid... herinnering. Een explosie weergalmde nu door de nachtelijke hemel, een kroon van vuur steeg op boven het zwarte water. En toen hoorde hij de woorden die gesproken werden hoog in de wolken en de hele aarde vervulden.

'Jason, mijn lieveling. Mijn enige geliefde. Pak mijn hand. Hou hem vast. Stevig, Jason. Stevig, mijn lieveling.'

Met de duisternis kwam de rust.

Epiloog

Brigade-generaal Crawford legde het dossier op de sofa naast hem neer. 'Dat heb ik niet nodig,' zei hij tegen Marie St. Jacques die tegenover hem zat op een stoel met een rechte rugleuning. 'Ik ben er ontelbare malen doorheen gelopen om te proberen te ontdekken waar we het verkeerd hebben gedaan.'

'U ging op een veronderstelling af waar niemand veronderstellingen mocht maken,' zei de enige andere aanwezige in de hotelsuite. Hij was dokter Morris Panov, psychiater; hij stond bij het raam waar het ochtendlicht naar binnen stroomde en zijn starre gelaat in de schaduw liet. 'Ik heb die veronderstelling toegelaten en ik zal dat mijn leven lang niet vergeten.'

'Het is nu al bijna twee weken,' zei Marie ongeduldig. 'Ik wil weleens feiten horen. Ik geloof dat ik daar recht op heb.'

'Dat hebt u. Het was waanzin, maar er moest toestemming komen om u te mogen inlichten.'

'Waanzin,' stemde Panov in.

'Ook bescherming,' voegde Crawford eraan toe. 'Met dat deel ben ik het eens. Het moet nog heel lang doorgaan.'

'Bescherming?' Marie fronste haar voorhoofd.

'Daar komen we nog wel op terug,' zei de generaal, terwijl hij even naar Panov keek. 'Vanuit ieders gezichtspunt is het van vitaal belang. Ik hoop dat we het daar allemaal over eens zijn.'

'Alstublieft! Jason. Wie is hij?'

'Zijn naam luidt David Webb. Hij was een functionaris van de buitenlandse dienst, specialist in zaken betreffende het Verre Oosten, totdat hij de dienst vijf jaar geleden verliet.'

'Verliet?'

'Ontslag met wederzijds goedvinden. Zijn werk in Medusa kon niet samengaan met zijn verplichtingen voor Buitenlandse Zaken. "Delta" was berucht en er waren er te veel die wisten dat hij Webb was. Zulke mensen zijn zelden welkom aan diplomatieke conferentietafels. Ik geloof ook dat dat goed is. Door hun aanwezigheid gaan diepe wonden te gemakkelijk weer open.'

'Was hij in Medusa werkelijk zoals ze allemaal van hem zeggen?'

'Ja. Ik was erbij. Hij was werkelijk zo.'

'Het is moeilijk te geloven,' zei Marie.

'Hij had iets verloren wat hem heel dierbaar was en hij kon daar niet overheen komen. Hij vluchtte in agressie.'

'Wat was dat dan?'

'Zijn gezin. Zijn vrouw was een Thaise; ze hadden twee kinderen, een jongen en een meisje. Zijn basis was Phnom Penh, zijn huis lag langs de Mekong. Op een zondagmiddag, toen zijn vrouw en zijn kinderen op hun aanlegsteiger stonden vloog er een enkel vliegtuig rond en dook, liet twee bommen vallen en beschoot het terrein. Toen hij aan de rivier kwam was de aanlegsteiger verwoest en dreven zijn vrouw en kinderen in de rivier, doorboord met kogels.'

'O, mijn god,' fluisterde Marie. 'Van welke kant was het vliegtuig?'

'Het is nooit geïdentificeerd. Hanoi ontkende; Saigon beweerde dat het niet van ons was. Vergeet niet, Cambodja was neutraal; niemand wilde de verantwoordelijkheid op zich nemen. Webb moest iets terug doen; hij ging naar Saigon en ging in training voor Medusa. Hij bracht de intelligentie van een specialist in bij een zeer gewelddadige onderneming. Hij werd Delta.'

'Ontmoette hij toen d'Anjou?'

'Later, ja. Delta had toen al een beruchte naam. De inlichtingendienst van Noord-Vietnam had een bijzonder hoge beloning voor hem uitgeloofd en het is algemeen bekend dat er bij onze mensen een aantal waren die hoopten dat ze hem in handen zouden krijgen. Toen ontdekte Hanoi dat een jongere broer van Webb officier was in het leger in Saigon en omdat ze een studie hadden gemaakt van Delta – en wisten dat de beide broers erg aan elkaar waren gehecht – besloten ze een valstrik te spannen; ze hadden niets te verliezen. Ze ontvoerden luitenant Gordon Webb en brachten hem naar het noorden; ze stuurden een Conginformant terug met de boodschap dat hij gevangen gehouden werd in de Tam Quan sector. Delta hapte toe; samen met de verrader – een dubbelspion – formeerde hij een ploeg mensen van Medusa die het gebied kenden en koos een nacht uit waarin geen enkel vliegtuig verondersteld werd te kunnen opstijgen om naar het noorden te vliegen. d'Anjou was bij die ploeg. En ook een andere man van wie Webb niets afwist; een blanke verbindingsspecialist die was omgekocht door Hanoi. Hij kon de onderdelen van een hoogfrequent-radio in elkaar zetten. Dat deed hij dan ook en hij verraadde de positie van de eenheid. Webb doorbrak de valstrik en vond zijn broer. Hij ontdekte ook de dubbelspion en de blanke man. De Vietnamees ontsnapte in het oerwoud; de blanke niet. Delta schoot hem ter plekke dood.'

'En die man?' De ogen van Marie keken fel in die van Crawford.

'Jason Bourne. Een Medusa-rekruut uit Sydney, Australië; een smokkelaar van wapens, verdovende middelen en slaven, door heel Zuidoost-Azië; een man die leefde van geweldpleging, die door de politie werd gezocht maar die wel heel effectief kon opereren – als er maar genoeg voor werd betaald. Medusa had er belang bij dat de omstandigheden rond zijn dood in de doofpot werden gestopt; hij werd opgegeven als vermiste van een specialistisch onderdeel. Jaren later, toen Treadstone werd opgericht en Webb werd teruggeroepen, was het Webb zelf die de naam van Bourne aannam. Dat zou échter lijken, voldoen aan de eis dat men hem moest kunnen nagaan. Hij nam de naam aan van de man die hem had verraden, de man die hij had gedood in Tam Quan.'

'Waar was hij toen hij werd teruggeroepen voor Treadstone?' vroeg Marie. 'Wat deed hij?'

'Hij gaf les aan een vrij onbekende universiteit in New Hampshire.

Hij leefde erg geïsoleerd en volgens sommigen had dat op den duur geleid tot zijn ondergang.' Crawford pakte het dossier op. 'Dit zijn de essentiële feiten, juffrouw St. Jacques. Dokter Panov zal nog met u over andere onderwerpen spreken en hij heeft me gezegd dat ik daarbij niet nodig ben. Er is echter nog één detail dat heel duidelijk begrepen moet worden. Het is een rechtstreekse opdracht van het Witte Huis.'

'De bescherming,' zei Marie en haar woorden klonken heel beslist.

'Ja. Waarheen hij ook gaat, wat voor identiteit hij ook aanneemt of hoe goed zijn dekmantel ook zal zijn, hij zal vierentwintig uur per dag bewaakt worden. Zolang dat nodig is – ook al gebeurt het nooit.'

'Wilt u dat, alstublieft, nader verklaren?'

'Hij is de enige man die nog in leven is en die ooit Carlos heeft gezien. Als Carlos. Hij weet wie hij is maar het ligt opgesloten in zijn geheugen, deel van een vergeten verleden. Van wat hij zegt hebben wij begrepen dat Carlos iemand is die aan vele mensen bekend is – een figuur in de openbaarheid ergens in een regering, of in de pers of in het internationale bankwezen of de maatschappij. Het klopt met een theorie die in zwang is. Het komt erop neer dat die identiteit op zekere dag bij Webb boven kan komen... We zijn er ons van bewust dat u al verschillende gesprekken hebt gehad met dokter Panov. Ik denk dat hij zal bevestigen wat ik zojuist heb gezegd.'

Marie wendde zich tot de psychiater. 'Is het waar, Mo?'

'Het is mogelijk,' zei Panov.

Crawford ging weg en Marie schonk voor hen beiden koffie in. Panov liep naar de sofa waar de generaal had gezeten.

'Hij is nog steeds warm,' zei hij glimlachend. 'Crawford heeft van top tot teen zitten zweten. En zo hoort het ook. Dat horen ze allemaal te doen.'

'Wat gaat er nu gebeuren?'

'Niets. Helemaal niets totdat ik zeg dat ze hun gang kunnen gaan. En dat kan nog wel maanden duren, wat mij betreft nog jaren. Pas wanneer hij klaar is.'

'Waarvoor?'

'Voor de vragen. En foto's, hele albums vol. Ze zijn bezig een fotografische encyclopedie samen te stellen op basis van de vage beschrijving die hij hun heeft gegeven. Versta me niet verkeerd; hij zal op zekere dag moeten beginnen. Dat zal hij zelf willen; we willen allemaal dat hij dat doet. Carlos moet worden gepakt en ik ben niet van plan om hen door chantage te weerhouden niets te doen. Te veel mensen hebben te veel moeite hiervoor gedaan; hij heeft zelf te veel hiervoor overgehad. Maar op dit moment heeft hij voorrang. Zijn hoofd heeft voorrang.'

'Dat bedoel ik juist. Wat gaat er met hem gebeuren?'

Panov zette zijn koffiekop neer. 'Ik weet het nog niet zeker. Ik heb te veel respect voor het menselijke verstand om bij jou met psychologie-uit-een-boekje aan te komen; te veel van die boekjes zijn al in verkeerde handen gekomen. Ik heb alle besprekingen bijgewoond – daar heb ik op gestaan – en ik heb met de andere psychiaters en neurochirurgen gesproken. We kunnen inderdaad gaan opereren en de gestoorde centra bereiken, zijn kwellingen verminderen en hem een soort rust bezorgen. Misschien kunnen we hem wel terugbrengen tot wat hij was. Maar dat is niet het soort rust dat hij wenst... en er bestaat nog een veel gevaarlijker risico. We zouden te veel kunnen uitwissen, dingen weg kunnen nemen die hij zelf heeft ontdekt, zal blijven ontdekken. Als het voorzichtig gebeurt. En er tijd voor wordt genomen.'

'Tijd?'

'Daar geloof ik in, ja. Want het patroon is vastgesteld. Er is groei te constateren, de pijn van de herkenning en de roes van de ontdekking. Zegt dat je iets?'

Marie keek Panov in zijn donkere, vermoeide ogen; er blonk licht in. 'Ons allemaal,' zei ze.

'Precies. Op een bepaalde manier is hij een microkosmos die in ons allemaal aan het werk is. Ik bedoel maar, we proberen er allemaal achter te komen wie we nou, verdomme, eigenlijk zijn, waar of niet?'

Marie liep naar het raam aan de voorkant van de bungalow aan de kust, met de duinen die er achter oprezen en het door een hek afgesloten terrein eromheen. En bewakers. Op elke vijftig meter een man met een wapen. Ze kon hem zien, een paar honderd meter verderop langs het strand; hij keilde schelpen over het water en keek ze na wanneer ze over de golven sprongen die rustig tegen het strand opkabbelden. De weken hadden hem goed gedaan, waren als een balsem voor hem geweest. Zijn lichaam droeg littekens maar het was weer genezen, vormde weer een geheel. De nachtmerries waren er nog en bij daglicht kwamen er nog steeds angstige momenten op, maar op de een of andere manier was het allemaal minder vreesaanjagend. Hij begon het leven weer aan te kunnen; hij begon weer te lachen. Panov had gelijk gehad. Er gebeurden dingen met hem; beelden werden helderder en hij zag de zin van zaken die voorheen geen betekenis voor hem hadden.

Er gebeurde nu iets! O, mijn god, wat was dat? Hij was in het water gesprongen en lag daar schreeuwend in rond te spartelen. Toen sprong hij er plotseling uit en sprong over de golven heen het strand op. In de verte, bij een hek van prikkeldraad, draaide een bewaker zich met een ruk om, schoot een geweer omhoog onder een arm en werd een kleine zender uit een riem getrokken.

Hij begon door het vochtige zand naar het huis te rennen, zijn lijf wankelde en zwaaide heen en weer, zijn voeten duwden zich heftig in het zachte oppervlak en deden water en zand achter zich opspuiten. Wat was er?

Marie bleef als aan de grond genageld staan, voorbereid op het moment dat, naar ze wisten, op een dag zou komen, voorbereid op het geluid van geweerschoten.

Hij kwam zwaar hijgend naar binnen stormen en snakte naar adem. Hij staarde haar aan met ogen zo helder als zij ze nog nooit eerder had gezien. Hij sprak zacht, zo zacht dat ze hem nauwelijks kon verstaan. Maar ze verstond hem wel.

'Mijn naam is David...'

Ze liep langzaam naar hem toe.

'Hallo, David,' zei ze.